姒锦 作品

孤王寡女

5

御天行

（下）

青岛出版社
QINGDAO PUBLISHING HOUSE

第八章　只有爱才最荒唐

宋妍完全不让完颜修认儿子。她只允许完颜修来探望，但不能大张旗鼓地探望，不能让人家知道这个孩子是他完颜修的儿子，更加不能让他把儿子带出兴隆山。

她给完颜修的理由很简单：完颜修是肆人，她是南荣人。两个人都是皇室后裔，本就仇深似海，这个儿子也不是在他的期待中落地的，她不想儿子与皇室扯上关系，重蹈先辈覆辙，也不想让儿子从小就陷入两难。

让他就这样在兴隆山健康平安地长大，做一个墨家人，多好！

这虽然是她身为母亲最由衷的期望，可完颜修——当然不会同意。

在他看来，他完颜氏的高贵血脉，岂可流落在外？为了要回儿子，这厮气得差一点儿动武抢人。可这里是兴隆山，他即便动武，也没有办法。

墨九是完全尊重宋妍的任何决定的。

一个母亲，怀胎十月，冒着九死一生的危险，生下孩子，那么，在孩子长大到可以决定自己的未来之前，她就应该有权力决定孩子的去留。

不过，人家两个人的感情私事，墨九一个外人，也不好过多地参与。

那些日子，为了宋离的归属，她这个小院子被完颜修闹了个乌烟瘴气。

为免事态扩大，墨九最后不得不从中说和，给了他俩一个折中的建议——孩子先在兴隆山养着，等他再大一点儿，由他自己来决定，到底要回归完颜氏，还是选择一辈子做宋离。

完颜修不甘不愿地离开了。

听说他离开的前一天晚上，半夜里跑到山上，举着刀一阵乱砍，发泄心里的不满。

不过墨九也没有便宜他，以每棵树一百两银子的价格，给他算了一笔账，最后把他身上的钱财都搜刮干净了，连他腰上的玉佩都没给他留下，这才把他撵下了山。

当然，搜刮来的钱财，都用到他儿子身上了。

这一点完颜修心里自然也有数，所以回到阿勒锦以后，每隔两三个月，他就会派人过来，送衣、送食、送钱财。墨九默默地收下钱财，再默默地帮宋离存下，然后把衣食统统退还给完颜修，却从头到尾没有把这事告诉宋妍。

如果她知道了，一定不会接受。

因为在完颜修回到阿勒锦之后没多久，他立后了，同时册立了几位妃嫔。

次年正月里，他的皇后为他生下了一个儿子。

再一年，完颜修册立一岁半的儿子为后珒太子。

这些事情，墨九原本没想让宋妍知道，可一个皇帝立后，不同于民间娶妻，哪怕一娶再娶，一换再换，都不会有人知道。皇帝立后要诏告天下，晓谕四海。哪怕兴隆山这个远离世情的地方，由于商贩往来频繁，宋妍又时常下山去镇上，时间一长，想瞒也就瞒不住了。

不过这件事，她没有提过。

没说她知情了，或是从来不知情。

但墨九记得很清楚，那一日她从山下红着眼睛回来，就把自己一个人关在房里，直到晚上才出来，脸上有明显哭过的痕迹。那一天，墨九就知道，她肯定听人说了。

对他们这些恩恩怨怨、情感纠葛，墨九很唏嘘，却无法多言对错。

完颜修贵为一国之主，不立中宫那是不现实的。

后珒立国这么多年了，哪怕他拖得下去，他的朝廷也拖不下去。

古代皇帝的子嗣不比寻常百姓的孩子，只为养儿防老，他们的江山需要传承，需要开枝散叶，人丁越兴旺，社稷才能越兴旺。这都是现实的问题，也是完颜修逃避不了的问题……更何况，他一个正常男人，难道让他永远守身如玉吗？

那才扯淡！

所以，在墨九看来，它三舅也不算渣。

因此她始终在成全他，给他一个尽父亲责任的机会。

这三年来，在他们中间做和事佬的墨九，其实不容易。但总算维护住了暂时的安宁，也算给了宋离一个愉快稳定的童年。

墨九剥着瓜子正寻思，宋离就摔在了地上。

小家伙儿瘪了瘪嘴巴，像是想哭，又拼命忍着不哭，那小模样儿忒招人心疼。

墨九拍了拍手，笑着冲他喊。

“小火！过来——”

小火是宋离的小字。他与萧直同年出生，不过晚了萧直好几个月，生在了景昌二年的腊月。也许是因为他父母地域距离远，又是混血，这个小家伙生得格外漂亮，细皮嫩肉不说，眉目也精致得过分。要是换上一身小姑娘的衣服，绝对没有人瞧出来是个小子。

“快呀！愣着干什么！来干娘这儿！”

墨九唤了好几声，宋离总算撑着地爬起来，跑向了墨九。

站在她面前，他偷偷瞄一眼宋妍，又摊出手心给墨九看。

“干娘，小火痛痛！要呼呼……”

“好好好，干娘呼呼就不痛了呀。”墨九就喜欢小孩儿撒娇的样子。在他磨得发红的手心里吹了一口气，她又指向那一群围着一棵枣树疯狂追赶的童子军，小声道，“小火现在不痛了，去和小伙伴玩儿去吧。”

“不！”宋离将背靠在她的腿上，磨蹭着不肯离开。

“怎么了？摔跤就怕了吗？那可不行！”

“……”小家伙不吭声。

“噫！怎么回事？”墨九偏头看他白净净的小脸，“是不是哪个熊孩子欺负你了？告诉干娘。”

“……”小家伙依旧不吭声。

“说呀！有干娘给你撑腰，你怕什么？”墨九笑眯眯地哄他。

平日里，宋离是这群孩子里面最乖的一个小孩儿。

他这性子，一点儿不像完颜修，倒有一点儿像如今的宋妍。

她从公主之尊卑微到了尘土里，哪怕性格再平和从容，也难以摆脱寄人篱下的心理。小孩子其实很敏感，也很容易捕捉到大人的情绪。所以，调皮捣蛋的事儿，从来没有宋离。不管大人说什么，他都一概遵照执行，因此，他也格外招人疼惜，就连墨九也免不了俗，总会情不自禁地呵护这个最听话的小孩儿。

然而，今天这小家伙却倔上了。

不论墨九怎样问，他只扁着小嘴巴，就是不肯说话。

也是这个时候墨九才发现，这个乖巧的孩子，骨子里也是倔强的。

“离儿……”这样的儿子，让宋妍看得心里一阵紧似一阵，终于看不下去了，放下绣品，轻轻拉了一下他的袖子，让他面对着自己，再蹲下身来看着他的眼睛。

“离儿怎么回事？哪里不高兴了？告诉娘亲，好吗？”

到底是亲娘！

听到她一问，宋离吸了吸鼻子，眼眶里就包满了泪水，却没有掉下来，声音也小得像蚊子似的：“裴枫哥哥说，说，说离儿没爹爹，是干娘捡回来的……”

小孩子无心之言，算不得罪过。

可宋妍看到儿子这般，却狠狠一震，整颗心脏像被刀绞似的，嘶啦啦地疼痛，却一句话都说不出来。这是宋离第一次就“父亲”这个问题问她。

不，他其实是没问的。

是她和墨九逼着他说的。

可这一刻，她却不知道怎么对儿子解释。

“胡说八道！”瞥着他们娘俩的可怜样子，墨九冷嗤一声，一把将宋离抱在腿上，“这个裴枫要挨揍了！一会儿看干娘怎么收拾他。谁说我家小火没有爹爹？我不就是你爹吗？！来，小火，叫声爹！”

我不就是你爹吗？！墨九说得太理所当然了。

被她大白话一吼，原本有些伤感的气氛，当即就松缓了。

尚雅、彭欣，就连宋妍，都忍不住笑了起来。

“你也不害臊，好好的女子学人做爹！”

“谁说女子就不可以做爹了？我墨九爷做得娘，也做得爹。下得地，也上得天。往后，我就是小火他爹。看哪个再敢胡说八道？！”

她一本正经地说完，几个女人都沉默了。

只有宋离，这小家伙儿怔了片刻，居然一下子就开心了起来。

三岁的小孩子，哪里完全懂得爹是什么概念？

人家有爹，他没爹。这样不好。

人家有爹，他也有爹。这样就对了。

他高兴地拍着小手，猛地从墨九的腿上滑下去，冲向童子军炫耀去了。

“我有爹了！我有爹了！你们知道吗？我的干娘就是我爹！”

实际上，宋离的情况和小虫儿、小直直完全不同。萧直不仅有爹，她娘还强势，兴隆山上下哪个敢道九爷的长短？！所以，小直直是坚信自己有爹的，她问墨九的那些话，也是她自己琢磨出来的。

至于小虫儿，也是有爹的。人人都知道他爹是南荣的安王宋骜，哪怕彭欣与他没有过大配之仪，但他皇室血脉的身份，连南荣朝廷都无法否认。

只有宋妍不同，她的真实身份在兴隆山也仅仅小范围内的人知晓。山上山下的寻常人，只知道“绣娘小妍”是墨九收留的一个外乡孤苦女子，却不知道她就是那个鼎鼎大名的紫妍公主。更不会有人知道，绣娘小妍身边那个没有爹爹的小孩儿，是后珒国主完颜修的儿子。

有了这样一出，几个女人的话题很快就绕到了孩子的管教上。

都是当娘的人，一说到孩子，个顶个地嘴快话多。

哪怕最不善言辞的彭欣，也可以讲得滔滔不绝……

笑声、闹声，小院里正欢天喜地，曹元突然领着乔占平进来了。

两个大男人的出现，登时破坏了妇人孩子的温馨画风。

他们的脚步很快，衣襟生风，就连空气也被带得严肃了起来。

这是作甚？

聊天的几个妇人霎时安静了。

墨九知道乔占平没事不会过来，当即丢下瓜子，拿帕子擦了擦手，清清嗓子问他。

“乔工找我，还是找右执事？”

找她就是公事，找尚雅就是私事。

乔占平笑了笑，朝她揖了一礼：“找巨子有些事情。”

待他抬头时，目光掠过尚雅几个人，迟疑一下，又道：“我们里屋说吧？”

这里本来没有外人，但乔占平做事一向谨慎，为人也有一点儿教条主义。当然，他这个性子，墨九从最开始的嫌弃，到后来发现他并不是针对某一个人，而是本性如此，慢慢地就变成了欣赏。在乔占平的意识里，只要是正事，只要这件正事不应该被别人知晓，那么，哪怕是他的妻子尚雅，他也绝对不会吐露半个字。该摒弃在外的人，一律摒弃。

墨九看他神色凝重，沉吟一瞬，回头让几个女人先聊着，然后朝他摊开手。

“乔工，里面请！”

“巨子请！”

两个人一前一后入了堂屋。

那一扇厚重的木门打开了，又吱呀一声合上了。

留下院子里的一群人，面面相觑——

不省事的孩子，笑闹声还在继续，几个大人的心，却悬了起来。

关起门来说正事，乔占平从不啰唆。

桌上的茶他一口没喝，就对着墨九开门见山地说开了。

这些年来，兴隆山一直没有停止研发更加先进的火器。

技术这东西，也是可以举一反三的，有了墨九人力、物力与技术的支持，乔占平这个总工程师也确实做出了不小的成绩。尤其前几个月他们开始投入生产的新一批流星炮与连发火铳，早已超出了古代火器的范畴，有了热兵器时代的雏形。

因此，从很久之前，墨九已经不管它们叫“火器”了，直接改称“军火”。

乔占平把生产进度都向墨九汇报完毕，突然言语一顿，有些踌躇道：“巨子，这一批军火数目极大，如今漠北的情况又极其复杂，属下以为，应当再加派人手护送，同时，事先联系萧王，前来接应。”

漠北的情况确实复杂。

不仅有乌日根、苏赫、萧乾这三方队伍，还有几个趁着苏赫兄弟相争，脱离了北勐统治的王爷。他们联合当初随蒙合南下的诸将中那一部分既不愿意跟着苏赫，又不愿意跟着乌日根的将军，自行割地做起了土皇帝。

在这样混乱的情况下，不论是苏赫还是乌日根，都顾及不上他们，也不想招惹这一部分势力，给自己找无谓的麻烦。于是，他们在辽阔的草原上，借着游牧民族迁移方便的优势，大力发展自身兵马，竟然也混得风生水起。

其中，以北勐四皇叔扎布日兵马最多，势头最大，战斗力也最强。

其余几个土皇帝都望尘莫及，只能看他脸色行事。

毕竟苏赫和乌日根抽不出手来打他们，扎布日却可以。

而且，如今的局势，越来越紧张。风起云涌的漠北草原上，血腥扑鼻。

历经三年的战争，虽然萧乾布局周密，几乎每战皆胜，但由于阿依古与乌日根集团占据着北勐最具优势的宗亲支持以及庞大的地域和兵力资源，而且，苏赫身为儿子，也不好直接置阿依古于死地，始终从哈拉和林周围慢慢往中间合围，也就绵延了战事。

三年来，随着苏赫的一路北侵，乌日根与阿依古的地盘也越缩越小，一直到去年十月，苏赫与萧乾联军主力开始进入哈拉和林地区，慢慢形成一个以哈拉和林为中心的大包围圈。

但十月的漠北草原已开始入冬。

冬季的草原，北风呼啸，严寒冻骨。

没有办法，战事一时僵持，一直等到今年入春。

入春以来，双方仅在三月爆发了一次大规模的战事。

那一仗，主要为了争夺哈拉和林以南八十里处的诨尔古城。当时双方鏖战几个日夜，乌日根亦是拼尽了全力。最终的结果是，长期被围的乌日根部粮草不济，再一次溃败，退往哈拉和林。这一仗之后，乌日根部元气大伤。为了军中用度以及不得不发的将士军饷，乌日根部的将士开始在草原上肆意掠杀百姓，终于引发了北勐最严重的一次民心破碎。

在这期间，萧乾与苏赫没有痛打落水狗。

他们按兵不动，对外只称希望乌日根能自省改过，弃暗投明。

当然，一来是他们也需要休养生息，以便最后全力一搏。二来，政治需要这样的姿态。毕竟是亲兄弟，他们这样不计前嫌才能获得更多的掌声，而赶尽杀绝只会引来无数的唾沫。

如今，乌云已盖顶，时机也已经到了。

乌日根部为了维系生计，对民众的烧杀抢夺，已经触及这场战争的底线——民心。

失民心者，必失天下。

萧乾等的是这一天，要的也是这一天的名正言顺。

得天之令，诛逆世之徒，天经地义！

这一次对哈拉和林的攻击，将成为史之绝唱。

墨九记得很清楚，“史之绝唱”这四个字，是前几天收到萧乾的信函时，他在信里提到的。

两个人相知相惜，萧乾了解她对他的种种担忧，说尽了“战争必胜”的百分之百的信心，只为不让她忧心。可墨九从他的信里读出了大决战的意味——萧六郎要孤注一掷，做最后一搏了。

所以，兴隆山这一批武器与物资也就尤为重要。

墨九将所有情报与面临的事情综合了一下，思考片刻，对乔占平点了点头。

“乔工辛苦了！这一次，我会亲自押送军火，前往漠北。”

冷不丁听她这样说，乔占平吓了一跳。

三年了！三年来，墨九从来都没有提过要去找萧乾，甚至好多人都以为，她从来不在意这个事。

这一次，她怎么会突然这么快就做了决定？

乔占平小声道："巨子，战事瞬息万变，沿途也多有风险——"

"无妨！"墨九抬手阻止他继续说下去，冷静地一笑，"我带着一车车威力极大的火器，我有连发火铳在手，我还怕人家来抢劫？笑话！哪个不怕死的，尽管来就是了！"

这样铿锵有力的话，乔占平无言以对。

墨九向来有迷之自信，对任何事情一旦决定了，他人就再无劝说的余地。

"唉！要是左执事在，就好了。"说话间，乔占平对墨妄的事儿还是唏嘘不已，"巨子到底一介女流，出门在外，多有不便。"想了想，他又建议，"若不然，这次让尚雅陪你同行？"

墨九笑着调侃："我带走了她，你舍得？"

说到尚雅，乔占平脸上有微笑之色："不碍事，我们老夫老妻了。况且，她在兴隆山一待就是五年，也应当出去走动走动了。"

"是呀，再不走动，她都快成大胖子了。哈哈。"

墨九大笑着，突然又收敛了神色，目光越过乔占平，望向了不知名的某处。

"我也应当出去走动走动了，要不然，就看不到他在战争中的风采了。"

墨九的决定当即引来了轩然大波。

从织娘到曹元，每一个人都不支持她的决定。

然而，每一个人的劝说都打了水漂，最终也都被她无情地打压下去。

不管过去多少年，墨九就是墨九。

她是响当当的九爷，是墨家的当家人，她从来说一不二。

从前还有墨妄掣肘得了她，偶尔还能说服她。

现在墨妄还躺在床上像一个活死人，再也没有人管得了她了。

五月初三是小丫头的生辰。这天艳阳火辣辣的，恨不得把这片大地烤干，可到了五月初五，天际就开始雷声不绝，连绵数日的倾盆大雨，终于润泽了久旱的大地。

夏季的天，变幻莫测。但墨九的行程定好了，再无改变。

准备运往漠北的武器、粮食、衣物等都已装箱完毕，只等明日启程了。

墨九将小丫头交给奶娘看管着，自己换了一身干净的衣裳，领着玫儿去了墨妄的院子。

几年如一日，她从来没有间断过对墨妄的伺候，明日即将远行，她要把墨妄的事情安排好。

另外，她得亲自来向他辞行。

“师兄！”站在床边，想着遥远的漠北，墨九目光微微润湿，停留了许久，才慢慢坐了下来，“我这一走，也不知几时能回到兴隆山。旁事我都放心，唯独你和小丫头，我……还是有些，有些放心不下。”

一个是小孩儿，一个是植物人。

他们两个都是无法自主生活的人。

却偏偏是她很重要很重要的人。

“可我不得不去。这一次如果有什么闪失，我怕……怕再等三年。”

对哈拉和林的总攻，如果有了兴隆山最新研究出来的新式火器助阵，那结果肯定事半功倍。

而且，她再一次迷之自信地相信——有她墨九在，哈拉和林必破！

“我等怕了，师兄。我知道你是理解我的。我受够了等待的滋味儿。”她慢慢弓下身子，抚顺墨妄的衣领，微微一笑，“这些年我一直在等，等他结束战争回来。也在等你，等你给我一个奇迹，等你活生生地站在我的面前，对我说，小九，有我在，你什么事都不用管了。”

“有时候我想着想着，都入魔了，做梦都希望有这样一天。”

面色稍稍有些灰暗，她沉吟片刻，复又笑了：“你没有醒，但我也没有灰心，三年等不来，还有五年、八年、十年。我相信，总有一天，你一定会醒过来的。”

她的笑声中，有淡淡的哀伤。

她的目光，一直流连在墨妄的脸上。

幽幽的灯火下，她看着墨妄的脸……不知不觉中，已经咬紧了下唇。

岁月催人老。

躺在床上的墨妄，由于营养跟不上，老得比正常人更快。

他的皮肤有了褶皱，再不是那个哪怕穿着素袍，也是眼中有山水，脸上有桃花的俊俏儿郎。

"师兄——"墨九把头慢慢低下，脸搁在了墨妄的手臂上，感觉到那手臂上的瘦骨嶙峋，几滴泪水慢慢滚落下来，落在墨妄的手臂上，透过薄薄的衫子，浸入了他的肌肤。

伴着她眼泪的，是她至痛至伤的低声喃喃。

"我曾经对老天起过誓，若能换你醒过来，我墨九自愿减寿十年。

"不，二十年亦可。

"但老天……为何就是不肯应我？"

一句又一句，她低低说着，如泣如诉。

没有人回答她，房间里除了墨妄，只有她自己，就连玫儿都守在外面。

墨九独自趴了一会儿，慢慢抬起头来，歉疚地看着墨妄："我得走了。临行前夜，还有些行李要收拾，还要安抚一下小丫头。明晨我就不来看你了，你一定要好好的，等着我回来。懂吗？"

墨妄无声地躺着。

只有风吹过帐子，徐徐地摆动。

墨九再次静站片刻，终于闭了闭眼，慢慢转身往房门走。

这一次，她没有回头。

她怕一回头，就会失去北上的勇气。

于是她也没有看见，就在她离开床榻那一瞬，墨妄微微颤动的手指。

时隔四年，墨九再次踏上了北上之路。

夏季的夜晚，路边的草地上，萤火虫发出熠熠的亮光。

一闪一闪，像天上密布的星星，在漠南通往漠北的路上，照亮着昼夜兼程的墨九一行人。

这一次墨九押送物资装备前往漠北，除了事先派人快马加鞭通知萧乾接应之外，自己还带了大约五千精锐弟子，从金州经庆阳府，从银川，再入漠南，辗转漠北。这一路，可谓千里迢迢。可她大约真是一个受神眷顾的姑娘，这一路上风平浪静，连一向鼻子灵活的旺财都没有发现半点儿异样。

同来的除了旺财，还有它的"小媳妇"狼儿。

有一狼一狗在身边，不仅多了一道警戒，也为他们枯燥的行程增加了不少乐趣。

狼儿是一条不知自己是狼的狼，它会摇尾巴，为讨主人欢心，也十分调皮。它会撒开脚丫到草丛里捕捉萤火虫，乐得一会儿打滚儿，一会儿又回去与旺财亲热。可旺财兄目前好像没有洞房过，也不像个妻奴，它总是很认真地跟在墨九的马后，认真地对四周保持高度警惕。

大概这就是狗和狼的区别。

狗永远忠于主人。

狼嘛……权且当它还童心未泯吧。

汪汪汪——

这时，旺财突然一顿，向着未知的夜空叫唤了起来。

“注意警戒！”

旺财是一只神犬，它不会无缘无故地胡乱叫唤。

墨九当即绷紧了神经，传达命令。

窸窸窣窣的声音里，整个押送队伍也跟着紧张起来。

天际一片漆黑，苍穹之下什么也看不清，火把的光线忽明忽暗，为这个夜晚添了几分凉意。旺财叫声不停，狼儿却突然兴奋起来，围着旺财不停地绕圈子，一双狼眼绿油油的，泛着一种可怕的森寒。

这样的狼儿，极不寻常。

墨九心里一凛，突然有一个不太好的猜想。

她转头命令大部队继续前进，然后派了两个坎门弟子往前查探情况。

然而，两名弟子还没有走出大部队的视线，就突然惊叫一声，拼命地往回奔，嘴里气喘吁吁地大喊。

“巨子！狼群来了——”

他们话音一落，不远处就有狼的嗥叫声传来。

夜下长风轻悠，狼叫声此起彼伏，狼群互相呼应，声音越来越近。

“狼来了！真的来了！”

哗的一声，队伍里一阵阵喧哗，弟子们有些吃惊，却也没有乱了阵脚。

“快！保护巨子。”

“速度！做好防备！”

“是！快点儿快点儿！”

“三号车，打开。”

“巨子，你的火铳——”曹元大步走过来，一手举着火把，一手将一把铁漆冰寒的火铳递给墨九。

墨九嗯一声，点点头，接过火铳，骑在马上，严阵以待。

一只狼不可怕，十只狼、一百只狼也不可怕，如今成千上万只、几万只狼呢？那简直就是一支训练有素的军队，比老虎和狮子这些独行侠更为凶残。墨九上次在嘎查村被完颜修劫持时，曾在阴山外面遇到过一次草原狼群，也因为那些狼，他们才遁入了死亡山谷，从而收养了狼儿。

她没有想到，有生之年，还能再遇一次狼群。

这样的巧合，让她都不知该气还是该笑了！

想到这里，她突然侧头问曹元："这是哪里了？"

"回巨子，再往前行十来里，就到阴山了。"

十来里？离故地很近了呀。

沉吟着，她低头看一眼情绪有些狂躁的狼儿，心里不由得感慨。看来狼对种族的天生直觉，似乎比人来得更加灵敏。狼儿从来没有见过狼，甚至从小被当成狗一样人工豢养。可一旦听到狼的召唤，它就有了本能的反应。

"嗷——"

"嗷——"

"嗷——"

狼群里的叫声，长短不一，由远及近。

仿佛那是狼族的一种口令，是狼王在下达命令。

在那样恐怖的叫声中，不过短短工夫，一群草原狼就呼啦啦围拢上来，一双双绿油油的眼睛，像一只只放大版的萤火虫，密密麻麻地闪烁在夜中，漫山遍野，无穷无尽，一眼望去，根本就看不到终点，也根本就不知到底有多少只狼。

而且，是草原狼。

草原上最为凶残的狼种。

瞧着这样的阵仗，墨九身上肉皮子有点儿麻，握住火铳的手紧了又紧。

弟子们在地面上点燃了无数的火堆，狼群并没有第一时间扑上来，也没有靠得太近。它们保持着安全距离，相当安静，也相当有秩序，虎视眈眈地看着押送队伍。

墨九与狼群对峙着，没有马上下令对狼群开火。

这批火器是她准备押往前线的，关系着哈拉和林的战争。

如果在中途用到狼群身上，说真的，她有一点儿肉痛。

说到底，狼群出动，一般也只是为了觅食。

相比之下，她宁愿给它们一部分食物，也不肯随便动用火器。

可人和狼，也没有办法交流谈条件哪？怎么说得清楚？

正在这时，一直在她马脚下转圈的狼儿，突然仰着脖子，发出一道清晰的嗥叫声！

墨九一震，惊呆了，整个队伍也霎时安静下来。

这是狼儿发出的第一声狼叫。

它以前没有听过，也从来不会狼叫，只学旺财发出汪汪或者嗷嗷的声音。

可狼，终究是狼，只听一遍，它就学会了。这嗥叫声清脆、嘹亮，听上去隐隐带了一丝兴奋和喜悦，就像在与失散多年的亲人打招呼一样，这让墨九心里莫名有些泛酸。

哪个说的，亲娘不如养娘亲？

狼儿一声接一声地嗥叫，就像在说着某种狼族才懂的语言。

那头的狼群静默一瞬，紧接着，狼群里面，也传来一声更为雄壮的嗥叫，似乎在呼应狼儿。

狼儿顿时兴奋起来，冷不丁往前一掠，就往狼群飞奔过去。

墨九被它的行为吓了一跳，高呼一声："狼儿！回来！"

狼儿听见了她的声音，顿住脚步回过头来，看看她，又看看旺财，一双绿油油的眼眸在夜色中极为明亮。

然而，就站了那么一会儿，它似乎就做出了决定，坚定地朝墨九摇了几下尾巴，却没有像以前那样，一唤就奔她而来。

它走了，速度极快地朝狼群奔跑过去——

"狼儿……回来……"

墨九弱弱地喊着，鼻子酸楚，差一点儿掉眼泪。

那感觉像养了多年的闺女，突然有一天被亲生父母认领走了。而且这个小没良心的，一点儿舍不得都没有，连多余的一眼都不愿意看她，就那样头也不回地走了。它不要她了，也不要把它从小带大的旺财了。

"嗷——"

狼儿终于冲入了狼群之中。

墨九的马下面，旺财焦急地在原地转着圈，嘴里汪汪不已。

"别叫了！"墨九有些心烦。

这一瞬，她发现自己以前的想法太天真了，简直是宇宙级的笑话。

一只是狗，一只是狼，它们怎么可能有什么真正的感情，甚至发生些什么？

“这个狗东西……不！这个狼东西，太忘恩负义了。旺财，咱们也不要它了。”

旺财不知听懂她的话没有，一直朝着狼群狂叫，那癫狂的样子，似乎恨不得扑过去。

曹元看见了墨九抹眼睛的动作，抿了一下唇，低声问：“巨子，怎么办？”

是呀，现在咋办？狼群围着他们，狼儿在狼群里面，如果用火器轰，不就把那个小没良心的一起打死了吗？可如果他们不对狼群动手，难道由着狼群对他们动嘴呀？

墨九敲敲额头，恨得牙根痒痒，身后的人群突然喧哗起来。

“巨子快看！狼群退了——”

“是呀，退了！它们退了！哈哈！”

弟子们兴奋地叫了起来，只墨九看着潮水一般退去的狼群，眼睛被突如其来的泪水一染，变得雾蒙蒙一片，怎么也瞅不清她的狼儿到底在哪里……

“狼儿！”

她终于忍不住，崩溃般对着狼群的方向大喊。

“狼儿！回来！”

“狼儿！你回来呀！”

一声盖过一声，一声比一声沙哑。

弟子们不忍心看她这样，也跟着她大喊起来。

可狼群里头，除了零星的几声嗥叫，没有别的回应。

当然……狼儿也给不了别的回应。

“唉！”墨九心里揪揪地痛，重重叹息一声，她将手上的火铳递给曹元，声音破碎一般沙哑，“也不怪这个东西没良心，它虽然离开了，可到底也把狼群都说服离开了。”她自动把狼儿和狼群的交流脑补成了一段“感人情节”，也顺便给自己接下来的决定一个理由。

“曹元，把今儿买的那一车肉，给它们。”

“是！”曹元应诺照办。

墨九也不管狼儿听不听得见，对着狼群的方向就大喊。

“狼儿！娘在这儿给你留了一车肉，你一会儿过来拿！

“狼儿！你记住，不管什么时候，不管多久，只要你回来，娘还疼你！”

她的声音幽远高亢，传入凉涔如水的夜空。

这一次，激流般退去的狼群里传来一串清脆的狗叫声。

汪汪，汪汪——

墨九知道狼儿听见了，眼眶一热，猛地双手捂紧嘴巴，压抑着疯狂往外涌动的泪水，闭了闭眼睛，狠下心来，大喝一声。

“出发！”

莫名出了这么一桩意料之外的事，队伍就少了狼儿，再次启程时，大家都有些颓废。旺财也耷拉着脑袋，夹着尾巴，有些兴致缺缺，与它的画风保持着一致的墨九，蔫蔫的，神情不大好，她却不停催促队伍加快行进的速度。

快点儿！

再快一点儿！

她恨不得马上赶到地方，见到萧六郎，助他打下哈拉和林，然后，她就可以回过头来收拾这群狼，并“解救”她的闺女了。

直觉告诉她，这群草原狼就是上次他们遇到的那群。

也就是说，它们是狼儿的亲眷。

如果狼群始终在阴山附近活动，那么，应该也不难找到它们吧？

就这般想着，他们日夜兼程，不日，就到达了布尔德。

在漠北发生这一场绵延三年的战争时，布尔德地区也陷入了极度的混乱之中。墨九一行原本准备进城采购一点儿水和食物，接着从布尔德继续上路，可哪晓得刚走到街口，就看到人群混乱地往外跑，无数人奔走着、尖叫着，嘴里喊着她听不懂的语言。

她低喝：“怎么回事？”

墨家懂得北勐语的弟子，赶紧上前为她翻译。

“巨子，他们在喊，扎布日大王来了——快点儿闪道！”

扎布日？这个名字好生熟悉？

墨九对北勐人的名字不太敏感，思忖一瞬，这才反应过来，扎布日就是一直暗恋七公主塔塔敏的那个四皇叔。由于与北勐决裂，她与塔塔敏已经四年不通消息了，对于塔塔敏的景况，她也一直不太了解。不过，她却知道扎布日整合了一部分蒙合南下的队伍，自己称了王，在草原上过得挺逍遥自在的。

如今看来，这厮原来是一个土匪皇帝呀？

横行霸道什么的，最讨人厌了！

在这个节骨眼儿上，墨九不欲与他为敌，回头对曹元说：“我们先让开路。不要和他们正面冲突！”

曹元的一个“是”字还没有说完，街道上就快马飞奔过来一群人。

他们身上穿着兵甲，手上甩着长鞭，嘴里大声吆喝着：“扎布日大王到，速速让路！”

一声接着一声，那张狂的劲儿——确实很有几分扎布日那个蛮子的野蛮风格。

紧接着，马蹄声嘚嘚而来，一群骑兵威风凛凛地过来了。墨家弟子虽然尽量让到道路的两侧，可他们身上的衣服实在太过引人注意，纵马过来的扎布日只瞅一眼，目光很快就锁定了前方的墨九。

“吁！”

这厮长喝一声，勒住马，在马背上突然拿鞭指着墨九，哈哈大笑。

“我认得你！墨九，墨家巨子！”

墨家巨子也算天下闻名了，而且墨九也曾和他打过几次交道，被他认出并不奇怪。

于是，她骑在马背上，抱拳对他遥遥揖礼。

“扎布日大王，别来无恙。”

“托巨子福，好得很，好得很哪！”扎布日笑声不变，上上下下打量着她，又扫了一眼她身后队伍中一辆接一辆的马车，目光闪烁不已，“巨子这是要往哈拉和林去的？”

“是的。”墨九毫不避讳，正视他看见物资时闪着亮光的眼。

“那边正打着仗呢，不安生。巨子若不嫌弃，不如到舍下坐坐？我就驻扎在布尔德往东五十里的贡木，骑上马，很快就到了。”扎布日说着，收回目光，想一想，又笑道，“你是不知道哇，塔塔敏这些年来，可一直想念着你。”

老实说，对塔塔敏，墨九也有想念。

毕竟那个姑娘当年在额尔小镇狩猎场，曾那样帮过她。

不过，在这样的节骨眼儿上，她可不想狼入虎口。

她笑了笑：“这次我还有事，等回头再去探望她。”说到这里，她忍不住又问，“不知塔塔敏现下是一个怎样的境况？我一直没有她的消息，曾经试过给她捎信，也苦无回音，亦是挂念得紧呢。”

“好！好！她好得很。”扎布日发出一道爽朗的笑声，就好像他和塔塔敏真的情投意合，共结连理，从此过上了幸福快乐的生活一样。然而，敏感如墨九，还是从他一连几个“好”字里，捕捉到了一丝不经意的尴尬，以及掩饰不住的沉郁。

看来并不是真的好了。

墨九记得塔塔敏并不能释怀他们的关系。

瞧这情形，难道扎布日这个野蛮人，逼迫了她？

心里有些担心，可这个时候，她顾不上塔塔敏，毕竟还有更重要的事要做。

就着那个微笑，她再次抱拳，对扎布日笑着道：“她的日子过得好，那我也就放心了。扎布日大王，墨九还有要事，着急赶路。就此别过了！”

“慢——”

扎布日突然沉了声音，等墨九回头看去时，他又换上一张笑脸。

“巨子，择日不如撞日。何不先到舍下喝杯水酒再走？反正这场仗一时半会儿也打不完，你不必在意多几天，还是少几天。”

墨九心里阴阴地冷笑。

人心都是贪婪的，她带着这么多东西，本来就是一块香喷喷的肥肉。

没本事抢劫的人也就算了，但凡遇到有本事抢劫的，在这样的乱世，谁不想捞一笔？

扎布日的心情她能理解，可她不能便宜了他。

微微扬眉，墨九乐了：“扎布日大王，咱们明人不说暗话。你有什么心思，瞒不过我墨九的眼。我也不瞒你，如果看在塔塔敏的面儿上，分你一点儿物资，墨九是乐意的，可若是扎布日大王胃口太大，想把墨家的东西据为己有，那就不要怪墨九不讲情面了。”

她这个直来直去的人，这么直接把扎布日的私心说出来，让他微微有些窘。

“这个……这个……巨子，我也不瞒你。手底下弟兄多，个个要吃要喝的，我这日子也不好过。你看，不如这样好了——”目光再次扫一下墨九的车队，他捋了捋下巴上的小胡子。

“咱们一人一半！五五分。”

一人一半？墨九牙根又痒了。

“你想得可真美，你咋不上天呢？”

听她到不留情面的冷喝，扎布日也黑了脸。

“巨子不要敬酒不吃吃罚酒，就你这几号人，我扎布日还未瞧在眼里，要不是看在塔塔敏的面儿上，我会容你带走一半？你既然不给我留活路，那就莫怪我不给你留活路了！”

果然是乱世呀！

抢东西也抢得这般理直气壮。

这到底是谁不给谁留活路？

墨九被他的话气笑了，眼睛冷冷一眯。

“行，那咱们谁也别留情面，真刀真枪地上吧！”

看她双眼染上血气，扎布日骑在马背上的身躯微微一僵。

那样子，似乎有点儿犹豫。

“墨九，你真要逼我动手？”拖长着粗嗓门，扎布日掌心扶一下腰间的刀，摩挲着，分明有些不确定。沉吟一瞬，他又拿闪烁的眸，望向墨九那些物资，劝解道，“布尔德可不比别处，这里混乱得很。就算我不抢你，也有别人……何必呢？”

墨九冷笑。

“连你我都不怕，还怕别人？别人可和我不熟，我不会这么留面子。”

这个回答简直绝了。

又捧了扎布日，又狠狠地打了他的脸。

他尴尬一下：“你也看出来了，我的兵马比你多无数倍，你不是我的对手。说到底，我只为求财，也不想要你们的命，何必让大家难堪呢？和气生财不是你们中原人的信条吗？”

呵！

墨九笑了，下巴抬高，姿势极傲慢。

“扎布日大王是不了解我墨九。要我的财，比要我的命更容易得罪我。”

“哈哈哈！”扎布日被她的话逗笑了，细思一下，他皱眉，“既然巨子这么看重钱财，那不如各自退让一步。三分之一，我们只要三分之一如何？”

居然服软了？

见他这般，墨九也莞尔一笑。

“扎布日大王既然都这么说了，我也就不敢相瞒了。若在平时，你来我兴隆山，这些物资算什么！我墨九什么都缺，就是不缺钱财。莫说这里的三分之一，十倍给你又如何？”

看扎布日听得眼睛都亮了，她却微笑着抿抿唇，叹息一声。

“但今时今地，相信扎布日大王也看见了，知哈拉和林的战事迫在眉睫，我这批物资干系着无数人的性命，干系着战争的胜负，也干系着我墨九自己的幸福，莫说三分之一，一毛我也不会拔出来给你！”

最后几个字，她声音铿锵有力且坚定，听得扎布日和那些将士，以及周围围观的百姓都怔住了。

如果一个男人这样说，效果没那么惊人。

可墨九是一个女人。

一个骑在马上，个子不壮，气势却比男儿更壮的女人。

扎布日沉默半晌，看墨九不肯退步，终于慢慢拔了刀。

话都已经出口了，他这个时候不会认怂，也不能认怂。

铿铿的金铁声里，他冷冷一哼。

“你既不肯相商，那我们就各凭本事吧！”

刀一挥，他一马当先，沉声大喝。

“兄弟们！上——”

一群北勐大兵骑着马狂躁地冲了过来，而墨家弟子在墨九与扎布日说话的时候，并没有闲着，早就已经拉开了阵势。这个时候，听扎布日吼声如雷，墨九的手也高高扬了起来。

“杀！”

一个字，饱含血腥。

“杀！”

“杀！”

双方人马隔得很近，周围又有很多百姓，在这一点上，擅长火器攻击的墨家比较吃亏。不过墨家弟子这些年来潜心学武习阵，大大小小的场面也算见过不少，打仗的经验虽然不如扎布日来得老道，但杀人的本事，却一点儿不比他们弱。

街道就这么宽，一杀起来，百姓纷纷闪避奔逃。

摊子翻了，蔬菜水果竹筐板子散落一地，狼藉不堪。

人群的尖叫声、马嘶声，从街头一直传到街尾，响彻了高远的苍穹。

在墨九的指挥下，曹元带着一群武艺高强的墨家弟子顶在最前面，堵住扎布日发疯般的进攻，她自己则领着后方的墨家弟子向外面退去——只有在更宽敞的地方，离开了百姓，拉开了距离，他们才能发挥火器上的强大优势。

他们速度很快，一直往城外退去。

曹元那一群人，也观察着局势，边打边退。

扎布日步步紧跟，他兵马多，街口却窄，一时半会儿他也没别的办法。

两批人马，这么打打杀杀着，墨九等人终于离开了布尔德的城镇。

明面上看，扎布日占了上风，把墨家逼得节节后退。

可到了城外，墨九威风凛凛的大炮架上，形势就不一样了。

砰一声！

她骑在马上，举着火铳开了第一枪。

得了她的命令，曹元等弟子不待言语，纷纷纵马往后退。可扎布日也不傻，从他们的布局上，他就已经明白了墨九的意图。冷哼一身，他领着人紧紧追上去，缠着曹元那一批人就不撒手，口中高呼。

“不要让他们脱单，杀上去！”

“墨九，你想使火器，没门儿！老子偏不给你机会！哈哈！”

眼看双方胶着得厉害，墨九也伤脑筋。

在敌人疯狂拼刺刀的时候，她怎么放大炮哇？

砰砰！

她又连续发了两枪，正准备让弟子们布好阵势，一面接应曹元，一面阻止扎布日那条疯狗冲上来混战，突然听到东面依稀有马蹄的声音传来。

来人数量不少，马蹄嘚嘚如狂浪卷过，呼啸而来，速度也很快。

她抻长脖子望去——

此时正值黄昏，天色有些暗然。

她瞧不清到底是什么人，却可以感觉到那是一群训练有素的正规军。

会是谁的人？

正如扎布日所言，布尔德确实混乱，各方的人马都有，该不会一批敌人还没打退，又来一批闻到肉香想来分食的敌人吧？

“大家做好准备！”她声音冷冷地命令，“如果是敌人，不等他们靠近，就放火炮！”

“弟子领命！”

“我墨九敢走布尔德，就没想过怕字怎么写！”

“巨子威武！”

墨家弟子大声喝道，声音整齐有力。

大不了一拼，这就是最坏的结果！

墨九从来不怕事，她的勇气与力量，也是墨家弟子的精神支柱。看她这样，大家也信心倍增，心里一样都是那句话——大不了就是拼命。他们有这么强大的火器，难道会坐以待毙？就算自己讨不了好，也不能让敌人得逞。

嘶吼声不断，墨九的样子冷静而从容。

可只有她自己知道，心里多么忐忑不安。

这样多的物资，她万万不能失手——

萧六郎还等着她呢！

一手抓住缰绳，一手握紧火铳，她由着马儿在原地焦灼地打了一个转，目光死死盯着那一批来路不明的兵马的方向——

那批兵马狂奔着，越来越近，越来越近了。

近得依稀看得见旌旗在摇曳摆动。

她看不清高扬飞舞的旌旗上面到底写的什么字，握着火铳的手，不免有些汗湿。

“大家准备，瞄准目标！”她冷静地下达着命令，“一旦有情况，先下手为强！”

“是。”

一众弟子与她一样，屏气凝神地等待着，等待着敌人的靠近。

“巨子！快看！”

正在这紧张的时候，她背后的几个弟子突然惊喜地大声叫了起来。

“是萧王的人！是萧军来了。”

“是，确实是萧王的人！”

“萧王来接应咱们了！”

“来了，来了！巨子，他们终于来了！”

这些天，他们从既定的路线过来，一直在盼着萧乾的接应。可从漠南盼到漠北，一直没有等到人。墨九知道萧乾要准备哈拉和林的总攻，肯定忙得不可开交。而且，路途这样遥远，等她的人到达漠北，告诉他这个消息，他再派兵来接，时间本来就很漫长。

在漠南，她盼过。

在狼群来的时候，她盼过。

在阴山，她也盼过。

可在布尔德与扎布日杀上的时候，她却来不及盼。

没有想到，柳暗花明又一村，他的人来得这么合适。

思忖间，上万骑兵倏忽到了。

“巨子！自己人！莫杀！”

那边的人，在拼命地大喊，朝他们挥手。

“巨子！是他们，是他们。”

墨家弟子也在喊，似乎在叫她回应。

墨九双眼半合着，心里怦怦乱跳，有一些莫名的紧张。

一批一批萧军拥上来，奔在最前面的人，已经冲入了墨家的战场。

墨九悬着的心，已经落下去。

举着火铳，她慢吞吞上前几步，面对萧军大喊。

“不知萧军领兵的是哪一位将军？”

原本她是为了对人说一声感谢，对面却没有人回答。

只有一骑从骑兵队伍中冲了过来，如电，如雷。他速度极快，冰冷的甲胄闪着质感的寒光，高举的剑身幽寒而刺骨，身后的披风高扬着，带着凛然的冷意，浑身上下似乎都散发着一种强大的震慑力，瞬间将空间冻结住了。

是的，冻住了。

墨九听不到喊杀声，也看不见别的人。

她的眼里只有那个骑马飞奔向她的男人。

猿臂蜂腰，野性雄壮，立体的五官棱角分明，高鼻、深目、薄唇，黝黑的皮肤……这张脸，仿若上苍用最为精细的一支工笔雕塑而成。他踏着战争的风云而来，他出奇俊美，出奇高贵，也出奇让墨九意外——

萧六郎！

这是萧六郎？！

三年不见，他的脸……怎会这样了？

与以前一样俊美，却又与以前不同。

历经三年风霜，他被洗礼成一个更加富有男人味的人。

似乎变得……更加威风了？！

墨九的脑子里乱糟糟的，一片空白。

搜遍脑子，也找不到合适的词来形容他。

搜遍脑子，也想不出与他见面该说的话。

一直等到那个男人的马到了她的面前，而他深邃的黑眸，贪婪地盯住了她。

“阿九……”

他的声音，一如既往带点儿沙哑的磁性，也一如既往深情得令人心碎，听得墨九心脏一抽一抽的，轻轻颤了几下，又咚的一声，像一块石头终于落地，又像什么东西被高高撩起，怦怦地撞击着心脏，跳着，唱着，双颊竟然一点点燃烧起来，烧得一片滚烫。她情不自禁地放开缰绳，怔怔的，如同做梦一般，拿掌心触了触脸，又狠狠掐了一把，确定不是在做梦，才结结巴巴地问他。

“你怎么，怎么亲自来了？”

才将一个“杀”字喊得震天响的墨九爷，转瞬就变成了羞涩的小女人。

这画风转变得……让墨家弟子纷纷惊住。

萧乾嘴角微微上扬，回头看一眼正在厮杀的三方人马，在扎布日暴跳如雷的骂人声中，徐徐扭回头，盯着墨九的眼睛，当着她和一群墨家弟子的面，微笑着慢慢吐出几个字。

“我的女人来了，我自然要亲自来接。”

背后有隐隐的笑声，墨九面薄，忍不住臊了臊，因为紧张，眼皮也眨得飞快。

“我呸！几年不见，嘴巴倒是变甜了。”

“谁让阿九就喜欢听？”

“……”墨九白他一眼，脸上的热烫终于慢慢褪去，“我现在懒怠和你计较，先把扎布日收拾了，回头再好好审问你，哼！看你到底有多少事瞒着我。”

看到他的脸，墨九就知道他一定瞒了她不少事情。

三年来，两人一直互通信函，中间从未有过断联的时候。

可萧六郎从来没有提到过，他的脸已经好转这件事。

这样大的事情他都瞒着，别的事儿，不是更瞒得厉害吗？

接收到她冷飕飕的视线，萧乾似乎猜到了她的想法，脊背凉了一下，笑着摇了摇头。

“三年不见，我这婆姨还是这般凶悍！不告诉你，无非想给你一个惊喜罢了。”

惊喜？！嗯，好像刚才那一瞬确实是挺惊喜的。

可除了惊喜，还有惊吓好不好？差一点儿，她心都不会跳了。

“怎么了？叫一声婆姨，你竟变傻了？”

对他宠溺的态度和语气，墨九心里其实非常受用，嘴上却不肯饶人。

“我呸你个呸！还会不会说话了？什么婆姨？果然野蛮的地方待久了，粗俗！”

萧乾轻笑一声，拍马往前走了几步，掉了个头。与她肩并肩站着，距离近得两个人的马紧挨着都快要擦出火花了，他才偷偷拉了一下她的小手，默默握在掌心，小声说了一句。

“俗不俗我不知，但粗嘛……一直都是粗的。阿九心知。”

掌心传来酥酥的触感，带着久违的温情。墨九本就有些激动，他的手指一拨一拨的，让数年不曾与他牵手相拥的墨九，居然紧张得脑子发僵短路，隔了好一会儿，才反应过来他这句话……似乎有些不对?

猛地偏过头去，她脸蛋臊红：“噫，你这话什么意思？”

萧乾淡淡一笑，并不回答，只紧紧抿着双唇，拿一双过分晶亮的眼盯着她，一直盯着她，就像一头饿了八百年才看见肉的野狼盯着他鲜美的食物，寻思要从哪里下口，眸底传递出来的光芒，赤辣辣的，火燎燎的，让墨九头皮发麻。

“萧六郎，你这么盯着我，我怎么觉得……瘆得慌？！”

“别怕！”萧乾矜持地端正一下身姿，一派云淡风轻，“我不会吃了你。”

“唔！”墨九撇嘴，“我看未必吧？就算不吃，肯定也要拆几根骨头的。”

“……”萧乾对她的直率有些无语。

稍顿片刻，他幽幽道：“不会吃。我只用用！毕竟吃了，就没的用了。”

“……”墨九也对他服气了。

事实上，她有些不敢想，一个饿了三年的男人会爆发出怎样强大的战斗力。

也有些无法想象，一个男人到底怎样才能为一个女人守身如玉三年？

念此及，她目光幽幽一寒，压低嗓子审问：“老实交代，你有没有背着我偷吃？”

萧乾一本正经，严肃着脸，挠一下她的手心：“小的不敢！”

这个小动作，让墨九心里一酥，声音都软了不少：“怎么证明？”

萧乾低笑：“娘子回去检查便知。”

墨九不高兴地翻白眼：“这种事，我哪里检查得了？你偷吃了，难道会不擦干净嘴吗？”

唯女子与小人难养也！萧乾忖度着这句话，极其无奈地瞥着她，喟叹一声，突然轻唤。

“阿九……”

“嗯？”

“你觉着我们在此时讨论这个，合适吗？”

墨九呃一声，忍不住笑了。

是呀，久别重逢，叙旧述情都没有问题。

可眼下敌我两方正杀得不可开交，说这些好像是不太合适！

嘿嘿一声，她笑道："见到你变帅了，我一时没有忍住嘛。"

"果然你还是介意我的长相的……"

"废话！"墨九见他的脸好了，也就不太避讳了，"我是个'颜值控'好吗？虽然你不管长什么样子都是萧六郎，但我眼睛又没瞎，也喜欢看一个长得好的萧六郎不是？"

"哼！你无耻！"

"你卑鄙！"

"你下流！"

"你不要脸！"

"……"

两个人互骂着，又说了一些彼此的近况，萧乾终于换了一个话题。

"这个扎布日，平常在贡木一带活动，今儿怎么跑到布尔德来了？"

听他这样一问，墨九心里微微一惊："你是说，他事先得到了我押送物资过来的消息？"

萧乾眉心微微一拧，点点头："你这一行过来浩浩荡荡，并未保密，知道的人肯定不在少数。他知道，并不奇怪。"

"也是。"

"只是——可惜了。"

墨九不太明白他的话，轻声问："可惜什么？"

萧乾目光转向战场，思绪似乎飘得极远。

"可惜扎布日，原是一个有才之人，却因一段畸变之情，枉误一生。"

听他这样说，墨九沉默了。

萧乾的话，不无道理。

老可汗还在的时候，扎布日原本就是汗位极有力的争夺者，却因为他对塔塔敏的畸形感情，在汴京一战违反军规，将自己的前途彻底断送。可蒙合一死，乌日根登基，苏赫跟着自称汗王，北勐局势一变，他却能够准确地把握住时机，并说服了蒙合麾下那些旧部，趁着人家窝里斗，在贡木拉起一支队伍来，做起了一个地方军阀大王，并让其余扯单旗的王族部落都听命于他，也确实挺有本事。

有些人，天生就是枭雄的命。

蒙合是，扎布日其实也是。

他与蒙合的不同点在于，蒙合从不为情所惑，他却被困了一辈子。

想到这里，墨九不由得感慨：“也不知塔塔敏怎样了。”

萧乾看一眼她的侧颜，沉吟片刻才道：“她被扎布日囚禁在贡木。”

心里狠狠一抽，墨九当即惊住了：“什么？囚禁了？”

这个时候，她回想起扎布日先前的闪烁其词，还有那一脸尴尬的神色，忍不住骂了一声娘。

“这个混账东西，不知该说他深情，还是该说他傻，怎么能做出这种畜生不如的事来呢？”

萧乾对塔塔敏，并没有墨九那样的情感。

他淡淡说着，面色平静，语气没有起伏，就像只在陈述一个别人的故事。

蒙合一死，哈拉和林就彻底乱套了。阿依古势力庞大，可不服她的也大有人在。乌日根性格温暾，本身极其软弱，凡事都只能听阿依古的摆布，根本就不是当汗王的料。北勐人向来崇尚强者，当初阿依古推举蒙合，大家都拥簇，除了有纳木罕的助力之外，更大的原因是蒙合自身是一个强者，是一个可以用武力震慑别人的强者。

可乌日根不是。

他为汗王，北勐其实是落在阿依古手上。

一个女人如何带领北勐走向强大？

在这样的怀疑状态中，宗亲之中有异心的人，自然就多了起来。

扎布日是有这个心思的，趁着哈拉和林内乱，半夜带着王府里的几千兵马，在公主府劫持了塔塔敏，领兵出走哈拉和林。塔塔敏原是不愿意随他去的，无奈到了贡木，她亦是不肯屈服于扎布日，多次逃离贡木。三番五次逮她回去之后，扎布日终于不耐烦了，专门为她造了一个巨大的囚笼，将她囚在里面，再不能出走半步……

“娘的！”墨九拳头握紧，“这个王八蛋，把女人当什么了？活该塔塔敏不要他。”

听她语气颇为激动，萧乾迟疑一下，劝抚她半天，才接着说：“这期间，塔塔敏怀了身子，但刚诊出没有多久，扎布日的兴奋还没落下去，她就小产了。”

“啊？！”墨九瞪大了双眼，“小产了？难道是因为……”

因为什么，她没有接着说下去。

但萧乾听懂了，她怀疑是因为他们的血缘关系。

他摇了摇头，冷静地说："是她自己弄掉的。为此，她不惜自残……"

不惜自残？！想着塔塔敏那张倔强不屈的面孔，想到她被扎布日折磨的惨状，墨九有些听不下去了，突然打断他。

"六郎，她现在怎样了？"

"还在贡木。"萧乾想了想又道，"一直未传死讯。"

这个回答太有意思，饱含了萧六郎的交流哲学，差一点儿就把墨九气笑了。

没传死讯？这意思是，活得不好，但也没有死吗？

真是相爱相杀的一对呀！

畸变错位的爱，占有欲爆棚的情，哪里能落得到好？

她可怜塔塔敏，可眼下的情况，却又对此束手无策。

毕竟扎布日不再是以前的扎布日了。他已经称了王，手底下有大批的兵马。

要救塔塔敏，该怎么办？

她心下正烦乱，突然听到萧乾的轻笑："阿九别难过。你若想救她，很容易。"

很容易？墨九蒙了："可你目前，哪里腾得出手来对付他？就算这场仗打败了他，甚至打死了他，贡木还有那么多人呢……"

萧乾淡淡一笑："对你男人这么没信心？"

去！这是信心的问题吗？

墨九不高兴地抿一下唇："别卖关子了！有什么办法，直接说。"

萧乾微抬下巴，看着战场旋涡中龙精虎猛得像一个野蛮人的扎布日，眼眸半合着，整个人透出一种冷艳的倨傲，如夜空下的王者："此人成也塔塔敏，败也塔塔敏。他的软肋更是塔塔敏。这一次，我不仅要让他主动放掉塔塔敏，还要让他——替我攻下哈拉和林。"

"啊——"

墨九这一次声音拉得老长。

隔了一瞬，看萧乾面色冷静，还是那一副胸有成竹的讨厌样儿，她不由得嗤一声，拿火铳指着混乱厮杀的战场，拔高了音量，激动地骂："就他？就那个油盐不进的混账玩意儿，他对塔塔敏都入魔了，你怎么说服得了他？"

萧乾眼眸一眨："阿九叫一声好夫君，我就告诉你。"

墨九："……"

都孩子她爹了，要不要这么肉麻呀？

看墨九一脸看神经病的样子，萧乾哈哈一笑，突然猛拍马背，驾一声，纵马跃了出去。

“阿九等着！”

很快，萧六郎一人一马就落入了战场的巨浪中，整个人不见了影子。

失落三年，初初得见，转瞬又消失在面前，墨九的心，霎时悬了起来。

她不知萧六郎要如何说服扎布日。

实说，若只单单劝服扎布日放掉塔塔敏，难度应该不大。

因为从墨九个人的感觉来说，扎布日是爱塔塔敏的。但这个汉子太粗糙了，根本就不懂得女人的心，更不懂得爱是什么。他只一味地依从自己的心，占有、霸道，不许她逃，不许她挣扎，不许她说一个不字。却不知，爱若指间流沙，捏得越紧，越让人喘不过气来，越想要逃得远远的。

所以，只要有人晓以利弊，他茅塞一开，自然不会真的为难塔塔敏。

可如果让他带兵去攻打哈拉和林，那是什么难度？

扎布日三年前趁势跳出战争旋涡，扯大旗自立为王，不就为了逃避这场窝里斗吗？这样拉他上战场，公开和哈拉和林，和阿依古势力正面为敌，想来怕是不容易……

她坐在马背上，远远观望。

看不见，看不见！

想了想，她索性站在了马背上。

黄昏中的战场，激烈而混乱，嘈杂的人马混挤在一起，衣饰也都差不多，根本分不清谁是谁。她偶尔依稀看到了萧乾披风的一角，可仔细瞅，又瞅得不真切，不由得有些焦躁。

她那副紧张的样子，惹得玫儿轻笑不已。

“姑娘，别看了，咱姑爷一会儿就回来了。”

被她打趣了，墨九瞪她一眼，悻悻坐回马背上，轻声嗤她。

“小蹄子胆大了，连你家姑娘都敢取笑！我看得让曹元早早收了你去，看能不能管住你这张坏嘴……”

曹元与玫儿就站在一起。

古人都腼腆，听到墨九这句话，他两个都不自在地臊了脸。

玫儿不好意思地唤了一声“姑娘”，低低垂下了头，曹元则是嘿嘿直笑。

看他俩这样子，墨九也忍不住笑了起来，那眉目飞扬的神态，整个人都是放松的，再无来时路上的紧张了。

这就是小女人与女汉子的区别了。

没有萧六郎在的时候，她背后无所依靠，风来吹她，雨来淋她，凡事她都得靠自己，不得不将自己全面武装起来，不让任何人发现她的软肋与破绽，不管是内心还是为人处世，也都容不得半点儿差池。

可如今不一样了。

有了萧六郎，她整个人都松懈下来。

在他的面前，她什么都不用做，只需要等待……

轻拉马绳，她和玫儿打趣着，眼睛却一直望着萧乾那边。

不一会儿，混乱的人群里，隐约传来几声模糊的吼叫。

“啊！”

“哈哈哈！”

“哈哈！”

“真的？！”

“哈哈！”

那些北勐人在吼什么，她听不懂，离得太远了，她也听不太清，心里惊了一下，屏息凝神望过去，仔细倾听，竟然是一片惊喜的声音。

紧接着，原本激烈的厮杀战场，居然慢慢地停了下来。

一片又一片的战士放下了武器。

战场霎时诡异地凝滞了，众人都望向人群的中间。

“怎么回事？”

“谁在喊住手？”

“大王！”

“萧王！”

“打还是不打？”

“不知道。”

“刚才大王在笑什么？”

“天知道！”

人群议论纷纷，很多人还是不知究竟。

墨九也正自诧异，却见人群中慢慢分开了一条路。

萧乾一马当先走在前面，背后跟着满脸溅血的糙汉子扎布日。两个人有说有笑着，像多年不见的亲兄弟，而扎布日脸上闪着红光，神色也极为兴奋。

“巨子，误会，误会！刚才冒犯了，望你海涵！”

远远地，他爽朗的道歉声就传了过来。

这都在搞什么？墨九一头雾水。

嘚嘚的马蹄声，转瞬到了面前。

墨九张着嘴望着萧乾，只等解释，却见萧乾朝她点了点头。

“阿九，把你手上的物资都交给扎布日。”

“啊？！”墨九愣住了，“可是——”

“听话。”萧乾一袭黑甲闪着冰冷的寒光，语气也是不容置疑的。他盯着墨九的眼睛，与她交换着眼神儿，朗声道：“我军中不缺粮食，既然扎布日大王现在需要，救急如救人，先给他们也罢。”

我的老天爷!

当真不是他造的呀，毫不心疼地就做了人情?

墨九腹诽着，恨不得瞪死他。

却听萧乾又补充道：“我与扎布日大王已说好，除了粮食之外，我们把这批火器也给他，由他来帮我们攻打哈拉和林——”

呃!

原来如此。

她就说嘛，萧六郎岂是会做亏本买卖的人?

抿了抿嘴，她却不由着他，还得抬高价码，以便给扎布日心理负担。

“有了这批火器，谁打哈拉和林不行？又不是非他不可。”

她这一说，萧乾就笑了。

墨九这点儿小心思，他岂会不知？！

淡淡一笑，他侧目看一眼尴尬的扎布日，半开玩笑半认真地道：“攻打哈拉和林，确实谁人都可以。这一仗，从目前来看，我方也必将取胜。但若论及可控伤亡，用最短的时间，打最漂亮的仗，却没有人比扎布日大王更合适。”

顿一顿，他继续为扎布日“挽尊”。

“我对扎布日大王很有信心。”

其实他说的这些，墨九心里也清楚。

不管是萧乾还是辜二，他们始终不是生长在草原上的人，对哈拉和林也远远不如扎布日熟悉。甚至如今驻守哈拉和林的北勐骑兵中，好多还是扎布日的旧部。相对于软弱的乌日根，崇尚强者的北勐骑兵，对强悍勇猛的扎布日更为敬重。若他愿意出阵，当然是极好的。

可问题是，他如果拿了东西又反悔怎么办？

总不能上去咬他一口吧？

墨九哼了哼，不开口。

萧乾瞄她一眼，似乎明白了她的疑惑，递过来一个安心的眼神。

"照办吧阿九，时间不多了。"

是呀，时间不多了。他们犹豫不得。

墨九先前就已经听他说了，三日后，萧、苏两军就将对哈拉和林展开总攻，决定胜负的日子，就剩三天了。再继续拖下去，他们来不及赶回了。

可是，她不管萧乾对扎布日的信心来自何处，总归还惦记着另外一件事。

犹豫着，她问："那塔塔敏呢？她的事怎么办？"

"巨子放心。"扎布日见她对塔塔敏是真的关心，脸上的表情也恢复了一些憨直的喜气，当然，还有难堪与尴尬，说话也吭哧吭哧起来，"我实在，实在也不想为难她，可这没良心的东西，总想跑。只要一会儿不看住，她就跑，气得我恨不得把脚筋给她挑了……"

说到此，他苦笑一下，话锋一转，满带喟叹："巨子，若她见到你，可以得到快活，我也欢喜，又何乐而不为？你且放心，等此战一过，我便带她来见你。"

"真的？"墨九对他不太相信。

"自然是真的。"扎布日取下头盔，不好意思地挠了一下脑门，突然又看向萧乾，认真地说，"萧王莫要忘了答应我的事。"

萧乾浅浅一笑："我萧乾出言无悔，你当宽心。"

"那就好。"点点头，扎布日又看着墨九嘿嘿一笑，双眼炯炯地望向她身后连成一片的物资车辆，脸上露出一抹极为欢喜的神色。

"早闻墨家火器天下无双，今天有幸得以一用，也不枉我带兵一场了。"

"墨家的东西自然是好的。"墨九毫不客气地替自己家吹牛皮，说着又哼了哼，"不过，扎布日大王若只得这些火器去，也是无用的。墨家火器制作精巧，使用也得讲究技巧，不是谁都玩得来的。”

“啊？”扎布日有些窘，他本就是个粗人，闻言大惊，“那可如何是好？”

“简单！”墨九目光中露出一丝狡黠，“我得派弟子随你前去。”

“那好，那敢情好！太好了。哈哈。”

笑，笑个屁！

自家的好东西要送人，墨九心里不太高兴。可想想有人替他们攻城卖命，也就罢了，反正武器是用来杀人的，谁杀不是杀呀？。他杀总比自己杀强啊。

她嗯一声，回头向曹元使了一个眼色。

曹元会意，很快就安排了起来。

扎布日手底下的将士，听说这等好事，一个个亢奋地拥了上来，像摸宝贝疙瘩似的，摸着火炮的炮筒爱不释手，拿着火铳瞅上瞅下，比瞅亲儿子还亲。那一副喜欢的模样儿，很快就把墨九逗笑了。

“这些人……真有意思。”

扎布日也挤在战士堆里，摸摸这个，捏捏那个，嘴里大笑不止，瞅得墨九终是忍不住，瞥萧乾一眼，笑着摇头。

“你看他，多像一个活宝哇。”

“活宝？”萧乾微微一怔，“那是什么？”

“就是脑子有毛病的人。比如你！”

“……”萧六郎迎风肃穆，表示自己很正经。

“别装了！”墨九冷下脸来，瞪他，“不要以为我不知道，你和他的事，肯定没有那么简单。现在我先不问你，等回去了，你得好好给我一件一件一五一十地交代清楚。”

这霸道的样子，听得萧乾不住叹气。

“哪有女子这般凶悍的？你呀，还这脾气……”

“怎么？不喜欢？”

“喜欢。”萧乾严肃着脸，“喜欢得……心口都扯痛了。”

“我去！你在作死吧？要不要给你一个机会改改词儿？”

“谢谢。我喜欢得……”萧乾皱眉考虑一下，突地凑过头来，将小小的声音，递入她的耳边，带了一点儿捉弄，“都忍不住……了。”

“流氓！”

两个人斗嘴说笑的当儿，那边已整肃完毕。

扎布日远远地站在人群前方，手抚胸口，朝他俩施一个礼。

“萧王、巨子，托二位福，扎布日带着东西，就此告辞了。”

“慢走。”萧乾回礼，“莫忘约定。”

“哈哈，萧王放心。三日后，我等必来与你会合。”

萧乾轻声一笑，抱拳道：“好，萧乾恭候你的到来。”

“好，哈哈！”

“驾——”

“驾——”

扎布日率先打马奔去。

浩浩荡荡的车马，如潮水一般跟在他的背后，滚滚而去。不过这一次，押车的人除了扎布日的骑兵，还有前去负责教导他们使用火器的墨家弟子。当然，曹元不用墨九特地交代，就私底下偷偷嘱咐了带队的坤门弟子靳金水——密切注意扎布日的动向，顺便查探一下塔塔敏的行踪。

墨家一行人，一分为二。

一队跟着扎布日去了，剩下的人跟着墨九、萧军的队伍，继续赶在夜色到来之前，往哈拉和林的方向进发。

布尔德离哈拉和林，还需两日路程。

也就是说，萧乾这次前来接应墨九，时间赶得很急。

一旦掐不准，就得误了攻城的大事。

“你也真敢赌。”

墨九对萧乾的此番行为，佩服得五体投地。

“我必须赌。”萧乾淡笑着看她，“因为我的阿九比什么都重要。”

他宠溺的眼神、暖暖的目光，落在墨九的脸上，让她如同徜徉在阳光中，被幽幽的轻风吹拂着，耳边听见有人在说：他可以输掉全世界，却不敢输掉她。所以，无论如何，他都得亲自来迎，不能把她一个人置于危险之中。

出发的第一日，阳光明媚。

两个人并肩驰骋在草原上，在一片被战火洗礼过的土地上，你追我赶，好不快活。

这一天，四野静好。

昼夜未停地赶路，中途众人只以干粮充饥，这样紧赶慢赶，到了第二日晌午，萧军的驻营地，慢慢就近了。

在萧乾怀里窝了一夜，睡了个半饱的墨九，打着哈欠，看着远处那一群层层叠叠的帐篷，还像当初那般用他俩研究出来的八卦布阵法摆放着，心底不由得生出一抹暖意。

她侧目看向萧乾，眸底含笑。

“这法子，你还用着呢？”

“嗯，和阿九一样，准备用一辈子，不换了。”

“好吧。”墨九抿着嘴笑，“你呀，越发爱说好听的了。”

她笑声清脆，萧乾却突然沉默了。

隔了好一会儿，在墨九愕然不解的目光中，他才定睛看着她，眼中饱含浓浓的爱怜，声音也略略低哑：“阿九，这三年来，每当有危险来时，我就有些后悔。”

“悔？悔什么？”

在墨九的心里，萧乾是从来不悔的人。

他却说，他悔了。所为何事？

“悔我不曾对你说这些话，没有告诉你……我爱你。”

不曾经历，就无从感受。

这席话有一些肉麻，可萧乾说得很正经。

墨九安静听着，眼圈慢慢就红了。

良久，她迎着风，拭了拭眼睛，不好意思地低头，小声喃喃。

“六郎，我和直直，也一直爱你。”

萧乾喟叹一声，牵住她的手，紧紧握牢，恨不得马儿快一些。

再快一些。

快一些回到营房。

这样，他就可以把她搂入怀里，仔细亲吻……

他脑中想着旖旎之事，墨九想的却是旁事。

扣紧他的手，她突然一叹：“这场仗快点儿结束吧。直直还在兴隆山等着我们。她……很想她的父亲。”

萧乾眸色一暗：“好。我答应你。”

墨九入得萧军大营，很快便引来了全体围观。

好多熟悉的面孔，都笑逐颜开地堵在营房门口，热情地迎接她。

古璃阳、薛昉、声东、走南、闯北，还有红透了双眼的击西，以及一些熟悉的将军。多年不见，大家说说笑笑着，相顾间除了寒暄彼此近况，便是掩不住地感慨——

对岁月流逝、对无情战争、对世间沧桑的感慨。

一转眼，物是人非，已是沧海桑田。

每个人都各自有了变化，就连击西也成熟了，好像长大了。

墨九心底怦怦跳着，有些激动，一一和大家打着招呼，望向了击西巴巴望来的眼，正寻思“他”与闯北的感情发展，手臂就是一紧。

她蓦地回头，迎上了萧乾黑亮的双眼。

“怎么了？”

他不答，只黑着脸对众人说。

“明日攻城，大家各做各事去。墨九一路辛苦，得歇一会儿。”

说罢，他也不等众人回应，直接迈开长腿，拽着墨九的手就往营帐走——

啊！

有人低低抽气。

更有人在风中凌乱，揉眼睛表示不敢相信。

萧乾迈着大步，一副急不可耐的样子，让墨九羞臊不堪，也让众人愕然。

“主公这是……急什么呀？”

“你说急什么？”

“有那么急吗？”

“不，不就急嘛，三年了呢！”

“那你呢？”听着众人议论，击西慢慢靠近闯北，“三年了，急不急？”

闯北这时已不穿僧衣，改穿着沉重的甲胄。莫名躺了枪，他在原地愣了愣，望着击西黑瘦了不少的脸儿，面颊突地一红：“阿弥陀佛——”

说罢，他就往人群里面退去。

击西一看就黑了脸，叉腰冲上去。

“李闯北，你给老子站住！”

闯北像被鬼追了，脊背僵硬着，越去越远，击西扶着腰刀上去，像是要劈了他——

“你躲什么躲？”

“我……”闯北看背后没了人，小声道，“击西，主公有军令！”

“是呀！可主公自己都破坏军令了。”

“这……”闯北面红耳赤，看击西眼睛里跳跃的火花，说话吭哧吭哧的，不知是臊还是也有期待，“那样……这个……不太……好吧？”

“有什么不好？”击西理直气壮，“又不是没睡过。”

“可军令如山，明日就要总攻了。”

“不总攻老子还不想睡你呢。”击西冷哼一声，一个哥俩好的经典动作揽住他的肩膀，“明儿一仗，谁知道是死是活，要是我明儿就死了，没睡成，岂不是挺凄凉的？所以，今儿晚上咱俩得睡个够本。”

“这……”

“这……那……你行不行啊和尚！”击西突然拔高了音调，吓得闯北直想捂她的嘴：“你小声点儿。”

“三更，不见不散……”被捂着嘴，击西还是含糊地说了出来。

背后，薛昉和走南几个人看着他俩的背影，摇头失笑不已。

这出戏，常年在战争的间隙上演。

同行数年，他们已经不知看过多少遍了，一直只道击西为人娘气，对闯北有非分之想，是为禁断之情，却根本不知，击西是女儿身。

墨九的到来，缓和了营中大战前的紧张气氛。

主公心情一好，底下的人，紧绷的情绪也散开不少。

营中笑声不断，中军大帐里，萧乾拉着墨九进去，刺啦一声关好帐门。他猛地一转头，一双眼睛像染上了狼性，盯了墨九片刻，突然急急一个叹息，就狠狠将她搂入怀里，双臂紧束得她气儿都喘不过来。

“萧六郎！”

她有些不适应这样的热情，猛推他的肩膀。

“大白天的，你做什么？外面都是人。”

“没人敢过来。”他声音喑哑，急急搂住她急欲挣扎的身子，情切切，意浓浓，“别动阿九，别动！乖，让我抱抱。就抱一会儿，就一小会儿。”

就只抱一下？

抱一下就好？

骗鬼呢！

这话和那句“我就蹭蹭不进去”一个道理，全是哄人的。

“老大个人了，也不怕被人笑话。”

她叹息，他却不管，只低低笑。

“谁敢笑话？！爷就让他光棍一辈子。”

这样急切的他，这公报私仇的狠劲儿，瞧得墨九哭笑不得。

“你急个什么劲儿，我又不会跑了。”

“……”他不回答，一只手大力扳着她的后脑勺，控制住，不容她乱动。他火一样热的吻，赤辣辣地就着她腻白的脖子，一下一下地吻，如同饥饿的野兽行走了整整一个沙漠，口干舌燥了许久，终于啃噬到了鲜美的大餐，喝到了甘甜的泉水，一刻也不肯停下。他双臂铁钳般束着她，大半个身子压下去，让她无从抗拒，后背挤得那一个并不牢靠的帐篷壁砰砰作响……

这动静……

墨九想到外面可能有人在偷看，心跳加速，臊得一脸火烫。

“哎，六郎，等等！”

这个时候阻止他，其实有点儿缺德。

可墨九不从来就缺德吗？

她严肃着脸，拔高声音轻咳，将手握拳挡在彼此之间。

“你还没有交代情况呢！老实交代完了再说。”

“交代什么？”

“辜二呢？我怎么不见他在这里？这厮居然不来迎接我？看来是要反天了呀？！还有，你们的事，现下又如何了？”墨九也气喘吁吁，没话找话地说着，好不容易才组织好语言。

萧乾轻呵一声，像是换了一口气，又似乎在为接下来的事积累能量。只缓缓眯眸，他目光危险地掠过她的脸，须臾后，又低头将脸贴上去，紧紧挨着她的脸蛋儿，在轻触中，不再有离别的隔阂，只有思念让彼此的热量持续攀升。

墨九老实多了，挨着他不说话。

他对她的老实似乎也满意了，嘴里发出一声久违的沙哑叹息。

“阿九，有什么事，都回头再说，好吗？”

这样的萧六郎有一点儿……萌。

墨九差一点儿就被萌哭了，瞪着他，憋住笑问：“那你现在想先做什么？”

他低声一笑，缓缓低下头来，双眼眨也不眨地看着她，鼻子挨着她的鼻子，挤压着，轻触着，嘴唇贴得很近，近得可以清晰地看清她脸上茸茸的汗毛，心像被撩到了高处，那一束燎原之火，很快便从腰腹燃烧到了四肢百骇。

“我要你。一刻也等不得。”

“是吗？你——呀！”墨九正要取笑他，身子突地离地，被他打横抱了起来。

从帐门走到帐后，很短的路。

可两个人的心跳像碰撞了无数个轮回。

隔着一道竹帘，那便是萧乾就寝之处——只有一个简单的地铺。

地铺旁一边架子上堆放着书，一边摆放了中药器皿，还有一些零乱的杂物。

这一切，哪像堂堂萧王的住处哇？

墨九心里一酸。

这三年来，她在兴隆山虽说思念他时也辛苦，过的日子却是养尊处优，与军中有天壤之别。从早到晚，有无数人伺候，有无数人嘘寒问暖。她皱一下眉头，所有人就会跟着紧张；她跺一下脚，兴隆山都要颤抖。可谓一直活在繁华之中，通体舒适。

如今一想，她所有的恼烦，不过强说愁。

“天哪！”

她轻抽一口气，不敢去想，这三年来萧乾是怎么过的。

往常在信里，他总是报喜不报忧。

看他这般清苦的生活，根本就与信上说的不一样。

“你又骗我……你明明说，你过得很好的……”

“我这不是很好吗？”萧乾轻揽住她，往怀里塞，拍背安抚，“傻瓜，活着比什么都好。”

没有体会过战争，没有见过死亡的人，想来不会有这样的感受。

墨九知道他说得对，可情绪上头，鼻腔酸涩，却怎么都忍不住。

她抬手，轻抚他的脸：“六郎，我这心里，咋就这么难受呢？”

“不要难受，乖。”他轻抬大手盖在她的手背上，细细摩挲着，低头看了一下那张地铺，睫毛眨动的速度加快了，似乎也有点儿不好意思起来，“地方简陋了一点儿，得委屈阿九了。不过，这些东西都是干净的……你要是用不惯，我再叫人来换……”

“不用了！你用得，我为何就用不得？”

萧六郎是个有洁癖的人。

他使用的东西，确实都很干净。

墨九怕他有心理负担，解开他环抱的手臂，慢吞吞坐在松软的地铺上，舒服地叹了一口气。

“六郎，你熏过香吧？我都闻到一股子清香味儿了……”

那是一种熟悉的、独属于萧六郎的味道——带有中草药的花香。

“真好！”在他炯炯的双眸注视下，她发出一声感叹，突然拉住他的手，迫使他俯身下来，然后她伸出手臂，紧紧环住他的腰，吸吸鼻子，也有些情切起来。

这感觉，如同做梦一样。

终于又可以抱住她梦中的情郎，她其实也是喜不自胜的。

“六郎……”

“嗯？”

“六郎？”

“嗯？我在。”

“六郎！”

“傻了？”他低头，轻捋她的发，直视她，“有话就说。”

“我太开心了，不知道该说什么。”墨九嘟唇微笑，像个初尝情爱的少女，颜若染脂，娇俏无比。

她没有说谎。

在来的路上，她还在想，有多少话要与他说。

可真的到了这一刻，终可相拥，一诉三年相思，她却不知从何说起。

该说的正事，以往的信函中都通过气了。

想说的感情，有千言万语……在彼此的眼眸相望中，却说不出口。

相思早已泛滥。

情深怎可言叙？

“不想说吗？”萧乾与她心意相通，看她双颊通红的样子，又怎会不知她的情绪。轻轻一笑，他不等她说话，便轻轻侧过头去，在她颊上一吻，“不想说，便不说了。”

“哦……”

不待她长声叹完，他手臂一紧，将她拉近：“那就做吧。”

唔！

墨九瞪大眼的低哼声，被他狠狠堵在了喉间。

刚才的谦谦君子转瞬便化身野蛮兽类，接下来的天旋地转、香浓软言、生香活色，墨九已完全无法反抗，思绪万千，意识混乱，分不清东南西北，连眼睛都热烫得睁不开，很快，便在他的怀里，软成了一摊泥，化成了一汪水，只绕着他坚实的身躯，紧紧契合，如同一体……

其实，三年前两人闺房之事也不多。

时隔三年，墨九有些不适，更为心慌意乱。

这样的亲密，这样的相拥，这样的毫无间隙，她的六郎，她的六郎……就在近前。三年的夜晚独睡，三年的夜阑思念，三年的期望与等待，让她在这一刻，微微张着嘴，在他大开大合、急躁如牛的耕伐中，如同沉入了一个半睡半醒的梦里，浑身的细胞在兴奋地跳跃、迎合。她在他怀抱的热度里，被他过于急切的情绪高高撩起，一波又一波，在炙烫的身躯熨帖下，终于松软如棉，将两个人的气息融合成了一个渴望了许久，终于得到满足的灵魂。

热！她很热！

满头满额都是汗，像蒸了个桑拿似的，浑身通透。

等再一次从高空经云霄落入地面，她稍稍吐一口气，这才发现……

她衣衫半褪，而他只匆匆丢掉甲胄，连腰带都没解。

这样纠缠在一起，是何等地急，何等地搞笑？

呼一声，她棉花似的瘫着，吹了吹额际落下的发，又抬手一捋，扯一下他的中衣，略带一丝轻嘲的语气，手臂妖精似的搭上他的肩膀，笑话他："你说你这个样子，若是被将士们看见，往后还会听你的指挥吗？"

"你说呢？"他抬起她的腰，突地一个旋转，便将她活生生转了一个圈。他心尖一紧，不再多言，只利落地直接将她问了斩，一个粗犷的三起三落后，才喘一声，接着上一句话。

"只怕会更加佩服我。"

"……"墨九受不得，不由得掐他。

"我现在……现在也很佩服你。"

"嗯？"

"佩服你如此不要脸。"

"还有更不要脸的，阿九可要试试？"

"啊！"墨九惊呼，恨声阵阵，"我不在这三年，你到底都学了些什么鬼东西……跟哪个学的？我去！"

在她接连的惊呼声里，营帐外的炊烟袅袅升上了天空——

如同她的魂，还有他的魄……绞合在一起，如同世间最为绚烂的烟火。

时下的晚餐都早，营房里已经在准备晚膳了。可他们从晌午一直搞到伙头兵做饭的时候，也委实有些夸张。侍卫都非常懂事，中途自然不会来打扰。可墨九这一块久未开垦的荒地，遇到一头蛮牛，这场大战打下来，却是人都快要虚脱了。

“我去！萧六郎，你不是人！”

她压着怒气低声骂着，人斜躺在地铺上，像死过去一回。

“幸亏我这三年来身子养好了。若不然，这会儿肯定都在阎王殿里申冤了！”

“我的阿九，就是格外乖。”说着好听的话，萧乾对她的配合度似乎很满意，拧一下她的鼻子，一张俊美的脸上满是吃饱喝足的笑意，整个人都放松了，身子也不像之前那么紧绷。

果然夫妻生活可以养人吗?

瞧着他那情事后更为俊朗几分的颜，墨九挪了挪酸涩的身子。

“我饿了！”

她是一个准吃货呀。

这样远道而来，又被他恶狠狠操练一回，又累又饿，早就支持不住了。

可听得她的话，萧乾也不知真听岔了，还是故意逗她，当即脸就严肃了。

“又饿了？”他侧身抱住她温软的身子，很是喜欢地往怀里揽了揽，想想又笑，“原来阿九胃口这么好。可怎么办呢？你夫君累着了，得歇一会儿再来喂你……”

我去!

墨九翻白眼。

“你真学坏了！”

顿了一瞬，她突地又转身起来，一下子骑在他的腰上。

“不对呀，萧六郎。你以前可没有这么坏。你说，你到底哪里学的？嗯？是不是有什么情况？哪个小娘们儿撺掇着教了你这些乱七八糟的东西？”

“……”

萧乾哭笑不得。

“别胡说八道！这营中哪来的小娘们儿？”

“胡说八道？！我呸。”墨九哼哼，“你难道不知，女人是世上最为敏感的动物，自家男人有没有不对劲儿，不需要理由，不需要证据，只一个感觉就足够了。你与三年前相比，明显不一样了，还想哄我？”

听她说得理直气壮，萧乾嘴角轻扬，又去掐她的脸。

“那你且说，是变得好了，还是不好了？”

这个嘛……

从女性的角度出发，确实是变得好了。

技术好了，更懂得疼人了。虽然今儿事情办得有些急，他也有些生猛，可从头到尾还真的没有委屈着她。按理来说，这确实是一件再好不过的事，可墨九心底就是不落实，大眼珠子瞪着他，叉着腰的样子，活像孙二娘。

“甭岔话！快说。”

“唉……”

萧乾摇头失笑，实在无法，只能努了努嘴，示意她看那一摞书。

“阿九自己看吧。”

墨九瞥他一眼，将身子往左边一倾，就去抽书。

可这一倒，整个人斜过去，差一点儿摔了。

萧乾赶紧扶住了她的腰，不由得气笑。

“你急什么，又不是不给你看？”

“少啰唆！”墨九拍开他的手，把那一摞书捧了过来，全部摔在床上。

嗯，上面几本挺正经的，全是兵法战略，再往下面看就有些不对了。

什么乱七八糟的呀！全是配图配色的风月小绘本哪！

老实说，这些东西对墨九这个现代人来说，太小儿科了。

可萧六郎居然有这样的私藏，倒是让她大为意外。

她思想并不纯洁，只是正常情况下装得比较纯洁。

眯了眯眼，她审问：“好哇，你这个淫物，居然准备了这么多不正经的东西来消遣。啧啧，那这三年，你怎么过的？想得狠了，就没招几个好使的小娘来伺候？”

萧乾苦笑：“这些都非我之物……”

墨九分明不信：“那你哪里得来的？”

萧乾往上坐了坐，双手轻轻抱着后颈，似笑非笑地看着她：“你想知道？”

“废话！”

“收缴来的。”

“……”

收缴来的？

没想到那些老实巴交的士兵，也会捧着这些带画面的风月小本，偷偷躲在被子里看，甚至相互传阅，私下探讨。结果就被长官缴了，都到了萧六郎这里……

啧啧！墨九想不下去了，整个人半趴在他身上，笑得腰都弯了。

“你说说，他们若知道你也看，会不会哭死？”

萧乾嘴角微微一掀，丝毫不以为意。

“等这场仗打完，我就发还给他们。”

“哈哈哈！发还给他们的时候，你记得表扬一番哪。亏得有他们救你，要不然这三年水深火热的日子，你可怎么办才好？完事之后，你还得严肃地拍拍他们的肩膀，告诉他们，下次多弄点儿好货来，这些都看腻了……还有，让他们回去好好和媳妇研习研习，争取来年多生几个大胖娃娃。”

一个人畅想着场面，墨九笑得东倒西歪，恨不得满地打滚。

可萧乾的脸色，却越来越严肃，越来越紧绷。那一本正经的样子，瞧得墨九一个人笑不起来了。

轻咳一声，她支起身子去捏他的脸：“怎么了？我就开一玩笑，你生气了？”

萧乾摇头，把她的手扯下来，捏在掌中，声音比先前更为平静，可仔细一听，却隐隐有些说不出来的涩滞。

“他们都出来好几年了，也该回去享享福，孝顺父母，娶媳妇生孩儿了。”

与他四目相对着，墨九久久才嗯了一声，心情突地沉重。

战争苦的何止是一些人，根本就是天下人。

萧乾轻拍着她的后背，半合着眼，似在休憩，没有再继续。

墨九靠着他，闭上嘴想了一会儿，也没力气说话了。

明日就是大决战，她有些累了，他应该也累了，真得休息一下。

就这样躺在他的怀里，听着他富有节奏的心跳，墨九的意识慢慢模糊，连吃的事都忘了，就那样睡了过去。

天不见亮，外面便传来喧哗声。

墨九是被吵醒的，揉着酸涩的太阳穴坐起来，她张望四周，却发现，帐中已无萧六郎。

对！今日……总攻哈拉和林！

这个念头入脑，她激灵一下，彻底清醒过来。
推开被子，趿上鞋子，整理好衣服，她发现了放在小矮桌上的清粥和馍馍。
还是热的，用粗碗罩着。
是萧六郎为她准备的吧?
这样忙的时候，他也没有忘记照顾她的胃。
眼窝微微一热，她匆匆喝了两口温热的粥，抓住馍馍就往外冲。
帐门刚刚撩开，就撞上了门口的击西。
“九爷，你起来了？”
看着击西水汪汪的眼睛，墨九愣了一下。
“你干吗了？这眼神儿亮得，捡到宝了？”
“没，没什么……”击西忸忸怩怩的，脸红扑扑，羞羞怯怯，像一个新婚的小媳妇。
“去！奇奇怪怪的！”
嗅着营中的硝烟味儿，墨九来不及理会击西什么情况，只好笑地白了她一眼。
“萧六郎呢？”
“主公在校场，大军准备出发了。”
说到今儿的总攻，击西似乎也兴奋起来，拽着她就问：“九爷，你要去吗？”
看来她被萧六郎留下来，也是心不甘情不愿呢。
墨九点点头，咬下一口馍馍，大喊一声曹元。
“我们准备一下，也去！”
清晨的阳光从薄雾中探出来，天光慢慢泛白。
大军早已整肃完毕，将士们密密麻麻地站在校场上，等待着萧乾最后的命令。
点将台上，萧乾红缨铁甲，俊容冷目，浑身上下散发着一种熠熠的光辉，很是耀眼。
嗯，又帅了不少。
墨九咬着馍馍，骑着马带着击西、曹元以及一群墨家弟子冲了过去。
“萧六郎！等等我！我也要去。”
这一路过来，她赶得急，生怕大军已经出发了，说话都有些气喘。
萧乾回头看向她，朝霞之下，他眸中生出一抹笑，没有回答，手上长剑却高高举起。
“出发——”
“是！”六军齐喝，声势浩大。
大军出发了。

步兵发出整齐的脚步声。

马儿长啸入云，载着骑兵，如掠出的箭。

墨九热血沸腾着，领了一群墨家弟子，站在校场边，看着点将台上的萧乾不作声。

她也在等他的命令。

好一会儿，等校场上的人去了一半，他终于骑马过来。

近前，他看着她，迎着阳光一笑。

“阿九怕不怕？”

“有你在，我怕什么鬼？”

“好。”他朝她伸出手来，“我们一起去！”

“嗯，一起！”墨九搭上他的手心，内心雀跃不已。

等了这么久，她终于可以与他并肩上战场了。

她接过曹元递上来的火铳，拍一下马背，驾一声便疾驰而去。

萧乾在她背后摇了摇头，迅速策马跟上她。

“一会儿你跟着我，不许乱跑！”

“知道啦！”骑在马上，风很大，墨九头发胡乱翻飞着，眉开眼笑地看着他，“我又不是小孩子，我不会走丢的啦。”

“不小吗？”萧乾失笑，“我看你与小丫头一般大！”

墨九嘿嘿一声，乐了：“你准备把我当女儿养？”

“可不！又傻了？”

“哈哈——驾！”

“驾！”

对哈拉和林的总攻，已经准备好些日子了。

在此之前，这座城市一直在苏赫和萧乾的军队的合围之下。

今日又多了一个打头阵的扎布日，被围在中间的哈拉和林，已如同笼中之鸟。

哈拉和林城外。

雾气散去，初霞染红了半边天。

一匹匹骏马，一架架火炮，一排排兵士，整齐而肃穆。

即将到来的战争，将这片天空衬托得紧张而低压。

墨九跟着萧乾，站在大军中间，看着不远处巍峨的城池，遥想当日城中的繁华与车水马龙的盛景，再想今日的硝烟，心情不由得有些沉重。

“报！苏赫王爷到！”

传令兵扬着小旗，冲了上来。

听到禀报，墨九脊背不由得微微一僵。

离上一次见到辜二，好像已经过去好多年了。

再一次见面，没有想到居然是这般情形……

想到对他的那些猜测，墨九攥着火铳的手，不由得一紧。

辜二从人群中策马过来，脸上戴着一张酷似萧乾当日的面具。看见墨九也在，他微微一怔，然后先抱拳向萧乾致意。

“萧王！”

顿了一下，他方侧过眸来，犹豫着，再一次看向墨九。

“你也来了？好久不见，别来无恙。”

他用的是“你”字——一个含糊的字眼儿。

想来，他也不知道当着这么多人，应当怎么称呼她才好吧。

说来，这事儿确实也尴尬。

要说墨九和辜二之间的关系，就算有些不好的猜忌，但明面上，倒可以过得去。

但墨九和苏赫之间的关系嘛……那就不简单了。

就在哈拉和林，就在前面不远处的那座城池里，他们曾经有一个王府，还曾经“同居”过一阵，这是所有人都知道的事情。甚至于，墨九在兴隆山生的那个小丫头，外间也都盛传是苏赫王爷的女儿。在这样的关系之下，她在萧乾身边，见到以前“睡”过的男人，该用什么表情才对？

这个……墨九自己也有些为难。

余光扫一下萧乾，她干笑一声，正准备回答辜二的话，却被萧乾把话头抢过去了。

“王爷可都准备好了？”

谈及正事，辜二似乎也松了一口气：“万事俱备，只欠东风。不知萧王何时进攻？”

萧乾凝视他一眼，考虑一下，突然侧头吩咐传令兵。

“传令给扎布日大王！一旦号角声起，就发动攻击！”

“是！主公。”

传令兵噌噌下去了，辜二却怔住了。

"扎布日？这是……怎么回事？"

墨九从他的语气里听出了惊诧。扎布日答应萧乾为哈拉和林打头阵之事，辜二还不完全知情。也就是说，他嘴里的"东风"并不是指的扎布日。那么，按他们原本的计划，这个"东风"又是指的什么？

她猜测着，并不多嘴。

却听萧乾淡淡道："那日去接墨九，碰巧遇见扎布日，与他相谈甚欢。我许他粮草军备，他替我攻打哈拉和林，我允他事成之后可继续在贡木过他的逍遥日子，他便应了。"

说到这里，他突然厉目望向辜二。

"你应当知道，哈拉和林不好打。有人肯出头，是好事。"

墨九其实之前有些不明白，除了粮草与军火之外，萧乾到底还许了扎布日多大的好处，才让他如此甘愿为他卖命？

要知道，打第一波前锋，可是要命的差事！

萧乾说得没错，如今的哈拉和林不好打。

这里会集了北勐最精锐的士兵，虽然被围，但若真刀真枪地打起来，鱼死网破的一战，杀敌一千也得自损八百吧？

如今听他说来，许给扎布日的这个好处确实也不小。

可从古到今，没有一个皇帝愿意在自己的国土中，允许有人私立为王吧？

这到底是萧乾心大，还是另有打算？

她心有疑惑，可这件事，昨天晚上她来不及问，现在却是没有机会问了。

与她一样，辜二听了这件事，也沉默了好一会儿，似乎对于这个突如其来的意外，也有点儿难以消化。但他并不是一个多言多语的人，很快就缓和过来，就像并没有什么意外那样，点了点头。

"既如此，那也好。"

迟疑一下，他又问萧乾："那我……还按原计划？"

萧乾点点头："嗯，原计划。"

辜二略微沉吟，抱拳朝萧乾拱手告辞。

"那事不宜迟，我先回去准备！务必将他们一网打尽！"

看他掉转马头就要走，萧乾突然唤住他，低声说了一句。

"阿依古与乌日根，且留一命。"

对于他的这个交代，墨九有些意外，但可以理解。就算不为死去的苏赫，阿依古也是萧乾的大姨，乌日根也是他的亲表弟。他们的关系，还是比较亲近的血缘姻亲，如今不得不互相残杀，也是迫于无奈，等哈拉和林一拿下，阿依古大势去了，无非也就一个寻常女人。至于乌日根，更是一个不成气候的黄毛小子。他留下他们一命，也算给真正的苏赫以及自己的母亲一个交代了吧？

辜二听罢，道一声好，再瞥一眼墨九。

“那我去了！”

如来时一样，他策马远去了。

“奇怪了！”墨九摸着下巴，看着他的背影，小声对萧乾道，“六郎可有发现，三年不见，这个辜二的变化挺大的呀！”

从头到尾，她其实并没有看见辜二真正的面孔，可……也许是她对他的看法变了，心底的想法也就不一样了。她怎么想怎么觉得这个人有不少的改变，不像当初在楚州、临安时的辜二了。

萧乾嗯一声：“人都会变的。”

他声音不咸不淡，听不出半点儿情绪。

墨九点点头，附和道：“是呀，三年呢，咱们孩子都三岁了，人怎么会不变？”

说到这里，她又想到一件事，不由得沉下了声音。

“对了，当年那件事，确定了吗？”

萧乾目光向她睨来，情绪复杂难测：“我想……快了。”

在长达三年的离别中，墨九在信中也曾经隐晦地为了辜二与八卦墓的事情问过萧乾。毕竟他们两个一起从开平打到哈拉和林，中间一直在打交道，关于苗寨的八卦墓，以及别的事情，萧乾完全有机会试探辜二，并且得到比较准确的信息。

然而，萧乾并未告诉她太多。

他只说，在开平第一次相见后，辜二就向他坦承了苗寨之事，说在寨子的胭脂井下发现了一座墓。但那座墓到底是不是八卦墓，他并不十分确定。当时地动山摇，除了苗寨的百姓全部被活埋之外，他手底下也死了差不多五千士兵，就连他自己，也差一点儿没命逃出来。

那会儿为了活命，他并未多想。出来之后，方想起墓穴开启时胭脂井上方的八卦图案，怀疑会不会是八卦墓之一。可地已被填平，里面的机关也悉数被损坏，他派兵前往挖掘过，却没有什么收获。而那时，蒙合圣旨要求的时间又快到了，他不得不放弃继续寻找，领兵前往钓鱼城与蒙合会合……

其后，为了谋杀蒙合的计划，他就把这件事暂时搁置了。

听得这些话时，他们与乌日根的战争已经打响。

萧乾选择了相信他。

当然，在那个时候，也不能不相信他。

故而这三年来，关于苗寨八卦墓的事，就此了去。

可如今不同了——

哈拉和林一旦拿下，他们就将面临另一个人性的考验。

谁来做这个北勐大汗？辜二已经做了三年大权在握、手握重兵的苏赫王爷，并且在这三年中为了扫平乌日根的北勐骑兵，也立下了汗马功劳。事到如今，就算他不是谢丙生，甚至不是谢家的人，他还肯谦让吗？

墨九从人性的角度来分析，认为这种可能性——真小哇！

难道这就是萧乾说的，快有结果了？

她正忐忑不安地猜测着，前方突然传来一阵呜声！

呜——呜——

进攻的号角，终于响了。

她的热血，再一次被点燃了，将火铳捏得越来越紧。

砰——砰——

砰——砰——

紧接着响起的鼓声，如雷般响彻天际，气氛莫名紧张。

“点炮——”

“砰！”

“砰！”

火炮爆炸的声音，震天动地。

紧接着，只见浓烟滚滚，冲上天际。

哪怕隔得远，墨九也觉得耳朵被震得嗡嗡作响。

“六郎，这是墨家火器！”

听到熟悉的声音，墨九握紧火铳，整个人都亢奋起来。

“咱们的火器！”

萧乾点点头，目光幽远而深邃。

与他的冷静不同，墨九恨不得跳出来表达自己的开心：“等着看吧，这火炮一轰，哈拉和林的城门，很快就开了！不过这回呀，便宜扎布日了，让他尝到了第一发流星炮的舒爽！”

有了强大的墨家火器，墨九对这场战争的结果信心十足。

可萧乾似乎并没有她那么乐观。

他迎风站着，许久都没有说话。风卷着他的披风，上下翻飞，他头盔下的脸，似乎也带了一种冷肃的光芒。

墨九有些奇怪，轻声问：“六郎，你怎么了，在想什么？”

“我——”不待萧乾说完，前方突然冲过来一骑。

“报——”

那人灰头土脸，浑身浴血，屁滚尿流地从马上翻滚下来，落在地上，那模样儿瞧着极是骇人。

“萧王，不好了——不好了！”

萧乾眉头微拧，声音冷如坚冰：“出了何事？”

那人趴在地上，整个身子都在颤抖：“太可怕了，太可怕了，我从未见过这样可怕的事情……”

萧乾抿一下唇，看着他哆嗦的样子，有些生气：“拣重要的说！”

“是是是……”那人似乎真的惊吓过度，被萧乾骂了，说话还是吭哧吭哧的，颠三倒四，“墨家的火器太吓人了，太可怕了……那火炮一点火，炮仗似的，嗖嗖飙上了天空，啪啪啪炸开……”

这不是好事吗？

流星炮哇！杀伤范围与杀伤力可都是极大的。

墨九正准备骄傲一下，却听那人继续说：“可……那火炮有问题，它不往哈拉和林的城墙上飞，却往自家的天上飞，砰砰地炸，嗖嗖地飞……炸死了扎布日大王好多士兵，扎布日大王也身受重伤……这会儿刚刚被人抬下去。看样子，怕是快要不行了……”

“什么？”墨九吃了一惊。

墨家火器有问题？怎么可能？！

这批火器从开始试验到装车运往漠北，全都由乔占平、曹元和她来负责的。

怎么可能有问题？

可仔细一想，她又一惊。

这世上，又有什么事是不可能的?

自从她怀上小丫头之后，就极少再去千连洞亲自观看火器的试验了，就连做火器研究都只在墨家九号院，因为她怕辐射影响小丫头的健康。孩子出生之后，她也延续了这样的习惯。最主要的原因，是墨家火器从来没有出过问题，之前她运送到萧军大营的几批次，也从来没有出过问题。所以，她根本就没有想过，会出现这样的故障。

是乔占平吗?

或者是其他的什么人?

不！她不敢想，也不敢去相信。

也许……只是意外呢?

毕竟连飞机都会失事。

毕竟连火箭都会发射失败。

不能随便怀疑……不能。

墨九脑子里像有一窝蜜蜂，嗡嗡响着。

这一刻，她想了很多，想得脑子全部乱了。

不仅仅担心这出了故障的一场仗，还担心她的兴隆山。

墨妄还躺在床上没有醒，她和曹元此刻又都不在山上，一切都倚仗乔占平和尚雅。

如果乔占平真的有什么问题，后果将不堪设想。

她的小直直、她的娘、宋妍、彭欣……好多好多的人，他们都是毫无防备的呀！

第九章　不负相思意

回想，墨九一遍遍回想着细节。越往深了想，头就越痛。

“六郎……”

她抓着马绳的手有些发颤，声音也似乎在喃喃。

“怎么会这样？墨家的火器……怎么可能？”

其实她不需要答案，只需要一个安慰。

或者说，需要有人来告诉她，没事的。没有人背叛。

也需要一颗定心丸，让她相信——兴隆山上会没事的。

“不要慌，阿九！事情还未有定论。”

萧乾似乎知道她内心所想，安抚地看她一眼，掉转马头把赵声东喊了过来。

这个时候，整个场面都是混乱的。

突如其来的意外，让赵声东这么稳重的人，跑过来时，额头上都冒了些虚汗。

“主公！城门口，全乱套了。”

萧乾嗯一声，冷静地吩咐他道：“找人去看看扎布日的伤情。另外，把扎布日的火器都撤下来。”

“这……”赵声东沉吟一下，“都不要了？”

“不要了！”

“可那样多的数目……”

"速去办！"

"属下领命！"

那些火器到底是不是都有问题，现在也未可知。

如果不运下来，势必会影响他们进攻，甚至被人利用来伤人。

如果全都运下来，又需要耗费人力与时间，甚至引起军心骚乱。

但萧乾有令，赵声东也不敢质疑，飞快地骑马去办了。

墨九怔怔站在那里，脑子里乱糟糟的。

"六郎！不行，我担心女儿，我得马上回兴隆山……"

想到女儿有可能出事，墨九几乎抓狂，甚至都顾不得这里是不是战场。

"不要急！"萧乾看她这般，又是心疼，又是无奈，不由得加重了语气，"阿九，你听我说，不要急。好吗？"

越是紧张的时候，越是不能着急。

可想到她的闺女，想到兴隆山那一张张面孔，墨九还是有些手足无措。

终于，被萧乾厉色的眸子一剜，她抿了抿嘴。

"对不起！六郎，我不该扰你心神——你别管我。"

"乖！我们的女儿吉人自有天相。一定会没事的。"

萧乾是明白她为何心忧的。

但这个时候，他来不及和她说更多。

安抚她几句，他极快地转过身，把薛昉叫过来，让他通知古璃阳和另外几位将军，做下一步计划。

情况比墨九想象的还要糟糕，城门口的大规模火器，炸死了不少自己人。更可怕的是，随之而来的各种猜测，乱掉了军心，影响了进攻的气势。一支数十万人的大军，最紧要的是人心，作战声势太重要了。此时出了事，哈拉和林的城门前，阵脚一乱，犹如煮沸了的一锅粥，血水、尸体、倾倒的车辆、踩脏的旌旗，让整个场面如同人间地狱。

天光已然大亮。

长空中的猎鹰，长声啸啸，盘旋飞翔。

夹杂在蓝天白云中的是万丈霞光。

可苍穹底下，却是疯狂的尖叫与怒骂。

有收拾现场的，有抬开尸体的，有推动火器的。

还有那些被火器炸死人时吓得四处乱窜，如今又回头寻找组织的。

一片嘈杂……

一片混乱……

墨九骑在马背上，望向那一片看不透的地方，视线有些模糊。这个时候，萧乾正在她身边不远处向薛昉、古璃阳等人安排任务。眼看再一次的战斗即将开始，谁也没有想到，那一名奉命去前方查探军情的斥候，突然又疾驰过来。

他的眼神，比之前更惊。

他的样子，比之前更乱。

“主公！主公！不得了，不得了呀！”

军心本就不稳，听他慌乱叫嚷，萧乾面如阎王。

猛一掉头，他不悦地一掀披风，厉色喝问：“何事如此慌张？”

“不，不好了。”那斥候结巴着翻身下马，“城门开了！开了！乌日根的骑兵冲出城，杀了过来……还有，还有，苏赫王爷的兵马，突然从……从敖伦门打了过来，包了我们的饺子——”

什么？辜二？

墨九听见自己的心咚的一声响。

终于来了吗？果然他还是没有经过人性的考验吗？

不得不说，这一招挺高明。

打了三年仗，眼看就要摘取胜利果实了，他却趁着扎布日军队出事，萧军一片混乱，乌日根又出城迎战，直接来捡这个大便宜，简直就是省时省力省人工的大好事呀！

可他到底是临时起义，还是早已做好了准备，就等这一天？

墨九猜不出答案，心里冷飕飕的，双眼巴巴地望着萧乾的脸。

他英俊的面孔此刻略略暗沉，相比于她，却仍是冷静了许多。

迟疑一瞬，他眉梢一扬，冷冷说：“传令！大军全速压向城门，两翼掩护，中间弓箭覆盖，古璃阳带兵痛击乌日根，孙走南侧翼抵制苏赫，试探动向。其余人等，随我迎战！”

“得令！”斥候下去了。

薛昉怔怔站在那里：“主公，这……这怎么回事？”

很显然，辜二突然出兵，一网打尽的做法，他亦没有想到。

萧乾微合双眼，冷冷道：“他只是按捺不住了。”

“可是主公——”薛昉这次负责萧乾的周边护卫，一直不离他左右，可对这事的一无所知，让他声音略显紧张，“苏赫麾下的骑兵，都是精锐，其中包括北勐最精锐的怯薛军，兵员数量也比我们多——而萧军的士兵，大多来自南边，战斗力本就偏弱，再加上乌日根的北勐骑兵堵在前面，这一仗，凶多吉少哇！您看要不要先退——”

“退？”萧乾一笑，“此刻还有退路吗？不得长他人志气！”

“属下知错！”

薛昉拱手，垂下了头。

可墨九知道，他的话，并非胡言乱语。

实际上，苏赫手下的北勐骑兵，战斗力本就强过萧军。

更何况，在人家的地盘上，人家这是在打主场。同时，人家在人数上还占优势。

接二连三的坏消息，听得墨九心里仿佛压了一座大山，有些呼吸不畅起来。

“六郎！薛小郎的话……不无道理。”

萧乾目光看着前方，似乎也在思考。过了一瞬，他缓缓眯起眼。

“闯北！发信号给森敦！”

一听这话，薛昉与墨九都愕住了。

森敦是怯薛军首脑，四怯薛之一，他不一直是蒙合的心腹吗?

这……什么时候，森敦变成萧乾的人了?

他们目光中都有疑惑，可这个时候，萧乾来不及解释太多。

他瞥一眼墨九与同样不知情的薛昉，声音清冷，语调极沉。

“很早以前，我就把他安排在蒙合身边了。原以为这次用不上他，没有想到——终于用上了。”

用上了他，就意味着与辜二彻底决裂。

对此，萧乾并不完全意外。可他的情绪似乎不太好，每个字眼都说得有些艰难。

等把事情都安排完，他回头看了一眼墨九：“阿九，跟着我。”

说着，他便一马当先冲到了前面。

墨九一愣，握紧火铳也跟了上去。

此时，战斗已经打响。

相比于先前的牛刀小试，真正残酷的战争这才开始——

乌日根趁着城外大乱，几乎调集了哈拉和林全城的守军，做孤注一掷的大决战。

原本他也只是想拣一个便宜，没有想到打出来才知道，苏赫和萧乾居然在阵前反目，窝里斗，互相撕杀起来。这对于久困于哈拉和林的乌日根来说，简直就是一个天大的好消息。

消息传出去，守城的北勐兵全振奋了。

他们仿佛看到了希望，杀将起来更加拼命！

而且，由于南荣和北勐的国界差异，他们的目标几乎一致。

“杀呀！”

“把萧乾赶回老家去！”

“把萧军送回老家！”

“杀！杀死南狗！”

“兄弟们，为了北勐，冲上去！杀死他们！”

“一个也不留！”

吼叫声、厮杀声，如同闷雷入耳。

今日这历史罕见的一仗，实在太混乱了！

进攻的，打到了自己人。

被围的，突然反攻出来。

原本是盟军，突然变成了敌人。

一直被困得哭爹喊娘的北勐骑兵，突然悍勇起来。

“保护大汗！”

“驱逐南贼！”

“保护大汗！”

“驱逐南贼！”

他们大声喊着口号，疯子一般杀向扎布日的队伍，又从他们中间冲出，直接往萧军这边杀了过来。也许是拼死一搏的勇气燃烧了他们的热血，也许是到了这一刻，他们除了破釜沉舟别无他法，也许是苏赫与萧乾的反目燃起了他们的信心——哈拉和林的战场，沸腾了。

这一次，彻底被激发了战争狂性的北勐人，凶狠如狼。

他们见人就砍，双目赤红，骂声不止。哪怕杀得披头散发，或者身受重伤，拼着垂死挣扎的一口气，也要扑上来咬几口。

“他们疯了？！”

“狗日的，这些疯子！”
正在这时，北勐骑兵中不知谁大喊了一声。
“杀了那个叫墨九的女人！就是那个女人挑起的战争，杀了她！”
“杀了她！”
“杀了墨九！”
人都有从众之心，群情很容易被煽动。
这么一喊，北勐兵的主力就完全往墨九这边压过来。
墨九听着这样的喊话，心里不由得冷笑。
她不知道是谁在煽动，却知道对方故意把她当成靶子，是为了影响萧乾，让他分心。
可她墨九是那么好杀的吗？
握紧手上的火铳，她面对着北勐兵疯狂涌来的杀意，心里沉甸甸的。
这一刻，她莫名地觉得悲凉！
不为自己，只为这一场莫名其妙的混战，为失控的火器，为反水的辜二……
这一切，反转太快，太快！
快得让她难以接受。
“报！”
“报！”
混乱的战局中，不时有斥候传来军情。
“报，主公！”
又一个斥候闯了过来。
“说！”萧乾冷肃的面孔，一直没有什么改变。
也正是他这份泰山崩于前而面不改色的气度，撑着萧军的战斗信心。
“主公！”斥候灰败着脸，呈上一封信，“苏赫传来的信。”
阵前来信？这个时候有什么说的？
墨九抻长脖子，瞅过去。
白纸……却不是黑字，而是红字。
鲜血一样的红字，简单得一眼可以看得明白。
“大局控于我手。你若投降，饶你一命。”
投降？饶命？
墨九倒抽了一口凉气。

这是为了羞辱，还是为了激怒萧乾？

他不了解萧乾是什么样的人吗？何时说得出投降之言？

墨九不太敢相信自己的眼睛，这行字居然出自辜二之手。

可他到底是因为控制了苏军几年，做了几年王爷之后野心变大了，还是他其实一开始就与他们不是一条心？

“阿九——”萧乾将信纸揉碎，随意丢弃在地，突然伸出一只手来，紧紧拽住墨九，双目微微一眯，竟带了一丝笑意。

“这场仗有的打了，你怕不怕？”

“这世上有好打的仗吗？”

默了一瞬，萧乾失笑：“确实没有。”

“那不就结了。”墨九勾唇，“世事难料，我们要坦然地接受任何结果。”

“我知。我只是担心你。阵中混乱，你务必要跟好我。”

“你不必管我，我都应付得来。”墨九重重点头，看着疯狂涌动而上的一拨拨甲胄，被萧军的盾阵压下，感受着这一场不再寻常的战争，眉头紧皱着，忽而又望他一眼，“六郎，火器的事怪我，要不然，咱们也不至于这么被动。”

“无妨！”萧乾剑指哈拉和林，“真刀真枪，我一样拿下哈拉和林。”

“好！我信你。”

墨九身心都泛着凉，却丝毫不肯服软。

在这样的时刻，他们必须彼此鼓励，彼此打气。

“我们杀进去！拿下哈拉和林！”

兵马枪械，寒光森森。

沉闷的号角声、擂鼓声，掀动马蹄万千，气壮河山。

几方人马的大混战，画面残酷得如同炼狱。

墨九耳朵嗡嗡作响，在厮杀的人群中，冷静观战。

她与萧乾身边跟着一堆侍卫，算得上安全。

可他们两个，谁也没有说话。

当然，主要是也来不及多讲。

不时有军情传来，萧乾得随时应对各处的军情，安排战阵。

这样的时间，走得很慢。

不知过了多久，太阳终于缓缓升到了头顶。

阳光烈了，火辣辣地炙烤着断杀的人群。

他手上的剑，她掌中的火铳，他们交握的手，她飞扬的长发，来来去去的斥候与传令兵，似乎慢慢地变成了一个幻影，与他们被阳光拉长的剪影重叠在一起，与无数人交叉、会合，聚成这一个血腥的战场——

嘈杂的叫骂声与金铁的交撞声中，突然传来一声狼嗥。

嗷呜——

嗷呜——

一声，再一声，又一声。

很快，狼嗥声连成了一片。

紧接着，有士兵惊恐地大叫起来。

"狼来了！"

"狼群！有狼群！"

"好多狼！娘啊！"

"老子杀人，狼也来凑热闹！"

士兵的大喊声传入阵中，墨九也听见了。

她身子一顿，侧耳倾听片刻，突然拧眉："六郎，你可曾听到异常？"

"嗯？"萧乾的敏锐性一点儿不比她差，"有笛声。"

"对！我觉得那笛声……不太对！"

随着狼群漫山遍地地奔跑靠近，那悠扬的笛声，也越来越近了。

吹笛的人，节奏时而快，时而慢，时而和风细雨，时而饱含杀气，似乎在指挥着狼群的进攻似的，笛声非常有感染力。而那一匹匹凶狠的草原狼，在笛声的指挥下，居然保持着秩序，它们并不强健的身躯疯狂地冲入战阵中，却不胡乱撕咬，而是专挑北勐兵下口，对萧军却"口下留情"。

一开始，有人以为是巧合。很快就有人发现不对了。

"这些狼，他们在帮萧军！"

"兄弟们！不要杀狼！"萧军中也有人惊喜地叫喊起来，"这些狼是来帮咱们的！"

"萧军的兄弟，不要杀狼！"

"不要杀狼！不要杀狼！"

"狼是朋友！"

本就混乱的战场，这一下更如油中溅水，再次掀起了一波高潮。

天空中的艳阳，吐出烈焰，助长了苍穹下的杀气。

人已如魔，人间亦如地狱。但这一场仗，有了狼的加入，战局再一次发生了变化。不要小看草原狼，它们身躯不强壮，却灵活矫健，钻入战场中，就像扎在人身上的刀子，让人防不胜防，又紧张又惧怕。而它们丝毫不畏惧死亡，飞快地奔跑在厮杀的乱军之中，像一个个刚健勇猛的战士，不断地撕咬、扑倒、嗥叫，给敌人带来惧意的同时，也用它们的狼蹄践踏着这一片大地。

不曾亲身经历过，无法想象那是怎样壮观的一场厮杀。

可事实就是如此，狼队友赛过人队友。

在狼群的帮忙下，萧军很快反转局面，转危为安，反守为攻——

"太好了！太好了！"

墨九大叫着，瞳孔里都染满了喜悦的色彩。

其实，在听到狼来的时候，她的心就开始怦怦乱跳了。

虽然马步跟着萧乾东奔西突，她的一双眼睛却在四下寻找——

是的，她在找……找她的狼儿。

草原狼本性凶残，不会无缘无故前来帮萧军。

那个吹笛的人是谁，她还不知，可她希望她的狼儿也在里面。

可狼的数量太多了，她的眼睛应接不暇，根本就看不过来。

她的狼儿来了没有？它在哪里？

墨九紧张地寻找着，却不敢呼唤出声。

她生怕一个不小心，她的狼儿就成了敌人刀下的亡魂。

"阿九——快看！"萧乾突兀的喊声，吓了她一跳。

"怎么？"她随即侧目，只一看，眼睛就直了。

战场外不远处有一个小坡，这个时候，坡上站着一个怪人。

他身形高而瘦，衣衫褴褛不堪，头发杂乱地飘在风中，似乎遮住了大半张脸。可他的手上拿着一支短笛在轻轻地吹，姿态优雅而矜贵，与他的外形极不相符。在他的身边围了一大群草原狼，它们嘴里嗥叫着，虎视眈眈地看着坡下的战局。而怪人的脚边上那一只草原狼，格外熟悉——

在墨九瞪大眼看过去时，它似乎也感应到什么，突然高高仰起头叫了一声。

嗷呜！

紧接着，一群草原狼便跟着它叫了起来。

这匹狼，好像是狼王……

可不就是她的狼儿吗？！

“狼儿！我的狼儿！”

墨九激动起来，压抑不住狂喜的心情，捂紧了嘴巴，眼眶都湿润了。

“六郎，那是狼儿，是狼儿——”

她怎么也没有想到，狼儿会在这时来帮他们。

在被人伤害之后，墨九的心突然得到了治愈。

这世上，到底也有忠诚存在的。

哪怕……那是一只狼。

她只顾着高兴，却听萧乾又道：“你看那个人，他像谁？”

那个怪人吗？

自从那年在额尔小镇被火熏过，墨九的视力始终没有恢复到从前。

她半眯着眼看了许久，摇头：“我认不出。”

萧乾沉眸一眯，突然勒紧马缰绳，抽出一只手来将她一揽，重重将她抱落在自己的马背上。

“抓紧我，阿九！”

“做什么？”他突然的举动，让墨九有些吃惊。

“那个人——”萧乾停顿一下，胯下马匹已纵身一跃，“好像是宋骜！”

日头炙烈，风暖草青，猎鹰正在狼群的嗥叫声中，冲击着长空。长坡之上的怪人，褴褛的衣裳微微摆动，姿态凛然而雅致，似乎并没有被那身古怪的着装掩住天生的贵气，就连那一头凌乱的长发，也被日光的剪影修饰出了一抹独有的桀骜。

马儿穿过狼群，冲上长坡，速度很快——

这样的萧乾，是急切的。

是一种墨九很少见过的急切。

他只手搂住墨九，就那样直直冲入狼群，冲到怪人的面前。

“元驰——”

他唤着宋骜，这一声，微哑，暗沉。

宋骜的小字，墨九已经很多年不曾听过了。

而很多年前，她也只在萧乾的嘴里听到过。

宋鹜叫他长渊，萧乾叫他元驰。他两个性格完全不一样，看上去也并不十分亲密，甚至萧乾时常嫌弃宋鹜，大多数时候，都是宋鹜厚着脸皮笑嘻嘻地跟在萧乾身边走南闯北，就连萧乾去盱眙接亲他也跟着。可这样看似不契合的两个人，其实有着极深的情分。只不过，那个时候的小王爷，意气风发，风流倜傥，几多韵事与丝竹之乐，纷纷谱写在临安画舫与花街柳巷……哪怕事过多年，还让墨九记忆犹新。

可眼前的他——

变化太大，她几乎认不出来了。

"元驰！"

萧乾又低低唤了一声，似乎很确定。

若非了解他们的感情，墨九都快吃醋了。

他看宋鹜的目光太热切，里头饱含了太多的情感。

然而——他没有得到回应。

怪人却似受到了惊吓，停止吹笛，就那样呆呆地看着他们。

他张了张嘴，闭上。

再张了张，还是没有声音。

墨九呼吸都屏紧了。他是宋鹜，真的是宋鹜。

那一闪而过的表情，她太熟悉了。

"小王爷？真的是你！"

墨九也惊喜地唤了一声，可宋鹜依旧懵懂不解。

"你……"他握紧笛身，语气迟疑，甚至略略退了一步。

一看他这模样儿，萧乾面色一变，眉头当即蹙起。

"我是长渊！你不记得我？"

宋鹜摇头，就那样抿着嘴看他们。

墨九心里一惊，双眉紧拧着喊他："小王爷，我是墨九，你认得吗？"

"墨九？长渊？"

宋鹜嘴里小声喃喃着，一遍又一遍，一遍再一遍。

他在记忆里搜索着，思考着，满脸迷茫……

在墨九满心的期盼里，他终究摇了摇头。

"我，识得你们吗？或是，你们识得我？"

这是什么都不记得了？墨九愕然。

但似乎也只有他不记得了才合理。

若是他记得，为何多年未归？

若是他记得，为何一直没有半点儿消息传回？

她感觉到萧乾身躯紧绷，生怕他吓坏了宋骜，赶紧冲他莞尔一笑。

“是呀，小王爷，我们识得你，我们是朋友哇。”

“朋友。”宋骜再一次失声喃喃，对这件突如其来的认友之事有些惊讶，又似乎留了个防备的心眼，睨了他俩半晌，他才目光幽幽地望来，“那我……是谁？”

“……”

得！根本是什么都忘得一干二净了。

墨九心里叹息着，寻回故人的惊喜又被担忧取代。

“小王爷，你当然是……”

“你当然是宋骜。”萧乾突然接过墨九的话，然后用审视的一双冷眸，紧盯着宋骜，淡声相问，“你为何会领着狼群来这里？”

是呀！既然他什么都不记得了，为何会领着狼群来？

而且……他还知道帮助他们，而不是帮助北勐人，这不是不合理吗？

墨九抿紧嘴巴，也一脸疑惑地看过去。

可失去记忆的宋骜，思维却不慢，很明显，他智商依旧在线。

他上上下下打量一遍墨九和萧乾，然后迟疑一下，道：“是狼王请我来的。”

狼王？墨九一惊，却见她的狼儿挤了上来，绕着马儿转悠着，像狗一样，将尾巴摇个不停……

在她的面前，狼儿的样子……更像一条狗，哪里像什么狼王！

墨九有些哭笑不得！

这个小东西居然做了狼王！

而且瞧这样子，还是一个女王！

厉害了呀！

她向狼儿投去佩服的一瞥，却听宋骜道：“狼族选王之事，我亦懂得不多，这匹母狼是前两天才回归狼群的，狼群却一致认它做王。而我——”

顿了一下，他似乎想到什么不好的事，语气缓慢了不少。

“我当年被人劫持，是被狼群所救，才得以活命。如今身子好起来，狼族有难，自然要全力相助……”

被人劫持？狼群所救？

这些词让墨九和萧乾很快联想到了当年的阴山之事。

可无论他们怎么引导，宋骜却只能回忆起他曾经被人劫持，关押在一个山洞，然后又浑身是伤地被几个人带了出来，结果碰上饥饿的狼群袭击，狼群吃了那些人，却意外地把他拖回了狼窝……他身受重伤，腿不能行，嘴不能言，过了许久许久才慢慢痊愈，便是到了现在，腿脚还有些不便。

从他的叙述里，墨九大概明白了。

当年，那顺囚他时，曾经让他服食大量毒药，他的神志可能有些受损，这才导致他失去了记忆。

而他莫名其妙失踪，怎么都找不到人，也总算有了合理的解释。

他一开始被那顺囚禁，后来墨九他们入得离墓，找到了那顺。眼看事情败露，那一群暗中监视的人，却趁机将他带离离墓，为的就是避开他们的搜救。可那些人在离开的中途遇到狼群，发生了这样的意外。

事到如今，墨九也不知那个躲在后面的神秘人到底是谁。

而且宋骜说，那些人被狼群吃掉了——这么说来，宋骜还在人世的消息，那个人也未必知道了？

“唉！萧六郎，这些事听来，怎么就这么……沧桑呢？”看着宋骜将他们视为陌生人一样提防着的目光，墨九心里酸酸的，不由得一叹，“若是彭欣知晓，他们蹉跎几年的原因竟是这般，该有多难过？若是他知道……他其实还有一个儿子，一直在等着他回去，该有多好？”

“你可以告诉他。”萧乾淡淡地说。

“现在说吗？”墨九小声一问，又自顾自摇头，“我说不妥，这个惊喜应该留给彭欣。”

萧乾嗯一声，安抚地揽过她，示意她别难过。

可墨九犯堵的心情，却久久难以平息。

“本以为找到人，便是花好月圆，可这样的结果，似乎欠缺了一点儿什么。”

“缺什么？”

“我亦不知，总觉有憾……彭欣枯等的几年，小虫儿等的几年，这些缺憾……到底如何弥补？”

萧乾侧眸看她，淡笑一声：“阿九，不是所有缺憾都可得弥补。”

“是。可我没有想过重逢……会是如此，也没有想过重逢了也不圆满。”

“人世无常，哪能事事圆满。”

墨九默默一叹，看着这样的宋骜，再抬头看向头顶的烈日，慢慢将那年江南烟雨之中，锦衣绸服、笑颜如画的王侯公子与面前这个站在残城斜坡上似知非懂的男子融合在一起。

“是无常，太无常！”

宋骜看他二人自说自话，瞅半天，终于欲言又止地问。

“你们和我……真的很熟吗？”

墨九微微一笑，点头：“是，很熟，非常熟。”

宋骜哦一声，再次沉默。

他拿起短笛，慢慢凑到唇边，低下了头。

就在墨九以为他要再次吹奏的时候，他突然又放下手。

就那般冷不丁抬起头来，他目光纯净而晶亮，姿态优雅如故，声音却沉得仿佛在平静的古井里投入了一颗石头。

“那你们可不可以告诉我，我是不是有一件很重要很重要的事没有做？”

墨九一怔。

看着他，她回答不上来。

宋骜半眯着眼，目光深远，似乎并不需要她回答。

他自言自语般，慢慢说：“这些年我一直在想，一直苦苦地想，就是想不起来。我到底有什么重要的事还没有做呢？我想不到，可我知道，知道有一件事没有做。想到这个时，我心里就会很痛。我想，也许是我答应过什么人，有一个承诺没有兑现，也许是我答应过什么人，有一个约定未能履行。也许，是有一个我深爱着，也深爱着我的女子，她在某个我不知道的地方，等着我……而我，忘了她，忘了回去的路。”

他问得认真，声音却平淡无波。

墨九一颗心揪揪着，良久，才紧攥住萧乾的手。

“如果我说有，你会跟我回去吗？”

“真的有吗？”宋骜拿着笛子怔住，似乎根本就没有看墨九，整个人游离在状态之外，“真的有？真的有吗？”

烈日如火，长风过境。

哈拉和林城外的喊杀声，慢慢弱了下来。

天昏地暗。战争在持续了两个时辰之后，终于接近尾声了。

活着的人，汗流浃背。

死去的人，血流成河。

潮水一般涌动着的大军，有的变成了尸体，有的变成了杀人的机器。

到如今，胜负已然明朗。

狼群的突然袭击，森敦的暗里反水，对辜二来说都是致命的打击。

战争的王者，永远只能有一个。

萧乾做到了战前对墨九说的话——他们一定要赢。

是的，他们赢了。

不管是乌日根的人，还是苏赫的人，一片片地倒下了。

巍峨的哈拉和林城门，终于敞开在他们的面前。

闯进去，占有它，他就将是这座城市的王。

墨九紧跟着萧乾，双唇紧抿着，目光复杂。

有激动、有亢奋，也有一种怪异的苍凉感。

走到如今，当他们终于可以一步一步走向那一座象征着北勐最高权力的城池时，她心里并不好受。

付出得太多——太多！

未来也许还有更多——更多！

长长吁一口气，墨九半眯着眼，迎向刺目的阳光，看向那城门上的字。

“六郎，就这样结束了？”

“不！”萧乾淡淡道，“一切才刚刚开始。”

萧乾大军入城了。

昔日繁华的街道，似乎变了模样。

硝烟味笼罩着这座城池，城里的北勐人，要么闭门不出，要么早已战死，要么投诚示好，要么想方设法逃窜。

混乱的城中，嘈杂一片，一点儿也不比战时安静。

萧军在大街小巷贴上了安民告示，并让士兵不停用北勐语喊话，告诉他们萧军不会伤及无辜百姓。然而此举收效甚微，北勐人并不能接受萧乾这个从南边来的家伙做他们的大汗。哪怕，他们目前不得不臣服，也没有能力反抗，心里却并不甘愿。而且，在双方激战之时，阿依古长公主和乌日根趁乱领着亲兵逃出了哈拉和林——

这对于萧乾来说是一件麻烦的事，对于北勐人来说，却是一个希望。

他们都期待着，他们的大汗会打回来，救他们于水火。

实在不济，就算让苏赫王爷做大汗，也比被萧乾占领要强。

在这样的气氛下，哈拉和林的天空似乎都变得逼仄了几分。

半个时辰后，墨九跟着萧乾，回了苏赫王府。

仔细一想，从上次离开到现在，快要四年了。

墨九没有想到，居然会再一次回到这个地方。

路过棱台坊时，看到那座戏台，她目光不由得微沉。

一切还是从前的模样，就连那次辜二来棱台坊见她，站在戏台前的样子，墨九都还记得很清楚。

可物还在，人已非。

他们都已不再是从前的模样。

王府大殿里，烛火幽幽。

萧乾黑袍冷目，坐在上首，墨九陪坐在侧，抿唇不语。

两个人安静地等待着，都没有说话。

低压的气氛中，就连站在门口的薛昉都觉得脊背泛凉。

好一会儿，木质的大门终于吱呀一声开了。

墨九眼眸一眯。

光影中，一个人迈过门槛。

他身形颀长，一身倨傲。

他是辜二，与过去一般无二的辜二。

唯一不同的是，他被反剪着双手，背后还跟着押送的闯北与走南——

大殿中闷沉的气氛，冷寂、低压。

冷风吹得人衣角乱飞，几个人相视着，却无肃杀之气。

在离开了战场，退去了硝烟，也没有了剑拔弩张之后，他们竟反常地平和了下来。

沉默好一会儿，萧乾抬了抬手："松绑，赐座。"

"是。"

马上有侍卫为辜二松绑，抬椅子。

那张极有气势的紫檀木椅，就放在大殿的下首，与坐在上首的萧乾与墨九遥遥相对。

"多谢萧王！"

辜二是直接被带过来的，没有换过衣服，坚硬的战袍脱去之后，他只着一袭带血的白色中衣，发丝凌乱，样子狼狈，面色却淡然得不像一个刚刚吃了败仗，有可能性命不保的人。

等他坐下，又是一阵沉默。

怪异的气氛中，还是萧乾先出声。

"你们都下去！"

这……

薛昉等人面面相觑，有些怔。

辜二可不是一个普通人。他不仅智慧过人，武艺也高深莫测，先前走南和闯北两个合力擒他，都很费了些工夫。一旦起了冲突，他有什么不轨举动，萧乾没有侍卫在侧，那多危险？

双脚像钉子似的定在那里，薛昉显然不肯走。

瞄一眼萧乾，他又成了那个忠心的侍卫长。

"主公，属下在这里为你们续水……"

"下去！"萧乾眉一沉，不耐烦地加重了语气。

薛昉无奈，乖乖地哦一声，挥手领着一群侍卫离开了。

大殿的门，再一次合上了。

火舌舔着灯芯，光线幽幽的，像一双双闪烁的眼，在认真倾听一个古老而悲凉的故事。

辜二望向萧乾，淡淡道："萧王本不必如此待我。成王败寇，我输得起。"

轻轻弯唇，萧乾冷眸视之："那你可知，我为何如此？"

辜二抿唇不答。

这一次，萧乾的表情极为严肃："因为我相信，你在战场上传来的那封信，是诚心所致。”

那一封让他投降就饶他一命的信？

这叫什么诚心哪？！

墨九抿唇看向辜二，却见他耷拉下眼皮，不置可否。

“萧王押我前来，并不是为了与我叙旧吧？”

“事实上，我想给你机会。”

“可我并不需要。”

“是，你不需要。所以，你最终还是选择了对我开战。”

拧眉看他，辜二隔了一会儿，才叹息。

“事到如今，多说无益。你欲如何，辜二悉听尊便。”

“可以容我插一句嘴吗？”不待萧乾说话，墨九就耐不住性子接过话来，“有什么说什么行不行？何必说这些没用的？”

她是一个直接干脆的人，不喜欢你一言我一语地打哑谜。

他们和辜二之间，不管是朋友还是敌人，都犯不着这样绕圈子说话，不是吗？

墨九完全没有萧乾的耐性，对辜二在阵前的突然反水，她早就憋了一肚子的火，心底的十万个为什么，也等不及想问。这个时候，总算有了机会，她面色沉下，冷冷一哼，就出了声。

“你到底是不是辜二？”

辜二对她的话，并不意外。

他抬眸瞥向她，眸底光芒复杂而深邃：“是。”

墨九一怔，心里微微一窒。

这么说，他根本早就在算计他们？

稍顿，她语气沉沉地一字一顿问。

“是招信谢丙生山庄帮我的那个辜二？”

“是。”

“是赵集渡岸边那个叫我九姑娘的辜二？”

“是。”

“是楚州萧宅隔壁由着我装神弄鬼的那个辜二？”

“是。”

“是中元节那晚在船上与我对饮并救我一命的那个辜二？”

“是。”

“是大半夜驮着我逃出萧府并打晕萧二郎丢坑里做腌肉的那个辜二？”

“是。”

“是赶着马车送我去菊花台见宋熹的那个辜二？”

“是。”

往事一件一件细细数来，仿若还在昨日。

可他是那个辜二，是那个曾经无数次帮过她的辜二，到底为什么又变成如今这个辜二？

问到这里，墨九喉咙发哽，声音哽咽着，几不能言。

“临安府助我夜潜皇宫，汴京府假传圣旨救萧六郎、兴隆山千方百计诓我相思令……那个辜二，都是你吗？”

辜二双眸浅眯着，眨也不眨地盯着她。

隔了许久，他才一字一字回答：“是我，都是我——”

“为什么？”墨九表情沉郁，“是权势和地位的改变，让你变了初心？”

也许这个问题很为难，辜二许久都没有吭声，向来没有表情的脸似乎也陷入了某种艰涩的情绪里，连眼角那一道浅浅的疤痕也动容地展现了它的狰狞，在灯火下显得格外明显。

良久，空寂中传来辜二认真的声音。

“我既有长剑可挽，何苦萎于人前，当犬做马？锦衣添色，逐鹿天下，引四海倾慕，方显英雄本色，不是吗？”

隔着不远的距离，墨九看着他熟悉的脸。

明明一如当初，却似隔一个黄泉之远。

罢了！他说得不无道理，不是每件事都有对错的。

人各有志，各自为政而已……

瞥一眼萧乾，看他静默不语，墨九抿了抿唇，迟疑着又问。

“还有一事，不知你可否告之？”

“你讲！”辜二知无不言，言无不尽的样子，哪像一个刚刚在阵前输给他们的敌人？

这和气的样子，根本就像多年的老友。

墨九盯着他的眼，恍惚一下，竟有一种怪异的错觉。

这根本还是辜二，是曾经那个与他们要好的辜二，不是哈拉和林引兵来杀他们的辜二。

然，现实残酷。

他们终究避不开真实。

吁！她吸口气，尽量保持语气平静，淡声相问。

“云南苗寨胭脂井下，可是八卦墓？”

“是。”辜二回答得很干脆，不带丝毫犹豫，末了还附赠一句，“兑墓。”

哪怕心里早就已经确定了那个是八卦墓，但等了这么久终于得到辜二肯定的答复，墨九还是有一些激动。

她双手不由自主地紧握扶手，声音沉重了几分。

“那你既然开得了兑墓，可是那个识得阿拉伯数字的人？”

“嗯？”辜二明显一怔。

“阿拉伯数字”这个词，他似乎没有听过，眉心微微一拧。

“何谓‘阿拉伯数字’？”

墨九高高悬起的心，再一次重重往下坠。

对这样的结果，墨九有些泄气。就好像一个饥渴许久的旅人好不容易找到一口水井，刚刚要喝，却发现井水有毒，根本就喝不得。从希望到失望，比从来没有希望的心情还要来得糟糕。想了这么久，寻了这么久，一直找不到那个神秘高人，这让墨九从开始的急切变得有些抓狂。

“那你如何开得兑墓？”

“九姑娘难道不知？”辜二反问一句。看她大眼珠子瞪来，他又抿了抿嘴，眼皮垂了下去，避开了她的目光，“我是无意间闯入苗寨，开得胭脂井，引发兑墓机关的……如何开墓，其实我并不懂，只是凑巧打开了它……”

“凑巧？”墨九呵呵冷笑一声，斜着眼睛讽刺，“那你可有凑巧拿到兑墓的仕女玉雕？”

“有。”辜二居然直接承认了，还回答得相当坦然，“可我不能给你。”

嘴角一勾，墨九笑容满带讥诮：“这个我自然知道。不过，我想……我们会有办法让你交出来。”

辜二依旧是那副死猪不怕开水烫的棺材板表情，似乎对于墨九的威胁并不在意，一声都不吭。

这个时候，沉默了许久的萧乾，却突然说话了。

“你和谢家什么关系？”

为了佐证自己这句话，他将那块谢家的传家宝玉——用篆字写着“谢”字的玉佩丢到了辜二的面前。

玉佩砰一声落地！

想到这老古董的价值，墨九瞧得心肝儿都抽疼了。

好在，它竟然没有碎，在地上泛着湿润的光芒。

辜二慢慢把它捡起来，徐徐纳入掌心，抬头望了萧乾一眼，紧紧地，紧紧地捏着，力道大得他手背上的青筋都一条条地暴露出来。

事情很明白了。这块玉佩果然是他掉落在胭脂井的。

也就是说，他肯定是谢家的人了。

墨九心里一叹，那本不该有的期待感，又少了一分。

“我想知道，你是谢丙生吗？”

她小声问着，双眸带了一点儿灵异似的探索，辜二却没有理会她。

他一双眼睛锐利地盯着萧乾，不冷不热地问：“你想知道什么？”

这两个男人的对话，让墨九很抓狂。

他俩之间好像不需要前提引导，就知道彼此要做什么，这让她这个观众很难做——

果然，萧乾不意外他的反问，淡淡抿一下唇：“你是谁？”

辜二麻木着脸：“我猜，你已经猜到了。”

萧乾脸上也没有表情：“我想让你亲自证实我的猜测。”

辜二沉默。

没有人说话，大殿再次沉浸在一片诡异的寂静中。

这一次，仿佛等待了一个更长的时间，才听到辜二的声音。

幽幽的，轻轻的，带了一丝淡淡的叹息。

“当年梨觞酒一壶，醉去人间多少事！”

萧乾身子微微一震，目光定在他的脸上：“你果然是阮家后人？”

“是。我是阮氏的后人。”辜二苦笑，“当然，也是谢家的后人。”

说到这里，他似乎为了给墨九解释，稍顿片刻，嘴角便勾出一抹涩涩的无奈：“萧家以为阮氏早已后继无人，殊不知我曾祖正是阮家幺子，当年幸免于难，虽隐姓埋名，流落于市井，也不敢以酿酒为业，却丝毫不敢忘却萧家欺杀灭门之仇。”

酿酒？灭门之仇？

怪不得辜二名字叫辜仇。

那这个酒……是和梨觞有关吗？

仿佛是窥见了一个隐藏秘密的冰山一角，墨九求知心切，来不及等辜二说完，就接着问。

“可你不是萧家培植的人吗？你全家不是为谢氏所害吗？这中间到底有什么渊源？我都听糊涂了。”

这个“培植谢氏仇敌，以为萧家所用”的身世是萧乾当初告诉她的。

可她不会知道，很长一段时间以来，就连辜二自己也是这么认为的。

实际上，在萧家算计谢家的时候，谢家也在算计萧家。辜二便是他们互相算计的这颗棋子。他被谢忱安排在谢氏的仇家之中，由着萧家人救出去，再由着萧家人折腾，由着萧家将他安排进谢氏，再顺水推舟安排他去做了谢丙生的侍从，让他从一开始就接触到了两家的权势游戏，却始终不曾告诉他这些真相。

为了玩死萧家，不得不说谢忱也下了血本。

谁都知道，谢忱就只有谢丙生一个独子。

可真实的情况是什么呢？

他还有一个儿子，一个不为人知的亲生儿子。

那个儿子，就是辜二。

辜二的母亲阮氏，为报萧家灭门之仇，委身于萧家宿敌谢忱。

敌人的敌人就是朋友，阮氏与谢忱一拍即合，合谋了这样一个计划，甚至不惜奉献出自己的亲生儿子，就盼着有这样一天，却独独隐瞒了辜二。于是，为了这个“将计就计”的计划，一直到谢忱死亡，他都不敢将辜二真实的身份大白于人前，更不敢认这个儿子。当然，他其实也存了一个心眼儿，谢家和萧家的仇恨太深了，这个儿子在暗处的话，也是对谢氏血脉的保存。

直到谢家大势已去，谢忱才不得不改变计划，告诉他这个残酷的真相……

萧乾沉默许久，突然挑眉：“你以‘仇’为名，却不过分执着于仇恨。你身为谢氏后人，做的那些事，却又不完全为了谢氏。我甚至以为，你并无觊觎天下的野心——”

“那我为了谁？”辜二冷冷反问。

"我可以猜到你背后那个人，却不知你究竟是不是为了那个人。"

萧乾的样子，似乎对自己的答案很肯定。

辜二沉吟着抿了抿唇："萧王一向这么自信吗？许是你想得太多，我做的那些事，如汴京救急，不过为得到你的信任而已！"

萧乾嗯一声："我也希望我会看走眼。可我……似乎从来没有。"

"你……"辜二似乎想要辩解什么，可语迟一下，想半天还是住了嘴。不管他是哪一个辜二，有一点似乎始终没有改变过——他并不是一个善于言辞的人。

这般静寂一瞬，辜二像是放弃了和萧乾争执，突然转过头看向墨九。

"你们问了我这么多，我也有一个问题，可否相问？"

这么客气有礼？！

墨九愣一下才失笑："事已至此，我们之间还有什么不可说、不可问的吗？"

辜二突然弯一下唇，脸色缓和下来，似乎心情都愉悦了，脸上居然还带了一丝浅笑。

"你曾经说过，只要集齐春、夏、秋、冬四个相思令，就可以要求你做一件事。此话当不当真？"

什么？这……

墨九怔了好半晌，才反应过来。

相思令之事确实出自她口，她还曾夸下海口，不论所请何事都会一一照办。这些年来，为了给萧军筹备物资与收集情报，她的"相思令业务"也确实开展得如火如荼。不过，四个相思令虽然都已然开放，但就她所知，真正集齐之人，至今都没有一个。她怎么也没有想到，第一个拿相思令来要求她做事的人，居然会是辜二，还是在这样的时候。

"这个……自然当真。"

墨九考虑一瞬，就笑开了。

"你居然集齐了四个相思令？不太敢相信。"

辜二并不回应，慢吞吞探手入怀，掏出一个贴身的青布袋，小心翼翼地解开系袋的绳子，将春、夏、秋、冬四个相思令一个一个取出，放在案几上，然后一言不发地盯着墨九，似乎在等待她兑现自己的诺言。

"我去！"墨九笑了。

说不出是什么心情，就是心里怪怪的，发毛。

这个家伙居然默默集齐了四个相思令，到底会有什么要求？

“九姑娘不会耍赖吧？”

听他又叫九姑娘，墨九心里窒了一下，认真地看定他，好不容易才压抑住内心很想耍赖的想法，挑眉一笑。

“我是那样的人吗？”

“……”他目光熠熠，摆明了不容她反悔。

“放心，我不会反悔。”墨九一脸严肃道，“不过我们有言在先，相思令是我的，可你这个人却是萧乾的俘虏。也就是说，我只能履行我可以做到的分内的事。至于其他不归我管的过分要求，我做不到。”

“你以为我是为保命，或得到其他？”

辜二的话里，带了一点儿艰涩，说完似乎有些无奈。

“我要求九姑娘做的，你一定做得到。”

哦？

墨九不由得也好奇起来：“你说来听听！我若能办到，必不推辞。”

辜二端坐着，依旧是那一副表情，就像从来没有过悲喜与忧虑，盯了墨九好一会儿，突然紧张地扯了一下衣角，小声地道：“你……可不可以抱我一下？”

什么？这算什么要求？

墨九有些不敢相信自己的耳朵。

她呆愣住，直到看到萧乾黑沉的脸，才哦一声，回过神来。

“你认真的？一个拥抱，兑换巨子之诺，你不觉得很可惜？”

辜二重重点头，目光幽幽：“大丈夫一诺千金，言出无悔。”

嗯，好一个言出无悔。

如果她墨九要反悔的话，往后还好意思自称九爷吗？

“好！江湖儿女不拘小节！”不去看萧乾什么表情，她慢慢站起身，“我墨九也言出必行。”

提防着他会突然袭击，劫持了她来要挟萧乾，墨九手上攥一个火霹雳，脚步迈得小心又缓慢，注意力也极为集中。可一直到她走到辜二的面前，他的表情也没有什么变化，一动不动的身姿，更没有半丝动弹，就像在嘲笑她的担心全是多余。他就那样深深地注视着她，等待这一个拥抱。

没有人会傻傻地要一个拥抱。

更没有人会莫名其妙地只要一个拥抱。

除非他傻了！

所以从头到尾墨九都认为有阴谋。

以至于她双手轻轻圈住他的时候，并不走心。

只一瞬，她又将手缩了回来："好了……"

声音未落，腰上却突然一紧。

辜二铁钳似的双手，猛地束住她的腰，紧紧抱住。

墨九心里咯噔一声："你做什么？"

她以为他接下来就会有异动，甚至在想要怎么逃出他的控制——可他却根本不动，就那样抱着她，静静地抱了片刻，慢慢地放开了手，然后抬眉看她，一本正经地回答。

"这样才叫拥抱。"

"……"

他的眼睛太过幽暗，里面似乎掩藏了太多情绪。

墨九看不清，也不太明白他的动机，一时间，脑子里有些混乱。

余光瞄一下萧乾，她正猜测着他的醋味儿发酵情况，却听辜二又道："好了。相思令你可以拿走了。"

真的就这样算了？

墨九狐疑地盯着他，不说话。

他再一次点头，脸上没有半分波澜："拿走吧。"

好吧！看他不像说假，墨九松了一口气，伸手抓过桌上的四个相思令，往掌心里轻轻一合，踏实地转身往自己的座位走去。

和过来的时候一样，她回去时也走得很慢，心里很乱——

直到看到萧乾突然变色的脸："辜二！"

他突然从椅子上站起，冲了过来。

同一时刻，墨九激灵一下，转头看去。

"辜二？！"

受到惊吓一般，她手上的四个相思令，铿铿落地——

辜二还坐在那张椅子上，并没有挪过位置，还是那样身着中衣，正襟危坐着，一脸平静而淡然。只是他的嘴角，有腥红的血液，正缓缓地溢出来，滴落在他白色的前襟上，像一朵朵雪地里盛放的红梅，触目惊心……

“这怎么回事？”

墨九低吼着冲了过去，而萧乾已经赶在她的前面，迅速控制住辜二的身体，拍了他的几个穴位，飞快地掏药灌入他的嘴里，想要迫使他吞咽。

“没，没有用了……”辜二紧咬住牙，等药丸吐出，嘴唇才抽搐般微微一牵，“这药……剧毒……”

“吐出来！”萧乾不理会，使劲儿扼住他的下巴。

“来……来不及了……”辜二拼着力气偏开头，这样挣扎几下，似乎没了力气，整个人瘫软在椅子上，大口大口地喘着气，双目赤红一片，声音却比之前更为轻松，“你们想要……兑墓的……玉……玉雕……可我……不能给……”

“为什么？”墨九又恨又怒，尖声怒骂，“你说你连命都不要了，要一个仕女玉雕有什么用？”

“咯咯……”一股股鲜血淌出来，辜二说话时呛了一下，咳嗽片刻，才硬撑着双眼，微笑着望向墨九，“因为……我……不想要你……集齐八个。”

“为什么？你干吗这么绝？死都不肯说，到底为了哪样？我脑子里全是问号，全都乱了……王八蛋。”

墨九急得口不择言，一句比一句骂得狠。她总觉得这件事不同寻常，也不合常理。而辜二眼看就不行了，那些关于他、关于那个神秘人、关于八卦墓、关于梨觞的疑惑却未能解开，这让她很着急。辜二却只是笑着看她，无论她怎么骂，都只笑着，一直笑，一直笑，这一刻他脸上的笑容，似乎比他这一辈子都要多。

“无论要什么……都……有……代，代价……”

他喃喃说着，声音越发微弱，吐字也很不清晰了，但他目光里的暖意，却有增无减。

“九……九姑娘……你再抱抱我……抱一抱我……可好？”

墨九盯着他，那神色简直是崩溃的。

辜二这是喜欢她吗？

为什么她一直不知道？

这到底是什么跟什么呀？

她一动不动，就那样看着被鲜血染红衣襟的男人。

“你疯了！你是个疯子！”

“我……是疯了。”辜二狠狠按压住胸口，安抚着四肢百骸的疼痛与颤抖，毫无血色的唇边，依旧挂着笑，“那一年在招信初见你，你坐在一群千娇百媚的女子中间，颜若朝霞，眸若繁星，笑若……山花绚烂……我就，我就喜欢上了你。”

墨九怔在当场。

就那般怔住，什么也做不了，什么也不会做。

辜二却再一次吃力地抬头，微笑着看她。

“九姑娘……再抱抱我，好，好吗？”

他已经快要说不出话来了，却依旧像小孩子讨要糖果似的，期待着——她的拥抱。

冷风拂过衣裳，墨九心里冷飕飕的。

她盯着辜二，他也回视着她。

他们两两相望，身边站了一个伫立不动的萧乾。

灯火在远眺，故人即将天涯。

墨九终于迈开了步子。

一步，再一步，她慢慢走近，伸出双手紧紧抱住了辜二，将他的头贴在自己的胸口。

“你可知道，我曾经当你是朋友的？”

良久，怀里依稀传来辜二带笑的声音。

“我……也是。”

墨九一颗心沉甸甸的，像坠了块大石头。

“既然如此，你为什么要……”

她慢慢低头，话没说完，就停住了。

怀里的男人，笑容冻结在唇边，也从此冻结在这个尘世。

辜二死去时，满脸带笑，是为这一抱。

他已为这一抱，荡尽一生相思，终得偿。

殿中，久久无人说话，墨九像个木偶一样呆呆地看着辜二，回不过神。

画面定格。

灯台上，枯灯摇曳，像一个故事的记录者——

后来的很多很多年里，她始终记得这天晚上的情形，辜二的笑容，以及辜二的话。

“是招信谢丙生山庄帮我的那个辜二？”

“是。”

"是赵集渡岸边那个叫我九姑娘的辜二？"

"是。"

"是楚州萧宅隔壁由着我装神弄鬼的那个辜二？"

"是。"

"是中元节那晚在船上与我对饮并救我一命的那个辜二？"

"是。"

"是大半夜驮着我逃出萧府并打晕萧二郎丢坑里做腌肉的那个辜二？"

"是。"

"是赶着马车送我去菊花台见宋熹的那个辜二？"

"是。"

"临安府助我夜潜皇宫、汴京府假传圣旨救萧六郎、兴隆山千方百计诓我相思令……那个辜二，都是你吗？"

"是我，都是我——"

是他，都是他。辜仇，以仇为名的男人，他活着的意义就是为了复仇。

可最后他的仇……报了吗？他会有遗憾吗？

他已不在，他的心情，已经无人得知。

一室灯火将他坐在椅子上的影子拉长，斑驳而凄冷，也令墨九的心情格外沉重。

"阿九，别难过。"萧乾双臂拥她入怀，"人都会死。他会，我会，你也会……"

整个世界都沉浸在了悲凉之中，墨九的感知有点儿麻木。

她双手攥住萧乾的衣衫，低垂着头，声音又细又弱。

"六郎，告诉我梨觞的故事吧。"

"梨觞的故事……"

萧乾轻轻念叨一声，看着墨九晶亮的眸子，突然垂下眼睑。

"我所知也不完全。阿九要听吗？"

"要！"墨九瞥一眼辜二的遗容，声音沉沉，"这是我一直都想知道的，只是以前，从未想过会与辜二有关。"

萧乾轻嗯一声，看着她，视线也掠过辜二垂下的头，目光微微一暗。

"很久很久以前，萧家并没有梨觞，只有梨花醉。而阮氏先祖是萧家的家仆，世代都在萧家做酿酒师……"

一个大家族，一个酿酒作坊，勤劳的酿酒师。

墨九的脑子里出现了一个古老而忙碌的酿酒画面。

而萧乾的声音，也不带情绪地娓娓道来——

一个主一个仆，原本不会有什么出奇的事情发生，可一代代传承下来，终于有一个阮家的酿酒师不守本分——与萧家漂亮的小姐相爱了。

萧家小姐活泼好动，不像寻常女儿。她不喜闺阁刺绣，却独爱酿酒起糟，天天往作坊里跑。一来二去，年轻的小姐与英俊的酿酒师眉来眼去，情投意合，很快地偷偷在一起了。这两个人都有酿酒天赋，并没有只顾着谈情说爱，而是在萧氏家酿梨花醉的基础上，酿出了一种有别于梨花醉，却比梨花醉更好、更香醇的酒来。

此酒以觞为器，他们称之为梨觞。

不过，原本为“觞”，不想终却成“殇”。

得了梨觞之后，他们感情越发深厚，已至“非君不嫁，非卿不娶”的地步。在感情升温的同时，他俩在酿酒之路上也越走越远，不仅多次改良萧氏家酿梨花醉的配方，把酒酿得越来越好，梨觞也一坛坛酿出，埋入了老宅梨树下的酒窖里，最终陈放成了永世不可复制的珍品。

听故事，是墨九所喜。

可这个故事听来莫名有些沉重。

她心里沉甸甸的，直到萧乾停顿不语，才仰头望去。

“后来怎么样了？”

“后来——”萧乾拖长嗓音，突然一叹，“后来他们每天沉浸在酿酒之乐里，不知天日，不知世情，以为这便是一生一世。然，梨觞一出，名声大噪，为萧氏家酿带来飞越的同时，他们的私情也浮出了水面。”

“萧家不肯成全这段姻缘是不是？”

“是，萧家那时，早已为小姐选好了夫婿，怎会愿意她与酿酒师互许终身？”

接下来的故事，与大多数老套的故事一样。

在“父母之命，媒妁之言”就成婚配的年代，萧家小姐与酿酒师的感情是不受祝福的，也是大逆不道的。

萧家先是怒而警告，再又将小姐关入绣楼，杜绝他们见面。

可爱得正浓郁的年轻人，又怎样熄得灭情感之火？

最终，萧家小姐在一个月黑风高的深夜与酿酒师私奔了。

如果他们就这样逃掉了，这个故事就不会有后来的演变，更不会有辜二穷其一生所负之“仇”。

两个年轻人出逃不过几天就被萧家人抓了回去。萧家以酿酒师的性命相要挟，小姐无奈之下选择了含泪上花轿，斩断情丝重新嫁人。可即便她为了情郎，放弃了自己的幸福，萧家却没有如她所愿，放过酿酒师。

为免小姐有私情的事走漏风声，传到夫家耳朵里丢了脸面，也为免酿酒师对小姐纠缠不休，坏了萧家的名声，他们在酿酒师的酒里下毒，想让他死在自己酿的酒里。

可他命不该绝，大吐特吐之后，居然侥幸逃过一劫。

然而，等他在乱葬岗醒过来奔逃回家之后却发现，他阖家老小，包括他刚刚满月的小侄女……统统被人毒死了。

失去挚爱，家破人亡。

酿酒师既怨小姐情变，也怨萧家人狠毒。

从此他隐姓埋名，一心报仇，可萧家之势日益强大，直到他含恨而终，也一直未能复仇。

于是，他便把希望寄托在了后代身上。

“六郎……”墨九轻唤着他，颇有感触道，“你们萧家可真心没干几件好事呀。”

对于她的说法，萧乾不置可否。

墨九知道，在古人的思想中，婚姻本该听父母之命，也许在价值观上，他们是不同的。

所以，看萧乾不吭声，她也不再多言，又把话转到正题上。

“那后来呢？梨觞就没有了？”

“萧家所有梨觞，均出自这二人之手。自他们分开，萧家也再造不出梨觞……”

“为什么？”墨九不太懂得酿酒之道，只猜测着，“是因为不知道配方吗？可……不对呀。即使酿酒师没了，小姐也是知道配方的人哪，难道她愿意自己与情郎穷尽一生所得的心血，就这样失传于世？”

想到梨觞醉入骨髓的滋味儿，墨九不无遗憾地一叹：“可惜了！”

萧乾拧眉，似乎也在思考：“我听祖母提起过，梨觞的配方，似是与梨花醉一般无二。”

“一般无二？那为什么酿出的酒不一样？”

“这个我也不知，后来萧家也曾为此苦苦寻求过真相，但并无所获。据懂得酿酒的人说，酿酒之事，仅有配方是不够的，酒的味道，与水、料甚至酿酒人的精神状态都有关系。如何让梨花醉变成梨觞，这个诀窍，恐怕只有当初酿造梨觞的二人知晓了。”

“是呀！”墨九表示认同，“酒是有灵魂、有感情、有灵气的东西。五粮液离开宜宾，也就不再是五粮液了……”

后面一句她是小声喃喃的，像在自言自语。

可落入萧乾耳朵里，却把他听愣了：“你在说什么？”

“没，没什么——”墨九赶紧摇头，岔开话题，“你下一步有什么打算？”

萧乾目光微凉，视线从她的脸上慢慢落到辜二的身上。

这一眼，他望了很久，视线有些放空。

“先厚葬了他吧。”

辜二的死亡，在哈拉和林掀起了一股地震般的动荡。

当初他与萧乾联盟攻打乌日根，却在胜利已然在望时，突然与萧乾割袍断义、城门决裂，终于导致了这样一个败亡身死的局面。对于萧军来说这是大获全胜，正好顺水推舟了。可对于哈拉和林的北勐人以及苏赫旧部的北勐兵来说，却是一场巨大的灾难，是愤怒，是屈辱。

人的立场不同，看问题的角度也不同。

萧军的英雄萧乾，在北勐人眼中，已然成了一个邪恶的入侵者，是他篡夺了胜利果实，是他利用苏赫达到了自己的目的，又过河拆桥杀了苏赫……

这一点，萧乾事先其实已有预料。

所以，只要辜二没有异动，他永远都不会抢先对他动手，就怕落人口实，引来北勐人的情绪反弹。

毕竟打下一个国家容易，治理一个国家却不容易，想让一个国家的人完全臣服，那更是相当不容易。

然而，哪怕他未雨绸缪，也没能解开这个死结。

虽然是苏赫率先对他动手，但北勐人的民族主义以及人性中基于对弱者的同情，萧乾这一口大黑锅，还是背定了。

在后来的史书中，对这一役的看法也有相当长的一段时间，倾向于对萧乾“为达目的，不择手段”的谴责。

好在，不管北勐人怎么想，战争结束了。胜者为王，萧乾成了他们的主宰，他们无力反抗之际，都不得不暂时屈服。

于是哈拉和林这座城市，暗里波浪不止，明面上却风平浪静。

一天一夜，眨眼过去。

大街小巷，百姓不能成眠。

王府里的灯火，也彻夜没有熄灭。

萧军虽然占领了哈拉和林，可诸事待办，身为首脑的萧乾也没有办法休息。王府里来来去去的人，各种各样的情报书函，一件一件在这里汇总，再经他之口，变成一个又一个政令传达下去。

都说打江山难，治江山更难，如今的北勐，如同一团乱麻，等待他去理顺。

他忙得脚不沾地，连睡觉的时间都没有。

而墨九，也没有闲着。

除了派曹元领着一群弟子快马加鞭赶回兴隆山之外，她自己也在紧张地准备行程。

原本她是要同曹元一起回去的，但转念一想，火器的事已经这么久了，如果真有什么事情发生，也不差这一时半会儿了。

至少，她得最后送辜二一程，等他的葬礼结束再走。

就这样焦头烂额地过了三天，北勐局势终于又有了新进展。

这一日，天还没有亮，萧乾刚刚回屋歇下就接到消息，前往追击乌日根与阿依古长公主的古璃阳回来了。

阿依古一伙的重要成员，一共有十五人落网，包括阿依古自己与乌日根。

王府的大门，咣咣打开了——

古璃阳骑在高头大马上，气宇轩昂地领着一群士兵押送着阿依古等人走了进来。

大殿前的台阶上，萧乾正在门口等候。

墨九也站在他的身边，静待不语。

晨曦的薄雾中，天气有些凉。

“冷吗？”萧乾探了一下墨九的手。

“不冷。”墨九笑了笑，“这么激动的时候，我怎么会冷呢？”

萧乾轻叹一声，把她挣扎的手拿过来，握在自己的掌心里。

“你呀，就爱逞强！”

墨九一怔，失笑："哪有哇？倒是你，也不怕人笑话。"

"我疼媳妇，谁人敢笑？"

萧乾说得随意，可墨九听完，却是心里微怔。

是呀，就算他可笑，又有谁敢笑他呢？今时不同往日了呀。

地位的改变、身份的改变，让墨九突然间有些迷惑。

"六郎，你如今觉得……快活吗？"

萧乾看她一眼，还未回答，古璃阳就大步过来，抱拳单膝跪于地上。

"末将参见主公！"

"古将军请起。"萧乾朝他投去赞许的一笑，抬了抬手，"请长公主入殿。其余人等，先行扣押。"

"末将领命！"古璃阳起身，往后面招手，"带长公主。"

墨九注意到萧乾用了一个"请"字，瞥他一眼，并没有问他为什么只见长公主，只紧紧随着他的步子入殿坐下。

没一会儿，阿依古就入了大殿。

奔波一路，她精神有些倦怠，衣饰凌乱，人也不如当初雍容华贵。

果然人的气质都是因为身份而衬托的吗？墨九有些感慨。

不过，萧乾对她还算礼遇，没有捆绑，更没有轻视，甚至以晚辈之礼待之，特地让人为她看座沏茶。

可阿依古并不领情。

她就那般冷冷地看着他做这一切，不动声色，也不肯坐下。

萧乾见状，也不生气，只淡淡道："长公主，坐下再说吧。"

阿依古傲然地仰着头，冷冷一笑："落在你的手上，要杀要剐我不会吭半句，你请便就是，不必惺惺作态了！"

萧乾揉一下额头，对她的不客气极为客气。

"长公主言重了，我便不是你的儿子，也是你的侄子。我便是杀尽天下人，也不会动姨母你半分！"

听他这样说，阿依古冷哼一声，脸色不仅没有转好，还更为难看了几分。

"侄子？！我可不敢攀这亲眷。你杀害我儿，取而代之，还来诓骗于我。这算计、这心计，我阿依古甘拜下风，可不敢让你屈尊唤我一声姨母。"

墨九一怔。

这么说来，她以为苏赫是萧乾杀的。

那就怪不得她半点儿不念亲情，还这般仇视了。

可她到底怎么知道苏赫是假的？又怎么会认为真正的苏赫是萧乾杀害的呢？

她没有问，萧乾却问了："姨母此话怎讲？"

"你以为装傻充愣，就抹得了事实吗？"

"纵我以苏赫之名欺骗你，却绝无杀他之事。"

"你还敢否认？"阿依古双眼怒瞪着他，似乎恨不得在他身上剜出一个洞来，"你从临安府逃到阴山，仗着那顺对三丹那点儿情分，与他勾结在一起，杀害我儿，谋得他的身份，再借我之势，打起了北勐江山的主意。这一步步棋，走得当真绝妙，若非纳木罕临终遗言，我还真就被你给蒙骗，成了一个睁眼瞎，认贼做儿！"

说到这里，似是想起死去的苏赫，她眼圈微微一红。

"是我枉为人母，对不起我儿……若非我当日纵你之故，你又怎会有今日？可你不仅不念旧情，反倒再来祸害我儿江山！你如此作为，何以为人，何以敢称我一声姨母？"

对于她的声声指控，萧乾并不急着争辩，只待她说完，才淡声相问。

"纳木罕当日死在我剑下，他何时留给长公主临终遗言的？"

"嗬！"阿依古喉咙哽着，声音有些哽咽，一双眼仇恨地瞪着他，"你那一剑并没有杀死他，他只是痛昏过去。"眸子一抬，她突地凉笑，带着咬牙切齿的恨意，"你肯定想不到吧？正是因为你那一剑，他认出了你的真实身份。"

"因为那一剑？"墨九有些好奇。

她侧眸瞥着萧乾，见他也似不知，又不由得望向了阿依古。

却听阿依古道："我和纳木罕为何从来没有怀疑过你，更没有想过会是你？因为我们和世人一样，都以为萧乾死了，早就已经死在临安，死在宋熹的刑场上了。可就在你刺纳木罕那一剑时，却不巧让他看到了你虎口的伤疤……"

虎口的伤疤？

墨九心里一怔。

萧乾虎口那个伤疤小得不能再小，淡得不能再淡，若非亲近之人，若非近距离，根本就发现不了。

这个纳木罕观察力竟然这么惊人！

阿依古含恨道："那日我和纳木罕商议伏击蒙合，原本也是为你谋划……可他害怕事情不成反倒牵连于我，想要一力承担。我原也做此打算，可他从额尔小镇离去后，我心里不安，便偷偷跟去了狩猎场，也因为如此，得以见他最后一面。他临死前告诉我，你不是我儿，你是萧乾，是你杀了我儿……我原也是不信的……因为我不肯相信我的儿不在人世了，我不愿相信……”

幽幽的凄诉声里，她双眼死死盯着萧乾。

“可纳木罕言之凿凿，说你虎口上的伤疤是当日在天隐山救这个女人离开时，查查尔上前阻挡，匕首不小心划到的……”

天隐山？墨九想到当日情形，整个人都蒙了。

有前因，才有后果。

正是因为天隐山的事情，萧乾才与纳木罕结怨。

也是从那天之后，纳木罕这个北勐宰相就不停地在老可汗的面前游说，导致老可汗开始对萧乾有了成见，而且，这个成见一日一日加深，终于使得老可汗放弃了培养萧乾做继承人的打算，甚至后来墨九被阿息保掳至完颜修的大营，也与纳木罕有关。

若非天隐山之事，萧乾这江山，又怎会来得这么艰难？

墨九记得，当日纳木罕曾经让萧乾慎重选择。

那个时候，她并不知他到底要选择什么，他放弃的又是什么。

后来才明白，他选她，就得失去江山，失去老可汗的信任与栽培。

她不明白，但当时的萧乾肯定是明白的。

可他义无反顾选择了她，牵着她走下了天隐山，这件事让墨九在多年后回忆起来，心底依旧残留着当日的温暖。

然而，她根本就没有想到，天隐山之事，对萧乾除了那些已经发生的深远影响，还有这个后续的恶果。

若非那个不怎么引人注意的小伤疤，纳木罕根本就认不出萧乾，阿依古也就不会知道真相，更不会在暗里筹谋着害他，等他千辛万苦杀掉蒙合，再釜底抽薪摆他一道，抛弃他，改为支持乌日根登基称汗。那么，这三年多的战争，也都统统不会有……当然，阿依古也不会像今日这般痛苦，她会愉快地做位高权重的皇太后，与儿子阖家团圆。

这个纳木罕哪！

临死也不忘整萧乾。

可他也许并没有想过，他不仅没能成全阿依古，反倒害了她。

大殿里面，烛火闪烁，映得阿依古的脸格外凄恻。

“萧乾，你如此心狠杀害我儿，夺我江山，是会遭报应的！”

萧乾双眸微微一眯：“长公主应当明白，我没有必要对你撒谎。因为如今的你，并不值得我撒谎。”

这句话有些残忍，却是事实。

他已经占领了哈拉和林，整个北勐都在他的手上。

如果他杀了苏赫，根本就没有必要不承认。

“其实你心里很清楚，我并没有杀苏赫。杀他的人，是那顺。”萧乾看着失魂落魄的阿依古长公主，接着又道，“你将那顺囚于公主府的地牢之中，关了整整三年，让他不见天日，尝尽了苦头，那些残酷的折磨，不就为了报复他当日对苏赫的所作所为吗？”

阿依古面色一变，脚步倏地一退，怔怔看他。

“你怎会知道的？”

“我猜的。”萧乾微微抿唇，“虽然你在逃离哈拉和林之前，把那顺处理了，可地牢还在，里面的痕迹也都还在。当然，他被你丢在水井里的尸体，也都会告诉我这些事情。”

阿依古目光复杂地盯着他，冷脸不语。

萧乾微笑：“姨母，我说得对吗？”

阿依古冷哼一声：“你把我弄来，到底要我做什么？”

“长公主是个聪明人。”萧乾声音不徐不疾，不过分冷漠，却也没有多余的温暖，“其实你弃我而扶植乌日根，这是为人母的正常行径，你无须编造我杀害苏赫的谎言，我亦不会怨你。但你也应当清楚一件事，乌日根并非可治理北勐江山之人，更不是可以完成老可汗遗愿一统天下之人，而你现在可以倚仗的人，也只有我。”

他说到这里，顿了片刻，目光凉凉地看着阿依古。

“只要你肯听我的，我可以不计前嫌，尊你、重你，一如往昔以姨母之尊待你。”

阿依古似乎没有想到他会这样想，微微吃了一惊。

末了，她抿着嘴唇想了片刻，复问：“你到底要什么？”

“我要你以你长公主之名，召开忽里台大会，在皇室宗亲面前承认我的身份。”

“你的身份？”阿依古不解地喃喃一声，忽而冷笑，“你什么身份？现在连假的苏赫都死了，你还做得了苏赫不成？”

“不！”萧乾冷峻的目光里，波光微闪，似乎跳跃着一抹灼热的光芒，“我是三丹公主的儿子，北勐世子。”

他本来就是三丹公主的儿子，也本该是北勐世子。

只不过曾经的老可汗虽然认了他，却没有公开承认他。

那么在北勐皇室宗亲和天下人面前，他就只有一个身份——南荣萧乾。

而北勐是一个以忽里台大会为最高权力机关，严格执行推举制的汗国，只要承认了他是三丹公主的儿子，是北勐的世子，那么他登上北勐大汗之位，就是名正言顺了。这样一来，那些来自北勐内部的质疑，都将得以平息，那些蠢蠢欲动，也都有了一个合情合理的解决方法。

当然，这也是目前彼此最愉快的一个台阶。

踩着这个台阶下来，不论是萧乾还是阿依古，从此就可以愉快地玩耍了。

然而，思忖片刻，阿依古却幽幽一哼。

“你在做梦！我成全了你，谁又来成全我？与其等你事成之后卸磨杀驴，我不如就这样看着你难堪，看着你永不得人心，看着你永远只能做一个入侵北勐的奸佞贼子！”

她的心思以及她的顾虑都在话里面。

可萧乾听了，却不以为意地笑了。

“可以！你不成全我，我无非多费些时日而已。但对你的乌日根来说，那就……未必有时间等待了。”

每一个孩子都是母亲心里的宝。

听到乌日根的名字，阿依古整个人都紧绷起来。

“你想对他做什么？”

萧乾淡淡牵唇，笑得那张俊美的脸似乎都带了一层润泽的光，分明没有半点儿狠戾，却听得阿依古毛骨悚然：“我会把你对那顺做过的事，一件一件在他身上尝试。如果他运气好，也许能等到我问鼎天下那一天，大赦活命。如果运气不好……那就不知你们今世还有多少时日的母子缘分了！”

那顺受过的惩罚？

想到那一件件带血的刑器，阿依古身子瑟缩一下，微微战栗。

她思忖片刻，眼睛倏地瞪大，怒视萧乾。

“我要你先放他离开！待他安全，我就召开忽里台大会。”

萧乾微微一笑：“姨母，我并未给你选择。”

“你——”

手指高高翘起，怒指着萧乾，阿依古恨得满脸铁青，可她嘴唇颤动着，终究骂不出来。

缓缓地，她无力地瘫软在了地上。

“你……断断不可再诓我……且饶我儿性命……”

兴隆山。

圆月挂在山巅，皎皎如银。

五月中旬，正是酷夏季节，夏虫在草丛里叽叽叫着，山后的一个小院，在虫鸣声中，一片安静。

这里居住着墨家女眷，男弟子不可出入内院。所以，当一个苗条的身影撩开墨青色的纱帘，慢慢开门走出来时，几乎没有遇到一个人。

她警惕地左右看了看，拎着一个盖了纱布的竹篮子，脚步轻盈地出了院子，径直往千连洞的方向去。

一路上，除了风吹树林的沙沙声，整座兴隆山都在沉睡之中，安静得仿佛没有人一样。

她中途避开了几名巡逻的弟子，无声无息地靠近了千连洞。

站在一棵大树背后，她静默了许久，没有靠近。

千连洞的洞口外，有一排巡逻弟子使用的值班房。

已经是后半夜了，值班室里还灯火透亮，几名值夜的弟子在里面小声说着话。

她远远地观望了片刻，慢慢从大树后面走出去，将竹篮挎在胳膊弯，款款走向值班房，隔着一层纱幔的脸，模糊得看不清情绪，可当她走近值守的弟子时，声音却是带着笑的。

“守卫大哥，你们辛苦了。”

“方姑娘？”守卫自然都认得她——巨子的亲姐姐。

可这姑娘平常很少出现，这大半夜的来千连洞做什么？

一名守卫奇怪地问：“都这样晚了，方姑娘为何来此？”

方姬然笑着叹了一口气，撩了撩竹篮的纱布：“我妹妹去了漠北，久不回来，我心下忧烦，辗转难眠，索性下厨煮了一些糖水消夜……”说到这里，她温温柔柔地捋一下头发，面上的纱布一荡一荡的，配着她玲珑有致的身姿，极是养眼，“这不，久不下厨，生疏了，一不小心多煮了些。我一个人吃不下，又觉着倒掉可惜，想着几位大哥守夜辛苦，就端过来了。不会叨扰到几位吧？”

“哪里哪里。”

“不会，不会。嘿嘿。”

伸手不打笑脸人，几个守卫都尴尬地笑了起来。

方姬然笑着把竹篮递了上去：“几位大哥莫要嫌弃才好。来，尝尝我的手艺……”

大半夜的，几个值夜弟子正空着肚子，巨子的姐姐亲自送来消夜，他们哪能不受？！

几个人笑嘻嘻地道了谢，就着方姬然拿来的碗，端至值班房就吃了起来。

方姬然姿态娉婷地站在原地，看着他们，一直安静地看着，脸上似乎还带着微笑……

直到砰的一声，碗落地而碎，她才轻轻松了一口气，身体放松下来。

“几位大哥，口味如何？好吃吗？”

几个弟子身体僵硬，瞠目结舌地盯着她，难以置信的目光里，写满了疑惑，却一直等到他们身体慢慢倒在地上，也一个字都没有说出来。

方姬然蹲下身子，不慌不忙地捡起碗的碎片。

“听说这药服下，不会有痛苦，也不知是也不是……”

唔……唔……一个还没有落气的弟子，嘴唇溢出鲜血，却发不出完整的声音。

见状，方姬然微笑着，看着他又道：“是有痛苦吗？可惜，你们也不可能喊出来了。安心地去吧，下辈子投胎，不要再做墨家人，不要再跟着墨九为非作歹，祸害苍生……”

她自说自话，四周静悄悄的。

正如她所说，那些人痛苦地挣扎着死去了，可临死都说不出一句完整的话。

方姬然叹息一声，默默收拾好现场，看一眼夜下的千连洞洞口，慢慢往里走去。

千连洞中静悄悄的，一个人都没有。

因为里面储有火器，为了安全起见，除了工作和检查，弟子们不得无故在里面逗留，即便是入夜巡守，也都只可在洞外。所以，入得千连洞，就安全了，不会再有人来打扰她。

方姬然若有似无地冷哼一声，一言不发地径直往里。

洞中冷飕飕的，泛着幽冷的凉意。

她走了好一会儿，才停下脚步。

这是千连洞中最隐蔽的一个洞中洞。

认真说来，它在千连洞的下方，需要从上面一层石屋的底部打开一道机关，再步行下二十来级石台阶，才能到达这个地底之洞。

在这次之前，她已经偷偷来过好多次了，对这里的地形和环境相当熟悉，所以不费力就打开了上面那一道机关。

这个洞中洞，她相信也难不倒她。

将油灯挂在石壁上，她就着微弱的火光看向“洞中洞”的铁门，以及那一把嵌入式的怪锁。

“这个锁，要怎么开呢？”

她低声喃喃着，正在琢磨锁，背后突然传来一个声音。

“方姬然，你够了！”

方姬然吃了一惊，猛地回头一看。

洞中洞的阴影角落里，慢慢走出来一个男人。

他双目阴凉，像携了千层坚冰的恨意：“你还不肯收手吗？”

方姬然微微一愣，看见是他，反倒笑了。

“乔占平，你这算不算五十步笑一百步？这时来说这话，不觉得晚了吗？”

恨恨地盯着方姬然，乔占平原本阴柔的面孔上像蕴含了无数的怨气，乃至一双俊目都已赤红：“火器之事，我受制于你，不得不让你钻了空子，已然对不住巨子。可你野心不死，居然打起了仕女玉雕的主意，我岂能再容你？！”

“你不容我又能如何？”方姬然冷笑一声，慢慢朝他走过去，“你不容我，能把我怎么样？再说，你以为你这样假惺惺的，墨九回来就能饶了你？乔占平，你还不了解她这个人吗？气量狭小，报复心极重，对待背叛过她的人，一向狠毒无情……火器的事，就算我不说，你以为她就不会想到你吗？一开始你让尚雅陪她去漠北，待她临走了，你却又阻止尚雅去……呵呵，但凡有脑子的人，第一个就会怀疑你。”

看着乔占平霎时苍白的脸，方姬然幸灾乐祸地笑了。

“她现在没理会你，只是没有腾出手来对付你罢了。所以，我奉劝你一句，赶紧趁着还有机会，带着妻儿逃命去吧。等她从漠北回来，你可就脱不了干系了。而我嘛……”

她轻轻一笑，挺起胸口，斜视乔占平。

“她会杀你，却未必会杀我。再怎么说，我也是她的亲生姐姐。你呢？你准备怎么死？”

“你——”乔占平咬牙切齿，“无、耻。”

方姬然冷哼一声，似乎对他的怒骂不以为意，而是浅浅笑着朝他摊开手。

“本来这次我没指望你，可你既然送上门来了，那就把钥匙交出来吧。”

“你做梦！”乔占平低头揪住她的手，“你个歹毒的妇人！我不会让你得逞的。”

“我毒？！”方姬然突然一咬牙，恶狠狠瞪着他，似是恨不得把他吃入肚腹，“若非你害我，我早就已经是墨家巨子了，又怎会耗费这么多周折？”

乔占平冷冷哼笑，斜睨她一眼。

方姬然似乎还没解恨：“墨家大会，机关屋，巨子试，你布下题目，又偷偷做了更改，害得我答案无用，是也不是？”

乔占平半眯眼看着她，突然冷笑：“你以为是我？”

“不是你，还有谁？”

“……”乔占平鄙视地扫她一眼，不回答。

“你说呀！不是你，是谁？”

方姬然凄厉地叫喊着，显然怒极，逼了上去，伸手就推他的肩膀。

乔占平眉头一皱，生生抢在前面，一把扼住了她的手腕，不冷不热地说：“从来没有人想让你做墨家巨子，这就是答案。”

方姬然微微一窒，目光放空一瞬，似乎悟到了什么，冷笑一声，低头看一眼乔占平扼住自己手腕的双手，低喝一声：“放手！”

乔占平不仅不放，反而拧过她的手，狠狠一扯，反转过去，将她的身子压抵在石壁上。

“我这便擒了你，等巨子回来再负荆请罪……”

“哈哈哈！”方姬然身子靠着冰冷的石壁，背对着他，笑得肆意而猖狂，“乔占平，你果然忠肝义胆哪！只可惜，你大概傻了。就算你不要自己的命，难道连你儿子的命……也不想要了吗？”

乔占平的手微微一松，一张俊朗的脸顿时如同死灰，昏暗下去。

“乔占平，你背弃主子，投敌做贼，以为躲在兴隆山，就可以与尚雅安稳度日了？做梦！”

“我不曾背弃谁，不曾对巨子说过半句！但我也是墨家人，我从头到尾都是墨家人，跟着巨子天经地义！”

他近乎嘶吼般辩解着，但扼住方姬然的双手，却早已放开。

儿子的命，就是他最大的软肋！

方姬然冷哼一声，讽刺地瞥他一眼，一副懒得跟他计较的样子，转身狠狠推他一把，看他踉跄着退后一下，又冷笑着跟过去，摊开手。

“钥匙拿来！”

乔占平摇头：“我并无钥匙。”

方姬然显然不信：“墨九那么信任你，这千连洞也一直由你在管。你会没有钥匙？赶紧交出来！否则我可不敢保证你儿子的生死了。”

乔占平眼眸中满是恨意，目光灼热如淬火：“这把锁是巨子亲自设置，她称之为密码锁。解锁的密码除她本人之外，无人知晓……”

密码锁？

方姬然上上下下打量他一番，慢慢抿嘴。

“谅你也不敢骗我！”

冷哼一声，她又缓缓转头瞥一眼铁门上的锁。

“密码锁，有意思！可墨九到底知不知道，这世上再精密的锁，也只防得住无心之人。但凡有心，又哪有开不了的锁？”

乔占平抿唇看着她，目露狐疑：“莫非你有开启的办法？”

“当然。”方姬然思忖一瞬，突然转过头来。“可是……有你在这里，我不太放心开锁呢。”

说到这里，她手腕突然一翻，不待乔占平反应过来，只见寒光一闪，一把锋利的匕首就往他胸口捅来。

方姬然向来都是柔柔弱弱的样子，从来不曾使用过武力，这突然的致命一击，又快又狠，乔占平根本就没有避开的机会。

他瞳孔倏地睁大，本能地伸手去挡。

咣！

乔占平没有来得及挡住匕首，那把匕首却似乎被什么东西击中，堪堪偏了一个方向，擦着乔占平的身体刺过去。

为此，举着匕首的方姬然也有些收势不住。

身体往前一扑，她啊地叫了一声，匕首刺中了石屋中间的一根木头竖梁。

嘶！手腕被震得麻木，方姬然恨恨地回头看去。

不是乔占平，而是另外一个人。

他就站在石屋的台阶上，没有走下来，却用一颗石头击偏了她的匕首。

这个人站了多久？他们居然都没有发现他的存在。

方姬然抽回匕首横在胸口护卫着，双目浅眯。

“谁？出来！”

在如今的兴隆山上，只要她拿住了乔占平，哪里还需要忌惮别人？

这么寻思着，她准备等那人出现就马上下手。

可随着那人的脚步缓缓从台阶上走下来，她却愣住了：“师兄？！”

那个人瘦骨嶙峋，一袭长袍在他走动时荡来荡去，仿佛套在一副骨头架子上。刚才那一击耗尽了他的力气，他下来时连走路都有些费劲，面容苍白如纸，双颊下陷，两只眼睛深凹着，瘦得不成人形，可他双唇紧抿，神色极是肃穆。

“原来……内鬼就是你……”

长期不言不语的卧床生活，让墨妄说话时，显得很是艰涩。

可这一句话足够让方姬然听明白他的意思——她做的事，他都知道了。

方姬然内心里对墨妄是有忌惮的。

乍然看到他时，她惊慌得几乎不能自已。

可等她从慌乱中回过神来，看墨妄只有一个人，再看看他虚弱的身体，突然就冷了声。

“师兄醒得还真不是时候。来千连洞，也不是时候。”

“是吗？”墨妄站在原地一动不动，目光里的神色，全是痛心，“你为何要这样做？阿九是你的亲生妹妹，血浓于水，她待你不薄，你却想谋害她性命，就不怕遭报应吗？”

“报应？”方姬然笑着，笑声凄厉刺耳。

说罢，她猛地扯下头上的纱幔，恶狠狠丢在地上，将那一张面目全非的脸裸露了出来。

“以前的方姬然，不善良吗？待人不好吗？可我得到了什么？老天可给过我厚爱？我爱的男人因我而死，我也因失颜之症，失去容貌，随时有丧失性命的可能……师兄，你告诉我，如果做了恶事会有报应，为什么有些无恶不作的人，不仅没遭报应，反倒过得宝马金鞍，比善良的人不知好多少？而我，什么都没有做，难道就活该这般吗？你说，这是为什么？为什么？”

石屋台阶上的门打开着，风一入内，气温更冷冽起来。

听着方姬然的声声控诉，墨妄扶住石壁，走下了最后一级台阶。

“投我以桃，报之以李。爱人者必见爱也，恶人者必见恶也。”

墨妄此句出自墨子名言，也是极见人心的一句话。

可方姬然听了，却不以为意地冷笑一声：“师兄心里喜欢她，怎么样都会护着她，怎么样她都最好。我善是如此，我恶也是如此，本就不会有什么分别。一切皆由心而生，你又何苦劝诫于我？”

墨妄的话有道理，可方姬然这话也不无道理。

喜欢的人，怎么都是好的。

不喜欢了，怎么都不好了。

墨妄皱皱眉，静默片刻，没有反驳，只剩幽幽一叹。

“师妹，你收手吧！”

“收手？我收手能做到什么？等着墨九回来报复于我？”方姬然冷冷看着他，捋了捋被帽子弄得凌乱的长发，动作温柔无比，目光却凌厉如刀，“师兄，我为何还会站在这里听你训导？只因认你还是我师兄，也因为你，并没有叫人来捉我，到底也是念着师兄妹情分的。你对我的好，我感恩，一辈子都感恩。若说这世上，我还顾念着谁，那便只有你墨妄了。但即便如此，我如今已没有回头路。你念旧情不阻止我，我可随你自去，也念你是师兄。你若阻挡于我……”

她顿一下，迎上墨妄痛心的眼，一字一顿说得很慢。

“你知我本事，就你这破败的身子，不是我的对手。”

墨妄双眸中，写满了失望：“你是说，你连我也不会放过是吗？”

“是。”方姬然嘴角浮上一丝冷笑，“若你非得阻我，就别怪我无情了。”

“呵，你有办法把我和乔工一同杀死，再盗走仕女玉雕？”

方姬然微微一愣，抿抿唇，又笑了：“不能，当然不能。只可惜，乔占平他不敢对我动手。”

挑衅地望向乔占平，她突然笑得咯咯的，那是一种恣意的笑，也让她因为失颜症而狰狞丑陋的脸，更是惨不忍睹。在这样的石屋中，在豆灯的昏暗光线下，她形同女鬼，魑魅魍魉都得甘拜下风。

墨妄瞥一眼静默不语的乔占平：“乔工，到底所为何事？”

乔占平一脸歉疚，声音也满是苦涩：“左执事，我，我愧对巨子——当日我夫妻二人前来兴隆山，我原以为从此可隐居山上一生一世，不再过问世间纷争烦忧……但尚雅生下小儿时……却被人偷偷换走，押作人质。我为小儿性命，不得已……”

许是经历的事情已经太多太多，墨妄听完乔占平的叙述，没有表现得太过意外，只是蹙着眉头思考一下：“你儿被何人押作人质？还有你以前……讲的那些事，其实我与小九心里都不曾全信。没有问你，只因尊重。事到如今，你可否告诉我一声，你到底受谁人指使？”

乔占平低下头，静默不语。

“左执事应当猜到了。”

墨妄嘴一抿，低低道出两个字：“宋熹？”

乔占平没有说话，沉默了。

“原来是他……”墨妄讷讷出声，迟疑一下，“可宋熹为何会指使你在火器上面动手脚？难道他不知那样有可能会害死小九吗？”说到这里，一个念头突然爬上心头，他怒视方姬然，“火器的事，并非宋熹的指使，而是你的意思，对也不对？”

若是宋熹，这三年墨家支援萧乾的火器为何都没有问题？

偏偏到最后一批，等到墨九要亲自押送去漠北时，才突然出了故障？

那么就只有一个原因，是方姬然自己想要墨九死。

她假传了宋熹的意思，以子为质，逼迫了乔占平。

在这一刻，念及方姬然做的恶事，墨妄也想到了很多过往的事情。比如初上兴隆山时，墨九无端被人推到悬坡之下……那些当时解释不清的事情，到了这个时候，似乎都有了答案。

他皱眉问：“你从什么时候开始，成了他的人？”

方姬然回答得很坦然：“墨家大会之前。不过，我不是他的人，我们只是合作。”

“合作？”

“他答应我，让我做墨家巨子。”

“他答应你？”墨妄轻声念叨，“怪不得……你可以打开祭天台的手印。可这样的手印，并非普通人可以作假的……难道他就是阿九口中那个……会阿拉伯数字的人？”

阿拉伯数字？

方姬然微微一笑：“也许。我不关心这个。我只知道，不管他是不是那个人，只要集齐仕女玉雕，我们就可以打开祭天台，得到千字引和墨家武器图谱。而我，也将成为真正的墨家巨子。”

“师妹，你的巨子梦，还没醒吗？”

“醒？我为什么要醒？师兄，我做够了善良的人，更讨厌懦弱地苟且偷生。我的脸已经这样了，我不想看着自己渐渐衰老，渐渐死去。打开祭天台，拿到千字引，也许是我的出路。你如果真为我好，就应该恭喜我，终于勇敢地为自己做了一件真正想做的事。”

“你疯了？！”墨妄看着她，“你何时变成了这般模样？我竟觉得不曾识得你。”

“是呀，我疯了！我也变了。自从我死过一次之后，我就早已不再是我了。”方姬然胸脯起伏着，情绪也有些激动，她几乎咬牙切齿，“这个世上，还有比女子容貌更重要的东西吗？我的脸，我的命，我的一切都没有了，我还有什么可怕的，还有什么是不能放弃的？师兄，当你们都担心着墨九的时候，有没有想过，我也是女子，我受的打击比她更大，我也需要有人来关心我、爱着我、陪着我？可是你……有吗？”

墨妄顿时愣住。

愣怔一会儿，他深吸一口气。

“师妹，回头是岸，你还有机会。”

方姬然看着他眼睛里的失望，双眸中也浮上了一层水雾。

“我回不了头了，诸天神魔，不曾眷顾我，一生痴情，一生苦。我什么都没有得到，我能靠着谁？”

墨妄沉默。

这样的方姬然，是让他完全陌生的。

她近乎歇斯底里地嘶吼，末了，又笑着反问。

“墨九有一句话说得对，女子若不为自己而活，活着又有何意义？”

“可墨九有没有告诉过你，做人，绝对不能用别人的血来温暖自己的心？你为何一定要和墨九相比较？你是你，她是她，你们是不一样的。”

“我不想和她比，我只想让她的东西，都属于我。”

墨妄吁一口气，摇了摇头，失神地叹："可你也太自信了。就算你盗走这几个仕女玉雕，加上宋熹手上的那个也只有五个而已。兑墓玉雕不见踪影，而乾坤墓在哪里，至今未有消息——"

"我当然有自信。"方姬然微微一笑，"因为我知道，乾坤墓就在临安皇城之下。"

乾坤者，天地也。临安皇城，也当得起乾坤了。

墨妄心里微微一惊，沉默了一下，直视方姬然凛冽的双眼，不解地问。

"你为什么要告诉我？"

"因为你是曾经最疼爱我的师兄。"方姬然轻笑着回答，"也因为，你就快死了。"

一句话还没说完，她身体突地往左后方的铁门边扑去，冷不丁勒住了石壁上一条不太明显的铁制引线——为了盗取仕女玉雕，方姬然这些日子没少打主意。这把锁开不开得了，对她来说，已经不重要了。因为她早就做好了最坏的打算——就地取材，再利用乔占平，在这里安装了爆炸装置。

引线一拉，机关启动。

砰！先是石壁被炸开，紧接着浓烟四起。

砰！又一道比之前更大的爆炸声，如同震天的闷雷，震动了洞中洞。

砰——砰——砰——

千连洞中火器无数，炸药与火药更多。

这样一炸，火星四蹿，原本极易储存的石室也控制不住爆炸的势头了。

地动山摇，如同地震似的，碎石纷纷往下落，从洞口迸出的火花，几乎映亮了半边天。

早已入睡的墨家弟子纷纷起身，往千连洞拥来。

山脚下的古道边，踩着夜露快马赶回兴隆山的曹元等人一看，顿时惊慌。

"不好！出事了。"

一行人加快速度，策马扬鞭，飞快地赶回山上，可等曹元组织众弟子刨开炸得一片狼藉的乱石时，只发现了受伤的墨妄与死去的乔占平，方姬然已经不见了踪影，只留有一副炸掉的衣袖。

乔占平紧紧压在墨妄的身上。

他的头部、腰部、腿部都受到巨石的重压。

也正是因为他在爆炸发生那一刻，选择了扑倒墨妄，让墨妄得以活命。

而他自己——永远地去了。

随同方姬然一同消失的，还有墨九前期收集的几个仕女玉雕……

弟子们的抽气声，响彻石洞。

几乎同一时间，墨妄缓缓睁开了眼睛。

“左执事！”

他的嘴巴艰难地一张一合，看着曹元，吃力地表述。

“追……方……姬然……”

第十章　道不尽流年

“你是这个世间最优秀的匠人，你为墨家做出了极大的贡献，你的一生都在黑白之间艰难地选择着，却永远保持着爱人之心，重情重义……我们会永远记得你。”

半个月后，墨九从一个葬礼赶赴另一个葬礼时，在乔占平的墓前，对着他的石碑如此说。

乔占平在爆炸中故去，事情发生得突然，尚雅猝不及防失去夫婿，早就已经哭得不成人样。两个小孩一左一右跪在她的身边，小的完全懵懂无知，大的学着母亲的样子为父亲烧着纸，一张一张往火盆里丢。也有一张又一张冥纸在随风起舞，伴着弟子们一阵阵低低的呜咽，飞上了半空，萦绕在坟冢上空。

人去了。

事却未成空。

墨九当着一列列前来送葬的墨家弟子，当着坟冢前乔占平的遗孀孤子，突然拔刀割破自己的小手指，将鲜血滴在坟前的酒碗里，洒在乔占平的坟头，冷着声音说：“皇天在上，后土在下，我墨九今日起誓，来日我必踏平临安府，血祭兴隆山。”

“踏平临安府，血祭兴隆山！”

“踏平临安府，血祭兴隆山！”

“踏平临安府，血祭兴隆山！”

众弟子齐声喊话，声势凄厉而壮大。

有北风从不知名的远方吹来，萧瑟了这一方树林。

墨九的恨意，不是无端来的。

这一炸不仅毁了千连洞的物资，死了乔占平和墨家弟子，还把千连洞的设施炸了个稀巴烂。

兴隆山这个世外桃源，受到了前所未有的打击。

墨九的心，都在滴血。

兴隆山是她的家，是墨家的根基。

自己的家里被人闹得鸡飞狗跳，这脸打得啪啪响，她如何不恨?

而且，虽然墨妄醒了，乔占平却死了。

她有说不出的恨!

这不仅仅因为与乔占平相处数年的感情，还因为他本身在火器方面的天赋。

他这一死，墨九简直就像失去了左膀右臂——

尤其看着尚雅和两个年幼的小孩，她都不忍心。

不忍心告诉他们火器的事情，其实是乔占平做的。

更不忍心告诉尚雅孩子的事。

如果尚雅知道，她辛辛苦苦抚养了两年的儿子，根本就不是亲生儿子，乔占平又离世了，她会不会疯掉?

墨九不敢说。

他们这一路走来本就不易，乔占平人都死了，就让他落个清白吧。

至于这些秘密……不如暂时留白。

南荣景昌五年五月，天气异常酷热。

可经了一场变故的兴隆山，却无端地冷寂了下来。

方姬然并没有被追回来，匆匆赶回的墨九急着处理爆炸后续事宜，而哈拉和林也不曾平静半分。

这个五月，对于整个天下的人，对于整个历史，都具有极大的意义。

五月十八，萧乾攻下哈拉和林，这成为他皇图霸业的一个重要节点。

从这一日起，萧乾开始了对北勐的正式统治。

五月二十三，萧乾为苏赫王爷风光下葬。

五月二十五，就在苏赫下葬后的第三日，阿依古长公主在哈拉和林召开了忽里台大会，并于大会上宣称萧乾为三丹公主之子，乃北勐世子，并称其子乌日根年幼贪玩，无心国事，并不适合做北勐之主，特举荐萧乾为新一任北勐大汗。此举一出，各宗亲纷纷表示归顺，忽里台大会比预想的还要顺利，几乎没有半点儿波澜就结束了。

说来荒唐，却不荒唐。

识时务者为俊杰！

萧乾既是三丹公主后人，他们何不顺其而昌？

当然，也很少有人知道，就在阿依古长公主召开忽里台大会的前一天晚上，哈拉和林其实发生了一场腥风血雨。一些有异心的北勐重臣，都遭到了怯薛军的秘密清洗，这一次毫无预兆的血腥镇压来得很快，去得也很快，当太阳再一次挂在天上时，地面上的血迹都已冲洗干净，就好像不曾发生过一样。忽里台大会一召开，新汗登基，哈拉和林很快就恢复了过往的生机。

死去的人，很快就会被历史湮灭。

有人说萧乾手段残忍，但他这样做的效果很明显。

以最小的牺牲，换得了最大的利益。

不过，与众人猜测的不一样，萧乾并没有为难乌日根，不仅没有对他秋后算账，还在北勐西部给了他一块封地，任由他领着亲信离去。此举在宗亲中自有好评，就连阿依古也没有想到能为儿子换来这样好的一个结局，之前的种种担心，也悉数落下。

可她没能随了乌日根去。

萧乾把她留在了哈拉和林，让她享太后之尊，荣华万丈。

可她心里清楚，萧乾还是提防着她。

她与乌日根不在一处，就必然会互相牵制。

没有了她，乌日根成不了气候。

没有了乌日根，她争这些东西又有何用？

一夜间，哈拉和林变了颜色，换了新的天地人间。

次日，旭日初升，大街小巷洒扫一新。

鼓乐响起，号角声声，萧乾在哈拉和林正式登基即大汗位，成为新一任北勐帝国的大可汗，并发布诏书，正式建年号为“元正”。

元为初始，为头，为首，亦为圆。正为示其得位正统，取“名正言顺”之意。

正午的天空，霞光万道，猎鹰高飞。

元正年的到来，也为萧乾称霸天下的征战史打开了另一扇崭新的大门。

那一年春意阑珊，青梅煮酒，有人情尽有人执手。

那一年夏阳酷暑，兵临九州，有人离别有人相守。

那一年秋风萧瑟，狼笛声声，有人远走有人停留。

那一年冬雷震震，烽火城头，有人命丧有人封侯。

那一年……

那一年发生的事情太多太多。

那一年的战火兵祸，那一年的不死不休……

乱世之中，人不如狗。

不管是粗麻布衣，还是锦衣绸袍，在遥遥无期的空等岁月里头，只想寻一方安稳，能让自己和家人茶饭无忧。

故而，不管墨九嫁过多少个男人，又克死过多少男人，也不管她名声如何、为人如何、心地如何，更不管她在这个烽烟四起的乱世之中，究竟充当着什么样的角色，到底是守护生灵的天使，还是引发战争的原罪之恶……她，以及她的辖地兴隆山，在历时三年的兵戈之祸中，成了世人的庇护，成了一方避世的净土。

大批战乱流民的拥入，使兴隆山镇这个从无到有的小镇，仅仅三年就发展成一个面积大过金州城，富饶力盖临安府，先进于全天下的繁华避风港。由此，它被墨九笑称为“淮水明珠”。

时光荏苒。

大地轮转了三个春夏秋冬。

兵戈未止，战乱未停。

这是一个谁也不愿意看到的结果。

山河破碎。

风雨飘摇。

人人都在盼着战争结束。

北勐对南荣，萧乾对宋熹，都以为很快就能看到的结果，居然拖到了三年后。

从来兵弱民软，国家也早就被蚕食得只剩一隅的小小南荣，在兵强马壮、气势如虹的北勐大军呼啸而至的征伐中，支撑了整整三年。

三年后。

南荣景昌八年，北勐元正三年。

腊月底的兴隆山镇，飘起了洁白如银的雪花。

又一个年关快到了。

寒冷的北风，挡不住兴隆山人对大年的热盼。

尽管，今年的这一个大年，将会变得有些不同寻常。

在持续三年之后，北勐对南荣的战争，似乎就要落幕了。

北勐大汗萧乾的精锐骑兵在十日前，已抵达常州。

很快兵临皇都，临安府已成一座孤城。

远在外地的游子，哪怕相隔千里，似乎也能看见宋熹独坐金銮大殿的落寞。

都说世间悲凉，一为红颜老去，一为英雄迟暮。

宋熹将成为南荣最后一任皇帝，可南荣百姓大多对他给予极高的评价，甚至默默在心里为他树立了一座英雄的丰碑。

三年了！抵抗北勐三年不曾降，不曾和，三年内甚至数次亲临战争最前沿，与萧乾短兵相接，不逊分毫。

很多人认为，宋熹输是一定的。可他只是输给了时势，输给了南荣早就千疮百孔的河山——

苍茫大地，岁月长河。

全天下人，都在等那一个结果。

哪怕兴隆山这个避在世外的地方，这几日的茶楼酒肆里，也挤得热火朝天，除了办年货说春节就是讨论临安的战情。

没有受到半点儿烽火荼毒的人们，总是休闲的。

哪怕说起战争，唏嘘之中，总有几分掩不住的自豪与庆幸。

自豪在兴隆山。

庆幸在兴隆山。

百姓安居乐业，工、农、商都绽放着蓬勃生机。

放眼天下，除了兴隆山，哪个敢称富庶之城?

宽敞平整的大街，鳞次栉比的房舍，琳琅满目的商品，熙熙攘攘往来的人群，络绎不绝的旅人，彬彬有礼的学子，粗鲁野蛮的壮汉……

兴隆山海纳百川，是全天下最为开放的城市。

在这里，人们可以各抒己见，发表对天下对时事的看法，这里的人对男女之防也不甚看重，遇到喜欢的对象，完全可以上前大胆地追求，哪怕本身是一个姑娘，也不会引来任何人的反感。因为墨家九爷，兴隆山镇也成了全天下女人地位最高的地方。这里的妇女，有着与男人一样平等的权利。她们可以选择去工作，也可以选择在家相夫教子，可以选择与夫婿白头偕老，也可以主动要求与夫婿离婚。而让她们拥有话语权与主动权的，当然也是墨九——

在兴隆山，墨家的律法就是法律。

在兴隆山，人们只需要遵守墨家制定的一些礼仪道德、律法条款，不受制于任何朝廷。

或者说，这里的墨家，其实就是一个独立的小朝廷。

而墨九，就是一个王。

谁也管不住她，哪怕那个人是——萧乾。

所以，这里的一切，都太过美好，但凡来过兴隆山的人，都会舍不得离开。而兴隆山的治理理念，也几乎包括了墨九前世今生想过的所有理想生活。除了科学技术与生产力还达不到她生活过的后世标准，其他方面甚至远远赶超后世，就连空气也没有半点儿污染，清新得如同洗过一样。

然而——

当人们享受着盛世繁华的时候，却无人去细想，墨九为打造这一方自由国度与梦想田园，前前后后，统共用了八年。

耗时八年，她终于让八年前的兴隆山与八年后的兴隆山，成为两个截然不同的世界。

当然她并没有满足于眼前的苟且。

她的梦想，还有诗和远方，还有心中更明净的山水——

她为兴隆山打造的生活模板，是她准备在今后“复制”到整个天下的。

而这个信念，或者说这个想法，也是她在三年又三年的战争之后，能为这样一场生灵涂炭的战争赋予的最高级的价值目的。

要不然那些累累白骨，那些血流成河，总会让她在某个午夜醒来时觉得迷茫与空洞——对？错？

“卖炮仗了！炮仗！炮仗！”

“冰糖葫芦嘞！”

“花灯花灯，全镇最漂亮的花灯就属咱们家。来！走过路过，不要错过呀！”

“来来来！小姐、公子，来我家看看吧。”

大街上叫卖声此起彼伏，行人走在街上，如在景中。

是景，衬托了人，也是人，生生点缀了这一方兴隆盛景。

“娘，我要买炮仗——买去年直直姐姐那种，可以冲到天上的。”

“娘！这个，这个，我还要这个！”

“那个也要！”

“娘，我也要！我也要！我要和虫儿哥哥的一样嘛！”

“……”

一道道唤娘声，娇脆如乳鸽，听得人心都化了。

三个妇人带着几个孩儿，说说笑笑，挤在川流不息的办年货人群里。

小孩儿有大有小，高矮不一，但对于赶集这样的热闹事儿，都很喜欢，他们在大人中间你追我赶着，尖叫不止，偶尔撞上商家的摊子，引来喝问声，也浑然不管，只顾着玩耍。

几个妇人偶尔呵斥几句，大多时候由着他们，只一脸带笑地聊着她们自己的私房话。

“也不知小九今年，会不会回兴隆山来过年？”

“是呀，也没捎个信来。昨儿直直睡午觉还喊娘呢。”

“会回吧，说不定她会给我们一个突然惊喜呢。去年不就是吗？她铁定也想直直了。”

“去年情况不同。今年——都怪这场仗，弄得三年都不得安生。”

“唉！这仗也不知几时能打完——”

“是呀！也不知怎的，兴隆山虽说不在战场，可这仗一日不完，我这心里就一日堵得慌。”

“快了吧，不都说北勐军快要打到临安府了吗？”

“就盼着那一天呢。是好是歹，至少落个实在。”

“谁又不是呢？再不打完，咱几个可就都老了。”

“老什么老哇。嘻嘻，你这脸蛋儿，水嫩着呢，你没见刚才那个大小伙子，不停往你脸上瞄吗？”

"瞄的是你吧？"

"哪有。才不是我。"

"那就是在看妍儿……"

"也是……咱们家妍儿越发美了。"

几个人正说笑着，前面一个花灯摊子前，突然传来一道尖锐的喊声。

"娘——"

"是离儿！"尚雅低喊出声时，宋妍的人已经冲了过去。

可还是晚了一步，宋离跌撞着从拥挤的人群里后退着出来，一屁股跌坐在了地上。

宋妍心里一痛，慌乱挤过去扶起孩子，这个时候才看见，在宋离的前面不远处，站了一个与他差不多大的小男孩儿。

他穿一身锦衣华服，白白胖胖，头上腰上都有玉饰，一看就是养尊处优的孩子。

看宋离摔倒在地，他满意地哼了哼，双手叉腰，双眼圆瞪，不屑地讥嘲。

"活该！小爷看中的花灯，你也敢来抢！不要命了！"

那一副趾高气扬的模样儿，是宋妍熟悉的。

她幼时在临安，见过太多太多这样的皇室子弟，甚至她自己，也是其中一员。

蹉跎岁月数载，她早已看透，心里一叹，也不欲与小孩子计较，头一低，就问宋离："离儿，有没有摔到哪里？"

宋离两排眼睫毛长长的，委屈地眨巴一下，轻轻摇了摇头，拉拽着宋妍的裙摆。

"离儿没事。娘，咱们走吧……"

"好。乖孩子。"

孩子的懂事，让宋妍又是欣慰，又是心酸。

宋离从小都不爱与人争什么，在兴隆山上，不管他多喜欢一样东西，只要有别的孩子要，他就会选择默默放手。这样的性格，让宋妍有时候格外心疼，但转念一想，这样也好，不是吗？如果离儿像她小时候那样，也变成一个飞扬跋扈的小霸王，谁人护得住他？知进退，懂忍让，起码少吃亏。

"站住！"母子两个刚刚转身，背后就传来那个小男孩的娇喝。

宋妍一怔，回头看去，那孩子似乎不太高兴，怒视着宋离就朝他们走了过来。而他的身边不知什么时候跟上了几个侍卫模样的男人，虽然都穿着便服，但一看就不是中原人士，更不是普通人。

她心里微微一凛，瞥一眼不远处的彭欣与尚雅，然后回头冲那小孩子微笑。

“不知小公子还有何吩咐？”

那小孩儿哼一声：“得罪了小爷就想走？”

宋妍目光略沉，语气依旧带着笑：“不然呢？小公子还要怎样？”

小男孩眼皮一翻，似乎对她的“无知”非常不满，嗤一声，然后狂傲地指了指青石地面。

“跪下！磕个头，叫声爷，认个错，我就饶了你们！”

呵！到底是哪里来的王族公孙，这般张狂？

宋妍心里笑了，脸上却是一副不冷不热的表情，也不失礼：“这位小公子，我儿子不小心得罪了您，我代他向小公子道个歉。还望小公子大人大量，不予计较……”

“跪下！”那小男孩儿下巴昂着，很是乖戾，“小爷不爱听这些！有话跪着说。”

宋妍眼眸微眯，过了一瞬，才慢慢吐口：“道歉已是极限，下跪……恕难从命了。”

“你好大的胆子！”胖小孩双眼一横，昂头示意左右，“你们愣着干什么？看着小爷被人欺负可是很愉悦？”

“属下不敢！”

“不敢还不把人给我摁下。”

“公子爷……”男孩儿身边的侍卫头目四十来岁，较为老练世故。他一看宋妍几个就觉着不像平常人家的妇人，心里有些担心，于是为难地小声劝道：“此处是兴隆山，主子有过交代……公子爷行事务必谨慎，勿妄为之。”

“你敢不听我的话？”胖小孩似乎没有想到侍卫会拒绝，嘴巴一扁就发狠，“信不信我回头就告你们的状，说你们欺负我，要父亲拿下你们的狗头。”

那侍卫头目一震，赶紧垂下头。

“是，公子爷。”

说到底，不过五六岁的小孩罢了，可他乖张、刁蛮，又任性，曾经让这些侍卫吃过不少苦头。

一见他气势汹汹的样子，侍卫无奈之下，不得不听命了。

侍卫头目望向宋妍，眼睛里是满满的无奈。

“你！还不跪下，给我们公子爷磕头道歉！”

“办不到！”宋妍冷哼一声，牵着宋离转了身。

站着看了一会儿“别人家的孩子”，她彻底相信“孩子是自家的乖”这句话了。

比起这小破孩儿，她家离儿简直乖巧得不能再乖巧。

她掉头就走，其实是懒怠理会，也懒怠计较，可侍卫看他们要走，却冲上来就要拦下。

“放肆，得罪了我们公子爷，这就想走？”

“不走怎的？你们请我吃饭？”

宋妍本就会武的，这些年过上绣娘生活，为了亲自给儿子打好身体底子，她自己从来没有疏于修习。这会儿牵着儿子，她警惕性本来就高，于是，那侍卫手臂刚伸出来，就被她生生扼住了手腕，然后往下一掰，就听得咔嚓一声，侍卫痛得哇哇直叫。

宋妍哼一声，飞快地把宋离护在了腋下，瞥向那明显被吓住的小胖男孩儿，声音淡而幽凉。

“姑娘我当街撒野的时候，你还没有生出来呢。”

“呵呵！看把妍儿美的。”

这时，彭欣、尚雅也极快地抢步过来，站在了他们母子面前。

“不过，我更喜欢妍儿你这模样儿，这才像当年的小郡……”

“彭欣！”宋妍飞快地打断她，“好汉不提当年勇。虽不比当年，但我照打不误！”

宋妍是谁？曾经的混世魔王小郡主。

彭欣是谁？会蛊毒的苗疆圣女。

尚雅是谁？鼎鼎大名的墨家右执事。

这三个女人，就没有一个是简单的人物。

尤其是尚雅，虽然被乔占平在那几年养成了小妇人，可她当年占据墨家半壁江山，统领尚贤山庄，御男无数的“美名”可不是平白无故来的，她那一身拳脚功夫，莫说几个侍卫，就算上来几十个侍卫也不在话下。

不待宋妍说话，她便冷哼一声，发了话。

“是哪个不开眼的，敢在我兴隆山墨家的地盘上撒野？”

这边有动静，路上好多行人都停下来瞧热闹。

街道上的小商小贩，有认识尚雅的人，都纷纷惊呼起来。

“是右执事！”

“哎哟喂，这几位可摊上事儿了。”

“谁让他们不开眼！”

众人指指点点，几个侍卫被揍得满地找牙，听了这些话，额头都吓出了冷汗。

墨家右执事不好惹，墨九更不好惹——而且，她向来护短，不管谁不对，先揍了外人再说。

惹到了不好惹的人，那侍卫头目赶紧软声解释。

“实在抱歉了，这位姑娘——”

“什么姑娘？麻烦你跪下磕个响头，再用清脆的嗓音叫一声——姑奶奶！”

尚雅的脾气以前本来就不太好，在乔占平过世之后，她为人变得越发乖戾，除了与她关系亲厚的几个人，其余人等想要得她一个好脸色都难，更不要说在这样的情况下了。

剑拔弩张！

气氛瞬间凝滞起来。

尚雅却把脸一转，看向那个不知所措的胖小孩儿，冷冷一笑。

“敢在我墨家的地盘上乱来，今天我倒要试试，你们这位小公子的皮，是不是铁板铸的，究竟剥不剥得开？身上的肉，剜不剜得成条，剁不剁得成片？”

“姑娘，姑娘，好说好商量。”侍卫头目吓得脸都白了，不住地讨饶，“我们初来兴隆山，公子年纪小，不晓事，我等也没有……没有劝好公子，还请姑娘大人大量。”

“我呸！”尚雅冷笑，“对待小人，何来大量？”

那侍卫头目一窘，看尚雅不能善了的样子，把心一横，抱拳作揖道：“不瞒姑娘，我们来自后珒，我们家国主与你们家巨子，私交尚好……”

国主？尚雅一愣：“完颜修？”

她直呼完颜修的名字，在侍卫听来委实不恭，可谁让他们在人家的地头上呢。

侍卫头目点头称是，道歉不已，不停地示软。尚雅却不依不饶地冷笑着，表示就算完颜修来了，也得给--个说法。彭欣则牵着孩子，在一旁默默地看着宋妍……

而宋妍自己，一直在发呆。

她双唇紧抿着，情不自禁地看向那个小男孩儿。

那就是传说中的后珒太子，完颜修和他的皇后共同的儿子吗？

“娘，你抓痛我了。”宋离小小的声音带着一丝委屈，将宋妍从臆想中拉了回来。

她惊醒般松开手，蹲身看向儿子的手腕，为他呼呼一下，歉意地道：“不痛了吧？”

“不痛了。”宋离摇头，视线也望向了那个胖小孩儿，眼皮耷拉下来，看着地面就拽宋妍的手，“娘，我们走吧。”

这是他第二次说走。

有时候，想走，其实是一种想要回避的心态。

宋妍心痛地抱了抱他："好，我们这就走。"

不想为这事跟完颜修的儿子纠缠，这让宋妍觉得极可笑。

这件事，就算完颜修知道了，恐怕也会觉得他的儿子没有错，甚至还会以为她在嫉妒吃醋欺负小孩子呢。

尚雅和几个侍卫又说了什么，宋妍没有耐心去听，心下怦怦作响，莫名有些纷乱，除了手上牵着的离儿让她觉得温暖，其余的一切……热闹的街市、嘈杂的人群，都似乎在一瞬间变成了虚的，在她脑子里荡来荡去，如同做梦一般，寻不到半点儿真实感。

一晃，离儿已经六岁了。

她与完颜修，也已经整整五年没有见过面了。

可他的儿子，居然会来到兴隆山，还推倒了离儿。

这到底是冥冥中的血缘定数，还是红尘本爱纠缠？

"妍儿，不必多想。"肩膀上突然一只手搭了上来，捏了捏她。

宋妍抬头看去时，撞上的是尚雅盈盈含媚的一双水眸，入耳的是她过来人似的安慰："好的、坏的，都会过去。再难、再苦，也都得挺过去。咱们还有孩子呢。为了孩子，你得好好活，明白吗？除了你，这世上无人可给离儿最好的爱。任何人都不能。"

"我懂。"宋妍略低头，"我只是……只是突然有些难过。"

"我也懂。"

同为女人，又如何不懂？

喜欢的男人和别的女人生的儿子欺负了自己的儿子，这让宋妍情何以堪？

"也就你心软，换了我非得好好教训那小子一顿不可！"

"呵！"宋妍笑了，"不过五六岁的孩子，咱们怎么教训？真揍他一顿？"

"可不？就算不教训，也得教教他怎么做人吧。"

"人家亲爹亲娘都不管，轮不上咱们。"

"也是……最好的教训，就是捧杀呗！他觉得对，那就对吧。"

尚雅幸灾乐祸地哼哼几声，被宋妍递了一个白眼，又满带杀气地回瞪一眼，再然后，她温柔的目光，看向了自己的两个孩子。

"你的心思，我都明白。只要孩子好，就什么都好。我又何尝不是呢？都说物以类聚，人以群分。说来也真是邪门了，咱们这几个女人哪，都凑一堆了。可即便这样又如何呢？咱们没有男人，自己就做男人。过咱的好日子，养咱的好孩子，哪管他们要死要活。"

对于女人来说，有了孩子，再大的苦难，也能挺过去。

宋妍如此，尚雅如此，彭欣如此，连墨九也是如此。

正是因为有孩子的存在，有孩子纯粹的眼睛，她们才能一次次摔倒，又一次次爬起来，继续前行，创造她们心中理想的世界。

“对对对，右执事说的都对，哪怕右执事说的不对，也不能说不对……”

宋妍一脸带笑地调侃着尚雅，视线一凝，喉咙突然哽住，脚步也挪不走了。

“怎么了？”尚雅和彭欣顺着她的目光看过去，只见熙熙攘攘的人群中，一个身形高大的男人领着一群侍卫急匆匆挤过人群，面带焦急地冲向了那个卖花灯的摊子，先是低声呵斥了那个侍卫头目几句，然后蹲身下来，为那胖小孩儿抹了抹泪水，又温柔地将他揽在怀里，轻轻拍着他的后背。

有了爹撑腰，那胖小孩儿委屈地扁着嘴，哇啦哇啦地哭诉……

完颜修！

原来他也来了兴隆山！

大街上的人太多了，可这一刻，宋妍觉得，整个世界并没有别人。

她的眼里，只有那个耐心哄着孩子的父亲。

“娘。”宋离也看到了，小小的孩儿似乎有了感触，突然瘪了瘪嘴巴，小声念叨，“离儿的父亲如果还在，会不会也这样疼离儿？”

“……”

“唉，离儿要有一个父亲就好了。”

有一个父亲就好了。

这是宋离第二次说这句话。

第一次他提起父亲，还是两年前。因为那一次把宋妍惹哭，后来这个懂事的孩子对父亲绝口不提。

但这一刻，想来他是非常羡慕完颜修的儿子吧。

宋妍眼角有些湿，却抢在完颜修视线望过来之前，拽着宋离，快步走入了人群之中。

也顺便，将自己几乎快要崩溃的身体没入街市上各色精美的花灯之中。

兴隆山镇的夜幕，静静笼罩下来。

可灯市上依旧亮如白昼，在这样一个人人都来“朝贺”的地方，十里长街，五颜六色的花灯下，人们欢声笑语，憧憬着盛世欢年。这里真正一片太平景象。

只有宋妍，轻轻勾起嘴角，望着一片朦胧的光晕，默默将眼泪吞回了肚子里。

“离儿，你有娘就够了。”

“哦……离儿知道了。”

“离儿真懂事。”

“离儿长大了要疼娘！”

“乖！”

兴隆山是一个美妙的地方，可在兴隆山待久了的女人，在感情上似乎都有些不幸。

她们的不幸在于，有了别的女人没有的梦想，也不肯随便将就，不肯轻易粉碎自己的未来。

在这个女人从来没的选择的世道，因为她们的不肯将就，不肯委屈，于是一个个都活成了别人眼中“孤苦伶仃”的样子。

宋妍、尚雅、彭欣带着一群孩子回山的时候，因为街市上的小插曲，脸上都有一些反常的凝重。

可似乎没有看出来大人们的古怪，他们刚回到后院，萧直就哈哈大笑着扑了上来。

“你们终于回来了，可等得急死我了。”

六岁的萧直是个活泼野性的小丫头，鬼灵精怪的她，常常让山上的人头疼不已。可她与宋离关系却很亲厚，因为墨九曾经私底下吩咐过她，一定要好好照顾弟弟。于是，这么多年，她就乖乖地照顾了过来。

这不，拉着宋离的手，小丫头叽叽喳喳就说个不停。

“离儿，前头刚来了一个长得很好看的大叔，带了好多好多的礼物，还有一些我们没见过的稀罕玩意儿。走，我带你去看……”

长得很好看的大叔？

萧直看人的标准，一般只有两种。

长得好看的，以及长得不好看的。

一听这话，宋离也很高兴：“好哇！”

小家伙跟着萧直就要走，却被宋妍拦住了。

“离儿，你还有功课！不许去！”

平常宋妍很少管束他的，这莫名其妙的管制，让宋离意外之下，有些委屈。

“娘，我的功课早就写完了。”

宋妍一怔：“先生不是让你多多习字吗？去！回屋练字去……”

宋离瘪了瘪嘴巴，看了萧直一眼，默默低下头，哦一声就往屋内走去。

他忍得了，萧直却忍不了。

“干娘，你怎么能这样对待弟弟？”

“……”宋妍一脸僵硬，咳了一下，摸她的脸，“乖丫头，你快玩儿去吧，弟弟和你不同，他脑子笨，就得多练习。”

“胡说，弟弟的字帖写得比我强多了，先生昨儿还夸赞他了呢。别人都知道离儿最乖巧懂事，你当娘的，为何竟这样没有人性？”

没有人性？宋妍一愣，哭笑不得。

看着离儿这般，做亲娘的她，又何尝忍心？可就算他会委屈一下，总好过让他去见完颜修……去看完颜修和他的儿子父慈子爱的画面吧？

也许是她自私。

可这事关乎一种隐秘的尊严。不仅有她的，还有儿子的。

她的拒绝，让萧直不高兴地离开了，可不待宋妍这边悲怆完，前头又有消息传来。

“巨子回山啦！”

墨九突然回来的消息，振奋了整个兴隆山，离她上次离开，已经有好几个月了，这边大家都悬着心，惦念着她，没想到她又搞了一个突然袭击，没有提前捎信就回来了。与上次一样，回来的人只有墨九自己以及击西几个侍卫，萧乾依旧在军中，没有办法相陪。

等她从山上回到墨家九号院，一路上，她遇到无数人打招呼，还有镇民特地送来各种各样的慰问物品，把一条上山的道路挤得水泄不通，连同她的马车，到山门就已经塞满了。

没有在路上多停留，墨九冲镇民抱拳作个揖，径直回了墨家九号院。

九号小院里，也有不少人在等着，就为了恭迎她回来。

“巨子！”

“巨子！”

“巨子！”

迈入院子，就听到各种招呼。

“好久不见！”

墨九笑着回应，目光在人群中搜索着。

“直直——”

声音未落下，她的大腿就被人从后面抱住了。

萧直不知道从哪个犄角旮旯溜进来的，猛地扑过来抱紧，差一点儿撞她一个踉跄。

“娘！”

“我去！谁家的野丫头？”墨九笑不可抑。

“墨家的野丫头。”

“哈哈！”

母子相见总是欢悦的，加上回家的温馨，让墨九那张饱经战争的面孔平添了许多的温情。坐下来，喝口茶，她把女儿抱到大腿上坐着，与大家兴高采烈地聊了起来。

然而，欢乐的气氛持续不足三分钟，听说完颜修带着儿子来了兴隆山，墨九脸一黑，二话不说就让人出去传话。

“兴隆山庙小，容不下完颜国主和太子这两尊大佛，赶紧给我送客！”

墨家弟子都知道她和完颜修私交一向不错，这么毫不客气地赶人，还是第一次。

“巨子，国主说，是想带太子来看看咱们这儿的新年……”

兴隆山的新年，是全天下最热闹、最繁华的，被吸引来的人当然不止完颜修，还有四方宾客。

按理来说，人家堂堂国主肯赏这个脸，那也算兴隆山的荣幸。

偏偏，墨九不肯买账。

“伺候不起，让他带着他的太子赶紧滚蛋！”

“是。巨子。”

弟子对墨九向来言听计从。虽觉得大过年的撵人走，对完颜国主来说有些凶残，但还是无奈地下去执行了。

不管外面的完颜修怎么想、怎么看，墨九再一次浅笑盈盈地说起了在外面的趣事，听得萧直和几个小朋友双眼瞪得老大，对她更是崇拜不已。

兴隆山，这是一个完全以个人崇拜为信仰的地方。

他们崇拜的对象，除了墨子，就是墨九了。

待这个小型的茶话会结束已是一个时辰之后。

其间有弟子数次来报，说完颜修要找墨九“申冤”，墨九始终不予理会。

宋妍一直坐在边上听她说话，沉默许久，终于有些按捺不住，幽幽一叹：“墨九，你无须如此的。兴隆山向来包容四海，这才赢得了天下人的交口称赞，何必为了他，坏了咱们经营许久的名声？”

“名声？我墨九若在乎名声，哪里还待得到今日？”

这三年来墨九也有不小的变化，精神比以前更加饱满，言行也更英气勃勃。看宋妍一脸委曲求全的样子，她冷哼一声，眉梢上扬着，似乎根根眉毛都在为她抱不平："我告诉你呀，老娘今儿还偏不惯着他了。哦，他的儿子金贵，欺负完我的干儿子，啥事儿没有，我还得给他好脸色？"

"唉！"宋妍声音渐小，"只是孩子罢了。"

"我管他呢。这一次算是给他的教训，让他知道，不能管生儿子不管教！如果再有下次，他不教，我就要出手帮他教训了！"

她的语气和尚雅如出一辙，宋妍失笑摇头。

"那么小的孩儿，你能怎么教训？骂不得，打不得，没得让人笑话。"

"小？小就可以为所欲为了？从小看到大，你知道不？"墨九瞪她，"还有哇，你别以为我是在害它三舅，我这是为了他好。要任他这么把孩子惯下去，他后肆江山，早晚败在那破孩子手上。"

"唉！"宋妍说不过她，道理全在她嘴里，想想，无言以对，只能岔开话题，笑着宽慰她，"你刚回来，就别为旁人的事情烦心了。回房休息一下，洗个澡，换身衣服。我去看灶上都准备了什么吃的，你在外头吃了苦，回家了，总得补一补。"

"嘿嘿。"说到吃，墨九心情就好转了，"看来大家伙儿都了解我！对吃，我是不会拒绝的，就这么办——"

她声音落下，刚站起身，外面就响起完颜修的声音。

他唤着"墨九"的名字，说要当面给宋妍和宋离道个歉，表达一下他的诚意。

听了这话，墨九脸色又稍稍好了一点儿。

她知道完颜修道歉也许只是借口，更多的心思，也许是想见一见宋离。

老实说，当了母亲之后，她差不多能理解完颜修想看宋离的心情。

沉吟一瞬，她望向宋妍："妍儿，你要不要见他？听听他怎么说，怎么道歉？"

事情关乎宋妍，她不能代替她宋妍这个主。

但显然，事情突如其来，宋妍自己似乎也做不得自己的主。

她双目略略空茫，思考半晌，才慢慢摇头。

"算了，墨九。不需要道歉，我也不想见他。离儿……也不想。"

锁眉良久，墨九重重一叹。

"行吧，我去应付他。"

拉着萧直，墨九径直出去了，她怎么和完颜修说的，宋妍没有问，也不想去问。

有些事情沉封在心里久了，就像结了痂的伤口，会一点一点开始痊愈，甚至不刻意触碰也感觉不到半点儿疼痛，然而，一旦伤疤揭开，依旧会血淋淋的，疼得人撕心裂肺——她不愿意，也不肯再尝试一次。

趋利避害的逃避心理战胜了好奇心，直到完颜修离开兴隆山，她也没有走出房门一步，始终守在房间里。看宋离提笔书写时小小的背影，她手上捻着一串佛珠，轻轻地闭上了眼。

庙堂之上的完颜修，是铁血无情的国主。

江湖之远的完颜修，在兴隆山只是一个想见儿子的父亲。

宋妍的拒绝相见，让他失望，却也无奈。

毕竟早有约定，孩子姓了宋，就与他没多大干系。

可这些年来他却无时无刻不想起，自己还有一个儿子，远在遥远的兴隆山，甚至无数次午夜梦回时，会被噩梦惊醒，梦中宋离或溺水了，或走失了，然后他发现自己一身汗湿，竟有一种不知身是梦或心是梦的茫然……也正是因为这份对宋离求而不得的思念，让他对于近在眼前的儿子朗刺，有一种偏执的、错位补偿一般的偏宠，却没有想到，终究再一次造成恶果，让他与宋离发生了这样的冲撞，让他的离儿受了这样的委屈。

父亲疼爱儿子的心是一样的。

可也许是越得不到越珍贵的心理作祟，他承认，在他心里，宋离分明格外让他心疼一些。

也因为这个，他第一次出手揍了朗刺，哪怕他哇哇乱叫，他也不肯收手。

带着一身牵绊，完颜修离开了兴隆山，朗刺太子也终究没有赏到兴隆山的花灯，没有感受到兴隆山大年的喜悦。

得知完颜修揍了儿子的事情，宋离显得格外高兴，他兴冲冲跑来告诉宋妍，说那位大叔人很好的，而且都已经被干娘撵下山，让母亲不要再与他们计较了。

儿子善良如斯，宋妍觉得是自己的福分。

但她只摸着儿子的脸，笑了笑，没有回答。

那一夜，墨九把墨家骨干都叫到议事厅开会，而宋妍把自己关在房里，念了一夜的经文。

腊月里接近年关，兴隆山处处张灯结彩。

从议事厅出来时，墨九径直牵了玩耍的萧直回九号小院，没有再去打扰宋妍，却意外在路上巧遇了宋骜。

三年前哈拉和林一战之后，宋骜为了寻找自己的梦被墨九说服，随着她来到兴隆山，而狼儿以及那群狼却留在了阴山。

到达兴隆山之后，原本习惯了与狼群一起生活的宋骜，一开始并不太能够适应。可兴隆山条件好，有大夫为他看病，衣食也都有专人负责，一来二去，他并没有寻到梦，却也留了下来。

南荣已经不是当初的南荣了，但墨九还是很照顾宋骜，一应待遇标准极高，比他当初做王爷时，也少不了多少。

宋骜被墨九带回兴隆山时，彭欣是震惊的，但得知他的遭遇，她却要求墨九，不要告诉宋骜他们之间的那段往事，以及小虫儿的事情。

因为宋骜已经彻底忘记她了。那么，除非他自己想起来，要不然，她绝对不想硬塞给他一堆责任以及一段也许他原本就没有的感情。

对于这个女强人彭欣，墨九是服气的。

但得知自己以前居然是一个王爷，宋骜却完全不敢相信。

"我是不是历史上第一个不知自己是王爷的王爷？"

墨九摇头："不是。但你是历史上第一个在战场上被掳的王爷。"

宋骜脸红："羞煞我也。"

三年前的往事还在眼前，但这三年由于墨九常随萧乾在外征战，并不常在兴隆山，故而与宋骜的交流极少，只间或得知一些他的事情。这三年来，他在兴隆山的身份是教书育人的墨家教堂先生。

说来也怪，他与宋妍这对兄妹，在某些方面居然惊人地相似。

他们都不愿意吃闲饭，做一个闲人，哪怕有吃有住也非得发挥余热。

一个娇惯的公主做了绣娘，一个尊贵的王爷成了先生，而且两个人都把工作干得极为出色。

宋骜做先生做得很开心，身体一日比一日好，精神也一天比一天好，可三年过去了，他并没有记起当初的事。不管对墨九，对彭欣，还是对山上任何一个人，他始终保持着友好却不十分亲近的态度，不远不近，成了他们最熟悉的陌生人。不过，也许有血缘关系的原因，他与小虫儿格外投缘……

乍然看见走在花灯下的翩翩公子，墨九还是有一种简单的喜悦。

着锦衣玉袍的宋骜，不再是那个领着狼群、衣衫褴褛的邋遢男子了，一身王孙公子的贵气，让他仿佛回到了当年。

“小王爷！”她兴冲冲地喊。

宋骜听见，微微一怔，笑了笑，客气地向她揖礼。

“巨子回来了？”

“是呀。”墨九瞥向他手上的东西，“拿的什么？”

宋骜不好意思地提了提手上一只青竹编成的蜻蜓：“我答应给小虫儿做的，试了几次都不成，今儿才弄好，做得丑了些……”

“不丑不丑。”墨九摆了摆手，低头问女儿，“是不是，小丫头？”

萧直有些困了，打个哈欠，马上笑眯眯地附和：“是。我娘说的话都对。”

“乖！”墨九最喜欢这个会拍马屁的亲闺女了，摸着她的脑袋，又笑望向宋骜，“小王爷回头也给我直直做一个？”

宋骜面带尴尬：“若是小公主不嫌弃，自然是可以的。”

“不嫌！”萧直抢在墨九之前回答，“但是我可不可以要两个，我想再给离儿一个。”

“当然可以呀。”宋骜笑着摸了摸小丫头的脑袋，“巨子这次回来待几天？”

“大概两三天就得走！”

“不待过完年？”

“等不了啦——前线紧张。”

“哦。那你可得仔细身子。”

对于即将灭亡的南荣，失去记忆的宋骜似乎并没有太大的感触。

这一点，也是墨九觉得欣慰的。

若他忆起，身为男儿，身为南荣皇室子弟，他断断没有如今的轻松自在。

两个人站在灯下闲话几句，看萧直再次犯困打哈欠，也就道别分了手。

在墨九看来，如今的宋骜和以前有很大的差别，他少了锐气与痞气，脸上也没有那种无时无刻不挂着的淡淡坏笑，取而代之的是文雅有礼，对人十分疏离——哪怕把他带回兴隆山的第一天，她其实就暗示过他和彭欣的关系，可过去这么久，他们之间的感情依旧没有什么起色。

他一直在等，等着寻到自己那个梦，以及那个梦中的姑娘。

彭欣也一直在等，等着以前那个宋骜回来，认回她的小虫儿。

而另一个当事人宋彻，似乎从墨九把宋骜带回兴隆山那天起，就不等了。

他取代了乔占平的位置，成天成天地待在千连洞里，对那些机关巧术与火器图谱深深着迷，完全沉醉在乔占平留下的手稿和资料之中，在前三年与乔占平研究火器的基础上，又经过三年的独自历练，竟也成了火器专家。果然，一个人在一个领域，只要肯花费时间钻研，在长达数年之后，哪有不精的道理？更何况，他本身确实有这方面的天赋。

三年来，他彻底醉心于此，平常几乎不出现在人前，更不像以前那样去打扰彭欣和小虫儿了。

他似乎选择了退出。或者说，选择了自我放弃，以另一种精神上的寄托来消耗时光。

可细心的人都会发现，夜深人静时，在彭欣的小院外，常常有一个默默观望的身影。

宋骜不会去，那么……只能是宋彻。

在宋骜和小虫儿玩耍时，他们的欢声笑语中，也有宋彻躲在某个角落里落寞的凝视。

世事两难全。

这个维持了数年的结，千千根线，千千个纠结，一时间，也找不到解开的办法了。

刚过腊月二十，兴隆山的新年气氛就越来越浓。

回到兴隆山的第二日，墨九什么正事都没干，只一心一意陪女儿。

领着萧直，她去望情崖看日出，去兴隆镇上吃早点，然后去镇民家里串门，就像一个寻常妇人似的，除了女儿的事，一概不管。这么一来，可把萧直给乐坏了，不仅陪游，还陪聊，像一只小麻雀似的，一路上把墨九不在兴隆山这些日子发生的大事小事，以及她和小伙伴之间的恩恩仇仇，一件一件说给墨九听。

也是这一天，墨九突然发现——她的女儿，长大了。

她和萧乾毕生的遗憾，就是在女儿的成长中，没有一直陪伴，但这并没有影响萧直的身心发育。

想到这些，她心里又酸涩，又欣慰。

几乎就在同时，她想到了墨妄——这个没有成亲，却又当爹又当娘照顾小丫头的师兄。

在兴隆山上，小丫头是不缺爱的。尚雅、彭欣、宋妍、宋骜、玫儿、曹元、织娘，还有众多的墨家弟子，他们都会照顾她。

然而，付出最多心力的人，还是墨妄。

墨九记得去年回来时那天晚上，风雪遮蔽了兴隆山的苍穹。她回屋的时候，小丫头已经睡着了，墨妄居然还守在门口——因为那晚突然降温，天寒地冻的，小丫头睡觉不老实，总爱掀被子，墨妄怕她受凉生病，不放心奶娘和丫头伺候，自己生生守着。

所以对墨妄，墨九心里除了感激，是有愧的。

她是墨家巨子，可她也就是一个精神领袖，基本的事务都是墨妄和曹元等人在操持。

也因为有了墨妄的存在，墨九才能毫无后顾之忧。

在镇上吃吃、走走、乐乐、玩玩，墨九带着小丫头一直到天黑方返回墨家九号院。

匆匆洗漱罢，小丫头沾上枕头就睡着了。

墨九坐在床边，端详她片刻，为她掖好被角，洗漱完，换好衣服后，正要上床，墨妄就找上门来了。

这会儿天刚入夜，墨妄找来想是有事。

墨九匆匆披上衣服，掩上门出去。

经了那一场生死攸关的事故之后，墨妄人是醒过来了，可身体一直不大好。也正因为如此，这三年里，墨九随萧乾四处征战，墨妄并没有跟随，不得不长驻兴隆山上。一来是为调养身体，二来嘛，当然也是为打理墨家事务，做萧军的大后方。

墨九进房的时候，墨妄正倚在椅子上，望着油灯出神。

墨九咳一声，满脸带笑："师兄找我有事吗？"

"没事不能找你？"

"哈哈！"墨九笑着坐在他对面，"你确定不是故意损我的？"

墨妄也跟着笑了笑，俊脸上一如既往带着阳光般的温暖。

"昨晚的小会上，也没寻到单独的机会问你。这一次回来，你什么时候走？"

墨九抿抿唇，与他玩笑："我刚回来你就撵我走？莫非不想见我？"

"哪有的事？"墨妄不是一个会开玩笑的人，淡淡牵了牵嘴角，又凝神盯着墨九看了片刻，"小九，你好似瘦了些。"

"可不吗？天天那日子过得，人不人鬼不鬼的，能不瘦吗？"

看墨妄担忧的视线，她扑哧一声，又笑了。

“不过师兄不要担心。瘦是瘦，有肌肉，你别小看我这身子骨，如今老结实了！”

行军打仗吃苦受累，人瘦一圈是肯定的，可也正如墨九所说，她整个人精神抖擞，身体也得到了很大的锻炼，加上年龄的增长，完全度过了青春期的墨九，少了一点儿美萌的婴儿肥，人就像脱胎换骨了似的，变成了彻彻底底的女人，比往昔更娇美可人，亦更添妇人的风韵。而且，她并不像普通妇人那般，将开疆拓土当成男人的天性，也从来不把自己当女人使唤，在战场上，她铁血无情，根本就充当着男人的角色，所以，天生女性的柔美加上她身上散发的英气与阳刚，就养成了墨九式的美——独一无二。

或许有人比墨九长得好看，但绝对无人有墨九的气质。

那自信、那气势、那身上自带的光芒，是骨子里就有的，不是谁人可以模仿得来的。

当然，当今世上，也唯墨九一人有这样的底气做这样的事情，睥睨众生。

墨妄念之，心头微微一窒，赶紧耷拉下眼皮，装作喝水的样子，不再去看墨九的脸——

又一次阔别数月，见到她，没有丝毫的陌生，反倒让他更加难以自持。

“师兄你在想什么？”墨九的声音，突然打断了他的神思。

“嗯？”墨妄放下茶盏，抬头。

“我问你话呢，怎么不吭声？”

“问我？”

看他一脸茫然，墨九噗一声，又笑：“想什么呢？这么出神，我问话都没听见。”

墨妄有些惭愧，神色微涩：“小九说什么了？”

“我问你，怎么身子骨看着比以前……”墨九的脑袋猛地往前一凑，恶狠狠地盯着他，“看上去更弱了一些，怎么回事？萧六郎开的药，你没有老实吃，对不对？”

她一句接一句地询问，像个大家长。

墨妄失笑：“巨子吩咐，我敢不从命吗？只是，身子一旦亏损得狠了，也非一朝一夕可以调理好的。”

“唉！”墨九想到他长达三年的昏迷，深以为然，甚至觉得如今他可以坐在她面前，与她秉烛夜谈，已是上天的眷顾，确实不可急功近利。

想到这里，她将袖子里的药方掏出来：“这次回来，萧六郎又换了药方，本来是准备明儿让灶上煎了再给你端来的，你既然来了，就自个儿拿去瞅瞅。久病成良医，萧六郎人在远方，从钟大夫的医案来判断到底隔了一层，你自个儿得多感受感受，并适时反馈。”

中医调养是一个漫长的过程。

在这个过程中，得不停根据当事人的体质调整药方。

为了墨妄的病，墨九也真没少操心。

墨妄知道她的心意，默默收下药方，抬目道："前方战事要紧，你们都多照顾自己，我自己其实不打紧了。那样艰难的日子都挺过来了，现下生活这么好，还有什么是熬不过去的？"

"话是这么说，可谁让我挂心你呀？"

墨九调皮地吐了吐舌头，在他面前还像当年的小丫头。

野性、率真、纯粹，不留半分城府。

墨妄看着她的神色，扯了扯嘴角，却没有展露完整的笑容，迟疑一下，突然问："不知临安那边的情况如何了，想来用不了几日，就可攻陷皇都了。只不知，大汗会怎样处置那些人。"

那些人？哪些人？

"你是指？"墨九想一下，不待他回答，又笑了，"你还是关心着她的吧？"

方姬然。

墨九知道他心里，也是对方姬然念着旧情的。

要不然，也不会有千连洞那场爆炸事故了。

不仅墨妄，还有一个织娘，嘴上不说，心里却始终念叨着。

这三年来，每次墨九回来，她都会支支吾吾、扯东扯西，说半天不着点，其实就是想打听方姬然的情况。

可墨九能说什么呢？

从兴隆山盗去四个仕女玉雕的方姬然，对宋熹来说，俨然是一个大功臣。她如今已经是宋熹后宫里的女官，在谢青嬗死后，宋熹没有立后，又对后宫嫔妃不太眷顾的情况下，方姬然不是东寂的女人，却成了南荣后宫最有权势的一个女人。

这些事，平常墨九也不爱提。

但这次回来，可能萧军离临安近了，她总能从墨妄和织娘的眼睛里，看到某种奇异的目光。

他们一个是青梅竹马，一个是母亲，又用了长达三年的时光淡忘，伤疤好了，总会忘了痛。

可墨九沉浮两世，该心狠的时候，绝对不会含糊。

"师兄，很遗憾。你们能原谅，我不能。新仇旧恨，都得和她清算的。"

灯火摇曳中，墨九的脸，美而妖冶，似乎还带了一点儿狠戾的光芒。

墨妄凝视着她，久久没有回答。

过了好久，才听他重重一叹。

"让她从千连洞拿走仕女玉雕，原就是我的罪过，我本不该问你这句话。"

"师兄不必自责了。当时事发突然，谁料得到？而且，你在我这里，永远不会有罪过一说。"墨九宽慰着他，等气氛稍稍缓和，眸子亮了亮，又意气风发地道，"再说，任她拿走，又有什么干系？就当让他们帮忙保管两年吧，反正还得开乾坤墓，等到那时，咱们一窝端了也好。省事！"

"是，也就差乾坤墓的两个仕女玉雕了。"墨妄突然叹了一口气，"但愿你们顺利，若不然，我难辞其咎。"

"你这人就是这样，什么事都往自己身上揽。放心吧，丢不了。我不仅要把仕女玉雕全部拿回来，还要你养好身体陪我一起去开神龙山的祭天台。"

她说得一本正经，没半分玩笑的戏谑。墨妄知道，如今的墨九，再也不是当初那个需要他的羽翼来呵护的小寡女了，她有了坚硬的翅膀，有了高飞的力量，她的背后还有这个天下最强大的男人——北勐大汗萧乾。

"师兄，你怎么又在发呆？一副魂不守舍的样子。我告诉你呀，不许为她担心，知道没有？"

"我没有。我只是——"墨妄闭了闭眼，声音幽幽一沉，"只是想到一事。"

"何事？"

"远在神龙山的墨家总坛。"墨妄道，"其实，自打你登上巨子之位，墨家总坛实际上已算迁至兴隆山了，可神龙山虽然荒废了，到底是祖宗留下的基业……申长老前些日子去了一趟神龙山，特地来函说，好多建筑都有残破，需要修补，尤其是老祖宗的墓地，受到山洪袭击，发生了大面积坍塌。我拨了些经费下去，准备重新修缮一下。"

"应该的。"墨九沉默一下，突然又抬眼，"祭天台尘封已久，也需要重新打扫干净了。"

墨妄一怔。

尘封已久，那是因为无人可以打开。

这一次，真的可以集齐八个仕女玉雕，顺利打开期待已久的祭天台，拿到千字引吗？

没有答案!

景昌八年，一个极寒的冬天。

大抵为呼应时事，凛冽的北风夹着鹅毛大雪，锐不可当地刮向了临安大地。

正月初一，过新年。

这一天，对南荣是一个重要的日子。

新年头日，适逢皇太子宋昱八岁生辰。

登基以来，这是景昌帝第一次为太子大肆贺生。

从宫中到城中，整个临安弥漫着一片喜气。

精美的花灯，将繁华的夜下城池照得如同白昼。

人们纷纷走出家门，走上街市，在满城花灯照耀中，感受这座曾经富饶得令天下人向往的都城最后的风光。

就在一个时辰前，斥候快马从早已关闭的崇新门而入，挥舞着小旗，高喊着“急报”，为南荣带来一个令人震撼的消息。

萧乾亲率大军，已逼近临安，与左相苏逸率领的南荣禁军在运河岸边展开了激战。

一旦苏逸兵败，萧乾等于一只脚已踏入了临安城。

只等他另外一只脚迈入，届时——

临安不保，南荣将亡!

亡国前最后的风景有很多。

因人不同，景况有异，每个人也都揣着不同的心思。

这一夜的临安城，狂欢而热闹。很多文人雅士，为它题上了许多大气磅礴的诗词，悲莫悲兮，留下了无数的千古绝唱——

老百姓也有自己庆祝新年的方式，长街短巷里，有年轻漂亮的小姐，有老态龙钟的老叟，有算不了国运算不了自己却举着算命簿走来走去的算命先生，有舞龙的、舞狮的、卖牛皮糖的、卖糖葫芦的。该看热闹的看热闹，该卖小吃的卖小吃，这场面……竟然有一种大悲之中淡然的凄凉。

是的，再多的笑声也抵消不了即将亡国的担忧。

但身为无力小民，他们也许只是想让南荣亡国亡得更加从容，更加有风骨一点儿吧。

毕竟，南荣一直是那样风雅的一个富饶之邦。

当然，在这场狂欢的背后，也有忧国忧民的义士，于茶楼酒肆间，挑灯看夜市，跳出世俗之外，为国而叹。

“不知苏丞相可否将萧乾挡在临安城外——”

“王公在痴人说梦矣！唉！”

“也并非不曾赢过。这三年来，不都各有胜负吗？苏丞相是一个有本事的人。”

“非苏丞相无能，怪只怪萧乾太强！”

这句话算是一个较为悦己的总结。

不管是宋熹还是苏逸，都是当世有才之人，假以时日，他们这样的搭配，自当为南荣再创一个太平世界。然而，强中自有强中手，他们偏偏遇到了萧乾这样亦神亦魔，将排兵布阵演练得出神入化的对手，也是一场业障了。

“老汉我只愿，苏丞相能让南荣……再多撑几日！哪怕几日，也好。”

“当初恨朝廷，现南荣要亡了，我竟与王公一样，不舍。”

家国的意义，对人一生都是极为重要的。

平常时，我们只顾及小家，可一旦国将不国，那时才知，有国才有家……

亡国之奴，又哪里好做？

但事情到此，临安百姓心里也早就放弃了赢的期盼。

而且，连年征战，国疲惫，民亦不安，他们其实更愿意等到最终结果的到来。

长痛不如短痛，一刀结果总比刀刀凌迟要好受得多。

故而，这个大年里，临安街上，大家都在尽情地庆贺着新一年的到来，吃、喝、玩、乐，将一场盛世下的风流、将人性在绝望压抑下的疯狂展现得淋漓尽致。

过了今天，不知道有没有明日。

今天这里还叫南荣临安，明天还不知道叫什么名儿。

破罐子破摔，是人类最正常的治愈心理。

为了即将一去不复返的临安，民间锣鼓喧天，舞龙的大汉矫若游龙，围观的百姓尖声叫好……

而那一条通往皇宫，通往南荣权势最巅峰的大门，一直紧锁着。

皇宫的慈德殿里，为皇太子宋昱庆生的大宴上，君臣把酒，纷纷唏嘘。

朝廷也一改前几年为了战争的节俭，极尽铺张之能事，似乎恨不得一夜之间就把南荣的国库存余都花费殆尽。

“陛下……”

一个女子的声音，打破了宴上的悲情。

她永远戴着一顶有着白色纱帷的帽子，走向皇帝。风吹着她的纱帷，有些晃荡，显得那纱帷下的脸尖尖巧巧的，令人有些莫名的觉醒和神往。神秘的东西，总让人有探索欲。这些人，并没有见过她的样子，心里也认为她并非陛下的女官，而是陛下的女人……只不过，因为陛下太过喜爱过世的皇后，不愿，也不肯再轻易宠幸一个女人罢了。

对臣工的猜测，以前方姬然与宋熹都不在意。

现在，自然更加不会在意了。

她走近宋熹的案桌前，福了福身，轻声软语了几句。

声音很小，除了宋熹，席上的其他人都没有听清。

宋熹的面孔微微一变，眸底似有阴霾划过。可转瞬消散，他微笑着朝她摆了摆手。

“知道了，你先下去。”

方姬然没有回应，再次福身，在众人的视线中，离开了大宴……

她是从来不参加这些宴请的，不管是官方的还是私人的。

活在南荣皇宫的她，在众人心里，就像冰山上的一朵雪莲。

可只有她自己知道，以纱遮脸，不是因为美貌，而是见不得人。

不愿见人的根本原因，也并非她高冷，同样是因为不想被人发现她有一张那般瘦骨嶙峋、形若鬼魅的脸。

所以，她是恨的。

不明白，为什么长得那么相似的两姐妹，墨九什么都有，而她什么都没有。

她也恨自己这张脸，几乎从来不照镜子，甚至有时候睡觉，她也要将帽子放在枕边，稍稍有一点儿动静就像受惊的兔子似的，赶紧把帽子戴上，戴帽的顺序也永远都排在穿衣之前。

以往天气晴好的时候，也有胆子大的宫女，会过来约她去看太阳。她们私底下当然也会好奇她的长相，可每每这个时候，方姬然就会转身离开，不愤怒，也不生气，冷漠得一句话都没有。慢慢地，也就没有人随便接近她了。

只不过，后宫之人都觉她冷漠不近人情，却无人看见她转身之后，对着赤烈阳光时，滑落在纱帷里的两行清泪。

曾经妖娆绝艳的大美人，一旦失颜，痛不欲生。

这天地间，也没有人真正关心她，更不曾有人爱她。

可又有什么关系？

很快，这天下都会是她的。

她要拿到千字引，做墨家巨子，甚至要更多更多……

人们对苏逸的期待，终究不得不沦为失望。

或者说——绝望！

就在这天晚上，鏖战数个时辰的南荣大军在气势汹汹的北勐骑军面前，越来越吃力，终不敌。苏逸被萧乾三路大军拖得顾了东头顾不到西头，哪怕累成一条狗，也护不住这一座早已疲软无力的临安城，守不住这个早就已经千疮百孔的南荣江山。

风雨飘摇初一日，北勐大军破临安。

子时一刻，北勐大将军古璃阳率先攻破了临安崇新门。

一城得破，哪怕苏逸还在和萧乾周旋，但临安城已然失去了最后的防守。

古璃阳大军从崇新门长驱直入，如履平地般破南荣防守阵列，从御街策马而过，直逼宫城。

时隔数年，再一次踏上临安的土地，竟然是这般情形。

面无表情的古璃阳，内心早已波涛汹涌。

他是临安人士。临安生，临安长，临安是家。

可他离家数年却是领兵打回来的，这种感受很是怪异。

说不上对，或是错。战争也从无对错，只论胜负。

当年的他，还是一员禁军小将，如今的他，已是北勐的大将军。

而他的家园临安——这一座饱经鲜血与战火洗礼的帝都，只能无力地任由他的马蹄踩在身上，连呻吟都不曾有。

宫城就在他的面前，高高耸立。

曾经，这里是盛世之巅，是百姓仰望的圣地。

曾经，这里是一个代表了严格阶级的森严堡垒。

古璃阳的父亲、伯叔、爷爷，世代守护着这里，守护着至高无上的皇权。

这一天，他也站在朱红色的宫墙之下，一抬头，就可仰望到夜空里的繁星与皎洁的月色。不论人间如何轮换，天空景致与他幼时所见一般无二，高远不可触碰的苍穹，虚空冷漠，而他内心的热血，却仿佛燃烧到了一个急需爆发的顶点，汹涌着，澎湃着，必须要做点儿什么才能畅快。他要拿着他的剑，骑着他的马，跨越皇宫层层叠叠的高屋冷脊，用鲜血与白骨堆砌出另一个更加繁荣的盛世江山，将这一片早晚被扫入历史尘埃的皇宫彻底扫荡。

开疆拓土的将军，不可在意个人情感。

他有情，他的剑却必须无情。

他也知道，过了今晚，他，古璃阳的名字，将永垂千古——

月光在天上敞开胸怀，驱散着无尽的黑暗。

他身后的大军却一片慷慨激昂，铁骑跃跃欲试。

幽叹一声，古璃阳终于不再迟疑，振臂一呼，亲自打破了古家世世代代忠君爱国的家训。

“攻城！”

景昌九年正月初一，这个日子将永远被历史铭记。

因为景昌年最后定格在这一天。

南荣的历史画卷，也终止在这一天。

倾覆的江山，撼动的乾坤，在血雨腥风中，结束了！

黎明时分，天还没有亮透，景昌九年的初一刚刚到来，临安城破，皇城不保，北勐军攻破临安，直入皇城，宫中禁军人数不少，然而看到古璃阳大军逼近，要么弃械投降，要么自杀殉国，场面极其惨烈。此一役，结束了北勐与南荣数年的征战，宋熹折戟临安，成了南荣历史上最后一任帝王。而他刚好满八岁的皇太子宋昱，却再也没有机会继承大统坐上皇帝之位了。

北勐军的铁骑，终于踏入了皇城。

周围静悄悄的，带着死一样的寂静。

这一场胜利，来得并不那么容易。

南荣虽然败了，可败相也并不是那么难看。

算一算，从当初北勐老可汗那一代到今日萧乾破城，用时近十年之久。

青砖路上，炮仗的碎屑还没有扫尽，空气中似乎还弥散着硝烟味儿。

五颜六色的花灯依旧高悬，带着节日的喜气，温柔地照着红墙碧瓦、雕梁画栋。

暗淡的光线中，有雪光在纷飞，湿了这一群入侵者的肩膀，沉浸成一种森冷的气氛。

禁宫之中，原本的秩序都已失衡。嘈杂声里，逃的、躲的、藏的，配合着呼呼的北风与漫天的飞雪，似乎让整个天地都变了一种颜色。天翻地覆不过眨眼之间，国破之事早有预料，可国破之时一样惶恐不安。

“逃哇！”往哪里逃？

“跑哇！”往哪里跑？

“投降吧！”投降有用吗？

有血性的带着全家自杀了，没血性的跪在地上恭迎新帝的到来。

胆小的早早悬梁自尽了，胆大的还在怀着杀一个抵一个、杀一双赚一个的想法拼着命。

小范围的厮杀已经阻止不了大局的改变，即将赢来最后胜利的喜悦振奋了北勐军的情绪，他们像一匹匹草原之狼，带着嗜血与疯狂，亢奋地扑入皇宫，在嘶吼声与哀号声中，做着最后一波清洗。

对北勐来说，这是永载史册的荣誉。

对南荣来说，这是一场巨大的浩劫。

战争的残酷，再一次以它血淋淋的姿态示于人前。

然，不死不休，不破不立。

终究需要一个死亡的结局，方能重生。

重画一片江山，总需先颠覆一下乾坤。

萧乾领着一群亲卫骑马入宫，踩过凌乱倒地的南荣旌旗，手提宝剑，浑身浴血，最终站在了皇城大殿之前。

微微眯眸，他一脸冷肃地看着大殿前的玉石雕龙，整个人都笼罩在一片杀气之中。

在他面前不远处，南荣高官、小史、宫女、太监跪了一地。

“大汗万岁万岁万万岁！”

“大汗万岁万岁万万岁！”

空荡荡的大殿之前，黑压压的人头带着颤抖的冷意，高声呐喊着。

所谓“俯首称臣”，大抵就是这番景象了。

萧乾骑在马上，不动、不言，也不喊起。

于是，那一群跪在雪地上的人，只能不停地重复着这象征着屈辱的喊声。

一声盖过一声，一声高过一声——

从一开始的心不甘情不愿，终于越喊越顺口。

雪后的霞光，乍现在天际，从皇宫的屋脊上升起，一点一点变幻成一个艳丽的火球，万丈光芒落在大地上，映上萧乾坚硬的盔甲，闪着一层熠熠的光华，如同镀金一般，为他衬出一种华丽的王者之气，也为南荣敲响丧钟，带来绝唱。那种紧张、激动，仿佛敲打在心坎儿上的逼仄气氛，牵扯着南荣降臣接近崩溃的内心。

同时，也迎来了一个崭新的时代。

墨九就站在萧乾身后不远处，看着他接受无数人的朝拜，也看着他冷峻坚毅的背影。

他是高傲的，孤绝的，也是凌厉的。这样的萧乾，英俊如同神祇，又冷漠如同恶魔。在他美艳无双的面孔下，疏冷之气早已悄然入骨，只有他手上长剑反射出的一束光华，为这片阎罗地狱衬出了一个绝美的画面。

他是天生的王者。

他站在那里，并无人能与之比肩。

这样的时刻，属于他这个人。

称王、称帝，征服世界，站在世界的最高处，俯瞰渺小的天地众生。

他是北勐大汗。

也是一个从鲜血与枯骨中走出来的天下之主。

从今日起，这个天地，终将要换一个人间。

“恭迎大汗！大汗万岁万岁万万岁！”

“大汗万岁万岁万万岁！”

“大汗万岁万岁万万岁！”

大殿前的喊声，还没有结束，萧乾不喊停，他们也不敢结束。

因为那代表，他们还没有被宽恕与赦免，即便投降也未必能得以活命。

皇宫的大门已然紧闭，防守士兵早由南荣兵换成了北勐兵，大殿前的广场上，不时有一队队北勐兵脚步整齐划一地走来走去。他们已经彻底失去了自由，除了面前的萧乾——这个已经脚踩江山，手握至高权力的男人，再也无人可以赦免得了他们。

一句一呼喊，一句一磕头。

虔诚的额头，重重敲在湿冷的青砖石上，留下了一朵朵血花。

国一倾，人不如狗，哪来的尊严？

皇权面前，这叫臣服。想要活命，总得要付出代价。

不诚心的人，如何留得下来？

他们只希望萧乾顾及一点——至少他还有一半南荣血统。

这样的对峙不知持续了多久，萧乾的马步终于往前踏出一步，手臂微微抬起。

一个缓慢的动作，让跪在地上腿脚僵硬的人汗流浃背。

“起！”

一个字，淡如飞雪，却也冷若冰霜。

“谢大汗！”

“多谢大汗不杀之恩！”

众臣纷纷致谢，却无人起来。

因为跪在地上的时间太长，地面冰冷潮湿，他们已经起不来了。

“大汗，这些人怎么处理？”古璃阳这时默默走到萧乾背后，征询着他的意思。

“交给你！”

这一次攻城，古璃阳出了大力。

可萧乾又怎会不知他内心深处那点儿情怀？

他奋战攻城，想让战争结束得更快，也希望能留下更多。

这份头功，他给了古璃阳，包括这些人的命。

古璃阳亦是了解他的，微微一怔，随即满脸惊喜地翻身下马，在他马前重重一跪。

“多谢大汗成全！古璃阳感激不尽。”

这样他至少可以在祖宗牌位前，获得一些原谅。

当然，他也盼望着，真的会有那么一天，南荣人都过上好日子，生活在墨九口中的太平盛世。

“起来吧！”萧乾抬了抬手。

等古璃阳起开，他再一次微微抬头，望向那大殿上的守护神兽。

没有人知道这一刻，他在想什么。

晨曦的薄光中，他停留了好一会儿，才一步步走向那一条汉白玉台阶。

没有回头，声音却冷厉地从他口中传来。

“传我口谕，阖宫搜查南荣末帝宋熹、太子宋昱、丞相苏逸！”

“末将领命！”

“末将等领命！”

从昨天晚上北勐兵开始陆续入城到现在，其实整个皇宫都差不多翻过来了，然而，并没有找到宋熹和那个昨日还在大殿上接受朝臣恭贺生辰的宋昱。不仅如此，就连领着南荣兵与北勐周旋了整整三年的南荣左丞相苏逸都不见了踪影。倒是右丞相，今儿就在大殿之前领着南荣一干旧臣直接投靠了萧乾。

搜查不停，宫中就永不得安。

每一个人都小心谨慎，生怕触犯了萧乾的逆鳞。

墨九看着萧乾的背影，看着那一群人恭恭敬敬地跟着他入殿，眼眸微微一眯，心里有刹那的不适。

趋利避害虽是人之常情，蝼蚁尚且偷生也情有可原。然，真的看到人心之变时，竟觉得比动物更加可怕。

“阿九！”踏上最后一步台阶，萧乾突然顿住，回头朝她看来。

“在。”墨九身上也穿着盔甲，听到他唤，愣了一下，慢慢上前，站在台阶下方看他，没有上前。

“来——”萧乾向她摊开手，从上往下俯视着她的脸，目光里倒映的光芒，全是柔和的色彩。

一个来字，一只在她面前摊开的手，震惊了众人，也让墨九有一些错愕。

她虽然不是彻底的女权主义者，也没有男尊女卑的思想，但是她压根儿就没有想过要与他一起站在那个位置，在这样的时候，以王者的姿态去接受众人的朝拜。

他给了她足够的尊重，以及普天下女人都没有享有过的荣宠。

这不是封后仪式，也不是她母仪天下的时候。

是他在让她与他一起接下这个南荣，这个天下。

墨九微摇一下头，暗示他不必如此。

可萧乾执意如此。

他的手，不动，不垂，一直向她摊开着。

飞雪落上他的手心、他的发际、他的铁甲，可他的眼波，却始终望向墨九。

最难负，一片情深。

墨九情不自禁，喉咙有些发哽，唤出对他的爱称。

“六郎……”

从今以后，普天之下，这个称呼，也独有她一人会唤了。

萧乾嘴角上扬，像有一种温暖在唇间流淌。

“阿九，上来。”如同在安抚她惴惴的内心，萧乾又重复了一遍，“上我这里来。”

这样温柔的萧乾，与刚才判若两人。就好像那个台阶登上的不是南荣的皇权，而是他们家的后花园。

而他也不是北勐的大汗，不是这个天下之主，而仅仅是她墨九的夫婿。

墨九紧张的心弦，一下放松了。

暗暗吸一口气，她慢慢抬起步子。

沿着他走过的台阶，一步，又一步，再一步。

终于，她踏上属于他们两个共同的巅峰，将手交到他的手里。

他握紧她，慢慢转身，面对飞雪与广场上的众人。

“万岁万岁万万岁！”

“万岁万岁万万岁！”

山呼海啸的喊声，再一次传入耳中，墨九的脑子有刹那的空白。

似是激动充血之后的迷茫，又似是等待许久终于得偿的不知所措。

“六郎，谢谢你！”

站在他的身边，她如是说。

“嗯？”他轻问，似是不解。

“谢谢你将仅有的柔软，留给了我。”

是的，萧乾并不是一个柔软的人。慈不掌兵，一个内心柔软的男人，也不可能有机会走到今日，血溅临安。可哪怕他对待天下人都可以残酷冷血，挥剑斩杀，唯独对她墨九，却有着永远柔软的一面。正如牵着她的那只大手，干燥、温暖，可以给她足够的安全感。

“傻子！”他轻笑，用只有她听得见的声音，小声道，“红尘孽债，从此我们便一起还吧。”

“好。一起还！”

杀人饮血，战争常态。

这一路走来，踏上这个位置，哪一步又不是鲜血铺就?

他们背负的不少，要做的事还有很多。

红尘、孽债，都还没有落幕。

“报——”

一阵高亢的喊声中，一个传令兵策马冲了过来。

“大汗，东大殿没有找到宋熹。”

“报！西大殿没有找到宋熹。”

“报——”

“报——”

一个个消息传来，搜查始终徒劳无功。

“继续搜！”

搜！搜！搜！

如今除了搜，也没有他法。

可墨九发现，萧乾淡然地回答着，就仿佛……对搜查的结果并不如旁人以为的那样在意。

抿了抿嘴唇，她并没有多问。他与宋熹之间，以往各有恩情。这一次，如果找到宋熹，他会不会饶他一命，其实墨九之前并不敢确定，可这个时候，她隐隐觉得，就算宋熹不逃，被萧乾抓住，想来他也不会真的杀了他——包括苏逸也是一样。

搜查还在继续。

短暂的权力归属仪式却结束了。

待众人都退下，萧乾牵了墨九的手进入大殿。

四下再也无人，两个人相视着，静了许久，萧乾突然盯着墨九的眼睛问。

“阿九以为，宋熹是逃出了皇城，还是……入了八卦墓？”

关于乾坤墓其实就在临安皇城下方的说法，是方姬然当初告诉墨妄，再由墨妄之口转述给墨九与萧乾的。

可到底是真是假，是不是宋熹的障眼法，目前不得而知。

墨九思考一下，按住腰上的剑：“要不，我先带几个弟子去搜索一下？”

侍卫搜查再认真，也不一定会发现隐藏的机关。

可墨九和墨家弟子不同，他们熟悉，会有本能的灵敏度。

“这……”萧乾对于她亲自行动，似乎有些犹豫。他心疼她昨日才千里迢迢从兴隆山赶回来，本就疲惫，需要休息，可是对于八卦墓的寻找，确实也只有墨九最为专业。

沉吟片刻，他点点头：“也好，我与你一起。”

墨九微微一愣，笑开了：“这个时候，你不是应该很忙？”

萧乾抬手抚一下她的头，嘴角一勾：“再忙也不如陪媳妇重要。再有，如果做皇帝都不得自由，那我还做什么皇帝？”

“……”

“阿九不是说过，所有的努力，就为了一个可以说不的权力？老子就不！”

“哈哈哈。”墨九被他学来的她的腔调给逗笑了，压抑许久的心情突然间得到释放，紧绷的身子放松了，一把将手插入他的胳膊弯里，笑眯眯地道，“行行行，老子不，老娘也不。咱们就什么都不干，就乐意四处转转，谁管得了？”

“极是！”

“万一转着转着，就转出一个八卦墓呢？”

萧乾眉梢轻扬着，宠溺地刮了刮她的鼻子。

“女王金口玉言，八卦墓敢不出现？”

噗一声，墨九的笑容绽放得更大。那种被人尊重，被萧乾当宝一样对待的感觉，让她什么疲惫都没有了。

两个人说说笑笑出了大殿，见着门外几个侍卫，方正了脸色。

接下来，萧乾陪着她，领着一群侍卫和墨家弟子骑马在宫中四处行走。

然而，这座皇宫实在太大，要搜索起来并不那么容易。

整整找了三天，没有半点儿发现，墨九就有些烦躁了。

就目前的情况来看，怎么也不像下方有墓地的样子。

而且，一座皇宫怎么会建在墓地之上，那多不吉利呀！除非看风水的家伙想全家死透了，才敢冒这样的风险欺骗皇帝。

“也许我们被骗了。”她叹气。

“嗯。”萧乾认可，“真在临安的话，她又何苦说？”

“是呀！我那个姐姐呀，心思可不简单呢。骗取墨妄的信任，太容易了。”

实际上，墨九并没有完全相信方姬然当初说的那些话。这几年来，她也从来没有放弃过寻找八卦墓剩下的乾坤墓。只不过，由于一直没有什么发现，她才慢慢地开始有些相信了——八卦墓真的在临安，就在临安皇宫之下。

可……皇宫如果没有，那么乾坤墓还有宋熹那一群人，到底去了哪里？

搓了搓额头，她脑子有些晕。

“再找找吧，总会找到的——”

连续几天，他们的搜查还在继续。可到了晚上，墨九都睡得不踏实。

一来，初入皇城，这里气氛怪异，并不适合安然入睡。

二来，八卦墓和宋熹一群人，始终没有消息，她悬着的心也落不下。

就这样又过了两天，雪停了。晚上的皇宫静悄悄的，比前两日安静了一些。

墨九实在困了，吃过晚膳，匆匆洗漱一下，倒头就睡。

好不容易刚刚入睡，就被玫儿的声音惊醒。

“姑娘，快起来！”

蒙眬中，墨九警觉地从榻上坐起：“怎么了？”

玫儿哇的一声大叫，冲过来，飞快为她套衣服。

“外头好像起火了。”

“咱们这里？”

“不是！”玫儿说话语速飞快，“但为免被火殃及，咱们还是不要睡了。”

墨九嗯一声，并不多言，配合着玫儿。

起火在宫中可不是小事，都是木质结构的房子，烧起来可不得了。

墨九匆匆忙忙套上靴子，冲在玫儿前面，奔出了房。

起火的地方是冷宫的方向，火势蹿得很快，待她们赶到时，已染红了半边天。

一群群宫女、太监、侍卫，拎着水桶来来去去，正在以水扑火。

墨九站在人群外面，视线在熙熙攘攘的嘈杂人群中搜索了一下，没有发现萧乾，眉头皱了皱，抓住一个宫女就问。

“怎么会突然起火？”

“奴婢也不知。”宫女看她黑着脸的样子，吓得直哆嗦，“奴婢看见的时候，已经燃，燃起来了……”

墨九打量她一眼，松开了她，领着玫儿走近了起火的宫殿，慢慢绕向东边。

那里有一扇窗子大开着，火势还没有燃到这里来。

这样冷的天，为什么窗户会大开？

而且，宋熹的冷宫常年无人居住，一直空着，前日她过来看时，门窗都锁得极严。

灭火的人，不可能先去开窗吧？

慢慢地，她迈着步子走向那扇窗户……

玫儿吓了一跳，一把扯住她的衣袖：“姑娘，你要做什么？”

墨九被她的叫声骇了一下。

回头，她冲玫儿翻了一个白眼，拍拍她的手。

“没事，我就看看。”

“你别过去——”

“安啦！放心，我是那么不靠谱的人？”

墨九不理会她，扯开她的手径直走向窗户。

熊熊燃烧的烈火，将这个空间照得透亮，借着火光，墨九轻易就发现了窗台上留下的一个脚印。

脚印很纤细，像女人的脚——却不是小脚。

她眉头拧了一下，用手指比画了一下脚印的长度，突然一怔，目光定定望向了脚印上带出的泥。

前几天临安一直下雪，路边都是潮湿的，留下脚步不奇怪。

可这样的泥土……

墨九双眼猛地瞪大，就像发现了一片新大陆似的。

"我知道了，我终于知道了……"

喃喃着，她沉浸在自已的思考中，面露惊喜地转过头来。

也就在这一刻，一根燃烧着火焰的横梁，从上而下坍塌下来。

"姑娘！"玫儿大喊，魂都吓掉了！

墨九刚才太过专注想事情，等发现危险的时候，已经来不及躲开。

她心里一窒，只凭着本能往前面跑，可人还没有站稳，只觉一股夹着冷风的阴影从侧面扑来，一股子幽香与中草药的味儿，伴着男人急促的气息与心跳："阿九——"

接着，咚的一声响。

横梁重重落地，她却被那人带到两丈开外。

"你个小祸害，可吓死我了！"

墨九完全不知道萧乾是什么时候来的，可他又救了她一次是事实。

"六郎！"她松口气，抿唇笑着，仰头看他，黑黝黝的双目晶亮而俏皮，"我有一个好消息要告诉你，也有一个坏消息要告诉你，你想要先听哪一个？"

"你还笑得出来？"

看墨九脸上染了一层烟灰还一脸笑意，萧乾当即拉下脸，显然对她的不顾生死有些生气。

"下次不许这般吓我，看见危险走远点儿，哪里有凑上去的道理？"

"是是是，我的大汗，我都知道啦！"墨九俏皮地吐了吐舌头，又回头瞥一眼那扇已经烧得看不出原来模样的窗户，扯着萧乾的袖子将他拉到另一边，离人群远了一点儿，才神神秘秘地压着嗓子小声说，"不过这一次危险可没有白挨，我有发现。"

"嗯？"萧乾望着眼前的一片火海，有些心不在焉，"有什么发现？"

"起火之前，冷宫里藏有人。"

"嗯。"萧乾点头，神色有些淡，"刚才侍卫禀报，有人趁着起火逃出了宫。声东派了人正在追捕……照你这么说来，人肯定就藏在冷宫里，火也是他们放的。"

当然，放火的目的，就为瞒天过海，然后趁机逃跑。

“可我想说的不是这个——”墨九双眸突地一闪，倒映出一片火光，“而是乾坤墓。”

“你是说……”萧乾似有所悟，迟疑一下问，“乾坤墓在冷宫下方？”

“不！”墨九摇头，“如果在冷宫下方，他们就不会放火烧了。我突然有一种感觉，乾坤墓其实就在……”

拖着嗓子说到这里，她卖了个关子，笑得神秘。

“算了，我暂时也不好确定。先试试再说吧。”

“……”

对于她这样吊胃口的方式，萧乾有点儿哭笑不得。

“试也要有一个方向吧？”

“当然有的。”墨九突然抬头，望向被火焰烧透的漆黑夜空，“我有一种感觉，乾坤墓其实就在神龙山。”

“神龙山？”萧乾似乎不解她这个判断来自何处，“阿九为何会有这样的想法？”

墨九想了想：“这事说来也巧，那日我回兴隆山时，无意间听见师兄说起，神龙山的老祖宗墓地遭受山洪，发生了坍塌。而申长老特地去看了，说那里遭受了破坏，还带出好多墓地的老泥，一片狼藉……很不巧，我才在窗台上发现了一个脚印，有受潮后沾上的泥。这种泥可不寻常，有老墓里的黑泥，还混了一点儿黄中偏绿的泥浆色……最关键，这个泥的颜色具有神龙山的特点，而黑泥带腥，绝对来自老墓——”

她抬头，坚定的双眸直望向萧乾。

“我在想，方姬然他们可能在做祭天台手印那件事的时候，就已经发现了乾坤墓在神龙山的事。只不过，那时其他八卦墓都没有着落，他们也不敢随便乱动神龙山那个地方，这才始终三缄其口。然后等八卦墓都找到了，故意在兴隆山泄露给师兄，说乾坤墓在临安皇城。这就是一个障眼法，等我们攻破临安，拼命在皇城里翻找乾坤墓时，他们肯定去了神龙山——”

萧乾看着她，微微眯眼。

说到底，这不过是一种猜测。

“六郎。”墨九目光炯炯，闪着一种自信的光芒，“对于八卦墓，我的直觉向来很准。你不要问我为什么知道，但我就是有一种感觉，就好像，就好像我这辈子就是专门为了八卦墓而来的。每一次八卦墓的发现，我都会有这种感应，知道是它的时候，肯定就是它……”

她说得玄而又玄，根本不算完全合理的解释。

换了别人，肯定也不能相信这样的谬论。

但多次的事情证明，墨九都是对的。

萧乾沉吟一下，终是点头："我马上派人准备。"

"好！"墨九也是一个干脆利落的性子，"事不宜迟，我们应当马上赶到神龙山。若不然，一旦他们开了乾坤墓，凑齐了八个仕女玉雕，而方姬然本就可以打开祭天台的手印……那个时候，我们想阻止也就来不及了。"

在漫天的火红光线中，萧乾轻轻握住了墨九的手。

"好，我们尽快出发去神龙山！"

临安城破，一代新帝换旧王。

在这样的节骨眼儿上，其实有一大堆事等着萧乾去处理。

南荣官员的安置、降军的处理，还有对宋熹等人的搜捕，诸多事情都悬在头上……

可在这样关键的时候，向来公私分明的萧乾却丢下一大堆正事和一大群人，只为一个女人的意愿，执意陪她离开临安，出行还愿。

没错，墨九又一次背下了这一口黑锅。

他们当然没有告诉别人将去神龙山，只说墨九在北勐大军南征的中途，路遇一座神庙，她在庙里许了大军破城的大愿，如今胜利到手，她必须要去还愿。要不然，菩萨迁怒，可就是大事了。而萧乾不放心她一个人前往，当然要相陪。

这两个人恩恩爱爱的样子，大多人都习惯了。

可哪怕嘴上不说，很多人对于墨九，从时下礼教和男尊女卑的思想角度来看，确实不是能全盘接受的。

又是佩服，又是痛恨，又是拿她没有办法，这便是很多人对墨九很难说得清楚的复杂情绪。

但时至今日，经历了太多的纷纷扰扰，墨九对于外面的流言，早就已经不在意了。

黑锅多一口或者少一口，不会让她有半点儿改变，也影响不了她的心情和生活。

一个真正活得恣意的人，绝对不会活在别人的口水之中。

只隔了一天，墨九就这样以集三千宠爱于一身的傲人姿态出了临安城。

萧乾领了一群侍卫与她同行，极尽呵护之事，惹来临安妇女说不尽的羡慕与忌妒。

离了城，又是另一番景致了。

持续数年的战争硝烟刚刚过去，但为了养活一家老小，辛勤劳作的农人已经开始在准备今年的春耕了。

骑在马上，墨九与大家吹着同样的寒风，看着正在引水入渠，准备耕田翻地育秧苗的忙碌农人，不无感慨。

“望春回大地之时，一切都会变得更加美好。”

“阿九的愿望，总是能实现的。”萧乾走在她的身边，褪去了帝王的身份，他身穿锦袍，腰系玉带，风姿翩翩，俨然一个俊气得人寰难及的世家公子，对墨九也早已没了昔日的高冷疏离，就像一个宠爱妻子的普通丈夫，和她说话时，眼睛里情不自禁含着笑，情绪饱满得仿佛随时从她的脸上看出一朵花开。

能让墨九甘愿背黑锅的男人，当然有他的魅力。

墨九喜欢这样轻松自在的日子，也喜欢与萧乾这样的感情。

有一句话说得好——最好的爱情是互相成就，互相崇拜。

老实说，依她如今的思想，普通男人确实很难让她产生崇拜感。

反之，萧乾也是一样。这个世上除了墨九，又有哪个女人入得他的法眼，能让他产生那种电流窜动、互相崇拜的爱情，并且持之亘古？

这样的相互成就，是他们都乐于享受的。

他们之间，一旦凝成了这样的感情，也就再难有人可以插入……

好日子都是相似的，可不好的日子并不会因为人过得好就不来。

就在他们离开临安的第三日，前往追捕的赵声东就跟上来了。

他带了几个侍卫，其中一个身穿黑色劲装的高瘦男人有些陌生，墨九之前不曾见过。

那个家伙的样子很普通，长了一张大众脸，是属于那种随便丢在人群中都找不出来的人。

可一般的探子都是这样的长相。

因为很容易被人群淹没，也就最容易被人忽略。

赵声东上前，向萧乾和墨九致了礼，然后指着那汉子道：“大汗，这个是侯三。”

在萧乾的手底下，四大侍卫各有本事，也自有分工。一般情报这条线，都是由赵声东在负责。而赵声东手下的探子与斥候，一律姓侯。名字则以数字代替，至于他们本人究竟姓什么，反倒没有人知道。

侯三可能第一次面见大汗，走到萧乾马前的时候，头垂得有些低，样子也极为拘谨，紧张感一目了然。

“启禀大汗，那日从冷宫逃出去的那人，我们按吩咐，一路追踪，并没有打草惊蛇，今日终于有了发现。”

说到这里，他顿了顿，看萧乾没有回答，又接着说：“他们择了小道，往神龙山的方向去了。侯二带人在继续跟踪，我赶紧过来禀告。”

“做得好。”萧乾点点头，淡淡吩咐，“继续尾随，有消息随时来报。记住，留下活口！”

“是！”那侯三应了一声，很快策马离去。

墨九这才反应过来，恍然大悟地望向萧乾：“你这个家伙，早就有所怀疑了吧？故意由着他们出宫的？”

萧乾嗯一声，不否认，也不承认，只道：“只是巧合，将计就计而已。我并没有阿九想得那样深远。”

好吧，成全了她的骄傲，也不埋没他的本事，还免了他隐瞒之责。

墨九狡黠的目光在他脸上溜了一圈，笑道：“那六郎认为，那人，会不会是宋熹？”

“不会。”萧乾道，“宋熹应该在破城之前，就离开了。”

“哦？何来此言？”

萧乾头也没回，淡淡道：“他手上还有牌没有出尽，舍不得同归于尽。”

“同归于尽”几个字，让墨九心里凉了凉，微微一恻。

几乎下意识地，她突然有些怯。

自打穿越以来，她眼前就像放了一本书。她好奇地一页一页翻过，慢慢看清呈现在面前的内容，却无法直接跳跃看到大结局。一开始，她是很想知道结局的，可真的有一天，在页数终于要翻到最后的时候，她又突然有点儿不想面对了。

只不过，她怯的到底是什么？

连她自己都说不清这种情绪。

就这样走走停停，墨九与萧乾一行到达了神龙山地界。

可还没有到神龙山，侯三就又偷偷地摸了上来。

他告诉萧乾，侯二追踪那人已经上了神龙山，因为萧乾的叮嘱，他没有采取行动。

不过，这一次他很明确地说，那是一个妇人，而且她在前方一个叫金阳的小镇上，单独见了一个老头。

而今，那妇人离开小镇后上山了，老头却已经被他们捉住。本来他们想要先审问一下，可那个老头不仅倔强、脾气大，什么都不肯说，还非得要见他们的大汗，说有急事待禀。

看他一个老头这么有底气，侯三也拿不定主意，这才赶紧上来问一嘴。

“大汗，这老头如何处理？他什么都不肯说，属下看他年岁高，有些下不得手。”

墨九有些奇怪什么样的老头这样有个性，却见萧乾突然皱了眉头：“人呢？”

侯三察言观色，指了指后面：“就在前方的金阳镇。侯二把他关押在柴房里，等待大汗的命令。”

萧乾嗯一声：“带我去看看。”

能让萧乾亲自“去看看”的到底是什么人，墨九有些好奇。

不过，跟上去，到了那所宅子，见到从柴房里被拎出来的狼狈老头时，她就明白了。

这个老头，不是陆机又有谁？除了他，当今天下，哪个老头敢和萧乾较劲儿？

好几年没有见过了，陆机的胡子和头发，似乎更添了银白和风霜，人也变得衰老和憔悴了不少，就一双眼睛，始终那么炯炯有神，性格也是一如当初那样棱角分明，半点儿都不肯认怂。

一上来他就气咻咻地瞪着侯三，对萧乾道：“怎么？你连我老人家都容不得了？要赶尽杀绝？”

这个不讲理的老头！

墨九每次看着他都糟心。

至于萧乾，想必也是头痛的吧。

淡淡瞥了陆机一眼，他揉一下额头：“师父为何在此？”

“为何？”陆机瞥一下虎视眈眈盯着他的两个侍卫，哼了哼，甩开手松松筋骨，“还不是为了你这小子。”

为了他，从何说起？墨九一头雾水。

却见萧乾叹息一声，直接命声东让人抬凳泡茶，邀陆机一同就座。

墨九与陆机这个老头，不仅好多年不曾见过面，她也很少去关注与陆机有关的消息。这种情绪很微妙，因为陆机不喜欢她，她觉得自己就像一个被婆婆不喜欢的媳妇，不想刻意讨好他，那就只能尽可能地逃避他，不与他相见，也不去了解与他相关的事情。

算一算，当年哈拉和林一别，差不多五六年了。

不过，她并非避世之人，关于陆机老人与温静姝的事，这些年她陆续知道一些。

在北勐蒙合时期，陆机一直带着失去语言能力的温静姝，待在哈拉和林。由于陆机在医学领域那个不可复制、德高望重的身份，上至王公重臣，下至贩夫走卒，包括阿依古本人，没有对他不恭敬的。他与那顺私交颇好，时常有往来，除了偶尔出手医人，更多的时候，则是与那顺混在一起，潜心于医学上的研究……

不过，那么多年过去了，温静姝的哑病，他却一直没有为她治好。

这样的日子一直持续到蒙合死，萧乾“活”，苏赫与乌日根兄弟翻脸。

那时的阿依古知道陆机与萧乾的关系，又知道了萧乾的真正身份，大家撕破了脸之后，当然不会再好好对待陆机。

原本他会与那顺一样，都将受到阿依古极为恶毒的报复。然而，陆机医者的身份确实对他有很大助益，阿依古这边刚刚想行动，一个得益于他“医下留命”的家伙，为了报恩就事先通知了他，并助他逃出了哈拉和林……

后来苏赫与乌日根的战争全面爆发，漠北大地上处处烽火，陆机没有去营里找过萧乾，师徒两个却互有消息。

在出兵哈拉和林之前，萧乾令人把陆机带到了较为安全的开平。

在这期间，温静姝是一直跟着陆机的。

为何萧乾把他们安置在开平，不是金州和兴隆山，萧乾大抵也有与墨九一样的顾虑——

让这一对“婆媳”离得远些，少一些摩擦。

后来，萧乾登基为汗，开始攻打南荣的时候，北勐危机解除，这个老头又不安心在开平久居了。

他向来是一个不肯定性的人，喜欢游山玩水、走遍四方、看尽天下奇事。

所以，这两三年间，他基本都在四处奔波游玩，也偶尔会给萧乾去信，说一说医术上的领悟，以及说一下他的近况。当然也少不了叮嘱萧乾，不要轻易受到“妖精”的蛊惑，失了大男人的风骨，更不要被一个女子拿捏在手心里，被她牵着鼻子走，让她为所欲为云云……

对墨九，他始终有戒心。

不仅因为墨九相比于其他女子更强势与不可捉摸。

更在于她身上的失颜之症，以及天寡之说。

他是担心萧乾的，有着父亲一样的担忧。

哪怕这些情绪对墨九来说不公平，甚至可以称得上讨厌，但都不能掩盖他真正关心萧乾的事实。

然而——

这老头为什么来了神龙山，还说为了萧乾而来?

再有，常年跟在他身边的温静姝，为何不见人?

墨九微微眯了眯眼，望着眼前的师徒二人，似乎悟到了一点儿什么。

难道……冷宫里那只脚印，以及逃出来的那个人，就是温静姝?

她满腹生疑，疑惑都冲到脑门了，陆机老人却不急着说，只待喝一口热茶，暖和了身子骨，搓了搓手，刚说一句话，又问萧乾。

“话说，你上次托人带给为师的叫花鸡，何时才会再有?”

这都什么时候了，还想着吃?

这老头，真是一个不可理喻的人。

萧乾眉头微皱：“等此间事了，师父想要吃什么都可。”

“嘿嘿，那敢情好。”就像手心痒痒似的，他搓了搓手，突然目光熠熠地望着萧乾，似乎故意不让墨九听懂似的，带一点儿为老不尊的故意，得意地笑，“好徒儿，这几年为师为了你，可是煞费苦心了。不过嘛，事情也办得差不多了，剩下来的一哆嗦，就看你的了，师父我这一把老骨头，也折腾不动喽，就盼着来日呀，吃吃叫花鸡，喝点儿老烧酒，你再给我多生几个小徒孙出来，我逗一逗、抱一抱，这辈子就算活到头了。”

“……”

墨九的思路成功被岔开。

什么叫让萧乾给他生几个小徒孙?

萧乾生得了吗?

意思是让他多找几个女人生吧?

这老头，真的是固执得可以呀。

事到如今还不死心，能硌硬她的时候，绝不手软。

她轻哼一声，也笑着对萧乾道：“陆机老人说得太对了，萧六郎，你生，你可劲儿地生，看能生几个。”

对于这种“婆媳关系”，夹在中间的“儿子”最是为难。

萧乾不是迂腐愚孝的人，也架不住这样的左右为难。

轻咳一声，他赶紧把话题扯到正事上，感激地看一眼陆机老人，目光又温柔地望向墨九。

“我们先上山，余下的事，边走边说。”

“好。”墨九不动声色地瞥了陆机一眼，率先走出客舍。

对于陆机对萧乾说的那些话，她当然好奇。

到底陆机为萧乾做了什么？而温静姝是不是从冷宫逃出来的女人？还有，她是早就与方姬然有勾结，还是后来因为敌人的敌人就是朋友，为了共同对付她墨九才沆瀣一气联合在一起的？她们如今又有什么打算？萧乾让陆机做了什么？这都是她想知道的。

可就如同斗气似的，她满肚子的疑惑，也不想在陆机面前表现出来，更不会主动去问他。

反正马上到神龙山了，从温静姝也到了这里来看，这些矛盾都已经累积到一处，到了集中爆发的时候。

书翻到大结局那几页，很多答案，想必都快要揭晓了。

她不急。

第十一章　重画江山

上山的路，很难走。

神龙山经了墨家数代经营，那路就跟迷宫似的，一般人上来，莫说找地方上山了，恐怕转悠其间，怎么活着走出去都不知道。

当然，对于墨九来说，这些都是小事儿。

难只难在，怎么才能把非得跟上来的陆机老人给绕哭，然后找萧乾询问肚子里的疑惑。

墨九本来是不愿意让陆机老人同行的，因为两个人不对付。而萧乾也顾念他年老身体又不好，劝他就在金阳镇上歇着，可这个老头从来都不肯听人劝的，吵着、嚷着，非得要上山看热闹，屁颠屁颠地就跟了上来。

萧乾无奈，只得随他。

不过，从陆机满脸开怀的样子，以及他看过来时眼底偶尔露出的一点儿得意，墨九觉得，这老头跟在身边的最大理由，根本就不是为了上山看热闹，而是为了看她墨九的热闹——就是故意来恶心她，故意与萧乾亲近，并且隔离她与萧乾讲私房话的机会。

居心叵测呀！

她不爽，却也懒怠真去和一个老头计较。

尤其一个精通医术、懂得使毒的老头，还不是什么正人君子……

少招惹算了！

“哼！”试了几次，眼看分不开他和萧乾，墨九索性策马离得远了些。

莫名地，她连追问的想法都没了。

该来的始终会来。

一切都将会水落石出的。

神龙山，山复山。

仙山缥缈，云雾遮目。

一片仙姿妙态，令人置于其间，仿佛远离尘世，步入了仙境。

在墨九建兴隆山之前，神龙山是墨家总坛，这里长期驻扎着墨家乾、坤、震、巽、坎、离、艮、兑八门弟子。而在那之前的很长一段日子，由于墨家没有巨子，尚雅与墨妄二人争权，墨家始终处于一种左右割裂的半分离无序状态。所以，那会儿神龙山总坛一直是墨妄在打理，而尚雅住在尚贤山庄，做她逍遥自在的右执事，与墨妄平分秋色，以致神龙山的发展慢慢就凋敝了。

及至后来，兴隆山兴起，一日比一日壮大，墨九又不乐意挪窝。

于是，神龙山慢慢也就由总坛变成了一个……故旧老宅。

再到这几年，除了每一年的祭扫，平常只有少量弟子在守卫。

之前墨妄让申时茂调来经费，准备修缮神龙山的建筑，这个工程说来简单，可这时还未开春，山巅积雪未化，工程量又极其庞大，一时还无法动工。

故而，青白相间的山间，人烟稀少，冬天人也不出门，也就显得格外寂寥。

这还是墨九第一次来神龙山。

一个人打马走在人前，她东瞅瞅西瞅瞅，可能因为此处是墨家总坛，她心里有一些澎湃的情绪在涌动。

说不清，道不明。

很快就要到了，乾坤墓，祭天台……她来了！

约莫辗转了一个时辰，看够了陆机老人那把白胡子，破旧的山门终于得以看见了。

山门边上有值守的房子，里头坐着两名弟子在值守，看到墨九与萧乾一行人打马过来，两个人看了一眼，略略吃惊一下，赶紧出来相询。

“来客何人？你……你们……”

墨九微微一怔。这些年，墨家发展很快，底层弟子不曾见过巨子，识不得也正常。

可他们看她的眼神有些奇怪，而且，支支吾吾地做什么？

心里存了疑惑，她却不多问，直接从腰间摸出一方巨子令，朝他二人眼前一展。

“我是墨九。”

按理来说，她这句话说完，又出示了令牌，弟子得赶紧施礼，向她问好了吧？

然而，事实并非如此。

看到她手上的巨子令，两个弟子错愕了。

又古怪地相视一眼，他俩像镇子上买生猪的张二牛看猪肉似的，把她上上下下打量了一番，才踌躇着问。

“巨子？你是巨子？”

“我不是，你是？”墨九有些不耐烦了，“还不带我上山？”

两个弟子面面相觑着，半晌，其中一个弟子略带怀疑地盯着她，咕哝般犹犹豫豫地问：“可是，昨日黄师兄不是领了一位巨子上山吗？为何，为何又来了一位巨子？”

什么？

昨日就领了一个巨子进去了？

墨九当即黑了脸，虽不知那位“巨子”是何人，却有些生气了。

“放肆！”她低喝一声，巨子令拿得更高，“这墨家除了我墨九，谁敢自称巨子？叫申时茂来见我！”

果然人得有气势，被她这么一喝，两个弟子当即吓白了脸。

“巨，巨子？”带着一点儿怀疑，那弟子说完，又赶紧缩了缩脖子，“我，我不是怀疑巨子您……主要是昨日那位巨子与您长得太像了，就像一个模子刻出来的，这也真是奇了怪了……黄师兄领了人来，申长老也是见过巨子的，弟子，弟子不敢说瞎话呀。”

什么样的巨子，连申时茂都骗过去了？

这世上，又有何人长得与她如此之像？

墨九脑子里七弯八绕，迅速转动着，不禁想到了当初在临安骗过她的“墨妄”，以及她参加墨家大会时用的“面具”。

她回望萧乾一眼，有些明白了。

“看来他们早有准备。”

不仅准备了她墨九的面具，还可以表现得与她一模一样。

她与申时茂虽然也有些日子没有见着，可两个人有些交情，申时茂又长了一双看古董的眼，若不是真的很像，又哪里骗得了他？

太可怕了！

若他们晚来一步，神龙山不成了人家随意摆弄的地方？

墨九无名火顿起，冷哼一声，大步向前走了几步，举着巨子令沉声道：“你们看好了，这是墨家巨子令，我才是墨九。还有，我身边这位，是北勐大汗萧乾，想必你们也听过吧。现在有人冒充我的名头上山，欲毁我墨家祖宗基业，赶紧带我进去。”

“巨，巨子……”

“若有违令者，绝不轻饶！”

“是！”弟子不敢怠慢。

其中一人骑马冲在前面，先上去禀报申时茂了。

另外一人则战战兢兢地带着墨九等人上山。

上山路上，从领路弟子的叙述中，墨九知道，昨日上山的“巨子”还领了另外一群人。

除了鞍前马后的一群随从之外，其中最引人注目的，当属与墨家巨子公不离婆的萧乾以及他身边的几个侍卫了。

对此，墨九倒不怎么意外。既然他们可以“变”出一个墨九来，肯定也会相应地“变”出一个萧乾，要不然又如何能顺利上山？

真正出乎她意料的是，从弟子的口中，她打听到，今天根本无人上山。

也就是说，那个从冷宫里“逃”出来的女人，不管是不是温静姝，都没有从他们的眼皮子底下上去。

这也表示，事实与侯三的说法有些出入。

是侯三看错了，还是她铤而走险，从另外的山道上了山？

墨九百思不得其解。

带着担忧与高悬着的心，等终于到达山顶的墨家总坛大院时，墨九却没有见到申时茂。

墨家总坛里面，除了零星的几个弟子，到处一片荒凉。

门窗都有些受潮腐朽了，有的似乎还遭了蚁虫的侵蚀，这个地方确实需要修缮了。

墨九抚着门，叹了一口气，那个去找申时茂传话的兑门弟子也过来了。

像是有些焦急，他人还没有到，声音就到了。

“巨子，申长老不在宅子里，说是陪……陪那个巨子去了老祖宗的墓地。”

“去了墓地？”墨九心里一寒，一颗心顿时凉涔涔的，说不出来地憋闷。

那弟子点点头：“说是为了重新修缮老墓的事，得去看看。”

墨九攥了攥拳心，与萧乾互望一根，不安感寒了脊背。

“去多久了？”

那弟子似乎也察觉到了问题的严重性，说话有些紧张。

“大概两个时辰。”

两个时辰，也就是说天刚亮，他们就出发了？

这么说来，他们也是有些迫不及待了。

冷哼一声，墨九面色微微一凉：“带我们去。”

“可，可是……”几个弟子都支支吾吾。

说到底，他们到如今，也有些分不清到底哪一个巨子是真哪一个是假。

更何况，先来的巨子是申时茂认可的，他本人如今不在，他们哪里敢做这个主？

一旦认错了人，责任又由哪个来承担？

所以，对于把墨九一行人带到老祖宗墓地的事，几个弟子都有些犹豫。

“要不巨子先在这里饮茶休息，等申长老回来——”

“我的事，何时轮得到你们做主？”

看这情况，墨九有些恼了，不待他们说完，冷哼一声，朝赵声东望了一眼。

“是。”赵声东当即领悟。

不待几个弟子反应过来，赵声东的人就动了手。

武力永远是解决纷争最良好有效的方法，比任何沟通都有效。

被制住的几个墨家弟子，当即没了言语。

墨九眉心紧拧着，又是气恨，又是无奈。

“带我们去！快点儿！”

山洪是今年夏天暴发的，早就过去了。

但山洪对墓地的损坏还是一眼就可以看见。

墨家老祖宗的墓地离总坛有些远，在另一个山头的一个龙脊风水地上。

第一次来拜会老祖宗的墨九，押着几个自己家的弟子站在墓地口，这情形说来也有些滑稽。

"祖宗勿怪！"墨九双手合了合，冲墓地遥遥一拜，"毕竟您现在生气还尚早，因为……等会儿说不定还要打起来，干扰您的清净呢。"

宋熹和方姬然领了人过来，自己入了墓道，但外面留了不少人守卫。

这群人里，除了几十个墨家弟子之外，一大群人都是穿着北勐军服的侍卫。

其实仔细一点儿看，他们身上的衣服也掩饰不了他们的出身——一眼就能知道他们是南荣人。

不过巧的是，萧乾手底下也有一批南荣禁军。因此，这事儿显然没有引起申时茂的注意。

"你们做什么的，好大的胆子！"

"这……这是……巨子？怎么回事？"

墓门外的守卫，看到墨九一行人过来，给出了两种截然不同的反应。

墨家弟子是惊讶、怀疑，以及玄幻般的不确定。

他们中间有见过墨九的人，她长得与巨子一模一样，可巨子之前才进了墓道，这就让他们有些恍神了。

另一些有不同反应的南荣侍卫，则是带了点儿紧张。

他们不由分说，只待头目一喝，马上就亮出武器。

"兄弟们，把这群私闯墨家禁地的人抓起来！"

"我滚你娘的蛋！"墨九显然已经气恨到了极点，口不择言了。

没办法，她这一辈子，最痛恨的就是冒名顶替。

小时候看《西游记》，真假孙悟空那一集看得她急欲喷火，更何况自己如今成了这个难以被人辨别的"孙悟空"，甚至是假的那个"孙悟空"！

那感觉，简直能把人气得吐血。

其实在这个时候，她差不多可以确定，是方姬然在假冒她了。

她这个姐姐，靠着长久相处下来对她的熟悉，戴上一副与她相似的人皮面具，不仅成功骗过了申时茂与神龙山一众弟子，到老祖宗墓地来作威作福，还让她不得不一次次与自己的弟子为难。

这种感觉很不爽。

不爽得她不骂脏话都对不起自己。

骂声里，她把巨子令一亮，冷漠地对着那群墨家弟子，先发制人。

"墨九在此！谁今日敢以下犯上，别怪我不给老祖宗面子，要在墓前清理门户了！”

一句“清理门户”，把墨家弟子都镇住了。

墨九环视他们，也不多解释，火铳在手上一拉，枪口就对准那些人。

“老子数三声。不听我命令的，全给我宰了！”

人人心里都长有一根怂筋，只看遇到什么人。

有些墨家弟子或许没有见过墨九本人，可对她的“事迹”却多少都有耳闻。

相比之下，他们突然就觉得这么一个混不吝的女人，也许才是他们真正的巨子。

一时无法确定，一群墨家弟子愣在当场，有些不知所措。

迟疑片刻，一个地位相对较高的弟子，踌躇着上前朝墨九施了一礼。

“姑娘先别恼，我们也是为了墨家……要不这般，您少安毋躁，我马上进去禀报申长老知晓。”

“一！”墨九不理，咬牙切齿。

“姑娘……”

“二！”她声音更重。

“巨子！”那弟子当即换了称呼，人却没有让。

“三！让开！”

墨九真奓毛了。

火铳松开保险，就听得砰一声。

炸响声惊了四野，那一枪不偏不倚，正好击中那个说话的弟子的帽子。

“呀！”

在他吃惊的喊声中，随着他的帽子落在地上的，还有一撮带血的头发。

没有受重伤，却吓得他脸都白了，几乎同一时间，汩汩的鲜血就从他头顶上滚落了下来。

“巨……巨子……”

僵持中，武力震慑往往是最有效的。

经过几年的战争生涯，墨九早就意识到了这一点。

有时候不是她想发狠，而是因为减少伤亡与速战速决最好的办法，恰恰是狠一点儿。

在这里，除了有宋熹的侍卫之外，墨家这些人当然不能沦为帮凶，虽嘴上说“清理门户”，可她真的能当着神农的陵墓就宰杀自己人吗？当然不能够。所以，她得先让这些人知难而退，不说帮他们，至少有所顾忌，做到两不相帮，也不挡在面前影响他们做事。

“上吧！”打完一枪，她并没有表现出心里所思，只毫不在意地道，“杀！不用给我面子。”

她这边一喊，薛昉、声东、击西、走南、闯北以及一群随行的精锐侍卫，跟着就动了手。

果不其然，在墨九的震慑下，那一群墨家弟子面对她都认了怂，至少有一半人心里觉得惹上了真的巨子。他们不敢动手，都默默退到了一边。

如此一来，剩下一群南荣禁军，就好收拾多了。

这本身并不是一场难打的仗，在小范围内搏斗，南荣禁军根本就不是他们的对手。

可墨九不怕打不过，而是害怕被拖延了时间。

眼看形势差不多了，现场的斗殴还在继续，她侧眸望了一眼萧乾。

“六郎，我们先走！”

萧乾眸中无波，平静地点点头，吩咐赵声东带一群人垫后，与南荣兵继续磨叽，自己则护着墨九，领着一群人从早就已经被山洪冲得大开的墓道进去。

被大自然野蛮开启的墓道，几乎找不到一块平整的地面。

他们进入墓道不到一刻钟，脚上就沾上了一层厚厚的泥，脚都变得沉重了，七弯八绕的崎岖道路越发难行。

在上山之前，墨九已经做好了入墓的准备。

可先行入墓的方姬然与宋熹等人，想来早就已经留了后招，做了防备，几乎把整个墓道都破坏了。

祖宗墓成了这样，墨九有些咬牙切齿，连申时茂一块儿恨上了。

他为什么会由着他们这样乱搞？

墨妄派他来神龙山是修缮的，不是来搞拆迁的呀！

越是心急火燎，就越是觉得道路难行，墨九渐渐有些浮躁。

“等老子进去，看不把他们一个个碎尸万段！”

这货说来嘴狠，那摩拳擦掌的样子，却只换了萧乾轻轻一笑。

“阿九莫急，碎尸万段这事，得我来，不能脏了你的手。”

“你还有心情笑。”

“为何不笑？”

“人家都抢前面了，哪里笑得出来？”

萧乾一手按住剑，一手揽住她，声音幽沉，却是安慰。

“一切皆有定数，急不来，不笑也哭不来。”

“定数个毛线，你怎么变成老学究了？！”墨九这会儿本就心烦意乱，说话也不客气，拍开他的手，哼一声就往前冲。

萧乾错愕一阵，在她背后摇头失笑：“你呀！”

女子的心思，他向来猜不透，可今日墨九为何如此，他却知道几分情绪由来。想一想，他也不多说，只再次护在她身边，让孙走南在前方开道。

这老墓只有一条道可以通行，一旦中间堵住，就无法再往前走了。

偏偏不巧，一行人再转两个弯，就发现了这么一件悲催的事情。

就在那个通往墓室的甬道门口，有一块巨石，将门完全堵住了。

从现场来看，显然是机关破坏后，故意为之了。

墨九黑着脸上前，低低骂了一句：“不要脸的东西——”

她话音刚落，里面突然传来一道细微的呻吟，隔着一层厚厚的石头，隐约间，竟无从分辨是人声还是动物声。

嗡……啊……嗡……

进来这么久，第一次听到有异常的动静，众人都有些兴奋。

听他们小声议论，墨九却抿了抿嘴，上前将耳朵贴近一些。

“喂，有人吗？”

嗡……啊……

“谁在里面？”墨九又一次大喝。

里面再次沉寂了一会儿，慢悠悠地传来一道略带沙哑的苍老声音。

“是，是巨子吗？”

“申长老？”墨九又惊又喜，将手扶在石头上，推了推，身子再一次往前凑，“申长老，里面什么情况？”

“巨子——”申时茂似乎受了伤，说话气若游丝，有一些前言不搭后语，每个字眼似乎都伴着痛苦的呻吟，“他们都闯进去了，留我……乾坤墓……我的腿……砸中，压在石头下……巨子……错了……没有办法阻止……”

乾坤墓！

墨九就抓住了这个关键词。

这里果然就是乾坤墓了吗？

墨九的血液，仿佛瞬间被点燃。

手心汗涔涔的，她紧张地问。

“他们都是什么人？”

申时茂的声音从石后传来：“方姑娘，还有一群年轻男子……其中一个……是，是景昌帝……”

真的是宋熹？

莫名地，心里像堵了一块石头，墨九眉心一拧。

“申长老，你忍着，我来救你。”

说救容易，真救难。

机关在落下时，申时茂的腿正正压在下面，过了这么长时间，就是把他救下来，想必腿也是废了。而且，如此数千斤之重的石头，又如何挪得开？听她说救，一群侍卫都有些怔，不免好奇，可看着墨九围绕着石头左右观察，却无人敢问。

“九爷！”击西胆大，举着风灯上下打量着，终于憋不住了，清澈的眸底流露出难抑的惊奇，“你是在寻找另外的机关搭救申长老吗？”

“没有机关。”墨九满脸漆黑。

“哦，那如何打开这里？”

“杠杆原理！”

“杠杆原理？”

“不懂？”墨九斜眼瞥他。

击西拼命点头，墨九却不回答，只一瞪眼。

“不懂就去边上看着，多什么嘴呀。”

她这会儿心底焦躁，像抢时间似的，有一种争分夺秒的急迫感，懒怠与好奇宝宝多说话，直接让萧乾派人去准备圆木等工具，准备撬巨石。等工具都准备好了拿进来，她又开始现场指挥具体操作。

萧乾很关注她的情绪，除了安抚，始终听她命令行事。

可看她着急上火的样子，他终于还是有些忍不住。

一只手将她揽入臂弯，他道：“阿九边上歇一下，让他们做就好！”

墨九被他眼神一扫，低嗯一声：“我的样子是不是很可怕？”

“是。”萧乾不否认，带了一丝笑，“眼睛都红了，像要吃人似的。”

“有这么夸张吗？”墨九噗一声，情绪慢慢变得松缓。

“什么事情，都得一步一步来。”

“我知道了！”墨九抿了抿干涩的唇，拽一下他的手腕，突然一叹，“八卦墓我们开了那么多，结果全为他人做了嫁衣，这一次我有点儿心急，因为接近尾声了，我更怕前功尽弃。”

“明白！”萧乾笑着逗她开心，顺便刮了一下她的鼻子，“你呀，其实最不愿意的就是方姬然抢在你的前面打开乾坤墓，拿齐八个仕女玉雕。”

墨九默然：“难道不对？我就是不想看她小人得志的样子。”

“很对。”萧乾宠溺地抚一下她额头的发，“正因为要赢，所以更需要定。定而能静，静而能思，思而能得。”

“好了好了，我都知道了，大汗！你的话全是道理。”墨九失笑着拽紧他的手，神色已经轻松了不少，之前被那一口郁气撩得气急攻心的火，被他一阵规劝，慢慢地也就灭了。

两个人站在边上，看侍卫们拉巨石。

事实证明，人的力量才是无穷无尽的。

只要愿意，万里长城都可以修成，何况撬动一块堵门之石？

砰！

借着甬道低滑之势，巨石滚落下来。

洞门刚一打开，墨九就看到了靠坐在门边上，腿脚一片血肉模糊的申时茂。

微微眯眼，她倒吸一口气：“六郎，快救申长老！”

在侍卫们拉动巨石的时候，申时茂已经痛得晕了过去。

但是为了不给墨九添负担，在那个剜骨似的疼痛过程中，他从头到尾一声都没有吭。

脚是废了，人还活着。

萧乾探了探脉，让薛昉灌他吃下两粒救命药丸，又连续拍打了他几处大穴，好一会儿，方见申时茂喷出一口鲜血，悠悠转醒。

看到面前担忧的墨九，他激动得几乎老泪纵横。

“老夫犯下大错……请巨子责罚。”

“这都什么时候了，还有精神说这些！”墨九低骂他一句，之前所有被他错认的气愤，也就消了，“来人，把申长老扶出去，找人给他看伤。”

“是！”两名侍卫赶紧奔过来。

申时茂不能动弹，对墨九的宽容，更觉得羞愧难当，不免对墨九细细叮嘱。

“巨子，他们很是厉害，对这老墓的一切似乎比老夫还要熟悉……巨子一定要小心了。”

“再厉害能有老子厉害？”墨九回瞪他一眼，摆了摆手，“去吧，好好养着。”

“多谢巨子，老夫有愧——”

侍卫背着申时茂下去，一路走，他一路说的全是愧疚。

墨九看着他们的背影，想着他刚才那句话，沉吟一瞬，叹了一口气。

“我们继续！”

黑漆漆的墓道又长又深，似乎永远没有尽头。

人行走在其间，压抑、逼仄，仿佛坠入一个永世不得离开的地狱轮回。

甬道里有冷风在呼啸，刮在人的脸上，幽凉幽凉的，更添几分惊悚的气氛。

走南与闯北在前头开道，薛昉与击西则提刀护在萧乾与墨九的身侧，一群侍卫护在两侧，走得小心翼翼。

“我说九爷，这个乾坤墓，似乎有点儿简陋哇！”

击西是一个话篓子，心里有话不说，她就憋得难受。

不见众人吭声，她一个人也可以说得下去。

“我跟着九爷也走过好几个墓了，还真就没有见过这般寒酸的。乾坤不是代表天地吗？就这样的规格，实在配不上‘乾坤’二字了。”

听见她嘟囔，墨九轻笑着回头瞥她一眼。

“因为这根本就不是乾坤墓哇！”

“啊？”这个反转也来得太快了吧？

一会儿是，一会儿又不是，把大家伙儿都弄糊涂了。

墨九却很镇定，瞥一下甬道两边的石壁，小声解释道：“这一条甬道确实是通往墨家老祖宗的主墓室，而乾坤墓与这个到底有没有关系，目前我不敢确定。因为我还没有看到与八卦墓相关的东西。不过，到了这里，只能走一步看一步了。”

从墓道进来这么久，他们还没有看到与八卦墓有任何关系的物品存在。

也就是说，他们现在站立的地方，有可能根本就不是乾坤墓了？

砰！

几个人正小声说着话，一道闷沉的声音突然撞入众人的耳膜。

那道莫名的声音有些远，似乎并不在他们的近前，却让他们提高了警惕。

“难道又是哪里坍塌了？”

“最近又没洪水，怎会突然坍塌？”

“墓基受损——”

正说着，他们脚下站立的潮湿石板似乎在左右摇摆，而头顶上滴着水的顶子也在跳舞似的跟着摇晃起来。

这情形……犹如地震。

“不好。”墨九一把抓紧萧乾的胳膊，“可能他们开启了机关。”

进入墓地的并非只有他们，还有另外一群人。

而且，那群人走在前面，一旦遇到什么事儿，都得让他们跟着倒霉。

“九爷，会不会是他们已经打开了乾坤墓？”

击西真是个可爱的宝宝，哪壶不开提哪壶，一句话就把墨九的心肝儿撩了起来。

“不管是不是，咱们先保命要紧。”飞快打断击西的话，墨九率先指向甬道边一个凹形的平台，“大家挤到那里去。”

这个墓遭受过山洪，又被人工破坏，她可不敢保证会不会不等见到乾坤墓的影子，就先变成一具尸体。而那一块石块是在整块巨石之上，凹陷的部分也无人工痕迹，就算甬道坍塌，整个墓地损毁，也不会马上把他们活埋了。

在老墓这种地方，墨九的话有着绝对的权威性。

听她一喊，众人紧张地照做。

呼啦啦一群人，在摇晃中拼命往那处冲去。

等众人心神不宁地站定，只见风灯幽幽的灯火中，山摇地动，碎石纷落，天地似乎都在翻转，将整个空间卷入一个碎石飞溅的旋涡之中。

“好险！”

众人低叹。

若他们还在那处，保不准被石头砸死了。

“还是九爷英明！”

有人跟着就对墨九叹服，也不得不服。就在片刻之间，地面从轻微摇晃变成了剧烈摇动。震天的巨响声刮入耳膜，似乎要把人的心脏震碎。而那山崩地裂般的震动，如同闷雷似的撕扯着地面，根本非人力可以抵抗。

墨九是对的，他们站的地方，属于相对安全区。

可即便安全，看着这场面，众人也有点儿腿脚发软。

“快看！”

轰隆声中，有侍卫低声一吼，众人闻声看去。

只见四溅的碎石中，有一群士兵像被鬼追着，从甬道里面逃命似的跑了出来。

呐喊着，惨叫着，他们丢盔弃甲，仓皇失措，如同丧家之犬。

有一些速度较慢的，已经被乱石砸中，哀叫着去了天堂。

有一些侥幸活命的，抱头鼠窜，四处躲藏——

空间如同炼狱，惊悚、恐怖。

火光中，墨九看了片刻，突然沉声。

“他们是宋熹的人？”

“应当是了。”

在这里面，除了宋熹的侍卫，还能有谁？

对墨九这句废话，萧乾不以为意，却突地侧头，看向走南。

“去！”

孙走南是一个孔武有力的凶猛家伙，执行命令的时候也根本就不要命。哪怕面前山呼海啸，他也没有犹豫，拎着刀就虎虎生风地冲了过去，将一个就近的家伙捞起来，像举石块似的顶在头上，用那人护着自己的头，又把他活生生地拎了回来——

速度很快！

除了那个家伙的手臂被乱石碰了一下，他自己竟然毫发无伤。

墨九见状，有些哭笑不得：“你们做什么？玩冒险游戏？吓死我了！”

萧乾捏一捏她的手，并不多说，只望向那个被拎过来就瘫软在地上的南荣侍卫。

“里面出什么事了？”

那家伙还没有彻底从恐惧中回神，看着从天而降的萧乾和墨九一群人，惊得瞠目结舌。

“你，你们……”

“说！”孙走南懒怠听他废话，刀背重重敲在他的肩膀上，“快点儿！”

这疼痛，让那侍卫龇牙咧嘴地哀号一声，赶紧跪在了地上。

“饶命！好汉饶命啊！”

“说了就饶你！”

那侍卫倒在地上，又抬头看一眼萧乾与墨九，才颤抖着嘴巴交代情况。

“陛下与方姑娘带我们进入此地，是为寻找乾坤墓，可就在刚才……就在刚才……太可怕了。他们打开了一个机关，然后墓室就摇了起来，越摇越厉害，到处都是石头在飞，大家都吓傻了……”

“他们人呢？”墨九没有兴趣听他噩梦重现，只关心宋熹和方姬然等人的去向。

那侍卫抹一把嘴上的血，摇了摇头：“小的，小的当时吓坏了，只顾着奔逃，不曾看见……”

墨九眉头一拧，看这时地面的摇晃渐渐平息，又不耐烦地踢了他一脚。

“在哪个方向？带我们去。”

“是，是！”

那侍卫不敢不从，在一片乌烟瘴气的灰尘石砾中，带着墨九一行人往前走。山摇地动后，地面留下了一片狼藉，地上到处可见尸体，有完整的，有残缺的，还有一些零散的兵器，被灰砾搅裹着，发出一阵令人恶心的味道，把整个场面衬得惨烈无比。

众人心里发紧，一个接一个往前，却一句话都没有。

任何的得到，都需要付出代价。

要开乾坤墓，这也仅仅是一个开始……

黑暗吞噬了墓道。

风灯的火花，徐徐向前。

场景一直在变，却又似乎从来没有变化过。

无边无际的黑暗之外，依旧是无边无际的黑暗。

墨九、萧乾、陆机老人、走南、闯北、击西、薛昉，还有一大群侍卫与墨家弟子，在狭窄的墓地里鱼贯而行，不知走了多久，那个带路的南荣侍卫突然停了下来。

“大汗、巨子！”

他猛地回过头，双眼在昏暗的火光中，带一点儿诡异的色彩，脸色似乎也泛着青绿。

“就，就在前面了——”

到这里，空间已经变得宽敞了许多。

幽冷的空气里，飘散着潮湿的霉味和腐烂气息……

这是老墓里独有的气息，对于探墓者而言，无异于野兽嗅到了猎物。

墨九忖度一瞬，瞥那侍卫一眼，慢慢往前踱步过去。

进入一道已经被破坏的石门，里面就是墓室了。乍然一看，墓室面积相当大，从门口到墓基都有不同程度的破坏，零星的墓墙也有坍陷的痕迹，掉落在地上的石块横七竖八，地面凹凸不平，显然正是经受了刚才的剧烈震动。

可这触目惊心的墓室中，却空无一人。

宋熹、方姬然以及他们那些精锐侍从都不在。

墨九在墓室里走了一遍，查看一下，回头对萧乾轻轻一笑。

“这个墓室就是墨家老祖宗的墓了。”

“墓？墓在哪儿？”击西比萧乾走得还快，扶着剑到处看，“我怎么没有看到棺材呀。没有棺材的地方，能叫墓吗？”

墨九朝她招了招手，让她站在自己的位置，然后低头让她看脚下的石板。

“看这里，原本这里就停着棺材。”

“有吗？”击西弯着腰，拿风灯照着看。

地上人影森森，在火光中晃动不停。光线虽然不强，但那一片满是岁月痕迹的青板上有东西被挪开之后留下的印迹，却很明显。

“对哦，这印子是新鲜的。”击西佩服地抬头看墨九，“那九爷，棺材呢？棺材去了哪里？”

墨九沉吟一瞬，又抬头望一下天顶：“就在刚才机关启动时消失了。”

古时的人都非常在乎自己的身后事，墨家老祖宗既然设计了这么一个开机关的办法，当然不希望自己的肉身被损毁。一旦机关开启，棺材肯定被挪到了另一个安全的地方。

击西哦一声，问：“那现在咱们怎么办？他们那些人，是不是去了乾坤墓？”

这个石室里，目前没有发现出路或者机关，大家都有点儿茫然。

可墨九巡视一周，却眨了眨眼，笑得有些狡黠。

“我猜是的。”

“也就是说，乾坤墓确实与这个墓在一起？”

墨九嗯一声，抿了抿唇道：“人在保护什么东西的时候，会下意识把最重要的放在自己的身边，觉得这样才最安全。我想墨家老祖宗的心思大概也是这样。乾坤墓一定是老祖宗极为重视的八卦墓，所以，索性把它们搬到自己家……”

“九爷是说……这里果然是乾坤墓？”

“不，这里只是乾坤墓的入口。以自己的主墓室为乾坤墓之墓门，墓中之墓，大概如此。”

墨九笑着解释完，又指向墓室里的几尊石头墩子：“六郎，看，那是什么？”

墩子都是石凿而成，外面包着一层铁皮，凿工倒是精巧，却看不出有什么异样。

众人皆摇头表示不知，墨九却是一笑，上前指挥大力士孙走南将几个石墩的位置挪了一下，然后道：“这七个石墩原本的摆放位置应该是这样的。只不过，刚才在机关的外力之下，发生了倾倒和滚动，才变了样子——现在，你们看一看，这像什么？”

“这，这……像什么？”

众人看着七个石墩的形状，面面相觑着，不免疑惑。

“北斗七星——”墨九道，“我在一本墨家典籍上看过，老祖宗墓地是一个勺状，由天枢、天璇、天玑、天权、玉衡、开阳、瑶光七个部分组成——”

“是吗？”击西感叹，“太神奇了！九爷不说，我都看不出来。”

听得此言，墨九脸色微微一暗：“被破坏了，你当然看不出来。”说到这里，她再瞥一眼原本摆放棺椁的地方，冷着声音道，“我们晚来了一步，他们已经开启了通往乾坤墓的机关……甚至，有可能已经找到了乾坤墓。”

“九爷，你说，他们会不会发现了我们，故意破坏了北斗七星墓的机关，就为了让我们找不到乾坤墓？”

墨九点头，目光突然微闪：“可这又怎么难得到我墨九？”

“九爷快说，怎么办？”击西满眼都是崇拜的小星星。

“机关复位。然后——”墨九冷笑一声，“他知道的，我自然也知道。这个墓是北斗七星的形状，那么，乾坤墓就会在与之相对应的北极星的位置了。”

“北极星位置？”大多数人一头雾水。

叹了一口气，墨九简单地解释了一下：“若是把北斗七星前端的天璇和天枢两星之间连一条直线，再延长五倍的距离，那个位置就是北极星的位置了。”

对于现代人来说，这些都是基本的常识，随便一个中学生都知道，可对于古人来说，墨九的这些道理，可都是了不得的知识。听了她的解释以及解决的办法，然后看她坐下来拿炭笔在地上画些古怪的线，大家伙儿也都跟着动了起来，按她说的开始先做“机关复位”。

如果机关不复位，就算墨九知道怎么去找乾坤墓，也去不了。

可机关复位一事说得轻松，做起来却很费些工夫。

等众人把这个北斗七星墓的机关恢复到原有的样子，差不多已经过去了两个时辰。

“又累又饿！受不住了。”

“要不先吃点儿东西再说？”

“歇一会儿吧，累死了！”

进来时，大家身上带有干粮，如今身在墓中，都没办法讲究，得了萧乾的允许，很快坐下来就开始啃干粮、喝冷水，解决肚腹问题。

萧乾紧挨墨九坐下，将手上的馍馍递给她，看她接过来默默啃着，一个字都不说，知她心绪不宁，淡淡劝慰道：“阿九不必担心，即便他们找到乾坤墓，也未必有办法打开。就算打开，也未必拿得到玉雕，即便玉雕都拿齐……也未必能打开祭天台。”

墨九侧眸瞥他一眼：“那可不一定。我突然觉得我有点儿小瞧方姬然了。”

“哦？”

“当初我以为她只不过比别的墨家人高明一点儿，在我心里，差不多也就是连墨妄都不如的一个存在。瞧这般情形，她这水平不在我之下呀。老祖宗墓的北斗七星阵能随便打开，又能破坏，速度还这么快，不简单。”

“阿九又怎知，一定是她？”

墨九一怔，这才反应过来。

当真女人最容易为难女人吗？

从入墓开始，她下意识觉得在和方姬然斗，却没有想到另外一个人。

宋熹。

没错，虽然萧乾没提，但她知道他指的是他。

对于这个男人，墨九也曾有过无数疑惑，怀疑过这个节骨眼儿上宋熹为什么连临安都不守了，不等城破，先跑到神龙山来开祭天台，甚至忽他们一个悠，玩了出瞒天过海，声东击西……他到底是不是那个会阿拉伯数字的人，又到底是不是与她一样，来自同样的时代？

会阿拉伯数字的人。

从第一次发现八卦墓到如今的乾坤墓，这个人对她如影随形。

可她始终没有确定……这种感觉不太美妙。

心脏高高悬在喉咙口，她揣着心事也没心思吃东西，随便啃了两口馍馍又拿油纸包好塞在怀里，然后站起身来，拍了拍巴掌，瞥一眼坐在那里瘫得不爱动弹的陆机老人，半秒钟都不想再休息下去。

“咱们继续吧！时间紧迫，不能再等！”

“好。”萧乾知道她就不想让陆机老人松缓一会儿，暗自一叹，让闯北扶了陆机起来，走到安全的位置，让墨九再次打开已经复位过的机关。

这复位法果然有用。

一阵哐哐的机括运转声后，古墓里再一次出现了地动山摇、碎石乱飞的场面。只不过这回大家早有准备，都早早等在棺椁停放的位置上，只待机关一开，那位置出现一个向下延伸的入口，便迅速闪身进去，随着下行的台阶往下。

即便如此，也有来不及跟上的侍卫，被碎石砸中。

有伤无死，也就是有惊无险了！

一行人松了一口气，迅速沿着台阶进入了甬道。

从这条甬道到乾坤墓的路线以及方向，确实如墨九所说，正是用北斗七星寻找北极星最简单的那个办法。在行进的路上，一间石室接一间石室过去，开道的人，慢慢就变成了墨九——因为走南与闯北快被甬道特殊的走法给弄晕了，只能靠着墨九来带路。为此，墨九又为大家科普了不少知识，众人像听故事似的，听得津津有味，都快要忘记这是在暗无天日的地下墓底了。

不知走了多久，又一条甬道终于到了尽头。

一个宽敞巨大的广场出现在众人面前，广场的最里端，是巍峨高耸的高台，以台阶连接——

“我的乖乖！天哪！”

惊叹一声，这次击西再不敢说乾坤墓寒酸了。

广场四侧雕龙砌凤，镀金嵌银，有无数根巨大的柱子，让人置身其中，渺小如蚁。

风灯中，那台阶上似乎都铺了金子，闪着熠熠的光华，两侧的扶栏也宛若玉石，华贵得令人心脏乱跳。

“这俨然是一个地下皇宫啊！广场、小桥、高台……”众人边走边看，不住地叹息，“那台阶后方是不是就是通向主墓室的门？”

墨九瞥一眼大惊小怪的众人，就着风灯的光线，慢慢往高台方向走着，边走边道：“这个墓，采用的是周代和汉代的帝王葬法——黄肠题凑。照目前的情况看，乾坤墓应该是一个合葬墓室了。”

“黄肠题凑？那是何意？”

墨九白了击西一眼，懈怠解释："自己回去翻书——"

"嘿嘿，九爷博学多才，你就说说嘛。"

被吊着胃口的滋味儿不好受，可墨九似乎就乐意吊她胃口，当然，这个时候也没有时间解释，不吊胃口都不行。领着众人往前走着，她专注地观察着周围的环境，半声都不吭。

"刚才我们走的墓道，其实就是北斗七星位，而这个地方，就是我说的北极星位置——乾坤墓。"墨九走着台阶，突然停下，待萧乾走到身侧，抬了抬手上的风灯，指向前方数丈开外的一道大门，"六郎，前面应该就是乾坤墓的主墓室了——"

她说话的声音并不小，在幽静的密室中，可以传得很远。

众人静静站在她的身侧，看向她所指的位置，都默然无语。

因为这个乾坤墓，规格太大了！

比他们之前见过的任何一个墓都要来得华丽、宽敞，堪称宏伟。

当然，也只有乾坤墓用了帝王葬法——黄肠题凑，也就是说，乾坤墓在八卦墓中，是为尊上的。

"大家打起精神来！"墨九大着声音，突然撩袍往前迈步，"咱们开墓去——"

她声音刚落，风灯照不见的黑暗那头的墓门里，就出现了一阵笑声。

"你们来了？！"

那人的话很平淡，无惊奇，也无怨怼，就像在问普通的朋友。

墨九脚步一顿，停下与萧乾互望一眼，并不觉意外。

会在这里——乾坤墓，遇见宋熹和方姬然等人，他们早有准备了。

只不过，听宋熹的声音这么轻松、不在意，墨九心里还是不免一紧。

"是的，我们来了。"墨九一面大步往里走，一面冷笑着嘲讽，"我们没有被你忽悠住，你是不是很失望？"

"不失望，你们来得正好。"宋熹的声音淡淡的，他的身影也慢慢出现在朦胧的光线中，瞧不真切，"八座八卦墓，八个仕女玉雕，你费心找寻了这么多年，若是到最后都无法看得完整，那岂非憾事？"

"呵呵。"墨九皮笑肉不笑地走入墓室，和众人一起慢慢举灯向前，"你们的人还在这里，玉雕也在这里，不就等于你们的人和你们身上的玉雕，都在这里？也就是说，这些东西都属于我，我想什么时候看，就什么时候看，哪来遗憾？"

宋熹轻笑，声音一如既往地柔和。

“你还是这么自信。”

“那是当然。不自信，又岂能活到现在？”

“墨家巨子确实有本事，可接下来——”宋熹淡淡笑着，慢慢转过身，就那样盯着墨九的眼睛，视线复杂得让墨九琢磨不透，“就不知我们……到底谁能活着笑到最后了？”

“你这样的人都能活着笑，我们当然也能。”

墨九有一句没一句地与他说着话，终于离他近了。

之前风灯的光线很暗，照不了多远，隔着一个墓门，宛如在两个世界。

如今入得墓室，却见光线大炽，墓室通体似乎都泛着幽绿的光——

宋熹与方姬然一行在那头，墨九与萧乾一行在这头。

宽敞的墓室一眼看不到尽头，挑高的天顶，四周的柏木椽垒，就那般展现在眼前。墓室中，各种精美华丽、大小形状各不相同的陪葬品，就那样随意地摆放着，对这里的人没有半点儿诱惑力。

宋熹所站的位置后方，就是一个高高垒起的基台，高约三丈，棺材置于基台之上，围绕基台的是七只守护石兽，分别置于北斗七星位，每一只石兽虽然造型不同，面部表情不一，但浑身上下都似乎裹满了金子，虽年代久远，却未失颜色，仿若新造，令人叹为观止。

“又见面了。”

良久沉默之后，宋熹率先开口。

盯着墨九的脸，他淡然的面颊上，有刹那的光晕闪过。

寒暄般的话，似友人再遇，如那年月下初逢……

只可惜，时世已变，人心也早就回不去了。

“是的，又见面了。”说话的人不是墨九，而是拦在她面前的萧乾。

他眉目低沉，眸泛厉光，与宋熹相视间，明显有暗流在涌动。男人间的交锋有时候挺有意思，哪怕一个字都不说，占有欲也会从浑身上下的毛孔里散发出来，哪怕他已位极天下之尊，依旧会为了墨九与宋熹的事儿有淡淡的酸，以至于不愿意在这样的时候，让墨九与他相视。

墨九心里暗笑，却也由着他，只默默站在边上，听他们说。

偌大的墓室中，好一会儿只有风声。

久无人语，气氛便觉凝滞。

宋熹似乎了解萧乾所想，忽而一笑。

"感觉如何？坐上那个位置，君临天下，纵横四海再无敌手。"

"很好。"萧乾从容地冷着脸。

"可会高处不胜寒？"

听得他问，萧乾这次却不正面回答，只盯着他那一双略带暗红的眼，微微掀唇，"我会比你做得好。"

"这个我信。"宋熹也笑，"从来都相信。"

沉默一下，他不再"叙旧"了，突而瞥一眼墨九，重重叹息。

"所以求仁得仁。你要的，你都已得到。而我要的，你又何苦与我来抢？"

"因为你要的，正好我也要。"萧乾回答得坦然，王者之气尽显于这十个字中，竟令人无言以对。而他说罢，缓步向前，看向那七尊守护石兽，问得像朋友似的，"这乾坤墓一开，八卦墓的仕女玉雕，你可都凑齐了？"

"是。就差乾坤墓了。"宋熹也不避讳，说完笑笑，又回头看那石兽，"可正如你们看到的，乾坤墓的棺椁还没有打开。"

"哦，那就难怪了。"萧乾点点头，牵住墨九的手，"怎么办？我们是抢呢？还是抢呢？"

"……"墨九被他一本正经的样子逗乐了，"不用这么野蛮。除了抢，我们还可以合作嘛。"

合作？整个墓室的人都有些吃惊。

只有几个主角仿佛没有什么异样，对"合作"二字，也认为理所当然。

事实上，从他们进来，两批人马凑齐开始，针锋相对的局势虽然没变，可谁都没有动手，当然也是因为大家都有顾虑。

墨九冷笑一声，目光闪了闪，望向宋熹与站在他身边的方姬然以及一干侍卫，说得慢条斯理："这么跟你们说吧，这乾坤墓，可不是普通人开得了的。你们只有两个选择：要么永远不要妄想打开乾坤墓，留着另外的六个仕女玉雕做家饰摆件；要么与我们合作，一起开乾坤墓，一起去祭天台……"

"到了祭天台之后呢？"方姬然突然上前一步，冷声问她。

"那就各凭本事了。"墨九弯唇，抱臂斜睨着她，"我的好姐姐，这个还需要问吗？"

被她"好姐姐"一喊，换个正常人都尴尬，可方姬然并无半点儿不自在的表情。

而她的脸上，竟然真的顶着一张与墨九一个模子印出来的脸。

这人皮面具造得，几乎可以以假乱真了。

墨九心里说不出来地硌硬，冷哼一声，望向宋熹："合作没问题吗？"

从头到尾她的态度都极其强势，宋熹却没有半点儿不适，被她一瞥，反倒笑了。

"可以……那就依你之言。"

"我还有一个附加条件！"墨九得势不饶人，指着方姬然的脸，对宋熹说，"麻烦你，让她把这张皮扒了！"

方姬然眸中突然一冷，那张好看的"墨九面具"也拯救不了她面目的狰狞。死死盯着墨九，她的脸上带着一种疯狂的神色。

"墨九，你真的以为没有你，我们就打不开乾坤墓吗？"

"打得开……那你开一个试试？"墨九奚落。

"你不要欺人太甚！"

"我怎么就欺人太甚了？"墨九吵架的时候是从来不恼的，每一个字眼儿似乎都带着笑，慢条斯理的样子，特别能堵死人，"你不知道冒充别人是最令人恶心的吗？很脏，你知不知道？就像别人穿过的底裤，你还要捡起来套身上，你恶不恶心？"

方姬然气得一个字都说不出来，扶着刀的手一直发颤。

可即便这样，墨九也没停嘴，呵呵冷笑着，尖酸刻薄地一叹。

"还有——我还就告诉你了，没有我，你们真就开不了乾坤墓，老子就这么自信，怎么样？"

"那就不要开好了！"方姬然几乎嘶吼出声，"墨九你不要忘了，没有我们，你也拿不齐八个仕女玉雕，看谁耗得过谁。"

"杀了你们，我不就拿到了。"

"杀了我们，你也拿不到。"方姬然冷笑，"你以为我们会把仕女玉雕随身携带？愚蠢！"

"哦——原来没有随身携带呀！"墨九恍然大悟一般，笑了笑，又斜眼瞄她，"这么说来，这个合作我们还吃亏呢。万一咱们一起拿到乾坤墓的玉雕，你们却痛下杀手，那可怎么得了？"说罢，她转头望向萧乾，"六郎，吃亏的买卖咱们不能做。要不然这样好了，咱们先把他们杀了，再开乾坤墓，慢慢找仕女玉雕。如果实在找不到，那也是……得之幸，失之命，不强求了。"

她说得严肃，就像真的似的。

萧乾瞥她一眼，亦回答得认真。

“好。阿九说什么就是什么。”

两个人对视着，一唱一和，彼此心领神会。可他们这样水都泼不进去的恩爱样子，落入宋熹的眼中，却是惹出一片阴沉。

“不要吵了！我们合作。”他平静而淡然地说道，“一起开乾坤墓，一起去祭天台。”

“别忘了，我有前提……”墨九瞥向方姬然的脸。

“方姑娘。”宋熹不待她说完，就打断了，“把面具摘了。”

方姬然手心都攥紧了。

多少年了，她从来没有取过遮面的纱帷帽子。

也就是因为戴上这一张人皮面具，她终于顶着貌若天仙的脸，这才敢从容地不戴帽子，将面孔示于人前。

如今墨九非得逼她当场摘掉面具，那不就表示——她丑陋的脸再也无法遮掩？要当众曝光在众人面前？！

对于容貌，方姬然这些年来有着近乎偏执的在意。

故而，墨九这个要求对她而言，是一件比让她死还难受的事。

狠狠咬着牙，她脸颊情不自禁地颤了一下，看着墨九微抬下巴的得意样子，道：“不可能。”

“摘！”宋熹冷冷看她，“没有人管你长什么样子。”

比起摘面具，大概这句话更能让一个人崩溃。

方姬然微微一愣，看墨九一副幸灾乐祸的样子，狠狠闭了闭眼。

“好。我摘！”

颤抖着声音说罢，她隔了许久终于慢慢抬手，一点一点，一点一点扯掉面具。

面具一摘，那张脸就不成脸了，比之苍老妇人似乎还要难看百倍……

怨毒的视线直勾勾盯着墨九，她眼中噙着泪，冷声一笑。

“你不要得意得太早。终有一天，你也会像我一样，人不人，鬼不鬼，男人亦不爱，受尽世人冷眼，一无所有。”

“别诅咒我，我这人心地善良，自有老天保佑，可不会像你。”墨九说到这里，堪堪挽住萧乾的胳膊，笑得更加得意，“再说了，我是一个有神医随身的人，失颜症算什么。说来恐怕你会更难受，我的失颜症——早就治好了。”

“真的？”方姬然一惊，似乎不信。

“当然，你也不算算，我都多少岁了？你是多少岁发病的？我早就过了你发病的年纪了吧？”

墨九其实对这件事也有疑惑，不过这几年她太忙了，天天照镜子并没有发现脸有什么变化，也就刻意不去想，甚至有时候会觉得，也许不去想，就永远不会再来。如此这般，没有想到这么多年过去，她的脸确实毫无失颜之症。她甚至都有些怀疑，是不是平常萧乾给她用来调理身体的药物，有不小心对症的，然后把那毒给解去了？

可她的话，对方姬然来说是震慑的。

多少年了，她一直盼着有一天能治好失颜症。

可萧乾以前虽为她配药，却始终不见好，到了墨九……却是根本不曾发病。

她又恨又怨，猛地将目光调向萧乾：“是也不是？你真的治好了她？”

不得不说方姬然也是气急攻心自找虐，她问萧乾不是白问吗？就算不是，他还能拆墨九的台不成？

故而，她只收获萧乾一个冷漠的表情：“是。”

“你……你为什么不为我治？你不是答应过大郎，要好好照顾我？”

方姬然声嘶力竭般的话，并没有换来萧乾的同情，甚至只有彻底的厌恶。

“你若还是当初的方姬然，那么我会。可你不是，对一个蛇蝎心肠的妇人，我不必遵守任何承诺。”

“哈哈哈哈，蛇蝎心肠？我为何蛇蝎心肠？还不是被你们给逼的，逼的……”

方姬然吼着，嚷着，面目狰狞得如同鬼魅，墓室内尽是她带着怨念的气息。众人观她如此，皆无言以对，却是陆机突然皱了皱眉头，似乎有点儿看不下去，垂下眼皮，不耐烦地催促萧乾：“都什么时候了，还有工夫闲嗑牙？咱们是为开墓而来，不是为了陪葬而来。该做什么，赶紧做吧。”

萧乾侧目，深深看他一眼，嘴角微动：“是。”

“这就对了嘛，小女子斗法似的，你一言，我一语，有什么说头？”陆机打了一个哈欠，席地坐下来，“我老人家饿了，又累又困，你们快点儿，开完了出去，还可以吃顿好的——”

说到吃，墨九也饿了。可面对陆机，她是没什么好气的。

“我们可没让你跟上来，你自找罪受，怪谁？”

“噫，你这恶毒的小女娃，怎么和我老人家说话的……”

恶毒？恶毒你全家！墨九双眼一瞪：“我就这么说，怎么了？不高兴？不高兴你不要在我面前出现哪。”

眼看两个人又要掐上，萧乾有些头痛，轻拽一下墨九，暗示她少说话，然后他对陆机道："师父要是累了，不如我派人先送你出去？"

"我才不要。"都说老来还小，陆机这性子就有这么点儿意思，赌气似的哼一声，他回头望一眼墓门，又回过头来看萧乾，"稀罕事儿我老人家还没有瞅见，回头路又那般难走，我凭什么离开？"

"唉！"萧乾暗叹一声，看向墨九，"阿九，开墓吧。"

墨九虽不喜陆机，但也没有反感到恨不得弄死他的程度，有时候也只是单纯想让这个老头不舒服罢了。

看萧乾为难，她点点头不再啰唆，收敛住表情，不看方姬然恨不得撞墙的崩溃，也不去看陆机那一双得意的眼睛，只冷静地看着面前的七个石兽，对众人道："大家听好了，既然是彼此合作，我得先申明一点合作要求。"

众人看着她，没有人反对。

墨九默一下，满意地继续："第一，我说怎么做，就怎么做，不允许任何人提出反对意见，大家想必都知道，令不统一，事就不好做，大家能不能做好？"

再次无人说话。

墨九只当他们默认，又接着说："第二，在我开墓室机关的过程中，咱们谁也别玩歪心思，要不然，我或许还有办法跑，你们可就不一定了。抱团死，是世上最愚蠢的死法，大家都是聪明人，应当不需要我提醒吧？"

说到这里，她忽地回过头来，朝着方姬然的方向笑了。

"尤其是你，我亲爱的姐姐，不想死的话，就给我老实点儿！"

这半带玩笑半警告的话语，方姬然听来特别刺耳。她头发披散着，深凹的双眼中带着一种深深的憎恨，凝视着墨九，似乎恨不得下一瞬就把她剥皮抽筋再下油锅。

有一种恨，叫忌妒。

她对墨九大抵就是如此。

哪怕墨九什么都不做，她也恨出九天，更何况墨九总是怼她？

冷哼一声，她道："这个无须你交代，我可不想与你同归于尽。"

墨九瘪瘪嘴巴，好笑地挑了挑眉："真同归于尽的话，还是我比较吃亏呀，毕竟你什么都没有，而我……什么都有。"

人家越是气什么，她就越是说什么。

被激怒的方姬然紧攥的拳头上青筋暴现，墨九瞥她一眼，却不以为意，就像没有瞧到似的，搓搓手，又望向了石兽："这个乾坤墓说难不难，说简单吧，其实也不简单。就刚才和你们说话的工夫，我已经瞅过了。这是一个黄肠题凑的墓葬，实为仿帝王陵墓，可从墓道的布置看，却是以北斗七星位布局。当然，你们也看见了，乾坤墓的走法与主墓室的布置，包括七头守护石兽，也是北斗七星位。想必在我们没有来之前，你们已经想过开墓的办法了，可为什么打不开呢？"

"为什么？"宋熹看着她说话时神采飞扬的样子，目光柔和而悠远。

"因为——"墨九拖着长长的嗓音，似笑非笑，"因为这是一个反七星阵。"

"反七星？"宋熹点点头，深邃的目光慢慢悠悠落在她的眉梢上，末了，又道，"实不相瞒，刚才我已按天枢、天璇、天玑、天权、玉衡、开阳、瑶光的反位试过，亦不见机关开启。"

"你当然开不了。"墨九撇了撇嘴，突然冷笑一声，略带挑衅地瞥他，"要不然，你也不会与我们合作了。"

宋熹一怔。

稍顿，他苦笑一声："你又知道了。"

"这点儿小把戏、小心思，能难得到我吗？"墨九对他再无往日那般随和，每句话都夹枪带棒，饱含嘲讽，"不过我也看出来了，你对奇门遁甲相当懂行。只不过，有时候开机关吧，不仅靠本事，还得靠灵性。依我看，这天枢、天璇、天玑、天权、玉衡、开阳、瑶光的排局，不仅应当以反位相排，还得先打开石兽的内置锁——"

"内置锁？"

这一次，宋熹和方姬然的目光都跟了过来。

"你怎么知道的？"

"我呀？"墨九眨眨眼，半真半假地笑，"我不是墨家巨子嘛，老祖宗托梦告诉我的。"

看她得意，方姬然眼中又是一刺。

可方姬然不爽，墨九就很爽。

她笑眯眯指着那七只守护石兽，非常肯定地说："这石兽腹中一定有内置锁，或是插销一类的东西，正是它们阻止了石兽对机关的控制。"

众人大抵明白了。

石兽控制着乾坤墓棺椁的机关。

而石兽内的内置锁，却控制着石兽本身。

宋熹恍然大悟一般点点头："也就是说，这墓在机关上还置了一道机关，相当于给机关上了一道保险。"

墨九嗯一声："差不多就是这个意思，也因此，我才再三强调开机关过程中的通力合作。因为这七只神兽的内置锁必须得同时打开，让七只神兽畅通无碍运转之后，才能打开乾坤墓的棺椁……"

听她说得煞有介事，其他人都不吭声。

击西却是好奇死了，忍不住小声问了一句："九爷为何会知道这样多？"

"摸出来的呀。"

"摸？摸是何意？"

墨九笑着拍她肩膀："这个与医者望闻问切是一个道理，身为一个盗墓者，观察机关，感受机关当然是第一要务。墨家机关于我，早已熟之不能再熟，多少座八卦墓走下来，老祖宗的水平虽然很高，可也逃不开匠人之误。"

"何为匠人之误？"

"就是任何一个匠人都会犯的毛病——习惯于最顺手、最喜欢的手法。"墨九瞥一眼这个好奇宝宝，也顺便给众人解释她猜测的由来，"一个人心底认同的东西，总会不自觉地用在设计上面。用我的话说，这叫设计风格，每一个人的设计风格都是不同的，但一定是有迹可循的。不管怎么变，也万变不离其宗。而且，一旦形成了某种风格，哪怕刻意改变，也很容易露出蛛丝马迹……"

这样的解释，众人似是都懂了。

"九爷真是聪慧博学！"

"那是必须的！"

就在墨九傲娇地卖着嘴皮子的时候，宋熹已经在那边对守护石兽研究起来。

不得不说，乾坤墓配得上乾坤二字。不仅主墓室的布置富丽堂皇，讲究非常，机关设计也确实精妙绝伦，七头守护石兽虽各在北斗七星位上，可只石兽上的机关却暗含了九宫八卦，各个位置相生相克相对应，让他费了好一番工夫，才弄明白石兽中的玄机——

"果然有暗锁！"

听宋熹一叹，击西脑门就凑了过去，大声喊叫。

"九爷，击西太崇拜你了！真的有，真的有耶！"

在她藏不住的欢喜和惊呼声里，众人也跟着缓和了情绪。

墨九却冷哼一声："不要高兴得太早。"

"啊？又怎么了？"

"七头守护石兽，却共有七七四十九个插销，只要稍稍有一个锁环出问题，可能就会破坏整个机关。所以，真正的考验不是发现暗锁，而是如何同心协力打开暗锁。"墨九说到这里，望向方姬然那张鬼魅般的狰狞面孔，冷笑一声，"一旦有人暗藏异心，从中作梗，那就有可能毁于一旦，大家都送命在此！"

方姬然抿唇嘲笑，却不作声。

这个时候，她打不过墨九，斗嘴也斗不过她，她能如何?

受了气，她只能哑着。

墨九瞥她一眼，看她比之前乖觉了，也不穷追猛打，只站直身子环顾四周，淡淡道："那就这样了，多的不解释，大家等下听我行事。等我喊到三，齐齐搬动锁扣上的插销，等待机关开启。"

"好。"

"是。"

"就这么办。"

众人都等得不耐烦了，七嘴八舌间都愿意听墨九的指挥。

宋熹瞥她一眼，也没有多说什么，只吩咐侍卫照办。

萧乾的人占据了四只石兽，宋熹三只，而墨九一个人独站中间，看大家都准备得差不多了，这才沉声低喝。

"大家集中精力，听我口令。"

众人赶紧屏气凝神，连大气都不敢出。

墨九也吸了一口气："一！"

"……"

"二！"

"……"

"三！"墨九低喝一声，"开！"

一阵机械齿轮的转动声，嚓嚓作响。

众目睽睽之下，只见七只守护石兽，突然就张开了嘴巴，在原地嗖嗖地转动起来。

"开了！机关开了！"

"哈哈哈哈，真的开了。"

眼看守护石兽机关开启，大家伙儿都兴奋起来。

一开始，速度很慢。渐渐地，运转速度越来越快，石兽的嘴里，还有淡淡的烟雾吐出。

那烟雾味儿很淡，有一种花香的感觉，极是好闻，也令人神志为之清爽。

“这味儿真好闻。”

“不会有毒吧？！”

“别胡说八道！净猜些吓人的。”

几个人正七嘴八舌地议论着，这时，不知谁突然叫了一声。

啊！

墨九条件反射地望向对面的方姬然。

只见原本掌控着那只守护石兽的侍卫突然像块沉重的石头，往基台下面滚了下去，咚一声重重落在地面上，顿时没了反应。而方姬然已经取而代之，很快重新往反向扳动了石兽的内置插销。几乎就在她拉动的一瞬间，基台就狠狠一震，一股子雷霆万钧的力量猛袭过来，推动着巨大的基台，使得整个基台重重往下一沉。紧接着，机括哐哐作响，为墓室里的众人带来一种毛骨悚然的恐惧感。

哐哐！

嚓嚓！

基台与石兽都在动。

其震动的力度，比之前更烈。

电光石火间发生的事，众人都没有察觉，亦有些难以置信。

他们全都怔怔地望向方姬然。

“你做了什么？”

哈哈哈哈！方姬然满脸狰狞地大笑着，被冷风拂起的头发一片凌乱，眸底的恨、恼、怨、怒，全都利箭一般射入墨九的眼睛，带着一种同归于尽般的疯狂，似乎恨不得把她受到的一切不公，以及她对这个世间的一切恨意都加诸墨九的身上，与她一同毁灭。

“去死吧！你们都去死吧！”

她的低吼声、笑声、骂声，宛若惊悚片中的女鬼。

哈哈哈哈！

一个魑魅魍魉都甘拜下风的女鬼。

一个从失去自我开始失去灵魂的女鬼。

这个时候的方姬然是邪恶的，是恨不得毁天灭地的。

“你疯了？！”宋熹似乎也没有料到她会有这样的举动，当即低吼，命令侍卫，“还不把她拿下！”

“哈哈，疯了？我是疯了，你们也疯了！大家都疯了。什么八卦墓，什么仕女玉雕，什么千字引，什么墨家巨子，什么江山社稷，都一同毁灭吧！我要让你们知道，什么都没有了，我得不到的，你们也不要想得到。一切都没有了，我们一起去死吧，哈哈哈……”方姬然站在浓烟之中，鬼怪般的面孔上呈现扭曲的笑容，看得人鸡皮疙瘩爬满全身。

“方姬然！”墨九站在中间，在机括飞速转动中，身子却没动，“墓没开完，你怎么就舍得放弃？”

狂笑声中，方姬然被两个侍卫捉住了手臂，一边挣扎着一边吼：“不放弃又如何？不放弃我就能得到吗？不，我得不到了。从他让我取下面具开始，我就知道，哪怕我拼尽全力，到最后也只是一个为他人做嫁衣的小丑。我不做了，我放弃了，墨九，你赢了，可你赢了又如何？我输了又如何……不就是死吗？我就算要死，也要拉着你墨九垫背，大家一起死，哈哈哈，一起去死！”

方姬然是疯狂的。

这样出人意料的结果，也是令人始料未及的。

因为即便有人会害别人，也很少有人会害自己。

在这个游戏里，大家就像拴在一条绳上的蚂蚱，共同赴难的时候，哪会有蚂蚱主动炸翻自己的船？

“完了！这个疯妇！基台是不是要沉了？！”

“啊！在沉，是在沉！杀了她……杀了这个疯子吧！”

“大家别慌！”

“九爷！快想想办法呀！”

乾坤墓棺椁所在的基台，比周围的地势都高，三丈的距离，象征着乾坤墓的绝对权威。可被方姬然这么一反，基台整体往下落，那机括转动的嚓嚓声，那些金银玉器、玛瑙古董纷纷碎落在地的声音交织在一起，如同催魂夺命的招魂曲，听得人心惊肉跳。

颠簸……

震动！

颠簸……

震动!

空间似乎又一次要翻转。

众人呼喊着墨九，在方姬然的哈哈大笑声中，等待着最后的结果……

叮!

轰!

突然，基台不动了，石兽也停下了。

整个空间几乎就在接近平面的时候停止。

一切都恢复了平静。

侍卫们面面相觑：“怎么回事？”

然后，就听到墨九淡然的声音：“机关打开了。”

众人目瞪口呆，看着在棺椁位置出现的一道门，许久说不出话来。

被方姬然破坏之后，为什么他们都没事，反倒打开了一扇墓门?

众人都大惑不解，只等墨九来解惑。

寂静中，墨九慢慢从棺椁位下来，往前走了几步，轻荡的发丝迤逦在肩后，一袭简单的男袍让她英气满满，可面部的表情太过沉重，仿若凝了一层难融的冰霜。在她的手上，有一把剑柄，而原本该待在剑柄里的剑，则卡在方姬然之前站位的那只石兽大开的嘴里。

盯着大惊失色的方姬然，墨九一步一步逼近，似笑非笑。

“我见过喜欢整人的，真没见过专门整自己的。”

方姬然似乎没有想到她会有办法力挽狂澜，怔怔看着她，一个字都吐不了。

墨九冷笑：“亲姐姐，我知道你在机关上颇有造诣，但是，说句不中听的，你想达到我的水平，差的不仅仅是一点儿火候，而是灵性……机关是有灵气的东西，什么样的人，看到的、学到的、感受到的就会是什么东西。你心术不正，便永远也学不到精髓所在。你在兴隆山那么多年，天天闭门不出，翻阅了大量墨家机关典籍，想必对这种机关并不陌生吧？可你聪明是聪明，始终差那么一点儿……”

她损起方姬然来，毫不客气。

可仔细听，却句句实在。

方姬然嘴唇颤抖着，看看她，再看看机关，一脸生不如死的迷惑。

“不懂了吧？”墨九笑着站在她的面前，明明个头和方姬然差不多，可那桀骜不驯的气势却像一座巍峨的高山，对方姬然完全是力压式的睥睨姿态，“很简单，我没有告诉你而已。要开乾坤墓这道机关，不仅要将七只守护石兽中七七四十九只暗锁同时打开，还需要……”她指向那一只方姬然动过手脚的石兽，“我之前就说过，北斗七星得反着来……其实何止北斗七星，暗锁也得反一环。”

“那你为什么不告诉我们？”

“我为什么要告诉？”墨九俏皮地笑笑，“让你知道了，再故意使坏吗？”

如果方姬然中途不配合，那正中她的下怀。

如果方姬然诚心配合，到时候再说也来得及。

“姐姐可能不知道。”墨九声音突然有些低沉，“在准备开这个机关之前，我其实有想过，到底是亲姐妹，如果你诚心合作，不在中途使坏，不存害我之心，那么，我或许真的会看在娘的分儿上，原谅你过往对我所做的一切，饶你一命。但你……还是让我失望了。”

呵呵呵……

方姬然一直活得生不如死，也早就不怕死了。

可笑到中途，看墨九突然阴恻恻挂在唇边的笑，她还是觉得脊背生生冒着寒气。

“你想怎样？”她忍不住问。

“当然是……以彼之道，还施彼身了。”

墨九冷笑一声，不再和她浪费时间，指了指因为机关开启而暴露出来的一处机括链条，对押着方姬然的两个侍卫说：“看见没有，那儿有一条铁链……”

“看到了。”

侍卫一头雾水，显然不明白她的用意。

“把我亲爱的姐姐架上去。”墨九笑着说完，又认真睨一眼方姬然，“这个安排，不知道姐姐你喜不喜欢？”

什么？墨九要把方姬然绑到机括链条上？

在场众人，大多都惊悚了。

要知道，墓中的所有机关，都是靠着机括拉扯铁链来带动的。

那铁链又粗又重，人绑上去，不可能松脱得了……

到时候，一旦机括再次启动，那么，被绞入其中的人，岂不变成肉酱？

众人默然地看着墨九，脊背都有些紧绷，就连击西都吓得打了一个哆嗦。

“九爷，咱不如一刀宰了……”

“谁也别来劝我！”墨九冷着脸，“谁说都不好使！绑！”

看她居然是认真的，方姬然面如死灰，两条腿抖得如同筛糠。

“墨九，你，你……好狠。”

“这不叫狠。”墨九笑笑，“比起你对我做的事，这根本算不得什么。毕竟我待你不薄，你却在背地里使劲儿给我捅刀子，最后还偷了我辛苦拿到的仕女玉雕，觊觎我的位置，觊觎我的男人……你知道我这个人最痛恨什么吗？”

顿一下，墨九盯着她的眼，一字一句如同在笑，仔细听，却又似乎全是恼：“最痛恨被人当傻子整。你这种连亲妹妹都要陷害的人，认真讲，这个死法已经很仁慈了。更何况，我这也是为了成全你，让你死在八卦墓中，虽然没有做成墨家巨子，却可以陪着墨家老祖宗，天天讨好，下辈子或者有机会做巨子？”

“你有种杀了我吧！给我个痛快！”

方姬然也算一个狠人，都这个时候了，哪怕脸都白了，声音也颤了，也没有求个活路。

可墨九对付她，从来游刃有余。

笑着摇了摇头，她不恼不急，就是揶揄：“你痛快了，我又怎么痛快？”笑着瞥她一眼，她补充，“不过你也可以为我们祈祷，希望我们入得下一个机关，可以直接打开乾坤棺，拿到乾坤玉雕，机括也就从此不会再启动。这样的话，你或许能多活两天……然后等着饿死，你说呢？”

“你无耻！”

“嘿嘿！”墨九懒怠再理会她，头一偏，对侍卫道，“还不动手？！”

对于方姬然这样的人来说，死亡绝对不是最可怕的。

可即便不怕死，也会怕残忍地死，或者生不如死——

想着被机括卷入齿轮，受那生生凌迟之痛，方姬然面色苍白，嘴唇发紫，终是将眼瞥向宋熹。

“陛下……救我……”

从事发到现在，宋熹从头到尾一个字都没有说。

如今听得方姬然恐惧地呼救，也只是神色淡淡地睨着她。

“自作孽，不可活！”

毕竟方姬然刚才连他的性命也一并算上的。

他对方姬然又素来没有什么好感，哪里会顾及她的性命？

方姬然是个聪明人，大家一直是彼此利用的关系，她当然了解宋熹的为人。

故而，听他淡漠的回复，她咽一下唾沫，开始讨价还价："陛下不要忘了，是我……是我帮你拿到的仕女玉雕。如果没有我，你也到不了乾坤墓……"

"那又如何？"宋熹道，"你的利用价值已经用完了。"

"嚯嚯嚯！"方姬然突然仰头，从喉间发出一种似恐惧又似悲切的笑，"你当真以为墨九会与你诚心合作？你就不怕，他们过河拆桥？到时候没有我，你就算有仕女玉雕，如何开祭天台？"

宋熹慢慢侧头，盯着她的眼。

"过河拆桥或是不拆桥，都不劳你费心了。方姬然，你是个废人了！没有人会对一个废人的生死感兴趣。"

方姬然身子微微一僵，目光怔怔看着宋熹，身子颤抖不已。

是的，宋熹当初利用她是为了仕女玉雕。

再后来利用她是为了开祭天台。

但如今他与墨九达成一致，他又要她何用？

她的作用确实已经没有了。

一个失去了利用价值的人，又有何人来怜惜？

呵呵呵呵呵……

一阵低沉沙哑的笑声里，方姬然认命般高高仰着头，语气凄厉。

"你们会不得好死的，你们这些人，都会不得好死的！"

她阴森森地笑着，像魔鬼附体，不像个正常人，如同她的脸，没有半点儿正常人的样子……

这一刻连墨九都觉得，其实死亡对于她来说，或许真的是一个解脱。

"你们会不得好死的！你们会的，一定会的……我会看着的，我哪怕变成鬼，也不会放过你们的……"

这句威胁人的话，真是从古用到今哪！

墨九无语地听着她垂死挣扎一般的喃喃，饶有兴趣地抱着双臂，正瞧着热闹，腰上就被人揽紧。

她侧头，对上萧乾沉沉的双眼，只听他道："阿九，且留她一命。"

墨九没有想到，第一个出来阻止她的人，居然是萧乾。

她不太高兴地挑眉："为什么？给我一个理由。"

萧乾默默一叹，然后瞥一眼面有异状的陆机老人，道："师父当年……与你娘有过一夜露水之情……后来虽无缘分，却留下一女……她就是方姬然。”

关于织娘这段往事，墨九也是知道的，这也是为什么方姬然出生当晚就被送到方家的原因。

可她没有想到这世间兜兜转转，转来转去，居然就这么几个人，方姬然的生父居然会是陆机老人。

愣怔一瞬，她突然明白陆机为什么执意要跟上神龙山来了。

“呵呵，这老头儿……没想到还有这样的风流韵事……”

墨九其实做不来那种眼睁睁把方姬然绞死的事情，这么吓唬也只为了杀杀她的锐气。至于到底要怎么处置这个女人，老实说，她真的还没有想好。为了墨妄，为了织娘，她甚至都想过留她一命的。可如今听得萧乾的话，想到她是陆机的女儿，她突然有一种有其父必有其女的感觉，不由得咬牙切齿。

“如果我偏不呢？”

“阿九。”萧乾笑叹一声，“你的为人，我还不清楚？”

“哼！”墨九不高兴，白他一眼，“你不知道最毒妇人心？我狠起来，完全可以不是人。”

萧乾轻笑一声，轻抚一下她的头发，对她道：“方姬然的事，我已和师父详述过，一切都是她咎由自取，自作自受，怨不得人。师父的意思是，留她一命，只要不死，其他都可。”

“只要不死，其他都可？”

“是。这样既成全你师兄与你娘，也成全我师父，就这么办吧？”

墨九琢磨一下，突然有点儿想笑。

这方姬然上辈子是拯救了地球吗？

居然有这么多的人，其实一直真心为她。

墨妄、织娘，现在还有一个陆机……

可就是这么一个被人真心关爱着的方姬然，却始终认为这个世界上没有人疼爱她，以至于变得如此疯狂，恨不得天天报复人类。

“好，只要不死，其他都可。这句话我喜欢——”墨九笑着指挥弟子，“架上去，我保证她死不了。”

说罢，她谁也不理，微微眯了眯眼，瞥一眼还在嘶吼呐喊的方姬然，慢慢走向墓室基台上出现的那个悬空之门。

模糊的烟雾还未完全散尽，那门像一道模糊的剪影，就像她幼时看《西游记》时天上出现的南天门，影影绰绰间，不太真实，有一种梦幻感。

迟疑一下，墨九回头冲众人招手。

“你们都看着我做什么？走不走？一会儿门消失了，可就走不成了。”

“进吧。快一点儿！”

“进进进——”

两个侍卫无奈地把方姬然架在机括铁链上绑好，而墓室内的其余人，都听话地往那道门靠近。

尤其是宋熹的那些侍卫，他们走得比谁都快。因为之前他们就看过墓门开启时那些跑得慢的人活生生被石头砸死的场面，所以这一次，他们争先恐后，不等墨九声音落下，人就已经往里钻了。

墨九摇了摇头，等他们进去了，方看萧乾。

“六郎，我们也走吧。”

萧乾抿紧嘴唇，看一眼赌气留在原地的陆机，迟疑一下。

“阿九等我一下，我劝劝师父。”

事实上，陆机独身了一辈子，从来也没有与方姬然有过接触，对于她，所知所晓的也都是一些不好的事，认真论父女感情，算不得深厚。但血脉亲情这东西，就有这么神奇，一旦知道了这个人是他的亲生女儿，哪怕他心再硬，也不可能眼睁睁看着她被绞死。

墨九在门边等了一会儿，看到萧乾走过来，却没有看到陆机动弹。

“他不走？”墨九不知道他们师徒两个说了些什么，笑吟吟往萧乾的背后瞅一眼，看着那老头倔强的影子，撇了撇嘴巴，“他不走算了，我们走吧。”

萧乾淡淡回头望一眼，叹了一口气，吩咐孙走南留下来照看老头，又向他小声叮嘱一些事情，而宋熹却在这时过来，走到墨九的身边，冷不丁拽住了她的手臂。

“一起走。”

“你信不过我？”墨九冷笑一声，微微挣扎。

“当然。”宋熹目光有些凉，手上力道也不轻，盯着她时，目光像自带了一层冷气，“你诡计多端，我得与你寸步不离。”

呵呵一声，墨九皮笑肉不笑，眼底凉凉的，全是调侃：“你不必紧张，我就算要整死你，也得先拿回那些仕女玉雕再说。现在我杀了你，我上哪儿找玉雕去？所以，你且放心吧，只要我死不了，你就死不了。”

“那可不一定。”宋熹的声音，带了一点儿笑，却听得墨九无名火起，冷哼着，低头睨向他扼着自己的手，“爪子拿开。我不喜欢和陌生男人有肢体接触。犯恶心！”

“恶心一会儿，忍着！大家一起走，这样保险一点儿。”

宋熹盯着她，不松手，不动弹，似笑非笑。

“凭什么我要忍着？老娘偏不能忍！”

墨九气咻咻瞪他一眼，不停挣扎。

一只手却在这时伸了过来，轻轻地抬起，落下，就搭在宋熹的手腕上，看似漫不经心，力道却重得仿佛要把他的骨头捏碎。

“不要让我把你这只手剁了。”

萧乾声音向来清冷无波，不厉自有三分威仪，更何况此刻正有郁气。

凝视着他千年不化的冰霜脸，宋熹微微抿唇，似笑非笑：“我只怕你会舍不得。剁了我的手，谁给你拿仕女玉雕？”

“啧！一个大男人，你胆子能再小点儿吗？行了，喜欢跟着我就跟着吧。”墨九不满地奚落一句，也不想与他多辩了，甩开手，冷漠地瞥他，“只要不碰我，你爱怎么走，就怎么走。”

说罢，她大步进入那扇门。

然而——

进去之后，他们才发现，里面是一个空荡荡的墓室，什么布置都没有，地方也全然不若外面宽敞，狭窄而逼仄，唯一与别处不同的是，在墓室的尽头，有三道石门，门楣上方分明用草书写着——

过去。

现在。

未来。

这叫什么？三道门，三个选择吗？

过去的门，会回到过去？

现在的门，会留在现在？

未来的门，会去到未来？

没有任何提示，也没有任何人知道三道门代表了什么意思。

众人各自在心里猜测着，然后——齐刷刷回头来看墨九。

墨九一笑，摊手："这个我也没法选择。因为我也不知道。"

任何一道选择题摆在面前的时候，都会有一些提示才能解答。

可这里，什么也没有。三个门，三个一模一样的门，连通的地方是哪里?

也许代表的不是过去、现在、未来，而是死亡、生存或者生不如死呢?

风灯的光线将众人的影子拉得影影绰绰，像隐藏在一片乌云后面，让墓室的气氛再次陷入了凝滞中。

"不如丢骰子吧？"墨九笑着摸了摸鼻子，"丢到哪个门就进哪个。"

"不用。"宋熹突然指向一个侍卫，然后指向一扇门，"进去！"

这是人肉测试的意思？墨九微微一惊。

那侍卫吓得不轻，当即变了脸，脚步情不自禁往后退："陛下饶命！"

"饶什么命？让你送死了吗？"宋熹面无表情地看着他，又冷冷地重复一遍，"进去！"

"是，是陛下。"那侍卫吓得腿脚都在哆嗦，可命令在前，又无人为他求情，在这进退两难的地方，哪怕是去送死，他也不得不从。

他紧张地咽一下唾沫，慢吞吞走向了那一扇叫"过去"的门。

一步!

两步!

三步!

他走得很慢，脚步声却如同鼓声，重重敲击在众人的心里。

墓室内，寂静无声。

大家都在等待，等待那一个结果揭晓。

终于，他走到门前，迈出了步子——

很快，他的影子闪身而入，消失在门口，没有了动静。

众人正自奇怪，突听得哐哐两声。

"不好！"

就在那个侍卫进入"过去门"的时候，"未来门"与"现在门"突然就关闭了。在关闭的同时，似是触动了机关，不过刹那之间，头顶上一块巨大的石块像滑板似的一点点往下滑落，仿佛要将他们全体覆盖、吞噬。那深重的阴影，让众人呆若木鸡。

机括又一次启动了!

墨九不是说……不会启动吗?

那外面的方姬然岂不是……

打了一个哆嗦，众人不敢去想，也来不及去想方姬然会经历怎样的噩梦。

因为，他们目前只顾得上自己。

四周无路，后退无门，前进也只有一条路——过去门。

那么，他们除了蜂拥而入“过去门”，还能如何？

电光石火间，无路可逃的众人，像被蜇了神经似的，反应都是惊人地相似——

争先恐后地冲向了“过去门”，都不用任何人招呼。

墨九也一样，本来按她的理解，打开了主墓室的门，进来应该就是一个开棺椁的机关，然后就完事了。可没有想到会有这个三道门的选择。而且，更没有想到，宋熹原本想让侍卫去试水，结果一旦做出了选择，就再无反悔重选的机会。

事到如今，哪怕是赌命，也只有一搏了。

“走！”她低喝一声，身体猛地往门那边冲去。

在喊“走”的同一时间，她也条件反射地拽住了身边人的手。

萧乾就站在她的身边，她记得很清楚。

可等她在风灯的光影中，飞快地闯入了“过去门”，才突然发现有些不对劲儿。

这只手，好像不是萧乾的？！

萧乾常年带兵打仗，手心有一重茧子，这只手却细腻得多。

是宋熹。

她大吃一惊，猛地丢开手，回头看去。

却发现，他们进来的门没有了，而那些本来与他们一起闯进来的人，也一个都不见。

唯一可以感觉到的人，只有一个——宋熹。

“九儿，谢谢你拉我——”

“我谢你祖宗十八代。”墨九这会儿心肝儿上都是火，恨不得掐死他，“怎么会是你？我那个去他奶奶的大白腿！”

“我想，这就是定数。”对她抓狂爆粗的行为，宋熹居然很淡然，甚至带着淡淡的笑。

定数什么的，最合适用来解释无法解释或者无法扭转的局面了。

外面的世界怎么样了，墨九不知道，也看不见，萧乾的声音都没有，什么情况也不得而之，而比这更可怕的是，连里面的世界，她也看不分明。

不知道这个空间有多大，也不知道这到底是一个什么样的地方。她摸索着四面八面走了几圈，没有任何阻碍，那感觉就像进入了一个虚空之中，什么都摸不到，什么都看不见，除了一个宋熹，好像整个世界都彻底从她眼前消失了，而她唯一还保有的东西，就是她自己的思考与灵魂。

“这……到底怎么回事？”她声音微微惊骇。

经过了这么多的事，墨九很少怕。

不管多难的机关、多难的八卦墓，她都能想到办法。

因为那到底都有实物，而这个地方，连实物都没有，怎么搞?

“九儿，你别慌，也别怕。”相较于她的急躁，宋熹淡然了许多，他的声音，一直是带了一点儿笑意的。循声走近她，他劝慰道：“不进来都已经进来了，你急也没有用，我们再慢慢想办法就是了。”

“想办法？！说得轻松。”墨九冷笑一声，伸出双手，往四周摸了摸，依旧没有摸到东西，只有一手的空气，心里更是毛躁躁的，对宋熹说话也更是没什么好气，“这到底什么鬼地方，你知道吗？你准备怎么出去，嗯？宋熹，说到底，老子有今天，都是你害的。要不是你，哪有这么多麻烦？你知不知道，你这个人很讨厌，简直是令人厌恶！”

“你真这么想？”

“讨厌还能有假？”

那些话确实有些臭，可墨九这会儿说不来好听的。

宋熹沉默了。

静静地望了许久，他突然一叹，幽幽问：“你就这么想离开这里吗？”

“废话！这暗无天日的鬼地方，你不想离开，留着过年哪？”

“我不想。”宋熹淡然的声音里，真的带了一点儿淡笑，而且是由衷的淡笑，“能够与你待在一起，哪怕会一起暗无天日到地老天荒，又何妨？”

“变态！”

宋熹并不和她辩驳，也不生气，由她骂着，似乎怕她走失了找不着似的，始终尾随在她的身边，跟着她四处乱走，跟着她在黑暗中来回摸索。

“娘的！这到底怎么回事？”寂静空间中，墨九的声音里，有满满的郁气，“这都什么鬼机关哪？我从来没有遇到过——宋熹，你懂得也不比我少，见过这样的环境吗？你看我，大概走了半个时辰了，却没有摸到一个实物……甚至，我们的脚上好像也踩得有点儿飘哇……”

她似乎发现了什么不对，猛地弯下腰来，去摸脚底。

“不想死，就不要乱动。”宋熹突然一喝，猛地扼住了她，“九儿，不要动，不要再走了，我们趁这机会，好好说说话。”

“说什么说，宋熹，这到底是个什么情况？”脚下也有悬空的感觉，让墨九的心底，被密密麻麻的恐惧占满了，连声音都带了一丝不确定的紧张，“没有边际，没有实物，除了你，什么都没有。难道，难道说我们……已经死了吗？”

“瞎说！”宋熹按住她的肩膀，试图让她放松下来，声音平静而温柔，可就像看了一场惊心动魄的影片后，在结尾放上的舒缓音乐，虽然好听，却依旧让人心生恐惧，压抑得几乎喘不过气，“你玩过网络游戏吗？这也许就像一个隐藏副本，是随机触发的，需要通关才能出去。”

网络游戏？副本？

墨九心里狠狠一惊。

有多久，她没有从别人嘴里听到熟悉的现代词汇了？

太久，太久了！久得有时候她都快要忘记前生了。

“唉！原来是你。”

在这一刻，她终于确定了——宋熹就是那个人。

那个躲藏在暗地里的机关高手，那个会阿拉伯数字的人。

仔细一想，其实很早以前，就有许多蛛丝马迹的，只是她没有往深了去想而已。菊花台上一曲《菊花台》随便应和，多次告诉她说，介意与谢青嬗亲表妹的关系，对她嘴里时不时冒出的各种现代词汇不好奇，也从来不多问。更紧要的是，他堂堂南荣太子——居、然、会、做、饭，还做得一手好饭。若说临安的桂花肉还可以勉强解释得通，那么他的拿手绝活羊肉火锅……这个时代哪个人能做成那样？

而且，古代男子，哪个不远庖厨，何况太子？

不怪他隐瞒，只怪她太傻呀！

唉声一叹，她道：“我找了你这么多年，还真没想到，蓦然回首，那人却在灯火阑珊处。”这样一想，墨九顿时又想到了许多的过往，“辜二、乔占平这些人，都是受你操控与利用的吧？宋熹，你到底是谁？”

“我是谁？”宋熹像在回答她，又像在自问自答，“我也想知道。”

他幽幽一叹，整个空间似乎都冷凝了。

这样的回答太过意外，也让墨九惊讶不已。

“你不知道自己是谁？开什么玩笑！”

嗯。宋熹淡淡应一声，似乎不爱提这事。

“那你知道自己来自哪个世纪吗？”

“不知道。”宋熹的声音在黑暗里带了一点儿淡淡的无奈，甚至有一种若有似无的忧伤，“我只知道我脑子里的那个人生活在一个与当下完全不同的地方，那个地方有高速发展的现代文明，有这里的人想都不敢想的物质基础，那里的飞机可以上天，火箭能飞太空，那里有网络，不见面也可以聊天……”

“那你不就来自21世纪吗？2015年？2016年？”

“不知道。”宋熹继续摇头，“自我醒来，我其实就有些弄不清楚了。我到底是宋熹，那个被萧家陷害摔下马死过去，又被萧乾搭救而灵魂附身的宋熹，还是另外一个人？而且，我无论如何也想不起来，那个人是谁。”

在他淡淡的叙述中，情绪不多。

可墨九非常相信，他说的是真的。

因为在这个时候，宋熹确实没有必要再骗她。

“一开始，我是惶恐的，小心翼翼地生活在宫中，就像藏着一个秘密的怪人，我不敢告诉任何人我的遭遇，也不敢向任何人询问……我既有宋熹的记忆，又有另外一个人的记忆，两种记忆都一样清晰，我每天都纠缠于究竟哪一个才是我的痛苦中，寻找我灵魂的归属，一直到……”他突然朝她走近一步，近得墨九几乎都能感觉到他温热的呼吸，以及怦怦的心跳了，他才停下，沉声对她道：“直到听到了你的名字。”

“听到我的名字？”

从初识得他，已经过了八九年了。

好多的记忆，讲实话，墨九已经开始模糊和混淆。

可显然，宋熹记得比她还要清楚，对她质疑似的相问，他苦涩一笑。

“那日我听得舅父说，萧家为久病不愈的萧大郎娶妻冲喜，要娶盱眙的小寡妇墨九。”

嗯！往事久远。

远得仿若做了一场梦。

墨九抿了抿嘴，也不答，只安静听他说。

陷入回忆中的宋熹，显然也不需要她答。他自顾自地说道：“一听墨九这个名字，我就像突然被打开了一扇灵台之窗。直觉告诉我，这个墨九是与我有关系的。不，不是与我，也许是与藏在我记忆中的那个人有很密切的关系。要不然，为什么听到她的名字，我血液都像在燃烧……很快，我就又想到了一些事情。”

说到这里，他停顿一下，目光复杂地盯着墨九：“不知你有没有听过《金篆玉函》？山、医、命、卜、相五术。”

《金篆玉函》？山、医、命、卜、相五术？

墨九脑子里嗡嗡响了一下，有些蒙，像是知道，又像是不知道。

很古怪的感觉，她自己仿佛突然也变成了像东寂这样的人，有点儿不知道自己是谁了。

宋熹看着她，沉吟片刻，像在犹豫。

过了好久，他才突然又道：“九儿，其实你也是《金篆玉函》玄学五术的传人。”

墨九讷讷问：“我？《金篆玉函》？那是什么鬼？”

宋熹道：“《金篆玉函》有一个很古老的传说，据说在几千年前，黄帝得天神相助，授以天书，得以破蚩尤妖术，擒杀蚩尤，统一天下。这天书便是它了。《金篆玉函》之下，又有玄学五术之分。山、医、命、卜、相同宗同源，都以阴阳五行为核心来判断事物的发展趋势和应对策略……”

他大概与她讲了一下，听得墨九一脸蒙。

“是吗？为什么这么重要的事，我一点儿都不知道？”

说到这里，她往前一步，偏头想要看清他，声音也沉了不少：“宋熹，我怎么觉得你其实是自己有病，这种症状，有一点儿像精神分裂症。你该不会是生了病，或者记忆出了什么问题，沉浸在自己的臆想中，把我扯进去的吧？”

宋熹摇了摇头。

然而，黑暗中，墨九看不见他摇头，只听得见他突转话锋的声音。

“但那时的我，并不敢确定，你究竟是不是那个墨九——”

“所以呢？”墨九努力盯视他的方向，“我们在楚州萧家后院的荷塘边相遇，不是巧合对不对？”

“世上哪里来那么多的巧合？”

宋熹轻轻一笑。

也许是忆及那一夜的月色之美、残荷之香、梨觞之酣，他的笑声中带着一种说不出来的愉悦与轻松：“说到底，虽然我有宋熹的记忆，可我潜意识里的主宰，似乎还是那个人。所以，不管萧、谢两家有多大的恩怨情仇，我对他们的事情都提不起什么劲儿，却对你有着浓厚的兴趣。所以，我特地从临安去到楚州萧家，以贪梨觞美酒为名，专门带上美食与美酒，坐在荷塘边等着你。”

“你知我好吃好酒？”

“你大名鼎鼎，无人不知。”

好吧，那会儿她逃婚，萧乾三擒三纵，确实干下许多耳熟能详的事。

墨九叹了一口气，突然对他的故事好奇起来。

也许为了探究一个结果，也许因为同为现代人的同理心，她暂时抛开与宋熹的私人恩怨，对他说话的声音都温柔了不少。

“那后来呢，你找到你自己是谁了吗？”

宋熹没有马上回答她。

空间里安静一片，鸦雀无声。

那感觉，就好像没有人在似的。

墨九心里一紧，马上伸手去拽他。

“喂——宋熹——你人呢？”

“我在。”宋熹拍拍她的手，并没有顺势握住，而是随即又松开，垂下，淡淡说道，“没有！一直没有。可我没有找到自己，却找到了自己的另一半——灵魂。”

“另一半灵魂？”墨九吓得恨不得抱紧胳膊，“不要说得这么惊悚好吗？什么叫找到了另一半灵魂？怪吓人的！”

“呵！怕什么？是人，都有灵魂的。我有，你也有……”

黑暗中看不清人，墨九却似乎能感觉到他从心底深处迸出的悲凉——

刺挠着她的神经，麻麻的，怪怪的。

一身的鸡皮疙瘩都往外冒，墨九觉得有点儿冷，声音都沙哑了。

“宋熹，你……继续说，什么叫找到了一半灵魂？”

宋熹没了声音，又陷入沉默。

呼吸充斥在彼此之间，一种怪异的气息，在空气里弥漫。

过了好久好久，墨九才听到他凝重的叹息。

“九儿，我的灵魂告诉我——我爱你，深爱你。所以，我认为，你就是我的另一半灵魂，你也是我存活在这个世界上最重要的意义。”

啊！

墨九头上像有一群乌鸦飞过，嘎嘎叫唤。

她不知道怎么回答，只能那样看着他，仿佛在听一个玄幻的故事。

“我一觉醒来，成了南荣的皇太子，却在醒来的第一时间就知道，南荣很快就要灭亡了，还会亡于我之手，这感觉——太奇妙，太不可思议，我不知道你能否感受？当然，这些事情，我其实也不知道自己为什么会知道，但事实证明，后来所经历的所有大事，都仿佛早已经在我的脑子里演练过一般，哪怕我刻意想要做出改变，也做不到。而你——墨九，似乎是这些事情里的变数。”

“我是变数？”

“是。”宋熹道，“因为在我的记忆里，当今之世并没有你，可你来了。我就在想，如果你属于我，也许会改变这个既定的结局。然而——”

又过了一瞬，他的声音仿佛带着某种绝望般的空洞。

“然而你并不属于我，不管我如何努力，你始终属于他。也因为此，这个故事对我来说，也就没有了任何新意。”

这个时候，墨九已经有些弄不明白了。

宋熹到底是从现代穿越而来处于半失忆状态，还是他从头到尾就一直是宋熹，只是当初坠马死亡后，突然机缘巧合在某个异空间里“捡”到了某个人遗失的部分记忆，然后还魂？或者说，他其实只是一个异想天开的疯子？

可如果他是疯子，哪懂得那么多的机关巧术与奇门遁甲？

“你不要问我为什么懂得那么多。”宋熹就像看穿了她的心思似的，突然轻笑一声，颇有几分得意地道，“因为那个人懂吧，我醒过来自然就懂了。”

疯了！疯了！

墨九快被他的解释弄疯了！

太玄幻了！这让她怎么接受得了？

可她自己都是穿越的，不是比玄幻还玄幻？

能接受自己是个穿越人，又有什么是接受不了的？

吸了一口气，她选择了暂时相信这个故事，不再追究宋熹是谁，转而追究他的目的。

“那你为什么想要得到仕女玉雕？为千字引？为武器图谱？为争霸天下？”

“不！”

宋熹站在黑暗中，回答得很肯定，也没有半分犹豫。

“我对一个早晚完蛋的江山并无兴趣，只是为了回去——找到我自己。”

他的回答，把墨九吓了一跳："千字引可以回去？你怎么知道的？"

"那个人告诉我的，从一开始我就知道。"宋熹抿了一下唇，对着墨九的方向，一字一顿认真地道，"千字引上，其实并没有墨家机关之术，更没有武器图谱。这两样东西，早就被热爱世界和平的墨家老祖宗毁了——其实，所谓千字引，只是一千字的引文，是为引渡灵魂回归之用。"

千字引。

一千字引文。

为引渡灵魂回归——

这个转折来得太快，墨九不太敢相信。

"怎么可能？为什么墨家祖宗……要弄一个这样的东西？"

"我也想过，最后猜测，最大的可能是……与老祖宗自己的故事有关。"宋熹盯着她，突然问，"墨九你就从来没有想过吗？墨家这样强大的机关、火器，引得天下人觊觎，那发明这些东西的人，需要怎样的智慧？"

"你是说——"

"也许那个人，像你，像我，是与我们一样无处着根的灵魂。"

他的意思是说，八卦墓与祭天台的建造者，其实也是一个穿越者？

因为本身是穿越者，这才搞了个千字引，就为引渡灵魂。

哦，天！墨九的太阳穴突突地跳。

从进入"过去门"到现在发生的一切，她都有点儿难以消化。

她从来都没有想到会经历这样一个真相似的迷局，一个从穿越开始，似乎从来就不由她掌控的迷局。

深思良久，她想不明白，也就不去钻牛角尖了。

"那你又是怎么确定我与你一样，也是不属于这个时代的人？"

宋熹淡淡道："猜的，试的。因为你的《菊花台》，还因为……你知道的那些，只有我知道。"

是呀！宋熹隐藏得比她好多了。

从头到尾，她就是一个冒冒失失的现代妞儿。

借着本尊的便利，她大杀四方，什么时候刻意掩藏过自己？

就凭她的作为，宋熹要看穿她，实在不要太容易。

墨九沉寂了片刻，略迟疑："那你做了这么多，就是为了回去？"

“一开始是这样的。”宋熹站得离她只有一步之遥，声音却远得仿佛从另一个世界飘来，幽幽的，还夹着淡淡的凉气，“一开始我只想回去，找到那个主宰自己灵魂的自己，不再做等着亡国送死的宋熹，我喜欢那个世界的繁华，电子产品、信息网络以及一切高科技。所以，我做的一切，包括接近你，就为了回去——”

“喔……”墨九差不多能理解他的所作所为了，矛盾而又纠结，“那后来呢？”

“后来，后来发生了一些事……”宋熹又迟疑了。

在与她说话的过程中，他若干次迟疑、考虑，像在纠结着什么。

这一次，又等了好一会儿，他才继续道：“后来为了你，我又不想回去了。我想留下来，甚至想过——要么改变历史，做这个天下的霸主，打败萧乾，拥有你；要么有一天，得到千字引，能带着你一起回去。”

“带着我一起回去？”墨九怔怔的。

“难道你没有想过要回去？”

“想过的。”在没有与萧乾有任何瓜葛之前。

后面那句话她没说，可宋熹分明懂得她的想法。

轻声一笑，他的声音满带自嘲：“可你有了他，却是不想了吗？”

“是，我在这个世间有夫有女，如何离得开？”

“我想也是。”

两个人如同闲话家常的朋友似的，就站在这个宋熹所谓的“副本”里头，说着一些往事，很多墨九之前想不明白的事，也是从宋熹嘴里得到了答案。

比如，当初杀谢丙生的人虽然是乔占平，可真正要杀他的人，却是宋熹。因为他不想受制于谢忱，要没了儿子的谢忱反过来依赖他。当然，也因为谢丙生的所作所为，实在触犯了他的底线，还因为谢丙生居然动了墨九。

又比如墨家大会上，他让人戴了墨妄的面具，假扮墨妄与方姬然对话说要杀墨九，目的就是让墨九疏远墨妄，从而让“重生”而来的方姬然可以与墨妄再续旧时情谊，从中得到更多关于八卦墓的便利消息。

而那时，方姬然已经与他达成合作关系了。

本来一开始，他改祭天台手印，是准备让方姬然做墨家巨子，从而举墨家之力开寻八卦墓，名正言顺得到仕女玉雕，再拿千字引的……可后来他想，八卦墓不是那么好找好开的，方姬然在机关造诣上的本事，实在远远不及墨九。于是，当墨家大会对墨九彻底关上门，不让她参与，而她正处于人生低谷，求助无门的时候，他向墨九抛出了橄榄枝，让她假扮他的侍女，领她前去墨家大会，并且让乔占平设置了题目极难的机关屋考题。

实际上，方姬然当初误会乔占平了。

从头到尾，机关屋之试就是公平的，乔占平并没有改过题目。

如果方姬然真的可以在机关屋之试上赢过墨九，也许他真会让她做巨子。

然而方姬然自身实力远在墨九之下。

为了开八卦墓，宋熹选择了墨九。

而后来发生的一系列事情，也就顺理成章了。

第十二章　千字引，故人去

“我还有一个问题。”

静静听完他的解释，墨九忍不住又问：“这个事儿，我憋在心里很久了。当初导致萧六郎毁容的那个面具上，是不是你下的毒？”

听她说憋了老久，宋熹不禁笑了。

很自然地揽一下她的肩膀，似乎为了确定黑暗中的她真实存在似的，他笑道：“是我，又不是我。”

“什么叫是你，又不是你？”

“因为我是主犯，而你，是从犯。”

听他的回答，墨九惊得啊了一声：“什么意思？”

宋熹道：“很简单，我的本意是让他改头换脸地活着出去而已。当时临安政局复杂，但凡有点儿风吹草动，皇后一党、谢氏旧臣都不会放过他，哪怕戴了面具——你懂的，方姬然的面具都可以摘去，他也可以。所以，我虽然在他的面具上涂了毒药，但那药物的实际功效只是短期内改变肤质，可能会生疮长痘，但绝不会致人毁容，对萧乾这样的神医来说，太过小儿科……”

“那怎么他又毁容了呢？还有——我是从犯，什么意思？”

“九儿，你还不懂吗？”宋熹的声音里，似乎带了一点儿叹息，“你的母亲、你的姥姥，还有你的姐姐方姬然……他们的男人，都是怎么死的？就我所知，当今之世与墨家女子有染，还没有死的人，只有两个。一个是陆机，一个就是萧乾。他们两个没死，是因为他们都是当世神医，恐是有什么方子奏了效。但他们不死，不代表你们的身体对他们可以完全免疫——”

“你是说——他是被我害的？”

“我非医者，具体情况我亦不知。”宋熹沉吟一瞬，又道，“关于墨家的天寡一事，我猜可能与血液有关，就像某些传播疾病一样。你忘了，他在牢里，咬过你一口……”说到这儿，他咳了一声，又道，“我也想过，可能是我的药，与你的血液毒性综合，这才导致他毁容……具体情况，我想萧乾本人比我更清楚。难道他没有告诉你？”

唉！

墨九重重一叹。

找了那么久的罪魁祸首，她怎么就没有想过——有可能正是她自己呢？

两个人把话都说开了，还真就有了点儿老朋友的感觉。

毕竟在这个世界上，他们再难与别人产生这种默契的共通点——一种来自同一个时代的人的感觉。

墨九想，也许从一开始她会对宋熹产生好感，也是缘于这样的潜意识吧？

接下来的谈话，就轻松多了。

想到为了八卦墓和千字引辗转的数年光阴，墨九有些哭笑不得。

“如果早知道千字引就是那么一个东西，我真的……懒怠与你去抢。你呀，为何不早些告诉我？这样就可以少许多纷争，你拿你的千字引，我做我的墨家巨子，互不相干……”

“呵。”宋熹笑，“说得好像我早告诉你，你就会相信似的。”

噗一声，墨九被他的比喻逗笑了，放开嗓子咯咯地笑：“这倒也是。那个时候你就算说了，我肯定也不会相信。至少不会完全相信，毕竟关于千字引的传说，太招人了……”说到这儿，她话锋一转，收敛住笑容，又严肃道，“当然，其实我现在也不完全相信，万一你忽悠我的呢？你是算死了我舍不得离开，所以才这样说也不一定，对不对？”

“也是——”宋熹也跟着低声笑，“分析得很有道理。”

“不过嘛，你现在骗我又有什么意义？不要说乾坤墓的两个玉雕还没有拿到手，就算都拿到了，又有什么用呢？”墨九叹了一口气，环视着这个漫无边际的黑暗空间，有一种无能为力的无奈感，“如今咱们两个都困在这个鬼地方，还不知道怎么出去呢。

说不定，很快就会饿死了。那什么玉雕，什么千字引，就像方姬然说的……一切都不存在了，还争什么争？”

“九儿。”宋熹突然唤她，声音很低，很浅，仿佛随时都会淹没在黑暗里，“你就那般想出去吗？你难道一点儿都不觉得，属于我们的那个世界也很好吗？”

“觉得好又有什么用？”墨九笑着，推心置腹一般叹道，“不瞒你说，有时候，我也会很想回到那个世界。可转念一想，在那个世界里，没有萧乾，也没有我的小丫头，那么，那个世界再好，对我而言，又有什么意义？”

“也许——你是对的。”

可以交流的宋熹，让墨九少了很多距离感。

尤其得到他的赞同，她情绪更为转好，哪怕困在这里，语气也是轻松的。

“对了，你还没有告诉我，你有什么办法出去呢？”

“办法总是有的，不过——”宋熹低沉一笑，突然近前，就那样盯着她黑暗中的影子，安静了片刻，突然声音哑然，“我可以亲你一下吗？”

这一回换墨九发怔了：“为什么？你神经啊！好端端的亲什么亲。”

“不为什么。”他笑，“就当满足我一个愿望吧，也许我们都没有明天了，你不希望我死不瞑目吧。”

“去去去！哪怕死不瞑目也不可以。”墨九拒绝得很彻底，虽然带着笑，可熟悉她的宋熹听得出来，她笑，只是为免他尴尬，根本就没有一丝商量的余地，“我是一个有丈夫的女人，哪里可以随便和别人玩亲热？宋熹，这不仅是亵渎我自己，也是亵渎你。毕竟——”

顿了顿，她一字一顿，清晰地说：“毕竟你在我心里，曾经是那样美好。”

曾经那样美好，也曾经有过那样的岁月静好。

或许某一刻，她的心也曾停留过他的影子——

只不过，在世事变迁中，终于不再有半点儿痕迹。

“谢谢你。我懂你。”宋熹的目光捕捉着她的影子，深深凝视片刻，很快又不知换到了什么方向，脚步轻迈，衣袖轻轻扫过她的肩膀，人也从她的身边走了过去，盯着某一个未知的黑暗角落，闭了闭双眼，好一会儿才睁开，回头看着她的方向，温柔带笑地说，“九儿，我们准备出去吧。”

“嗯？”墨九微微一惊。

说得轻巧，出去，怎么出去哇？

要破解机关，总得有个机关来破吧？

这是一个什么都没有的空间，她自己都完全没有办法，就算宋熹造诣在她之上，其实也没有什么用啊！

“行了，你就别逗我玩了，我不觉得你会有什么办法。”

“你不信任我？”

“无关信任，只是觉得不可能。”

“傻瓜，我难道还会骗你不成？”宋熹又走了回来，面对着她的方向，笑了笑，突然双手撑在她的肩膀上，似乎只为感受彼此的存在，只一瞬，又放开手，柔声道，“这个办法其实很简单的，非常容易做。但因为是我的个人创意，我不想被你窃取，所以，你不许问我怎么做，只要照我说的做就好。”

“……”墨九翻了一个白眼，“说得好像你很牛的样子？”

“还行！”

“真有把握？”

“不试怎么知道？”

“那好吧。”墨九点点头，姑且信之，“你说，我做。”

这个时候，她心里其实是焦灼的，也来不及询问太多了，一门心思就想快点儿出去，免得让萧乾为她担心。而且，她也迫切地想要弄清楚，外面究竟发生了什么。为什么他们都进入了“过去门”，里面却只有她和宋熹两个人？

“现在，你听话，闭上眼睛——”

宋熹的声音淡淡的，带着催眠般的暖意，听上去让人仿佛置身蓝天、白云、阳光下的青草地，嗅着淡淡的花香，很想躺下去睡一觉。

“不是出去吗？怎么还要闭上眼睛？”墨九奇怪地琢磨着他的话，脑子有点儿发蒙。

“你又不乖了。说好不要问，只要听话的！”宋熹轻笑着，抬手准确地抚上她的头发，像个长辈安抚不听话的小孩子，声音与动作都极为宠溺，“不要害怕，你要完全相信我，我不会害你。你乖乖闭上眼睛，就可以了。”

其实墨九完全思考不来，出去和闭眼之间的逻辑关系。

但是她既然选择了听宋熹的，那么她就只能相信他。

因为除此之外，她根本没有第二条路可以走。

“好。我听你的。要是你敢逗我玩，看我不剥了你的皮——”

宋熹只是笑：“闭眼！”

墨九轻轻合上双眼，突然觉得身体有点儿轻，身边似乎暖和了起来。

可隔了好一会儿没有听到他的声音，她又不免担心：“宋熹？你在吗？”

“叫我东寂。”对她那个生疏的称呼，他似乎不太满意。

好吧，不能给他一个亲亲，叫一声曾经的称呼也没什么大不了。

“东寂。”她道，“你这个到底是什么破机关的法子呀？我怎么从来没有听过？”

“嗯，以后告诉你。你先听我的，不要随便开口。”他回答的声音很镇定，末了，不待墨九再追问，又接着道，“现在开始，你想一想，想一些开心的事，尽量让自己的身体放松，就好像，好像喝酒微醺，半梦半醒那般自在……”

“我现在开心不起来。”

“想一想啊。想就会有了。”

“中彩票，五百万？我去！中了也没法领奖呀！”

“换一个。”

“换什么？”

“比如一夜睡七个，个个是美男？”

“呃。这个可以有哇！”

这是墨九第一次遇到这种莫名其妙的机关。看不见，摸不着，什么也没有，她完全不知道自己应该怎么办，要说心里完全不害怕是不可能的。但在宋熹刻意营造的轻松与欢悦氛围中，她闭着的双眼终于慢慢变沉，越来越重，渐渐地，她想睁开似乎都有点儿困难，那种受困的寒冷的感觉，慢慢从她身上消失了，随之而来的是温暖与舒适，知觉也都开始变得麻木。

不对呀！

她这是睡着了吗？

若睡着了，为什么可以听到宋熹的声音？

可若没睡着，她怎么又无法讲话，无法醒过来与他对话了？

墨九处于一种半麻痹半清醒的状态中，感知不到自己，只听到宋熹的声音在说：“你想不明白对不对？其实这里并没有机关，甚至这个地方都不存于现实中。它只是一个虚空的所在，包括如今的我们……九儿，包括我们都不存在。这里的我们，只是我们闯入‘过去门’的两个灵魂……当我们选择‘过去门’的时候，我们两个有过去的人，被带到了这一片虚空中，得以停留。而他们并无过去的人，大概闯入‘过去门’，乾坤棺椁就会开启了。”

灵魂？

虚空的所在？

墨九有些似懂非懂。

怪不得她什么都摸不着，除了东寂什么都感受不到。

那是因为他俩都是同样的生物？

可这些事，她完全不知道，东寂又是怎么知道的呢？

她心有疑惑，但此时灵魂有些飘，有些麻木，她问不出来。

“你一定在想，我为什么知道对不对？甚至你会想，我选择‘过去门’是不是故意的，对不对？”宋熹的笑声，一如既往好听而澄澈，让人仿佛泡在暖暖的温泉池中，懒洋洋的，昏昏欲睡，“你猜对了。是的，我是故意的。为什么会有‘过去门’？这些都是我脑子里那个人告诉我的。可我本来以为进入‘过去门’，我们就可以回到过去，没有想到——却是这般。”

停顿住，他声音略哑。

良久，他的声音又在墨九耳边响起。

“请原谅我的自私，让你又白白陪我历一回险。”

他还没有说怎么出去呢！

墨九心里很好奇，想问，想睁眼，可除了听，她什么也做不到。

而宋熹的声音，也越来越小，越来越远，越来越难以听清——

“九儿，虽然你现在可能不想回到属于我们的那个世界，但我不希望有一天，当你受了欺负，想回去的时候，却回不去。所以，你听清楚，也务必记住，八卦墓的六个仕女玉雕，我都埋在了临安菊花台的假山亭石下，就是我们曾喝酒的那个亭子。如果有一天，你想回去了，或者萧乾他欺负你了，那你就回去吧。”

六个仕女玉雕？

娘啊，这是得来全不费工夫？

墨九有些激动，可她整个人麻麻的，懒懒的，使不上力……

也不知道宋熹又说了些什么，迷迷糊糊间，她就那样失去了意识。

意识消失了片刻，她好像又做了一场梦。

梦里的宋熹变得不再像那个太子宋熹，而成了曾经与她把酒言欢侃大山的东寂。

还有一个个她从未经历过的画面在脑子里交替上映，如同放映的电影，画面一帧，又一帧……

一片火海之中，映着两个年轻男女的面孔，他们在火海中互相扶持着，嘴里在焦灼地说着什么，周围有纷乱的嘈杂声，还有烈焰燃烧的噼啪声，无尽的惊呼声，传入了她的耳朵。可她听不清他们，也听不清那两个在火中奔跑的年轻男女到底在说什么，只看到那一片花圃中的小房舍，被火光包围得密不透风，一朵朵开得金灿灿的菊花，与火红的烈焰映在一起，黄配红，竟出奇美丽，泛着一种惊心动魄的艳丽色彩。

近了。

他们越走越近了。

她听见了。

她听见那年轻女子眼泪汪汪地拖住男人，嘴里大喊。

"东寂，东寂……不要……不要……"

那男子却不理会她，只拨开她的手，大步冲向火圈中的木门，不顾灼人的烈火，猛地拉开。

"九儿，快走！"

女子从男子护着的火圈中间冲了出去，似乎想要回头抓那男子的手，可不待她扑过去，火海中的门楣生生倒下，将那年轻的身体完全吞噬——女子啊一声惨叫，双目瞪大，顿时倒在了地上，火光将她的脸映成一片死灰……

"东寂——不——不要！"

墨九眼前一阵混乱，仿佛听到了火烧柴门的噼啪声，仿佛看到那个花圃的房舍上写着的几个字——菊花台，还看见无数的火星在眼前闪动，一片又一片，胡乱飞舞，亮光耀花了她的眼，又密集得让她无从躲避。她仿佛感觉到了那种痛楚，被烈焰燃烧身体的灼痛，偏偏又只是一个置身事外的人，只能站在了烈火的光圈之上，静静地看着那个男人在火中挣扎，挣扎，终于不再动弹，被吞噬成一堆焦黑……

再也找不到，再也找不到……

鲜血。

火红的鲜血。

是火在燃烧，还是灵魂在滴血？

这血淋淋的梦，真实得令墨九汗流浃背，张大嘴巴想喊，却怎么也喊不出来。

跌跌撞撞间，她的灵魂在颤抖，依稀觉得自己曾经失去过什么重要的东西。

可她想不起，也抓不住。

是的，她伸出了双手，却什么也抓不住。

耳朵边上，却有一个男子在低低说："你来，我就在，你来与不来，我都备着。我想，你总有一日会来。"

是谁在说话？

还有，是谁在唱歌？

一首熟悉的现代旋律，却用古怪的调子在弹奏——

……

夜太漫长，凝结成了霜

是谁在阁楼上，冰冷地绝望

雨轻轻弹，朱红色的窗

我一生在纸上，被风吹乱

梦在远方，化成一缕香

随风飘散，你的模样

菊花残，满地伤，你的笑容已泛黄

花落人断肠，我心事静静淌

北风乱，夜未央，你的影子剪不断

徒留我孤单在湖面，成双

……

"东寂！"

墨九猛一下惊醒。

眼前哪里还有无边无际的黑暗？

眼前又哪里有梦中惊悚的火光？

幽幽的风灯中，面前是萧六郎的脸，写满了担忧，胡子拉碴儿的他，看上去憔悴了不少。而他的双眼，也泛着一片赤红之色，好像许久不曾睡觉似的。

墨九脑子转动着，不免有些奇怪。

"六郎，不过一会儿工夫，你怎么变这样了？"

"你醒了？"萧乾一怔，带笑的声音泛着淡淡的嘶哑，飞快地将她抱起，紧紧搂住，像抱着一个失而复得的宝贝，掌心不停轻抚着她的头发，"傻子，已是三日过去了。"

三天？她睡了三天……

不对，这是在哪里？

墨九伏在萧乾的肩膀上，环顾四周，激灵灵一下，这才彻底清醒。

她居然还在乾坤墓的主墓室里，而那一口紧闭的乾坤合葬棺也已经打开——她刚才就睡在里面。

最诡异的是，除她之外，里面还躺着一个宋熹。

与她不一样的是，她醒过来了，宋熹却没有醒过来。

想到在那个虚无空间与宋熹的对话，想到那个莫名其妙的梦，墨九脊背生生一寒，有一种“庄生晓梦迷蝴蝶”的错觉，不知道哪一个是真实，哪一个是虚幻。

“六郎？”她无力地抬手，试图抱住萧乾的脖子，可这个动作没有做完，手就虚软地耷拉了下去，“告诉我，到底发生了什么事？我怎么会在这里？宋熹他……这是什么情况？”

“阿九——”萧乾冷眸微沉，沉吟一会儿才道，“你与宋熹一同进入‘过去门’后，我马上跟了进去，可不过转瞬，你们两个已经倒在地上，不省人事了，我为你们做了救治，然而并无作用，你们显然已是……已是死了过去。可古怪的是，除了你们之外，其余人都毫发无损——”

“然后呢？”墨九追问。

提及这件事，对萧乾来说，似乎很艰难。

他沉默了一瞬，眼眸低垂着，从棺边拿过一个弹弓，慢慢递到墨九的手上。

那个弹弓是当初墨九送给宋熹的，没有想到他居然保存至今，不仅如此，从弹弓圆润光滑的样子来看，想是曾经被主人用以把玩，爱不释手的。

“他留了字。”萧乾示意她看缠在弹弓上的一张字条。

墨九拧眉，轻轻展开，上面分明是宋熹的笔迹。

“若我与墨九入得‘过去门’有何不测，将我二人尸体放在乾坤合葬棺中，勿让人打扰。我将以我之魂，渡卿之命……”

以我之魂，渡卿之命。

墨九眼眶猛地一热。

也就是说，东寂说的可以送她回来的办法，就是他把他最后的魂魄一起毁灭，换了她的性命？

怪不得他再三追问，她是不是真的留恋这个世界。

墨九想，会不会他故意把她引入“过去门”，原本是有办法把她弄回去的，是她的执念让他改变了主意，于是逆了冥冥中的法则，这才不得不“以魂渡命”，毁灭自己，放她重生？

墨九蒙蒙的，猛地放开萧乾的手，跌跌撞撞地趴向乾坤棺。

棺材里安静躺着的宋熹，与那天在墓室里和她吵架时一样，容颜依旧，英俊如昨，面色饱满红润，宛如熟睡一般。

可他分明已经没有了生命体征，身体也早已僵硬——

他死了。

宋熹死了。

东寂死了。

那个在虚空与她说话的男人也死了。

“东寂！”

看着棺材中熟悉的脸，墨九突然捂住脸，整个跌坐在地，手中紧紧握住那个弹弓——

当年楚州的月下荷塘，他费尽心思，千里前来寻她，一心想要找回自己，回到过去。

可最终的最终，他却是——永远回不去了吗？

“东寂。”墨九死死攥着乾坤棺，不停唤着他的名字。

就好像这般唤着，他就会像她一样醒过来似的。

然而，她知道，不论她怎么呼唤，这个男人也永远都不会再睁开眼睛了。

她也知道，从此她的世界，不会再有一个叫东寂的男子。

不是每一个男子，都可以把梨觞喝出那样的风情，把羊肉火锅做得那样入味。

不是每一场月光，都如楚州那晚的皎洁。

不是每一个菊花盛开的地方，都叫菊花台。

她的生命中，也再不会有一个叫东寂的男子。

“阿九，不要难过，这都是他的选择。”萧乾轻抚着她的后背，像在宽慰一个哭泣的小孩，难得地多了言语，“我们的一生会遇见很多人，有些人会陪我们走一程，但终究会远去。我们要习惯，因为，从我们来到这个世间的第一天起，就是经历一场又一场告别。”

“我明白。”墨九突然抬起头，泪眼蒙眬中，看着萧乾的眼睛，拖着他的袖子，像只可怜的小狗，“六郎，我可不可以有一个请求？”

“你说。”萧六郎的声音，是温柔的，就像羽毛般轻抚而过，生怕触及她的伤处。

墨九吸了吸鼻子，眼皮往下微垂，不敢看他的眼睛。

“仕女玉雕咱们不寻了，祭天台——咱们也不开了吧？”

萧乾一怔。

凝视她的黑眸中，流光闪烁，探究的视线，落在她苍白的面孔上。

他其实不太明白，他们历时数年，九死一生终于开完了八卦墓，她为什么说放弃就要放弃？

“好吗？”墨九执念于宋熹的那些话，知道千字引是为了灵魂引渡——一旦打开祭天台，就可能会回到过去。所以，她不想再开，甚至都不敢告诉萧乾那六个仕女玉雕的藏身之处。但是这样的借口，她要如何说服萧乾？

“阿九……唉！”

墨九正寻思要怎样向他解释，他却突然弯腰，轻轻搂住她。

“咱们家媳妇最大。你若要开，我就陪你开。你不想开，我就不开。但我——不许你有心事。”

心里一松，墨九嘴角抿起，露出一个挂着眼泪的笑容：“我没什么事，就是……就是突然有些怕了。经了这死而复生，我觉得只要人活着，比什么都强。那些东西都是身外之物，都不重要——想想我们曾经历险开墓的往事，真的是——太傻太傻。”

“阿九说的是。我都依你。”

萧乾轻抚着她，哪怕心有疑惑，也没有再问。

一直以来，他都非常尊重她，这渐渐已成习惯。

“嗯，好，我们好好过日子。”

“是，女王陛下。”

“呵！”轻笑着，墨九却是将目光转过来，望向乾坤棺里的宋熹，那个面如冠玉的宋熹，回想着那个梦，在心里喃喃，“我想，我会不会也遗失过自己？但我与你不同，我不想再去寻找一个完整的自己。我是个胆小的人，我安于现状，我愿意就这样，一直这样，活下去……”

很多时候，这世界都是矛盾的。

人是命运的主宰者，可人又从来左右不了命运。

希望、失望，得到、失去，生存、死亡……

这些逻辑间的关系，亘古难解，也令人难以猜测得透。

但有一点，时间对人是公平的。

不论好的、坏的，都会过去，哪怕最黑暗的日子，与它相连接的，也是光明。

国破山河在，城春草木深。

残冬一过，初春就到了，那一场硝烟弥漫的战争，那一个除夕之夜的天翻地覆，虽然没有从人们的记忆里彻底抹去，可时间的良药可以治愈一切伤口，也可以让人渐渐淡忘亡国之痛。

北勐举兵南下，历时三载，灭了南荣，统一天下，是史诗一般可歌可泣的大事。

但一半寥落，一半兴。有人得意，总有人失意。

南荣灭亡的同年，正月十五，天下万家闹元宵的节日里，萧乾发布大皇帝诏书，晓谕四海，将有偏居北方之意的“北勐”国号改为“大狄”，改“元正四年”为“宣正元年”，以大狄为国号，正式纪年。

与诏书同期颁布的，还有对南征功臣的封官加爵以及对墨九的正式册封。

宣正元年二月，大狄朝第一任皇后墨九，赐号为元昭。

元为初，为始，为一，昭意为光明。元昭，象征了萧乾对墨九所有不忘初心的美好期待。

宣正元年三月，大狄朝开始对庞大帝国的行政区域进行重新规划，正式建立行省制。

宣正元年五月，对于大狄朝国都一事，历经数月讨论，萧乾最终听从了墨九的建议，拟诏将燕京改回肆时旧名中都，开始做皇都筹建准备。

对于墨九坚持建都燕京的想法，大多数人是不理解的。

尤其江南水乡养出来的南臣，更是无法接受将都城搬去北方——

就连萧乾也不知道，墨九为何执意如此。

当然，他们更加不会知道，燕京在后来还有一个响当当的称呼——北京。

知道的人，已经不在了。但这是一份属于墨九的情怀，加上萧乾参考了她提出的一二三四五六七八九点建都燕京的好处之后，虽说总觉得这些都不是她最真实的想法，可还是觉得很有意义，于是拍板定下了燕京。

至此，北勐与南荣，这两个相爱相杀了若干年的国家，都同样成为历史，定格成了漫长历史画卷中一幅幅壮丽的图画。

崭新的大狄国，如新生的婴儿，为天下苍生带来了崭新的希望。

南荣人对于这个结果，似乎更加喜闻乐见。

至少这样他们可以安慰自己，这叫南北统一，不叫被敌人占领。

幽幽晨钟，沉沉暮鼓。

一个王朝的兴起，背后必是另一个王朝的灭亡。

不管宋熹身前如何，如今萧乾重建大狄朝，对前朝的事情，也得有一个盖棺定论的交代。

在耗时一年左右，景昌皇帝宋熹的帝陵终于竣工。

如此折腾一番，又是一年过去了。

宣正二年正月刚过，萧乾就在临安府为宋熹准备了一场盛大的葬礼。

一应礼仪，比照帝王。

盛世之下，此举赢得了赞誉，也为了却墨九的一桩心事。

二月二，龙抬头，阳光渐暖，春风拂面。这一日，天未亮，悲切高昂的丧钟便声声撞响，惊起天空鸦雀无数，也引来临安城自发送葬的百姓。人群挤满了长街，一列列身着缟素的士兵列队而过，隆重而华贵的棺椁被推出城门，礼仪队长声吹奏着哀乐，慢慢扶灵而去，前往景昌帝陵。

"大狄朝震北大将军古璃阳，率禁军将领三百人，凭吊景昌皇帝大丧！"

"大狄朝中书令薛昉，率中书省全体同僚，凭吊景昌皇帝大丧！"

"大狄朝右丞相赵声东，率文武官员一百二十五人，凭吊景昌皇帝大丧！"

"大狄朝左丞相……"

"大狄朝枢密使……"

一个又一个唱名，浑厚有力，传入云霄，激起滔天气浪，也高高扬起了城墙上飘飞的纛旗。

——纛旗下方，墨九轻柔黑亮的发，丝丝飘动。

东寂出殡了。

哪怕时隔一年之久，她仍有一种不确定，做梦一样。

似乎那个人并没有死，还在遥远的某个地方，或算计着她，或想念着她……

望着长长的送葬队伍，城楼上的她衣衫在飘，头发在飞，身体却一动不动。

"阿九……"

听得萧乾的声音，墨九微微侧眸，动了动嘴皮。

"你来了？"

“嗯。”萧乾慢慢过来，亲手为她裹上一件风氅，这才一叹，“你呀！城楼上风大，你也不多穿些。”

“我知道啦。”墨九浑不在意地朝他一笑，又抬手抚了抚他的肩膀，“你也是，这么忙，还要顾及我作甚？”

“我不顾及你，我还去顾及谁？”萧乾执起她的手，往唇边一呵，暖暖的气息，就那样落在她的手上，“倒是你，总是顾及别人，也仔细顾下自己的身子。”

墨九微微眯眼，视线有些迷茫。又一年过去了，站在她身边的男子，一身帝王袍服，似乎更添了几分威仪，就那么站在晨光里，哪怕他什么也没有做，也没有任何表情，可只要他在，似乎整个空间都笼罩在一片寒冷之中。这样的压迫力，大概便是来自帝王的震慑了吧。他还是他，还是她的萧六郎，可他似乎又不全然是她的萧六郎了。

这种感觉，很微妙，她也很难说清有什么不同。

叹了一声，墨九怕他介意什么，努力挤出一个微笑。

“入土为安，这样也就好了。”

萧乾嗯一声，许久没有说话。

他只是那样看着她，看着她那不达眼底的笑，沉默着。

“怎么了？”墨九不自在地捋顺头发，“看着我作甚？”

萧乾轻抚她的肩膀：“我有一个消息要告诉你。”

“嗯？”墨九抬头，微微眯眼，“什么消息？”

“昨夜接到一个消息，南荣旧相苏逸带着八岁的太子宋昱投海自尽了。”

什么？

苏逸死了……自杀了？连小孩儿都死了？

那张秀气俊雅的正太脸，那自恃才华的傲娇宰相，也死了？

这些年，见多了死亡，墨九有时候都觉得自己的心麻木了。

可这一刻，她感受到了，它还在隐隐地抽泣——证明她并非冷血之人。

其实，在过去的一年时间里，她知道朝廷一直在寻找苏逸。

因为当初临安城破时，根据可靠消息，南荣皇太子宋昱是被苏逸带走的。虽然宋熹死了，但只要宋昱还活着，皇室血脉也就还在。那么，南荣的旧臣可能永远都不会甘心，随时可能会心生异动——对于崭新的大狄朝来说，将是一个极大的不稳定因素，就如同一颗定时炸弹，一不小心就有可能再次引爆。

但墨九很多时候都希望……他们找不着。

苏逸曾经是她的朋友，哪怕和他打了几年仗，这感情也没变。

而八岁的宋昱，是宋熹留在这个世界的最后一丝血脉。

他活着，至少证明宋熹来过这个世界。

那个人，那个一生都在寻找自己灵魂的人，也就会有一种归属感。

然而，事与愿违。那个孩子和苏逸——那个才高八斗、二八登科的少年宰相，终于是都死了吗？

“六郎！”墨九润了润嘴唇，突然轻声一叹，“把苏逸和那孩子，都厚葬了吧。剩下的人，能不追究的……可不可以都不再追究了？这一路走来，我们制造的杀戮太多，我都有些害怕了。”讲到这里，她的眼神有些飘忽，从城楼上望出去，似乎看向了遥远的天际，声音变得越来越小，也越来越弱，“生下直直后，我就一直不曾有孕。我真有些怕，是我们所造的杀戮过多，以致损了阴德……”

“胡说！”萧乾扶住她的肩，将她往怀里一揽，“便是损了阴德，也当由我来偿，更何况——”

他缓缓勾起墨九的下巴，见她不知何时已然红了双眼，不由得一叹：“傻子，这么伤心作甚？其实——苏逸和那个孩子都没有死。”

“没有死？”墨九大惊，都顾不得把下巴解脱出来，满脸都是惊喜，“怎么回事？”

“嘘——”萧乾略带责怪地瞪她一眼，压低了嗓子，“事关重大，此事须保密，你大声咋呼做什么？”

“我错了！”墨九马上道歉，然后保证，“你快说。”

“我并不想要他们的性命，可他们——又必须死。”

当初的萧乾尚且如此，更何况宋昱旧太子的身份？

哪怕他年纪小，可他不死，又如何活？

只有死亡，才能重新活成一个正常人的样子。

“宋昱不得不死，为了成全苏逸一世名臣的身份，他自然也得去死……阿九放心吧，我都安排好了。”

听得他的解释，墨九是激动的。

可仔细一想，心底却是微微一凉。

一开始萧乾并不告诉她真相，而是告诉她噩耗，就是为试探她的反应吗？

或者说，试探她对宋熹的情分？

抿了抿唇，墨九突然有些不舒服。

曾经他们无话不说，根本无须猜度，也可以心意相通。

如今，是云雨蛊失去了作用，还是帝王之心实在太过强大，不仅镇住了云雨蛊，还生生破灭了他们用数年时间建立起来的信任磁场?

心里默叹一声，她转过身，望向宋熹棺椁远去的方向，目光幽幽。

“六郎，你终是不信任我了。”

其实，早就料过会有这样一天的，不是吗?

可为何真有这样的事情出现，她却会这般难过?

“阿九……”萧乾眉心一拧，把她的身子扳过来面对自己，问出的话却与她的话风马牛不相及，“你还要多久才可以放得下?”

在对宋熹的感情上，墨九并不心虚，但因为她隐瞒了六个仕女玉雕的事，对萧乾始终是有愧的。

心底纠结一下，她习惯性地拽住他的袖口，扯了扯：“六郎，对不起，其实我并没有……”

“我都懂，阿九。”萧乾打断她的话，修长的手指慢慢捻起她散落的一缕发丝，任由它缠绕在指尖，缠绕、缠绕，就像这一个理不清的结。他缠了许久，才悠悠开口，语气稍稍有些冷漠，“我允许你为他难过一阵子，但不允许你为他难过一辈子。”

说到这里，他将袖子从墨九手中抽出，目光直直望入她的眼中，涩涩一叹。

“毕竟——我也会难过。”

一句话说完，他叹息一声，转身大步离去。

“我还有些事情要处理，你早些回去休息。”

看着他高大的背影渐行渐远，墨九仿佛听到了心脏坠下的声音。

是她忽略了他的情绪，还是他忘了顾及她的感受?

是他们的关系走入了死胡同，还是所有夫妻都逃不过漫长岁月的情感消磨?

或者是——她一直无法怀孕，又生不出儿子的事，终究成了他们之间最沉重、最难弥补的隔阂?

冬去春来，万物复苏。

大狄朝盛世繁华，生机勃勃，江山一片锦绣。

燕京的新都正在筹建，临安的旧都也未凋敝。

这一年来，墨九除了回兴隆山，大多数时候都与萧乾住在临安。

战争之后，百废待兴，每日的事情可以累得人脚不沾地。但即便如此，萧乾也从来没有忘记他身为男人的“耕耘”，在房里那事上，倒也没有屈着墨九，尽鱼水之欢，享夫妻情事，一如既往契合。若说美中不足，还是那事——哪怕他爱劳动，勤耕耘，并费尽心力为墨九调养身体，她的肚皮始终没有半点儿消息。书房里，他亲自开的药方都摞了厚厚一个医架了，依旧毫无作用。

久盼不至，他们心下焦灼。

就连朝廷里，也渐渐有了不一样的声音。

且不说墨九身上本就有“天寡之女，只能生女”的邪门传说，单论自古以来，有哪一个帝王不是王宫六院七十二妃子子孙孙枝繁叶茂的？

然而，群臣都为之急，没有儿子继承大统的萧乾却在大狄朝建立的第一日，就随诏颁发了一道“废除六宫”的圣谕，自皇后以下，不设妃嫔。

也就是说，大狄朝的后宫形同虚设，墨九一人独占了萧乾所有的私人情感，得尽了他所有恩宠。

在男尊女卑的时代，这是不可想象的震撼。

那道圣旨，曾令天下哗然，引各种舆论纷争无数——

老实说，依墨九在当世的威望，如果她的肚子争气一点儿，为萧乾生个儿子，哪怕有一个，也许都不会引来那么多非议。偏生这一年一年过去，眼看萧直都八岁了，她的肚子始终没有半点儿喜讯。这么一来，真是皇帝不急，快要急死太监们了，各种明里暗里的谏言，各种夹枪带棒的影射，听得萧乾耳朵都长茧了，哪怕他有意瞒着墨九，不让她知道了烦心，这些事也会稳稳落入她的耳朵。

好事不出门，坏事传千里。

哪怕萧乾不在意，也架不住有些人三番五次提及。

人活着，始终是生存在大环境之中，这世上，并无完全洒脱、逍遥自在的人。

这件事，成了扎在墨九身上的一根刺。

慢慢地，也就变成了横在两个人心里的梗。

拔不去，除不了，有时候甚至会影响呼吸——

夫妻之间的感情很是微妙，彼此是什么情绪，并不需要言语来传达，自有感悟，而且这种感悟会彼此渗透，会互相影响，从而影响相处的氛围，甚至陷入恶性循环，哪怕用尽全力，也无法纾解。

这根刺，一日不拔，就会一日刺得人生痛。

他们两人之间，就始终难得真正的圆满。

墨九是来自新时代的女性，当然不愿意沦为生育机器。

然而生活在这个封建时代，她也并不是可以完全违背礼教行事的人。说到底，她其实也愿意入乡随俗，为萧六郎生个儿子，皆大欢喜。要不然，哪怕萧乾不怪她，哪怕他不在意，一年复一年对她千般宠爱万般深情，但她又如何忍心看他一日比一日皱得更紧的眉头？

他选择了默默承受，可她舍不得，也受不了。

爱一个人，就是想看他快乐。

爱一个人，就是希望彼此相处舒服。

若不然天天在一起，愁绪压顶，又何来欢悦？

这个时候，墨九越来越理解为什么童话故事里，每次写到公主和王子从此幸福快乐地生活在一起就该大结局了。因为生活中太多琐碎的不得已，经不住推敲，经不过折腾。一件一件小事的积累，慢慢就汇成了岁月的石磨，将不知不觉摧残人的感情，哪怕她和萧乾情比金坚，在这样每天花样翻新的闲言碎语中，也难免会产生裂隙，出现龃龉。

没有对错，只有无奈。

尤其偶尔的相顾无言，让墨九越发觉得——生活真残酷。

甚至她也会想，当恩爱时光过境，贵为帝王的他，还能像当初那样，始终爱她如一吗？

毕竟如今的墨九，也不如当初的墨九有价值了。

一旦两个人站在了不同的高度，少了等价置换的要件，那感情就是踩跷跷板了——

她不想。

不想事情继续恶化。

更害怕那样的一天到来。

大概是这些事反复在墨九脑子里演练，扰了她的心绪，从城楼上吹了冷风回去的当天晚上，墨九就病了。

多年的战争生涯下来，她的身体向来不错，伤风感冒都少有，这一病，咳嗽、流鼻涕、打喷嚏，居然吃了半个月汤药都没有好透，反反复复，煞是折腾人。

萧乾一如往常地看顾她，亲自为她把脉开方，亲自嘱咐人煎熬汤药，哪怕前殿的政务再忙，他每日也会固定两次，抽空过来看她的情况。

墨九不是冷心冷情之人，他的好，她懂得。

他每天有太多事情缠身，这样庞大的一个国家，全系于他一人之手，千头万绪之下，想必他内心也焦躁，有无数烦恼，可他从来没有在她面前表现出半分，甚至从来不把朝堂上的火气带到她这里来，只要出现在她的面前，就只是萧六郎，而不是宣正皇帝。

这个男人对她，其实已经做到了极致——

可心中有梗，到底意难平。

就这么一直拖到三月初，草长莺飞花盛开，墨九才渐渐好起来。

她病体初愈，萧直就领着个小宫女蹦蹦跳跳地跑了进来，拽着她的手，要她陪着去放风筝。

这些日子，由于墨九病着怕传染，小公主被隔离了，萧乾不许她来打扰墨九，也不许她靠得太近，这好不容易娘儿俩可以欢天喜地地拥抱亲热了，自是快活得紧。墨九在屋里头闷了这么久，也想出去活动活动。于是，为哄闺女高兴，她也动了心思——好久不曾动手的她，亲手做了一个巨型的纸鸢，让两个宫女捧着，自己牵着女儿高高兴兴去后花园，准备放纸鸢。

萧乾的后宫无人，一直闲置，所以大多园子里除了养护的匠人，平常少有人来。

墨九一路上与萧直说说笑笑，没有想到，人还没有到园子，就在慈恩殿外看到一个窈窕的背影，急匆匆通过长廊——

那样的穿着，不是宫女，也不是妃嫔。

那样的背影，熟悉得墨九想忘也忘不了——

温静姝。

这个阴魂不散的东西，怎么会入了宫？

墨九迟疑片刻，示意宫女把纸鸢放下，将手上的小丫头也交给了她们，吩咐她们带回去，自己则快步跟了上去。

“娘……”萧直冲过来，喊她，“你去哪里？”

“嘘——”墨九回头瞪她一眼，做个噤声的动作，然后蹲身哄她几句，飞快地往温静姝背影消失的方向跟去。

阳光下，园中绿树成荫，今儿是一个极好的天气。

可墨九心里如充满了雾霾，沉甸甸地往下压，呼吸不过来……

这样的感觉，于她而言，很不爽。

想她墨九在大狄朝的后宫，不是应该毫无顾虑地横着走才对吗？

为什么看见温静姝出现，她还得偷偷地尾随？

咬着牙，压着气，她突然有一点儿不想跟了。

去他的！爱咋咋，大不了她回兴隆山。

墨九正这么想着，却见前方的温静姝拐入另一条小道，通往另一个地方——陆机的住处。

萧乾确实是一个懂得孝顺与感恩的男人。陆机当年对他的活命之恩与传道授业之情，他始终记在心里，登基为帝之后，没爹没娘没奶奶没姥姥没有老祖宗，他便把陆机当个先人似的伺候着，直接弄到了宫中居住，并为他搜罗各种珍稀药材，供他做药理研究。从这点来说，陆机也算有贡献，而且相比其他帝王，萧乾的家庭结构其实已经足够简单了，皇宫又这么大，墨九心里虽硌硬陆机，却也懒怠理会。

当然，她不愿意与陆机发生冲突，还因为方姬然。

一年前的乾坤墓中，由于她预料失误，那女人被机括生生绞死了——

就在陆机的面前，她惨叫着被卷入了力量极大的机括之中，陆机老人眼睁睁看着那一幕发生，想救已然来不及，还被机关绞断了一根手指头……那种痛失亲闺女的感觉，墨九可以理解。所以，平常能不与陆机碰面，她就尽量不碰，能不与他发生摩擦，她都尽力避免。有时候，想到他失去的手指和女儿以及萧乾对他的情分，墨九甚至会委屈自己，让着他。

而温静姝——

她已经许久许久不曾见过了。

当初在神龙山上关于温静姝的疑惑，萧乾后来只字不提，她也一直不得其解。

现在瞧这意思，陆机老头又要作妖？

借着茂盛花木的掩护，墨九慢慢靠近了陆机的园子，远远地跟到墙根下。她刚停下，就听到温静姝向陆机请安。

“徒弟见过师父——”

哦？！可以说话了？

也就是说，陆机终于把她的舌头治好了，毒解了？

其实以前墨九就知道，那毒是可以解的，只不过萧乾和陆机都没有去解而已，那么如今为她解去，又是为了哪般？

墨九心里冷笑，继续往里挪了几步，没有靠得太近，就怕惊动了那对师徒。

里头的师徒二人，寒暄了一阵，墨九便听到陆机的一声感慨。

“静姝这茶艺，越发精进了。”

“师父过奖，那是陛下的茶好，静姝可不敢居这个功。”温静姝的声音，有点儿沙哑，带着笑，似乎很欢快。

“胡说！茶好，也得手艺好才不糟蹋好东西！我老头子就爱喝这一口。”

“只要师父喜欢，徒儿愿意一辈子为师父沏茶……”

“一辈子……”陆机喃喃着，似乎满是愁烦，“师父这一辈子呀，也没有多久了……”

“师父不要瞎说，你呀，能活二百岁。”

“呵呵呵，就你嘴甜，懂得哄我老人家开心……”说到这里，陆机突然一叹，“瞧着你师兄这番情形，急得我老人家呀，估计用不了几日，就要被他气死了。”

温静姝沉默。

提到萧乾，她是个什么表情？

墨九很想知道，却不敢冒头，只能恨恨咬牙。

静寂了一瞬，便听见温静姝弱弱地问：“陛下他……又怎生惹师父生气了？”

陆机哼一声：“堂堂男子，堂堂帝王之尊，竟受制于一个妇人，你说丢不丢人？依我说，无子便犯七出了，早早打出去才好。可他倒好，偏生当成宝，不顾群臣反对，还告诉我说，男子汉大丈夫，要信守当初的承诺，独予她一人好。承诺是什么东西？他都做皇帝了，还不能随心所欲，整天愁眉不展的，为了一个承诺克制自己，活得还不如我老人家呢！你说愁不愁人？”

“师父说的是——”温静姝笑着附和，沉默了片刻突然道，“其实静姝也有一事不明。”

“哦，你说。”

“不知师父这次唤静姝入宫来，所为何事？”

“当然是好事。”陆机的声音中，满是愉悦，墨九在墙外看不见里头的情形，只听得一阵窸窸窣窣的响声，也不知他俩做了什么，然后便听陆机压低了嗓子，断断续续道，“这药是师父特地为你准备的……你且先服上半月，包准……怀上！”

什么？怀上？

对这事儿，墨九敏感得很。

几乎下意识地，她就明白了陆机和温静姝想做什么。

身子狠狠一震，她死死抠着院墙，咬紧了下唇。

一束阳光从树叶缝隙里落下来，闪入了她的眼，刺得她浑身难受——

她没想过陆机会存这样的心思，恨得咬牙切齿。可这里是他的园子，她也不能因为人家私下聊天的内容，就上前对人家大打出手吧？换以前，墨九可能会那么干，可现在，她实在干不出这样的事——像个泼妇似的，太愚蠢！

心里寻思着这桩糟烂事，也不知怎的，她莫名就有些想念萧乾了。

其实温静姝要犯贱，她真的管不了。

毕竟这些年来，对着萧乾犯贱的女人，从来不止温静姝一个。

说句难听的，每年都有那么几出，可谓前仆后继——

然而，真正能管住这事的人，只有一个，那就是萧乾自己。

他若不愿意，十个温静姝脱光了扑上去也没有用，他若愿意，哪怕她墨九把刀架在他脖子上也管不住他的下半身。可实际上，这些年萧乾身边除了她和萧直，真的再也没有第二个亲近的女人，哪怕宫女，也都是墨九在使唤。他心有鸿鹄之志，根本没心思在男女之事上，常说的一句话就是，一个墨九就足够了。

这样的男人，莫说在古代，就算换到现代，也是百里挑一的好丈夫了。

所以，在这方面，墨九对萧乾是有信心的，也是极信任的。

揣着一肚子的恶心，她冷漠了许久的情绪，突然像打了鸡血似的，激动起来，被一种需要同仇敌忾的习惯支配着。她悄悄从陆机的园子里退出来，直接转个弯儿就去前殿找男人。

平常这个时候，萧乾都在正仪殿处理政务。

这里的人，都熟悉墨九，看到她纷纷请安。

“免了。”

墨九没有让人通传，直接就拎着裙子进去了。

正仪殿的外殿没有人，隔了一道墙壁，她听到了内殿里的声音。

“陛下，温姑娘已经接到宫中，送到陆老那里了。”

墨九一怔。

这个说话的男人，是从薛昉被封官升职离开后，萧乾最近宠幸的一个侍卫统领，姓黄，单名一个虎字。听萧乾说，这人办事挺妥帖的，很有薛昉当年的样子。大概是忆旧，虽然萧乾对曾经跟随他的一众功臣都安排了最合适的官位，但还是愿意用熟悉的人，找熟悉的感觉，所以除了日常的正事外，萧乾也常让他干些私事杂活儿，也算是着意培养。所以，黄虎也是他身边较为亲近的人了。

可听他这口气，接温静姝入宫不仅是陆机的主意，还是萧乾首肯的？

她本来急着见他的心思，突然没了，火一样燃烧的血液，也突然就冷了。

墨九停下脚步，没有了走进去的勇气。

里头黄虎还在絮叨："陛下，这是中书省递上来的折子，最近几日，好些都是……劝谏陛下甄选妃嫔、绵延子嗣的，您看……"

"放下吧。"萧乾有些不耐烦，声音满是不悦，"这些人，国事不上心，整日就操心朕这点儿家事，烦是不烦。"

"嘿嘿。"黄虎又道，"陛下的家事，就是国家大事，莫说臣工们操心，属下也跟着操心哪。依属下看，温姑娘就是一个顶顶不错的人选，模样长得好，性子又温柔，还招陆老喜欢，若是为陛下添个小皇子，陛下也就不用整日发愁了……"

"下去吧！"萧乾打断了他的话。

墨九没有听出责怪，只感受到了他淡淡的无奈。

"你再学那些人啰唆，仔细脑袋——"

"是，陛下。"

听得黄虎的脚步声，墨九飞快地转身，悄悄离开了。

晚上萧乾回来的时候，已是深夜。

墨九早已躺下，眼睛合着，但她并没有睡着。

今天她去过正仪殿的事，她不知萧乾是否已经知道，心下有些忐忑。

可他过来，弯腰探了探她的额头，又轻轻拉她手腕探了探脉，就离开去洗漱了。等收拾好躺上来，他习惯地揽住她的腰，往怀里拨了拨，幽幽叹了一口气。

"六郎在叹什么？"墨九闭着眼睛，轻声问。

"我吵醒你了？"萧乾侧头看她的脸，略带歉意地问完，见她摇头，又抚了抚她的后脑勺，"没什么。乖，快睡吧。"

在这几个煎熬的时辰里，墨九心里其实想了无数种询问他的方式。

可如今他真的就躺在身边了，她却突然觉得，当一件小事出现在他们之间，她就需要用几个时辰来考虑如何去问他的时候，他们之间的信任缺失就已经变得严重了，也就是说，问与不问，都变得不再有意义，也不再是真正的关键所在。

墨九不是一个执着于结果的人。

相反，她非常洒脱率性，遇事从容不迫。

而今天，仅仅是今天，她就做了两次听墙根的偷听贼。从本质上来说，与其说她厌恶这件事情，不如说她更加不喜自己变成这般疑神疑鬼的样子——自己曾经最讨厌的样子，更不愿自己的一生都纠缠在这些繁杂俗事之中，不能自拔，像个斤斤计较的小妇人，整日去计较男人皱一下眉，是不是不舒服，男人黑一次脸，是不是哪里不满意，男人多看了哪个女人一眼，是不是有异心了。

不！

不要！

她墨九不做这样的女人。

不是大狄皇后，她还是墨家巨子。

屈于后宫弹丸之地，哪怕母仪天下，她如何与萧乾比肩？

屈于鸡毛蒜皮的算计，哪怕她斗赢了陆机，又如何有快感？

沦为宫斗戏中的丑角，最终变得面目狰狞，被男人嫌弃……

那个样子，与曾经的方姬然何其相似？

这样的结局，想一想，她都不寒而栗。

夜灯幽幽，火光熠熠，像在眨着眼睛，看这世俗与人心的沉浮。

墨九轻轻侧头，看萧乾紧闭的双眼和紧锁的眉头，慢慢抬头盯着帐顶，终于什么也没有再问，却在心里暗自做了一个决定。

半个月后，临安城的栖凤酒楼。

临近午夜了还灯火通明，酒香四溢。

墨九坐在靠窗的位置上，手撑腮帮，半醉半醒的眼，斜睨着面前沉默不语的清俊男人，叹了一口气。

“师兄，我怎么觉得你这次来，又变帅了。”

“贫嘴！”墨妄嗔她，坐姿端正，脊背挺得笔直，声音满带疑惑，“说吧，让我来有什么事？”

“想你了不行啊？”墨九为他的杯子里倒满酒，嘻嘻笑着，“日子过得太无聊了，想找个人说说话。”

墨妄看着她不接茬儿，墨九自顾自地笑：“有时候这日子真是令人感慨，好像认识你还在昨天，一晃居然过去十年了。日子真的过得……好快。师兄，咱上次兴隆山一别，又有小半年了吧？”

“是。”墨妄还是一身朴素的青衫袍服。通过近几年的调理，他的身体逐渐好转，清瘦的面容俊朗如斯，已经基本恢复了以前的元气，这让墨九放心不少。若说还有什么不放心的，就是他的终身大事。

没有心仪的女人，也不动娶妻的心思。

问得急了，便拿墨家的事情来搪塞。偏生感情的事，哪怕墨九是巨子，也勉强不得。

对一个人最大的好，就是尊重。这是墨九的理解。

于是，时间长了，这件事也就没有人提了。懂的人自然知道左执事心里装着的人是谁，没有人戳破，却有人好奇，墨妄真的要为墨九守候一辈子吗？

一辈子太长了。

墨九担心，可墨妄自己，大概也不确定。

正如他所说，不是不娶妻，只是没有找到那个合适的人。

“兴隆山的桃花都开了吧？”墨九问着，突然满脸柔光地笑道，“我最喜师兄院里那株桃树了——姿态足够妖娆，花色也足够娇俏。那时师兄病着，花开了便是我最喜之事，我会想，秋冬时节，叶落成枯枝，春天一到，树叶会再绿，花儿也会再红，师兄你也一样，肯定有一天会醒过来，如那桃花一般，灼灼其华……”

听墨九剖析当年心境，墨妄眸中有暗波流动。

沉默了一瞬，他深深看她一眼，似乎察觉到了她欢乐中暗藏的某种情绪，轻声道：“阿九在这里若是不愉快，不如回兴隆山歇息一阵。你娘近来身子不太好，你也正好可以陪陪她……想必陛下也不会阻止的。”

是的，不会阻止。

萧乾从来不会阻止她的任何决定。

从某种意义上说，他确实是宠她的。

可两个人这样亲厚的关系，哪怕墨九不提，墨妄又怎会看不出来她心情不好？

兴隆山离临安有些远，但流言这种东西比长翅膀的生物飞得还快，关于墨九无子引朝廷动荡的事，墨妄一清二楚。而织娘的病，一来为方姬然的死，一来也是为墨九忧思所致，兴隆山上亦有无数人为墨九义愤填膺。人都护短，护自己人，在他们看来，这个江山，有一半都得归功于墨九，若无墨九，又何来大狄朝的今日？如今论功行赏，各有了各的好去处，墨九就因为生不出儿子，就受排斥，莫说她不答应，墨家也不会答应。

自古以来，共患难易，同甘甜难。

唯一利尔，世人参不透。

这些纠纠绕绕，墨妄都知晓。

可哪怕他怜惜墨九，孩子的事，最敏感，他帮不了忙，甚至劝都不知如何去劝。

两人对视着，他只能默默为她倒酒："今晚喝了，回去好好睡一觉。"

"是是是，都听你的，左执事大人。"

墨九脸上始终挂着笑，喝酒的速度比墨妄还快。

两个人絮叨一阵兴隆山上的事，墨妄说得一本正经，逗得墨九哈哈大笑。

等笑得腮帮都痛了，她突然敛住脸色，认真问他："师兄，我有一个问题。你说，一个皇帝，如果真的没有皇子该怎么办？"

看她喝得半趴在桌子上，一双眼睛赤红，布满了红血丝，墨妄不由得心疼不已。

就他所知，萧乾为了孩子的事，并不比墨九操心少。毕竟直接面对群臣与非议的人是他，而不是她。为了这件事，他已不知压下了多少奏折，训斥了多少臣工，甚至有一个倒霉的家伙，还因此被他贬到了偏远的蛮荒之地，从正二品混成了一个地方小县令。也亏得萧乾性情冷戾，再加上如今的满朝文武，真正得势的那群人，好多都曾经与墨九共过患难，有一些私人交情，要不然，这件事恐怕也不会像现在这样只在私底下传扬，到底还维持着一片风平浪静。

念及此，墨妄一叹。

"小九，我只能说——身为男人，他不易。身为丈夫，他做到了对你的承诺。你是幸运的。"

男人总是比较容易理解男人。

萧乾的不容易，墨妄全都能体会。甚至他私底下也会想一想，如果换了他自己，能不能承受住这样的压力，冒天下之大不韪，一生只娶一妻，哪怕没有儿子，也不另娶?

这世间，也只得一个萧六郎了。

当然，除了萧六郎，其他人哪怕想，也未必敢，就算敢，也没有这般魄力压得住。

"我知——"墨九点点头，认真地看着墨妄，突然一本正经地换了话题，"所以这次找师兄来，我是想问问，神龙山都修缮好了吗？"

墨妄不知她为何隔了这么久又突然提及此事，眉心微微一拧。

"听申长老说，就快完工了。"

"我突然想去看看。"

“去看看？”神龙山有什么可看的？

墨妄不知原委，就那般看着她，等待她的下文。

然而，过了很久很久，墨九默默喝着酒，却一个字都不提。

“小九……”墨妄眉心微拧，“到底发生什么事了？你有什么想法，跟师兄说——”

墨九吸了吸鼻子，身子慢慢前倾，趴在桌子上，然后将头埋入自己的胳膊弯里，似醉非醉地咕哝。

“我想，开祭天台……”

宣正二年三月。

清明时节雨纷纷，路上行人欲断魂。

节前几日，墨九以回兴隆山看娘的名义离开临安，领着墨妄等人再回神龙山。

这是她第二次回到墨家总坛。

算一算日子，离她上次离开，已是整整一年过去了。

正如她所说，时光不停飞逝——从来不等人。

这一次算是墨家的家事，萧乾国事繁忙，并没有随行。如今的他，坐在了那张天下最重的椅子上，终究不再如当初那般自由了。

有时候想一想，墨九甚觉好笑。

人这一生啊，总在为了自由而抗争，可争来争去，倒是越发不自由了。

沿着那一条长满了野草的山道，一行人上得山顶。

神龙山景色如昨，总坛的建筑却是焕然一新。

墨九怀着心事，并无心思欣赏，也没有时间去耽搁。抵达神龙山的第一日，她在大祭坛前做了一场祭祀，然后将墨妄与墨家几个长老召集起来开了一个简单的小会，安排了一些事情，就浩浩荡荡地领着一群人往祭天台而去。

“娘！我们这是去哪里呀？”

“一个好玩的地方。”

“好玩的地方？好吧，你每次都这般哄我，结果也没甚好玩的。”

“这次呀，绝对好玩。”

“真的？不骗人？”

“骗你是小狗。”

一路上，墨九都在和萧直开玩笑。

母女两个兴高采烈的样子，像是去旅游度假。

对，这次来神龙山，墨九还带着八岁的小公主萧直。

她这个异样的举动，墨妄以及墨家众人都不太理解。往常这小公主虽然也喜欢跟着墨九到处瞎转，但祭天台这种神秘莫测的未知领域，墨九是绝对不可能带上她的——还有，按说墨九要开祭天台，不应该瞒着萧乾才对。两个人这辈子从来都没有互相隐瞒过，为何这一次，墨九要这样做，不仅不曾告诉萧乾已经拿到了八个仕女玉雕，就连回神龙山的事，都瞒得滴水不漏，半点儿风声都不让走漏？

这样的氛围，让墨家人心里都隐隐有些紧张。

当年的传说，从来没有改变过。

千字引关系着墨家机关与武器图谱……

也就是说，千字引关系着国之江山命脉。

他们家巨子这般做，该不会是受了刺激，动了什么心思吧？

换了别人，或许他们不敢想。但墨九何时做过正常的事？

这样大逆不道的想法，众人敢在心里琢磨，却没有人敢问。

毕竟墨九这几年，越发让人猜不透，也看不透了。

于是，默默相陪着，在墨九与萧直的欢笑中，其余人都肃穆而庄重。

“小九，到了！”

墨妄的声音，把墨九的思绪拉了回来。

她捏紧萧直的手，微微昂头，仰视着面前这一座高耸入云的山峰。

姑且叫它山峰吧。

祭天台位于神龙山主峰的最高处，四周却光秃秃的，没有半根树木，独立其间，巍峨高耸。它是由一块完整的巨石凿成，像一个圆柱形的巨大物体，内里全是机关，达九层之高，顶端似乎隐入了云层之中，肉眼无法看见，如同通向天际，故而，叫它祭天台。祭天台外面的石壁上，有着年久风化的浮雕。模糊的浮雕已辨不清所画何物，却可寻到当初的精工巧刻。位于正前方的，是一道圆拱形的铁制大门，紧紧闭合着，庄重而肃穆。

第一次见到这个门，墨九有种见到泰姬陵的感觉。

第二次见到这个门，她依旧感慨于它精巧的建造。

只是不知，今日祭天台一开，又当如何？

这一刻，她不是不犹豫。

可终究，她闭了闭眼，坚定的脚步还是迈了出去。

大门是很早就已经可以打开的，外置锁，不用费什么力气。

进入第一层，是祭天台的大殿，内中的摆设除了墨家先祖的画像，重点就在中间。

那里有一个石磨形状的圆形玉石台面，台面的中心位置，有一个深凹的手印。

这就是巨子的手印了吧？

四柱纯阴之体，墨家巨子，可以手印开启祭天台第一层。

从知道这个消息到现在，十年了。

墨九忽然有点儿恍惚。当初的她，怎么也没有想到，从墨家大会开始，她需要用十年的时间，才能按下这个手印。

“小九……”墨妄似乎察觉到了她的情绪，一张阳光般的俊脸上浮上几分阴霾，“你都考虑好了吗？”

“嗯？嗯。”墨九朝他一笑，提了一口气，慢慢走到台前。

不给自己犹豫的机会，她的手，顺着印子的方向摁压下去——

嚓嚓！

原来她的手，真的可以打开祭天台。

墨九的血液微微一热，心底产生了一种宿命感。

也许正如东寂所说，这个时代，本来不该有她这个人，一切都是注定的，人为改变，又如何可能？

熟悉的机括声，在寂静的祭天台大殿内，显得格外清晰。

第一层打开了，可接下来的事情，却与墨九事先猜测的并不一样。她曾在脑子里模拟过祭天台的机关，以为一个仕女玉雕开启一层，那么，就是放入一个仕女玉雕，就打开一层，然后进入下一层，直到循环结束为止，却不知道，原来手印一摁，机关开启，眼前场景几度变色——如春暖花开之中，似有微风徐来，偶有鸟语花香，又有寒风凛冽，白雪纷飞，冻可刺骨……

等场面定格，众人再睁眼，只见祭天台的中间，不是一个放置仕女玉雕的机关槽，而是八个。

玉石台上，是按八卦位置排列的八个机关槽，形状与仕女玉雕无异。

每一个机关槽的位置，都写着一个字。

分别为乾、坤、震、巽、坎、离、艮、兑！

墨九微微眯眼，大抵明白了。

别过头，她唤曹元："放乾墓仕女玉雕！"

"是，巨子。"

曹元应着，马上将手上的仕女玉雕慎重地放上去。

众人屏气凝神等待着，看玉石台飞速旋转，转成一抹影子，转成一个八卦，而四周像蒙上了一层迷雾般，变得朦胧而不真切。风灯的光很难穿透，他们瞧不清彼此的脸，只能紧紧盯着那发着光般旋转的玉石台，头晕眼晕地等待着，直到它速度减慢，然后停下来。

这次，停在最外面的，是坤字玉槽。

火光掠过墨九的眼睛，勾勒出她眸底的凝重。

"放坤墓仕女玉雕！"

"是，巨子！"曹元依言行事。

如此类推，仕女玉雕一个又一个被放入了玉石台的机关槽里，而每放入一个玉雕，画面就会像第一次那般轮换一遍。这个过程有些漫长，祭天台的气氛也由此变得越发低压，机括声哐哐不断，却没有一个人多嘴，只觉得呼吸越来越艰难，仿佛被什么东西压抑着，哪怕他们手上都有着足够照明的风灯，也无法照透那种摸不着的阴暗——只有玉石台，从开始的白玉之色，颜色慢慢地越来越浅，到离墓玉雕放下去时，几乎变成半透明的颜色。

诡异！

惊悚！

沉睡百年的祭天台，似乎正在被唤醒——

墨九紧紧拉着小丫头的手，双唇紧紧抿成一条直线。

在火光中，那两片嘴唇的颜色，似乎……近乎鲜红，娇艳欲滴。

墨妄一直在观察着她。

一丝不祥的预感，让他心里一紧。

他走上前去，低头看一眼墨九紧拽小丫头的手，目光深幽，突然扼住了她的手腕。

"小九，情况似乎有些不对。"

墨九波澜不惊地回头看他："哪里不对？"

墨妄双唇轻轻一抿，视线跟着她落在旋转的玉石台上："我也说不上来，就是觉得……不应该是这样的。"

不该这样，又该哪样？

谁也不知道祭天台开启到底会怎样。

墨九亦不知道。今日之举，她只是在赌命运。

或者说，赌一个本来就该是她的宿命的结局。

有些事情，既然是注定的，那就无须回避。

不论将有怎样的结果，她都愿意坦然接受。

墨九轻嗯一声，眉心紧拧着，看着已经放入玉槽中的几个仕女玉雕，淡淡地对墨妄道："师兄的顾虑我明白，但我以为，到底是老祖宗留下的东西，让我们费尽心思得到，已经足够折腾了。不管如何，我相信，老祖宗不会真的祸害她的子孙——"

不会害她的子孙，可不表示不会害别人哪？

毕竟躺在棺材里的老祖宗，是无法确定进来的到底是亲人还是贼人的。

但墨九决定的事，旁人改变不了。更何况，八个玉雕已经放入了七个，也不差这一个了。

墨妄叹息一声，慢慢放开了扼住她的手。

"那……好吧。"

他俩的对话声音并不小，在场的弟子听了，心里都有些紧张。对于未知的担忧，是人之常情，就连曹元在听令准备放下最后一个"兑"字仕女玉雕的时候，手也有些发颤。

"快放！"墨九瞪他一眼，"磨叽什么？"

她声音刚落，背后突然传来哐当一声。

原本闭合的大门，从外向内洞开了。

一群人带着冷风闯了进来。

冷风中，有一道冷冷的声音，如同冰刃般割向了墨九的耳膜。

"阿九，你怎么能带着小丫头偷偷来祭天台，却不告诉我？"

"父皇？"萧直尖叫一声，几乎快要跳起来。

还是不谙世事的年纪，眼前发生的事情，对她而言都新鲜，却不知凶险，更不知她的父母有着怎样的纠结，有了怎样的隔阂。一听见萧乾的声音，她猛地转身，就要放开墨九的手，扑过去迎接她的父亲。

可她步子迈出去了，身子还在原地。

墨九冷着脸，死死拽着她的手，然后将女儿拖回来，护在臂弯下，淡淡回头看去。

"陛下事忙，这是墨家的家事，不想劳烦你。"

一声陛下，生分而客套，瞬间将两人的距离拉开了十万八千里。

而这，也是萧乾即位以来，墨九第一次这样唤他，还用了这样冷漠的语气。

“阿九……”萧乾狠狠皱眉。

“陛下有何吩咐？”墨九一个字比一个字冷，而促使她唤他“陛下”拉开距离的，不仅仅是因为萧乾偷偷尾随而来，摆明了对她的不信任，还因为他的身边跟着两个人。

一个是她巴不得老死不相往来的陆机老人。

还有一个是她恨不得直接掐死喂猪的温静姝。

对她的冷漠，萧乾似乎有些感慨，叹息一声，只顺着她的话问。

“阿九为何又想开祭天台了？”

他没有问她，什么时候找齐仕女玉雕的，只问为什么又想开祭天台了。

这两者之间的差别在于，萧乾应该是一早就知道其实她晓得仕女玉雕在哪里。

可他没有问过，也从来没有拆穿过她——

换作以前，墨九会觉得这是尊重，可人的感觉随环境与心情会有不同。这一刻，她只觉得——这个男人城府之深，世间无人匹敌。哪怕她日日睡在他的身边，亦不知他到底在想什么。

冷笑一声，墨九微微仰起下巴，努力克制着情绪，不让小丫头难过。

“闲着无聊，没事就来玩玩喽！陛下是有什么指教吗？”

相比她的冷漠，萧乾淡淡的声音，一如既往没有情绪，更无半点儿责怪之意。

“阿九，我只是担心你，不放心你独自前来——”

“不！”此情此景，墨九很难定下心去想什么。瞥一眼那个温静姝，想到陆机说的“那个药”，看着这一群人，她像吃了苍蝇似的，心里不是滋味儿，语气也就格外尖锐，“你不是担心我，你是在怀疑我。因为我没有告诉你仕女玉雕的事情，也没有告诉你偷偷来开祭天台，你认为我想要独占千字引，对你的江山、对你的社稷有图谋。”

萧乾眉头一皱，还没有回答，陆机老人就抢了话头：“可不就是吗？哼！司马昭之心，路人皆知。你这小女娃娃，心机还真是深。也就我这个傻徒弟，也就他相信你是清白的。”

“呵呵！”墨九冷笑，“我若不清白，早轮不到你在这里指手画脚了！”

“你以前清白，只是时机不成熟，如今嘛——”

“我放你娘的屁！”

墨九这时也管不了什么长辈不长辈了。

眼前这一幕太闹心，不管萧乾有没有怀疑她，都让她极为心烦。

十年光阴，她为他汲汲营营，到头来，她却成了最值得怀疑的一个。

这到底该说是可悲，还是可笑？

绷着脸，她冷笑一声，环视众人，傲然道："八卦墓是我墨家的，祭天台也是我墨家的，千字引更是我墨家的，我在自己的地盘上，还要何人来论我清不清白？我去你娘的清白！我墨九想什么时候来，就什么时候来，想怎么开，就怎么开，有种的拦我一个试试？"

看她这般激动，萧乾眉心拧紧。

"阿九，你切莫生气，咱们有话……"

"没话！"墨九就像那个在婆媳对仗中的输家，除了拽着女儿的手略感温暖，只觉得遍体生寒。哪怕这个男人曾是她所有的情感依靠，哪怕他们曾经经历过数不清的艰难，共过患难，也共过枕席，此刻，她不需要任何道理，半句话也都不想和他说。

不是任性，只是累了。

"娘……"父母间剑拔弩张的气氛，终于让萧直意识到了什么。

她紧张地扯着墨九的胳膊，一双黑葡萄似的眼珠子，澄澈、明亮，还略带惊恐。

"你和父皇……不要吵架了好不好？"

"直直……"

"好不好嘛！"

墨九闭一下眼睛："好。"

女儿无辜的眼神太抓心，即便有再大的火气，墨九也得压下去。

而且，反正走到这一步了，吵架确实毫无意义。

安抚地摸了摸萧直的脑袋，她半眼都不看萧乾，只侧过头去，冷声指挥曹元。

"放兑墓仕女玉雕！"

这番情形，曹元也一直紧张着。

听得命令，他再道一声"是"，慢慢放下玉雕，将之导入机关槽——

砰！

八个玉雕一齐，一阵剧烈的轰鸣声中，玉石台渐渐变了颜色。

从薄薄的半透明色，变成了全透明，整个台面几乎都消失在众人面前，只有八个仕女玉雕仿佛在悬空旋转。

转着转着，八个仕女仿佛活过来了似的，栩栩如生，姿态不一，身上被一种青白相映的光芒笼罩着，美丽得令人呼吸一紧，胸腔里的心脏怦怦直跳，几乎陷入那样的画面中，视线蒙眬，神志混乱——直到旋转的玉石祭台慢慢停下。

“呀！又出现一个机关槽。”

低呼的人，是离得较近的曹元。

众人也都看见了，透明的玉石祭台上，八个仕女玉雕已然不见，取而代之的，是一个人形的机关凹槽，通体透明，泛着一种神秘而阴森的幽光，令人心底发怵。而萧乾来时还可以开启的祭天台大门，已然彻底消失，整个空间像一个密不透风的水桶，除了玉石祭台，再无任何东西。

“这是怎么回事？”

当祭天台出现手印时，得用巨子手印去开启。

当祭天台出现玉雕机关槽时，得用玉雕去开启。

那么，当祭天台出现一个人形的机关槽时，得用什么做钥匙去开启机关？

难道是……人？

一群人怔怔而立，呼吸都微微急促。

而这时，在所有人的注视中，人形的机关槽上，竟慢慢显出一行金色的大字。

“欲开祭天台，当以活人祭！”

以活人祭？！

众人难以置信地看着那个机关槽，目光几乎定住。

太可怕了！因为在十个大字下方，还有一行补充的小字。

“活祭之人，需为阴年阴月阴日阴时出生之女，身系墓诅之血——”

什么是墓诅之血？墨九不知道，身体却有些恶寒。阴年阴月阴日阴时出生的女人，这里就她一个，而墓诅之血，墓诅之血，是不是……她身上的血，夭寡、失颜，也都与她的血液有关，而这种血，就被称为“墓诅之血”？

没有人可以回答她，她也不需要答案。

因为将事情联系在一起，她几乎已经可以断定这个猜测的真实性。

可，这哪里是开祭天台，分明就是谋杀呀！

如果不活祭，那祭天台打不开，这里的所有人都得死。

人都为己，哪怕她不愿意活祭，别人会不会把她丢进去活祭？

一切仿佛进入了某个古怪的迷局，墨九想不通，真的想不通。

为什么忙活一阵，居然会是这样的结果？

原来真正的考验从来不是手印，也不是八个仕女玉雕，而是“以活人祭”。

而她现在思考的是——所谓活祭，在她肉身毁灭之后，会不会真的有千字引，引渡她的灵魂，让她回到那个属于她的世界？

老祖宗啊！

这简直就是一场豪赌！

哪怕世上最凶狠的赌徒，也不敢随便拿自己的生命去赌哇！

更何况，她原本以为千字引如果可以引渡灵魂，她还能把闺女带上，如今看来——就算这事是真的，所谓引渡，也是死而后生，如同那个“过去门”一样，只有她这样有过去的人，方能回到过去，没有过去的人，恐怕就是永久死亡了。

墨九手心捏出了一层湿汗，身体也像一个聚光体，收获了从四面八方投来的视线。

沉默中，气氛阴森森的。

死亡靠近的紧张感，抓扯着每一个人的神经。

沉寂中，墨妄安静地靠近了墨九，一如既往站在她的身边。他的行为所表达的意思很简单，任何时候，他都不会让任何人动墨九，包括萧乾也不可以。

“娘……那是什么意思呀……直直有些怕……”萧直识得字，几乎都能看明白字面上的意思，也吓得小脸苍白，抓紧墨九的手，动都不会动了。

“不怕。”墨九心里也紧张，表情却很镇定，“娘会保护你的。”

“爹！爹呀！”在萧直心里，爹就是她伟岸的天，在危险来临的时候，除了想到墨九，她也会习惯地依靠着萧乾。

在这之前，萧乾一直沉默，颀长的身影半落在阴影里，目光寂寥，只是看着墨九，不言不语。如今听得女儿紧张的喊声，他终是慢慢踱步过来，带着一抹淡淡的中药香味儿，站在墨九和萧直的身边，双眼微微一凛，望向陆机。

“师父，只能一试了。”

这句话说得莫名其妙，众人都听不懂。

但显然，陆机是懂的。那老头儿很是不满地哼了一声，不高兴地瞥一眼墨九。

“不试又能如何？你舍得你的宝贝疙瘩？”

宝贝疙瘩指的是墨九了。

于是，他俩的话，也就不是那么难理解了——难道他们有什么办法可以破这个机关？

众人充满希冀的目光，纷纷望向萧乾。

他却神色漠然地转头，冷眼看向一直不曾出声的薛昉。

“把她丢入祭槽——”

她？这个她是指谁？

墨家弟子当即紧张起来，有人摸上了腰刀，就连墨妄也握紧了血玉箫，死死盯着薛昉的动静。

只有墨九，牵着萧直静静而立，并无半分紧张——

不论她与萧乾关系如何，这点自信她还是有的，至少萧六郎不会害她。

果然，薛昉得令，立即按着刀走向还在发蒙的温静姝，对身边两个精壮的侍卫下了命令。

“来呀！把她丢入机关槽！”

“啊！”温静姝如梦初醒，震惊地睁大双眼，看一眼萧乾，再看一眼陆机，几乎难以置信地惊叫起来，“你们做什么？放开我，放开我！师父，师父……你不是说，不是说只要来祭天台，证明了那妖女想要为祸大狄，六郎就会弃了她吗？你不是说，要我为六郎生儿育女吗？你不是说我的体质不易受孕，还为此专门为我配了上好的药吗？师父……这都怎么回事呀？”

“你问我？”陆机翻了一个白眼，“你傻呀！我不哄你，那药你能吃？”

这么多年过去了，温静姝自己都是用药大师了，陆机若不花点儿心思坑蒙拐骗，难免会被她发现破绽，那不就前功尽弃了？

“所以呀，这些年来，老人家我也是心累。唉！苦了我哦。”

唉声叹气着，陆机捋着花白的胡子，不停摇着头。

“这……什么情况？”

没有人回答她，萧乾与陆机也没有。

因为相比弄清温静姝的事情，关系众人性命的祭天台更为重要。

在这说话的工夫，两个侍卫已经举着温静姝，丢入了那个玉石做成的祭槽之中——

温静姝不是死人，当然是会挣扎的，几次三番下来，侍卫只得把她手脚捆了，这样一来，她的身体终于契合了机关槽，像一把开锁的钥匙似的嵌入了玉石祭台上——

机关开启，与先前祭台开启一样，那个玉石台连同机关槽，仿佛一个磨豆腐的石磨，飞快地转动起来，速度越来越快，越来越快，被置于中间的温静姝野兽似的挣扎着，低吼着，最终慢慢归于平静，变成了一摊模糊的血水……

玉石祭台也再一次换了一种颜色。

从泛着晶莹的透明色，变成血一样红——令人恐惧的血红。

等玉石台停下时，温静姝连同机关槽都不见了。

而祭台俨然成了一块血玉！

一块通透的血玉，用人血染红的血玉——

恐惧感铺天盖地，生生抓扯着众人的心。

大殿内安静着，良久，无人出声。

墨九的手臂也有些僵硬，紧紧搂住萧直，把小丫头的头连同双眼一同捂在胸前，紧张得额头上的青筋都暴了出来。

这绞人肉的一幕实在太过恐怖，噩梦一般，让她今生都不敢回想。

更不敢想——如果那个人是她，该有怎样的感受？

一阵恶寒掠过，她身子微微一颤，忽听得叮一声！

这是一道脆响，区别于之前的机括声，显得别样好听。

“这是机关……已经开了吗？”

在疑惑的询问声中，血玉石台上出现了一块树立着的玉一般的石头。

说它是石头，却可以照得见人影，像一面镜子。

说它是镜子，又不完全通透，乍一看，就像一块白玉。

“开了！是开了。可千字引呢？千字引在哪里？”

环顾一下左右，有人慢慢上前观看，寻找，然后听到曹元低叹。

“喏！这块破石头——好像就是千字引。”

在众人的心里，所谓“千字引”，应该是一本书，至少也应该是一个帛绢，上面写着文字。

可事实有些滑稽，千字引确实就是一块石头，因为石头上写着三个字——千字引。

“九爷！是千字引。”

“是千字引……”

千字引！

千字引！

千字引！

三个字不停地在墨九的脑子里盘旋。

可看着那块破石头，墨九却不知道当说些什么。

来祭天台的目的，显然是达不成了，而她与萧乾——如今是个什么状况？

还有已经死去的温静姝，又是什么情况？

她有些糊涂了。

这时，祭天台大门重新出现了。

一阵幽风从门口吹来，带着新鲜的空气，扬起了萧乾的衣角，也吹痛了墨九的眼。

两个人互视着，谁也没有开口。

你看着我，我看着你，好久没有动静。

萧乾淡然而立，没有走上前，就那样安静地看着她，也不去看千字引，就像那个东西本身对他并没有半点儿吸引力似的。

于是，他们两个不动，千字引那块破石头伫在那里，也没有任何人敢乱动了。

寂静中，却是陆机忍不住了，气咻咻地哼声低骂一句，不高兴地吼道："你这个女娃娃，发什么愣啊？我徒儿为你做了这么多，你却处处提防着他。哼，要不是知道你来神龙山，他丢下朝堂大事匆匆赶来救你，今日岂非就是你的死期？"

陆机那一副恨其不争的样子，换以前，墨九肯定恼死他了。

可这一刻，她却恼不起来。

干咳一声，她清清嗓子，一脸严肃："我有一事不解。"

"何事？"萧乾终于开口，声音淡而凉，看着冷漠，目光却仿若钉子似的钉在了墨九的脸上，久久没有挪开。

墨九咽一口唾沫，瞥他一眼，思考片刻才道："当年在哈拉和林，你说，留着温静姝还有用，我那时不太理解。如今看来，这也算是有大作用了。不过，这也让我很难理解，难道说，当年你就知道开启祭天台，需要活人血祭？"

"当然不是！"

飞快回答她的人，不是萧乾，而是陆机。

带着对墨九的不满，他抢在萧乾前面回答："若是知道这样多，那不成神仙了，还能由着你这个女娃娃耍弄？"

她什么时候耍弄萧乾了？

娘的，有个"婆婆"横在中间，夫妻没毛病，也得弄出毛病来。

没好气地瞪了陆机一眼，她问："那为什么温静姝的血，会契合这个墓诅之血？"

"说到底，还不是为了你。"陆机恨恨道，"就你那个破身体，一会儿夭寡，一会儿失颜，一会儿又是生不了儿子，如果要治，该怎么下药？就算研究出新的药方，能直接在你的身上试药吗？我舍得，我那傻徒弟却是舍不得。所以，除了拿方姬然试药之外，那会儿他便想，多备一个与你体质一样的人。万一方姬然死了，也还用得着。正巧，温静姝也是阴年阴月阴日阴时出生的命格，所以，也就被留了下来做研究。”

当然，为什么会有这样的奇思妙想，其实也得益于八卦墓。

在阴山的时候，墨九与萧乾开启离墓，出土过一个酸甜苦辣的配方。这个配方的神奇之处在于，不仅可以让人死后保持肉身不腐，还可以人为改变体质。萧乾后来把这个配方交给了陆机，可陆机经过试验之后发现，单有那个配方尚不足够。但陆机也是一个不肯认输的老头儿，接下了这个任务，不办到就不肯罢手。

于是，为了改造温静姝的体质，陆机用时六年，带着她走遍天下，在各地搜索珍稀药材和各种各样的古怪偏方，并美其名曰：为治她的哑病。

实际上，那哑病不是病，只是毒。

在长达六年的时间里，温静姝一直在服毒，也一直在为陆机试药。

说来也是可悲。

一直到死，她也许都想不明白，穷尽六年的光阴，她所做的一切，都在为了自己将来的死而奋斗，费尽心力地把自己养成了一个活体祭祀物。

六年时间过去，陆机对温静姝的体质改造基本完成。

为了验证，当时陆机提出要墨氏女的鲜血。

本来这是一件极容易办到的事，可萧乾舍不得动墨九，哪怕一滴血也舍不得。

所以，陆机无奈之下，告诉温静姝，经过六年的研究，他已经找到了为她治疗哑病的方子，但其中一味药材，就是墨氏女的血。同时，陆机暗示她，萧乾和墨九辛苦收集的六个仕女玉雕全被方姬然带到临安去了，若她想让萧乾开心，可以迂回一下，帮他找到仕女玉雕。陆机还拍着胸脯向她保证，若寻回仕女玉雕，他会让萧乾登基之后纳她为妃。

六年无法开口说话的痛苦，一直折磨着温静姝。

对一个哑巴来说，只要有开口说话的希望，哪怕再难，她都会去做。

而且在她看来，从方姬然那里下手，比对墨九下手容易得多。

实际上，温静姝与方姬然之间虽然没有太多的交集，但敌人的敌人就是朋友，她找上方姬然，居然很容易就搭上了线——她想利用方姬然，而方姬然也想利用她陆机徒弟的身份，以及她懂得医理的长处，为己所用。

两个人一拍即合。

温静姝离开陆机后，有相当长的一段时间与方姬然在一起，还曾经陪同她到过神龙山老墓一次。可方姬然对她从来就没有真正放心过，就在临安城失陷之前，方姬然准备前往神龙山，就把温静姝关在了冷宫的地下室里，任其自生自灭。最后，温静姝从冷宫放火逃跑，出城后又通知陆机，方姬然等人去了神龙山，而她已经拿到了方姬然的血液。

后来，陆机在神龙山下的金阳镇见到温静姝，并指使她先行离开。

“你这个女娃娃，就是心眼儿多。”陆机对墨九说了这些，看她满脸木然，似乎听愣了的样子，突然又得意地哼哼，“那日你在我园子外头偷听，你以为我老人家不知道？哼！”

墨九一怔。

原来他都知道了？

看她的样子，陆机眼睛一转，又开心地笑了起来。

“你先说说，你那天是不是快要气死了？”

“……”她气死了，他就这么开心？

“不识好歹！”陆机捋捋胡子，“你以为我拿药给温静姝是做什么用的？”

做什么用？难道不是……让她和萧六郎同房？

墨九冷目而视，却听陆机道：“你呀，就是一个自私自利的小妇人！”

陆机对她的评价，从来就没有半句中听的，说完了她，又接着道：“温静姝拿到方姬然的血液之后，经我验证，确系改造成功。为了安抚她，我为她解了哑毒。同时，又开始试新药——”

墨九微微挑眉：“试什么新药？”

陆机似乎对她的迟钝很生气，又吹胡子又瞪眼睛：“还能是什么，当然是你不生孩子那些药了！不拿她来试，用你来试吗？只有她的体质和你一样，若治得了她，当然也治得了你。”

“啊？”这个结果，是墨九根本没有想到的。

转过头，她瞥一眼萧乾冷峻的面孔，想到她那日对他和陆机的误解，突然有些惭愧。

萧六郎这个人就是这样，嘴上从来不说，可他为她做的，确实太多了——

所有的委屈与不满，全烟消云散，她叹了一口气，释然了。

“是我狭隘了，六郎，对不起。”

“还有我呢，你不道个歉？”陆机不满意地挑眉问。

“……”墨九白他一眼，懒怠理会他，却牵着小丫头向萧乾走近。

祭殿中，冷风飞掠而至，祭台上的玉石泛着血红的光泽，所有人都看着他们两个。

“阿九……”萧乾微叹了一声，执着她的手，将她和小丫头的手一起包裹住，幽幽道，“我今日来，是想让你知道，不论是这江山，还是这千字引，或是其他，都不如你和小丫头重要。为了你，这天下我都可弃之，何况一个千字引？”

“我……”墨九略感羞愧，“是我不好。”

“不怪你，只是心魔作祟。”

“心魔？”

“你的心魔，还有——我的心魔。”

一直没有生儿子的刺，让她对自己、对他、对他们的感情产生了怀疑，这原本就是消磨感情的东西，若是不说开，任其发展，有一天或许真的会破坏感情。更何况，她有一个心魔，萧乾还有两个心魔。

“阿九，其实我——”当着众人的面，他突然耷拉下眼皮，用小得不能再小的声音，含糊一叹，“我只是……吃醋而已。”

吃醋？想到他那些日子的表现，墨九不免有些瞠目结舌。

有吃醋吃得那么高冷、那么淡然的吗？

这个萧六郎——吃个醋都异于常人。

墨九噗一声，好笑地抓紧他的手，心里泛着一种酸涩的甜。

“拜托，堂堂大狄皇帝，居然好意思说自己吃醋？”

“皇帝就不是人，不能吃醋？”萧乾也失笑，揉了揉她的脑袋，又是释然一叹，“都过去了。好在，一切还来得及。”

她还在他的身边，他也还在她的身边。

只要两个人在一起，不管要做什么努力都还来得及。

“是，都还来得及。”墨九淡淡地附和着，想着千字引之引渡灵魂，心里不由得凉涔涔的。

若才萧乾没有带温静姝赶到，若她真的离开了这个世界……那她的这个穿越故事，岂非要以悲剧收场？

“陛下、九爷，你们还是看看千字引吧，击西的脖子都快要望断了。”

冷不丁传来的妖娆声音，打破了二人的世界，也引来大殿内众人的笑声。

击西早就恢复了女儿身，已经是两个孩子的娘，可她照样穿着男装，把自己搞得不男不女，出入宫中的时候，常常被人当成太监——对这个美丽的误会，她不仅不解释，还喜欢得很，每每和闯北吵架，就入宫去做太监，伺候墨九，把闯北急得哭笑不得。

“就你急！”闯北嗔她，“没看陛下和九爷正亲热？”

“回去亲热也来得及嘛，千字引可都摆在这儿呢。我瞧好几次了，为何什么都瞧不到？”

在众人的催促声中，墨九和萧乾牵着手，终于走到了玉石祭台之前，看向那个写着“千字引”三个字的怪物。

似镜非镜、似石非石的椭圆体上，并无其他字迹。

说好的一千字呢？在哪里？

众人都围拢过来，七嘴八舌地讨论，却不知这究竟是什么意思。

墨九沉默片刻，突然回头喊曹元：“拿刀来——”

曹元不问缘由，将随身的腰刀递上。墨九接过来，突然将手从萧乾掌中抽出，挥刀一划，嘶一声，鲜血就那般顺着她的指尖滴落……

一滴！

两滴！

三滴！

……

鲜血慢慢滴在那一块椭圆体玉石上，再一点点滑下。

说来也巧，玉石“吃”了鲜血，竟慢慢显了原形。

一边是写着字的石头，另一边是一面光洁如新的镜子。

“还真是多功能，两不耽误。”墨九笑着调侃一句，直接绕到玉石背后，看那上面的字。

不多不少，恰好一千个字。

文言文用词极简，一千个字虽然不多，其中包含的内容却不少。

归纳一下，主要内容就两点。

第一，为天下苍生，墨家机关术与武器图谱都已毁去，让后代弟子切勿随意大动干戈。至于没有武器图谱，却把八卦墓和祭天台的机关设得那样难，就是为了惩罚有贪欲的人。妄动欲念，必然得付出代价。

第二，是一个与梨觞有关的故事。除了墨九知晓的那个阮氏酿酒师与萧氏祖宗的故事之外，还有一个惊人的补充发现——原来当年萧家不愿意女儿与阮氏酿酒师相好，是为了发展家族势力，把女儿嫁入懂得机关巧术和武器制造的墨家，而这位造八卦墓、置祭天台的墨家老祖宗，居然就是那位萧氏小姐离开酿酒师后嫁入墨家生育的女儿。

没有武器图谱与机关巧术的千字引里，最值钱的东西，是一个配方。

萧氏家酿梨花醉的配方，以及关于如何制造梨觞的想法——

据千字引上记载，当年萧氏小姐与阮氏酿酒师造出梨觞之时，曾发过毒誓，若有一方违背彼此誓言，当生生世世受失颜之苦，无子送终，且不老而衰。他们认为，梨觞是以他们向酒神奉献忠贞、爱情以及灵魂为代价方造出的酒。故而，后来，也不知是巧合，还是毒誓应验，萧氏小姐嫁入墨家后，日渐憔悴，未老先衰，终生也只生育了一个女儿——

这个女儿，也就是墨家这位老祖宗。

后来这位老祖宗外出游玩之时，爱上苗疆的一个巫蛊师，却因为突然发现自己竟然也遗传了母亲的疾病，惊恐之下，不敢向巫蛊师坦诚情愫，反倒折返神龙山，将自己封入山中，不再见人。直到那个巫蛊师寻来，她才知道，原来他也心系自己。念及自己的病情，为了让他死心，老祖宗痛下狠手，把自己嫁了——就在他到达神龙山的同一天。

再后来的故事墨九就知道了，那个巫蛊师回到苗疆，怒养云雨蛊……

"这个故事真的好长。"

"是，还好巧……"

巧得把他们所有的人、所有的事都网入其中。就好像本就属于同一个命运轮盘上的各个组成部分，转动着，转动着，在不同的轨道上分明有着不同的故事，却串出了相连的一条命运线。

"唉！"墨九摸了摸自己的脸，"祖宗啊，我这个脸，这个云雨蛊怎么办？你什么都没有说呀，难道我这辈子都得担惊受怕地度过吗？"

"自是不会。"萧乾突然揽住她，低头看时，目光专注而火热，"研究了那么多年，绕来绕去，我最近发现，其实梨觞便可控制你身上的血液之毒……"

"啊？！"墨九微微失神。

这，这，这，圈子果然绕得大呀。

萧乾是个医者，她对他的话深信不疑，可既然她的血液之毒已经控制住了，为什么还不能像正常人一样生育小孩儿？

"傻子！"萧乾执起她的手，凑到唇边吻了吻。

没了芥蒂之后的他，温柔了许多："相信我，咱们会再有孩子的。答应我，以后不要再为这些事烦恼了好吗？你有男人，天塌了，也该由你的男人来顶着。我不许你再胡思乱想，甚至——想要离开我。”

最后一句他的声音很低，很沉，目光中带一点儿凉。

就好像，好像他知道她来祭天台的目的似的。

墨九被唾沫呛了一下，抿了抿嘴唇：“你……是怎么知道的？”

萧乾一身黑袍，面色沉如凉水，眸底却带了一丝促狭的笑意。

“阿九连云雨蛊都忘了吗？”

云雨蛊？墨九微微沉吟。是呀，有多久，有多久她没有想过云雨蛊的事了？因为她的心思太过浮躁，整天为了孩子的事心烦，也就没有办法再去细细感知萧乾的心思了……也就是说，他在意她的时间，比她在意他的时间，其实更多。所以，当她念及宋熹的时候，他才会难受、吃醋，从而对她不冷不热，也就造成了彼此的误会。

唉一声，墨九轻轻点头。

“这么说，云雨蛊要伴随我们一生一世了？”

“不好吗？”萧乾轻笑。

“好吗？”

“不好吗？”

“好吗？”

“好。”

“好。”

静谧之中，两个人相视着，像突然就绕开了一片乌云，眼前的一切迷雾都拨开了，终于看到了属于彼此的灿烂的阳光。

“爹、娘啊！”

这时，一串银铃般的笑声响起。他们听到萧直奶声奶气的唤声。

“你们快来看……这个镜子好好玩……”

那个镜子，之前他们都没有太过注意，所有人都凑到这边来看千字引了。而以萧直小姑娘的心性，对千字引自然没有什么兴趣。她从来没有见过那么干净的镜面，一时玩性大发，就爬上了玉台，凑到镜子之前比画，这么比画的时候，也把墨九洒在祭台上的血不小心抹了上去。

于是，她就像发现了新大陆似的叫了起来。

“镜子里有人……不是我们这样的人……”

"啊！这，这是什么人？"

"天哪！这些妇人都穿的什么？我从未见过这样不堪的衣饰……"

"有伤风化，有伤风化！"

在众人七嘴八舌的惊叹声中，墨九转过去看了一眼，顿时大惊。

镜子像一个显示屏，显示着的，是属于她的那个世界。

天似穹庐，牛羊遍野。

镜子里的画面，正是阴山——不，是正在开发的阴山皇陵。

自从这几年陆续有考古学家在阴山皇陵失踪之后，考古界掀起了一股阴山皇陵探秘的热潮，很多"民间考古爱好者（盗墓者）"也纷纷加入了这个队伍，涌入阴山。有消息称，在阴山发现的皇陵是历史上赫赫有名的大狄朝太祖爷萧乾与元昭皇后的合葬墓。于是，在这场波澜壮阔的考古运动中，阴山的旅游也迎来了一个新的起点……

络绎不绝的人群出现在画面里。

有人在指指点点，对着皇陵说着自己的怀疑。

"我在一本野史上看过，元昭皇后为人轻浮好色，其实并没什么本事，就一个美字贯穿人生而已。可男人哪，就看脸，哪怕她嫁一个死一个，还是有人上赶着送死……"

说这种话的，当然是女人。

从来只有女人才瞧不起女人。

墨九笑了笑，镜子上的画面这时又换了。

那是一对相携出游的小情侣，男人为了在姑娘面前展示自己的博学多才，正侃侃而谈："其实大狄朝有一段鲜为人知的历史。在那个朝代，金州兴隆山曾经创造过一段辉煌的文明，他们不仅有先进的农耕工具，还出现过只有后世才有的工业机械化。也就是说，早在数百年前，我们的祖先就已经掌握了和我们一样的科学技术，这是非常奇怪的，用科学解释不通，所以，正史上也几乎没有记载。"

"兴隆山，不就是一座山吗？"

"是的，后来它就只是一座山，一个旅游景点而已。"

"那为什么兴隆山有过那样超前的文明却没有延续下去，甚至很快就消失在历史长河里呢？"

"这个……"

那人推了推眼镜，正在考虑要怎么回答女朋友这个刁钻的问题，旁边就突然出现了一个怪人——他戴着大帽子与大黑超眼镜，佝偻着身体，手上拄着一根拐杖，提了一个大黑口袋，看他们一眼，冷不丁就接了姑娘这句话。

“因为后来他死了，她也死了。”

他，她？两个年轻男女不知道他在说什么。

“死了，都死了。”

听那怪人还在喃喃，两个人面面相觑，男的赶紧揽住女朋友，飞快地转身离去。

“好像是个疯子。”

“是呀，一看就不是个正常人。大阴天的，戴什么墨镜？戴墨镜也就算了，还拄根拐杖，活像七老八十了似的……神经兮兮的……”

听着两个年轻男女的议论，“疯子”嘴角扯出一抹笑，拄着拐杖继续往前走。

他当然不是疯子。

他戴帽子，是因为他的头顶没有头发，还满是狰狞的伤疤。

他戴墨镜，是因为他的眼睛几乎全瞎，只有微弱的视力，而且双眼丑陋得足可以吓死人。

他拄拐杖，是因为他的腿脚不方便，走路有些吃力。

而这些都是因为几年前的一次突发火灾。

火灾之后，他一直昏迷不醒，医生和家人都已经放弃了他，可在一年前他却突然醒转。

提着那个大大的黑色口袋，他一步一步艰难地跋涉着，终于靠近了阴山皇陵。寻了一个没人的山坡，他一个人走入那片山坳之地，慢慢地坐了下来，将拐杖平放在地上，然后蹲着身子，用手摸索那一道山壁，喃喃自语。

“我记得那个石洞入口，是在这里的……”

山风呼啸而过，当然没有人会回答他。

摸索一会儿，他无奈一叹，似乎是放弃了。

“就在这里吧，反正在哪里祭祀你，你也不会在乎的……”

说着，他打开带来的口袋，从里面取出一件件祭祀用品。

一壶小酒，几个小菜，还有一大口袋纸钱。

“我带了你喜欢吃的桂花肉，梨觞是再也喝不着了，你将就喝一点儿这个，你以前也是喜欢的。”

他把祭品都摆好，又把纸钱一张一张理顺、码好，这才掏出火机点燃……

火苗蹿起时，他条件反射地惊了一下，随即又自顾自笑道：“真是一朝被蛇咬，十年怕井绳。你也别笑话我了——”

红艳艳的火苗映红了他的脸，反射在他的墨镜上，带着一抹诡异的颜色，哪怕他满脸都挂着笑，却怎么也抹不掉那一种踏着岁月与历史而来的悲怆厚重感，仿佛他根本就不属于这个时代，不属于这些人群似的。可他知道，他的心思不会有人理解，能理解的人，就在这个陵墓里，和另外一个男人一同埋葬着。

他一直在说，也一直在笑。

行走过历史的两侧，踏过了数百年的沧桑，看过了太多的故事，他反倒是哭不出来了。

“九儿，你还好吗？我现在才来看你，你会不会生气？本来一年前我就要来的，可我的身子不争气，怎么都起不来……若不然，就算是爬，我也要爬来的。”

不会有人回答，周围也没有半点儿声音。

整个世界，仿佛都在沉睡。纷飞的纸钱，被长风送入了天空，再悠悠然落下……

这座阴山皇陵，安静得如同岁月年轮上的一座孤冢。

“九儿，你还记得我们的菊花台吗？我前几天去看过了，青石板的小桥，长满了苔藓，边上有农人把那几块荒田开了出来，种了些小葱、白菜，绿油油的一片，好看得紧。门口的小河边上，开了好些不知名的小花，不妖娆，却有一种说不出的风韵与美好。我去时，有小孩儿赤着脚在小河沟里钓小鱼，一个个得意得很，有个调皮的，还拿石头掷我……呵呵，换以前，我是得揍他们的。可为什么，我觉得这一切，都是那样美好，竟有些不忍心破坏？”

一张又一张烧着纸钱，他带着浅笑碎碎念着。

当他还是个孩子的时候，看大人祭祀过世的亲人，嘴里说着话，其实他不怎么能理解。

这样和死人说话有什么用呢？死去的人又听不见。

可当他自己烧着纸钱，祭祀着住在心里的一个人时，却突然都明白了。

纸钱确实不能连通阴阳两界，却可以通往人的内心。

大梦一场，数百年光阴，他无人可诉。

只有她，他只有她而已。

风悠悠吹过，将烧成了黑蝴蝶一般的纸钱高高卷入天空。

他仰起头来，望向那个千百年来似乎从来没有变过的天，幽幽一叹。

“本来我是想带你回来看看的，看看那条青石路，看看门前的小河，看看那些火烧后的残菊，看看那个我们最喜欢用来画机关图纸的石台……可终究，你是不会回来了。我曾经说过的，只要是你要的，我就能给。我做到了，可是我的心——”

他突地捂住胸口，沙哑着声音道：“我的心，为什么这么痛？”

那一日，她问他，他是谁。

是的，他知道他是谁，但他宁愿她不要知道他是谁。

从那一场改变他们命运的火灾开始，他与她就回不去了。

改变不了的，他也不再试图改变。

放弃她，也是放弃自己。

漫长、孤独的余生里，只有他自己知道。

曾经他有一个很相爱很相爱的女友，叫墨九。

他们同为五术后人，同好机关之术，在相当长的一段日子里，曾经形影不离地相好过……

“有些故事，就让它湮没在你的记忆里吧……”

将最后一张纸钱投入火堆里，一时间，溅起了火星无数。

火星飘飞着，飞在半空中，笼罩着他佝偻的身影——

镜子里的画面，也在这时定格。

祭天台前，墨九早已泪流满面。

“娘，你为什么哭了？”

“因为，娘高兴。”

“高兴，娘在高兴什么？”

“因为，娘的一个朋友，他终于找到了自己。”

“可为什么娘高兴了，却要掉眼泪呢？”

“因为你娘的朋友……她再也见不着了。”

这一次回答的人，是萧乾，而不是墨九。他说完，揉了揉小丫头的脑袋，又递了一张帕子给墨九，并没有劝她什么。

“为什么见不着？爹，咱们把这面镜子搬回家去不就行了吗？”

小孩子的心思总是单纯到极致，他们不懂人世间为什么会有那样多的烦恼，不懂为什么大人说话从来都不只有字面上的意思。只有当他们慢慢长大，经历了人生的酸甜苦辣之后，才会知道，原来人的一生是这般不可捉摸的滋味儿。

“六郎……”

墨九的泪水情不自禁，却不想因此让萧乾不痛快。

毕竟在一个男人面前为另外一个男人流泪，并不是一种完全光彩的行为。

而且，大家在画面中看见的一切，似乎也需要她给出一个合理的解释。

两个人静静看着彼此。

忽然，就那样沉默了。

良久，萧乾突地叹一声，张开双臂揽紧了她，并将她的身子完全纳入胸前。

“阿九，什么都不必说，我都懂。”

“谢谢你！六郎，谢谢你。”带着些许笑意，墨九环住他的腰，将头靠上去，合紧了双眼。

风静，人止。

千字引三个字还在，玉石祭台上的镜面却已消失。

一切就像从来不曾发生过一般。

人死如灯灭，若干年后——

谁还会记得，有人曾笑靥如花，执梨觞把酒夜话？

谁还会记得，有人曾扬鞭策马，洗沧桑冠盖京华？

谁还会记得，有人曾低眉放手，将情深放逐天涯？

大殿内，苍凉如水。

墨九的耳边，似乎有人在低声叹息。

“你来，我就在。你来与不来，我都备着。我想，你总有一日会来。”

番外一　命中注定

一滴水，缓缓滴落。

晶莹，透亮，反射着某种诡异的光彩——

墨九往前走着，拖着虚软的脚步，浑身发热，汗流浃背，身体连同心都颤巍巍地发抖。

她不知道是因为空间里温度太高，还是因为看到那么多黄金。

是，很多很多的黄金，满屋子的黄金，就那样妖娆地绽放她的面前。

而且那不是普通的黄金，几乎每一件都是艺术品。

地面上铺的是平整的金砖，每一块大小同等，色泽诱人，棱角精致。墙上是黄金做成的精美壁画，或千军万马冲锋陷阵，或小桥流水炊烟人家，或挽弓射箭威风凛凛，或战车火炮齐整待发……

黄金，每一件的工艺都精湛得堪称鬼斧神工的黄金。

“妈呀！”

“天哪！”

“简直亮瞎了我的狗眼哪！”

这个金灿灿的世界，是一座古陵墓。

不知道埋着什么人，却让墨九忘记了身处地宫之中，不停称赞，口水都要滴出来了。

这是有何等气魄的家伙，敢用这样的方式储藏这么多黄金，打造出这样一座震慑人心的黄金地宫？

“唉！”

耳朵里，突然传来一声叹息。

墨九一惊，四处观望：“谁？”

没有人回答，她继续举着风灯往前走。

“唉！”

又是一声叹息，吓得她哆嗦一下，风灯落地。

抬起头，睁开眼——

面前的博古架上摆着一些瓶瓶罐罐，全是货真价实的古董。一束开得正艳的香水百合静静地插在青花瓷的花瓶里，随风扫来浓郁得有一点儿呛鼻的香味。桌子上的茶水早已凉透了，几袋零食已经拆开了封口，乱七八糟地摆放在她的面前。零食的旁边，是一支黑色的签字笔和一个古旧的牛皮笔记本。而她的手上，还捏着一面古色古香的桃木镜，由于梦里紧张，镜柄都被她捏出了热汗，潮湿得几乎能滴水……

“唉，你可算醒了。”

背后的声音，再次惊住懵懂醒来的她。

墨九猛地回头看去，冷不丁迎上一双噙笑的眸子。

“教授？！”

她揉了揉眼睛，欣喜地叫唤一声，飞快地起身，把风尘仆仆的老教授按坐在那一张紫檀木椅上，又是泡茶，又是倒水，还把自己没有吃完的零食推到老教授的面前：“您不是说去韩国查什么资料了吗？这么快就回来了？”

“韩国又不是南极，赶个来回能用几天？！”老教授笑眯眯地端起茶盏喝了一口，不住地点头，“不错不错，还是你这里的普洱喝着好。”

“那是当然，这茶饼可是我爸妈留下来的，一般人我可不舍得给他喝。当然，主要还得看是谁泡的茶，出自墨九之手，能差到哪里去？”

墨九傲娇地扬着下巴，狠狠表扬了自己一番。

“呵呵呵，说得对，全是你父母的功劳，包括生了你这么个机灵的女儿，只可惜……唉！”

只可惜，墨九的父母都已经过世了。

他们夫妻双双死于一场空难，于是，这家位于鄂市的古董店和店里收藏的古董就成了他们给墨九留下的全部财产。

从那之后，墨九就成了这间古董店的小老板。

这里是鄂市伊金霍洛旗。

一个靠近阴山山脉的地方，是一个旅游城镇。

墨九很喜欢这里，喜欢这个古董店，也喜欢这一片城市尽头的宁静。

她常年以店为家，以古董为伍，渐渐地，习惯了一个人，渐渐地，向往这样的日子到天荒地老，对任何人横插入她的生活，打破她固有的生活秩序都有着怪异的恐慌与心理排斥。所以，她谈不了恋爱，就算有一个两个谈得来的男人，用不了几天也会处成哥们儿。

“唉！”

袁教授看着她直摇头。

“你怎么老是走神，和你说话也听不见？”

这是墨九的习惯，她想问题的时候很专注，沉浸在自己的思想里，往往会忘记世界。

也因此，在许多人的眼里，她是一个古怪而偏执的女孩。

墨九冲他吐了一下舌头：“教授，原来是你在叹气呀？”

“哼！叹息你呀，怎么都叫不醒！”

墨九撇了撇嘴唇，想到那个地下皇陵和黄金屋的美梦，不由得痛苦地揉起了额头：“教授，下次在人家背后呢，不要随便叹息，更不要轻易打断别人的美梦，太不厚道了……您都不知道，我刚才梦到了一个比秦始皇陵还要庞大的地下古皇陵，还有满地宫的黄金。我的天哪，那数量……原本我数学是历史老师教的，反正是无法形容地多，多不胜数。咱们国家的黄金储备量是多少？依我看哪，那地宫里的黄金，比咱们国家全部的黄金储备还要多。不！要多很多倍，是很多很多倍。最关键的是，那不仅仅是黄金啊，那是艺术品啊，那制作工艺……”

“墨九同学！”

老教授拍桌子，忍不住打断她。

“请注意区分梦境和现实的区别！”

墨九暗自咽了咽口水，嘿嘿笑着，半倾身子趴在桌子上。

“好吧，那咱们说点儿现实的。教授，阴山发现古皇陵的事怎么样了？上头批准发掘了吗？”

老教授摇了摇头，又点了点头，看墨九翻白眼，他视线一转，突然落在她手上把玩的桃木镜上。

“我把发现阴山皇陵的过程和我们整理的资料以及你盗墓……”

“喀喀，教授，请注意措辞，不要无端伤害民间考古爱好者脆弱而敏感的心灵。”

“喀喀喀！”老教授清了清嗓子，喝一口她沏的普洱，重新组织语言，“以及你以民间考古爱好者的身份发掘出的阴山古皇陵出土物样本交了上去，可得到的结论都是……”

说到这里，老教授停下了，叹息着摇了摇头。

“是什么？”墨九瞪大眼睛问。

“没有人相信。”他拿过墨九手上的桃木镜，轻轻抚摸着，“他们用了最新的科学技术分析，得出的结论是，桃木是明前的东西，制作工艺也像，但桃木不能代表什么，因为从镜面来看，这是有玻璃出现之后的镀银镜面，这样超前的生产技术，与桃木的年代严重不符，像是人为的高端仿制品，甚至有人私底下说，说……”

“说什么？”墨九急切得很。

“说是咱们为了标新立异，在考古界搞出点儿动静，故意制造出这种东西来混淆视听……”

“我们又不是神经病！”墨九拔高了声音，挑着眉头，不悦地问，“那我得到的结论呢？他们怎么说？”

“唉！一言难尽啊！”

三个月前，墨九在阴山附近瞎逛，无意间在阴山深处的山间石壁上发现了一个老旧的机关。她视机关如生命，几乎没有考虑就跟着闯了进去，经过甬道，进入了一间地下石室。这石室里居然还有机关，差点儿要了她的小命。

不过，她也在石室中有惊人的发现。

那不是石室，而是一座陵墓的地宫墓室。

从墓室的环境和物品来分析，她认为这是明前的一座古墓附属墓室，从规模上来看，应该是皇帝的陵寝，可到底是哪一个皇帝的墓，还有待考证。原本她是要继续往下探查的，可无意进入的她，身无余物，连吃的都没有一口，想想还是活命比较紧要。为了自保，她费了九牛二虎之力从墓室原路出来，顺便捎了一些墓室里发现的宝贝，准备下次再来。

然而，等她准备好吃食和一应设备再探阴山时，入口的机关已经失效。

也就是说，因为她的闯入，里面的机关可能重置了。

她悔恨不已，捶胸顿足，哀号三天，把这事告诉了自己的研究生导师，这位国内考古学界的泰斗袁文正教授。

对于她的发现，袁教授也是兴奋不已。

师徒二人几次探查阴山，依旧苦寻不得而入。

不过，墨九从里面带出来的东西，却有着极为重要的意义。

尤其那几面工艺罕见的镜子——

没办法，两个人静下心来，为此次重大的考古发现做了一份长长的分析报告。

将图片、文字以及分析得出的结论呈交给相关部门。

他们认为，在明前的某一个历史节点，我们国家曾经出现过一段超前的文明，比三星堆对人类的意义更为重大。虽然历史没有记载，但这个文明一定存在过，甚至对当时的社会造成极大的影响，至于它为什么消失，为什么没有得以延续，为什么又湮没在历史长河之中，连浪花都没有激起一朵，就有待开发古皇陵来寻找答案了。

是的，他们想要找到阴山古皇陵，就需要得到帮助。

因为只有官方形式的发掘，才是合理合法的，可以公开去干的。

然而，墨九等得心都碎了，袁教授却给了她一个这样的结果。

“他们同意先小范围发掘，但必须以保护为主。另外，关于咱们得出的‘断代文明’的结论，让我们必须守口如瓶，不许在任何场合，包括但不限于网络媒体、报纸杂志、学术探讨等地方提及此事。”

“啊？为什么呀？”墨九嗤了一声，“这么重大的发现，人们也喜闻乐见，不是好事吗？”

“没有确凿的证据之前，这种空穴来风的事，容易引起不必要的麻烦……”

不必要的麻烦？太深奥了，墨九不理解。

就算老祖宗早就掌握了现代人才有的科学技术与工业机械化，那也不奇怪呀。

她不懂。可很多政策本来也不是为了让人理解而制定的。

“教授，可惜了你是袁文正，不是包文正，要不然这个冤就有地方申了……”

“……”袁教授看着她，失笑摇头，“你呀！领导自有领导的考虑和想法，能让咱们对古墓动手，就是格外开恩了，不要计较那么多。时代在进步，咱们的思想，也要跟着进步嘛。”

“是是是！”墨九拿着桃木镜，翻来覆去瞅着，懒洋洋地问，“那几个‘砖家’，还是觉得这是赝品吗？”

袁教授嗯一声，叹气：“如果不是我信任你，我也会认为是赝品，这怪不得他们。”

墨九扁了扁嘴巴："好吧，如果不是我亲手从古墓里摸出来的，我也以为它是赝品……"

哈哈！

哈哈！

师生二人相视而笑，这时，外间却传来一道咳嗽声。

"请问，有人在吗？"

墨九侧过身体，隔着帘子，往外面瞅了一眼。

进店的人……居然是一个和尚？

约莫五十来岁的样子，穿着干净整齐的僧衣，剃着光头，烙着戒疤，慈眉善目，很有点儿得道高僧的样子。

墨九笑着走出去，就着桃木镜做了一个双手合十的动作。

"不知大师来到小店，有何贵干？"

"施主开的是古董店，老衲当然是为买古董而来……"老和尚说到这里，目光突然定在她手上的桃木镜上，神色满是惊喜，"施主手上的是个好物什，不知出不出售？"

墨九一怔。

她抬起镜子，瞅着他："大师确定，看上这个了？"

和尚双手合十："是。"

墨九笑了笑："可它并非古董，你看这镜面……"

和尚面不改色地笑笑："老衲看东西，只讲个眼缘。世间诸物皆为空，古不古董又有什么关系？"

阿弥陀佛！墨九情不自禁暗念了一声佛号。

也不知道是因为桃木镜总被人说是赝品、受人嫌弃让她心里不痛快，因此极欲得到人的肯定，还是因为这个大和尚的欣赏让她有一种找到了知音的感觉，她二话不说就把桃木镜塞到了老和尚的手里。

"行，就冲大师这句话，你拿去，我不收你钱……"

"这……"和尚吓了一跳，"施主心爱之物，老衲怎能平白收取？"

"没关系。"墨九笑盈盈地回头，瞥一眼皱着眉头看那老和尚的袁教授，又扬了扬唇角，"我那儿还有好几面呢，不仅有桃木的，还有紫檀木的、花梨木的……更何况，正如大师所说，世间诸物皆为空，既然万般皆空，钱财哪有宝物赠知音的情分来得贵重？"

这个和尚，俗家名叫占子书，法号净空。

不仅是金篆玉函五术的后人，还是国内有名的高僧。

行游至此，他是被这间叫“墨家九号”的古董店门口那一副字迹清隽的楹联吸引进来的。

“夏鼎秦砖传千古，墨家九号觅良缘。”

他预感古董店的老板是个有意思的人，却没想到是个小姑娘。

于是，听了墨九的话，这位饱读经书的得道高僧一时无语。

这面镜子他看着是古董。

可从镜面上看，又确实不是古董。

尤其小姑娘说，她还有紫檀木的、花梨木的……批量生产？那就更不可能是古董了。

但是，就算不是纯古董，抛开镜面瑕疵不谈，单凭这桃木年代与制作工艺也能值不少钱了。

“阿弥陀佛！多谢姑娘相赠，但无功不受禄，你不要钱，老衲也不敢拿走这知音之物了。”

“哎呀！你可真啰唆。”看他就要放在柜台上，墨九摆了摆手，“好吧，你随便给个千儿八百万的，意思意思得了。”

“……”净空和尚的宝相，略有龟裂。

墨九却在这时笑开了，又把镜子塞到他手上。

“和你开玩笑的，这样好了，取个吉利，你给我六十六块钱，怎样？”

六十六块钱，也太低了。

净空和尚最后从随身的钱袋里掏出来六百块钱，硬塞给墨九，又为她留下自家的寺庙地址和一副墨宝题字，这才心满意足地离开了。

“唉，这净空老和尚好好玩。”墨九将钱放入抽屉里，对袁教授道，“要不是他有事，留他吃顿饭，给我讲讲经，也挺有意思的哈。”

“你呀！多大脸让慈云寺的住持单独为你一人讲经？”

“那有什么，我还把我心爱的桃木镜卖给他了呢，这叫知己。”

袁教授但笑不语，墨九却坐下来，看起了净空的题字，口中啧啧不已。

“别说呀，这老和尚字写得真是不错，遒劲有力，如苍松……噫，教授，我想起一件事来。”

说到这里，她突地抬起头，目光烁烁地看向袁教授。

“老师，你看我笔记本上写的字了吗？”

她那个牛皮笔记本，一直摆放在桌面上。

闻言，袁教授顺手拿起来，瞅了一眼。

“你的字，也写得不错。比上次看，似乎又有进步了——”

“不，我想说的不是这个。”墨九像是突然发现了新大陆似的，双目闪着某种诡秘的光泽，“教授，我不是跟你说过我在那个地下墓室的石壁上，发现了一句题词吗？”

“就是这句？”袁教授推了推鼻梁上架着的眼镜，一字一字地念，“风华笔墨，后庭尘埃。便天光云影，不与徘徊。纵三千里河山，亦四十年蓬莱。青丝染霜，镜鸾沉彩……这题词，你发现了什么古怪吗？”

“对。”墨九神色严肃，眼睛眨也不眨地盯着袁教授，那表情像春晚刘谦表演魔术那个见证奇迹的时刻，充满了神秘色彩，声音也突然压低，“你说奇不奇怪，我今天突然想到，那题词的字儿，很像我的笔迹呢……”

“……”

袁教授看她片刻，见她一动不动地盯着自己，眼神像个小女巫似的，忍不住抬手在她面前晃了晃。

“墨九，醒醒！不要入魔了！”

“哎呀，教授，人家说真的。”墨九笑着嗔怨，又把笔记本打个转儿，指着那些字道，“你看，我刚才还特地默写了这几句，与脑子里的壁字对比了一下。虽然壁字年代久远，有些风化，但笔锋还是感觉得出来的，我很确定，那字迹真的跟我的很像。”

袁教授盯着她，又推了一下眼镜。

“墨九，今天是几月几日？”

“教授！我什么时候骗过你？”

“经常！”袁教授正色看着她，“你告诉我，今天是几月几日？”

“2 月 14 日，是情人节，又不是愚人节！我骗你有花儿啊？”

“看来脑子没有糊涂。”袁教授开始认真琢磨起她的话来。

“教授，你糊涂了，我都不会糊涂好吗？”

墨九被气笑了，袁教授却一本正经地继续问：“你有情人吗？”

“呃！”墨九意外地挑了挑眉，“……没有，咋了？”

“那就好。”袁教授看她满脸迷惑的样子，皱起眉头，顺手拿着她的笔，在笔记本上勾勒着阴山山脉的草图，“从现在开始，我们进入工作状态，准备发掘皇陵！”

“欧耶——”

“……”

“太好了！教授，我有个预感，我将成为一段特殊历史的第一个见证者。”

墨九兴奋得手舞足蹈，绕着袁教授走来走去，却不知道，冥冥中自有定数，历史正睁着眼睛看她。

当然，她不是历史的见证者。

而是，参与者。

番外二　孤城遥望冬生雪

大狄朝迁人新京的第二年，穷冬酷寒。

郊外小村新砌的房舍里，小灶上温着主人新酿的米酒，炉火暖融融地映在年轻妇人的脸上，让她娇艳的面孔平添几分暖意。一个扎角辫的小男娃坐在她对面的火炕上，盘着腿，摇头晃脑地读着《弟子规》。一大一小两个人影入画，为这个深寒之夜带来无尽的温馨。

亥时，妇人照顾小男孩刚睡下，院子里就传来狗吠声。

妇人披衣出去开门："怎么这个点才来？酒都温两遍了。"

她嗔怪的声音里，带着笑意，上前帮忙撩马车帘子。

院门的风雪中停着一辆被车幔遮盖严实的马车，车夫正在拴马，从马车里钻出来的妇人正是墨九。

尽管她轻装简从，可那双似乎沾染宫中繁华的绣凤靴子踏上农舍的雪泥地，还是显得有那么一点儿不合时宜。

"还温酒？妍儿，每次见面你都有新的惊喜给我呢。看来你这潜力还能再挖掘挖掘，除了绣活、酿酒，说不定你还能给我造几支大口径的火铳出来！"

宋妍抿唇一笑，不经意看一眼墨九干净的鞋，略显局促地往旁边让了让，扶紧了她的胳膊："别逗我乐子，你脚下仔细些。雪大，这里路滑。"

墨九侧眸调侃："你还怕我摔跤？也不想想墨九爷是谁。"

“是是是！墨九爷最威风！来，九爷里面请！”

布帘轻撩，人甫一入屋，就闻到一股自酿米酒的香气，吸入鼻端，隐隐有一丝梨觞独有的熟悉香味儿。

墨九深深吸了一口气，撩了撩男装衣袍的下摆，坐在宋妍事先准备好的藤编椅子上，不客气地斟满一杯，细细品了一口，夸赞不已：“妍儿这酒酿得地道，再精进一下，都要把萧家的梨花酿比下去了。若再过些年，添些火候，恐把梨觞启出来，亦不能比。”

宋妍含笑：“你就别羞我了！那梨花酿和梨觞岂是我这等粗酒陋酿能比的？我不过是闲来无事，做来自饮自乐——”

墨九抬眼：“恐怕不是吧？”

宋妍一时没反应过来，狐疑地看她。墨九唇角一勾，忍俊不禁：“难道不是特地为了某人而酿？”

听她此言，宋妍原本带笑的脸，莫名就尴尬起来，抬起手腕去捋耳边碎发：“胡说八道！我跟他多少年不曾联系，怎会为他酿酒……”

“噗！”墨九笑着揽她肩膀，“真伤心，我还以为你是为我酿的呢，原来心里根本就没有我，只有他呀？”

宋妍知道被她捉弄，一声轻嗔：“就你嘴坏，又来打趣我！”

“不敢不敢！妍儿，你当知道，我今儿是为何而来。”墨九视线落在她拿火钳的那只白皙的手腕上，慢声道，“南荣没有了，六郎却是在的。到底是血脉至亲，他也没有更多的亲人了。你是他唯一的表妹，照顾你是理所应当，你为何执意拒绝？”

宋妍垂下头，不敢看墨九的眼。

大狄朝从临安迁到燕京，她也从临安跟来了燕京。

不过她没有接受萧乾和墨九为她提供的一切帮忙，全靠自己的绣品铺子赚到的银子带着宋离完成北迁。

因此她比墨九与萧乾晚一年到燕京，这所小农舍也不过新落成两个月。

这是墨九第五次来游说她入宫，也是宋妍第五次拒绝。

“墨九，从南荣朝被扫入历史尘埃里开始，我的命运就已然注定。一个前朝公主怎可再入新朝皇宫？陛下初登大宝，正需上下一心巩固江山，我不可为他的政事添一点儿瑕疵，惹人诟病。”

“傻不傻呀？放着好日子不过，非得把自己搞得这么艰难？我告诉你，萧六郎这种人根本就没有什么害怕的东西。连苏逸都敢带着人堂而皇之地入宫做他的御用和尚，你一个弱女子更是无害。即便入宫被人识得，又有哪个不怕死的敢嚼舌根？嫌命长了吗？”

“我知道。”宋妍手指绞着衣角，“可我……还有别的不情愿。”

“还有什么？快说！”

墨九急得想翻白眼，宋妍却不疾不徐。

“我从小生于皇室，长于皇室，也毁于皇室，对皇室有敬畏之心，也有恐惧之情。我不喜欢皇室生活……相反，在这小村闲舍里住着，我靠自己双手养活自己和孩子，倒比以前自在。墨九，我享受如今这般处境，不曾想要改变。”

墨九凝神注视她片刻，起身为两人杯中倒满酒液，侧眸望一眼炕上酣睡的小宋离，良久才转过头正视宋妍：“你不为自己着想，也该为离儿的将来想一想吧？宫里有更好的先生，他可以和直直一起念书，成长，识文习武……”

“做这些又有何意义呢？他考取功名，做了官吏，封王封爵……就可得快活吗？若不为功名，读书识字明道理，我自己教他便也足矣。”

宋妍很少抢白墨九，这些年来她变得娴静温婉，语速也往往控制在一种平淡无波的弧度里，这突如其来的尖锐，让墨九怔了一下，竟没有立马想出反驳的话。

考取功名，封王封爵，也许是寻常百姓家最大的荣誉。

可宋妍不那么想，这非她所愿。

对于这么一个无欲无求的人，墨九突然有些无奈，几近叹息般劝说：“离儿的人生，毕竟是他的。你是他亲娘，也不能剥夺他选择人生的权利。”

宋妍沉默一下：“他是我儿，就得听我。”

墨九：“……”

在墨九的影响下，这些年，宋妍的思想意识慢慢有了变化，可有些根深蒂固的观念，非一朝一夕养成的，也非一朝一夕可以改变的。比如在宋妍的意识里，孩子就是她这个母亲的私有财产，她偏执地主宰了宋离的一切。她不仅自己不与完颜修相见，也简单粗暴地阻止了宋离与完颜修父子相认。

初衷是好的，可对孩子而言，就真的是最好的选择吗？

这个答案，墨九给不出，宋妍其实也不知道。

突然冷了场，宋妍僵硬地呆坐一下，悠然起身，为墨九倒酒：“我特地给你酿的酒，不要浪费了。”

墨九翻个白眼："刚还说不是为我呢。"她执起酒杯，放在唇边久久不饮，眉心紧紧拧着，好一会儿又把酒杯放下，幽幽一声叹息。

"迁了新都，这宫里是越来越冷清了。"

宋妍看着她精致如画的眉眼间那一抹轻愁，抿了抿唇："你若寂寞了，便时常来找我。"

墨九轻笑："又哪有你在宫中那么方便？"

宋妍道："陛下不是许你自由，哪个能束得了你？"

她说得没错，萧乾不仅许她自由来去，更是不顾满朝文武的唇枪舌剑，许她参政之权。一人之下，万人之上，大狄皇后之尊，从古到今无人能出其右，可墨九并没有当初以为的那么快活。

以前她认为，一旦萧乾江山在手，大权在握，这天下再没有可以束缚他们的东西了。

"可皇权之上，也没有真正的自由。头上压着那顶凤冠，我墨九又如何做得真正的墨九？"

听她莫名其妙的感慨，宋妍心疼地握住她的手，视线移向她平坦的小腹："你……还是没信儿吗？"

她知道这话问得不合时宜，可她还是问了。这些年来，若说墨九身上还有什么值得别人为她担心的，就是她的肚子了。不仅宋妍担心着，满朝文武也都盯着。大狄皇帝不设妃嫔，后宫独皇后一人，可帝后独有一个公主，半个皇子都没有，大狄江山由何人来继承？

在临安的时候，群臣已为此事争议不断，到了燕京更是焦灼不堪，每每向皇帝进言，都被萧乾压了下来。

这些事情他很少向墨九提及，但墨九心里都有数。从来率性而为的她，也第一次为了生儿生女之事惆怅。

"没有。"她摇头，迎上宋妍担心的眼神，又抿嘴轻笑，浑不在意地说，"嗳，真是皇帝不急急死太监了。我跟萧六郎都还年轻，身体也没什么大毛病，还愁往后没有孩子吗？"

"……"这句话墨九忽悠别人可以，忽悠宋妍可不行。

看她不吭声，墨九苦笑一下，嗔怨地瞪她："这么看着我做甚？我说你非要哪壶不开提哪壶是吧？信不信，本宫治你一个不敬之罪？"

宋妍被她故作生气的模样逗笑了："是，皇后娘娘息怒，草民再也不敢了！来，咱不提那些，只管喝酒。”

绿蚁新焙酒，红泥小火炉。冬夜寒冷，两个人品着小酒，烤着红彤彤的炉火，闲话着家常，自有一番乐趣。约莫半个时辰，墨九就准备走了。

“今日这样急？”宋妍为她拿门后挂着的风氅，“外面风大雪大，还想让你留下陪我睡一宿呢。”

“得了吧！我若留下，明儿萧乾早朝，我便又添一条罪状了。”墨九笑着系上风氅的丝带，“实在不想让他整日都为我擦屁股了。”

“噗。你这嘴……又讲荤话。”

“这哪是荤话？分明是实话。”

“是是是，陛下兴许就爱为你擦屁股呢。”

对墨九来说，这句话本没有什么污浊之意，可宋妍受礼数影响较深，冷不丁这么一句，直觉露骨，当即低头，有些不好意思。墨九诧异地回过头去，看着她突然羞红的脸，忍不住抬手捏了捏，笑盈盈道：“小娘子学坏了呀？说，你都想到什么了？”

“讨厌！”

“哈哈，越来越上道，合九爷的胃口。乖乖等着，九爷回头来约你！”

她是一个无所谓的主儿，挑逗完宋妍，笑着就出了门。

宋妍跟着送了出来，院子里风雪呼啸着，比先前更厉了几分，拉开大门，那冰冷的风刀子似的刮脸，墨九莫名打了一个喷嚏。

这时，宋妍在背后喊她：“墨九！”

“嗯？”墨九揉揉被风吹酸的鼻子，“有事就说，吞吞吐吐做什么？”

宋妍咬了咬下唇，与她视线相接，问得有些不好意思：“近日我常听人闲说，等过了年，雪化了，陛下的骑兵就要踏出关外，出征……出征后珒了，是也不是？”

这些年来，萧乾在墨九的帮助下，发展农商，兴建水利，巩固边防，平内患，攘外忧，短短数年，不仅让大狄在连年灾荒战乱中得以喘息，慢慢恢复民生，更是让大狄版图不停扩张，东、南、西、北疆域渐渐往外生长。这天下，大狄铁骑所到之处，莫不知大狄皇帝之威，无内臣敢乱，无外敌敢犯，八方主动来降，纷纷臣服于大狄朝之下。

然而，后珒是一个独特的存在。

不知是出于两国当年城下之盟，萧乾珍惜与完颜修的情分，还是萧乾顾及后珒是一块难啃的硬骨头，这些年来，大狄东征西讨，却一直未动后珒分毫。完颜修也一直与大狄朝保持着良好的邦交关系，并且在这一片盛世欢歌中，秣马厉兵，扩充军备，短短几年，俨然已成为大狄东北边陲的一只雄鹰。

因此，常有朝臣向萧乾劝谏，不可让后珒坐大。

朝臣大多认为，一山不容二虎，当年的珒国战神完颜修绝非浪得虚名之徒，假以时日，他羽翼丰满，必将成为大狄朝的心头之患，越早除之越好。可萧乾执政，自有他的分寸，从来不肯受人干扰。为后珒政事，他屡屡驳于朝臣，有些臣工私底下认为他是徇私情，可墨九却了解，萧六郎确有考虑私人情分，但他绝不是把国家大事当成儿戏的人。

他不动完颜修的原因只有一个——时机未到。

大狄刚建国，百废待兴，收拾周边小国游刃有余，若与完颜修的后珒铁骑开战，即便终将获胜，也是杀敌一千自损八百，必将元气大伤。因此，在休养生息的阶段，他犯不着对完颜修赶尽杀绝。这样维持彼此的友谊，给两国人民一个喘息的机会，不仅是为了完颜修，其实也是为了大狄。

但是，墨九不敢保证萧乾会永久不动后珒，也不敢保证完颜修栖身于后珒荒凉之地，不会肖想大狄的锦绣河山。

男人的野心，女人何时看得透？况且，这些日子以来，朝中确实有些准备出兵的迹象。天气冷了，后珒在东北蠢蠢欲动，时不时骚扰边陲民众，在朝臣强烈的主战态势下，萧乾从最开始的反对，渐渐变成了认同。

此时此刻，对上宋妍的眼睛，墨九不想骗她，好半天都回答不上。

宋妍懂了，一双期待的眼睛慢慢变得灰暗："难道非得斗个你死我活才能解决吗？刚刚好过了几年而已。"

墨九闭了闭眼，深呼吸："也许会有别的办法……"

宋妍问："怎样？"

墨九说："可以拖上一拖。比如……咱们跟后珒和个亲什么的？"

听到和亲，宋妍脸上有些不自在，僵硬一下："拖上几年，最后不还是要打吗？"

墨九观察她的表情，微微一笑，抬手整理一下风氅的帽子，低声说："不一定。万一出现转机呢？"

"……"

"妍儿，我尽力。"墨九看她面有忧色，又逗她乐，"不过我说真的，妍儿，若派你和亲就能解决两国争端，你愿意吗？"

"……"宋妍站在门槛里，久久没有回应。

很久很久以前，当墨九初入这个世界，心里曾经燃烧着一把熊熊烈火，没有方向却雄心万丈，她恨不得披挂上阵，与萧乾一起逐鹿中原，指点江山。然而，在经过了数个流年的战争之后，她更渴望平静，不愿再看那枯骨挂树枝，烽火连三月的场面。

一路想着事，她回到寝殿，发现萧乾已经回来了，正倚榻看书。

墨九怔一下，没有行礼，笑着走过去："怎么今儿回得这样早？"

萧乾把书合拢放下，淡笑着牵她手过来，坐在自己身边："好些日子没伺候皇后，怕皇后气朕，特地早归赔个不是——现有龙体一副，还望皇后笑纳。"

"少来！"墨九瞪他一眼，手心拍在他的手背上，传来啪的一声响，"是不是被你那群爱卿给气的？心里窝火又没地方撒气，这才早早回来找安慰了？"

萧乾微微一怔，忍不住笑了起来："果然夫妻同心，我阿九连这也能猜到！"

"呵呵！"墨九干笑，看他伸手又要抱过来，侧身躲开，正了脸色瞅他，"今儿出城妍儿问我，是不是要打后珒了，我竟有些难过。"

萧乾看她一眼，沉默。

墨九眯起眼来，微微倾身把脑袋凑到他的面前，观察他表情："时间定下了吗？"

萧乾嗯一声："等天气暖和。"

墨九皱起眉头："一定要打吗？这个世界非得用这样的方式解决问题吗？"

她不知不觉问了一个与宋妍类似的问题，萧乾却给了她一个更为坚定的回答："能战而不战，是为弱。我怎可示弱？"

墨九摇头："能战而不战，也为善。有何不可？"

萧乾握紧她的肩膀："阿九，我若不战，完颜修亦不容得我，只会得寸进尺。若他死磕到底，我亦头痛。"

呼！它完颜三舅也是一个又横又固执的主儿。这几年他偷偷来看孩子被撵走几回，莫不是怀恨在心，这才故意骚扰边线的？墨九很难理解男人的逻辑思维，不由得叹服："六郎，我实在不敢回想那些角鼓争鸣、冤魂声恸的日子……白骨露于野，千里无鸡鸣。生民百遗一，念之断人肠……"

兴许是被自己描述的场面吓到，墨九揪着胸口，突然觉得胃中翻腾，猛地下榻，侧身干呕起来。

"阿九怎么了？"萧乾慌不迭来扶住她，抚她后背，"是在妍儿那里吃了什么不好的东西吗？"

"没，就吃几口酒。"

“又偷偷喝酒，你这坏毛病……”

“不，跟喝酒没关系，我就是想到那血流成河的场面，我，我就受不了！想想都不行，胃里灼得慌，想吐！”墨九说着，又捂住嘴，狂呕不止，吐得整个人都蹲了下去，一张脸毫无血色。萧乾紧张地握住她的手腕，习惯性为她号脉。

“阿九！”一瞬后，他紧张的面孔变成震惊，继而转为惊喜，“你有喜了！”

寝殿里，陷入安静。

一种浓烈到几近沸腾的喜悦蔓延其间，充斥在两人交流的目光中。

萧乾见她发怔，紧紧将她纳入怀里，沉声肯定：“瞧你的傻样儿！阿九，我们真的有孩儿了！”

“有孩儿了！”墨九抬头看他，眼眶浮上湿意，“如果是儿子，那为了大狄的小皇子……这场仗是不是就可以不用打了？”

萧乾低头吻她额头，就像哄孩子似的，小声承诺：“只要完颜修不来犯我，我保证不主动犯他！”

以他今日之尊许下如此承诺，算是相当沉重了。墨九转忧为喜，快活地抿一下唇，嗷一嗓子扑入他的怀里，与他紧紧相拥。

翌日，皇后有喜的消息如同一夜春风，很快就吹遍全城，传出燕京，拂向了大狄朝的各个角落。

一个半月后，后珒国主完颜修发来贺词，并送上贺礼若干，全是后珒珍贵的貂皮、鹿茸和人参，随同他的贺礼一起到达燕京的还有一封国书。

“后珒完颜修欲求娶大狄紫妍公主，并与大狄永结秦晋之好，有生之年，绝不犯大狄疆土一步。”

紫妍公主？朝臣当然知道。

萧乾与南荣皇室难以启齿的关系，一直是大狄不可言说的禁忌。

然而完颜修，那个桀骜不驯的后珒国主就这么轻而易举地揭开了薄薄的一层面纱。

国书上，不仅写着紫妍公主的名字，还写着他自己的生辰，特地表示欲求大狄皇后赐上一卦，以做二人合婚之证。

大殿上一丝风都没有，众臣皆叹完颜修这明着求和、暗着宣战的举动大胆，皇后却突然就笑了，眼里迸出一抹澄澈的光芒。

“大狄朝要嫁公主了！”

姒锦 作品

孤王寡女

《5》

御天行 ㊤

青岛出版社
QINGDAO PUBLISHING HOUSE

图书在版编目（CIP）数据

孤王寡女. 5，御天行 / 姒锦著. -- 青岛 ：青岛出版社，2018.1

ISBN 978-7-5552-3506-4

Ⅰ. ①孤… Ⅱ. ①姒… Ⅲ. ①长篇小说－中国－当代
Ⅳ. ①I247.5

中国版本图书馆CIP数据核字(2017)第018231号

书　　名　孤王寡女5御天行
著　　者　姒　锦
出版发行　青岛出版社
社　　址　青岛市海尔路182号（266061）
本社网址　http://www.qdpub.com
邮购电话　010-85787680-8015　13335059110
　　　　　　0532-85814750（传真）　0532-68068026
责任编辑　郭林祥
责任校对　耿道川
特约编辑　崔　悦
装帧设计　苏　涛　李红艳
印　　刷　北京彩虹伟业印刷有限公司
出版日期　2018年1月第1版　　2019年1月第2次印刷
开　　本　16开（700mm×980mm）
印　　张　34.5
字　　数　550千
书　　号　ISBN 978-7-5552-3506-4
定　　价　59.80元

编校印装质量、盗版监督服务电话　4006532017　0532-68068638
建议陈列类别：畅销·古代言情

目录【上】

CONTENTS

目 录【下】
CONTENTS

第一章　除夕风云

南荣声势浩大的皇帝御驾亲征的消息自然早就传入了北勐。

一南一北，两路大军都在向汴京进发，于是，汴京地界就必然成为此次短兵相接的主战场。只可怜了汴京府的人们，结束战争不到两年，又迎来了一场更为严峻的战事，连年都过不好。

人心惶惶中，谣言四起。

汴京府，有门路的人早就举家搬走了，没有门路的人，也只能苦苦盼着北勐人少做一点儿伤天害理的事，不祸及百姓，或者期待汴京守将古璃阳可以率领昔日萧大将军留下的这一支强悍旧部，将北勐骑兵赶出南荣。

古璃阳接到朝廷的圣旨，已有些时日了。

皇帝并未令他出征，只令他驻守汴京。在接到圣旨的第一天，他就开始准备防御工事，调兵遣将，安排防守。这个时候，一切备战之事，早已准备妥当。而且，从腊月初一开始，汴京的各大城门就布下了重兵，把汴京城守得像一个密不透风的铁桶。一律人等，只准进，不准出。

在汴京这一座古老的城池之中，还未开战，风雨声、马蹄声，似乎却已传到了众人的耳边。

城墙上，风声凄厉。

古璃阳手按腰刀，目光静静地看着远方。

在他的身边，一个大块头的男子穿着盔甲，满脸黑沉。

“古将军，你这些工事，做来是何用？”

古璃阳没有回头，声音低沉，却也有力：“防御外敌！”

“去他的外敌！”孙走南突然啐了一口，上去就要拎他的领子，“旁人不知情，难道你也不知情？如今的形势，明镜似的摆在你面前，你不早早向主上投诚，竟然筑起了防御工事来防他？狗皇帝一道圣旨，几个美人儿、几坛美酒，就让你的良心都喂了狗？”

孙走南性子暴躁，生起气来六亲不认，黑着脸，虎着眼，一般人还真就受不了。

然而，在他气咻咻的怒骂中，古璃阳不挣扎、不抗拒，任由孙走南粗鲁地拎着他的领子，将他重重推撞在垛墙上。脊背生痛，他皱了一下眉头，却也只有冷冷一句。

“我是南荣人！”

“有种！”孙走南二话不说，抡起拳头就揍。

他真没客气，砰一声，古璃阳的脸上就被他结结实实地揍了一拳，古璃阳的眼下当即淤青一片。头一低，他的嘴角就有一丝鲜红溢出来。

呸一口，他冷哼：“你他娘的，揍得真狠！”

“这就叫狠？！”孙走南胳膊肘一撑，将他生生压在墙上，不客气地又挥起一记老拳，“你既然把主上当成了外敌，那老子如今也是你的外敌了。不趁机多揍你几拳，等没了性命，再去阎王殿里等着揍你吗？”

嘶！古璃阳又挨一拳，再也受不得了。

他一把抓住孙走南的拳头，反身一拧，就将他制住：“你听我说！”

“说你娘的卵！”孙走南不是一个肯听人慢慢说的人，一激动起来，连他自己都害怕。这会儿，手脚被古璃阳扯住，孙走南当然不肯认怂，一个反勾拳朝古璃阳肋下击去，用了十足十的力度。古璃阳双眼一眯，不再忍让。两个人便这般在城墙上扭打起来。

你一拳，我一拳，虎虎生风，老远就能听见孙走南的骂声。

北勐骑兵南下，对此时的古璃阳来说，是一个极大的考验。

他一直知道萧乾没有死。

而孙走南便是萧乾派到他身边的人。

从孙走南来的第一日，古璃阳就知道，他一定会有面临选择的那一天，只是时间早晚而已。他生在南荣，长在南荣，家眷亦在南荣，若让他任由北勐铁骑踏过南荣的山山水水，蹂躏南荣的百姓，他做不到。然而，让他领兵与萧乾在战场上真刀真枪地拼杀一回，他还是做不到。

这一刻，他甚至有些羡慕迟重。

那个早就魂飞九天的迟大将军。

他死了，成了一个英雄。

不仅是南荣的英雄，也是萧乾心中的英雄。

可自己呢？这一仗，到底何去何从？

在与孙走南你一拳我一拳的互殴中，古璃阳心中憋了许久的积郁，终于在战斗中彻底爆发了，就像为了寻找一个发泄的出口一般，他不再忍耐了，挣扎着狠狠脱掉了披风，脱掉了盔甲，也丢掉了腰刀，只穿了一身单衣与孙走南肉搏起来——

薛昉走上台阶，看到的就是这样荒唐的一幕。

两个人脸上有血，身上有血，人也滚在雪里，盔甲什么的丢了一地。

薛昉微微蹙眉，沉声低喝道："大敌当前，你们在做什么？"

两个紧紧抱在一起互不相饶的人，齐齐一怔，抬头望向薛昉。

"薛副将？"

当初萧乾离去时，薛昉便被任命为北伐大军的副将了。萧氏一案之后，临安亦有皇帝亲自下的任命。也就是说，薛昉如今坐着的是汴京北伐军的第二把交椅。尤其，他曾经是萧乾的贴身侍卫统领，是萧乾极为信任和亲近的人，因此，他在这支北伐军旧部里面威信极高，将士也都极为敬重他。

被他这么一吼，孙走南亦清醒过来。

人一生气，差点儿忘了场合。

孙走南恶狠狠地瞪了一眼古璃阳，慢慢从他身上爬起来，想想又有些咽不下那口恶气，指着古璃阳就对薛昉道："薛小郎，你自己问问这个没良心的东西吧！问问他都做了什么！哼，老子从未见过如此忘恩负义之徒！算我眼瞎，还曾拿他当兄弟！我呸他奶奶的腿儿！"

"你先消消火！"

薛昉身为军中副将，又怎会不知道古璃阳的防御工事？

他虽然年岁比孙走南小得多，却做了萧乾的侍卫统领，论心思，自然比孙走南缜密了许多。他慢慢走过来，捡起地上古璃阳丢掉的盔甲与衣袍，慢慢披到他的身上，然后走到城墙边上，望了北方一眼，重重叹了一口气，才从怀里掏出一封信笺，递了上去。

“主上都还没有消息过来，你们就先在窝里斗了！这事儿要让主上知道，得有多伤心哪？喏，先拿去看看再说吧。”

古璃阳抹了一把嘴角的血丝：“主上的来信？”

薛昉嗯一声，声音不轻不重，却字字诛心：“主上是什么样的人，你们还不清楚吗？你们能想到的事情，主上会想不到吗？你们心里的顾虑，主上就当真不会顾虑到吗？亏你们跟在他身边那么多年，竟不了解他的为人！”

手指微微一颤，古璃阳慢慢接过信笺。

从漠北到漠南，再入中州，长途跋涉的萧乾大军，行至彰德府浚县，已是景昌元年的除夕了。此时，天寒地冻，飞雪未止，战争迫在眉睫，简直愁死了归乡的旅人。

暮色四合，浚县山下，北勐骑兵的行军毡帐，像一朵朵蘑菇，一顶一顶伫立在苍穹之下的积雪之中。乍一看，毡帐七零八落，没有章法，可懂行的人却知道——毡帐的布局，暗合着巧妙的八卦阵法。

当然，这样的阵法，来自墨九的创意。

懂机关，善巧术，墨家巨子的本事，并非说说而已。一路从哈拉和林跟着萧乾南下，她就在琢磨一些可以帮到他、对他有用的东西。墨家有一些库存的火器，但都存放在兴隆山上，时间这样仓促，也运不过来。而且，目前墨家的火器对于动辄数十万人的大军团作战来说，不管在数量上，还是在质量上，都达不到要求。

于是，墨九就琢磨上了阵法。

古代战争，主要靠阵法和布局，比如有名的淝水之战这种以少胜多的经典战役，靠的就是谢安巧妙的阵法布局。古代通信设备落后，信息传达存在误区，两军交战时，主帅的意志往往不能准确地让每个士兵知晓，这就给了敌人很大的可乘之机。一旦阵法不及，一处乱，就处处乱，处处乱，就吃败仗。

萧乾以前是南荣有名的将帅之才，在行军布阵上，自然也是个中好手。

可当他传统的兵法式布阵融入了墨九机关八卦的巧力之后，他像是豁然开朗，找到了一扇通往新世界的大门。世间之事，大多相生，就比如大军驻扎的布防，有了一个相辅相成的小八卦布局，也能缜密许多。

在对墨九大赞之余，他渐渐跟上了墨家的思维，布阵、实践、修改、推倒、再来——两个人像对这个事儿玩上了瘾，从漠北一路行至浚县，每一次驻扎布防，他们都会用不同的布局方式，然后让将士训练攻击和防守，像军事演习似的。几次三番下来，将士乐意玩，他们也从中得到了不少的经验和教训，将多种可攻可守的阵法，练得炉火纯青。

于是乎，萧乾一高兴，一声令下，大军就地休整，一起过年。

北勐人从来不过年，但没有人不喜欢过节。

尤其在大战开打之前，可以大吃大喝，谁会不喜欢？

浚县山下，毡帐点点，欢声笑语雪片似的飞上云霄！

对于苏赫这个王爷，他们从怀疑到尊重，从佩服到事事顺从，甚至对他心生感激，也不过短短一个多月而已。不得不说，这就是萧乾的人格魅力了。带兵打仗不同于其他行当，太讲究人心驾驭，军心合一。一名统帅，得让将士由心地服你，顺从你，这样对命令的执行力度才会有效果，这也是打胜仗的基础。一支常胜的军队里，一定有一个灵魂人物。

萧乾在军中，扮演的从来都是这样一个人物。

领袖的魅力，决定了军队的实力。他从严治军，也友爱治军。还没有到达浚县山，他就早早派了先遣部队过来中州，找当地四乡八镇的居民购买猪羊、蔬菜，用来给将士过一个肥年。

战争时期，这些东西可都是稀缺之物。

北勐军还未到达中州，这里的老百姓能逃的都逃了，没地方逃的也整日里关门闭户，避得远远的。他们在珒国未亡之前，受珒国人奴役，受到折辱，如今听说北勐人比珒人还狠戾，一个个都是茹毛饮血的怪物，哪里会想到找上门来要食物的北勐兵，会这般彬彬有礼？

不杀人放火，老百姓已是受宠若惊了。

老百姓原本想着把东西都送给他们，只要讨个全家安生也就罢了。

结果，北勐兵还给他们结算银子……

当一个好的结果大过了恶劣的心理预期，巨大的变化很容易让人心生奇变。

本该视为仇人的，却瞬间变成了恩人！

一支三十万人的军队，要吃掉多少猪羊？

所以，这一场为除夕准备的“收购事件”，辐射范围很大。

由此，苏赫王爷亲民爱民的事迹，很快就传开。萧乾这样，也许有他的刻意为之，也许只是性格使然下的无意举动，但不论原因，只论结果，这件事对他日后能顺利入主中原，不引百姓反感，并招揽来大批南荣官员投诚，奠定了极大的基础，也对他后来的执政，产生了极其深远的影响。

后话不提，只说此刻。

长途跋涉而来的北勐大军，在浚县山下生火做饭，嗅着那好些日子都没有尝过的肉香味儿，看着在飞雪中的袅袅炊烟，浑身上下的血液都亢奋了。他们在营地里，或练拳头，或扳腕子，或找柴火，干得不亦乐乎，有一些嗓子好的会飙歌的，更是扯着喉咙唱开了。

在一曲曲北勐民歌中，饭菜香了，大元帅托人买的酒也到了。

军中人多，消耗巨大，一辆辆运酒的牛羊，排了好几里长。

吃过这一餐，就该上战场了！

血热了，酒温了，大伙儿早有心理准备，也不怕打仗了。他们其乐融融地端起碗，大口喝酒，大块吃肉，像出来野炊的……

“好酒！”

“好肉！”

“好王爷！”

“哈哈！”

“兄弟们，来，吃！”

“啧，这猪肉的滋味，不如牛肉筋道哇。”

“有的吃你就乐吧！要不是王爷，你他娘的还在啃硬馍馍、夹干菜，哪里来的肉！让开让开，你不吃让老子来。他娘的，口水都流出来了，再多吃一口！”

“滚！老子说不吃了？好肉好酒好王爷，不吃亏本！”

一个人说，一百个人说，一千个人说，一万个人说，越来越多的人说，于是，一句“好酒好肉好王爷”不知不觉就随着猎猎的山风传入了墨九的耳朵里，听得她哭笑不得。

“好像王爷也可以吃一样。”

“难道不能吃？”萧乾说得很镇定。

“能吗？”墨九扯着大大的袖口，倾身夹菜。

“不能吗？阿九难道不知？”

“不知。”

“不知——那你昨夜吃的什么？”

“呸！不要脸！”

“要脸，就要不到媳妇了！”

“啧！你何时变成厚脸皮了？”

喧哗的浚县山营地正中，有一个比别处更大的毡帐。

毡帐中，燃着一个火炉，将寒冷都驱逐在外。墨九和萧乾相对坐着，互相逗着趣。萧乾没着战甲，坐得端端正正，仙姿逸貌，清俊出尘。墨九却懒洋洋的，坐在一张垫着厚毯的木板上，样子好不自在。他们的面前，放着清炒过的小菜，还有两个白面馒头，一碟切得薄薄的卤牛肉，一碟夹馒头吃的芽菜炒豆豉，看着式样简单，却令人垂涎三尺。

大军行在外，这样的伙食，也只有她这个孕妇才有机会享用了。

莫说旁人，便是萧乾自己，也舍不得分享她的美食。

他喜欢看她吃得美美的样子，就是心疼她这么辛苦。看她说完，又急急忙忙夹了一片卤牛肉往嘴里送，他不由得抿唇一笑，拿了帕子出来，伸手擦她的嘴角。

“阿九慢些吃，吃完了还有的，又没有人抢你的，急什么？”

“嗯嗯嗯！好吃。噫，你也吃呀！看我吃有味儿啊？”

“我等一下要出去，还得陪将军们吃喝，先留着肚子。”

“哦，好吧！”墨九怀着身子，短短时日，下巴都长圆了，胃口也确实厉害了许多，特别能吃。本来为了这个事，萧乾是准备将她放在嘎查村，不带她继续南下的，可她死缠烂打，说阴山离哈拉和林太近，还不如随他一起安全自在。

再说，汴京是萧乾旧部的老巢，离兴隆山近。

一过了汴京，她就可以回兴隆山，那不比在阴山方便吗？

经不住她三天两头地纠缠，以及有高端配套服务的耳边风，萧乾最终还是投降了。

所以，为了不成为他的累赘，墨九更是卖大力气地帮他。

那些阵法的创意，便来源于这样的动力。

墨九吃了个半饱，打了一下嗝，抚着胃，看萧乾没动筷子，似乎有一点儿神情不属的样子，不由得奇怪道：“王爷，今儿大过年的，可有什么事吗？”

萧乾摇头：“你莫管，吃完在毡帐里休息便是。”

这么一说，那就是有事了。

墨九放下筷子，开始皱眉头：“大事，还是小事？”

萧乾一怔：“大事如何？小事如何？”

墨九道：“你是当家的，大事你做主便好。小事嘛，不用劳你大驾，告诉我，我来办。”

她俏生生的严肃样子，让萧乾不由得失笑："那敢问阿九，何谓大事，何谓小事？"

墨九沉吟一下："比如北勐打南荣就是大事，其他的事，就都算小事。"

"……"

北勐打南荣，也不是他们能决定的呀！

这小丫头就爱钻空子。萧乾笑着刮一下她的鼻子，慢腾腾地站起身："这事和北勐打南荣差不多，算大事吧？！所以，我做主就好。"

"……"墨九作茧自缚，哑巴了。

"我出去了，得准备准备，阿九吃完休息一会儿，早点睡下。"

我去！还真的有仗要打？

看着他系上大氅子钻出毡帐，颀长的身影消失在面前，墨九微微眯着眸子，好一会儿都没有回过神来。

她沉默着，想了许多。

这里是浚县山，离汴京还有一段路。萧乾也没有让大军入城，更没有扰民。驻扎在这个前不着村后不着店的地方，根本就没有招谁惹谁，那么，如果今天晚上会发生战争，那将会在谁与谁之间？

古璃阳？

想到这个人，墨九心里蓦然一惊。

古璃阳是萧乾在南荣领兵时的两员虎将之一。迟重没了之后，当属他了。可他是土生土长的南荣人，心有南荣是正常的。而且，就算他心向萧乾，愿意投诚于萧乾，他麾下的战士也未必听话。他们都是土生土长的南荣人，莫说古璃阳，就算"死去"的萧乾活着回去，让大军倒戈相向，也未必就能成功。

那么，古璃阳要忠，还是要义？恐怕会两难。

但墨九为他考虑过不好抉择的最终结果，大不了就是解甲归田，不参与他们之间的战争而已，却没有想过古璃阳会来打萧乾哪！

但若非他，还会有谁？

一时惶惶，她心绪不宁，连胃口都没了。

宣布战争快一个月了，真正的战争却没有打过。

今天是除夕，北勐人不过，南荣人却很讲究，他们会来吗？

考虑来考虑去，墨九终于坐不下去了，唤了玫儿过来，披上带有帽子的斗篷，慢慢出了毡帐，却见墨妄等在风雪中。她不由得一怔："师兄没有去吃饭吗？"

墨妄看她一眼，目光微微闪过，没有回答，却反问："巨子要去哪里？"

墨九笑了笑，冻得哈了哈手："正准备去看看弟子们，和他们聚聚。过年嘛，我虽然不能喝酒，但还得与大家伙儿热闹热闹不是？"

脸上微微一松，墨妄点点头："那咱们一起过去吧。"

墨九嗯一声，跟在了他的身边。

墨家弟子住得离她极近，不过就三四个毡帐的距离，几个人还没有走到地方，就听到里面传来笑声。墨九嘴角微微翘起，觉得整颗心都是暖和的。

其实经了这些事，她对墨家弟子越发重视了。

她心里知道，除了萧乾之外，也只有这些人，才会巴心巴肝地待她，会听命于她。而她是他们的巨子，也得尽自己所能待他们好，让他们过上好日子。

说到底，加入墨家的人，又有几个真为了传道济民而来？

她曾经看过墨家弟子名册，大多数人身世孤苦，没有亲人，没有家族可以依靠，这才不得不投靠墨家，这不就是为了生存吗？在古时，人要生存得好，特别需要倚仗家族以及势力，一个人的能力太过薄弱了，也只有在这个时候，才最能体现群居动物的价值互补……

说一千，道一万，人人都只为了生存。

她是巨子，就是要给他们最好的生存基础。

从她入主墨家之后的一系列改革开始，也是一直走在这条路上——让弟子获得最大的自由的同时，得到最大的生活资源和利益空间。

只有永恒的利益，才能捆绑永恒的关系。

他们都过得好了，才会对她忠心耿耿，这就是良性循环。

"小九——小心撞头。"墨妄撩起帘子，微微欠身，扶在墨九的头顶撑住门框，往里头喊，"巨子来团年了！"

墨家弟子二三十人，正盘腿围坐在毡帐里头吃喝。

听了墨妄的话，他们纷纷回过头来，露出满脸喜色。

"巨子好——"

"巨子，快来坐下！"

"这身子重了，要小心些，快拿个高凳子。"

长久以来养成了习惯，他们对墨九不会轻易下跪，尤其私底下，相处方式更像真正意义上的兄弟姐妹，恭顺却不比以前更少。墨九喜欢这样，冲他们笑了笑，取下披在身上的斗篷递给玫儿，然后搓着手坐过去，往垫在中间的毡子上看。

“我来看看，都吃些什么。”

“这年夜饭可丰盛了呢！左执事说，巨子特地吩咐买来的肉和菜！”

“嘿，还真不错！”墨九也不客气，坐下来拿着筷子就夹了一片肉，咀嚼着点头，“咱家的大厨手艺越来越好了，回头赏他一个美人儿。”

“哈哈！”弟子们齐齐哄笑起来，看向坐在角落里的大胖子，“只怕美人儿都受不得刘二的体重啊！这二百多斤砸下去，美人儿都成纸片了。”

众人又是哄堂大笑。

墨九也跟着笑：“这刘二，到底偷吃了多少东西？赶紧交代！”

“快，交代交代！巨子让你交代！”

大家伙儿聊得热火朝天，另一边，萧乾与北勐酒足饭饱的一群将军也坐在一起叙话。碰了几个杯，酒一上头，这些憋了一个多月的北勐将军，就有些按捺不住了。他们只觉得浑身都是劲儿，无处可发泄，都恨不得马上提刀出去，捅几个南荣人才爽快。

“大元帅！我们何时出发，攻入汴京城？”

汴京一直是北勐人的心头恨。

因为它曾经是珒人的皇都，还因为它特殊的地理位置。

进可攻，退可守，好一个战略要塞。

上次北勐差一点点就入主汴京了，却被萧乾抢了先。

故而如今汴京在望，个个都如狼似虎，恨不得去拼杀。

可萧乾淡淡举杯：“今日过年，不谈这个，先吃喝完了再说！”

“王爷！”一个留络腮胡子的中年将军站了起来。

他在这群北勐人里，最高，也最瘦，站在人群里，显得特别突兀。他拱着手道：“敢问王爷对汴京之战，有何打算？末将听说，那古璃阳可非庸碌之辈——”

他的话正说到这里，外头突然有探子高声来报。

“禀报大元帅！有大批南荣兵来犯——”

南荣兵打上来了？

一众将军都兴奋地站了起来，脸红脖子粗地嚷嚷着要上阵杀敌。

“大元帅，末将愿为先锋！”

“大元帅，下命令吧！”

“大元帅，末将也愿前往！”

不若南荣举朝找不到几个可战之将，北勐这些将士，一个个都是久经沙场的虎将，听到打仗，血都是热的，抢头功都恨不得抢破头了。

可萧乾沉吟着，却久久未动。

在众将越来越疑惑的目光注视下，他久久才问：“南荣兵离此多远，主帅为何人？”

“回禀大元帅，离浚县山十里，主帅为古璃阳！”

萧乾嗯一声，淡淡道：“知道了！再探——”

“喏！”

敌人夜袭，身为主帅的他，当然应该马上迎战——这也是在座众位将军心里的想法。可萧乾迟疑一阵，慢慢地站起身来，看着他们，轻描淡写地道：“南荣兵除夕之夜前来挑衅，实在可恨。然，诸位将军不必动气，浚县山山势复杂，本不适宜大军作战，古璃阳正是看准了这一点，才胆敢上来捋虎须，阻止我们南下——”

“大元帅！”那个瘦高个儿的将军名叫度三，早就按捺不住了，心里痒痒得很，听萧乾啰唆一堆也没有讲到实处，不由得性急地打断了他，“管他什么山势，南荣来了，我们就不能认怂。末将请求领兵出战！不杀他们一个片甲不留，就不回来见大元帅！”

“末将也愿往！”

“末将愿往！”

“末将愿往！”

一说打仗，将军们个个激动。

萧乾看他们一眼，笑了：“我北勐有尔等名将镇守，自然不会怕南荣来犯。可大家不要小觑古璃阳此人，汴京城留有萧乾当初北伐的旧部，足足三十余万，论数量，比我们只多不少——”顿了一瞬，他看众将似乎不屑，又笑了笑，“本帅有一计，可智取！”

智取？

北勐骑兵靠的从来就是武力碾压敌人。

一听他这么说，几个将军都有些撮火儿。

要不是看在面前美酒和烤肉的分儿上，肯定有人当场就拍桌子。

不过，这些日子以来，萧乾在军中已有威仪，大家伙儿心里不舒坦，但听完他的计划，哪怕有些不情不愿，也不得不承认，这确实是好法子，还能解决他们很多的现实问题——比如粮草短缺。

最终，他们默默地应了，下去准备了。

山中风凉，夜幕已深。

四下里，一片寂静。

在这样的夜晚，铁蹄声格外清晰。

萧乾安排好了防守的军务，没有直接回去，而是大步去了墨家弟子的帐篷找墨九。此时，大雪似乎下得更烈了，扎帐篷用的木桩上，都堆积着一层厚厚的雪，风刮在脸上，像刀子似的。他远远地看了一眼帐篷，哈了哈气，正准备过去，外面值守的墨家弟子就看见了他。

“王爷来了。”

萧乾嗯一声，抬抬眸：“巨子在里面？”

“在的。王爷稍等，弟子这便去通传——”那名墨家弟子识得他，分外热情，正要进去找墨九出来，帘子就被人从里面撩开了。

出来的人，可不就是墨九。

外面发生的事情，墨九还不知情。

看萧乾神色凝重，她迟疑一瞬：“王爷，发生什么事了？”

相处这么久，萧乾的个性她了解。如果不是什么紧急的事情，他不会专程跑过来找她。尤其在这样的除夕，他不会随便打扰她和墨家弟子的聚会。

看她一下，萧乾目光里似乎带了一丝歉意：“阿九，恐怕你暂时回不得兴隆山了。”

墨九微微一诧：“为何？”

萧乾眉心一拧，看一眼黑沉沉的天际，没有时间解释更多，只道：“古璃阳率兵夜袭，已到浚县山外十里处。我们必须马上撤离，你速速让弟子准备，只有半个时辰的时间，其余的事，我们路上再说！”

撤离？

不仅墨九愣住了，听见这话的一众墨家弟子也傻了！

他是领兵来打南荣的，为什么人家打上来了，他们不乘势迎战，却要撤离？

对此，墨九满肚子疑惑。

不过看萧乾目光冷厉，似乎很着急，她也知道这个时候不方便多说。

她嗯一声，回头对墨妄道：“事不宜迟，我们听王爷的吧。大家赶紧准备，半个时辰后撤离！”

“好的。”墨妄说着，就开始安排下去。

这就是信任了！

墨九对萧乾信任，墨妄也有着对她的信任。

不问原因，就完全遵照执行。

墨家弟子只有二十多个人，打包行李而已，收拾的速度很快。而萧乾的大军二十多万人，居然也能做到令行禁止，不足半个时辰，全军就已然准备妥当，从浚县山后面的一条茶马大道悄悄地撤了出去。

那么多的人，居然半点儿声音都没有。

而此时，奉命出战的度三，已经在浚县山外十里处，和领兵夜袭的古璃阳部展开了一场如火如荼的殊死之战。

如此，浚县山之战，也就成了北勐南下以来，与南荣的第一战。

度三是北勐有名的虎将，麾下骑兵个个久经沙场，戾气极重，悍勇而凶狠。而古璃阳率领的都是萧乾当年北伐时的旧部，亦是老兵出身，闲的时间久了，遇到外敌来侵，也热血沸腾，自然不肯退让半步。

于是，这一战，居然历时三天三夜之久，打得难分胜负。

浚县山仿佛成了一个重要的堡垒要塞。

一南一北两支军队打得难解难分……

打仗打仗，越打越急眼。

从一开始的畏惧，到打出了火气，骨子里的血性也就上来了。可很快，北勐军中就有人发现，事情不对劲！为什么他们要在这里和南荣兵打来打去的？这是在做什么？他们不是要南下的吗？第一道屏障都突破不了，就被一个古璃阳挡在了汴京城外，太丢人啦！

还有，他们的大元帅呢？

为什么在这种时候，不派人来增援？

士兵有疑问，可没有人敢问。

度三是一个狠人，一个瞪眼就能把人吓尿。

杀起人来，更是眼都不眨。

他说："大元帅的行踪尔等也敢问，要不要来坐一坐老子的位置？"

于是，不仅没有人敢问，也没有人敢多说。

尽管他们心里都觉得这事——很诡异！

在浚县山的夜色掩护之下，萧乾大军早已远离了汴京，一路往西行去。

大军披星戴月，以急行军的速度进发，在第三日天光未亮时，就已经到达了西部重镇陇州。而此时，这一座城墙斑驳的古城还安静地沉睡着，根本不知敌人已经站在了家门口。

“大元帅！”

这样的“智取”，让随从都很兴奋。

一个叫格森的将军翻身下马，拜倒在萧乾的马前。

“末将愿为先锋，攻下陇州！”

萧乾踞于马上，目光透过晨起的薄雾看着安静的陇州城，一双冷眸危险地半眯。

“你只有一个时辰的时间。”

一个时辰，攻下一座城？

这换了别人听来，简直是天方夜谭！

可对于他们来说，一个时辰也并非不可以。

在萧乾的带领下，他们已经习惯了一个又一个奇迹的创造，不仅不会觉得这个命令不合理，还会更加兴奋。

格森的热血瞬间被点燃了，他大声应道：“末将领命！”

可他声音刚落，萧乾又道：“你只有一万人马！”

“啊？”那将军一怔，“一万？”

“你是不愿，还是嫌少了？”

“不！大元帅，一万就一万！老子这就去干他娘的！”格森眸子里燃烧着的都是嗜血的狼性，他心里的好胜之火已经憋了太久，早就恨不得上阵断杀了。对陇州这座古城来说，他们从天而降，占尽了优势，一万人马不多，可也不少。如果这样都打不下来，真的不用见人了。

“一万足够！”

“嗯。”萧乾目光微微一冷，然后看定他的眼，再一次补充，“本帅在乾州等你，望将军凯旋！”

“末将必不辱命！”格森领命而去。

余下的人马，没有在陇州停留，大军连帐篷都已经没有了，只在原地歇息一下，吃了一点儿随身携带的干粮。一刻钟后，在格森领兵冲击陇州城门的时候，他们在萧乾的率领下已然继续南下乾州。

北勐骑兵声势浩大，如同一片黑压压的蚂蚁，吓得沿途的人纷纷逃窜——

这样的消息，不足一刻钟就传入了陇州城守将的耳朵里。

外面攻城的嘶吼声不断，听说北勐苏赫带领的几十万大军突降陇州，他连城墙都没有爬上去瞧一眼，喃喃几声“完了完了，天要亡我南荣矣”，就领着一众将领开城投降。

这光景，反倒把格森给吓了一大跳。

“他娘的，一个时辰还早哇，这就不打了？”

“是的，将军，陇州守将降了！”

“降他娘的！”格森是个狠人，腰刀一挥，“杀！”

“啊！”

“啊！”

投降也没有换来平安，萧乾大军刚刚离开陇州，格森就带着他的队伍在陇州城大开杀戒。一时间，杀声震天，哭声动地，此起彼伏的悲呼声，响彻天际！

夜幕降临时，萧乾率领北勐骑兵到达乾州，用同样的手法，同样让乾州措手不及。可乾州守将不仅没有投降，还领着守军与北勐骑兵狠狠地拼杀了一场。

然后，实力不济，就算他拼尽最后一人，又怎会是萧乾的对手？

最后时刻，守将黄大生在城楼上咬牙切齿地对着北勐骑兵破口大骂了整整一刻钟。而后，他欲轻生，却被从云梯爬上来的北勐兵制止了。

“算你命好！大元帅要留你狗命！”

“有种杀了俺哪，你们这些猪狗不如的东西！”

“找死？”北勐兵一拳头打晕了这厮。

一天时间，陇州和乾州，两座城池陷落。

而两个守将，却有着完全不同的命运。

赵声东一直跟在萧乾的身边，凭着他对萧乾的了解，当然知道他不会胡乱下一些命令，所以，对于这样的结果，忍不住好奇：“王爷，你为什么留下乾州守将的命，却派了好杀的格森去攻陇州，摆明了不要陇州守将活命的呀？”

萧乾看着烽火连天的城池，淡淡一叹。

“乾州守将是人，陇州守将是畜生。畜生岂能和人一样看待？”

是因为他们平日为官的品行？

赵声东恍然大悟，点点头，沉吟了片刻，方问：“我们可还要继续行军？”

“不！”萧乾眉锋一蹙，“事不过三，将士们都乏了，需要休息，恢复体力。正好，这陇州和乾州，皆是南荣富饶之地，通令下去，大军留守，吃个饱饭，睡个好觉，再图明日！”

“属下遵命！”

同一时间，宋熹率大军到达了汴京。

在浚县山和北勐军酣战了三天三夜的古璃阳，可谓功不可没。宋熹从接到古璃阳主动出战北勐兵的奏报开始，就一直很诧异，到这个时候，听说古璃阳已经与北勐兵打了三日，这心里的疑惑，也已经达到了峰值。

他从来没有想过古璃阳会出战。

但这样的结果，对一个御驾亲征的帝王来说，自然是满意的。

风尘未洗，他便披上战袍要前往浚县山。

然而这时，古璃阳却领兵大捷归来，引得汴京全城高呼。

“古大将军，战无不胜！”

“古大将军，扬我国威！”

在此之前，古璃阳与度三打了三天三夜，没有分出胜负，可就在宋熹到达汴京之前的一个时辰，古璃阳棋高一着，终于击退了抵死顽抗的度三，令其仓皇败退回浚县山的驻地——

如此，胶着了三天三夜之后，南荣兵在古璃阳的带领下，获得了首次大捷。

而这时，已经战至疲态的南荣兵也要休整，不可再战。

于是，古璃阳班师回城了。

汴京城的大街小巷，都在喜呼“古大将军大捷”。消息传到宋熹这里，他诧异之余，立马召见古璃阳，大行表彰之事，要给大捷归来的汴京驻军嘉奖庆功。然而，庆功的圣意刚刚传下去，就接到一个令他震惊万分的消息。

北勐军在一日之内，连夺南荣陇州与乾州两城。

等宋熹再派兵前往浚县山北勐兵的老巢时，那里已经空无一人。

就连被古璃阳力挫锐气的度三“残兵”，都不知去向！

从天堂到地狱，什么滋味儿？

转瞬间，这消息就像老天故意给南荣人开的一个玩笑，给他们逗了个耍子，又收回了短暂的怜悯。甚至于，事实结果比他们之前的预期更为残酷。

未正式迎敌，就被占了两城。

而且，陇州和乾州的失守，还不算最大的悲剧。

真正的悲剧在于，陇州和乾州乃西部大门，这一失守，整个西部和川、陕、云、贵地区全都门户洞开，给了北勐骑兵全境入侵极大的便利。更可怕的是，御驾亲征的宋熹集齐了主力要与北勐兵在汴京决一死战，如今连回援的机会都没有。

实际上，南荣的兵马，在数量上优于北勐。

苏赫领兵南下，一共才三十万骑兵，宋熹此番御驾亲征的兵马有八十万之众，加上汴京的兵马，若大规模对战，鹿死谁手，犹未可知。宋熹虽然没有带过兵，但他用“皇帝御驾亲征”带来军民一心这招，就不可小觑。从临安行至汴京，他点燃的不仅是战火，还有万众一心对抗强敌入侵的决心。

一个帝王的人格魅力，宋熹发挥到了极致。

故而，汴京一战，原本是整个南荣的希望，也是为赌国运的一战，胜负对今后战役的影响极大。

然而，结果却是这样。萧乾为这段历史写下了一个完全超乎人们想象的结果。

此前，宋熹为这一战，做了许多布置。

在御驾亲征之前，他曾对古璃阳大肆封赏，还因此遭到一群老臣的反对。可他这一招其实很高明，可谓攻心之策。若古璃阳在这样的情况下，还一心背离于他，那他毫无损失，而古璃阳却会背上不忠不义的骂名。这对于古璃阳来说，恐怕比杀了他还要艰难。因此，宋熹对古璃阳的设想是，就算不会尽心帮他，也绝不会领兵向萧乾投诚。

古璃阳是南荣人，这一点就是他的软肋。

他猜对了，也赌对了！古璃阳确实没有背叛他。

可他——在这一刻，宁愿古璃阳早早就背叛了他。

古璃阳与度三在浚县山的首战，拖住了来自四面八方的视线，也包括宋熹的目光，让他们都无暇分心顾及其他，也根本就没有想到，短短三天时间，北勐军主力会出现在南荣的陇州和乾州——这魔鬼似的行军速度，非一般人可以做到。

“真乃神人也！”

坐在汴京府的大殿里，宋熹对着一众低垂着头的将军，说了这样一句话。

大战当前，敌人却不见了。

这恐怕是史上最荒唐的一战了！

除了萧乾，一般人还真不敢这么干！

急行军，不带粮草，轻装简从，赌博似的行为，赌赢了也就罢了，一旦赌输了，他那几十万人，就只能死在南荣了。可萧乾素来算无遗策，度人心如度己心，他每走一步，都算得很精妙。

“陛下！”左右两侧静立的将军，一个个脸上都有颓色，“为今之计，我们当另觅良策才是。”

宋熹凉眸沉沉。

良策？当下何来良策？

军中好不容易积累起来的信心，一朝被人击得支离破碎。

这个打击，可谓巨大。

如今，在短时间内，让千里迢迢来到汴京的部队再次出征西部，追着萧乾打，那简直就是自残的行为。他们疲于奔命，萧乾却意态闲闲，一旦交手，他们明显会吃大亏。可如今不去追着萧乾打，就由着他吃掉自己一座又一座城吗？

宋熹头有些痛，视线缓缓掠过殿中的一众将领，像带着刺儿的枝枝蔓蔓，每划过一个人的脸，都令人心底生凉。

最终，他目光定格在古璃阳身上。

“古将军，你有何良策？”

在众人议论的时候，古璃阳始终没有多言。

听宋熹点到他的名，他眉头微微一皱，上前行了礼，沉声道：“回禀陛下，臣以为，苏赫大军轻装简从深入我西部腹地，我们不必正面与其碰撞。以己之短，攻彼之长，乃大忌。我们应当捉其弱处，再徐徐图之……”

宋熹眼眸微眯：“弱处？何谓弱处？”

古璃阳清瘦的脸上，露出一丝犹豫，似乎有什么顾虑。

宋熹观之，微微一笑：“古将军但说无妨。”

“多谢陛下。”古璃阳欠身又行一礼，而后严肃道，“苏赫从浚县山直插陇州，未带粮草，未带兵械，这种打法只适于速战速决之战，且只可胜，不可败。”

“古将军，这是何意？”

“只有打了胜仗，他们才有机会为几十万大军采补。在没有大批军粮，没有后援的情况下，一个地方的物资极其有限，他们也撑不了几天。故而，他们得不停地打下去，以战为战。以速战和胜战来维持军中用度，一旦败北，或者战事陷入胶着，他们必将粮草吃紧。”

古璃阳为人稳重，并非多言多语之人，这一番长篇大论说完，宋熹拧着眉头思考一瞬，又问：“依古将军之见，此战当如何打？”

皇帝的视线很诚挚，一心求教的样子。

古璃阳抿了抿唇，徐徐道："依微臣之见，当即刻派兵从均州入陕川界，在兴元路和广元路截住苏赫大军，再派汴京大军前往庆阳等地，一南一北扎个大口子，将苏赫的三十万兵马围在其间，不与之战，只与之耗。不消一个月，他们必因粮草短缺而疲于奔命。届时，陛下可倾全军之力，一举歼之——"

"古将军真乃纸上谈兵的大将之才也！"不等他说完，站在右侧的一位老将军就冷笑出声，截住了他的话，"简直一派胡言，听得老臣都要臊死了。"

这些将军里面，有好几个南荣的老将，自恃资历老，看不上古璃阳年纪轻轻便得宋熹重用，还在他们面前谈兵论阵。这一次汴京首战，苏赫顺利夺下陇州和乾州，他们把罪责全算在了古璃阳的头上，语气和态度自然不太友好。

"古将军这一次为苏赫的陇乾大捷立下了汗马功劳，还不知足？！这是要撺掇陛下继续拉着我南荣兵马陪苏赫耍子呢？"

被人当场斥责，古璃阳脸色微微一沉，而后淡然地侧目看他。

"段老将军之言，古某不知何意！古某是南荣人，只懂得忠于南荣之事。"

"不知？那我来教教你吧。"

段将军捋一把花白的胡子，冷笑一声："诚如你所言，苏赫大军缺粮草，可你以为蒙合是死的吗？他让苏赫领兵南下，称霸天下之心昭然若揭，岂会不给苏赫粮草补给？你让陛下拉着咱南荣兵马前往兴元路、广元路扎口子，说得轻巧！你以为扎口子是扎王大娘的裹脚布哇？兵员分散，等着让苏赫和蒙合一前一后，各个击破吗？黄口小儿，若非不懂，就是居心不良！哼——"

把古璃阳狠狠地讽刺了一番，又按个人见解分析了利弊，然后，这位段老将军方对着大殿上的宋熹徐徐拜下，捧着一颗忠心，带着哭腔建议。

"陛下，万万莫听这小儿胡扯。在萧乾未死之前，他不过是萧乾的副将，听从萧乾之言行事而已。此番北勐南下，倾举国之力，即便萧乾尚在人世，恐也不敢说扎口子就能拖死北勐兵，他倒讲起战法来了……"

宋熹目光微微一凉，摆了摆手，让"痛哭流涕"的老臣起身。

"那依段老将军之言，此战如何打？"

段将军道："老臣以为，我大军不宜再行跋涉之事，当以重兵驻守汴京，将汴京作为向南防卫、向北进攻的第一重镇。要知道，汴京乃中州腹地、荣朝皇都，太祖时就择此为帝都，自有它的妙处。若非珒人所迫，后来又怎会拘在那临安一隅——"

看他说着说着，又要扯旧皇历，宋熹有些头大地摆了摆手。

“段老将军不必讲史料了，只说现下行事之法。”

“是，陛下。”段老将军拱着手，欠着身，样子极为恭顺，接着道，“汴京乃南荣对北勐的门户，重兵压境，绝不可撤离，平白便宜了某些居心不良之徒，在此坐地称王。”

瞥一眼古璃阳，再看宋熹眸底浮上阴霾，他知道说到了皇帝的心坎儿里，又道：“陛下坐镇汴京，先截断北勐援军，再派遣兴元路、广元路等西部驻军会集于徽州、成州，对苏赫部多处出兵、虚张声势，拖住苏赫大军，分散兵员，使其人心浮动……等粮草耗尽，早已深入南荣腹地，孤立无援。届时，岂非不攻自破？！”

宋熹听着，揉了一会儿太阳穴。

说到底，他的法子与古璃阳的，也没有本质的差别。

都在利用苏赫领兵深入却未携粮草的软处。

久久，宋熹抿唇，望了一下其余的将领。

“诸位将军，有何高见？”

左右两侧共站着将校十余人。

他们面面相觑，纷纷响应。

“末将以为段老将军之言，实为良策！”

“末将亦有此意！段老将军戎马一生，经验老到，可谓字字珠玑。”

宋熹点点头，目光突然又望向古璃阳：“古将军且说说，段老将军之计，可为上策？”

在众位将士齐声拍马屁的时候，古璃阳脸色未变，抿着嘴，不发一言。

他心里清楚得很，这位段将军在这些人里面，有些威仪和资历，其余的人不过是些人云亦云的家伙罢了，拉到战场上，没几个敢打敢拼的。

听了宋熹的询问，心知他已有决断，古璃阳亦只有冷笑。

“御敌之策无上下之分，唯结果论。”

将军府后院，有一个湖心亭。

亭子下头的水已经结了厚厚的一层冰，反着白亮的光芒。

古璃阳身着便服，坐在亭中的石墩上，面前有一方石桌。桌上摆着温好的酒，还有几样精致的小菜，这时天色已近黄昏，陪着他在大雪天饮酒的人，正是之前与他打过一架的孙走南，以及薛昉。而湖心亭外，布满了持戟的士兵，守卫极为严密。

端着杯盏，古璃阳喉咙久久哽着，喝不下去。

“老古！别矫情了！”孙走南拿着杯子碰一下他的，嘿嘿发笑，有一点儿幸灾乐祸的意思，“败在主上的手上，又不丢人。都到这个份儿上了，你也该看清楚了，还挣扎个什么劲儿啊？宋熹没有直接拿了你的兵权，一刀宰了你，算你走运。可这次躲过了，下次可不一定有这样的好运。我们得计划计划了，不能等着人家行动了再束手就擒。到时候，咱可真就连挣扎都没有法子了，那岂不枉费主上为了不与你正面为敌，放弃汴京这块肥肉而远走西部，受尽苦寒，还露一个那么大的破绽给宋熹的一番苦心？”

古璃阳眉心紧紧拧着，不言不语。

在宋熹没有赶到之前，萧乾确实有机会一鼓作气拿下汴京。

他为什么没有这么做？也许有很多原因，但古璃阳真不敢拍着胸膛说，完全与自己无关。

说到底，萧乾是念着旧情的。

这份旧情里，不仅有他古璃阳，还有汴京那一群曾经陪他北伐、陪他出生入死的将士。

可如今，一南一北，各自为政——

古璃阳长长一叹，手撑额头，大口痛饮：“我愧对主上！”

薛昉摸摸嘴角，视线锁定在他的脸上：“古将军，被主上说中了而已，你不必垂头丧气。现在，一切都还来得及。”

那一日，萧乾派人送来信函，上面什么交代都没有，就简单一段话：

“你在南荣，我在北勐，各为其主，你打我，既不弃恩，亦不背义。战场上，真刀真枪拼杀，是为丈夫。战场下，把酒共欢，是为兄弟。然，纵你拼死护国，也难得信任，难有所为，更无法扭转乾坤。若有一日，你走投无路，当记鸿雁高飞处，有我温酒以待。”

本来浚县山之战，古璃阳的做法确系良策。

正如萧乾所说，浚县山那样的地势，狭窄、崎岖，根本就摆不开战场。也就是说，不管你有多少兵，战场摆不开都只有吃瓜当看客的份儿。萧乾三十万大军拘在那处，本来就很吃亏，从古璃阳的角度来说，一直驻守汴京等着他来打那才傻。北勐骑兵善于攻城之战，又以骑兵突击马战为主，到了地势平坦的汴京，简直就是如虎添翼。所以，他主动出击，干得很漂亮。

当然，他没有想过要把萧乾歼灭，只为探一下虚实。

可——萧乾了解他，一旦开战，就不玩虚的，一定会想尽办法取胜。

所以，他就像只鸟儿，生生落入了萧乾的笼子。

一念至此，他将凉透的杯中酒一饮而尽，面上浮上一丝淡淡的忧伤。

“南荣有一群乌合之将，当亡矣！”

薛昉看着他，笑道：“古将军可算看明白了！早晚而已。便不是主上，也会是别人。既然可以选择，古将军愿意是主上，还是别人？”

这个薛昉小小年纪，句句话都攻心。

古璃阳沉默了一会儿，突然又望向了他，就像为了给自己找一些决心和安慰似的，问道：“南荣若亡于主上之手，算不算被北勐侵辱？”

“不算。”薛昉给了他一个肯定的答案，“古将军不要忘了，主上是南荣人。为何起兵南下？只为报血海深仇，除昏君佞臣，还百姓一个清朗人间。”

这个薛昉常年跟随萧乾，为他处理各种政事杂事，这样的身份换到后世就是一个非常合格的秘书长了。俘获人心之事，他简直信手拈来，都不带打草稿的，一席话把古璃阳说得连最后一丝犹豫都没有了。

“唉！”

长长一叹，古璃阳一把抱过酒坛，仰起脖子一饮而尽。

一坛酒尽，他掷坛于地，站在湖心亭的中间，向南而望。

“我古家世代忠良，从未做过愧对家国之事。这一次，非子孙不孝——请祖宗明鉴。”说到这里，他安静了片刻，冷不丁又回过头，目光深深地看着薛昉。

“就依你之言行事吧！”

乾州。

高高的城楼上，萧乾按住腰刀，微眯双眼，看着城下校场。

连占南荣陇、乾二城，拼的是速度，也让北勐兵士气大振。

这个时候，告诉他们可以捅天，他们估计也不会眨眼了。

休整了一夜，年轻的士兵都恢复了元气，精神抖擞，杀戮之气似乎也更重了几分。

“射！”校场上，随着冷风灌过来一句话。

萧乾微微眯起眼，极目远眺。

只见北勐士兵在练习射箭的靶位上，隔一个空位绑一个南荣俘虏，正哈哈大笑着在拼箭术。这样的练习其实很残忍，一个射不准，就会射死人……可偏偏他们似乎都没想弄死这些俘虏，一个个都是神箭手，叫嚣一次，射出一箭，吓得人魂飞魄散、大喊出声，但俘虏最多是擦伤，而无死亡。

这样残酷的训练，对于北勐兵来说是兴奋的。

他们杀红的眼睛里，这个时候，已经少了该有的人性。

可对于南荣俘虏来说，每一秒都在生死边缘挣扎的滋味，比被一刀扎死更加难受。

“猪狗不如的鞑子，杀了我吧！有种一刀给爷爷个痛快！”

“来呀！来杀了爷爷们啊！”

“哈哈哈，我乾州的兵，就没有一个怕死的。”

叫嚣声里，他们得到的是北勐兵的哈哈大笑与不屑。

一个身穿重甲的北勐骑兵像是被激怒了，突地奔过去，手持弯刀，冲那人的脑门就是一刀。

一刀砍下去，就人头落地了。

那人鲜血冷不丁喷出来，溅了那个北勐兵一身一脸，北勐兵骂骂咧咧地拎着刀，呸了几声，拿帕子擦着脸，在其他北勐士兵的嬉笑调侃声里，又挥了挥手，让他们继续训练。

用敌人来训练，效果自然很好。

训练的不仅是箭法，还有胆量，以及杀戮的勇气——

赵声东缓缓走近，肩膀几乎擦着了萧乾的铁甲：“主上。”

自从萧乾换了身份，他跟大家一样，基本都叫他“王爷”。这一声久违的“主上”，让萧乾微皱的眉峰紧紧蹙起。不等他说，萧乾就好像已然明白了他的意思似的，徐徐开口。

“不必说了！”

“以前您带兵，从不允许兵士如此，这——到底为什么？”

“不为什么。”萧乾显然不想解释。

“主上！”赵声东压沉了声音，低低道，“他们是俘虏，也是人哪，不应当受到这样的对待！哪怕一刀把他们杀了，也好过这样！主上，您不是这样的人，我知道的，您绝对不是！更何况，乾州守将黄大生练出来的这些兵，有血性，像真男人，敢和我们对着杀，比起陇州的孬种谢长胜来说，简直……可谓忠肝义胆，令人佩服！为何要这样对待他们？”

“嗯？！”萧乾终于转过头来，“说得有理。”

“那可不可以——”赵声东眼睛里露出一些光亮。

“不可以！”萧乾沉声打断了他，也掐灭了他的希望，“声东，你当明白，这是战争，不是你死，就是我亡。他们是我们的敌人，我们今日若对敌人妇人之仁，明日被这样对待的人，就会换成我们的将士。这一点，得让将士们明白，身为统帅，我更得让自己明白！”

一席话，冷冽如冰，斩钉截铁。

可赵声东脸上郁气未消，似乎并没有被他说服。

“主上，您不是这样的人。以前也从来没有这般——”

“声东，以前的萧乾，已经死了！”萧乾双目中迸出一丝血色的冷光，冷冷逼视着赵声东，沉吟了一会儿，喟叹一声，似乎放软了声音，像在对他解释，“以前带南荣的兵不同，他们深受儒学影响，那些道理他们了然于胸，并且能够很好地执行与遵守。如今我带的是北勐兵，他们是一群豺狼，草原上的豺狼。他们好杀成性，只有这样的方式才能更好地激发他们的血性与打胜仗的决心！而且——”

说到这里，他顿了片刻。

迎上赵声东不服气的眼神，他冷冷道：“你说得极对，黄大生手下这些兵，都是硬汉子，一身忠胆可敬。但正因如此，我才要杀掉他们的锐气，不让其余南荣兵效仿。”

赵声东之前一直不解，这些质问的话，已经在心里憋了许久。

昨日大军驻扎乾州之后，萧乾就一连下了几道命令。

故意让格森杀掉陇州守将谢长胜之后，他却狠狠斥责了格森，称要奏请朝廷，对他做罚俸一年的惩罚。随后，萧乾大肆嘉奖了陇州随着谢长胜投诚的那一群南荣将领，并将他们召至麾下，好酒好肉地款待，封官许愿。甚至于，对那些不愿意跟随北勐的南荣兵士，也不计前嫌地全部放掉了。而乾州这些和北勐拼死一战的将士，他却如此对待。黄大生等一众将领，不杀，却全部投入了大狱，他甚至纵容士兵残忍地对待俘虏，睁一只眼闭一只眼地看着暴行一直持续……

“杀掉南荣锐气的方法有很多种，为何非得如此极端？”

赵声东的声音里，有一丝沙哑。

而他，也是为数不多的，敢于直问萧乾的人之一。

对他的问题，萧乾显然没有发怒。

他紧紧抿住唇，双眸中闪过一抹冷冷的厉光。

“因为这就是战争，声东！因为我必须得让他们知道——顺我者昌，逆我者亡！”

顺我者昌，逆我者亡！

赵声东脊背一僵，整个人都不会动弹了。

他喉咙口像塞了团棉花，哽了又哽，一双俊目渐渐发红。

“主上之意，声东明白，也懂这些道理，可声东——就是看不下去。”

萧乾淡淡地看他一瞬，突然笑了。

那笑里，有一丝自嘲，一丝无可奈何的自嘲。

“那你换一种想法如何？今日多死几个，来日的战争中，就会少死很多，多到你完全想象不到的那么多。你在南荣那么些年，还不了解他们吗？你等着看吧，接下去，我打到哪里，哪里就会降。我攻一座城，就会降一座城！像黄大生这样的人，也会越来越少！”

重重吁一口气，赵声东似乎都明白了。

可即便明白，他心里头还是有一点儿发怵、发紧。

因为这都不是他以为的战争，他以为的战争是金戈铁马、热血豪情，从来就不是无谓的杀戮。

“那主上——”迟疑一瞬，他又问，“真要把黄大生他们都杀了吗？”

萧乾半眯起眼，脸上一片冷意，似在思考，又似乎早就已经下定了决心，根本就没有任何回旋的余地。就那样，他目光灼烈地望向校场上那群一直在哈哈大笑的北勐士兵，轻描淡写地说出一个字。

“杀！”

“主上！”赵声东低低惊呼，“我以为您在攻城时不杀他，是为留他一命的。”

“是的。”萧乾冷肃的脸色看上去极为平静，“我敬他、重他，本为留他一命，可看他在大狱中的表现，我认为我错了。他是一条汉子，成全他为国战死，留下一片丹心以昭日月，才是他最好的归宿。”

赵声东缄默了。

萧乾没有看他，按着腰刀大步离去。

“传令下去，将黄大生一干人等，押到校场。”

“喏！”

校场上，血腥味弥漫。

人还没有走近，就能嗅到那种令人作呕的腥气。

那其实并不尽然是鲜血的味道，还代表着死亡与毁灭。

肉身的毁灭，以及灵魂的摧毁。

那是萧乾没有说而赵声东似乎也没有意识到的摧毁。

萧乾要杀的并不是这些人，他要摧毁的是南荣人的抵抗精神。

精神一灭，整个国家将会变成豆腐，一捏就烂。

到时候，确实将如他所说，少死很多很多人……

站在校场中间的点将台上，他厉目看着一袭囚衣却挺直而立的黄大生——这个名字不出色，这是一个长得不出色，就连军职也不出色，并不曾受到南荣朝廷重用，甚至连见皇帝的资格都没有的边城守将，一个忠肝义胆的南荣人。

萧乾缓缓闭了闭眼，良久才冷声沉喝："黄大生，本帅再问你一次，降是不降？"

"我呸！虎将焉会降于犬子耳？"黄大生冲着萧乾的方向狠狠啐骂一句，披散着乱发的头颅高高仰起，望向天空孤傲飞过的一群大雁，双目中浑浊而凄清，他不过不惑的年纪，却仿佛变成了一个被人抽干力气的老者，一声声呐喊。

"我黄大生堂堂丈夫，七尺之躯，怎可苟活于天地，令祖宗蒙羞，令世人不齿？宁可玉碎于此，亦不可变节也。"

说罢，他徐徐低下头来，看一眼跟在身边的几个将校。

看着，就那样看着，几乎突然地，他就落下两行泪来。

乾州被围，他没有哭，城墙上被人揍，他也没有哭，牢狱之中，他更对苏赫破口大骂，不曾落过半滴眼泪。可看着这些昔日并肩作战的难兄难弟就要与他同赴国难了，再一想风雨飘摇的家国，他就那么哭了。

"兄弟们，黄大生愧对你们，不曾察觉鞑子狼子居心，乾州城……乾州城竟被鞑子半个时辰攻破——我有愧，今日是必得一死了。你们，你们不必效仿于我。蝼蚁尚且偷生，你们若降，我不会责怪你们。大丈夫生于乱世，当变时，可变，以待来日——"

说到待来日，他似乎也想到如今的南荣，不由得又痛苦地闭上眼。

"只可惜萧使君不在矣！"

几个字，当即引起了几个将校的共鸣。

有人悲呼："天下皆云，萧乾诛，南荣亡！黄将军，此事应矣！"

“唉！”黄大生重重一叹，突然冷笑着望向点将台上的萧乾，目光中充满了自豪，以及对他浓浓的不屑，“鞑子狗贼！你今日得以在此为祸我子民，不过趁机捡个便宜罢了。若我南荣萧使君尚在人世，必以征袍七尺，染红你北勐万里江山。我南荣萧使君若在，这世间，又有谁敢与之争锋？”

字字如刃，铿铿铁血直入云霄。

萧乾一双眼已经眯得不能再眯了，细缝一样的眸底，情绪浮沉一片！

没有人知道他在想什么，亦没有人听见他发出一言。

沉默，他在沉默……

赵声东吸一口气，似乎听不下去，也看不下去了。

站在点将台边上，他突然掉转身子，望向了校场的背面——

这个时候，突然传来一阵妇孺的哭喊之声。他心底一凉，冷不丁转过身去，就看到一群北勐兵士押着黄大生及其部从的家眷约莫五十人过来了。

那些人都没有上过战场，甚至根本就不曾见过战争的样子。

一夕之间，山河突变。

昨日还是官家人，今日就沦为阶下囚，面临着死亡。

这样的转变，让他们刚被押到校场就惶恐地哀号哭喊。

“大元帅饶命啊！饶了我的儿子吧，他还小哇……”

“大元帅，我夫君数代单传，请给我们黄家留一条血脉吧！”

“呜呜……大元帅……求求你了，妾身愿以全家之死换吾儿一命！”

那个率先跪在地上求饶的妇人，披头散发，满脸哀容，正是黄大生的婆姨。她的哭喊，让一众家眷更是紧张、惊恐、害怕，校场上的气氛也如同乌云低垂，将人心里的压抑感，逼到了极致。

萧乾看着，冷眸一直半眯，久久没有说话。

黄大生却是气得不行，双手被反剪着，也气得直跺脚。

“无知妇人！无知妇人！家国不在，留下吾儿还能独善其身吗？若使之来日受尽屈辱，何不今日一家共赴黄泉？

“都闭嘴！

“都给老子闭嘴！

“再哭一声，你他娘的就不是我黄大生的婆姨！我，我休了你！”

在他的怒吼中，面上染满了泪水的妇人嘤嘤啼哭着，终是闭上了嘴，只是呜咽的声音怎么都压抑不住。泪水滚滚落下，她也没空去擦拭，一双手紧紧将年仅十一二的小儿抱在怀里，双肩瑟瑟发抖。

一阵北风刮过，众人的脸颊生生作痛。

校场上陷入了一阵短暂的安静。

然而，冷、暖对这些人来说，已无意义。

屋脊上残留的积雪，发着一种惨白惨白的光。

天还没有完全黑下来，却像笼罩了一层黑布，那是拨不开的恐惧。

没有人甘愿死去，可——如果非死不可，那最好的，就是得到一种好的死法了。

萧乾慢吞吞睁开眼睛，没有看任何人，目光似乎穿透校场上的凄风苦雨望向了一个未知的远方，一句话从嘴里幽幽飘过，也没有带出半点儿情绪。

“杀！一个不留！”

“慢着！”一道清若铃铛的脆声，飘逸、出尘，从校场的后方传了过来，像上天突然送来的温暖微风，冷不丁刮入人的心底，明明没有太多的情绪与笑意，可就那么锐利地破开了坚冰，将校场上笼罩了许久的逼仄气氛扫光，也让所有的人，都情不自禁地同时望向了声音的方向。

一群身着黑衣制服的墨家弟子，簇拥着一个女子徐徐走来。

她体态轻盈，身姿妙俏，并无半分孕态。一头瀑布似的长发，随意地披散在削肩之后，头发上束了一支碧玉簪，款式简单却有着熠熠的光华。饱满光洁的额头下方，纤细的双眉如笔勾描，美眸似翦水之瞳，深邃、幽暗，令人恨不得沉醉其间，可仔细观之，却又像蒙了一层淡淡的雾气，纯净得如同天山上的温泉之水。她淡淡一眼扫来，似乎充满了神秘和高贵的力量，就那么不期然地将希望带给了众人。

呼！

她太美！太美了！

那容色，惊心动魄，足可倾城——

纵将天下画工集齐，亦无法画出她灵气的分毫。

赵声东一颗悬着的心，咚地落下，顿时生出一种微妙的希望。

若说在这个世界上，还有谁能改变这些人的命运，那么，只一个墨九了。

前提是——她愿意救！

墨九直接走到了点将台的下方。

几名手执刀枪的士兵，微微低头，向她请安。

“参见王妃！”

虽然墨九与萧乾并没有在哈拉和林完成大婚之礼，但仪式差不多走完了，整个北勐都知道她已经是苏赫的王妃了，将士也都不约而同地改了口，以博得王爷的好感。

墨九自己其实更喜欢巨子这个称呼。

因为它代表了一种独立性和职业性，更符合她的价值要求。

不过，北勐士兵对她这样尊敬，她也不反感，因为萧乾高兴。

她淡淡嗯一声，她抬头看着台上满面冰霜的男人，展颜一笑。

“王爷，我有一个不情之请！”

从她步入校场，萧乾的眉头就蹙紧了。

墨九是什么性子的人？他比别人更明白。

这件事，从头到尾他都不想她参与。故而，昨日大军入乾州，他就以“长途奔波，她未得休息，有些动了胎气”为由，把她安置在府中，让击西好好看顾着她，不让她知晓这边的事情，就是免得她来掺和——

可防都防不住，她到底还是来了。

扫一眼远远掉在后面、一副垂头丧气的击西，他又收回视线，落在墨九的脸上。

“阿九，你有什么事，待我回去再说，我先办正事——”

“我这个事，比正事还要正事呢！”墨九俏生生的脸上，一片温和之色，似乎并没有因为校场上的血腥与萧乾的冷漠生出半点儿不好的情绪，就那么柔柔地注视着萧乾，而后一只手徐徐落在小腹上，浑身上下似乎都散发着母爱之光。

“今儿我午间小睡，偶得一个玄梦。在梦里，玉皇大帝告诉我——”

“喀！”萧乾咳嗽了一声，阻止了她，“阿九！”

这个玉皇大帝与孙猴子的故事，她已经用各种版本编撰过无数次了。在楚州的时候，也没少拿这一套糊弄人。可私下里，她怎么样说都行，在这个校场上，无数的将士都在看着他们，他在南荣俘虏面前也要有威仪，不能失态，更不能被她逗笑。

“我们回去再说好吗？等我把正事处理完。”

“你不要急嘛！我还没说完哩。”墨九生气地撒着娇，似乎突然察觉到了什么似的，又抿了抿嘴，慢慢地转过头来，望向满场的北勐将士，用一种温暖的目光轻轻扫过他们的脸，满带愧意地呀了一声。

“诸位，对不住了。我眼神儿不好，先前都没有看见你们——墨九这厢有礼了！”

说着，她居然朝他们福了福身。

这……

满场北勐将士都骇住了。

她是苏赫王爷的王妃，怎么能倒过来给他们行礼呢?

“不敢！不敢！王妃有礼。”

众将士齐声呼着，又唰唰给她行礼。

这样一来，被她突兀打扰的紧张氛围，似乎都轻松了下来。

而且，美人的作用——有时候真不可小觑。

不说倾城与倾国，至少墨九这样一笑，让大家伙儿对她都好感倍增。所以，不管她接下来说了多么荒谬的故事，有多么不可思议的请求，他们都选择了对她宽容。

果然——

墨九那个玉皇大帝的故事开始了。

“玉帝说：他是主宰天下的王，而我是他的公主，因为我犯了错被贬罚到人间，本是令我好好修炼的，可我——唉，一个仙界公主，仙胎圣体，怎可与肉体凡身的男子结合，还孕育子女呢？这事让玉帝大怒，可不得了啦。违反了天界的规矩，是要受到严厉惩罚的——”

说到这里，她卖个关子，不说下去了。

可听故事的人，不管信与不信，对美人儿的话都有些意犹未尽。

反正她长得美，说什么都是对的。

墨九小嘴轻轻一抿，不禁抬头，望着校场上那个最平静的男人——萧乾。

“王爷，玉帝说，我必须做一件令天下人人称道的大善事，积德、积福，才可保住我们的孩子，令其平安诞下——”

萧乾冷冷剜她，知道她要做什么，语气略带自嘲。

“玉帝还真是宽宏大量，就一件善事，就原谅了咱们？”

“唉，真有那么简单就好了。”墨九幽幽一叹，冷不丁又回头扫了一眼那群跪在地上嘤嘤哭泣的妇叟稚童，缓慢而清晰地说，“玉帝还让我，必须在九九八十一日内，织成七条七彩织锦，为王母裁剪大寿之袍。若王母穿上新衣，觉得喜欢了，才饶我这一回。若王母不喜，做再多善事，也是枉然。”

停顿一下，她似乎有些头痛地拧起了眉头。

“唉，谁让那个玉帝是个怕妻之人呢？可怜地让我也跟着他受罪。”

怕妻之人？萧乾冷哼，却听她又道：“还有一事，王爷恐怕不知。我这双眼睛，你道为何吃了那样多的汤药，都不见好？原来竟然是王母降罪所致！难道王爷愿意让我一生都这样吗？还有我们的孩儿，王爷，你忍心吗？”

“说吧！”萧乾似乎头痛不已，“你到底要做什么？”

呃！墨九飞了他一眼。

那目光里似乎写着：“你不都知道了吗，还问？”

看他厉目瞪来，她咳嗽一下，弱弱地拭了拭眼。

“我在想，能令天下人称道的大善事，能有什么？无非救得这些人一命了。不都说救人一命，胜造七级浮屠吗？我一下子救了这么多人的命，可以造多少级浮屠了？所以，妾身请求王爷，饶了这群人的性命。另外，妾身听说乾州守将的妻室出自名门，知书晓理，会织善绣，我想让她来教我织那七彩织锦，以博王母一笑。”

其实她说了那么多，扯到这些人的性命，大家早就听出弦外之音了。

如今她终于把话挑明了，那个故事的真实性也就更淡了。

在场这些人都不傻，不管北勐人还是南荣人，都知道她归根到底要做的，是救这些人的性命。

萧乾看着校场上投来的一束束意味不同的目光，眉头紧紧一蹙。

“阿九，你想做善事，有的是机会。回头等我处理好这里的事，就开仓放粮，分发给南荣的百姓，亦是一件大善事。至于你的七彩织锦，这乾州府里，想来绣娘无数，不差这一个两个！”

墨九唇一撇，神色有些不好了。

她原本以为找好了台阶，萧乾就会顺着下来。

至少她给了他一个充分的理由不是吗？

又不是她不讲理，上来就要求他放人！

她没有想到萧乾对杀人一事会这么固执，脑袋一偏，碧玉簪上的流苏就叮叮晃动起来，将她秀俏的脸蛋儿衬得凛冽异常：“王爷，你真的不顾及我们母子的生死了吗？”

这……

扯到生命，也太严重了。

萧乾唇微微一勾，语气放缓，像在哄她。

“阿九你先别动气，我——”

“你什么你？”墨九一跺脚，使上了小性子，“玉帝给我托来的梦里，说得清清楚楚，放了黄大生他们就是大善事一件。他老人家还说了，王母娘娘就喜欢黄大生他老婆来绣七彩织锦，换了谁都不行！你却非要杀了他们，不是要逼死我们娘儿俩，又是怎样？”

“……”

玉帝点名道姓？这也太不靠谱了。

既然玉帝都神通广大了，要救一群人为什么不自己来？

这逻辑站不住脚了，越编越不像话。

可萧乾拿这样不讲理的墨九，真就有些无奈。

她的脾气他十分清楚，一向先礼后兵。

为了让他的脸面好看一点儿，她这才故意费了这么多口水，说了这么多话，还特地打扮得这么漂亮到校场上来——要知道，她平常都男装素面出现在他面前的，懒得都不爱收拾自己，今儿居然点了朱唇，描了眉毛，添了胭脂……

白白便宜了这些男人！

想到这个，萧乾脸色也不太好看了。

“阿九，别闹了，你先回去！”

说着，他示意击西，冷声命令：“带王妃回去！”

“我不！”墨九使上劲儿了，双手往腰上一叉，就那么仰头怒视着萧乾，大有不放人就要与他拼命的架势，“王爷，你还讲不讲理了？我又不是说不让你杀人，只不过让你先把人借给我而已。咱们夫妻一场，我怀了你的孩儿，如今为了孩儿的安危，你都不肯容我一回吗？”

借？

听过借钱借粮的，没有听过借俘虏的。

萧乾不答话，不过眸色放柔，已有动摇之色。

墨九生气地半眯着眼，乘胜追击，一口气把话说完。

“等她教我把七彩织锦织好，让王母娘娘不再怪罪，饶恕了我的罪过，我顺利地产下孩儿，我就把人还给你——到时候，你要杀要剐，都不关我的事，什么都由着你，还不行吗？”

她语气诚挚，挺胸站在那里，双手紧紧扣着腰，力大得指节都泛了白。在雪光下，那桀骜的身姿如媚似狐，像在求他，更像在命令他，大有“一言不合就闹翻”的威胁之意。

萧乾久久没有回答。

校场上，众人都无语，一片寂静。

北勐将士若有所思，却无人阻止。

说到底，都是人生父母养的，这些南荣人大势已去，杀不杀，对他们而言，本就没什么所谓。可如果不杀，能让这么一个漂亮的王妃开心，再露出那样美丽的笑容，似乎也挺值得的——

美人儿垂泪，可令天下好汉动容。

墨九还没有垂泪，就让他们忍不住生了怜惜。

而静静跪伏着的一干南荣俘虏，从黄大生夫妻到普通士兵，所有人的目光也都落在墨九的脸上，各有各的想法，但都有共同的一点——感激。

有些人知道她就是墨家巨子墨九。

有些人完全不知情，只觉得自己遇上了仙女。

好一会儿，墨九幽潭般的眸子死死盯住萧乾，打破了无声的寂静。

“王爷，你可都思量好了？”

她眸中并不是恳求，而是严肃。

想萧乾半生飘零，饱尝人世冷暖，不就因为世人对他的无情吗？若他的童年多一些温暖，若他所经的那些事里的人，都存有一颗怜悯之心，做人不那么狠绝，也许好多事情都不会发生了。

她非圣母，只愿尽绵薄之力，给这个世界留多一分美好。不仅为了她自己，也为了她腹中的孩子，以及为萧乾积德——她不希望有朝一日，当萧乾终于登上了那个至高无上的帝王宝座时，回首这一路上，除了尸骨累累，就是鲜血漫天——

赠人玫瑰，手留余香。

她相信自己今天没有做错。

日后再回想，萧乾一定会感激她的。

两个人对视着，墨九视力模糊，眼睛都看得发烫了，萧乾紧蹙的眉头才徐徐展开，就那样面对着校场上的千军万马和一众南荣俘虏，缓缓幽叹。

“本帅与玉帝一样，也惧妻呀！”

说罢，他淡淡地吩咐下去。

“一切就依王妃之言！”

一场杀戮就这样化解在了女人的柔软里。

那些得以死里逃生的南荣俘虏被带下去的时候，纷纷对墨九投来感激的一瞥。就连之前一直对萧乾辱骂不停的黄大生，都闭紧了嘴巴，看了看墨九，又看看萧乾，一直若有所思，一改先前的慷慨激昂，由着北勐士兵反剪着双手，把他押了下去。

傍晚，乾州的宅子里。

萧乾刚刚步入后院，墨九就迎了上来，笑吟吟地接过他厚重的大氅。

“王爷，我特地给你做了吃的，就等你回来了。”

“哼！”萧乾冷冷瞥她，“这么乖？不会又做了什么对不住我的事吧？”

“瞧你说的，我墨九是那样的人吗？”

“是。太是了！”萧乾斩钉截铁地说完，看她生气地嘟起了粉嫩的唇，像一个不谙世事的小姑娘受了委屈，又忍不住刮了刮她被吹得红彤彤的鼻头，将她细腰一揽，整个儿纳入怀里。

“你坏我大事，说你一句都说不得了？唉，惧妻之人，苦命也！”

“我呸！”墨九佯装委屈破了冰。

她笑着扯住他的袖子，将他带入桌席，一边为他布菜，一边俏生生地笑：“我今日所为，还不都为了你吗？旁人不了解你，我怎会不了解？我知道，你私心里并不想杀他们的，对不对？看看，你无所不能的阿九，就这样轻而易举地化解了僵局，帮了你一个大忙。你不言感激也就罢了，居然好意思来斥我？还有没有良心了？”

“是是是，吾妻之言，句句在理。”

萧乾“吃人嘴软”，无奈地瞥她。

“往后家里的事，你都对，都由你做主。外面的事，你不许再掺和了。”

“我哪有掺和？”墨九笑吟吟地欠身过去，给他一个热乎乎的吻，又抱着他的脖子撒娇，“我那分明就叫——臭不要脸地搅局！”

萧乾微微错愕，一瞬后，又哈哈大笑。

“你呀你呀！”

将墨九抱到腿上坐好，他放下筷子，捋一下她腮边的头发，很快又严肃了起来：“阿九，我是认真的。我知你心善，但有些事情，得思虑深远才可立于不败……今日之事，我且依了你，来日，你不可再胡闹。若不然，这几十万大军，我如何带得了？堂堂一个丈夫，岂能被妇人要挟？再一再二不可再三，可都明白了？”

墨九眨眨眼，笑着亲他。

“知道啦，这才再一嘛，还可再二，对不对？”

萧乾哭笑不得，双手一紧，恨不得掐死她。

“你这小东西——”

“哎哟喂！”墨九呼一声，吐着长舌头，模仿着童声，叽叽地哭诉，“父王轻着些，你的手抓着我的脖子了——还不快快放开，若不然，等我出来，定要与你大战三百回合，一决高下不可！”

“……”

萧乾无语地看着她清澈而狡黠的目光。

片刻之后，他突然一叹，将她深深抱入怀中，头低下来，搁在她的肩膀上。

“阿九，明日我们又要出征了。物资紧缺，粮草不足，只能以战养战，迫不得已——只能劳烦你跟着我一路奔波了。”

“好。”墨九伏在他怀里，“没有什么的，我喜欢跟着你。”

“唉！”萧乾痛惜地抚摸她的头，“都是我不好，不能让你安心养胎，怀着身子还这般东奔西跑，苦了你了……”慢慢地，他将她从怀里拉出来，双手捧着她的小脸，目光熠熠而坚定地锁定她，“不过，阿九不要害怕，我一定会保护好你和我们的孩儿。”

“嗯。我相信你。”

墨九点点头，满带笑意。

“我郎最棒！”

萧乾唇一牵，也笑了笑，又把手抚向她的小腹。

“小子！你也给你爹争点儿气——可知道了？”

“知道啦，爹——”墨九憋着气，学着童儿回应。

“哈哈！傻孩子！乖！”萧乾再次牢牢圈住了她。

豆灯一盏，一室温暖。

在他们倾情的相抚里，时间分秒不停地走着，如那沙漏中的细沙，带动着这个天空下所有的人和事，分秒不停地流向既定的命运转盘。

当天边第一缕霞光温柔地抚摸大地的时候，萧乾的大军已然突破了徽州的城防。

这一次，徽州守将并非毫无准备。

从地理位置上看，徽州离乾州不太远，萧乾在乾州停留那一日，徽州守将的尾巴早就已经夹紧了。他来攻徽州是早晚的事。所以，守将用一天的时间，把整座城池布防得严严实实，如同水桶。可北勐的铁蹄和南荣散乱的军心，以及那些四处传播的流言，让他没有支撑到半个时辰，就选择了开门投降，以求活命。

人都怕死。

生存，那是身为人最基本的诉求。

怕死的人，其实也不该受到太多的谴责。

故而，萧乾的一生一死两种法则，再次在徽州守将身上应验了。

徽州守将虽然拼命抵抗了小半个时辰，但眼看实力不济，就聪明地选择了“投降”，晚是晚了一点儿，但萧乾没有过多地苛责他，等城门一开，就责令他整肃兵马，将南荣幸存将士的花名册统计出来，还允许他回府收拾行装，愿留则留，不愿留可自行离去。

徽州守将松了一口气。

如此一来，萧乾的做法，似乎给了南荣将领一个暗示，纷纷在潜意识中接受了这样的“苏赫法则”。接下来，萧乾从徽州打到成州，再到沔州、洋州，几乎都没有遇到激烈的抵抗，也就沔州守将小小地表示了一下自己对家国的尽心尽力，最后确实打不过，也就索性降了。只不过，他没有投入萧乾麾下，而是选择了弃官而去，流落民间，苟活一命……

成州、沔州、洋州三座城池，都近兴元路。

再往下，若不北上汴京，苏赫大军就将入川了。

整个天下的人都看着这个形势，似乎都认为他即将入川，再一口一口地吃掉南荣的半壁江山。而且，苏赫此人，不仅打得下城池，也治理得了城池。对于愿意投诚的南荣将领与南荣的地方官吏，他都加以重用，似乎根本不怕他们反水。每个地方，一半用北勐人，一半用南荣人，亦十分尊重南荣的习俗，给老百姓最自由的呼吸，给官吏最大的权限。

这样一来，这一片“敌占区”的南荣人，居然成了整个南荣日子过得最好的人。私底下，他们甚至对苏赫此人称颂不已。

对于这一切，墨九看在眼里，喜在心里。

可萧乾的眉宇间，郁色却越来越重。

北勐大军靠近兴元路，与南荣集结的兵马遥遥相对。

在兴元路上，即将展开一场腥风血雨的大战。

而他长途行来，一面是将士疲乏，一面是粮草短缺，哪一项都可以逼疯一个统帅。偏生在这个时候，蒙合不仅没有给他带来半根草的后援，还不远千里给他传来了一道圣旨。

第二章　御驾亲征

蒙合的圣旨，一为封，一为令。

所谓“封”，是就在苏赫出兵南荣之际，北勐大军在其他地区又获捷报，蒙合大汗一个高兴，就在哈拉和林大肆封赏诸王——当然，给苏赫也有封地。

若问是哪儿？嘿！正是汴京。

将汴京赐封给苏赫的同时，还随旨设立了汴京经略司。

一个还没有打下来的地方，目前归属于南荣，他却封给了苏赫，这个到底是对他的鼓励，还是给天下人的笑话？

皇帝的话，就是实话，反正汴京归苏赫了。

大汗的封赏，他反对不了，也不可以拒绝。

而且，对目前的萧乾来说，最重要的在于圣旨里的一个“令”。

蒙合大汗令苏赫率北勐铁骑三十万，从川陕出发，绕开南荣，直下云南，直取大理国，一来可以扩充北勐帝国的版图，二来亦可同时完成对南荣的合围——届时，四面八方都已经被北勐吃入肚子里了，南荣就如秋后蚂蚱，怎么挣扎也都无用了。

说来这也是一个军事战略，从蒙合的角度来考虑，是为国之大计，怎么看怎么合理，甚至可以称得上高明，但从萧乾目前的处境来考虑，却极不利。

然而——

接到密旨的萧乾，沉吟了短短一刻，就提笔写了一封回函，托来人递回哈拉和林。

回函上面，就几个字。

“臣弟必不负大汗看重！”

一句话他说得响当当的，可到底有多艰难？！

兴元路一线，南荣布置的兵马至少二十万，与他们两相对峙。他们无粮草、无兵械支援，也就是说，他们缺少战争中必不可缺的一环——后勤保障。却要在这样的情况下，独闯云南，拿下大理国。这样的命令，怎么看怎么荒诞、不合理。

墨九听说这事儿时，正坐在园子里拿针穿线。

结果手一颤，针尖就华丽丽地刺入了指头。

“嘶！”吃痛地低呼一声，她低头看着指尖上的鲜血，抿着唇若有所思，没有半点儿动静。

“呀，出血了！姑娘——”玫儿尖叫一声，就赶紧去拿药箱，“说了让你别动这个嘛，你非要自己做。本来眼神儿就不好，还要逞强，你越来越不听话了！”

“……”

听着她叨叨，墨九不由得翻白眼。

“我说，咱俩到底谁老大呀？玫儿，你是不是胆子长偏了？”

“你是老大！老大，来，乖，擦点儿药。”玫儿细声细气地说着，蹲下身来，动作轻柔地往她手指头上擦药水。

不得不说，嫁给一个大夫有极大的好处，那就是从来都不缺这些应急的东西。萧乾的身边，各种乱七八糟的药品应有尽有，想要什么都找得出来。墨九看着玫儿边说边念叨的样子，摇了摇头，笑着甩了甩受伤的手指，突然一叹。

“出点儿血算什么？等着瞧吧！腥风血雨就要来了！”

玫儿一怔，吓得小脸儿都白了。

“腥风血雨？姑娘你在说什么？”

“我什么也没说。”墨九抿唇笑了一下，“对了，你去把盈娘叫过来，帮我看看这针线……”

盈娘正是乾州守将黄大生的妻室。

哪怕人人都知道墨九在乾州校场上讲的那番话全是谎言，但事情也得做周全。为了圆那谎言，给王母娘娘织一匹七彩织锦，萧乾大军从乾州出发的时候，把盈娘和她的儿子也一并带来了，母子两个就跟在墨九的身边。

玫儿办事很快。

不到片刻，盈娘就快步进来了。

“王妃，听说您要见我。”

盈娘年纪不到三十岁，谈吐和外形却像一个中年妇人，礼节十分周全，进来就先向墨九恭敬地行了个礼，低眉顺目，不敢抬头多看她一眼。时下妇人大多不晓国事，对国仇家恨的情怀，也没有男子那般深重。而就盈娘本人而言，在全家都快死在北勐人的刀下时，苏赫王妃雪中送炭救了他们，让她的儿子、她的丈夫都还活在人世，那就是大恩大德，她就得感恩。

故而，对墨九，她又感激，又紧张。

“不知王妃叫我来，有何吩咐？”

墨九白皙的手指轻轻抚着布料，看了她好久，才笑着开口。

“夫人有礼了，你且起来，咱们坐着说话！”

“盈娘……不敢。”

“我说可以，就可以。哪来这样多客套？”墨九笑着放下手上的东西，亲自起身过去牵了她的手，坐在身边，然后转过头，盯她半晌，又幽幽一叹，“夫人，我原也不想你和黄将军夫妻分离，可那日的事，你也看见了，我也迫于无奈，毕竟得给大家一个交代的。”

“盈娘懂得。”盈娘微微低垂着头，抬手去捋头发，说话很注意分寸，“出乾州之前，大人们曾恩准盈娘与夫君见面。夫君说，王妃是一个菩萨心肠的好人，夫君让我好生带着孩儿，照料好王妃，不必挂念他……”

“唉！黄将军能这样说，我很高兴。看来他并没有记恨我们呀。”

盈娘抿着唇，笑了笑，不接这句话。

不记恨她，不代表不记恨苏赫和北勐兵。

墨九晓得她的想法，笑了笑，也不多说其他，弯腰拿过先前的绣品，递给盈娘：“夫人来了就给我看看，这个要怎么做才好？我原想绣一件孩儿的罩衣，可怎么都弄不好，这线，这针脚……可难为死我了。”

盈娘低头看一眼她的绣活，微微一愣。

那根本就不叫“绣不好”，而叫“不会绣”哇。

乱七八糟的针线，东扯西扯，完全看不出绣的是什么东西。

墨九看她愣怔的表情，似乎不知道怎么委婉评价，不由得嘿嘿一乐。

“我这个人粗手粗脚的……让夫人见笑了！”

盈娘是一个温婉端庄的小妇人，娘家也算书香门第，从小就学女红。嫁给黄大生那个武夫之后，说话做事，从来都小心翼翼，就怕失了规矩，但面对这样的墨九和她诡异的“绣活”，她嘴唇抽了抽，居然生生地笑出声来。

“王妃是做大事的人，做不好这个，也没什么的。像我等妇人，除了会些针脚，什么也不会，这才该笑话呢。”说到这里，她自然而然地接过墨九的布料，“反正我也闲着，王妃若不嫌弃，就让盈娘给小世子做几身衣服，可好？”

墨九哪里会嫌弃呀？

这个时候，她巴不得和这个女人搞好关系。

黄大生那人不错，她想萧乾将其收为己用。

可那种男人太固执，她不得不采取“曲线”的办法。

“夫人巧手，我求之不得呀！”

墨九满脸带笑地点头，索性坐在边上，看盈娘十指如飞。

“看这手法就不一般。夫人，那墨九就先谢过了！”

“王妃客气！您的救命之恩，盈娘正不知何以为报呢，能为王妃做点儿事，也是求之不得。呵呵，举手之劳，何足挂齿！”

墨九观察着她的眉眼，随口闲扯：“不知夫人与黄将军，有几个孩子？”

“唉，就一根独苗。”盈娘叹气，“我这身子不争气，生了怀儿，就再无所出了！”

“这样啊，黄将军没有纳妾吗？”

“他呀！”盈娘笑着摇了摇头，脸上洋溢着幸福，“我也曾劝过夫君，让他纳几房姬妾，为黄家添些人丁。可他这个人……倔得很，怎么说都不肯听。就连他娘出马也没用，逼急眼了就一句话：黄家三代单传，他爹、他爷爷，不也就一个儿子吗？凭什么到他就不行了？”

说是他不肯听，这夫人分明笑在心里哩！

墨九看着她的脸，顺杆子就夸奖她得了一个好夫婿，晓得宠爱她，是一个幸福的女人。这女人之间唠家常，一说开，后面的话题也就顺理成章了。不足一盏茶的工夫，墨九对黄大生的一切，基本上就了若指掌了。

黄大生最佩服的人，就是南荣的枢密使萧乾。

从盈娘的嘴里，她才知道黄大生曾跟着萧乾打过仗。

说来黄大生这人也不容易，少年从军，从十几岁当兵到三十几岁，就因为性子率直，一根肠子通到底，不懂得变通，不会讨好上级长官，结果在萧乾接管那个兵营的时候，他一个混了十几年的老兵，只是一名百夫长。

百夫长手底下有一百多号人，却不算官。

那只是一种介于兵与官之间的职务，算兵头头。

在一次战役中，看他敢拼、敢杀、敢冲前头，萧乾把他提拔起来，做了一名千夫长，终于完成了他一个兵到军官的升级。哪怕后来调离了，但饮水思源，黄大生始终觉得那是知遇之恩。他当了一辈子的兵，都没有得到重用，若无萧乾慧眼识珠，他怎会在后来短短几年，从千夫长一路做到乾州守将？

从兵到官的跳跃，只有一级，却太不容易。

没权、没钱、没背景的人，更是难上加难。

他常常感叹，萧乾可能都不记得有他这个人，但他们做人不能忘本。

当年萧家出事的时候，他还在乾州偷偷抹泪，冒着杀头的危险，烧纸钱悼念……

墨九听着盈娘唉声叹气地讲述黄大生的种种事情，偶尔插上几句话，并不多言。

可她看得出来，盈娘所言，句句皆发自内心。

“只可惜了萧使君这样好的人，却落得那样的下场，让王妃您也不得不——”

说到这里，盈娘停住了。

萧乾与墨九的事情，在南荣传得遍地开花，哪怕他们身处乾州，也知晓不少。故而，墨九在校场上大义救人的“壮举”，在盈娘与黄大生的心里，也都一并记在了萧乾的恩德上。她觉得墨九委身苏赫，有不得已的苦衷，不免为她叹息。

“夫人，我很好的，你不要担心。”墨九从她手上拿过绣活，紧紧握住她的手，突然笑着说，“你说得对，萧使君那样好的人，却得了那样的结果，这是谁的错？是南荣朝廷，是南荣政治——吏制不清，民不聊生。南荣朝廷之政治腐朽，已非一朝一夕，不论谁做皇帝，都改变不了。为今之计，除天下一统，再无出路——”

对于她说的，盈娘以乎不太懂。

又像是被她吓住了，盈娘脊背僵硬了一下，目光中有跳动的火花。

“王妃，您是心甘情愿的？”

都以为她是被迫委身苏赫的吗？

这样的情况下，看来只有宋妍给的那个理由，最能服人了。

墨九抿了抿唇，不承认，也不否认，只幽幽道：“萧六郎之仇，我一介妇人，如何能报？如今随着王爷挥师南下，就盼那一日了。”她慢慢转头，又目光楚楚地望着盈娘，“夫人放心吧，我会尽量说服王爷，让你们全家活命的。”

“王妃……”

盈娘欲言又止，终是一叹。

“谢王妃！”

她没有多说什么，但墨九从她的眼神看得出来，她对苏赫举兵南下这件事的看法有了很大的改变。而且，这个盈娘对黄大生的影响很大。如果有朝一日他们真的用得上黄大生，有盈娘出面说服，想来事情可成。

于是，墨九将这件事记挂在了心上。

等傍晚萧乾过来的时候，她就一字不漏地说与他听。

“王爷，你曾经说过，这个黄大生是一个忠肝义胆的人，若能劝降他，由他在陇、乾等地坐镇，会不会比较容易收服民心？而且他还能带兵打仗，有战争经验，又忠心，又不怕死，这样的人，可不多。唉，也不知为何，看到他，我就想到迟重……你说，他这性子，像迟重吗？”

“不像！阿九别胡思乱想了。”

萧乾直接泼了她冷水。

劝降黄大生？谈何容易？

越是忠肝义胆，劝降越困难。

一个连妻儿都可抛弃的忠肝义胆之人，那就是难上加难。

萧乾似乎并不想与她讨论外间的烦心事，只温柔地牵过她的手，仔细看了看，又捏了捏她的指头，小心翼翼地揉着：“玫儿说你扎到手，还疼吗？”

噗一声，墨九笑着，嗔怪地回头，瞪了玫儿一眼。

“这个多嘴的东西！针扎到一下而已，早就好了，哪里还会痛？王爷操心的事那样多，你还让他为这点小事操心，我看你呀，是皮子作痒了！”

玫儿瘪瘪嘴，缩着脖子就告歉：“玫儿再也不敢了。”

“哼，就会装！每次说你，都这德行。”

“还不是和姑娘学的！”

两个人相处的日子久了，极是熟稔，说是主仆，不如说像姐妹，墨九对玫儿越来越刁钻的性子，偶尔也会无奈，但更多的是喜悦。这样的玫儿，才可以和她相处得好。而且，确实也怨不得玫儿，正如她所说，当初的她像一只小鸡仔儿似的，多么胆小，然而，在墨九日复一日的言传身教下，她终于变成了这样一个活泼玲珑的丫头——

“唉！”

墨九有一种自作自受的无奈。

摆了摆手，她吩咐玫儿。

“这都几时了，还不去摆饭？王爷也饿了。”

“是，姑娘！”玫儿欠了欠身，就愉快地下去了。

墨九看着她的背影消失，这才回握住萧乾温暖的大手，与他相对而坐，担心地问起了蒙合圣旨的事，并问及他的安排。

“难不成，六郎真要千里迢迢远赴大理？”

“圣旨已下，自然得去。”

墨九抿一下唇，眉头微挑：“将在外，军令也可不受。”

“那有这般容易？”萧乾笑着轻刮一下她的鼻子，“你个顽皮的，脑子里全是些刁钻的鬼主意。”

“难道你就没有想过吗？”墨九哼一声，又揉了揉痒痒的鼻子，皱眉道，“咱们就三十万人，等一路打到大理国，还能剩下多少人？这些人，吃得下一个国家？好，就算行，这些就不说了。我只问你，咱们这些人，吃什么、喝什么？以战养战的策略，目前来看，很有作用。然而，在打下陇州和乾州的时候，城里有粮，军中有械，还可以供我们养兵之用。再到打下成州、徽州、沔州几城时，粮草兵械都无甚囤积，这说明什么？”

南荣富饶，地方从不缺粮草。

可他们除了前面两城占了便宜，再打到徽州这边来，却什么都没有了。这只能说明南荣已然有了警惕心，也明白他们以战养战的企图。或许南荣根本就没有想过打胜仗，就愿意围住他们，饿死他们。所以，在他们赶到之前，那些粮草和兵械，或销毁，或转移，除了自己用度，不给留下半点儿余粮。

这也是一种好战略。

对南荣来说，拖得越久，越有利。

对萧乾来说，简直就是致命的打击。

更何况，蒙合现下让他直奔云南，打大理国去？！

想到这些事儿，墨九都快要愁死了。

可萧乾浑然不觉，反过来摸了摸她的头，浅笑着安抚她。

“车到山前必有路，嘴到碗前必有粮——”

“噗！”被他后面一句话逗笑了，墨九翻了一个大白眼，“你还真宽心哪，噫，不对！”

微微一顿，她像是想到了什么似的，又凝视着他深邃的眸子：“你是不是有什么别的打算，或者有后招？我始终觉得，这三十万人，是咱们手里最大的筹码，你不会轻易舍出去，更不会拿他们去赌的。就算为了避开和古璃阳以及汴京那些亲兵对决，你也不会拿他们的生死开玩笑。因为，你输不起！”

“阿九聪慧，我确实输不起！”萧乾轻声叹着，执她的柔荑，往唇边一吻，“若不然，我当初又怎会把薛昉留在汴京，去阴山之前，又特地派了走南前往？”

墨九似有不解。

抿了抿唇，她小声提醒他：“人心思变！更何况，古璃阳都直接与你干上了，你还在指望着他和那些旧部呢。王爷，如今各为其主，他们为国尽忠，有他们的立场。你呀，千万不能抱太大的希望，要不然，会失望的。”

“我从来不打无把握的仗！”萧乾淡淡一笑。

刚说到这里，外面就传来赵声东的禀报声。得到允许，他很快就撩了帘子进来，那脸上的喜色，像捡了金元宝似的，把墨九心里的阴郁也拂开了，她不由得跟着眉开眼笑。

“哟，声东大哥，这是有啥好事儿啊？”

“大好事！”声东卖了一个关子，走到萧乾的身边，低声道，“主上，薛小郎有消息来。咱们的事，成了！”

萧乾似乎并不意外。

但他眉宇之间，依然有掩不住的喜色。

“好！”

一个好字落下，他笑望墨九。

“阿九，粮草与兵械，我们都不会缺了。”

啊一声，墨九有些奇怪：“难道说汴京愿意支援？”

萧乾摇了摇头，想想又点点头，冷目中幽光乍现，像一个博弈的棋手赢了一局好棋时那不经意间流露出的自信：“当年在楚州巽墓中劫获的物资，全都囤于汴京。”

啊？！墨九惊诧。

楚州巽墓？转运使谢丙生贪墨的那批物资？

为了那批物资，当年死了多少转运兵？萧、谢两家也为此在朝堂上斗得你死我活。如今想来，谢丙生丢了性命，想必也与这个有关了。可后来关于粮草之事，至化帝几番清查，都一直没有消息，完全寻不到那批物资的下落。尔后，此事也就不了了之了。墨九几乎都忘了这件事，粮草究竟在哪里，她也始终不知情。

她只知道，那批物资的数目，异常庞大。

若不然，在荆棘园时，至化帝和谢忱也不会把劫夺这批物资与谋逆画上等号了。

双目熠熠地望着萧乾，她有些不敢相信。

这个家伙居然避开了所有人的耳目，把物资囤积在汴京。

萧六郎想得可真是深远！

这谋略，真得甩她几条街！

蒙合、宋熹与他这一场三方博弈，看来必将销魂了。

叹了一叹，她的问题又来了。

“汴京有宋熹数十万大军重重把守，中间还隔了那么远的距离，我们要怎么拿回那些物资？”

萧乾双目微合，极为简洁地回答：“打过去。”

“呃！”墨九愣了愣，“你不打大理了？那蒙合的圣旨——”

“阿九不是说了，将在外，军令有所不受？”

“可这样，会不会激怒蒙合？他若借由此事为你定罪，到时候，可就说不清了。”

到时候？从徽州打到汴京，南荣三分之一的土地都在他手上，占据要塞，前有阴山天险，后有淮河后盾，进可攻，退可守。他会怕蒙合翻脸吗？

他微微牵唇，抚着墨九的头。

“阿九，是非成败转头空，他为我定什么罪，都不影响我们的战争。因为战争只决定——历史由谁来书写！”

萧乾说的没错。

历史就是战争，战争的胜负决定了历史的书写者。

从古到今，几乎每一部历史，都是一部战争史。多少朱栏玉彻、碧瓦琉璃的风花雪月，不过刀间饰物，只为点缀，那些诗情画意的缠绵悱恻也不过为了掩饰战争中鲜血淋漓与尸横遍野的狰狞。

而这一切，没有对错，只有胜负。

所以，墨九知道，萧乾必须赢。她也一样。如果输了，不管前面有多少的运筹帷幄与胸有成竹，全都是空谈，只有那一个笑到最后的人，才有资格翻手弄乾坤，提笔写历史。

两日后，是一个大晴天。

萧乾下令，正式出兵大理国。

这消息飞快地传了出去，引得四方哗然。

实际上，在接到哈拉和林的圣旨之后，萧乾即在准备出兵大理了。

在他麾下，稍懂政军之道的将士，都有一些不太愉快的想法。但有大汗的圣旨在前，也就无人敢多说什么。只不过私底下说来，也难免有些怨怼。

他们都知道，也都看在眼里，大军从出征南下开始，已经过去这么久了，哈拉和林一直没有粮草、军械等后援过来。如今他们吃的、用的，全都靠抢的。

行军在外，不受待见，哪会没有郁气？

偶尔他们也会在萧乾面前说起。

然，萧乾只一笑而过。

“唉！想来大汗自有安排，我等只得听命而为了。”

这句话他敷衍得多了，将士慢慢就开始为他抱不平了。

头脑清醒的人，都看得出来，苏赫王爷其实就是蒙合大汗的一块心病。

一开始蒙合顾及阿依古长公主，不得不给他一个高位，但那个时候，蒙合可能没有想到苏赫此人能有什么作为。可自从他在北勐崭露头角，蒙合心里就不踏实了，早晚得收拾他。

于是粮草、军械，自然不会爽快送来。

若问理由，不了解的人，可能不明白个中道理。

可了解的人，都知道粮草、军械对两军博弈的重要性。

说来也简单，蒙合顾虑苏赫会反水，又想利用他为自己打南荣，而且暂时也不想直接和阿依古集团开战。那他采用什么办法最好？答案就是限制粮草和军械的补给。

众所周知，打战要钱。可为什么要钱？钱拿来做什么的？就是置备粮草和军械了。

苏赫没有这些东西，就永远不成气候，哪怕他有再大的本事，也不可能拥兵自重，说到底，也不过蒙合手上的一颗棋，闹不出什么大的动静来，脱离不了北勐朝廷。而且，这颗棋子已经被蒙合使过了界，杀到了敌营里，步步惊心，招招杀着，他除了打，不停地打，拼命地打之外，哪里还有机会与蒙合去争权夺位？

不得不承认，在北勐苦心经营多年才夺得汗位的蒙合，是一个为帝的人才。他一样有征服天下的野心与魄力，在这个风云际会的舞台上，在人人都想逐鹿天下的乱世之中，他甚至比萧乾有更大的机会——

可往往，人的胜负只在一念之间。

他对苏赫的算计中，得了无数的先机，却失去了人心。

“水能载舟，亦能覆舟”的道理，他不明白。

他以为投一颗小小的石子，起不了什么大波澜，可波澜一环一环逐水而去，渐渐在将士心里起了涟漪。大家都对他有了看法——他们被指派给了苏赫，如今与苏赫就是捆在一条绳上的蚂蚁，跑不了苏赫，也跑不了他们。

北勐那些盘根错节的权力关系网他们管不着，但他们知道蒙合素来只信任怯薛军，只有那些人和军队，才是大汗的心腹，而他们就是小卒子，放到哪里，使到哪里，生死都与大汗无关，他的江山、他的帝国，更不会因为他们而有丝毫动摇。

他们跟随苏赫的时间长了，对他这个人的品行、操守，还有点点滴滴的生活细节里表现出来的气节、大义，慢慢地就有了一些了解，一想到未来旷日持久的战争，如果他们都这样受制于朝廷，直到战死在沙场上，难免就不服气了。

这些人常年打仗，戾气本来就重，这时不由得都有些浮躁。

“王爷，我们真要远征大理吗？”

从徽州出发，车辘滚滚，烟尘纷飞，南下的军队已经出发了，还有一些将士不停地向萧乾询问。他们都出生在北边，越往南走心里越不踏实。那种地方，一直被他们视为荒蛮之地，人对于未知的事情，本就容易生惧，更何况在没有粮草后援的情况下远征大理……

哪一个人敢拍着胸脯说不怕死？

萧乾了解他们的想法。

可他骑在马上，头也不回，只淡淡一叹，对身边的几位将军道：“君有令，不得不从矣。”

“滚他娘的！”格森是一个性格暴躁的家伙，虽然因为在陇州胡乱杀人一事被萧乾处罚了，但事后萧乾又特地让声东给他带了一盒秘制的药膏过去，治疗他身上的伤口。那些药膏他从未见过，却特别好使，听说是萧乾千金购得的，他一下感激不尽了。

常年在外征战的人，就喜好金创药。

这个家伙一根筋，从此对萧乾心服口服。

所以在那些将军里头，就数他闹得凶，为萧乾抱不平也最厉害。

“大汗远在哈拉和林，吃着香，喝着辣，搂着姬妾，睡着热炕，哪里晓得我等在外风餐露宿、食不果腹是何等滋味儿？大帅，依末将之意，咱现在去南边就是找死……说不定正中某些人下怀哩！”

“格森将军！”萧乾沉声瞪他，“注意你的言辞。”

“哼！”格森晓得说得有些过火了，有影射大汗的意思，可气上来了，又哪里闭得上嘴？翻个白眼，他咕哝道，“不说便不说，好像不说就没有人知道一样。咱们这支队伍南下垦荒，什么都没有，再看看别人……不说旁的，大汗给王爷你的封地在哪儿？汴京！笑死个人了，汴京是咱们北勐的辖地吗？”

萧乾眉心蹙了又蹙，再次剜他一眼。

“格森，你还真就闭不上嘴了？”

格森撇撇嘴，终于不吭声了。

气氛一度凝滞，除了今儿不错的暖阳之中，那几只鸟儿盘旋在天际叽叽喳喳叫个不停外，排成了一条条长龙的北勐骑兵中，居然没有半点儿说话的声音。

好一会儿，终于听到有人一叹。

“格森将军有一句话，对极。”

萧乾侧眸看去，说话的人是北勐将军里年纪最大的乌查干。

这个人老成持重，平常很少在人前多说什么。

似乎心里的想法到了不吐不快的地步，又或许他以为到了该说的时候了，乌查干当着萧乾和好些个将士的面儿，满脸严肃地说：“想必王爷也明白，就这样出征大理，我们无非去送死而已。虽然大汗有圣旨，但或许诸位忽略了，大汗的圣旨有二，第一为封赏，第二方是出兵大理国。那么，末将以为，王爷先前往汴京拿回自己的封赏，也合情合理，不算违抗圣旨。”

萧乾眉梢一扬。

他侧过眸子，深深看着乌查干，没有回答。

不同意，也不反对，又像有自己的思索，这样的表现，让乌查干有些愣怔，他慌不迭地又道：“王爷，末将一家之言，顾虑不周，但世事变迁，英雄当为呀！还请王爷为了三十万将士的性命，当机立断！”

萧乾微微一笑。

是的，他笑了。那一抹迎着阳光的笑，在他那张铁盔下的脸上慢慢荡漾开来，就连那张之前人人看了都害怕的面皮似乎都干净清爽了几分。这一瞬间的他，铁甲寒光映钢刀，披风飘飘、一马当先的样子，甚至称得上俊气非凡。

北勐人对他的生平知之甚详。

可认真来说，也全都是道听途说，都不举实。

这一刻，听了乌查干的话，大家都盯着萧乾，不知他要怎么决断。可萧乾什么也没做，也不向任何人多交代一句，突然就在冬日暖阳的照射之中，快马往前奔了几步，方勒住马缰绳，大声问前来的斥候：“情况如何？”

那个斥候满脑门儿的汗，翻身下马，半跪于地。

“启禀大帅，前方有南荣兵马，乌泱乌泱一片……”

“多少人？”

“数万……”

“很好。”

萧乾冷冷剜他一眼，看他垂下头，突地低喝一声。

“度三！”

背后正在竖着耳朵听的度三，愣了一下才反应过来在叫他。

快马赶上来，他大声回道：“王爷，末将在！”

“给你三万人！老规矩！”

一声“老规矩”，让度三怔住了。

上次在汴京的“老规矩”，王爷只告诉了他一个人，就是拖住古璃阳。在浚县山那个地方，摆不开阵势，他们留下来的兵马虽然不多，可哪怕古璃阳有再多的人，也照常摆不开来打。只要他们把阵法排好，就可以慢慢和古璃阳玩了。

事实上，那一仗是度三当兵以来，干得最漂亮的一仗。

要知道北勐留守的人，只有区区五万。

而古璃阳当时挥师浚县山的人马，是十五万之众。

以少于半数的人，耗了古璃阳三天三夜，度三从来没有这么爽过。

而那一次布的阵法，正是来自王爷和墨九巨子所创的“九宫阵”。

这一次，度三再得这样的命令，马上意识到了王爷所说的“老规矩”是什么。

而且——他也隐隐明白萧乾的打算了。

热血顿时从胸膛升腾而起！

度三满脸喜色地翻身下马，恭敬地朝萧乾行了一个半跪礼。

“末将领命！”

“去吧！”萧乾与他互视一眼，知他了悟，也不再多交代，只重重抱拳，做了一个军中男儿都懂得的敬礼。度三亦抱拳回礼，然后翻身上马，策马而去。

萧乾双眸被阳光一刺，略略眯了眯，然后看着度三离开前去点兵，稍稍顿了片刻，就慢条斯理地掉转马头，看向先前向他进言的乌查干。

“本王细细一思，觉得将军之言，甚为有理。再往前走，就有两条路。一条往南，可从广元路直下隆庆府，一路入川打到大理国。另外一条，则往东去，从兴元路直插龛谷、定远，夺金州，过汉水……去拿回本王的封地！”

说到这里，他抿了抿唇，顿了片刻。

视线环视着众位将军，那神色间像真的迫于无奈抗旨一般，幽然而叹：“人固有一死，从军之人，更不畏死。然，死也应当死得其所。你我皆为大丈夫，明知不可为而为之，那就是愚忠啊——幸得乌查干将军一言点醒，本王这才彻悟。这几日委屈大家了！”

一番话说来，他把“重获新生”的功劳都给了乌查干。

乌查干稍稍一愣，那一种被人重用的滋味儿让他老脸微红，又偏偏喜不自胜，各种复杂的情绪都涌上心来，对萧乾行礼时，也比往常更为恭顺。

“是王爷英明，末将不敢居功。”

萧乾微微一笑，给了他一个颇为欣赏的眼神，又慢慢地收敛住神色，看着度三领着兵马从烟尘滚滚的大路上扬长而去，而后面的墨九，似乎也掀了车帘子来瞅，却因受不得阳光，一瞬又放了回去。

眼角余光微微一扫，他不由得抿唇，紧执马缰绳，昂然立于人前。

“传令下去！大军左行，直插龛谷！”

“是！末将领命！”

“属下等领命！”

阳光下，兵甲上寒光点点。一柄柄冷光闪闪的刀枪，一个个身着铁甲的战士，一面面高高飞扬的旗幡，北勐大军长蛇似的行走在土夯大道上，如倾注而至的江河之水，气势逼人，杀气腾腾，仿佛要将这个天下淹没……

这一次，他们并非半夜度陈仓，而是大白天修栈道。

但苏赫大军有个传统，他们会抢南荣官方的物资，却从不抢民粮。

所以行军之途，都极为约束。一路行来，连道旁的庄稼都没有受到半分伤害，这也为他们赢得了不少民间的口碑。萧乾领着大大小小的将领走在前面，而他的三个侍卫，却一直跟随在墨九的马车边上。

她怀着身子，不好骑马。

那一辆结结实实的黑帷大车就是萧乾专为她准备的。

与她同乘马车的人，还有盈娘和她的儿子。

墨九怀了宝宝之后，特别喜欢小孩儿，对盈娘家的这个小朋友也很是照顾，没少给他一些零嘴吃。有了吃的东西哄着，短短几天下来，小朋友就和她混熟了，对她喜欢得不行，常常瞒着他娘，偷偷去墨九的屋里，听她讲故事，吃她的东西，甚至在墨九面前跪下说，要加入墨家，拜墨九为师，乐得一群墨家人哈哈大笑。

如此一来，盈娘心里也彻底对墨九没了芥蒂。

之前大道上发生的事，她都看在眼里了，这会儿看墨九不吭声，突然试探着问。

“我看苏赫王爷是一个有本事的大丈夫，真是难为他了……唉！”

墨九穿了一身素锦的衣袍，膝盖上搭了一张毡子，正斜斜倚在车壁上和盈娘的儿子吃各种果脯。闻言，她眼睛微微一眯，又舔了舔嘴角，缓了缓心里涌上的情绪，这才漫不经心地跟着感慨。

“又有什么法子呢？人家是大汗，他一个小小的王爷，有兵无粮，有权无人，也没几个心腹的将领帮衬着，什么事都得往前顶着，这一去，也不知生死前途了，唉！”

盈娘攥了攥裙角，微微一笑。

“也是。”

她轻松说完，就没有了下文。

可她脸上那一扫而过的情绪，墨九却捕捉到了。

这个盈娘，是一个极为聪慧的女人，也是一个读过书、懂得一些道理的女人，要不然她也不会通过这短短几天的观察，还有刚才发生的一件事，就看出苏赫与蒙合之间有嫌隙，并故意来试探墨九了。

墨九低头捋了一下发，也若有似无地试探她。

“这乱世天下，人人都想称王称霸，哪个又想受人掣肘的？若得黄将军那样的人才相助，他或许也有些机会。将来嘛……定然也不会亏待了黄将军。只可惜，唉！黄将军忠肝义胆，也着实令人佩服，先前我说要劝降，还被他骂了一顿！”

看盈娘有些紧张，墨九抿了抿嘴角，稍稍放缓了表情，露出一丝微笑，用手指挑出一块果脯放入嘴里，又将自己手上那一袋递给盈娘的儿子。

“怀儿，来尝尝我这个的味道。”

怀儿和她极熟，拿着就吃，嘴里含糊地笑。

“谢谢王妃。”

“好吃吗？”

“好吃！太好吃了！”

“你喜欢吃就好。”墨九看这小子眼睛都不眨，一口气就吃下三块，稍稍心痛了一下，又咽了咽口水，笑眯眯地抚摸他的脑袋，“怀儿真乖，等以后不打仗了，咱们的日子也都安定下来了，我就多多做给你吃，让你天天有的吃，好不好？”

“好！”

墨九看着他圆圆的小脸，慢慢地收回手，突然间又惆怅起来。

“若这个天下都太平了，再无战争，这果脯亦可人人吃上，那该多好。”

久久，车里没有了声音。

盈娘没有回答她，她也没有再说话。

安静的时候，只有怀儿的咀嚼声，特别清晰。

“娘，您要不要吃一个呀？”

怀儿小，不懂事，看她们不说话，就拿着果脯要喂她娘。

“娘不吃。”盈娘偏开头，眼圈有些泛红。

“来吃一个嘛。”怀儿不死心，“王妃家的果脯可好吃了，怀儿天天都想吃。娘，咱们回去的时候，给爹捎带一些回去好不好？王妃，您多给我一些，好不好？”

墨九微笑着点点头：“好哇，乖孩子，你真孝顺！你爹肯定会很开心的。”

“太好了！太好了！娘，王妃应了怀儿呢！”

“唉！”盈娘突然一叹，放开了紧攥的裙角，拉过儿子的手，望向墨九的目光里，有一种澄澈的清光，“王妃，回头我会说说他爹，做人要知恩图报，不能辜负了王妃的一番苦心！”

墨九心里一喜。

除此，她也稍稍有一丝惊讶。

她知道盈娘聪慧，却没有想到这个小妇人的领悟力会这样强。

其实她什么也没有说，更没有对她许诺什么，但短短一席话，盈娘却都明白了，包括苏赫与蒙合之间关系不和睦，早晚会闹翻，也明白了墨九说希望天下人都有果脯吃，有将北勐与南荣乃至天下合一的野心。当然，更早的时候，她就听出来了，墨九有意劝降黄大生，让他向苏赫投诚，帮他们做事。

但这个小妇人迟迟都不吐口。

说到底，他们也是对北勐有成见。

可如果苏赫也反水了北勐呢？

敌人的敌人就是朋友，这个定律在哪里都存在。

于是，盈娘心里了然了……甚至也有信心说服黄大生了。

她这才下定了决心，给墨九交了底。

“嗬！说什么报答不报答的！”墨九微微带笑看她，手指慢慢伸过去，轻轻握住她的手，一副推心置腹的样子，懒洋洋地说，“咱们做女人的，不就希望男人有出息，又能对咱们好吗？不就希望全家安康，过一世平静的生活吗？可想归想，这一切，不都得有个前提呀？先有国，才有家。如此风雨飘摇的社会，我们做妇道人家的，更不容易。走到哪里能安生？若男人自己都没依靠了，又哪会来管咱们呢？说到底，都不得已呀！”

“王妃说的是。”盈娘也跟着她微笑，“大生他会想明白的。”

“嗯。那就得靠夫人了！”墨九笑得眉眼弯弯，正式对她许诺，“王爷待人从来不薄。他有粥喝，他的人，就绝对不会饿肚子。”

“盈娘明白。”

隔了一道马车帘子，墨九与萧乾各自耍着小心机，谈着大道理，却都在为了同一个目标而努力。他们或许会对每个人都好，可心底里最信任的人，却还是彼此。这是一种心有灵犀一点通的默契。这样的默契，哪怕不言明，也足可为他们在这个硝烟战场上带来温暖。

晨昏辗转间，时间静静溜走。

又一个黄昏到来之际，龛谷城终于到了。

这里，虽然墨九没有来过，却并不陌生。

当初完颜修的手下阿息保从临安掳她而去，萧乾曾用龛谷、定远两座城与完颜修交换她。那一个萧使君“冲冠一怒为红颜，两座城换一个人”的故事，在这边也流传甚广。

此刻，天已漆黑，火把的噼啪声里，长风幽幽而叹。

墨九依旧坐在马车上，离龛谷这座小城还有些距离。

可即便这般，远处的兵戈和呐喊，依然清晰入耳。

莫名地，这一切，让她产生了一种复杂的宿命感。

当初，萧乾为了她把这座城舍了出去，如今不正该拿回来吗？

火把的光线与灯光不同，却有一种实实在在的温暖。

这种仿佛带着力量的温度，让此刻静坐在马车上，看北勐大军拥向龛谷城的墨九，心扉间生出来的全是冬夜的暖意。

没有面对战争的惧意，有的只是温暖。

这样多的人，在前仆后继——

喊声！杀声！刀光声！他们并非在杀戮。

他们分明在用自己的生命，去博得更多人的衣食无忧。

对，更多人的衣食无忧！

或许这个想法现在谈及为时尚早，又或许它的广度太宽。

但她就是这样相信，那一天迟早会来。

墨九是一个充满了正能量和战斗力的人。

而这，就是正能量者的目光，正能量者的自信与他信。

她相信她和萧六郎，一定会赶上如他们所说的那样一个天下——社会进步，人们自由，生活质量大幅提高，物质文明与精神文明都得到改善和大力发展，军事力量可以傲视群雄，经济水平空前发达。

那样一个盛世天下、强者的天下，处处都是光明。

只这样想想，她浑身就充满了力量，恨不得上前去给他们鼓气助威，大喊加油。

她听着从战场上传来的声音，热血沸腾，神经都突突直跳。这样的情绪，似乎把肚子里的孩儿都感染了——

突地，她眉头一皱，赶紧捂着小腹。

不对呀，孩子这么小，不会有胎动的。

就算胎动，也不会这么疼痛啊！

可腹间轻轻地一抽一扯，怎么回事？

太阳穴突然狂跳，心跳速度也加快，她突然有了不好的感觉。

难道果然如萧六郎所说，她的胎象不稳，加上长途跋涉过来，哪怕这一辆特制的马车根基很稳，也难免颠簸，这可是有了小产的征兆？

心脏狠狠一抽，她骇了骇，低声呼喊。

“玫儿！”

玫儿正趴在车窗上看外面连绵不绝，似乎延伸到了天边的火光，还有那熙熙攘攘往前运动的士兵。这会子她也紧张得很，冷不丁听到墨九喊她，回过头来一看，见墨九脸都白了，额头上有一层潮湿的汗意，布得密密麻麻，当即吓了一跳。

“姑娘，你怎么了？”

她飞快地扑过来，扶住墨九，连声音都变了调，带着哭腔。

“你这是哪里不舒服？”

“我没事！”墨九撑着小腹，咬着牙，“快！扶我躺下来。躺平！”

为了让她坐在里面舒服，这辆车的体形极为庞大，而且各种各样舒坦的设置应有尽有。为了这些，萧乾曾经绞尽脑汁，所以马车的长度足够墨九平躺，还留有余地。玫儿为她垫好厚厚的一层毡子，扶她躺下来，慌得六神无主。

“姑娘还很痛吗？”

墨九唔一声，并不多说，也无力多说。

玫儿也急出了汗，恨不得跺脚。

“怎么办？怎么办？”她撩开车窗帷子看了一眼，突然道，“要不，我马上去找王爷，对，找王爷回来就好了。姑娘，你不会有事的呀，不会的！我这就去——”

“不，不要！回来！”墨九嘘一声，目光幽幽地瞪她，“小声一点儿，不要咋咋呼呼的，惊动了别人！我没有事的，你不要慌！先把王爷给我预备的那个防止小产的药丸子拿来，我吃两粒！”

“哦！马上，马上，姑娘你忍着！”

玫儿喃喃着，听到“小产”两个字，整个神经似乎都绷紧了，蹲身找药的时候，一双手直哆嗦，好不容易才从随身的包袱里掏出药瓶，又颤抖着手倒出药丸子，递给墨九，然后冷不丁又紧张地抽了回来。

“姑娘，王爷说过的，这种药丸只能服用一粒。”

“情况不同！”墨九从她手上接过来，往嘴里一塞，等玫儿拿过来水壶，就着那壶嘴，一口灌入药丸子，然后大口喘了几下，又调匀呼吸，慢慢吸气、吐气，试图缓解那疼痛。

可试了几次，心绪难以平静，似乎越来越难受。

她索性放弃，捂着小腹，有气无力地喃喃。

“我没事的，会没事的，一定会没事的……”

盈娘打帘子进来，一眼就看到这样的情况，一下子吓住了。

“呀，姑娘，这是怎么了？”

“我没事！不要声张——”墨九轻轻冲她招手，艰难地微笑，“就是动了一点儿胎气，一点点而已，很快就过去了。”

盈娘怔了怔，就明白了。

她不想让人知道，也不想影响苏赫王爷与屯积在龛谷的南荣兵作战。

盈娘点点头，又回头仔细把帘子放好，这才走过来蹲身，观察墨九的脸："王妃，孩儿要紧，若你实在耐受不得了，一定要吱声啊！我们得去寻大夫。"

"不用……"

墨九用的药，就是天底下最好的大夫开的。

萧乾并非莽撞的男人，此次大军出征，他既然决定了让怀着身子的墨九跟在身边辗转，当然会准备好一些应急的药物。刚才玫儿给她服用的药丸子便是了。他说：常时保胎用一粒，紧急之时可服用两粒。

他已经做周全了，若这药吃了都保不住了，再找别的大夫来，又有何意义？

看她有大主意，盈娘亦只能一叹。

"夫人！"墨九突然朝她抬了抬手，似要拉她过来。

"王妃，我在的。"盈娘弯着腰甚为不便，索性侧坐在她的身边，握紧她的手，"王妃的手，很是冰凉，要不……我们偷偷找一个大夫去？让外边值守的侍卫去找，再吩咐好他们，不告诉王爷，不就行了吗？"

"不行的，也不用。"墨九微微笑着，上下嘴皮都无半点儿血色，说话的声音也似乎没有力气，抓住盈娘的那只手却很用力，"我就想问一问夫人，你在生怀儿的时候，那个宫缩……嗯，就是在生产之前，是不是一抽一扯地痛？"

她现在就有这症状。

所以，她想要确定是不是流产前的征兆。

可她一个没有经验的人，哪里懂那么多？

盈娘想了想，点点头："姑娘若这般，怕是要小产了。咱们得找大夫来！不行，这事紧要，不可拖延。我这便去——"

这是一个热心的妇人，拎着裙裾就要下车，却被墨九叫住了。

"夫人，你得听我的！"她冲盈娘摇了摇头，露出一个笑容来，"外面的人若知道了这般情形，一定会去告诉王爷。他肯定这样吩咐过他们，而他若知晓我……有小产之征兆，肯定心绪难平。夫人，战场上，牵一发动全身，统帅若心乱了，大军岂不都乱了？"

大军一乱，怎么打胜仗？

若战败，得死多少人？这场仗怎么收场？

墨九赌不起，也不敢去赌。她微微松开紧咬的唇，那嘴皮上都咬出了深深的痕迹，可言辞还轻松："夫人，这一仗对他至关重要，对我们都很重要。龛谷、定远乃金州大门，而金州又是汉水码头——"

她忽而想起了汉水河底的那一条通道。

不知道在他们离开之后，谁在驻守，可有变化？

她眉梢一拧，接着道：“过了汉水，就可直取汴京了。”

盈娘这会儿就站在马车门口，没有离开，也没有坐下来，就那般弓着身子看着墨九，一双略带愕然的眼睛里，就像不是在看一个女人，而是在看一个怪物。

以她的思维，很难理解这时的墨九。

一个女人在这样的事情上，通常会选择腹中胎儿。

哪有做娘的人，会为了一场战争放弃孩儿的？

盈娘不解，当然，也因为她并不知萧乾在世。

更不会知道，萧乾的医术就是墨九最大的信心支撑。

“唉！那我去烧一点儿热水。顺便看看怀儿方便好了没有。”

盈娘无法接受，但也不再反驳，撩开帘子就下了马车。

墨九平静地躺着，看玫儿焦躁的样子，冲她摇了摇头，表示自己没事，然后又轻幽着声音吩咐她：“把车窗的帷子拉开，我想看看外面。”

“姑娘，外面风大。而且——你也看不清，很伤眼。”

“拉开……”墨九还是有气无力。

玫儿嘴巴嘟了嘟，考虑片刻，有些不情愿地垂下头。

“姑娘还是老实些吧，闭上眼睛休息，不要看了——”

“我让你拉开！”墨九微微咬唇，样子并不轻松，语气却很低沉冷漠，“我的话你都不听了？你越来越放肆，看来我真得早早把你嫁给曹元。”

“有了！”玫儿听到曹元的名字，似乎根本就没有察觉墨九已然生出的怒气，一下子就又兴奋起来，“姑娘，我这便去偷偷告诉左执事和曹师兄，他们一定会想办法的。”

墨九微微闭一下眸子，终于恼了。

“我的事，什么时候轮到你做主了？”

玫儿几次三番打断她、阻止她，不听她的吩咐，这让眼睛不方便，身体也受损，本来就有些缺少了安全感的墨九，在这一刻，特别着恼。

“你太放肆了！”

她本来就是一个独断性很强的女人，自己愿意做什么是一回事，非得被人强行拧着头做什么事，又是一回事。于是，她对玫儿说话的语气，是从来没有过的：“身为我的孩子，如果连这一点儿苦都经受不起，那么——就注定了他不该来到这个世界。

就算真的小产了，那也算他的命！”

这一句话，她说得冰冷无情，吓得玫儿身子哆嗦了一下。

“姑娘……”

此刻的墨九，神色太可怕了。

尤其说到最后一句的时候，几乎没有半点儿感情。

玫儿似乎终于意识到了主仆尊卑，扁了一下嘴巴，悻悻地转身，慢慢地拉开了窗帷子，任由外面连天的火把光线，映入车内——

漫天灯火！

整个天地，似乎都被照亮了。

墨九视线模糊，但感光力还是有的。

得见光明的感受，让她深呼吸一下，终于缓和了神色。

其实，她并非真的不疼爱肚子里的孩子，而是她曾经听人说过，第一胎的孩儿，若真有了流产的征兆，那就应该遵循物竞天择的自然淘汰规律，接受小产的现实。甚至有些人，会主动终止妊娠。因为强行保胎的结果，有可能让胎儿不健康。

当然，这些话，她没法和玫儿说。

这样的选择，也需要她有很大的决心和勇气。

说到底，她也只是一个女人，一个来自异世的女人。

哪一步，又不是在和命运赌呢？

双手放在小腹上，可能药丸子发挥了作用，她暂时舒服了一些。

就这样，她安静地观望着模糊一片的夜空，任火光点点入眼，偶尔眯一下眼睛，身体却一动也不动。盈娘烧了热水上来，为她擦身子，为她擦额头，暖暖地对着她笑，说一些怀儿的糗事，说自己以前学绣花的时候如何被阿娘打手板心。

听她说着，墨九突然就想到了兴隆山的织娘。

墨九的娘。

离开了这么久，她也没有给她去一封信。

当时她离开，和织娘还闹得有些不愉快，可后来也就慢慢忘记了。说到底，在她的潜意识里，对织娘确实也少了那么一点儿和自己亲娘一样的感情。这一点，她否认不了。但织娘确实真心待她，如今他们打到了龛谷，离兴隆山也不太远，她是不是应该回去看看了？

混沌中，她慢慢想着——

远处，呜声阵阵，沉重而幽远。

那是号角的声音，已经过去几波了。

也就是说，北勐军已经冲锋几次了——

可捷报还没有传来，证明打得并不那么顺利。

“嘶——”墨九思维一走偏，小腹马上又疼痛了起来。

玫儿赶紧扑过来，轻轻拥着她，像是想安慰，又不知道从哪里下手，就那样看着，一只小手，这里停一下，那里顿一下，始终无措……很快，两行清泪就下来了，已掩不住哭声。

“对不起，姑娘，是玫儿不好，玫儿惹你生气了……”

“傻瓜！”墨九抬了抬唇，“我没有生气，我只想告诉你，这是我自己的决定。”

“呜！”玫儿抽泣着，泣不成声，“你已经这样难受了，还强忍着，值得吗？真的值得吗？万一有个三长两短，可怎么办？让玫儿怎么办？”

知道这小丫头真心关爱自己，墨九不由得握住她的手。

“值得。”安抚、宽和地拍了拍，墨九又是一笑，“因为我爱他。”

“爱是什么？”玫儿得了安慰，金豆子掉得更厉害了。

“爱就是……一面盾，一面护心镜，是我最好的防御与武装。”

玫儿吸着鼻子，看着她，并不理解。

墨九也不管她能不能理解，只轻轻地笑，在疼痛中，徐徐笑开。

而这，就是爱与恨最大的不同。

哪怕荆棘已然刺在了肉里，也可以憧憬美好。

暮色如布，笼罩四野。

龛谷城里，却是一片火光。

虽然萧乾在徽州发兵之前，曾扬言要南下出征大理国，却在半道上转头直奔龛谷城，有点儿突然。但是，他们日行军并未刻意回避让人知道，于是，在北勐大军尚未到达龛谷之前，南荣这边已然得到了消息，守将一方面派人快马奔赴汴京通知景昌帝宋熹，一面调遣重兵把守龛谷——

时局发展到如今，已经有些乱了章法。

事实上，南荣方面也得到了消息，蒙合密旨令苏赫南下出征大理，对南荣进行合围。可如今苏赫不听圣令，拉三十万大军直冲龛谷城而来，这突如其来的转折，就像在沸腾的油锅里面烧水，一下子就炸开了锅。

有心之人，大抵都明白了。

这北勐窝里斗的日子，即将开始。

早有风闻说蒙合与苏赫之间不和，可天南地北的消息，真真假假，扑朔迷离，一直没有证实。而此番苏赫转道龛谷，对于南荣来说，就像谜底揭开，天光初现，简直就是一个大大的利好消息。

苏赫若和蒙合干上，他们只会受益！

而且，目前蒙合远在哈拉和林。在苏赫未有援军的情况下，正是南荣举全力歼灭他的大好时机。再说，龛谷和定远两城，是重要的战略要塞，也不拉开大决战，任由苏赫闯进来。

于是，龛谷这个地方，就成了油锅里的沸点了。

在前些年的战争里，龛谷深受其害，农事荒废，工商受制，珒国灭亡后，得以喘息，今年以来，开始慢慢恢复。可奈何，战事又起，苏赫抗旨蒙合的第一剑，就指向了龛谷。身为龛谷人，不可谓不悲惨，上辈子他们肯定欠了上天的。上次萧乾拿下龛谷，去和完颜修换了墨九，而后又从完颜修手里把他们夺了回去。如今辗转一番，他又打向了龛谷。

这天晚上，龛谷的夜空中，喊杀声不断。

被震惊的人，不仅有龛谷守军，还有全城的老百姓。

到了这一刻，他们已经到达了恐惧的极点。

他们害怕！害怕龛谷会再次沦陷。

他们对身为被奴役的下等民的感觉，记忆犹新——太过惊悚。他们好不容易从珒人手上解脱出来，若再落到北勐人的手里，也不知是个怎样的光景了。水深火热中的龛谷人，这一夜都无法入眠，而他们在饱经战火之后，会比未见过战争的人更加勇敢。所以，在北勐大军攻城之际，听说皇帝御驾在汴京，很快就将赶到龛谷来，龛谷百姓居然在官府的鼓动下，自发地走出了家门，群情激奋地拿上了武器，大声吼叫着要将北勐兵挡在城外，与龛谷城共存亡……

对峙感，紧张到了极点。

不管宋熹来不来龛谷，这一仗，都将是一场硬仗。

苏赫三十万大军压境，而短短两天，南荣已在龛谷集合了六十万守军。

宋熹要在龛谷与萧乾大决战之心，显而易见。

以两倍于萧乾的兵力，却只守不攻，也足见他带兵稳重。

他们有源源不断的后续支持，甚至全部南荣百姓都是南荣兵的后盾，而苏赫孤军入境，除了手上这三十万人，其实他什么都没有。说得再难听一点儿，他们吃了这一顿，下一顿的伙食在哪里都不知道，如何啃龛谷这块硬骨头？

不得不说，形势决定军心。

这样的对峙，让久受掣肘的南荣兵得到了大大的鼓舞。

在北勐大军还没有到达龛谷的时候，南荣援军就从汉水、淮河、均州、金州等地赶来，陆续支援龛谷，那大批的兵马、军械仿佛流水一般，把龛谷城池守得如滴水不漏的铁桶一般。

这样不遗余力、不计本钱的打法，对南荣来说，还是第一次。也可以从中看出，宋熹摆好阵势要与苏赫干一仗的决心有多强烈。这一日他似乎等了许久，上次汴京撞了空，扫了颜面，那么今日，苏赫不声不响地攻打龛谷，宋熹也就不声不响地选择了龛谷做主战场。

苏赫反叛蒙合的消息，让整个南荣阵营都兴奋了起来。

他们都在等待着看这一场精彩的战事。

看苏赫要怎样飞蛾扑火，死在龛谷。

夜色下，城里城外风起云涌。攻城的、守城的，嘶吼着，一声声震动了苍穹。天寒地冻的天气，兵士却汗流浃背。高高扬起的大旗、搭上城墙的软梯、两军交接处的兵戈声，在战马声嘶力竭的叫声里，仿佛带着一种死亡的光芒，把这个战场衬托得血色缠绕，狰狞而恐怖。

“杀呀！”

“杀！”

“杀！”

“杀！”

城门久久不开，城墙上的南荣兵就像蚂蚁一样，密密麻麻。在没有大威力火器的情况下，北勐骑兵目光嗜血，杀红了眼睛，却也久久破不了龛谷的城门。而同样杀红了眼的南荣人，在胶着的状态下，更加兴奋了。从城墙上的投石机里滚滚而下的巨石，将北勐欲破城的将士砸入了深深的护城河里……

不过半个时辰，河里就浮上了不少尸体。

有南荣人的，也有北勐人的。

河面上似乎变了颜色，不再清澈，隐隐有暗红的色彩，刺目而销魂……

“大帅，咱们向墨家借火器，轰他娘的吧！”

“对，轰他娘的！”

“大帅，南荣狗城里也有火器！”

“是呀！他们变狡猾了，这是准备和咱们耗着了！”

“耗下去，他们就是赢！换你，你耗不耗？”

“他娘的！南人就是奸！这么多人，都他娘的不敢冲出来与我们真刀真枪地干！”

喊杀声里，对峙双方都红了眼，话也都说得不好听。

南荣兵在城头上，大声讽刺这一群北勐兵是被蒙合遗弃的狗，还是落水狗，极大限度地挑战着北勐兵的神经。这也是一种心理战术了，对进攻的北勐骑兵造成了一定的影响，进攻的阵列慢慢就有了一点儿散乱。

北勐骑兵剽悍的进攻力，整个天下都害怕。可他们能进行潮水般的冲击，除了因为自身体格强与平常训练有素，也因为拥有每战必胜的高度自信。这一刻，那种前途未知的心理感受，确实有些让他们自乱阵脚。

南荣这一次的心理战，确实有些了不起。

不费吹灰之力，就削弱了北勐兵的进攻力度，挫了他们的锐气，并且让北勐军中很快就充斥了一种浮躁。北勐兵哪怕疯了一般进攻，却始终破不了龛谷城。

一轮接一轮！

一轮比一轮猛烈！

一场又一场的进攻，海浪似的冲击。

天地间全是肃杀的气息，沉闷而低压。

乱军之中，萧乾紧紧抿着唇，手执宝剑，面色肃冷，一身盔甲早已染满了鲜血。

“大帅！”

一声低吼中，格森将军飞驰到萧乾的马前，抹了一把脸上重重的血污，拧着眉头大声道：“这块骨头不好啃啊！南荣狗都疯了，小小一个龛谷城里，到底屯了多少兵？太可怕了！就城墙上的守军，都换了五茬儿了。死了一批换一批，死了一批还有一批。大帅，我们破不了城，再有两个时辰，天就大亮了。耗一晚上，兄弟们也都累乏了，这形势，对我们很不利，得想法子！”

“依格森将军之见？”萧乾凝神看他。

“不如原路返回，先休整之后，再卷土重来！”

“不可！”萧乾面色微微一沉，夜色下狠戾的样子如同地狱修罗，“一鼓作气，再而衰，三而竭。若我们这次不能攻下龛谷，那便不可再来了。”

略略思考一下，他盯着格森胡子上没有抹干净的血沫。

“格森将军，你有没有胆子去干一件事？”

“何事？”格森微微一愣，随即欠身施礼，“格森任凭大帅吩咐！”

萧乾冷冷地盯着火光下巍峨的城楼，似乎还有些犹豫，好一会儿都没有说话，任凭冷风吹刮着面孔。格森似乎也察觉到了那一股子不同寻常的气氛，也不动不言，就那样安静地等待着。

久久，萧乾深眸微闪，像下定了决心。

“你带五万人，偷渡汉水，佯攻汴京！”

“啊？！”格森微微一惊，一张乌漆漆的脸上满满的诧异，几乎不敢相信自己的耳朵。

南荣有多少人屯在汴京？在开战之前，不算这些各大地方军营的乌合之众，单单宋熹从京畿之地带往汴京的人马，都号称八十万了。而开战之后，宋熹又集合了京兆地区与汴京原本留守的三十万兵马，可谓百万雄师守汴京。

这这这——

大帅让他带五万人夜渡汉水，闯汴京？

啊哦！

格森粗糙的脸上愕然着。

这一刻，分明就写着几个字：“大帅，你不是在逗我吗？”

以卵击石的事儿，确实得艺高胆大，还得不怕死的人才敢干。

格森艺高胆大，可他怕死呀。

嘿嘿笑着，他大大的手掌抬起来，直摸脑门儿。

“大帅，咱们这次打不过，可以先保存实力，不急着这一会儿，更犯不着去拼命——”

“我并非真让你去拼命！”萧乾冷冷看着他，又停住了。

这个计划似乎是他临时起意的，还没有思虑周全，他一边说，一边也在想：“你偷渡汉水，做大军攻城之举，只为给南荣施压。他们如今大军压向龛谷，对岸小城定会疏于防守。你有五万人，足够应付。这样的目的，只为扰乱他们的视线，打乱他们的阵脚。让他们慌乱，逼他们回援！”

“格森明白了！”格森大大小小的仗也打了无数次，很快就晓得了他的意思，“大帅这一招叫什么？用中原人的话说，就叫围魏救赵！”

想到了这样一个词儿，格森的目光里有些小得意，似乎通晓了中原文化似的。

“不围魏，只救赵。更准确说，这叫声东击西，真要围魏，你的脑袋就只有留在汴京了。”萧乾纠正了他，然后想了想，又将手上带着鲜血的佩剑递了过去，“你拿我的佩剑去，定可马到功成！”

拿他的佩剑来作甚？

能杀鸡还是能宰羊啊？

格森是个孔武有力的家伙，用惯了大刀，有点儿瞧不上萧乾手上那一柄秀气的宝剑。不过看那剑长得好看，又是大帅亲手递上来的，他也就乐呵呵地接了过来，往腰上一别，而后执了马缰绳，一脸严肃。

“格森在汉水那头，等着大帅！”

说罢，他拍马就要离去。

“慢着！”萧乾突然喊住他，冲他招了招手，待他打马靠近，才俯过头去，“格森将军，你只有五万人，记住：拼不起！遇上南荣大军不要正面迎战。打不过，就跑，换一个地方再接着打。若实在无法周全时，可领兵带此剑，直奔汉水码头往西二里处——”

如此这般详细地吩咐着，萧乾的一些话，听得格森一愣一愣的。

可他是一个执行力很高的人，而且狠戾好杀，喜欢冒险，擅长进攻，是一个可以打突击战的将领。故而萧乾在他的身上押下了重注，甚至连汉水下方的甬道秘密都告诉了他。虽然没有直接说破，拿着剑去，会有人接应，但也说了个八九不离十——

格森没有多问，只深深看了萧乾一眼。

那一眼里，有信任，也有一种男人式的佩服，以及从此跟着他干的决心。

“末将当尽全力！”

迟疑一下，他润了润干涩的嘴巴，又抬眼望向萧乾。

“大帅，末将在哈拉和林有几房妻子，还有几个孩儿，若在此战中，末将不幸战死，还望大帅帮着编一个什么名目——或者就说末将临阵脱逃，死在了乱军之中。”

萧乾目光一沉。

就着火把的光线，他看着眼前这个汉子。

一瞬后，他重重地点头承诺。

“好。你且放心去吧！”

“末将必不辱命！”

格森一声“驾”，粗重的喉咙长长地吆喝着，扬长而去。

萧乾站在原地的冷风中，久久地看着他的背影不语。

那一句“临阵脱逃”，说得坦然，却也沉重。他不为别的，只为了他的家人不受牵连。格森此番跟着他过来打汴京，若活着还好，总有机会照拂一下家人，而且他行军在外，只能听主帅的命令，也有个说法。可若他死了，那他的一家子怎么办？蒙合会不会为难他们？

落下一个“临阵脱逃”的罪名，难听了一点儿，但在这样的时候，于他才是最好的。

“唉！”赵声东走了过来，“主上，你决定了？”

嗯一声，萧乾眸中映着火把的光线，平静而淡然，可声音满带凉意。

“请辜将军来一下。”

此次北勐大军南下，辜二其实一直就在军中。甚至就在萧乾的身边，但他始终扮演着一个普通侍卫的身份，加上平常为人沉默寡言，存在感很低，萧乾亦不曾故意对他有什么特别的照拂，故而长久以来，竟没有一个人知道他到底是什么人，有什么身份，和别的侍卫有什么不同。

辜二是个聪明人。

大战之时，萧乾突然召他前来，有些事情，怕要变了——

“王爷！”他轻唤着，从萧乾的背后走近。

萧乾脊背挺直，正在观察战局，闻言慢慢掉转马头，走到辜二的面前，盯着他看了很久，一双冷冽的眼如同千年的深潭，看上去冰冷如霜，可偏偏又带了两簇赤红的火光，似乎在发酵着一种什么情绪。

“辜将军，我们当初在阴山说过的话，便要始于今夜了。”

辜二嘴皮微微一动，慢慢抱拳：“要辜某怎么做，王爷请吩咐。”

“我要夜渡汉水，前往汴京——”顿一下，不待辜二询问，他又压低了声音，“你替我留在这里，指挥这场战役。”

他替萧乾指挥？

辜二微微一怔，没有讲话。

几十万人哪！萧乾全部的身家呀！

他对自己就这样信任？

“王爷，我——”

“辜将军之能，我心知肚明。而且，除了你，亦无人可为。”萧乾深幽的目光中，转过一束复杂的光芒，“你来做苏赫，我放心。你也不必做别的，就在龛谷，拖住南荣兵。”

即便辜二是个淡定的人，闻此言也是惊得不行。

不管萧乾单派给他什么差事，他都会觉得正常。可他怎么也没有想到，萧乾会把这里的军务全部托付给他。而他自己——居然胆大地选择夜渡汉水，前往汴京。

这是要做什么？

辜二从来不喜多问。

可这一刻，看着萧乾沉沉的面色，他还是忍不住问了。

“这——太突然了，而且王爷单刀赴会，也太冒险了！我不赞成。”

“我会带一些人，不算单刀赴会。何况那边有格森，还有古璃阳！”

古璃阳？辜二对这件事有一些了解。当初他和薛昉在汴京待了不少时间，对古璃阳与萧乾的交情也知之甚详。但此事不同于其他，两国交战，干系太大，古璃阳那样一个极度忠信大义、胸怀家国天下者，会心甘情愿为萧乾所差使？

“王爷，你好像一个赌徒。”

辜二的无奈，换来了萧乾一个略带凄冷的笑。

“辜将军说的对。我便是一个赌徒，还是一个从来没有太多筹码的赌徒。”

“王爷，三思呀！”

他目光里隐隐的担忧，萧乾看得很明白。

幽幽一叹，他道：“多谢辜将军挂怀。正因如此，我才得亲自走一趟汴京。”

说到底，就算他对薛昉、走南和古璃阳几个人都有信心，可他那三十万的旧部呢？他们都是南荣人，要把他们全部策反，薛昉做不到，古璃阳做不到，走南更做不到——若他们做不到，偏生又想在这样不利的战争状态下帮他，难免急功近利，说不定反而会酿成大祸，功亏一篑。

他去，险；不去，更险。

这确实是一个赌局。

也是他必须赌的赌局。

辜二木然的脸上，浮出一丝犹豫。

“就不能派别人吗？辜某也可替王爷走一趟。”

萧乾摇了摇头：“你去了，亦无意义。”

连古璃阳都做不到，辜二一个外人，当然更做不到。

当今天下，也只有一个人可以。

萧乾。

他自己。

他必须过去，为他们做这个决定，做他们的镇魂之石。

沉默了片刻，辜二眉心紧紧拧起："萧使君，这是——准备复活吗？"

萧乾一怔，片刻，方淡淡一笑："复活！"

"可是，王爷——"辜二的脸上，依旧还有太多的不确定。

要他来扮苏赫不难，他早前在阴山已经习惯了，对萧乾说话的方式、行为都可模仿，以假乱真。为保险起见，大不了再多戴一个面具，穿一套巫师袍，这些东西都有准备，而且在大战之中，除了萧乾的亲信，其他人等也不会太注意观察主帅，要瞒天过海，确实不难。

可萧乾如何做得了萧乾？！

今日的他，哪里还是昨日美冠天下的萧使君？

迟疑一下，他终是看着萧乾的脸，疑惑地问了出来。

"你的脸，如何让人信服？"

萧乾微微一笑："山人自有妙计！"

夜色深浓，汉水南岸。

二更天了，冷风似乎已凉透了天地。

皇帝御驾渡江而至时，南荣与北勐在龛谷的大战已进行了两个时辰。

位于金州城外的南荣营地里，一片寂静。

留守大营的南荣兵，都在等待御驾前来。

此营为目前南荣兵的主营地，离金州城也就几里路。

昨日下午，在北勐苏赫大军尚未到达的时候，从汴京等地到达的将士都先在这里落脚，服从统一指挥和调派。

亥时许，宋熹抵达营地。

一袭银甲，满脸寒光，腰系宝剑，幽光闪闪。一双眸子如同夜下鹰隼，锐利而饱含戾气。在一干将士夹道的欢迎仪式中，他微微蹙了蹙眉头，点头打一个招呼，径直骑马从中而过，直入中军帐中。

时人极重礼仪。

尤其君臣礼仪，更为大仪。

可有些礼仪确实冗长得让人生烦。

尤其在这样的战争时刻，对那些由于初见皇帝而显得过于激动的地方官吏和将领，宋熹更无心应付。甚至，有些见不得这样拍马屁的仪式。

入得大帐，他当即召见了指挥龛谷战役的金州大将管宗光。

不得不说，这管宗光干得还算不错，至少这是南荣和北勐开战以来，最漂亮的一场战役了。宋熹对他进行了肯定，一番口头嘉奖之后，又许诺若干，而后就询问起了龛谷最新的战情。

管宗光有些紧张，低垂着头，据实相告。

可听他说起苏赫大军久攻不下，整个北勐军队陷入低迷、军心浮躁，导致进攻秩序杂乱无章之后，宋熹一双冷眉竟然紧紧拧起，似乎有些不信。

“会有这样的事？”

看他这样轻己强敌，管宗光心里有些不悦。

这不仅是皇帝对他不信任，也是对南荣军队不信任哪！

他心生郁闷，却不敢言及，只赔着笑脸解释。

“回禀陛下，这一次苏赫军会露败相，确有前因。幸得陛下叫使君前来转呈了那个……攻心之战，微臣这才让士兵在城墙上大肆宣扬苏赫与蒙合不和，蒙合已然抛弃了这支北勐军，让他们知晓自己无援无粮，乱其军心，这才有了这般战果！说来，全是陛下您的功劳哇！”

只要马屁拍得好，没有马儿不受用。

宋熹听了，冷漠的神色，亦稍稍缓和。

“辛苦管将军了。朕，想去龛谷看看——”

说罢，他就要起身，中军帐中，一群将领立马惊了。

“陛下，使不得！使不得呀！”

这皇帝屁股还没有坐热呢，居然就要去阵前转悠！

他倒无所谓，可对他们这些人来说，不是要命吗？

管宗光额头上都溢出了冷汗，尴尬地拱手在前。

“陛下，龛谷此时双方正在开战，太过危险——”

“危险的地方，朕就可以不去了吗？”宋熹缓缓一笑，“我若就躲在中军帐中，听听战事消息便罢，又何苦要御驾亲征？”

“这——”管宗光想了一瞬，忐忑地拱手道，“陛下，话虽如此，但陛下乃万金之躯，怎可以身涉险？战场上飞枪乱箭防不胜防，战事更是瞬息万变，微臣以为……”

“管爱卿，不必再说了。”宋熹不耐烦地瞥他一眼，已然转过身，伸开双臂，由着李福为他披上大氅，大步往帐外走去，神色淡然，动作利索，声音却极为有力，“北勐大汗没有一个不会带兵打仗的，更没有一个从来没上过战场的。换我南荣，怎就不能了？”

众将面面相觑。

末了，也只重重一叹。

“是，陛下！”

对于臣子来说，皇帝不上阵前，就窝在家里休息才好。金州龛谷地带屯有南荣兵八十来万人，单凭苏赫那三十万人，暂时打不到金州来，安全没有问题，宋熹在这儿坐镇指挥，他们可以借助皇帝的声威稳定军心，又可以少做许多保卫工作，更没有那么多的闲心要操。可皇帝御驾要上阵前去？这不是要他们的命吗？

带一个皇帝在身边打仗，和放一个炸弹有何区别？

“陛下，前方就是龛谷城了。”

管宗光紧紧跟在宋熹的身边，寸步都不敢离开。

“嗯。”宋熹轻轻应了。

远远看去，夜幕下火把点点，好像连成了一片似的。隔了这样远，喊杀声与各种歇斯底里的嘈杂叫喊声，似乎也可以传到耳边，带着一种硝烟味儿，令人四肢百骸都充斥着紧张感——战争本源的紧张感。

宋熹眉心微微一拧，转过头来看向管宗光。

“我军为何不乘势出城，反守为攻？”

“这——”管宗光微微一惊。

看宋熹神色似有不悦，他赶紧欠身赔笑：“回陛下，在大战之前，末将与几个将军商议过了，只要在龛谷挡住苏赫大军的进攻，他们无人相帮，又无后援，早晚活活拖死在这里。我军不擅进攻战术，关门死守比出城进攻，损耗较少——”

言及此，他抬眉瞄一下宋熹。

他其实很想说：这不是陛下您亲自下的旨吗？

那一个字：拖！

难道他意会错了圣意不成？

心里有疑，管宗光却不敢问。

皇帝就是皇帝，哪怕他一天变三次主意谁又能说得？

宋熹拧眉思考一下，似乎也觉得他说得有理，盯了他一眼，没有再多说什么，径自打马加快速度，上了前方不远处的一个山坡。站在地势相对高的地方，他俯瞰着不远处的龛谷城，没有再坚持刚才的想法，慢慢摆手下了山坡。

“管将军，我们先进城看看！”

“微臣遵命！”管宗光再次施礼。

皇帝御驾亲征到龛谷阵前，这个消息，振奋了南荣大军。

于是，在北勐军一波紧似一波的奋力攻击中，南荣兵士气空前高昂，把一个小小的龛谷城守得风雨不透，水都泼不进去。之前北勐军还三不五时地冲上城墙几个，可听说宋熹到了，南荣军势头更盛，北勐军的攻击力却越发减弱，慢慢地，就变成了围而不攻，只偶尔派小股军队过来，骚扰一下城门。

未几，宋熹亲自登上龛谷城楼。

夜下的火光中，城外的北勐军人数众多，蚂蚁似的排得密密麻麻。

看那阵势，虽有凌乱，却并未达到管宗光所谓的“毫无章法”的地步。

宋熹微微眯眸。

北勐军中，人人都穿着同样的战甲。

他在捕捉萧乾的身影——

分开了那么久，他已许久不曾见过他了。

心里有那么一丝想法，看看他变成了什么样。

听说毁了容色，变了样子，他也好奇——到底丑成了什么样子，竟然也没有让墨九嫌弃？到底丑成了什么样子，竟然让所有人都认不出他来？

可人群太乱了，宋熹寻找了许久，都没有看见他。

抿一下唇，他再往前一步，极目远眺着，似乎想要透过北勐大军层层密布的阵列，看见一个更远的地方——到底有没有那个他想了许久的女人。

没有！

除了兵马、旗幡，以及浓浓的夜色，哪里来的人？

片刻之后，他缓缓闭了闭眼，自嘲地一叹。

“唉！”

她怀着他的孩儿，即便跟在军中，又怎么可能出现在阵前？

是他太过想念了吧？竟生出这等旖旎来，希望看见她英姿飒爽地骑马杀在大军之中。

“陛下，城头上风凉，我们回吧！”

“不冷！”

“可这里——这里，危险！您龙体要紧。”管宗光额头上的冷汗一直未干，带着皇帝在阵前游弋，他感觉自己手上拎的根本就不是武器，分明就是他的脑袋瓜子，还连带着一家老小的命。

皇帝若是有个三长两短，他再多脑袋都不够砍的。

心里揪揪着，他看宋熹的样子，已然急巴巴的了。

宋熹慢条斯理地扫过他的脸。

良久，他嗯一声，点了点头。

见状，管宗光大喜：“多谢陛下体恤臣等！”

临下城楼之前，他往城墙外面的北勐阵中望了一眼，紧紧跟上宋熹的步伐，考虑着，突地进言：“微臣以为，陛下先前之言极为有理。打到这时，北勐军确已疲惫，不堪支撑了。如今有陛下坐镇龛谷，咱们何不突开城门，打他们一个措手不及？”

他一来为了迎合宋熹，二来也为自己的官帽子打算。

从目前情形来看，南荣的胜机确实很大。

如果这一战胜了，他管宗光就得名垂青史了，那是何等光宗耀祖？

可宋熹听完，沉吟片刻，就否定了他的建议：“不可。管将军忘了浚县山之战了？苏赫为人狡猾得紧。他这般只围不攻，做疲乏之态，切莫相信。宁可在他们势头大盛时出城痛击，也不可在这时开城——”

管宗光一怔，想一想，确实如此呀。

想那苏赫大军能在三日内从汴京赶到乾州，还连夺两城，这样吃人的行军步伐与过人的精神头儿，又怎会在连续进攻两个时辰后就疲成这样？

分明是陷阱！

管束光脊背一紧：“陛下英明！”

宋熹不答，大步下了城墙，骑上战马在城中转悠了一圈，对军民协心抗敌的氛围似乎很满意，不时与龛谷的百姓谈几句，做足了明君的姿态，这才不经意地问管宗光。

“听说墨家巨子跟随苏赫大军出战了，管爱卿可有见到人？”

管宗光一怔，心里明镜似的了然了。

皇帝以前和墨九也传过一些暧昧的风言风语，这般问他，肯定别有用心了。

只不过，君心难测，他不知皇帝存的到底是哪门子心思。

考虑一下，管宗光模棱两可地回答。

"回陛下，确有此事。先前探子有报，墨九的马车就在城外。不过，北勐军在城外亦有驻营，他们此番进攻龛谷，是分成几个批次上来的。一批进攻，一批预备，一批休整，极有章法。"

说到这里，他想到自己先前的进言，头皮一麻，嘴唇哆嗦着，瞄向宋熹："陛下，微臣差一点儿犯下大错了。"

"何错之有？"

"他们进攻既然如此有章有序，也应个个休憩得宜才对，怎会露出那等倦乏不敌之态？亏得陛下英明，若不然，微臣又上当了，误了战事矣。"

这家伙会说话，马屁拍得神不知鬼不觉。

宋熹微微一笑，并不多言。

一行人骑马走在硝烟弥漫的龛谷街上。

四周喧嚣不已，他们却很安静。

于是，在战事中，这样的安静，却突兀地显出更多的紧张感。

"管将军——"静谧中，宋熹突然回头，"朕四处走走，你不必跟着朕，自去忙吧！"

"陛下，现下战情不急，微臣不忙。"

宋熹眉头一挑，似乎想要摆脱他："朕自去便可，管将军去忙军务！"

前一句是客气，可这一句话，已然是命令的祈使句了。

那潜台词是：你一个领兵的将军，战事在前，不去安排忙碌，跟着老子做什么？你要真的没事可做，那要你这个统帅做什么？还想不想干了？

管宗光大概听出了这么一个意味，稍稍迟疑一下，也就打马奔着城楼去了。

宋熹领着一群近卫，骑马停在街心。

四周又一次安静下来。

李福偷瞄几眼宋熹的脸，小心地问："陛下，我们——"

"我们出城。"宋熹打断他的话，缓缓回头，目中映着熠熠火光。

"啊！"李福差点儿惊掉了下巴。

皇帝也太过异想天开了吧？

就算想那个女人，也犯不着以身涉险哪！

这非平常，而是战时，哪个敢放他出城？

李福头皮一麻，脑袋都快要炸了，踌躇着，正寻思要怎么阻止，就见到处是火把的街道上，远远地飞奔过来一人一骑。

“报——陛下，大事不好了。”

大战在前，听了这话，宋熹神色狠狠一沉：“何事？”

那人翻身下马，屁滚尿流似的半跪在宋熹的马前，咽了一下唾沫，紧张得都有些结巴了：“陛，陛下，刚刚接到消息，北勐大军偷偷渡过汉水，接连破了北岸的两座小城，现下已直奔邓县——看那情形，他们似要冲汴京而去哇。”

“什么？”宋熹大吃一惊，几乎不敢相信。

就这样短短的时间，他这边刚刚过了汉水到金州，他们居然摸过河去了。

想到浚县山那一仗的先例，这种可能性，让宋熹心肝上都积了火。

可仔细一想，他又生出了一些怀疑。

若苏赫派了主力军过汉水，那围在龛谷城外的军队，难道都是虚张声势？

目光沉了沉，他慢吞吞地吩咐。

“传令古璃阳，令他于天亮之前，夺回邓县已丢弃的小城，并将过江的北勐军……剿灭在汉水北岸，不得有误。”

“喏！”一个传令兵急忙下去了。

宋熹停顿一下，突地掉头看向身后的禁军统领。

“速速派人出城查探北勐军虚实。”

偷渡汉水的兵马，到底是北勐军的主力，还是一小部分兵马在干扰他们的视线，一探便知了。

传令的人下去了，事情也都安排好了，可宋熹还站在原地没有动弹。今天晚上的他，有些莫名亢奋，哪怕一直保持着某种怪异的平静，可熟悉他的李福，还是察觉出了他的异常。

轻轻咳嗽一声，他看着站在风中的宋熹，迟疑着上前。

“陛下，咱们现在去哪儿？”

“等消息！”

同一片天空下，汉水北岸已三更。

在北岸码头附近，也有一个南荣兵大营。

只不过，这里驻扎着的兵马，是萧乾曾经北伐时的旧部。

南荣和北勐的大战在龛谷开始了，他们这支队伍一直不曾接到命令，却始终处于待命状态。看上去，好像不关他们什么事，但这样的时刻，哪个人还睡得着？

夜已深，营中火光点点。

将军帐中的三个男人，更是全神贯注，毫无睡意。

古璃阳、薛昉和孙走南三个人，也是昨日从汴京到达汉北大营的。

在萧乾离开汴京回临安受审之前，他一直把这支三十多万人的兵马驻扎在这里。他“死”后，古璃阳也不曾迁徙。一方面，此处地势紧要，可称得上扼紧南北喉咙的要道。另一方面，就是为了汉水底下的那一条甬道，以及藏匿于甬道地窖中的大批转运物资。

腊月的天，冷飕飕的，刮人骨缝。

帐中的火炉，烧得很旺，可他们还是觉得凉。

三个人都没有说话。

整个天地间，似乎都静谧一片。

良久，性子粗糙的孙走南终于坐不住了。

“老古、薛小郎，咱们别等了，说干就干吧！再耽搁下去，我怕来不及呀。”

萧乾与宋熹在龛谷决战，这一夜，像他们一样无法入眠的人太多了。从到达江北大营开始，他们就一刻不停地在打探阵前的消息，可传回来的全不是好消息。

他们都是萧乾的得力部众。

如今萧乾有难，他们怎么可以坐等？

瞥一眼孙走南，古璃阳眉头蹙了蹙，还在沉思。

太冒险了！怎么干？关键是，这事并非他们三个人就干得起来的。

必须有一个合理的理由，先说服那些领兵的将校，再来说几十万的军队呀！

“唉！”他敲额头，“我再想想，老孙，你容我再想想。”

“想！还想个屁呀！再磨叽，就来不及了！你到底——”

“走南！”不待他的火暴性子发作，薛昉就阻止了他，“你急什么？”

喝止住了孙走南，薛昉慢吞吞看向古璃阳，似乎下定了决心，也站起身来：“古将军，走南有一点说得对，我们在这里空等着，也不是办法，形势对咱们很不利，如果什么都不做，不如做了再说，哪怕做错了，生死也都有一个交代了。毕竟，一旦主上有事，我们选的时机再好，又有何用？不都晚了吗？”

古璃阳叹息一声：“薛小郎，我明白你的意思。可咱们要从甬道出兵龛谷，至少得有一个像样的借口吧？不然何以服众？”

“我有一个办法——”薛昉顿了顿，似乎犹豫了很久才道，“咱们分两步走。第一步，先召集将校商议，就告诉他们，皇帝已然对我部有了戒心，若此时我们不动，回头等皇帝灭了北勐来犯之人，刀就架到咱们的脖子上了。将领都看得清形势，如今皇帝不动我们，本就存了秋后算账的心思。”

“可即便如此,要说服他们也是希望渺茫啊！干系家国身家,一般人岂会轻易投敌？”

这种劝仗，比打仗还难，古璃阳毫无把握。

首先，这三十万人要怎么才会心甘情愿地跟随他们去龛谷帮北勐兵打南荣兵？其次，宋熹本人就在龛谷，皇帝在前，声威更盛，就算这个时候说服了他们，到时候到了龛谷，宋熹登高一呼，他们会跟着北勐，还是跟着南荣？

只是想想，古璃阳都觉得有些荒诞！

可正如薛昉说的，如果他们什么都不做，也许就没有机会了。

谁知道天一亮，又是个怎样的情形？

薛昉看到他的迟疑，认同地点点头：“我想过了，若实在不行，我们就走第二步——直接向他们挑明主上的身份。这也是我们最后的一个机会。”

挑明身份，确实是一个办法。

可如果萧乾就是苏赫，龛谷的北勐兵又该如何安抚？

古璃阳眉峰紧蹙着，扶着腰上的剑，看着二人。

静了一瞬，他缓缓点头：“行，顾不得那么多了。干吧！咱走一步，看一步。”

子时许，江北大营里，突传紧急军情。

大将军古璃阳召集一众部将，于帐中商榷战事。

近卫把命令传递下去，不到一刻钟，军中将领都到齐了。

“古大将军，陛下有出兵的旨意来了？”

“哈哈，终于要我们出征了？”

“格老子等这一天很久了。北勐那群鞑子、王八蛋，等着爷爷去收拾吧！”

一群将校脸上都带着喜色，似乎个个都恨不得冲上去手撕北勐兵。

看着他们激动的样子，古璃阳和薛昉交换了一个眼神，沉吟了老半天，才抬手轻轻一按：“诸位将军安静一下。”

“古大将军，您吩咐吧，让咱们打哪里？”

古璃阳眉头紧皱：“事情可能与你们想的，有些不一样……”

这样的话，实在很难出口，他说得也极其艰难。

他的犹豫、欲言又止，很快就让帐内的人安静了下来。

“古大将军，是出啥事儿了吗？您就直说了吧。大家兄弟这些年了，有啥不可明言的？”

古璃阳感动地点点头。

可说，要怎么说起？

追本溯源，他不得不先扯萧家大案、萧乾的枉死，然后再按薛昉的说法，就说皇帝对他们早有猜忌之心，对萧乾这三十万人的北伐旧部，也从来不肯看重，这次与北勐的决战，更是半点儿都没有让他们插手。若苏赫军在龛谷败北，皇帝转头就必然会对他们动手了。

普通兵士还好，左不过当兵的，祸不及他们。

可这个将军帐里的人，却不一样。

他们都曾跟随萧乾走南闯北，算是萧乾的心腹将领。

一旦宋熹清算起来，他们一个都逃不掉。

不仅他们逃不掉，他们的家人，可能也得横遭祸端。

被古璃阳一说，再想一想曾经的萧家，每个人身上都汗涔涔的。

可正如古璃阳事先顾虑的一样，即便宋熹不仁不义在先，即便他们都是萧乾带出来的亲兵将领，即便他们对于朝廷的不公都耿耿于怀，即便他们对萧乾有很深的感情，即便他们都害怕宋熹回头就收拾他们……但对于在国难之际打开汉水甬道，出兵龛谷相助北勐，依旧没有人首肯。

甚至，当即引发了群情哗然。

“古大将军，朝廷对我们不善，我们也痛恨。但卖国贼，可做不得呀！”

“是呀，古大将军。这种事，宁愿死，也不可做！”

“末将也有此意！”

“末将也是！还请古大将军三思！”

“切莫陷兄弟们于不义呀！”

此起彼伏的反对声中，古璃阳紧紧抿着嘴巴，久久未置一词。

他了解这些将领的心情，正如他之前的顾虑一般。

若非他知道那个人是萧乾，恐怕杀了他也不会肯的。

所以，为今之计，也只有薛昉说的最后一招了，将事情和盘托出，以求得到他们的支持。只要把各将校都说服了，余下的士兵就好说了——

他深呼吸一口气：“众位将军，你们且听我一言。”

帐中众人都安静了下来，目光齐齐望着他，等待下文。

古璃阳还有犹豫，但箭在弦上，不得不发了。

“各位，实不相瞒，其实萧使君——”

“报！”这时，外面突然传来一声高喝，“紧急军情！”

古璃阳话被打断，扫了众位将领一眼，沉声道：“进来！”

传令兵匆忙撩帘进来，向古璃阳行了礼，大声道：“陛下有旨，让古大将军速速带人前往邓县，协助邓县守将周有鸣将北勐鞑子一举剿灭——”

听说有北勐军过了河，连攻两座小城，正在攻打邓县后，古璃阳稍稍诧异了一下，望向薛昉。两个人目光相撞，交换了一下意思，古璃阳嗯一声，表示知道了，然后摆了摆手，让传令兵下去了。

人一走，帐中就陷入了沉寂。

形势突然逆转，宋熹有旨传来，事情就有了变化。

一位年长的将军皱着眉头，望向古璃阳。

“古大将军，看来陛下并非不肯重用我们哪。”

“末将也以为……咱们不可犯险。大丈夫，即便要死，也不可做卖国贼！”

古璃阳抚了一下额头，正寻思就着旨意，先领人到邓县，与北勐来犯的人接触一下再另想办法，却听帐外又传来一声“报”。

“禀报古大将军，营外有人求见。”

“何人？”古璃阳轻声问。

“只说故人，姓萧。”

故人，姓萧？古璃阳微微一惊。

先前他们派了几拨人过江，试图与萧乾取得联系。但汴京到金州地界，到处都是南荣兵，尤其龛谷城附近，防守得极为严密，去的探子怕出状况，始终没有正面接触，只零星得了些消息回来。没想到，他们这边正着急呢，萧乾那边就找上来了。心里一喜，他看一眼薛昉和走南脸上同样的喜色，猜测有可能是萧乾本人，赶紧急着声喊道。

“还不快请！”

他这语气，显得有些急切了。

将领们一头雾水地看着他：“古大将军，来者何人？”

古璃阳神秘一笑，出口的声音，突然就爽朗了。

“诸位等会儿，一见便知。”

没错！

大半夜从龛谷过江而来的人，确实是萧乾。

而且——他就带了赵声东一个侍从，算得上单刀赴会了。

气定神闲地入得帐中，他头上的一顶大大的帷帽几乎遮了大半张脸，让人瞧不清长相。但颀长挺拔的身影，仍有昔日熟悉的模样。他站在帐门口，整个人显得很平静，环扫一眼帐内的旧日部众，嘴角微微上扬，淡淡开口："诸位，久违了！"

一声即落，满帐皆惊。

即便看不清他的脸，这些人也熟悉他的声音。

"你，你是——"

那些不知情的将校，率先露出了惊诧之色。

一个个仿佛见鬼似的，紧张地盯着一身黑袍的萧乾。

相比于他们，事先有猜测的古璃阳三个人，虽有激动，但不至吃惊。

几乎就在萧乾声音落下的那一刹，三个人就齐刷刷撩开袍角，对他行了一个单膝的半跪礼。

"末将参见使君！"

"末将参见使君！"

"末将参见使君！"

三人齐声，把帐中众将惊住了。

果然——是萧使君吗？

情绪如海浪似的涌上脑门，冲击着他们的神经。他们瞠目结舌地回头，看一眼跪在地上的古璃阳三人，又用审视的目光注视着萧乾……以及他背后那个熟悉的身影——赵声东。

"这，这到底怎么回事？"

古璃阳抬头，声色都很激动。

"诸位，是萧使君回来了！是萧使君回来了呀！"

"萧使君回来了？"

一干人等都糊涂了，犹豫不决地问："萧使君不是死了吗？"

"错了！萧使君没有死，一直都没有死！"

"啊！"

稍稍迟疑，众将领看着面前活生生的萧乾，再看看恭顺的古璃阳、薛昉、走南、声东几个人，突然就哽咽起来，什么也没有说，紧接着就激动地单膝下跪了。

“末将参见使君！”

“末将参见使君！”

众人相呼，场面很热情，也有些沧桑。

萧乾长身而立，看不出脸上的表情。

隔了这么久，他终于又站在了他们的面前。都说人走茶凉，人死情分就消亡，事过这么久，他还能够得到他们这样的礼遇，其实已足够令人感动了。

稳了稳情绪，他缓缓抬手。

“诸位都起来吧！我们坐着说话。”

不管怎么样，他的死和莫名复活，都必须给他们一个交代。哪怕编故事，哪怕编的故事比墨九的“玉皇大帝与公主”戏码还要荒唐，但必须得编一个，让人信服。

更何况，到了现下，他其实用不着编太多——

对于将领对他死而复活的疑惑，他只道当日在行刑之前，受了昔时旧识好友的暗助，以死囚易容为他替死，他本人则被旧友送出关外，从而在阴山结识了苏赫王爷并得益于他，才活命。

从头到尾，他没有说自己就是苏赫。

却说苏赫于他有活命大恩，苏赫本无心侵南荣，只是受蒙合迫害云云。

听完故事，众将领唏嘘一番后，终于问到了重点。

“使君大难不死，此时回来，可有什么打算？”

若没有打算，又怎么会选在这个时候返回军中？众将都不是糊涂人，把他的话前后联系一想，大抵都有了猜测。只不过，有些话需要萧乾亲口说出来而已。

萧乾也不转弯抹角，慢慢从椅子上站起，将桌上古璃阳斟好的酒杯拿起，托到半空，轻轻翻转，由着一杯酒液洒在地上，隔空向萧家屈死的五百余口遥祭一次，沉着声音。

“国不国，君不君，臣不臣，民不民。这天地已乱，何不肃清？天若顺我，我便让天昌！天若逆我，我便叫它亡。”

他凉眸微侧，看向几个面有疑惑的将领。

“萧乾愿与众位一起，执剑补天裂，共铸这河山万里！”

第三章　尘世烟火与谁共

腊月的天，冷得要人命。

凌晨时分的龛谷城外，雾气弥漫，霜冻入体生寒。

马车上面备着暖炉，可墨九缩在毯子里的身体，还是一阵冷似一阵。微弱的火光映着她苍白的双颊，嘴唇上有两排深深咬过的痕迹，可知她过得很是煎熬。

但她一直没有吭声，视线始终望着车窗外面来来去去巡逻的兵士，静静地等待着……等待着那个身影的出现。

可萧乾没有回来，一点儿消息都没有。

不过，度过了最初的紧张，墨九渐渐坦然了。

事到如今，再紧张也都无济于事。

除了安抚自己，她也没有别的办法。

萧六郎留下的药，她已经服用第二次了。

不得不说，六郎神医之名确实不虚。

在服用第二次药丸子后，她的小腹已经舒服了许多，虽然还隐隐有些抽抽，可比起之前那一种一拉一扯的疼痛来，简直一个在天，一个在地。如此，墨九对腹中胎儿又添了不少信心。她就像一个彻头彻尾的唯心主义者一样，始终用莫名的意志力与孩子默默说着话，告诉他要坚强、要勇敢、要努力、要支持住——

这样很傻。

但意志力的力量有时真的很大。

她说服了自己，好似也真的说服了那个什么都不懂的胎儿。

他们母子两个都度过了最艰难的时刻——

然而，身体舒服了一些，她心里的担心与记挂，却没有少半分。

这场仗打得太久了。

久得她觉得再等下去，就要把人等老了。

从出征以来，他们从来没有经过这么长时间的战役。无数的北勐伤兵从前方被人抬了下来，就放在那个简陋的篷子下面。有一些人死了，又有一些人填补了上去，人的性命，在战争里，变得极为渺小，战争的残酷在这里由质到量，都有了更深的体现。

墨九都听见了，也看见了。

听说北勐暂时放弃了进攻，在休整——

可为什么萧乾还没有回来？

他在做什么呢？墨九不禁有了疑惑。

毯子下方的手指轻轻卷起，她莫名地紧张起来。

而此时的北勐营地里，比墨九可以感受到的情绪，更为紧绷。

这是开局以来第一场不顺利的战争。消耗了过多体力的北勐将士，心里被传言——苏赫叛逆，蒙合大汗放弃，后续无援，无粮无械——无休止缠绕。如今的他们，就是一群弃兵，打光了自己，就什么都没有了。这样的精神打击，比肉体上的疲乏更让他们感到窒息。人有时候不怕死，却怕精神上无依托，那将会比死亡更可怕。

此刻的北勐兵，就面临着这样的局面。

各种猜测与议论，在私底下流传。

营地里休整的人，伤的、累的、倒的、卧的，一个个都没有精神。

他们似乎都陷入了一种莫名的情绪焦躁中。

萧乾离开后，辜二理所当然地做起了“苏赫王爷”。他身上穿着萧乾的盔甲，除了头盔之外，戴着一个大帷帽子，系一袭黑披风，骑着萧乾的马，带着闯北和萧乾的另外几个贴身侍卫，那样子与萧乾相似度极高，走在夜雾下的北勐大军之中，完全没有引起任何人的怀疑。

士兵在夜露中，席地而坐。

看到他过来，都纷纷投来目光。

有胆子大的人，也忍不住询问几句。

"王爷，我们何时再进攻？"

"王爷，这仗还打不打呀？咱们不能就这样等下去吧？"

"王爷！明儿早上，是不是没有饭吃了？"

"王爷，大汗为什么不给我们派来粮草？"

一个接一个的问题，其实无从答起。

辜二知道他们其实要的不是答案，而是一份肯定。

骑在马上，他淡定地回答："你们好好休息便是，有我在，不会饿着你们的。"

回头，他就让伙头兵烧热水，又令人去城外"收集粮草"。这么多的人，总得要吃的，再过不了多久，天就亮了，如果不补充体力，恐怕自保都困难，更不要说再去攻城了。当然，出城"收集粮草"也是没有办法的办法了。关键时候，活命要紧，别的事情，也就顾及不了那么多。

看到架起来的大锅、热腾腾的沸水，还有一袋袋的米面被扛回来，大家伙儿似乎又精神了起来："哈哈，有的吃了。"

"只要南荣人有吃的，咱们就有，怕什么？"

"对呀！没有？抢呗！"

"哈哈哈！"

听着将士的海呼，辜二忙碌着，只当没有听见。

之前萧乾一直不准士兵扰民，更不许公然抢粮——但今夜临行之前，他却暗示辜二，可酌情处理。什么时候可以酌情？这就是该他酌情的时候了。只有吃饱了肚子才有战斗力，至于粮食是从哪里来的，对战争中的军队来说，那简直是一件微不足道的小事了。

站在熊熊燃烧的篝火前，辜二听着噼啪声，心里并不轻松。

"报——"

这时，营外有人飞奔而至。

他转身看去："何事？"

来人正是前军探子。走到辜二身边，他低声道："王爷，南荣皇帝到了龛谷之后，城里似乎有些异动……据我们的探子观察，只怕他们会乘士气大盛之机，出城反攻。"

火堆上的木头，啪一声响。

辜二的眼皮也跳了跳。

宋熹此人，他很了解。

他会出现在龛谷不奇怪，会反攻嘛——

这个还真不一定。

迟疑半晌，他缓缓下达命令："传令各路将军，每半个时辰一次，无间隙进攻龛谷城——只骚扰，不硬拼，就吊着他们。"

传令兵看着他，似有不解。

辜二却沉了声："听见没有？！"

传令兵怔一下，连忙低头："得令！"

他飞奔出去了，辜二却停在原地，微微眯眸，挡了挡冷风。

以前他长时间跟在宋熹身边，对他的为人很清楚。如果他们一直猛攻猛打，宋熹说不定会拼死一战。如果他们一直不去攻打，宋熹却肯定会对他们的兵力产生怀疑。而最让宋熹难以下定决心的，就是虚虚实实、真真假假地骚扰。他这个人最大的缺点，就是常常左右摇摆不定，而在他犹豫的时间，说不定天一亮，龛谷和金州就变成一块夹在馍馍里的肉了。

"报！"

他思虑未落，那传令兵又回来了，一脸慌张的样子，带着几丝惊恐。

"禀报王爷！南荣兵大开城门，反攻了！"

辜二脊背微微一僵。

士别三日，当刮目相看哪！

看来宋熹仗着人多，是要拼死打这一仗了。

紧了紧腰间的剑，他没有迟疑，一马当先地冲了上去。

"传我命令！全体迎战！"

"得令！"

北风呼啸而过，带着沉闷的号角声。

呜——呜——

呜——

三短三长，号角声仿佛某种催命的调子，落入耳朵，让躺在马车里的墨九整个人都不安起来。她伸了伸脖子，望向车窗外，眉心紧紧拧起："又开始了？"

"是呀！这次好像比前几天更厉害了呢。"玫儿也摸到了战争的一些规律，往外面瞅了一会儿，又趴着身子退回来，摸了摸墨九的额头，把温好的水壶递到她的唇边，乖巧地哄她，"姑娘，你喝点儿水。"

墨九低头，浅饮。

玫儿关切地问："感觉好受一些没有？"

墨九抬眸，冲她微微一笑："好多了。"

心里再不舒服，她也不会告诉玫儿。因为告诉她，其实也帮不了什么忙。这种事儿，除了她自己，谁都帮不了。所以，她谁都不愿意告诉，包括一直守在外面的墨妄和墨家弟子，他们都不知道在过去的那一段时间里，她到底经历了怎样的疼痛以及煎熬。

"姑娘——"玫儿看她这样，有些为她鸣不平，"王爷也真是的，都这么久了，也不说回来看看你好不好。"

墨九瞅了瞅她的小脸，稍稍牵唇，瞋她一下。

"他在外头领兵打仗呢，你以为在玩哪？干系那么多人的性命，岂能儿戏？若他随时挂念着我，脑子走了神，置那么多人的生死于不顾，那他成什么人了？真那样，我还不稀罕他呢。"

玫儿撇了撇嘴巴，有些不服气。

但有前车之鉴，她不敢再顶撞墨九了。

气氛一时凝滞下来。

不多一会儿，马车外面突见一片火光。

一行人走近车前，最前面的人，正是击西。

她走到墨九的马车外，轻声问："九爷，你睡了没有？"

废话！这样的时候，哪个人睡得着？

墨九有气无力地回答："没呢，有什么事？"

击西想了想："我可以进去说吗？"

墨九嗯一声，让玫儿扶她坐起，把帘子撩开："进吧！"

击西上得马车来，带出了一股子冷风，让墨九不禁打了一个喷嚏。

只一瞬，她就察觉出了击西隐晦的表情。

这战争的气氛，有什么不对了？

墨九神经紧了紧："出什么事了，击西？"

击西脸上有着难得的严肃之态："九爷，你身子方不方便？我们可得马上离开这里——"

离开？这个时候能去哪里？

墨九有些疑惑："到底出什么事了？"

击西脸上还有犹豫："宋熹到了龛谷，他们开了城门，发动了反攻……这情况，一时也说不清楚。爷担心你的安全，让我们先带你离开。”

墨九明白了。

南荣与北勐兵力悬殊太大。

在大决战之际，偏生北勐军心涣散，这简直就是作死的节奏了。实际上，如果北勐兵还保持着出战时的雄风，凭着他们强悍的骑兵突击能力以及完美的阵形，完全不会输于南荣，更不会这般束手束脚。

说到底，全中了人家的心理战。

对！这一刻，墨九总算找到了准确的词。

南荣这一招在后世叫作“心理战”，在战争中，揪住了敌人的心理软肋，那就抢占了胜机呀。

“果然，人最大的敌人，是自己。”

墨九忍不住微微一笑。

两军交战，勇者胜。

这个时候，萧乾让她先撤离，她就必须撤离了。

因为留下来，只会让他放不开手脚，成为他的负累。

想一想自己的身子，她其实知道此刻不宜颠簸，但她考虑一下，还是点了点头，对击西道：“好，我们去兴隆山。”

击西怔了怔：“爷也是这般吩咐的。”

墨九微微一笑，闭上了眼睛，让玫儿关上帘子，又吩咐她。

“给我再拿两粒药丸子来。”

打了这么久的仗，南荣始终在被动防守，这好不容易开城反攻，竟也如狼似虎，成千上万的马蹄，几乎要将龛谷的夜色踩碎，呐喊声里，士气一时无两，不过片刻，就与龛谷城外的北勐骑兵战在了一起。

墨九的马车在大营后方，离开倒也容易。

但如果她的马车撤离，却会给北勐士兵一个非常不好的心理信号——他们打不过南荣了，王妃开始逃命了。

为了不影响军心，也为了不让自己目标太大，墨九放弃了那一辆可以让她很舒服的马车，换了衣服与装扮，选择了骑马这样的危险行为。

墨妄与击西原本是不允许的，觉得这样太冒险，她到底怀着身子呀。

可墨九执意如此，横了一条心，谁也说服不了。若把她劝得紧了，她索性就不走了。于是，一群人拗不过她，趁着营中大战将开之机，领着她出了大营，往兴隆山方向而去。墨家弟子都未着兵甲，击西等侍卫出了大营也都换上了便装，这般摸着夜色离开，神不知鬼不觉，竟没有引起任何人的注意。

前线在打仗，后方其实是最安全的。

一路上，远离了战火、硝烟的味道，四周安静得有些令人诧异。

神色太沉重，墨九一行人行在路上，谁也没有说话。

队伍里安静得出奇，墨妄想了一会儿，走到墨九的身边，打破了寂静，小声问她："小九，我们离开龛谷城已经很远了，想来这里不会有什么事，不如先找个地方落脚，等天亮再说？半夜赶路，我怕你的身子受不住……"

这个晚上墨九确实遭了大罪。

但她回头瞥了一眼，还是坚定地摇了摇头。

"这里不安全，趁着天黑，我们尽快赶往兴隆山。"

在兴隆山的地界上，墨九就是一个土皇帝，那里的百姓没有一个不向着她的，而且兴隆山地势复杂，山道众多，座下有九宫八卦的震墓，山上还囤积着数以万计的火器与军械，她坐镇山中，完全可以当一个十足十的悍匪，就算朝廷派兵来，也只有头痛的份儿。

兴隆山，绝对安全。

而这个时候，她最愿意去的地方，也正是兴隆山。

"可是——"墨妄看着她苍白的脸色，仍有些犹豫。

"我的身子我知道。"墨九向来固执，"走吧，快一点儿。"

"唉！"墨妄重重一叹，"大家快一点儿！"

带着墨九，又不在战区，他们没有挑偏僻的地方，而选择了往官道的方向。战争时期的凌晨，路上根本就没有一个人影。

顺利地走了大半个时辰，大家伙儿紧绷的心弦放松了下来。

"师兄，到兴隆山还有多久？"

墨九骑了一会儿马，肚子又隐隐作痛起来，她有气无力地问着墨妄。墨妄却没有回答，反倒突地停下了马，那身姿似乎都僵硬了。

"怎么了？"她问。

"巨子！"这时，一直走在前面的曹元突然打马回来，声音低沉而紧张，"前面有人拦路……"

有人？

墨九眼神不好。

可往前走几步，乍一看，又何止是有人？

那黑压压的一群，分明是有很多很多人哪！

但那些人古怪地安静着，就好像不曾存在一般，静静地骑在马上，守护着一辆宽大的黑帷马车。那辆马车就停在官道的中间，有一侧车窗敞开着，里面似乎坐着一个人，但光线太暗，她视力太差，什么都看不清楚。

不过，到了这时，她以为，也不必看清了。

有谁会在这里，用这么大的阵仗等着她？

微微眯眸，她仿佛听到了往事的嘶叫声——

头顶霜月，身披冷风，墨九整个人沐浴在寒冬腊月的浓雾中，一身清冷，满腹心酸，进不得，退不得，迟疑了许久，才终于找到自己的声音。

“劳烦皇帝陛下在此等候墨九，实在愧不敢当啊！”

她是一个识趣的人。

这么多兵马拦在这里，逃个什么劲儿？

她懒洋洋地问着，这般淡然处之的墨九，对宋熹而言，是熟悉的。

同时，也是毁灭的——分别这么久，她对他，似乎更疏远了几分。

他没有说话，半晌，李福鞠着身子小步过来，赔着笑道：“九儿姑娘，风寒露重，陛下请您上车一叙。”

上车一叙？

墨九脊背微僵，只骑马停在原地，声音带了一丝笑意。

“我已嫁为人妇，上车与陛下叙旧，恐多有不便。更何况如今敌我有别，我与陛下道不同，不相为谋——若陛下有事要说与墨九知道，请自说便是。若陛下此番前来，是蓄意捉拿墨九，那大可省去那些虚浮的勾当，早早收拾也罢。”

这货说得认真，可字字皆损。

如此大逆不道的话，除她之外，谁又敢当着宋熹说出来？

李福额头上都是冷汗，不免为难地往后看了一眼。

黑压压的一群禁军，默默而立，如同雕塑般伫立在冷风中。

那一辆黑帷马车也安安静静，没有半点儿声响。

天地间似乎都沉寂了。

"陛下——"李福踌躇着，不得不向君王请示。

"唉！"马车里传来重重一叹，李福从皇帝的语气里听出了无奈，揣测着圣意，赶紧三步并两步地过去，撩了帘子，躬着身子，让皇帝踩了马杌子下来。

"陛下，仔细脚下。"

宋熹没有回答，从李福相扶的手中挣脱，负手立在风中。

身上长袍玉带、狐裘大氅，那般静止的宋熹，矜贵、优雅，遗世而独立。

他冷着脸，半声不发，许久，风中方传来他的吩咐。

"你们都退后。"

退后？往何处退？禁军统领怔了片刻，大声吆喝着，赶紧让所有禁军往后撤离。可不过五丈，就地停下，将宋熹围护在中间，形成了一个怪异的包围圈。

宋熹回头看了一眼："再退！"

又是一阵马蹄和脚步的嘈杂声。

墨布一般的夜里，那些人退了，可依旧在不远处。

宋熹抬手轻束一下披风，似乎有些无奈了，第三次低喝。

"再退！"

一阵窸窸窣窣的脚步移动声里，他慢慢回头看向了远处的墨九。如今他诚意足够，也留出了足够的空间来与墨九说话。可墨九看着他做这些事，却始终骑在马上，不动声色，既无喜，亦无怒，只安静地看着他，静默不语。

"九儿……"宋熹就那般站在马车前方的官道中间，轻轻唤着墨九，就像朋友间久别重逢一般，微微笑着，"如今可否过来与我单独说几句话？"

墨九面无表情。

慢慢地，她抬了抬手，对墨妄和墨家弟子沉声道。

"你们都在这里等我。"

墨妄有些不放心："小心有诈！"

瞥他一眼，墨九笑了笑："诈什么诈呀，这里全是人家的人，要真想诈咱们，就犯不着弄得这么麻烦了。大晚上的，何苦来着？我没事的，兵来将挡，水来土掩而已。"

墨妄抿一下嘴唇，视线扫着官道上那一个衣袂飘飘的男人，沉默了。

浓浓的夜雾，弥漫在空间里。

整片天地，安静得出奇。

墨九没有下马，就那般一手执着缰绳慢悠悠地踱了过去。

一步、两步、三步……

马蹄踩着夜露的声音，在安静的空间里显得格外清晰，也把气氛衬得逼仄而紧张，就像那蹄下踩着的并非野草泥土，而是杂乱无绪的神经。

一点一点接近宋熹，她停在他几步开外。

“有什么话，说吧！”

她在马上，他在马下。

两两相望，距离很近很近，可马上的她，俏影落入宋熹的眼底，却仿佛隔了一道遥远的银河。冷风从两人的中间拂过，灌入他微微飘动的披风，从布料中渗进去，穿透他的肌肤，让他冷不丁打了一个寒战。

这样冷漠的墨九！

只一句话，就将他心底燃烧了许久的火，浇灭了。

“九儿，你可记得这是哪里？”

这是哪里？墨九往四周看了看。

乌漆墨黑的一片天地间，她视力范围太小了。

稍远一点儿的地方她都瞧不清，如何能准确辨别方位？

思忖一瞬，她眉头拧了拧，随口敷衍般回答：“金州地界吧？”

“是。金州地界。”宋熹突然苦笑一声，“那次我离开金州城返回临安，你曾送我至此——小九不记得了吗？”

这件事情墨九确实记得。

那时官道两边的菜畦正绿，野花正艳，而她的眼睛，也可赏尽人间万千红绿。如今，换了季节，换了风景，换了心情，她也再看不清故旧之地，根本就没有反应过来，这个地方，竟然是当初她送别东寂的官道。

看她久久不吭声，宋熹以为她想不起来，突地抿唇，道了一句。

“河畔青柳，塞上人家，弄梅采茶，粗衣淡饭，似比那玉楼金阙更为得意几分。”

旧日的言辞入耳，墨九微微抿了抿唇。

当初的东寂初登宝座，便已生出这样的感叹。

现下战事频发，他身在高处不胜寒，想来更为艳羡寻常百姓了吧？

“呵呵！”她干干一笑，状似刚刚反应过来，“还真是旧地呢，巧！太巧了！”

“不是巧。”宋熹微笑着，看她的眼神就像当初领着她在金州城的大街小巷里转悠着找美食的时候一样，满带宠溺，“九儿，我是专程在这里等你的。”

“不是来抓我的？”墨九浅笑调侃。

“我为何要抓你？”

“我不是很好的筹码吗？”

“呵，你提醒我了。”宋熹玩笑般笑着，微微凝神，看着她苍白的面色，突然眉心紧紧一拧，“你身子不舒服？”

“被你撵得大半夜匆忙跑路，你说能舒服吗？”墨九捋一下头发，直言不讳地说完，又用手心轻轻抚着小腹，有些疲惫地说，“你要说的话，说完了没有？如果说完了，又不想抓我，那就请放我走。如果要抓我，那咱们也赶紧的，不要在这里吃冷风，累得慌！”

“你这个脾气呀！”宋熹无奈地叹息一声，对思念已久的人儿，那语气里有着说不出来的缱绻之态。不管她说什么，做什么，一颦一笑都那么好看，让他恨不能时时刻刻留她在身边，久一些，再久一些，或者这辈子都不要放掉了。

可他知道，他留不了她——

留不了的呀，一直都是这样。

“九儿，我在此等你，是有几句话想问你。”

为了问几句话？这番也着实太辛苦了吧。

墨九不知当笑还是当气，淡淡地抬眉：“你且问吧。”

“你随他颠沛流离、策马厮杀，可都心甘情愿？”

“嗯。心甘情愿。”

“你可知这皇权宝座下，堆积的全是累累白骨、悲歌尘沙？”

“嗯，我知道。”

“你可知芳华红颜会老，而帝王之情易逝？待痴情散尽，你如何与他共享繁华？”

他一声比一声问得急，就像每一个字眼都蕴含了万般情意，喷薄而去，让墨九有些头昏眼花。想了许久许久，她才微微一笑。

“我无怨无悔。”

无怨无悔，好一个无怨无悔。

宋熹像一尊僵硬了千年的雕塑，隔了好久好久才微微牵动嘴角。那俊美的脸上，瞬间绽放出一个笑容。在笑，他确实在笑，可这笑容里，却仿佛弹动出了一曲离合悲欢的弦歌，将万水千山都看尽，才凝成了对她深深的一眼。

“我都明白了。”

嗯一声，墨九有些词穷：“你——还有什么要问的吗？”

宋熹知晓她的脾气，向来没有什么耐心。

若说有，那她所有的耐心，都给了萧乾。

大抵这就是人与人的差别吧。

他可以把自己最好的一切都给她，她却只会独付于那一人。

“没有了。”他淡淡地笑。

“那我可以走了吗？”墨九挑高眉头，嘴角带了细微的嘲弄。

“对不起，九儿——”宋熹抿一下唇，“我不会为难你。可是，我能抱抱你吗？”

墨九微微一怔。

这一刻，东寂近乎忧伤的语气，太过触动她的心灵。

她恍惚一下，竟然忘了拒绝。

“我想，我大老远过来，就是想抱抱你的。”宋熹说着，慢慢地抬起手，像是想要去牵一下她的手。可她坐在马上的身姿太过僵硬，让他的手停留在半空中，良久，良久，终究还是无奈地放了下来。

“可想来你是不愿的。”

“……”

“你去吧！”

他微微一笑，如同上次她在此处送他离开时那般，温声嘱咐。

“你若想吃好的了，随时回临安。”

紧紧抿住的唇松开了，墨九微微朝他点头。

“好，说不准我哪天就回来了。”

“回来前派人知会一声，我来接你。”

“你那么忙……”

墨九很诧异，自己居然记得当初的对白。

为了顺利离开，她非常诚挚地配合着宋熹。

而他对她的回答，也满带惊喜。

双目像添了一丝幸福，他看着她，一如既往地补充。

“风雨无阻！你来，我便在。”

“唉！”墨九心里重重一叹，慢慢掉转马头，“再会了！”

她这个动作的速度并不太快，可马身还没有完全转过去，马儿就像突然受到了惊吓一般，嘶地惨叫一声，猛地扬起前蹄，疾跃了出来。墨九心里一紧，飞快地抓住马鬃，整个人趴在上面，跟着马儿往前俯冲出去。

“九儿——”那情形，把宋熹吓了一跳。

可他只身站在官道上，速度再快，又怎么及得上狂奔的马匹？

“小九！”墨妄始终观察着墨九那里的动静，见状，他策马飞奔上去，二话不说，单骑横插过去，以马搏马，将受惊的马儿挡下，顺便将墨九的身体控制住，血玉箫中剑也在同一时刻铿一声出手，直指着宋熹以及他后面的禁军，低声吩咐墨家弟子。

“快！带巨子走！”

“是！”

不得不说，墨妄的反应是相当迅速的。

他话音还没有落下，就见南荣禁军黑压压地拥了过来，人群之中，传来一道声嘶力竭的吼声。

“护驾！快！护驾！”

“保护陛下——”

紧跟着，就有人附和一般高声呐喊。

“保护陛下，抓住墨九！”

“如有反抗，格杀勿论！”

这嘶哑的声音混杂在人群里，几乎盖过官道上嘈杂的马蹄声。

他们呐喊着，一些人将宋熹围在中间，另外一些人潮水般向墨家一行人杀了过去。

“陛下有令，格杀勿论！”

“陛下有令，格杀勿论！”

“陛下有令，格杀勿论！”

冬日天凉。

那些“格杀勿论”的嘶吼声，被冷冽的风传入耳中，带着令人惊悚的寒意，一字字宛若刀片剜骨。

官道上，黄叶飞舞。

天地间，一片怆然。

墨九看着这一切，眸中两束秋波荡起点点涟漪，随即，涌上肃杀之气。

“师兄，你们不要管我……走！”

“不行！”墨妄始终护在她的马前，在嘈杂的喧嚣声中，沉声吩咐，“你抓好马绳！”

他声嘶力竭的吼声，很快被淹没！

那一批禁军就像事先商量好的一样，一部分有秩序地上去将宋熹围在中间，一部分大喊着“陛下有令，格杀勿论”，以极高的音调穿透了冷月下的夜空，将兵戈的碰撞声都压了下去。

场面一时混乱。

“杀！杀！杀！”

南荣禁军里，不时传出这样的命令声。

宋熹被隔绝在人群中间，从事发时的突然，到冷静下来的暴怒，也不过短短一秒。

“住手！都给朕住手！”

“陛下有令，格杀勿论！”

“住手！朕让你们住手！”

“陛下有令，格杀勿论！”

“你们这是要做什么？连朕的命令都不听了吗？”

“陛下有令，格杀勿论！”

不论他说什么，那一群围着他的人，只发出同一个声音。

宋熹大抵已经明白了，他们要杀墨九，还要借用他的手来杀墨九。

一双厉目化为赤红，宋熹终于不再忍耐，嗖地拔出腰上佩剑，上前照着一个禁军的心窝就捅。

“啊！”

一声惨叫，那名禁军倒在了血泊之中。

他没有机会喊饶命，只瞪大眼珠子看着宋熹……

鲜活的生命变成了一具尸体，汩汩的鲜血渗入泥土，开出了一朵乌黑色的花儿。那场面极为震撼，可他的死，并没有引起任何人的恐惧。他倒下了，马上有人填补了他的位置，他们依旧结成人墙，死死堵住宋熹，就像魔怔似的，嘴里重复着同样的话。

“陛下有令，格杀勿论！”

这样的行为，让宋熹几乎暴怒。

“让开！再不让开，朕就大开杀戒了！”

没有人让开，他们重复着喊话，都看着皇帝不动。

宋熹说什么，外面的人也根本就听不见。

杀声一起，拥在前面的禁军已经与墨家弟子厮杀在一起。很多事情，到了这个地步，已经没有了回旋的余地。宋熹眼睛滚烫，像要从中喷出火来。

"让——"

一声厉喝，他抽出染满了鲜血的长剑，一连斩杀了几个围堵的禁军。

然而，杀了人，依旧破不了人墙。

那些禁军并不还手，只用血肉之躯来堵他。

他们就像没有生命的怪物，一个倒下去，一个又填上来。

一个!

又一个!

再一个!

宋熹终于杀不动了。

哪怕这些人堵住他的路，也是一个个活生生的人。

他能杀一个、两个、三个，甚至能杀十个，还能杀一百个、一千个吗?

一双绣着金龙的皂靴踩在血水之上，他冷冷持剑，指着面前的一排禁军。

"让冯丁山来见朕！"

冯丁山就是这些禁军的头儿，殿前司都指挥使、禁军统领，负责宋熹此行的安保护卫。从事发到现在，宋熹都不曾见过他的人，但心底已然清楚，这件事情与他脱不了干系。

外面杀声震天。

人墙里的圈子，却几近静止。

禁军不动声色，只做人墙。

宋熹气得喘着粗气，剑尖指着他们，咬牙切齿地暴喝。

"如果她少了半根汗毛，你们都要死！都要死！"

"陛下有令，格杀勿论！"

"冯丁山！你他娘的赶紧来见朕！"

"陛下有令，格杀勿论！"

"冯丁山！朕要杀你全家，诛你九族，不！夷十族、二十族！"

"陛下！"禁制般的人墙外面，一骑黑马终于载着冯丁山挤了过来。

他匆匆下马，拨开人群，走到宋熹的面前，单膝跪下，抱拳低头。

"臣冯丁山叩见陛下。"

"朕命令你，马上撤退，让她离开！"宋熹暴喝。

冯丁山不抬头，态度恭顺，语气却固执："回陛下，臣不能。"

"不能？"宋熹的声音已经有了几近爆发的颤意，"冯丁山你是要造反吗？"

“臣不敢！”冯丁山慢慢地抬起头，这位都指挥使的眼睛里，有着浓浓的悲凉，“臣只是不想看着陛下深陷其中，无力自拔。臣只是不想看着那妖女祸及南荣，毁我江山社稷。”

“好。你不能！那你让开，朕自己出去说！”

“陛下可以从臣的尸体上踏过去！”

锃一声，宋熹手上长剑寒光乍现，只一瞬，剑尖已落在了冯丁山的脖子上。皇帝的尊严不容挑战，此时的宋熹像一只暴怒的野兽，每一个字似乎都带着血腥味儿：“你以为朕不敢杀你？”

冯丁山高仰起下巴，不动也不反抗。

“为国除妖，臣死而无憾。”

稍稍停顿片刻，他昂头直视着宋熹的眼睛。

“但陛下杀不杀臣，今晚那个妖女都非死不可。”

“你——”宋熹剑尖往前一探，就捅进了冯丁山的脖子，鲜血顺着剑尖涌出来，顺着脖子往下淌。可冯丁山没有哼半声，就那样一眨不眨地看着宋熹，言辞冷漠而从容。

“请陛下以江山社稷为重！勿被妖女所惑，罪及祖宗！”

宋熹双目阴鸷，已然冷静下来。

“朕再给你一次机会，让他们住手！”

围住宋熹的这些禁军，都是冯丁山的心腹，此时都满带迟疑地看着他，生怕宋熹手一抖，就要了他的命。他一死，他们自然也都会死。或者说，今日之事一发，他们怎么都是一个死字。所以，他们都需要一种最完美的死法，不会祸及家人。

冯丁山看着这群死士，微微一笑。

“我们的死，是值得的。”

“使君——”

“陛下有令，格杀勿论！”冯丁山气沉丹田，一字一顿大声呐喊。

那群禁军微微一怔，明白了他的意思……

做这件事之前，他们就已经把生死置之度外了。

到了这时，又哪会怕死？

“陛下有令，格杀勿论！”

“杀！杀了墨九！”

外围的大部分禁军，其实根本就不知发生了什么事。他们以为自己执行的正是皇帝的圣意，手举武器，跟着喊着“格杀勿论”，拼命似的往前拥——

呐喊声震耳欲聋，可墨家巨子真有那么好杀？

且不说此次从兔谷出来的时候，击西为了安全，带了不少精锐护卫，就说墨家弟子随身携带的防身火器与墨家机关筒，那威力也足够唬人。在短时间内，不说战胜，但稍稍阻止一下禁军的进攻步伐，还是可行的。

“小九，你可还支撑得了？”墨妄紧随在墨九的身侧，满带关切地问。

“我没事儿。”墨九双眸似乎渗着火，盯着远处模糊一片的人群，对于这突如其来的变化，有一些怀疑，“师兄，你有没有发现什么不对劲儿？”

“嗯？”

“那些禁军似乎脱离了宋熹的掌控。”

宋熹对墨九如何，墨妄一清二楚。

这样的转变，他自然也看出来了。

“有人要杀你！”

“是呀，谁这么迫不及待地想我死呢？而且，还可以掌控禁军，让他们不惜犯下死罪来违抗皇帝的命令？！”墨九稍稍想一想，嘴角微微上扬，“左不过妇人之妒吧？”

墨妄紧紧抿唇，不语。

夜空下，他黑眸中倒映着火星。

前方的禁军密密麻麻，他们手上的火器却越来越少。

这样混乱地厮斗下去，吃亏的还是他们。

不行，还得把墨九带离才行！

墨妄紧紧咬牙，双瞳暗沉，整个人都处于焦灼的边缘。

在他的示意下，一群人从官道边打边退，很快退至一个狭窄的小道入口。那条小道的一侧是农人修筑的水渠，有约莫一丈宽。另外一侧是成片的水田。这个时节，正是储水准备春耕的时候，水田里不能骑马追击，所以，若他们堵在小道上挡住禁军，或可掩护墨九逃离。

“曹元！”

“弟子在！”

“带巨子走！”

从他们准备退到这里开始，曹元就知道墨妄的想法了。

可对于他的命令，曹元却不接受。

眼看大批禁军杀将上来，他退两步与墨妄并肩而立。一边用机关筒射击远处追过来的禁军，他一边低喊："不行！左执事，你带巨子走！弟子来掩护！"

"听我命令行事！"

"左执事，有你在，巨子更安全！"

"曹元！"

"左执事，你们快走哇！"

"你们都走！"曹元声音未落，人群前方就传来击西的吼声，"我们会掩护！你们赶紧带九爷离开。快！机会只有一次！"

机会只有一次，确实！

一旦禁军拥上来占领了这条大道，就再没有逃跑的机会了。

当然，留下来的人，生存的概率会很小很小，这是大家都知道的事情。所以，墨妄、击西、曹元他们都想把生存的机会让给对方。可这个时候，他们谁生谁死，都不如墨九的生存重要——

"快呀！磨蹭什么？"

击西火了，撕开嗓子喊。

"大老爷们儿，怎么跟娘们儿似的？"

"左执事，你快带巨子走！我留下来和击西一起——"

禁军山呼海啸一般拥了过来，墨妄看了他们一眼，没有时间再坚持。

"诸君稍顶片刻就撤，咱们兴隆山见！"

说完，他飞身跃到墨九的马背上，将她往自己怀里一裹，从她手上夺过缰绳，沉喝一声："驾！"

马儿嘶叫一声，扬蹄而去——

这边的动静，禁军早有注意。

看墨妄要带着墨九逃命，对面禁军马上大喊起来。

"他们要跑！放箭！"

"放箭！不要让他们跑了！"

吼声、喊声，乱成了一团。墨妄脊背生生一寒。他没有回头，对那些吼声充耳不闻，一双眸子如夜下火炬，炯炯有神地注视着面前狭窄的小道，人与马掠过冷风，疾驰而过。

嗖——

一支羽箭，风一般追了上来。

墨妄抬起血玉箫挡开箭矢，心里的弦绷到了极点。

“小九把头低下，抱紧我！”

他不怕死，却害怕墨九出点儿什么事。

她的存在干系整个墨家，甚至干系整个天下。

“师兄，你顾好自己！”

墨九低低应着，声音还算平静。

她视力不好，看不见破空而来的飞箭，只能听着苍穹下的喊杀声，想着那些人……击西、曹元、玫儿，还有她的墨家弟子。这一仗，他们的人太少了。这个时候，几乎已经被禁军压倒般淹没在了人海中，以至于她都不敢去想……他们生还的机会。

一马二人，越行越远。

禁军之中，冯丁山突然挤了出来。

他脖子上鲜血未干，骑马踩着水渠边上的荆棘，突然伸手对弓箭手大喝。

“把弓拿来！”

一把大弯弓递到了他的手上。

他微微眯眸，望向越来越远的黑点，没有着急，缓缓抬臂挽弓。

嗖——

响箭破空而过，带着凄恻的冷风，突地入肉。

“师兄！”墨九察觉到墨妄身体突然一僵，扭头就看见他突然变色的脸，“你怎么了？”

“我……没事。”墨妄朝她笑了笑，胳膊突然紧了紧她的腰，视线落在她的头顶，声音带了一丝莫名的苍凉之意，“小九，从这里一直往前，再走上二三里，上了官道，不用回头，一直往前走，就能到兴隆山小镇了。”

“哦！”墨九听出他声音有些不对劲，而且，这句话也怪怪的，不由得关切地抚上他的胳膊，“师兄，你是不是哪儿受伤了？”

“没有，师兄哪会受伤！”

“那你的情绪……有点儿不对。”

“是吗？”墨妄的声音很淡然，骑马的速度也不见半点儿减慢，“可能想到了曹元他们……也许都逃不出来了。这辈子，咱们也就再也见不上了。”

墨九鼻子狠狠一酸，喉咙像被棉花堵了，声音哑哑的。

“你们都是为了我……”

“不。”墨妄打断了她的话，突然抬手，轻轻抚了抚她的头，就像一个大哥哥宠爱自己家的小妹妹一样，不带猥亵，甚至不带丝毫情欲地抚摸她的头，“我们不仅为了你，也为了墨家，为了我们的墨家。小九，你一定要记得，你是墨九，不仅仅是萧乾的墨九，还是墨家的墨九……也是师兄的墨九。”

“师兄……”

墨九心里的酸楚，化为哽咽。

“我做得不够好，是我……没有保护好他们。”

“不，傻姑娘。”墨妄轻声安抚，“你已经做得很好了。你是一个称职的巨子，这天底下，何人敢不敬我墨家三分？谁人又不高看我墨家三分？而且……”

轻轻一笑，他突然有些得意：“你可知道，我们有多少财富了？”

财富？墨妄用的这个词，让墨九微微一怔。

用它来形容金钱，那就证明有很多钱了。

说实话，这些东西她基本只构思想法和传送命令，一切细节上的协调安排都由墨妄在实施。她一直知道墨家有钱，很有钱，有很多很多钱。但具体有多少，她真的不知道。

“我们有很多钱，小九。”墨妄的声音悠悠响起，似乎带了笑，“比你能想到的，要多得多。我们积累的财富，足可令一个国家东山再起。我们的弟子遍及四海，我们的消息渠道足可渗透到一个国家的各个枝节……这些事务，尚雅那里都有备档，回到兴隆山，你可以细细问她。尚雅此人，还是可以信任的，但她有一个致命的缺点——太过重情！”

说到这里，他停顿了一下。

“她最大的软肋就是乔占平，故而小九只要能拿住乔占平，尚雅就不成问题。不过乔占平此人，在兴隆山虽也兢兢业业，不曾怠惰半分，但对当日机关屋之事，他似乎仍有保留……”

“师兄！”

墨九打断他，终于发现哪里不对劲了。

一句一句絮叨的墨妄，太反常了，那感觉就像在提前交代遗言。

“师兄你到底怎么了？我不需要相信任何人，我只需要信任你就够了呀。”

背后的墨妄，好一会儿都没有言语。

冷风从耳畔吹过，恻恻生寒。

良久，才传来他一句虚弱的话。

“小九，若我不在了呢？”

不在了？

墨九心里一悸。

像是突然惊醒一般，她一双黑眸迎着冷风，紧盯墨妄的脸，眼风上下扫视。

然后，她听见了自己颤抖的声音。

“师兄，你怎么突然开这样的玩笑？”

“小九，我没有在玩笑。”墨妄微微垂着头，凝视着她，温暖的目光一如既往地带着笑意，就像当初那样做着墨九的太阳。可这一刻，当他害怕自己的阳光从此再不能照耀她的时候，难免添了一些忧伤，以及对她的担心。

“如果我不在了，这些事情，就都得由你来处理了。我怕你累着，更怕你信错了人。这个世道，人心之险，甚于猛虎。你虽非愚钝之人，但仍是太善。古语有云：慈不掌兵，情不立事，义不理财，善不为官。小九，你当学着狠一点儿——”

“我不管那么多。”墨九粗声粗气的样子，有些狂躁，就像意识到了什么似的，她抓紧他的胳膊，眼圈儿有些红，一眨不眨地看着墨妄，在刀子般刮过的冷风中，舔了舔干涩得满是褶皱的嘴唇，又哑着嗓子吼他，“反正你答应过的，要守护我，守护墨家。男子汉大丈夫，哪有说话不算话，半途而废的道理？”

墨妄与她对视，勉强地笑着。

他一张俊脸越发苍白，额头上也隐隐有一层细细的汗珠。

利箭穿胸而过，他痛彻心扉。可他对她说话时，还在笑，一直笑。

“小九——师兄这次，恐怕要失约了。”

“我不许！”墨九低声吼着，摁紧他的胳膊，心里已然清楚他受了重伤，但他不肯说破，她竟然也不想说——就好像谁也不说出来，这件事情就不曾发生一样。

这是一种很微妙的心理。

他们像小孩子似的幼稚着，回避着。

就为了得到一种自欺欺人的安慰。

她紧紧扯住墨妄束在她腰间的手，吸了一口气：“不论怎样，我都要你践行诺言！你知道的，我这个人不讲理，若你失信于我，我不会放过你！不论你走到哪里，都不会放过你。”

“小九……唉……”

一声叹息，墨妄的声音越来越弱。

骏马在风中飞驰而过。田地、树木，一一从眼前掠过，他们已经走了老远，他的视线也越发模糊，甚至快要看不清道路了。而后背上那支利箭，还在冷风中抖动着它的羽毛，耀武扬威一般狠戾地刺在他的身体里。

鲜血洒了一路，疼痛却慢慢麻木了。

墨妄闭了闭眼，用尽了力气，继续他未完的话。

“小九，你记住……在墨家的八位长老里，乾、坤二位长老资历最老，为人亦……”

“你住嘴！”墨九近乎粗鲁地打断他，一只手却想去摸他的伤，“你和我说这些作甚？我是巨子，哪里管得这些杂事？大事小事都要我来管，你这个左执事又做些什么？你不必告诉我这些，我相信你可以处理好。”

“唉！”墨妄再叹一声，“你何苦……”

他们相处得太久了，彼此的性情又如何不知？

从墨九沙哑得几乎带了哭腔的声音中，他就明白她知道了。

是呀！他的小九，聪慧伶俐，若这样无知无觉，他又怎么放心离去？

“小九，现下不说，我怕没有时间了。”

“有的是时间。你还有一辈子呢。”

“我……”墨妄突然咳了一下，嘴角溢出一丝鲜血，“我的一辈子，怕是……怕是快要到头了。”

“师兄！你不许胡说。你这么年轻，还没有娶妻生子，早得很——”

“小九，你听我说，好吗？”墨妄抬了抬手，似乎想要抚摸一下她的头，就像过去做过无数次那样……可他没有力气，手在半空又遗憾地落了回去，“乖，你让我说完……因为我是那么，那么怕你被人欺负。”

“师兄——”墨九终于忍不住了，泪水喷涌而出，“不会的，你会一直都在我的身边，不是吗？我饿了，找墨妄；我累了，找墨妄；我困了，找墨妄。我不论做什么……只要找墨妄就对了。你一直都在的，一直都会在的呀。”

“傻姑娘……”墨妄摇了摇头，想要阻止她观察他伤口的举动，可马匹疾驰中，他却因为这个动作牵动了伤口，差一点儿没能坐稳，要不是墨九及时扯住他的胳膊，他就栽下去了。

苦笑一下，他无奈地叹息道：“你看，师兄也有没办法的事，坐都坐不稳了呢。所以，小九你得明白，这个世界没有什么是不可改变的，更没有什么是永恒的。不管是陪在你身边的人，还是你已然习惯的事……”

不管墨九说什么，墨妄固执己见地要说。

终于，墨九也安静了下来，与他交换条件。

——暂时停下马，让她看看他的伤。

生怕后方有追兵，墨妄原本是不愿意做半刻停留的，但墨九这个人又如何不固执？于是，两个人达成默契，找了一处隐蔽的树林坡地。他在冷冽的寒风中，用他微弱的声音向墨九交代墨家的事情，而她撕掉身上的中衣，在他身上缠了一圈又一圈，用以止血。

事无巨细，他从头到尾，一点儿也不落下。

墨九也安静地听着他说，半点儿不出声地听着他说。

他说得很吃力，神色时而严肃，时而带笑，那张熟悉的脸近在咫尺，那熟悉的语气仿若昨天，可这时的他，仿佛一个即将要远行的人，在用他独有的方式向她告别。

墨家的事，说得告了一个段落。

他似乎卸下了重担，神色轻松了不少，双目也微微涣散。

"小九，还有……还有一事，师兄当要告诫你。"

"师兄，你说——"墨九轻轻吸了吸鼻子，掩饰着自己的泪水。

"自古帝王之心，最是残忍无情。若有一日，萧六郎御极登顶，你也当防！"

在他的眼里，除了他自己，这世上再没有任何一个人可以让墨九永远信任，就算如今可以信任，也不代表今后亦可以信任。而将来的将来……在她的将来，他再也不能保护。

墨九对萧乾太放心。

所以，他对此就不放心。

"小九，你答应我。"

"我答应你……"

"我要你记住今天的话。"

"我记住了，师兄，我都记住了呀……"

"记住就好，记住就好……"墨妄喃喃着，手指慢慢摩挲着地面，一点点撑着一块石头，眉头深深皱着，"小九，你扶我起来……我想回兴隆山……看看……我们，我们的世外桃源……"

"好，我们回兴隆山，我们回家。"

"回，家……好，回家……"

将他扶上马，墨九侧身坐在他的前面。

冷风肆无忌惮地灌入她的眼睛，而她的泪水疯狂地往外涌，怎么都控制不住。她泪流满面，双手紧紧抱住他，将头靠在他的胸前，却不敢重重依靠，只用她的力量，支撑着他的身体，像他保护她那样，紧紧地护着他，不让他从马上栽倒下去。两个人着彼此，任由冷风呼啸而过，任由天地不停变幻……

……

墨妄喉咙里，突然传来模糊的笑意。

此刻，她靠在他胸前，想来，竟是此生最近的时刻。

近得仿佛没有了半点儿距离……

这样真好。

虽然他教她对任何人都要有戒心，可他记得，过往有一段时间，墨九对他就曾满带戒心。

那个时候，他举方姬然为巨子，他与墨九一度生疏得宛若路人。

“小九，你那个时候……可是恨极了我？”

墨九清楚他说的什么事，摇了摇头。

“从来不曾。”

“也是怨过的吧？”

墨九没有否认，亦没有说话。

那一年的冬天，也很冷。那个时候的她，只有自己一人。墨妄是她来到这个世界后，给她带来安全感的第一个人，她曾经满心感激地信任他，虽然在那个事情上，他谈不上背叛了她，可她当初确有一种被抛弃的悲伤……

墨妄选择方姬然，她感觉被全世界抛弃了。

其实这也从侧面佐证，他在她的心里，从来都很重要。

人的感情可以分为很多种。

友情、爱情、亲情，有时候，甚至自己都未必能分清楚。

但不论哪一种情，有些人，是独特的存在，是不可取代的存在。

墨妄就是这样的不可取代，他的存在，不同于萧乾，不同于东寂，不同于完颜修，不同于她认识的任何一个男人。只要想到他有可能会永远离开、死去，从此世上再无墨妄，再也看不到他阳光般温暖的笑容，墨九的心就像万箭穿心一般痛，狠狠地痛，仿佛在油锅里煎熬——与当初萧乾不在，并无区别。

她怕。

她怕痛失亲人的感觉。

亲人。是呀，墨妄就是她的亲人哪。

“师兄……”她低低饮泣，“我以前是不是对你不好？是不是对你关心得太少太少了？我好像从来只为自己的事找你……你从来不提，我竟然也从来没有问过你，天寒地冻的日子你冷不冷，你的棉衣够不够穿，你的脚僵不僵，你练剑的时候手冷不冷……我错了，师兄，我错了……”

“小九，别犯傻，你没错……”

“不，我错了！我知道我自己错了。我以为你会一直在，天亮了，睁开眼睛，你就会在。只要我想要找你的时候，你就会笑着出现在我的面前，不管我有什么要求，你都会替我办到……可我从来没有想过，没有想过……不，我不许想……你不会有事的，一定不会的……”

想到这里，她像是突然从悲痛中清醒过来。

“师兄，我们回龛谷，找萧六郎！”

说着，她横下了心，就要去抢墨妄手上的马缰绳：“六郎一定会有办法的。他是神医，不是吗？我怎么忘了，萧六郎会有办法的……他会有的。”

“不，不要！”墨妄固执地拽着马缰绳，坚持着不让她拉走，几乎咬着牙拼尽了力气，然后大口喘着气，一字一顿地呵斥她。

“回、兴、隆、山——”

龛谷什么局势，如今谁都不敢多想。

墨九本来就怀着身子，墨妄哪里还敢让她往阎王殿里闯？

可他固执，墨九一样固执。

“我不能眼睁睁看着你死，你懂吗？”

“墨九——不要任性！”

不得已，墨妄只能用最残忍的方式提醒她。

“不要让那么多人的死……没有价值……他们不能为你……白白送死。”

墨九身子一僵，像被血淋淋的钉子钉在了风中。

击西、曹元、墨家弟子……还有她的小玫儿，他们都用那样殷切的目光看着她……

“你不仅是自己的墨九、萧乾的墨九，你还是墨家的墨九……”墨妄咬着牙齿，用力吼了她，又吃力地抬袖抹了抹唇边的血迹，然后拿手心抚她的肩，“你听话，听话呀……”

“好。”墨九泪水滚滚而下，“我听话，师兄，我听你的话。”

“乖……”墨妄含笑看着她，看着她悲恸的面孔、稚嫩的容颜，想到从此整个墨家那么大的重任都落在了她的肩膀上，突然有些不忍心，“小九，委屈你了……”

“我不委屈……”

“占平、尚雅、八大长老……都可信任……若曹元得以活命……他……”说到这里，他面色微微一暗，像是有些支撑不住，眼前黑了黑，咳嗽了一下，才慢慢出口，“他可接任墨家……左执事一职。”

“好……”不管他说什么，墨九都说好。

她想：这都是墨妄愿意听的。

只要是他愿意听的，她就愿意说。

因为，这个男人对她是那样那样好。

真正的好，是毫无保留的纵容，与从来无须选择的支持。

“师兄……你为何对我这么好？我有什么地方，值得你这样对我好？”

“我说不上你为什么好，但你就是不同的……不同的好。”墨妄嘴角挂了一丝笑，脑子里闪过的，全是过往与她的点滴片段——初识时，在街上边走边吃的娇俏女子，她有着清澈的眼睛、明艳的笑容、狡黠的目光，似乎没有沾染半点儿烟尘之气，就那样走入了他的视线。

可——所谓佳人，在水一方。

他听到了她在水中的歌声，却无力撑船渡到有她的彼岸。

“小九，便是我不在了，你也不要难过……每个人的命运，都是上天注定的……在这个世上，他能过多少日子，会遇见些什么人，要做些什么事，早有定论，容不得我们抗拒与挣扎……你我之间，并无亏欠……”

你我之间，并无亏欠。

他为什么永远要为她着想？

即便到了这一刻，他还怕她为他伤心。

墨九噙泪摇头：“不，我欠了你的……欠得太多了！”

“你不欠我……你只是不喜欢我而已，这并没有错……每个人都有一个属于自己的怀抱……这是上天注定的……”

墨九紧紧咬着下唇，泪水疯一般涌了出来：“那你呢？”

“我……”墨妄幽幽地说，“我也许……上辈子作孽太多……没有一个怀抱是属于我的，只盼下辈子……下辈子了吧。”

他的声音很温柔，絮絮入耳，却将墨九的心，扯得生生作痛，沉入谷底。

这辈子他初遇方姬然，再遇她墨九，从始至终他都在默默地付出，以前对方姬然好，是掏心掏肺地好，后来对她墨九好，也是掏心掏肺地好。她们每个人都坦然地接受了他的付出，全盘享受着他的一切付出，却吝啬向他回报一点点……

那下辈子——

一个人真的会有下辈子吗？

她紧紧闭眼，无声饮泣，两行泪水滚豆似的落下。

没听见她的声音，但墨妄知道她在哭。

她在为他哭，这就够了，足够了。

他轻轻一叹，轻轻拥了拥她的腰："小九，别难过。你答应师兄，往后凡事都要……多留一个心眼，不要轻信于人，可好？"

"好……"

墨九哽咽着，觉得冷风中似乎都夹着苦涩。

"师兄，你也答应我，要在我身边，一直做墨家的左执事，可好？"

"……"

良久，只有风中凉寒，却无半点儿人声。

人悄悄，月蒙蒙。

归程近在眼前，空山莫问。

深冬冷风相对坐，尘世烟火与谁共？

骏马再次上了官道。冷风吹起墨妄的衣，月光皎皎若银，为他清瘦的身躯镀上了一层淡淡的银辉。墨九双眸一点点放大，看着那一抹银色光芒在他的脸上投下的阴影，也看着他的风雪帽被冷风高高掠起，嗒一声，重重落在地上。

然后，被远远抛在马后——

风卷起他的长发，泼墨似的飞扬。

他的头，无力地垂下，搭在她的肩膀上。

"小九，我累了，让我歇一歇呀……"

"师兄——"

墨九的呐喊声，飘散在风中。

天空高远、凄恻，有孤鹰哀鸣而过，似乎为了与这一段漫长的光阴告别，皎洁的月下竟零星地飘起了几片雪花，轻扬、轻扬，仿佛伴着悲歌，落在他的头顶。白的雪，黑的发，凉寒彻骨——

墨九哆嗦着，搂紧了墨妄。

恍惚间，脑中全是昔日相处的欢愉。

人在眼前，仿佛做梦一般。

有一种痛，撕心裂肺，却抓不到、挠不到、寻不到。

“不！

“我不要你死！

“你想得开，我却想不开。

“我不会让你死的！

“我既来自异世，就当与世人不同，我既然可换这天地人间，我就可让你活下来。我若保护不了自己的亲人，我穿越何意？我重生何意？我墨九为人何意？我究竟为何而来？难道我踏过时空，就为见证一场又一场国破家亡、生离死别？

“不！我去找六郎，六郎一定有办法的。

“你等着我，师兄，你等着我——

“六郎！六郎！救我师兄……救我师兄啊六郎……”

失神般喃喃着，她双目灼灼地看着天上的雪花。

好半晌，她突然像想明白了什么，也不知打哪儿来的力气，吁一声，勒住一直狂奔的骏马，挣脱墨妄紧紧束缚的双臂，将他高大的身子绑在自己的背上，狠狠闭了闭眼睛，如同发疯的野兽般，咆哮着掉转马头。

“驾——”

冷风呼呼吹过，墨九不堪一击的神经绷紧了。

她眼神儿不好，四周影影绰绰，不好择路，她索性由着马儿奔跑在狭窄的官道上。

在黑暗中，泪水横流，疯狂恣意。

可她，没有发出半点儿声音——

无声之泪，似震撼了天地。

点点小雪，慢慢密集。这个腊月天，是个伤人日。

不知过了多久，前方突然闪过隐约的火光。

火把的光线，在黑暗之中可以传递得很远。

墨九赶紧勒住马儿，静静地站了片刻，正准备另外择路而行，突听那风中传来一声中气十足的嘶吼。

“我乃墨家乔占平，请陛下即刻收兵，将我墨家巨子与弟子悉数交还！否则，莫怪墨家与朝廷为敌了。”

氤氲的火光穿过层层雪花，带着一种艳丽而诡谲的光芒，照亮了墨九的眼。

这一刻，这火光，这样美，这样美。

墨九心如被雷击，咚咚直跳，激动地拍马，往前疾奔过去。

那边官道上的厮杀还没停止，墨家弟子和击西等侍卫以惊人的耐受力将禁军堵在了那一条小道上。为了让墨九可以安全离开，在这么长时间里，他们有人倒下了，可剩下来的人，居然还在死死支撑。

而官道这一头，被墨九完美错过的，是数千墨家弟子。

他们穿着墨家的统一制服，用先进的机械车推过来横在官道上的，俨然是一门门崭新的大炮、火箭筒，以及南荣禁军根本就不曾见过的新式火器。

乔占平手上执了一支火铳，就那样骑马站在路中。

“乔某数到十！十声之后，若陛下不允，墨家就点炮了！”

“十！”

“九！”

“八！”

乔占平每数一声，墨家弟子就回应似的，厉吼一声。

他们的呐喊声，整齐划一，铺天盖地，声势极为震撼。

“七！”

“六！”

夜空浩渺，数千弟子的齐声呐喊，气壮山河。

这样的阵仗，加上墨家架在禁军面前的新式火器，威胁完全有效。

乔占平刚刚数到“五”，那边禁军就猛地摇了旗。

“住手！朝廷与墨家素无恩怨——”

“即刻放人！”

几句交涉后，紧跟着，那边对曹元等人的包围与进攻就停了下来。

而墨九正是这时从墨家弟子的后方策马狂奔而至。

带着风雪的悲凉，她大声呐喊。

“乔工，快！快找大夫……救！救师兄！”

飞雪中，无数墨家弟子齐刷刷回头。

“巨子——”

接下来，他们都看到了墨九背上火光下浑身染血的墨妄。

“左执事！”

他们的悲呼声，悲彻天地。

“快——”

“救左执事！”

人潮汹涌的官道上，铿铿声不绝于耳，禁军开始从厮杀的战场上撤退，墨家弟子却齐齐立在原地，等待命令。乔占平从人群的前方飞快地扑了过来，从马上扶下墨妄，探了一下他的鼻息，眉头紧紧锁着。

“巨子，左执事已经——”

他在说什么，墨九几乎听不清，或者她选择性地拒听了后面几个字。耳朵边上，全是尖锐的啸叫声，破空引风，灌满了整个苍穹，也把她的耳朵和心都填满，再也装不进其他。胸口有一种令她恶心的反胃感，不停往上涌动，直冲喉咙，眼前无数的金色小星星在闪烁，天旋地转间，墨九头重脚轻，眼睛模糊一片，好似什么都看不见，什么都听不见。整个世界，在这时安静了下来。

她意识的最后一刻，是墨妄暖暖的笑容。

他就站在那街口的香樟树下，手上的血玉箫泛着温润的光华。

“小九，答应我，好好保护自己。”

“师兄，不要死，我不要你死……”

“师兄——”

“小九……”

“师兄，不要死……师兄……你不要死……”

“小九……”

血！一股子鲜血泼墨似的喷向她的脸。

“啊！”

墨九尖叫一声，紧紧闭上眼。空气里，满满的中药味儿，她浑身上下像汗蒸过似的，都快湿透了，就连额头上的头发都湿得贴在了头皮上……这是哪里？她眼睫毛狠狠眨了几下，像突然清醒，猛地睁开眼睛，愣愣地看着四周。

“师兄……”

喃喃一声，她撑着床就要坐起。

一只手却有力地摁住了她的肩膀。

“不要动！”

墨九身子微微一僵。

像电影慢镜头似的，她的头一点一点转向右后侧。

昏暗的桐油灯光影里，有一个男人坐在高高的木凳子上，轻袍缓带，面带倦容，一双眼睛里布满了红血丝，像好久都没有休息过了似的，但看到她醒来，他嘴角微微勾起，带了一丝欣慰的笑。

“阿九醒了。”

墨九嘴唇颤抖着，哆嗦了好久，才发出弱弱的两个字。

“六……郎……”

她这个时候才发现，自己躺在兴隆山的房间里。

坐在她床边的男人，居然是本该在龛谷战场的萧乾。

墨九很意外，意外得不太敢相信——以为在做梦。

她大睁着一双缠着雾气的眼睛，痴痴地望着他，用一种凌乱、无辜的姿势，悲凉地望着他，疑惑而委屈地轻声问：“萧六郎，你……又用云雨蛊给我托梦来了？”

“……”

喟叹一声，萧乾为她拭了拭额角的湿汗。

“阿九，你没有在做梦，我来了。”

“你……来了？”墨九先疑惑地复述一遍，像是从梦中惊醒般，猛地坐起来直面着他，拔高了声音，“六郎，真的是你来了？”

“是的，阿九。我来了，我——来迟了。”萧乾伸手扶住她的肩膀，下一瞬，又将她的身子紧紧地裹入怀里，下巴蹭着她的额头，细碎的声音满带怜惜，“让你受惊了，阿九，都是我不好。”

“不——”墨九这个时候，没空追究对与错。

她轻轻推开萧乾，满怀期待地看着他，嗓子几乎沙哑。

“你快去看看我师兄，快去救他……”

“我看过了。”萧乾声音略沉。

“他……他怎么样了？”

墨九问出这句话，需要很大的勇气，继续听下去，也需要很大的力气抑制住狂乱的心跳，聚精会神地听他说。

“他有些不好。”萧乾轻轻顺着她的后背，安抚着。

但“不好”这样的词在墨九听来，已经是最好。

她几乎惊喜地揪住萧乾的袖口，本想要说话，却因为心急被唾沫呛着了，咳嗽好一会儿才缓过劲儿，几乎抽搐着嘴唇问他："他没有死，对不对？"

萧乾双眉紧蹙，没有回答。

这样凝重的表情，让墨九放松的心弦再次绷紧。

"怎么了？难道说他……"

"他……没有死。"萧乾看她大眼珠子瞪得老圆，有些不忍心，"你为他止血，做得很好。你的做法，暂时留了他一命——可他所中之箭，伤及心脉，箭上还有巨毒。我虽已尽力为他拔箭解毒，但他也未必能——熬过来，阿九，你得有心理准备。"

箭伤及要害，墨九猜到了。

可怎么也没有想到，箭上还有毒。

这是多恨她的人，才会不给她留半点儿生的希望？

可本该她受的伤，却生生让墨妄替她受了。

"还有别的办法吗？"她红着眼圈，抓着萧乾的手，"六郎，你再想想有什么法子，你一定要救他，一定要让他活过来，好不好？你不是神医吗？我知道你一定可以的，对不对？"

她几欲喷出火的急切，让萧乾眉心微蹙。

"阿九……"他捏紧她的手，声音微微一滞，"我已尽力而为。"

今夜之事，确实也出乎意料。

他安排击西在紧急情况下护送墨九前往兴隆山避难，并没有想到宋熹会在两军交战之际，置大局于不顾，独独为了墨九带人堵在路上。但他是一个做事谨慎之人，尤其事关墨九，所以为防万一，他原本也安排有后招——差人连夜捎信前往兴隆山，安排乔占平领人接应。

在这种时候，北勐人护送墨九，远不如兴隆山护着她安全。

然而——

乔占平带人赶到的时候，还是晚了一步。

就那么一步之差，墨妄领着墨九突围，中箭受伤——

那时的墨妄已然没有了呼吸，但墨九在晕厥过去之前，意识都模糊了，口中还在念着"找六郎，救师兄"。乔占平素知萧乾神医之名，有起死回生之术，于是抱着死马当活马医的想法，当即飞鸽传书到汉水北岸，让当地墨家弟子飞骑前往汉北大营向萧乾求救。

接到消息的时候，萧乾与古璃阳等人正准备前往汉水甬道，支援龛谷。为了救墨妄性命，萧乾与古璃阳兵分两路，令古璃阳遣兵龛谷，自己却从汉水南岸掉转马头，连夜奔赴兴隆山——

他那么远赶过来，能想的办法，又怎会不想？

但他虽知如此，却也清楚墨九对墨妄的感情，在她身体本来就虚弱的时候，不忍多辩解，更不可能为此吃醋，只能无奈地轻拍着她的背，像安慰孩子似的，一遍一遍告诉她。

“会的会的，我一定会想到办法的。阿九相信我，相信我。”

“谢谢你六郎，谢谢你六郎……”墨九得到他的保证，就像得到了阎王的特赦令，哽咽着重复，“师兄不能死的，他对我非常重要，非常非常重要。他是我的家人，我的亲人，比我娘还亲……”

“我知，阿九。”萧乾轻轻拥她，“我都懂的。”

说着，他慢慢扶住墨九的肩膀，俯下身来，与她四目对视：“你现在告诉我，肚子饿不饿？有没有哪里不舒服？是要再睡一会儿，还是先吃一些东西？”

吃吗？饿吗？

墨九突然发现肚子空了。

而且，他这样细声细气，生怕吓着她似的表情，让她激灵一下，突然反应过来什么，猛地掀开被子，掌心探向自己的小腹。

“六郎，我们的孩子是不是……没了？”

看着她紧张的样子，萧乾嘴角微微一抽，揉了揉她的脑袋。

“不要瞎想……你再这样不听话，我可就保不准了。”

吁一下，墨九像泄了浑身的力气，身体软了下去。

“吓死我了，吓死我了，我以为他没了……”

“你很乖，我们的孩子也很乖。”他事先给她配好的保胎丸，是有特效作用的。可她在短时间内大剂量服用，确实有些伤身，在她昏迷的时候，身子见红了，孩子也差点儿就保不住。在他赶到之前，兴隆山的大夫给她喂食了安胎之药，之后他又重新调整了方子，除了给她熬药内服，还外用熏蒸，这才让她舒缓了过来。

“下次不可心急，那药丸子，得按剂量服用，三个时辰内，最多服用两粒——”

“下次？”墨九躺着给了他一个白眼，“你还想有下次呢？”

萧乾抿着唇，又忍不住笑。

“是是是，娘子，为夫错了。”

“知错就改——去让玫儿给我弄点儿吃的吧，我饿了。”

“好。”

兴隆山是墨九的桃花源。

这里不仅富饶，物质生活也精致得超过世上任何一地。

在她没有醒来的时候，灶上早就备好了各种食物。

得闻她醒转，玫儿喜极而泣，不顾自己伤得都抬不起来的胳膊，像过年似的，兴高采烈地奔走相告，然后蓝姑姑、沈心悦，还有几个熟悉的丫头，都跑过来帮着摆饭。

而萧乾趁着她们陪墨九的时候，默默地去了兴隆山的另一个地方。

墨妄就躺在那里。

兴隆山上的日子舒缓平和，时近黄昏，墨妄独居的小院里，弟子正在准备晚膳。在山上久居的人，习惯了缓慢悠闲的生活，日子过得像诗一样，一言一行间，如同手指下跳跃的琴弦，极富节奏，把这座小院衬得像一幅画。

怪不得都说兴隆山是世外桃源。

若非墨妄出事，气氛又岂会这般阴暗？

萧乾心情沉甸甸地迈入院子的门槛，墨家弟子纷纷过来行礼。

“见过神医！”

“嗯。”萧乾神色淡淡，往墨妄的房间走。

“神医吃过晚膳没有？这里都备好了，要不将就一口？”

“不用。”萧乾瞥一眼众弟子，目光落在欲言又止的曹元脸上，眉头微微一蹙，“左执事可有变化？”

曹元双手微垂，闻言攥了攥，轻轻摇头，声音颇有哀意：“弟子按神医所说，一个时辰为左执事服食一次汤药，半个时辰拍击周身大穴……可过去这般久，左执事亦不曾有半点儿好转的迹象……”

萧乾凝重地点头：“我去看看。”

“神医，稍等——”曹元心底知晓他是萧乾，可在众弟子面前，他还是随大家一起生疏而客气地称呼神医。因为萧乾本人，此时应当在古璃阳的军中，若让人知晓他独自在兴隆山，恐会徒生事端。

萧乾不知曹元有什么话说，但还是随了他的意思，停了下来。

曹元回头摆了摆手，让几个弟子都去吃饭，然后走近萧乾，小声道：“方姑娘在房里——”

方姬然来看墨妄有一会儿了。

一直在房间里，没有出来。

曹元急着提醒萧乾，是怕方姬然认出他来，引起不必要的麻烦。

果然，他说完，萧乾眉头就蹙了起来，显然对此事有些烦躁。

曹元见状，建议道："神医先去那边吃点儿再说？"

"我来不及了。"萧乾冷冷剜他一眼，"一会儿我便要下山。"

"这么快？"曹元一惊，语气里满满都是失落。

有萧乾镇守在兴隆山上，他对墨妄还可以治愈的希望就多一分。若他此番离去，不知何时才得过来，若墨妄有个什么事，要怎么办？曹元心里顿觉不安，不时拿眼风瞄他，满带请求。

萧乾明白他的想法，抿了抿嘴角，突然喟叹一声，抬手拍拍他的肩膀，语重心长地道："我在与不在，都不会耽误左执事。待我探完病情，会写成医案，记录在册。后续的治疗，昨日我都已交代给钟大夫，他都知晓的。如今，我唯有一事不放心……"

他不说，曹元也知道，他不放心墨九。

于是他抬头，凝重地抱拳一揖。

"神医且放心吧，弟子会好生护好巨子。"

"那便托付给你了。"以前有墨妄在墨九的身边，其实萧乾心底更为放心。至少他相信，那个男人会在墨九需要的时候保护她，墨妄也有那样的能力可以照顾好墨九的一切。如今突然没有了墨妄，在萧乾的心里，墨九的安危也就少了一分屏障。

而这一点，他也是这两日才意识到的。

前方战情紧急，若非墨九迟迟不醒，他昨日便已离去。

正因为没了墨妄，在墨九没有醒转之前，他到底不敢放心离去。

于是，他不得不又在兴隆山多待了一天。

然而，就在墨九昏迷的两天两夜里，外面的战事已然发生了翻天覆地的变化，整个天下都打乱套了。南荣、北勐、突然"被谋逆"了的苏赫，还有两天前古璃阳部宣布脱离南荣朝廷，投奔突然"复活"，要以血洗刷萧家大仇的萧乾一事，带来了轩然大波……

一切事情都纷至沓来，需要他去处理。

就在两个时辰之间，古璃阳和辜二各有一份急报传过来。

战事千头万绪，群龙无首，他再也不能滞留在兴隆山了。

"那神医稍等，我去叫方姑娘——"曹元刚说到这里，里屋的帘子就挑开了。

方姬然款款走出来，站在门口，帷纱下的面孔看不太仔细，声音却比往日更沙哑了几分。

“大夫来了？”

萧乾转头看她一眼，点点头，并不答话，直接就往里走。

被他高大身躯带来的冷风一扫，方姬然怔了怔，温婉地侧到一旁，欠身行礼，然后慢慢抬头，看着他高大的背影进入室内，目光幽幽片刻，看了曹元一眼，慢慢跟了进去。

房间里，一片静谧。

墨妄无声无息地躺在床榻上，被子紧捂，萧乾坐在床边的凳子上，安静地为他切脉。他神色凝重，双眉紧锁，嘴唇紧闭，那冷肃的样子，让方姬然的视线微微跳跃一下，脚步便慢慢地移到他的身侧。

“敢问神医，我师兄的病情……如何了？”

萧乾没有回答她。

好一会儿，半点儿声音都无。

受了冷遇，方姬然也不觉得尴尬，她就那般安静地站着。等着萧乾将墨妄的手腕放入被子里，慢慢地站起身来，不得不面对站在面前的她了，她才朝他浅浅一笑：“神医似乎很不愿意见我？”

萧乾紧锁的眉心没有松开，声音异常冷漠。

“对于一切狰狞的东西，我都不愿见。”

时人惯用一些美好的词语来形容女子，如柔荑比手，玉比肌肤，哪怕再不好看的女子，在男子的形容里，也都自有一番美好的姿容。萧乾如今用“狰狞”一词来形容女子，实非时下君子所为。

故而，他不君子的话，惊了方姬然。

她窒了窒，良久说不出话来。

好在，她有帷纱遮脸，若不然，那何止一变色了得?

萧乾对于她有什么想法，似乎并不在意，冷冷瞄她一眼，错开身体，径自走向桌子，将墨妄喝过的几个药碗都拿过来，摆在面前，一个一个瞅着，然后坐在那里沉思片刻，又提笔写起了医案。

他带兵打仗的时候严肃冷峻，做大夫的时候也一本正经。

那捋袖写医案的侧影，那熟悉的动作，让方姬然嘴角微微一牵，再次走近：“神医还没有回答我，我师兄他到底怎样了。为何一直不曾醒来？我先头观之，气息甚微，似乎有些……”

“你想他死？”萧乾没有抬头，问得突兀。

方姬然脚步顿住：“神医不要胡说，我当然想师兄好来着——”

“那方姑娘就管住你的嘴。”萧乾徐徐侧眸，不冷不热地扫向她，“不要在大夫思考时，随意打乱他。”

方姬然喉咙一噎。

张了张嘴，她想辩解什么。

可萧乾已然收回视线，凝神继续写字。

她无声地苦笑一下，就这般站着，一动也不动。

此时，室外天气阴霾，屋子里就一盏油灯，光线更显微弱。

火光的光晕里，萧乾一口气写了五页医案。等把医方以及对墨妄的后续治疗方案都一一写完，他才放下笔，揉了揉手腕，慢慢放下挽起的袖子，扫一眼方姬然，眉头一蹙，起身往外走。

方姬然咬了咬下唇，猛地横在他的面前。

“神医留步！”

萧乾淡淡睨她：“方姑娘有何指教？”

对他的冷言，方姬然微微气苦，旋即又笑了。

这笑声里，有苦涩，也有凄哀，哑得仿佛缺水的声音，听上去格外让人怜惜。可她面前的男人，并非愿意给她温暖与疼爱的那一个，哪怕她有再多的苦与伤，他似乎都可以视而不见。

“方姑娘，若无甚可说，烦请让路！”

他加重了语气，言辞间全是不耐烦。

“六郎。”方姬然突然抬头，视线盯着他的脸，“你是六郎，对不对？”

氤氲的灯火徐徐洒下，为萧乾的脸镀上了一层淡淡的金辉，让他的面孔与往昔相比，不仅添了沧桑，还有太多的陌生——她的话中有疑问，似乎并不确定。而萧乾亦没有要与她承认或者不承认，解释或者不解释的想法。

他眉心带有冷意，语气亦有不悦。

“你问得太多了，方姑娘！”

“你承认了？”

“让开！”

“六郎，你为何不肯承认？”方姬然挑开眉头，苦涩地一笑，“你是怕我追着你求着你让你给我治失颜之症？还是怕我哭着喊着让你践行当年对大郎的承诺？抑或是，你怕我向你讨要你乔装大郎时给我带来的伤害？”

“……”

“六郎，你说话呀？”

六郎……

六郎……

这样带着哭腔的逼问，句句都是控诉。

来自一个弱女子的控诉，凄凄惨惨。

她说话时，始终抬着头，目光锁定萧乾的脸，想看清他脸上的变化，嘴角甚至带了一丝微弱的笑意，平静地压抑着心底涌动的情绪。

可萧乾为人，岂会被她三两句话就问倒？

“方姑娘，我不欠你任何，故而并无回答你的必要。”说到这里，他轻轻回一下头，看了一眼床榻上了无声息的墨妄，语气带了一丝嘲弄，“你有心思讨要不属于自己的债务，不如好好报偿一下昔日的恩情。墨妄伤成这般，你就不心疼？”

方姬然眼睛有一丝烫，像被火苗掠过一般，突然就烫了，差点儿落下泪来。

不心疼？又怎会不心疼？

对墨妄的感情，她其实也很糊涂。

那时候她一心爱慕大郎，习惯了墨妄的存在，从来不觉得他在与不在自己身边，有什么重要。可这个男人本该一直在她身边守护她的，却在她“死”一场回来时，彻底变了。一如既往对她好，却少了那一种曾经让她安定身心的“宠”。他再看她时，那一双眼睛里，也没有了那样的爱与痛，平静得就像对待一个师妹，也仅仅是师妹而已。

想到这里，她冷冷一笑，心底悲愤涌上，那软刀子也嘲弄地刺向了萧乾。

“他为哪个女人受的伤，那个女人更应当多心疼他一些才对。这会儿啊，她说不定都快要心疼死了呢，又何需我来自作多情地心疼他？六郎，你说是也不是？”

萧乾冷眸微微一暗。

这个女人，真懂得适时挑拨！

看他不说话，方姬然不免又望了墨妄一眼，然后再掉过头来，看着萧乾：“我师兄就是这样的人，为了他的心上人，什么都可以抛弃，哪怕他自己的性命。只可惜，他的心上人哪……唉，终究只苦了他一个。先头我就在想，若他醒来，又要承受那求而不得之苦，日日夜夜都可见到那个人，却片刻不能拥有那个人，这样活着，会不会比死更难受？他会不会——其实不想醒来，其实想要忘掉这一切？”

她一眨不眨地盯着萧乾。

那声音，那语态，那姿势，欲说还休——

萧乾深思片刻，突然嘴角一牵，慵懒地冷笑。

“若如此，可以去死。”

说着，他重重一拂袍袖，从她身侧走过，半丝眼风都没有停留，那无情、冰冷的话，像刀子似的从方姬然的耳朵剜入，字字钻透耳膜，冷得她浑身哆嗦一下。

“六郎就是六郎。果然，一点儿没变。”

一滴无声的泪，终于从眼窝滑了下来。

带着她隐埋的情感，疯狂地往外涌，沾上了薄薄的帷纱。

“小九，你拥有得那样多——而我，什么都没有，什么都没有哇。”

入夜的兴隆山，寒冷而潮湿。

山风猎猎间，萧乾回到了墨九的九号小院。

在他离开之后，墨九已经在蓝姑姑等人的陪同下吃过饭躺下了。

这一次，她很听话地平躺着保胎，不需要玫儿催促她，也不再像一只烦躁的兔子似的，嚷嚷不停，叫唤不休，想方设法地要起来。那乖乖躺着的顺从样子，不仅玫儿不适应，就连萧乾看见了，也有些诧异。

“阿九……你睡着了吗？”

“没有。你回来了？”墨九侧了侧身子，看着他，眸子里跳跃着一股子期待的火焰，“我师兄醒了吗？”

萧乾摇了摇头，叹了一口气，走过去坐在床边，习惯地探向她的腕脉，轻声哄着她：“不过，他的气色瞅上去比昨日好了许多——”

“是吗？那太好了。”墨九果然展颜，语气有了笑意。

“阿九……你也不要总惦记着他。惦记也是无用，对不对？也只有自己过得好了，把身子也养好了，才有力气去关心他，对不对？”

墨九嗯一声，点点头，咬唇不语。

对于墨妄的伤势，她其实有些患得患失。虽然萧乾说他气色好了，可他表情很凝重，根本就不像有好转的样子。她考虑一下，似乎感受到了什么，僵硬地扯了扯嘴唇，露出一个笑容，像是想让自己轻松一些，神色却掩不住阴郁。

好半晌，她都没有吭声。

萧乾探完她的脉，拉开被子，将她的手埋入被窝里，又笑了笑。

“今天阿九很乖，我们的孩儿也很乖。”

看他微笑的样子，墨九也稍稍松了一口气。

“你这么说我就放心了，之前还真有一点儿担心孩儿会出事呢。”说着说着，她情不自禁地抚向小腹，视线也随之望向依旧平坦的肚子，低低说了一句，“宝宝，加油！只要你不放弃我和你爹，我们就一定不会放弃你。”

两个人挨得很近，萧乾几乎能看清她眼底那一抹幽闪的光芒。

她对孩子的期待，牵动着他的心。

细想一想，他鼻腔竟有一丝丝酸涩。

“阿九——”轻唤她一声，他低下头温柔地亲了一下墨九的唇，看她大眼珠子不解地看过来，他含笑道，“闭上眼。”

“怎么了？”墨九问着，听话地闭上眼睛。

她以为萧乾会趁机加深那个吻，或者有什么甜蜜的亲热举动，却没有想到，他将嘴巴凑到她的耳边，轻轻吻了吻，却突然轻声一叹：“我要走了。你要好好听话，照顾好自己和我们的孩儿，好吗？”

要走了？

墨九像被闷雷给砸中了。

她猛地睁开眼睛，看着近在咫尺的男人。

“你——什么时候走？”

“我专程过来和你道别的。”萧乾温暖的掌心轻轻抚着她的头发，表情淡然而平静，似乎对于再一次的分别并没有什么情绪，可心底那一根弦在他的心上缠了一圈又一圈，缠得他几乎喘不过气来。

墨九怀着身子，这个时候很需要他。

若是可以，他也不想走，甚至觉得就这样和她待在兴隆山，做一辈子的山大王也很好——然而，几十万大军等着他，几十万人的性命也都攥在他的手心。已经走到这一步，哪怕举步维艰，也容不得他回头，更没有选择停下脚步的权利。

“哦。好！”墨九突然轻轻叹了一声，然后看向他，清澈的目光里带了一丝笑意，“瞧我，都睡糊涂了，差点儿忘了这档子事儿。我听蓝姑姑和玫儿她们说了，我昏睡了两天两夜，而你一直陪在我身边，这……他们现在一定很需要你。你去吧，六郎，我没事的。”

“嗯。”萧乾的掌心在她头上流连、抚摸，宠溺得似乎舍不得拿开，声音却有些欲言又止，“这一次，我可能会离开比较久……你有什么事，一定要差人告知我。不要再逞强了，知道吗？好好爱惜自己，就是对我最好的想念。”

她在龛谷的事情，他都已经知晓了。

这丫头任性、固执，还有一颗为他着想的心。

很多时候，她为了保全他，总是愿意默默地牺牲自己。可对于他来说，却宁愿她自私一点儿。因为只有她好了，他才会好。只有她幸福了，他才有机会得到幸福……这一次的经历，想想实在太险，若非他们的孩儿坚强，哪里还有待在母亲肚子里的机会？

越想心越乱，他停下抚摸她头发的动作，低头看她片刻，突然俯下身去，将她紧紧抱住，就像抱住一个失而复得的珍宝似的，将头埋在她的颈窝，深深地呼吸着，嗅着她身上熟悉的体香，心绪慢慢地平静了下来。

“阿九，你要好好地等我回来。”

他的声音很低哑，带着一丝疲惫，听入耳朵，墨九心疼不已。她伸手搂住他的肩背，哽咽一般回应着：“好，我会好好地等你回来。六郎你也要答应我，你会好好的，不要让自己受伤，好吗？”

“嗯，我答应你。”他双臂一收，把她搂得更紧一些，火热的唇在她的脖子里辗转着，一点一点挪到她的唇上。四目相对，他呼吸微沉，却没有吻上那娇艳欲滴的唇，只将带着暖风的呼吸，喷在她的面上。

“阿九，我走了——”

“好……”

淡淡地应着，墨九看着他慢慢地松开手臂，站起身来整理衣服，那即将分别的离愁让她心里一悸，觉得刚才那一个字不足以表达自己的心情，忍不住又补充了两个字。

“保重！”

“保重！”

萧乾心底有一股异样的感动掠过。

回头看着墨九，他停顿一会儿，终是扣上头盔，扶剑大步离去。

房门关上了，一股冷风突兀地袭过来，刮过墨九的鼻腔。

她打了一个喷嚏，黑眸慢慢合上。

“保重，六郎，要保重！”

金州，南荣大营。

晨曦初起，浓雾里，一丈开外不见人。

在这场开年大战中，冷空气肆虐了这一片烽火四起的土地。

天还没亮，皇帝大帐中却灯火通明。

一群穿着甲胄的将校站在帐中，鸦雀无声。

今儿晨起时，宋熹召见了金州所有将校入帐叙事。

他坐在正中主位之上，中间跪着那一位不听君令的殿前司都指挥使冯丁山——此时，他双手被反剪着，五花大绑地跪在地上，一副垂头丧气的样子。

气氛凝滞着，众人惶惶。

大帐的空间里，似乎有着某种低压的紧张。

那一夜的事情之后，宋熹并没有马上处置冯丁山，只是对他的态度不一样了。除了不让冯丁山在身边伺候之外，还把他派到了大战前线带兵。外间盛传，那天晚上，冯丁山似乎闯下了一个大祸，差点儿引来墨家的火器攻击，却始终不知“诛杀墨九”的命令，并非皇帝所下。

而宋熹似乎也没有就此澄清的想法。

回到金州大营，他与冯丁山“相安无事”了几天。

这几天里，冯丁山被宋熹委以重任，协助管宗光指挥南荣禁军上阵杀敌。这时，古璃阳宣布脱离南荣朝廷，过了汉水甬道，直奔金州大营而来，而管宗光正与苏赫你来我往，胶着厮杀，根本就抽不开身。

于是，冯丁山被管宗光派去拦截古璃阳叛军。

冯丁山也算一个人物，接到命令，二话不说就领兵出战了。

然而……

他分明与古璃阳叛军打得难解难分，可古璃阳居然还有机会抽兵回调汴京，并借此机会，将留守汴京的南荣军打得落花流水——那一条连通汉水的甬道，就像他家地里的田坎似的，想什么时候踩就什么时候踩，想来就来，想走就走，打得又灵活又神出鬼没，让他败得稀里糊涂。他至今都说不清，到底与他交战的人有多少，到底是不是古璃阳的主力军队。

但战役的结果很清晰。

苏赫大军在龛谷牵制住了南荣禁军的主力，古璃阳叛军却在此期间，把汉水北岸的地域汉水南岸除了金州片区之外的地域，都一一收入囊中，加上被苏赫占领的陇州、乾州、徽州、沔州等地，南荣整个西部和北部地区几乎被吞食殆尽。

不过，等知道了真相，冯丁山也就觉得自己输得不冤了。

那一场仗是萧乾亲自指挥的，败在他手上，冤什么冤？

吃了败仗，皇帝的精气神儿却还不错。

这不，召了众将过来，他正准备对冯丁山问责呢。

当然，冯丁山的主要罪责，并非久战不利，而是有人在他的营帐里，发现了一封与北勐“私通”的信函。在战争时期，如果他没有犯太大的错误就轻易处斩，很容易动摇军心。而且，冯丁山既然能坐到殿前司都指挥使的位置，在禁军中的势力不小，一点儿鸡毛蒜皮的小事，哪里撼得动他？

但战时私通敌国，这个罪名，结果就不一样了。

“冯丁山，你还有什么话说？”

冯丁山听到皇帝冰冷的声音，慢慢抬起头来。

看着帐中的宋熹，瞥一眼他手上的信函，冯丁山苦笑了一声，摇了摇头。

“臣无话可说。”

无话可说？帐中哗然一片。

他都不为自己辩解吗？哪怕罪证确凿，这世上也没有想死的人哪，怎么也要挣扎一下的。所以，他的行为，让人意外，就连宋熹冷鸷的脸上也添了一丝诧异。他瞄了冯丁山一眼，慢吞吞道：“两军交战，却屡出奸佞之臣。前有古璃阳，后有冯丁山，我南荣这般，岂不屡战屡败？朕怎生就错信了你们这些狼心狗肺之人呢？”

他怒极而斥的声音，冷肃而疲惫，充满了无奈。

“大敌当前，内有奸臣，此乃大忌呀！冯丁山，朕不能姑息你了——”说到这里，他突地拨高声音，“来人哪！”

“陛下！”两名禁军走过来，手上刀剑撞得盔甲铿铿作响。

宋熹扫了他们一眼，沉眸看着跪在地上的冯丁山，一字一顿沉声道：“冯丁山通敌叛国，按律当斩！拖下去，就地处斩，以儆效尤！有冯丁山家眷党羽者——”

停顿一下，他抚额轻揉：“算了，大战期间，余者一律不追究。”

“得令！”

两名禁军齐齐应着，拖着冯丁山下去了。整个过程中，大帐里静悄悄的，冯丁山一句话都没有说，脑袋始终低垂着，至死都没有为自己辩解一句。或者说，他对死亡，早就已经做好了心理准备，也就不再惧怕了。

大帐里的其他人，得了命令也都散去了。

李福慢慢地躬着身子走过来，给宋熹续了茶水。

“陛下……就这般算了？”

“不然呢？”宋熹慢悠悠地瞥他一眼。

在冯丁山的帐里搜出来的“通敌”之信是假，可有那么一封信是真——当然，信并非北勐与他私通的证据，信函来自宫中，正是出自皇后谢青嬗之手。内容嘛，当然与那日对墨九的“格杀勿论”有关。

信不仅牵涉皇后，还牵涉太后。

若在此时把这件事翻出来，牵连将会更广。

更何况，就在今日凌晨，宫中传来喜讯——

皇后谢青嬗产下了一个五斤重的小皇子。

这是南荣景昌帝的第一个儿子，因为他在外打仗，这孩子的矜贵可想而知了。在这样的情况下，宋熹又怎么能够杀母留子，废后另立呢？更何况，他人在外面打仗，谢青嬗在朝中除了有冯丁山这样的心腹之外，还有没有其他党羽？

人在外面，好多事就不好办。

念及此，李福似乎懂得了皇帝的犹豫，琢磨着又道：“陛下，那来传话的差人还等着，说他来时，太后娘娘特地交代了，请陛下务必为小皇子赐名。”

宋熹目光幽幽地看着摆动的帘子。

好一会儿，才听他喃喃道：“就叫五斤吧。”

“……”李福惊住，这也太随便了吧？

“陛下，还有——”

“大名回朝再议，就这样！”宋熹打断他，撑着桌案就站了起来，对皇后初添太子之事，似乎并没有什么喜悦，对于墨九的事也一概不提不问，披上厚厚的风氅就大步出了大帐，踩着马镫，骑上战马，拔出御剑，狂奔而去——

“陛下！”

李福站在风中，像一座石雕似的，呆住了。

宋熹却迎着风，直接奔向了校场上的点将台，那里的将士都已经准备好了。他骑马跃上台阶，站在众将与禁军之前，剑尖指向天际，朗声道：“传令全军，死守金州，与苏赫大军、古璃阳叛军决一死战。我将与诸位，共同御敌，以命相搏。若金州失守，我也将与诸位一同埋于此处！”

“吾皇万岁！”

大军站在校场上，山呼万岁。

“吾皇万岁万岁万万岁！”

密密麻麻的士兵喊着万岁，齐刷刷跪在地上，声音响彻云霄，其势极为壮观。

天光大亮时，妖风骤起，整片天地变了颜色。

呼啸的风夹杂着滂沱的大雨。

在这一场突袭金州的暴风雨中，南荣禁军开始了出战以来的第一次大规模反攻，一场由景昌皇帝亲自指挥的大反攻。即便打到现在，南荣屡战屡败，但在兵员人数上还是占了上风。哪怕分兵一部分给管宗光与苏赫继续纠缠，宋熹面对古璃阳大军的时候，可战人数也远远优于对方。

一场酷烈的战役在汉水边上打响。

这一日，是景昌二年的元宵日。

同时，也是南荣皇太子出生的次日。

战鼓声、号角声，一声声，尖啸着贯穿了天地，与断杀的金铁撞击声连成一片，仿佛要用鲜血把这人间都换个模样。

这一场仗，从暴雨初始杀到暴雨结束。

又从暴雨结束杀到第二场暴雨落下，还没有停止！

后世有史书云：景昌二年，帝南征伐荣，欲以西蜀而入。南荣成宗御驾于汴京，后渡河，驻金州，分兵龛谷，使管宗光守之，成宗率兵直取汉水，帝率师为战，两军鏖战十五日，败之。帝就势入金州，南荣守将纷纷来降。帝于金州称王，并诏之，来投者，均有封赏，一呼之下，百以相应，其势锐不可当。

南荣成宗自金州，退守淮水以南，令诸郡县守将来觐——

第四章　生不恋，死不恸

金州乃南荣重中之重，宋熹岂敢失之？

退到江陵府，宋熹再次开始招兵买马，不过半个月，就集结了王师百万之众。

二月初，南荣大军整肃完结，沿汉江下游长驱直入，攻打金州。

二月初五，南荣大军兵临金州城下，攻金州东门。历时数个时辰，未破。

休整三日，南荣军再攻北门，扰西门，未破。

又五日。入夜，大雨。

南荣军再一次从东门正面攻城。这次，宋熹亲自领兵，于战马上举剑高呼“为此一战，不破不还”，大军得令，潮水一般不惧生死，蚂蚁似的涌向金州城门。亥时许，萧乾率部来战，登城墙，遂离开，只让古璃阳草草应战。

次日卯时，南荣兵经一夜苦战，终于引云梯上得城墙，其势如蚁攻大象，连绵不绝。萧乾犹豫再三，留下精兵五千与之周旋，带其余兵马渡江退往京兆府邓州、唐州等地驻扎。

事已至此，一南一北，终于泾渭分明。

两军以淮水相隔，两两互望，互诉衷肠——

如今淮水以北的地区，悉数落入萧乾之手，淮水以南包括刚刚夺下的金州及均州等地，依旧在南荣之手，而西部地区的沔州、徽州、陇州、乾州等地，却在北勐苏赫大军的手上，形成了一个三角犄势。

宋熹夺回金州后，没有再北上，而是就地休整兵马。

萧乾退守京兆府，也没有要和宋熹决一死战的样子。

一个看似三方胶着的局势，让天下人都在观望。

就在这风雨飘摇的时候，一个意外的转折，却拉动了天下人绷紧的弦儿。

二月底，北勐使臣从哈拉和林带来了两个消息。

第一个是蒙合给萧乾的国书。国书上除了对萧乾讨伐南荣朝廷之举表示了充分的钦佩并恭贺他自立为王之外，使臣另外还传达了一个极有意思的信息——北勐人就敬重萧乾这种敢作敢为的大英雄，蒙合大汗愿意结交于他，并与他义结金兰，只盼同心协力，共创天下。

这就窘了。

又来义结金兰？

这大汗不仅五行缺妹，还缺弟呀？

萧乾冷笑，却“受宠若惊”地回复使臣：弟却之不恭。

招揽了萧乾，使臣兴致勃勃地离去了，同时将蒙合的另一个旨意，传达给了苏赫。

在圣旨上，蒙合没有追究苏赫抗旨不遵之罪，也只字不提他不去攻打大理，转攻龛谷的冒进之举，甚至理由都没有问及，仿佛两个人之间，从来都没有任何嫌隙。不仅不怪罪，还在言辞间对苏赫大肆褒赞，随后还派大将合合台，送来粮草若干以及精兵十万。

粮草辎重，大军借道汴京时，还特地给了萧乾一些好处。

而后，当然是命令苏赫再次出兵大理了。

这一次，除了“自西蜀入大理，合围南荣”的说辞之外，蒙合还有一个更为充分的理由——他要御驾亲征南荣。

于是乎，蒙合要亲征南荣的消息传来，风起云涌的天下局势，变得更扑朔迷离了。

号角响，战鼓擂，乱世风云中，群雄逐鹿天下，到底谁主沉浮？

二月底，气候开始暖和。

春风又绿江南岸，北岸人民也一样。

树木、小草纷纷不服输地吐出了嫩绿的芽儿，整个天地像换上了新装。

中军帐里，除一桌一椅，别无他物，空荡得令人心生寒意。

这个地方，就是如今萧乾部的最高指挥中心了。萧乾称王，没有住更舒适的汴京或者京兆府的城镇，而是与大家一样，就住在营中，或训练兵将，或探讨军务，这样的生活是他习惯的，在行军打仗之时，也格外方便。

萧乾背负双手，站在帐前观看挂在墙上的舆图。

“主公，声东大哥来了。”

听到薛昉的声音，萧乾没有回头，只淡淡嗯一声，声色不变。

很快，帐篷门口就有了动静。赵声东这些日子清瘦了不少，穿了一身束腰的黑衣，一双眼睛里闪着精明的光芒。一入帐内，他便拱手欠身：“主公。”

萧乾慢慢回头，扫他一眼，坐在那张楠木椅上。

“看你的样子，似乎有好消息？”

“是。有几个事情。”赵声东抿抿唇，看萧乾一眼，声音放得很低，说话小心翼翼，“根据我们的消息，这一次蒙合亲征南荣，似乎有些仓促，事前并没有与臣下商议，调兵也是在下达旨意后三日方开始，此举在哈拉和林掀起了轩然大波，好多老臣对此都有异议，蒙合似乎很头痛……”

但蒙合我行我素习惯了，那些老臣的反对，只会助长他出战的念头。

所以，这一次的南征，他铁定会来的。

萧乾抿唇冷冷一笑：“还有吗？”

赵声东笑着拱手，又道：“回禀主公，苏赫王爷传来捷报！”

得了蒙合的圣旨之后，辜二以苏赫的身份，与合合台大将军兵分东、西两路南下。二月初八，辜二率兵过大渡河，二月初十抵金沙江，当地有多位酋长带着部众前来表示依附，北勐军士气大振。二月十二，辜二领兵到达丽江，派使者前往大理，向段氏朝廷劝降。大理不从，宰杀北勐来使。此事传回，辜二大怒，于二月十五，领兵长驱直入龙首关，一路杀去，大理国小兵弱，几乎没有抵抗就缴械投降了。

二月十六，辜二兵临大理城下。

同一时刻，合合台率领的西路军才刚渡江到达塔城。

萧乾目光微闪，点点头：“干得好。”

赵声东又道：“已过去五日之久，想必此时大理国已然覆灭。主公，咱们此时若发动淮水之战，渡江呼应辜二，岂不正合时宜吗？”

萧乾眸子微微一眯：“你道我为何让出金州，退居淮水以北？”

赵声东一怔。

自薛昉归来，他就主要负责军中情报类的事务，对作战之事很少过问。这个时候听了萧乾的话，他才知晓，原来金州那一次的战事，并非萧乾不敌宋熹，而是他故意让出来的。

仔细一想，他就有些明白了：“主公此举，是为了防蒙合？”

萧乾嗯一声，点点头：“淮水乃可进可退的天然屏障，蒙合此次从哈拉和林而来，必然倾全力合围，趁着我们与苏赫、宋熹杀得人倾马翻之时，再坐收渔翁之利，一口将我们吃入肚子。他胃口很大，打得一手好算盘，我不得不防。与其在金州与宋熹胶着，损兵折将，赢了战争却输了屏障，不如先在淮北休养生息，静观事态变化。”

“怪不得——”赵声东像明白了什么似的，恍然大悟，“我就说嘛，你们二人就像说好的一样。你不动，宋熹驻金州也不动，之前我还揣测他可能在酝酿大动作，没想到——”

“是有大动作了。”萧乾打断他，“短暂的风平浪静，不就为了下一波更猛烈的攻势？”

“主公言之有理。”

赵声东说到这里，想了想，又从怀里掏出一张字条，上前递给萧乾。

“主公，兴隆山来的。”

“嗯。”萧乾接过字条，并不急着展开，而是轻轻看一眼赵声东和薛昉，“时辰不早了，你俩下去歇着吧。这些日子，大家都疲乏了，趁着这风平浪静的日子，好生休养。接下来，恐怕有恶战要打了。”

“是。”

“领命！”

帐门落下。

空间冷寂下来，只剩萧乾一人。

他低头看着掌中的字条，眉宇松开，面色慢慢变得温柔。

字条上面就一行字，是他熟悉的娟秀字体。

“院中海棠，是你走后第三日栽下的，今儿晨起，发现海棠开花了。”

海棠花要开了，君却还不曾归——

唉！萧乾仿佛读到了墨九写字条时的落寞。

时令已快三月了。

仔细一算，她的孕期已经进入第六个月。

那么……她现在的肚子该有多大？

萧乾眉头轻轻一皱，抬起双手在虚无的空间里比画了一下大小。摇了摇头，他又把双手的间隔缩小一点，又摇了摇头，几次三番，似乎也想象不出墨九大着肚子究竟什么样子，心里不由得焦灼起来。

“阿九，我甚是想念你——”

一声叹息。

尽是离愁。

鸟雀在山间啾啾地叫唤，冻了一冬的寒气慢慢散去了。可山间的岁月，还是比外面来得更为寒冷。哪怕日头高升，暖和那一阵，稍稍下一点儿小雨，也冷飕飕地刺骨头。

墨九裹着一件厚厚的风氅，走在夕阳下的小道上，双手轻轻托着高高隆起的小腹，时不时捋一下落下的长发，看山道下方的农人忙碌春耕，眼珠上下左右转个不停。

“我感觉视力好像恢复一些了呢。”

由于她怀着孩子，萧乾后来基本没有为她开治眼的药方子，大多只有调理的功效，故而她看东西始终模糊着。可人体的自愈能力不可小觑，她坚持做眼操，闲时就出门看看远处的绿植，拼命吃蔬菜、水果，慢慢地，不仅皮肤变得好了很多，感觉眼睛也舒服了不少。也许有心理作用，她总觉得视力有了好转。

“肯定会好的呢，姑娘就放心吧。”

玫儿和沈心悦，一边一个跟着她。

再后面一点儿，是抱着长剑，不高不兴嘟着嘴的击西。

从上次跟着墨九回来，她就被萧乾指给墨九做护卫了。可她人在兴隆山，心却完全不在，没事儿的时候，她就跑到山口来观望，好不容易盼到送信的人来了，就巴巴跑过去问人家，有没有她的信。

然而——并没有。

每次有信传到兴隆山，都是萧乾给墨九的。

她盼望的那个人，一个字都没有来过。

“他不会不识字吧？”击西瘪了瘪嘴，完全没有注意前面的墨九三个人已经停下来了，正饶有兴趣地盯着她。她自顾自地想着事儿，不高兴地将一块拦路的小石子踢飞，然后叹息一声，“算了，何必想这样没心没肺的王八蛋呢？老子在山上吃香的喝辣的，他却在吃苦喝冷风，想一想，还是我比较好运……”

念叨着，她突然看到地上一双脚。

她吓了一跳，猛地抬头：“九爷……哎哟，你可吓死击西了。干吗啊这是，你们几个，怎么都古里古怪地看着我？”摸了摸脸，她突然无限娇羞，“难道击西最近又长漂亮了？”

“哕——”墨九做吐状，然后正色地拍拍她的肩膀，“傻子，以后别来这儿等了。”

“哦。”击西有些委屈。

看她耷拉着脑袋，打蔫得没了精神，墨九又牵了牵嘴唇，叹息一声。

“若你表现好，我下次直接派你去送信。”

击西果然兴奋了：“当真？”

“当真。”

“果然？”

“果然。”

“不假？”

“不假。”

“你不会骗我吧？”

“你再问一个字，我就收回——”

“别别别，我的九爷。”击西飞快地抢过话来，殷勤地扶着她的肩膀，“九爷，您慢着点儿走！对哦，您饿不饿，要不要吃点儿什么东西？兴隆山镇的凉拌木耳？红烧猪蹄？水煮牛肉……”

墨九翻了一个白眼，望天，一把甩开她的手。

“我去看师兄，你别跟着我，唐僧！”

“呃！唐僧？”

击西不明白什么唐僧，但还是巴巴地跟了上去。

这是墨九每天的例行路线。

吃完饭之后出来散步，散完步之后，就会去看墨妄，并亲自负责他的汤药。她怀着身子不方便，大家是不允许她来做这些粗活的。可不论别人怎么阻止，她都不听，非得自己来。后来慢慢地，大家也都不吭声了。

墨妄的小院还沉浸在一片浓厚的阴郁气氛中。

药汤的煎熬方法，一律按照萧乾走之前的交代来做的，兴隆山的钟大夫也是一个国医圣手，医术虽不如萧乾，但有方子的前提下，只需要记录病人的病势情况，却是大材小用。

每一日，他都会详细记录墨妄的病情，每隔三日往萧乾那边传送一次，等萧乾看过再反馈回来。也就是说，每隔三天，兴隆山就会与萧乾互通一次书信，这样就不会延误墨妄的病情，墨九也就比较放心了。

可墨妄一直没有苏醒。

汤药吃下不少，他的身体却越来越弱。原本就清瘦的脸颊瘦得没了肉，颧骨高高鼓起，眼窝深陷，嘴唇干出了豁口，哪怕墨家弟子每天悉心照顾，但对于一个无法自行摄入食物的人来说，在这样的医疗条件下，能维持身体机能已非易事，又哪能保证身体健康?

"师兄——"墨九搅动着黑漆漆的汤药，凑到唇边吹了吹，才慢慢送到墨妄的嘴边，像哄孩子似的哄着他，"我喂你吃药哇，有点儿苦，你忍着。等好起来了，咱就不吃药了，我给你做好吃的呀。"

沈心悦托着墨妄的背，玫儿站边上压着他领口的衣服。

两个丫头都大瞪着眼，看着墨九皱眉将汤药用勺子往墨妄嘴里灌……

这是一个艰难的过程。

因为他自己不知道吞咽，没有吞咽反应，药汁一入嘴，就吧嗒吧嗒往外流，看得人心里难受得不行。每一次喂药，墨九都得强忍钻心一般的痛苦，不停地告诉自己，这只是暂时的，墨妄一定会好起来的。

若不曾见过以前的墨妄，也许不会为现在的墨妄唏嘘。

可偏生，以前的墨妄太好、太完美，以至于每看他一眼，那满心满腹的酸涩感就加深一些。

"巨子可在？"

刚刚喂完药，门外就传来曹元的声音。

墨九微微一惊，回道："我在。"

曹元撩帘子进来，看一眼平躺在床上的墨妄，皱了皱眉头。

"弟子有要事禀告。"

墨九嗯一声，神色微微一沉，也看向床上的墨妄，慢慢抬手为他掖好被子。

"不要打扰师兄休息，咱们去堂上说。"

去得大堂上，墨九摆手让几个正在洒扫的弟子退下去，拧眉看向曹元。

"何事？"

曹元上前一步，欠身道："巨子判断无误，鸟儿得了消息，果然开始钻笼子了。今日兴隆山镇的刘五伯看见一个鬼鬼祟祟的陌生家伙，上山来报。弟子抓住一审，确是北勐来的。”

墨九双眼微微一眯，一只手抚着肚子，慢慢回转身子，踱了几步，走到堂上那一幅大雁南飞的挂画前面，冷冷一哼：“既然来了，九爷就得让他有来无回！”

“这……”知道她点子多，曹元不解，也不敢多问。

迟疑一下，他请示道：“敢问巨子，这探子如何处置？”

墨九回头，蹙眉看向他的脸，将声音压到极低。

“杀！”

“巨子——”

曹元瞄向墨九冷艳决绝的面孔，一句话说得有些犹豫。

“反正人已经被弟子抓上山了，他也跑不了，何不……”

“曹元！”墨九的脸色猛地拉下，声音带着一种彻骨的幽寒，“我晓得你为人心善，得饶人时，就想饶人。可此事牵连甚大，不怕一万，就怕万一。你可知此人被刘五伯发现之前，已经潜伏在兴隆山镇多久了？你可知他都得到了一些什么情报？你又怎能保证，他绝对不会逃掉？”

“弟子把他关押着，想来是逃不掉的——”

说着，曹元像是想到了什么，微微垂头，从袖管里取出一封密信来，双手呈给墨九：“这是弟子在探子身上搜到的，看样子，是准备发给蒙合的——”

墨九接了过来。

然而，上面写的北勐文字，弯弯曲曲像蚯蚓，她一个都认不得。

斜着眼，她递回去，拿探究的目光望向曹元。

“呃！”曹元抿了抿嘴唇，赶紧向她致歉。

他已经找懂得北勐文字的弟子问过了，密信上的大意，除了介绍兴隆山和墨九本人的情况之外，此人还明确告诉蒙合：对于墨九已经拿到千字引并取得武器图谱之事，墨家上下似乎无人知晓，兴隆山也不曾见到有大规模武器制造的情况，大汗的消息，可能只是传言。

“所以呀！”墨九慢慢转开视线，继续观望那一幅其实看不出所以然的挂画，“他一句话，就有可能会毁了我们的全盘计划。只有死人，才不会乱说，也只有死人的嘴，才靠得住！”

她话音刚刚落下，外头就传来一个弟子紧张的声音。

“曹师兄在里头吗？”

曹元一惊，回头："什么事？进来说！"

那弟子张皇失措地进来，看到墨九也在，愣了一下，赶紧施礼，然后苦着脸道："曹师兄从山下抓回来的那个细作，他，他跑了！"

"什么？"墨九大惊。

曹元离开禁闭室前来向她汇报的间隙，不过短短一刻钟。

这么短的时间内，人就跑了，也太诡异了。

"还不快追！"

这个人可以在光天化日之下逃掉，说不定还知晓他们更多的秘密，哪能容得他逃跑？曹元惊出了一身冷汗，当即匆匆告退，安排抓人去了。墨九在屋子里踱来踱去，心神不宁，又去墨妄屋子里坐了一会儿。

墨妄毫无生气的样子，让她更是坐立不安。

为免自己的心情影响墨妄的康复，她终于不等了，唤了玫儿过来扶她。

"我们也去看看！"

兴隆山上当然是没有监狱的，不过，由于墨家弟子人数众多，没有规矩不成方圆，为了管理方便，墨九模仿了后世部队的法子，专门设置了禁闭室。对于严重违反纪律的弟子，除了逐出师门之外，最大的一个惩罚就是关禁闭。

墨家的禁闭室就在千连洞。

那里有为数众多的石室，除了用作仓库储存物资之外，有靠近山涧的几间比较狭小的，就一直用作禁闭室了。打从兴隆山建成以来，被关过禁闭室的弟子不少，可关押敌人还是第一次。这不，弟子听说关在禁闭室的那个家伙跑了，除了满山遍野寻找之外，千连洞外也围了不少人。

禁闭室外面上了锁，一般情况下里面的人跑不了。

不过也有例外。

因为禁闭室的门，是铁栅栏做成的。

也就是说，被关押的人，可以从里面伸手出来，够着锁的位置。

如果正好碰上一个会开锁的高手，那么开锁走人也容易。

不过，以前墨家弟子被关禁闭，绝对没有人敢私自开锁出来，所以几乎没有人考虑过这一点。如今，大家看着那个敞开的禁闭室和依旧挂在上面的锁，都议论不停。

"哪个能想到那家伙是一个会开锁的？"

"是呀！这不阴沟里翻船吗？墨家的锁头也给开了，稀罕哪！"

"对！禁闭室的锁，好像是左执事做的吧？"

"可不？你以为是普通的锁头哇？这锁一般人可开不了。上次小巳儿还偷偷试过，就他那水准都开不了，这不遇到高手了怎的？！"

墨九站在弟子背后，听着他们的议论，没有挤过去，只安静地站着。直到有弟子看见她，低声叫了起来，她才朝大家点点头，然后从自动分开的人群中间走过去，抬起铁栅栏上挂着的锁头，琢磨了片刻，取下来握在手上，又回过头，朝众弟子微笑。

"大家都散了吧，各做各的事去。就一普通锁头，别咋咋呼呼的，招人笑话！"

众弟子一愣，齐刷刷致礼。

"弟子领命！"

巨子放了话，弟子不敢再耽搁，相继离去了。而曹元去抓人，也半晌没有回来，连个信儿都没有。墨九心下有些焦躁，考虑一下，让玫儿扶着她，径直往千连洞的另一头走去。

"宋彻，你给我出来。"

还在洞口外门，她就大声喊了起来。

里面没有人回答，却很快就有人出来了。

不过，出来的人，不是宋彻，却是乔占平。

他看一眼撩着袍角要上台阶的墨九，赶紧欠身。

"巨子来了？小心，台阶滑。"

墨九的气儿还没有顺下，抬头看他一眼："宋彻呢？"

自打被苏逸从阴山带到兴隆山，宋彻就一直被安置在这个千连洞里。本来兴隆山地方大、房子多，到处都可以由着他居住，不过他执意要住在这里，乔占平还委婉地拒绝过几次，可这厮执拗得紧，乔占平无奈之下，也就允了。

一来宋彻的身份摆在那里，虽然是一个不可能公开的王爷，可他那张脸总让人觉得他就是王爷，时下因为对皇权有莫名的敬畏，对他也就多了敬畏。二来乔占平也是为了就近监视他。因为他在千连洞的时间，比自家小院还要多。

可出乎他意料，这个宋彻其实挺省心。

除了偶尔在山间转悠，看看农田、菜地，欣赏一下那些弟子自建的住房，他大部分时候都在千连洞里，缠着乔占平。宋彻对机关火器不仅仅有浓厚的兴趣，甚至可以称得上狂热、痴迷。慢慢地，乔占平也发现，他居然是一个行家里手，还极有天赋。

于是，偶尔来了兴趣，乔占平也会与他探讨一番，两个人慢慢地也就建立起了某种阶级友谊。

这些事情，墨九回到兴隆山就听说了。

向她抱怨这件事的人，是已身为人母的尚雅。

尚雅为乔占平生了一个粉嘟嘟的闺女，这边孩子还在吃奶呢，那边男人……好像就被男人勾走了。乔占平常常在千连洞里舍不得回来，吃饭都守着他的破图纸，让她气得不行，常常怀疑是不是自己生完孩子身子走了样儿，或者乔占平……猛一天醒来发现，原来自己最爱的是男人。

墨九当时听她酸溜溜的语气，还笑话了她一阵。

要不是知道宋彻和彭欣的故事，要不是乔占平确实爱着尚雅，她肯定也会觉得这两个男人已经“弯”了。不过，她心里其实挺明白这种关系的，并且特地安慰了尚雅——这完全是科学家之间的相处姿势，寻常人很难理解。

所以，看见禁闭室的锁头被打开，她第一个想到的人，就是宋彻。

那个弟子说得对，墨妄亲自做的锁，就是为了防止那些受罚的熊孩子犯错误，一般人怎么可能在不损坏锁头的情况下，把锁打开大咧咧走人？

除了宋彻，她想不到别人。

一来，他来自北勐，那个探子也是北勐的。

二来嘛，除了宋彻之外，兴隆山就没有外人。

“巨子——”乔占平看着她怒气冲冲的脸，琢磨一下，大概知道她的想法，不由得叹了一声，“我也是为了这事来的。可宋彻说，此事与他无关。我也有些糊涂了，除他之外，还有谁呢？”

墨九冷笑一声，托着大肚皮往里迈步。

“糊涂什么？不用糊涂。你根本不了解宋彻这个人，老奸巨猾，诡计多端。他说与他无关就无关了？他说无关才恰恰有关呢。宋彻——”

大喊着他的名字，她声音未落，抬头就看到了躺在床上的宋彻。

他懒洋洋地瞥过来，似乎并不意外墨九的到来，一双眼睛冷冰冰的，充满了不屑，声音里更是满带嘲讽的意味：“巨子大老远地跑过来找我的麻烦，也不怕摔个大跟头，把孩子摔掉了？”

他俩之间本来就没有什么交情。

所以，他对墨九说话，毫无顾虑。

而且吧，一般男人对墨九都挺好，主要因为她过人的姿色。美女说什么都是对的，男人看见美女，防御能力和智商往往都会直线下降。可宋彻是一个例外，除了彭欣之外，在他眼中，世间并无美女。或者说，除了彭欣之外，他眼中的人根本就没有性别上的差异。哪怕墨九倾国倾城，也与乔占平那块木头在他眼里的视觉效果是一样的。

哦不……也有不同，毕竟她肚子太大了。

“怀着身子呢，巨子动什么气？”

他又慵懒地顺着头发，嘲弄了一句，把墨九气得够呛。

好在，她已经不是当初那个“性情中人”了，磨去了棱角，又怀着孩子，不管遇到什么事，她都懂得调节情绪，平和心态。于是，她压住火，冷笑着问宋彻。

“既然知道我为什么来的，就不要再说与你无关了。第一，你有作案时间。第二，你有位置上的便利。第三，你有作案动机。第四，……”

“得得得！”

宋彻缓缓坐起来，一双阴冷的眸子带着冷笑看她。

“你觉得该怎么处置我就怎么来好了，不必说这么多道理……”

“你以为我在故意针对你？”

“可不就是。”宋彻不冷不热地一笑，“兴隆山是什么地方？墨家的呀！会开锁的，大有人在吧？为何你首先想到我，就只想到我？因为在你心里，只有我宋彻是外人，是小人。对不对？”

墨九沉眉，不否认。

确实，宋彻说得也没什么错。

她第一个想到的人，就是他。

可站在这里，看着这张和小王爷一模一样的俊脸，看着他表情中隐隐的不屑、冷嘲与被人误解的悲愤，墨九就想到了他可怜的身世，那种种怀疑也就随之动摇了。

而且，宋彻目前在兴隆山过得挺好，三不五时地可以看到彭欣，还可以做些小玩意去逗小虫儿。彭欣心情好时，偶尔也会和他说会儿话。他对此很满足，似乎并没有离开兴隆山的打算——至少，如果真想跑，他不该自己先逃跑吗？

想了想，她又问宋彻。

“你可认识那个北勐人？”

宋彻冷笑：“北勐人，我就认识一个。”

“哪个？”

“苏赫呀！”

这个玩笑，一点儿也不好笑。

墨九板着脸迟疑了片刻，闷闷地说了一声“对不起”，掉头就走。

这时，宋彻却在背后喊住了她：“就这么走了？”

墨九回头：“不然呢？你准备请我吃饭？”

宋彻冷笑的目光沉了沉，突然又道：“我身上还带着萧六郎亲赐的毒，没有他的解药，我这辈子都是一个废人。我没有那么大的胆子做这种吃力不讨好的事。巨子没有想过吗？所谓动机，只看对谁最有利——”

所谓动机，只看对谁最有利。

墨九完全赞同他的说法。

可对于宋彻这个人的看法，她在短时间内很难改变。

他太过聪慧，也太过奸猾，他的性情与宋骜完全不同，她不得不防。

“谢谢！”她点点头，嘴角微微勾起，“再见。”

“唉！”看她离去，宋彻微微一叹，又懒洋洋地躺了下去，“女人心，海底针哪！”

这个感叹，不知道是指她，还是指彭欣。可冷不丁落入墨九的耳朵，却像一只重重的大锤，敲击在了心上，带给了她另一番想象。她怔在当场，仿佛想到了什么似的，一张脸忽而白，忽而青，好一会儿，才在玫儿担忧的询问下，重新迈开步子。

“去织苑看看我娘——”

回到兴隆山后，墨九常来看织娘。

一开始，织娘还气着她上次开震墓的事儿。虽然记挂的女儿平安归来，又时隔这么久，淡去了一些怒气，但见着墨九的时候，还是忍不住念叨她，千叮咛万嘱咐不要有下次。

墨九经了好几次死里逃生，对亲情的眷恋更深，也有了很多的感悟。所以，对织娘这份有残缺的母爱也万分珍惜。她并没有告诉织娘自己眼睛的问题，也没有告诉她在外面那些日子自己经历了何种命悬一线的风风雨雨，只笑眯眯地听她唠叨，像个小姑娘似的对她撒娇。不论织娘训示她什么，她都拼命点头称是，娘永远是对的。

如此一来，织娘再多的怨怼，也都说不下去了，变成了一个普通的娘——宠着女儿，惯着女儿，对怀着身子的女儿，更是关怀备至。

于是，墨九再次享受到了久违的母爱。

织娘自己的身子骨都不够硬朗，却每天亲自为她煲汤。不管墨九来不来织苑，她做这些事都风雪无阻，坚持了整整一个冬天，本就满带皱纹的双手，长了不少冻疮，瞅得蓝姑姑心疼得掉眼泪。直到翻了年春暖花开，她的手才慢慢好转。

可说来也神奇。

她冻疮好了，那一层死皮褪掉后，新长出来的肌肤，光滑白皙了不少，还有那一张早就衰老得没有半分气色的脸，居然淡了些皱纹，慢慢变得红润起来。好多人瞧见了都说她老来有福，快要做姥姥的人了，脸却往回长，越来越年轻了。

对于这番变化，织娘也很兴奋。

可她认为，是萧六郎的药起了作用，是墨九的孝心感动了天，对墨九更是掏心掏肺地好。

"娘！"墨九迈入院子，就换了脸色，添足了笑意。

从客屋里迎出来的人是蓝姑姑。

"哟！姑娘怎么来了？"她笑容满脸地看着墨九，赶紧过来扶住她的胳膊，"今儿下着小雨，你也不晓得在屋里好好待着。天冷、路滑，摔着了怎生是好？"

墨九："……"

怎么一个两个都这样说？

好像生怕她不摔跤似的。

她翻了一个白眼，在蓝姑姑面前，还像当初那个不省事的小姑娘："哪有下雨哇？姑姑人老眼花，没有看见天上挂着太阳呢？"

"挂太阳也没有晒干地呀，这山上到处是青苔。你就不听话！"

"好啦好啦，我知道啦。"墨九笑着抿了抿唇，又扯她胳膊，往里张望，"噫，我娘呢？今儿怎么没出来迎接她的宝贝闺女？"

"娘子还能作甚？一边熬着药，一边熬着汤呗。"蓝姑姑叹息一声，"她呀，为你们姐妹两个，真是遭尽了罪，操碎了心，也不晓得心疼一下自个儿，身子越来越单薄了，好在精神头儿还好……"

听她又唠开了，墨九却听不下去了。

"熬什么药哇？"她加快了脚步，"我娘生病了？"

"娘子倒没病。"蓝姑姑是个聒噪的主儿，叹息声不断，"这不，先头大姑娘过来坐了一会儿，她前脚刚走，娘子就忙开了，为她熬药呢。"

"哦？！"墨九目光微微一闪，"她怎么今儿舍得过来了，生的什么病啊？"

大抵那张脸见不得人的缘故，方姬然以前是从来不出院门的。来了那么久，这山上见过她的人也不多。自打墨妄受伤回到兴隆山之后，她倒改了些以前的习性，隔三岔五会去墨妄的小院里瞅瞅他的病情。不过，哪怕她出了院子，也很少来看望她的母亲。

从小在方家长大，方姬然对织娘这个生母的感情很复杂，和墨九又有不同。她对织娘没有什么感情，织娘面对她也有些尴尬。娘儿俩由始至终都相处得生分、客套，怎么都融入不到一个家庭似的。

所以，她过来看织娘自然是大事儿，是奇事儿。

可墨九问完，蓝姑姑却一脸懵懂。

“大姑娘过来……也没什么事吧？她就说瞅瞅娘子的身子，姑娘，怎的了？”

“没什么。你继续说。”墨九微微一笑。

蓝姑姑皱了一下眉头，在墨九脸上看不出情绪，又接着说：“娘子看了大姑娘的脸，那脸……唉，实在有些不忍心了。不过说来也奇怪，按说她娘儿俩的药方都差不多，娘子这边气色越来越好，大姑娘却——”

说到这里，蓝姑姑叹息着摇了摇头：“好端端一张脸，本来天姿国色的，如今哪，越发不行了。娘子看不过去，就琢磨着把她自己的药按自己的法子煎了，让大姑娘拿去吃，看会不会有好转。”

“一样的药，也得分人哪！”墨九跟着萧乾有些时候了，加之“久病成良医”，有些医理与药理，慢慢地她也就懂了，“每个人的体质不同，就算同样一碗药下肚，产生的药效肯定也会不一样的。再说了，我娘心情舒畅，没有心病，自然看得见好转。有些人吧，心病太重，心机又多，难免就——”

“你这小蹄子，又在编派谁的不是呀？”

织娘嗔怪的声音从帘子里头传了出来，吓得墨九哆嗦一下，赶紧管住嘴，甜甜地唤一声“娘”，然后警告地瞥一眼蓝姑姑，就由玫儿扶着，走过去向织娘撒娇。

“我正和蓝姑姑说你来着，这是越来越好看，要焕发第二春了呢？！”

“你这丫头！就是嘴碎！”

“可不？唉！我担心哪！听说我娘以前美艳不可方物，若是病好了，身体好起来，恢复了容貌，那得迷死多少人哪！到时候，我小小的兴隆山，会不会被求亲的男人给踏平了？”

她的话，逗得蓝姑姑乐不可支。

“瞧姑娘说的，还有几分道理呢。”

“什么道理？丫头片子，没大没小！”织娘失笑地嗔了一句，又把墨九让到屋里，托着她的手，上下打量了一会儿，最后将目光锁定在她高高隆起的小腹上，语重心长地叮嘱。

“你呀，没事少在外头野，六个月头了吧？快了！从明儿起，你也不要每天过来看娘了。在家好好捂着，等娘熬好了汤，会让蓝姑姑给你端过去……”

“娘，我没事啦！”每个人都担心她的肚子，这让墨九既觉着暖心，又有些哭笑不得，“我这一胎结实着呢，上刀山下火海都没事，这走几步路，莫非还能走坏了？”

“你就嘴硬吧。”

“嘿，我像我娘！”

母女两个说着体己话，说说笑笑，时间也过得挺快。坐了一会儿，织娘让蓝姑姑去灶上把为她熬好的汤端来，说是什么民间偏方，熬制方法烦琐得墨九听了也记不住，但汤色乳白，喝着爽口，不腻，有味儿，她忍不住就多吃了两碗。

嗝——

打着饱嗝，她顺着肚皮，还意犹未尽地咂了咂嘴：“好喝！太好喝了！果然母亲的手熬出来的汤，味道就是不一样。这天底下，再没有比我娘熬的汤还要好喝的东西了。”

“马屁精！”织娘笑得脸上皱纹都加深了几分，“你呀，无事从不献殷勤。说吧，有什么事找我？”

果然，姜还是老的辣呀！

墨九从入她院门开始，从头到尾就没有提过半句有事找她的话，可织娘居然毫不犹豫地就断定她有事。

这叫什么？知女莫若母？

“娘——”墨九张了几次嘴，可心底的话最终还是变成了，“我还有事，得先走了！哎哟，这肚子……再这样吃，可要撑坏了。”

织娘是何许人也？墨九的欲言又止，根本逃不过她的眼睛。

摆手让蓝姑姑过来收拾汤碗，她凝视着墨九，淡淡开口：“先前你姐来的时候，我听到外面闹得紧，是出了什么事吗？”

墨九嗯一声，墨九简洁地说：“抓了个细作，关在禁闭室，居然跑了。”

织娘怔一下，看着她的脸色，似乎想问，可最终还是只安慰她。

“不要急，你怀着身子呢，有什么事慢慢来。”

“我晓得。”墨九微微一笑，“有曹元他们在呢，轮不上我急，娘就放心吧。”

“唉！”织娘的疑惑化成了一道叹息，“小九，有什么事情，你一定不要瞒着娘。不管多难做，娘都会站在你这边。”

“我……”墨九看着织娘，慢慢摇头，“没有什么事，就是想吃娘熬的汤了。”

从织娘的屋子出来，玫儿满心焦灼地问她。

“姑娘，你是不是在怀疑方姬然？”

对于墨九那个亲姐姐，玫儿从头到尾都没有什么好感。这丫头心直口快，本来就是一根肠子通到底的个性。跟着墨九之后，变得更直了，在墨九面前，她说话也没个遮掩，想什么就说什么。

“玫儿刚才想过了，左执事亲手做的锁，她也可以打开的呀。为什么姑娘觉得宋彻有动机呢？分明方姬然的动机更大对不对？她从来就不想姑娘过得好，凡是姑娘要做的事，她都恨不得破坏掉，哪里有什么姐妹情分？”

“住嘴！”墨九瞪她，“别见风就是雨，瞎胡说！”

“玫儿才没有胡说。”玫儿不高兴地噘着嘴巴，“也就姑娘心善，你反过来想一想，若她做了墨家巨子，可会待你这般好？哼！她分明就恨着你，若没有你，这巨子之位，就该她了……”

“玫儿！”这丫头大呼小叫的，也不控制声音，墨九有些生气。

都说家丑不外扬。有些事情，哪怕她心里也有猜测，却不想被人传来传去，把风言风语传播出去——不为别的，她就怕织娘受不了。织娘对方姬然本就有亏欠，这好不容易身子开始见好了，若为了这事影响了治疗，那她罪过就大了。

“这件事，我自会处理！”墨九看了玫儿一眼，眸色冷厉，“在外面，不许乱说话。听到没有？”

“听到了。”玫儿不高兴地嘟嘴，“可哪怕玫儿不说，也会有很多人想到的嘛，她本来就会开那个锁……玫儿又没乱说。”

方姬然当然可以打开墨妄做的锁。

她连墨家用来考验巨子的机关屋都可以闯，一个小小的锁，于她何难？

实际上，长久以来，墨九有些忽略她了。

因为她的病，她向来大门不出，二门不迈，与人无冤更无仇，人在兴隆山住着，可从来不与任何人打交道，几乎像一个隐形人，没有半分存在感。大家似乎也都习惯了这样的她，以为这是一个无害、没有破坏力的人。

可一个没有存在感的人，真的就没有野心了吗？

带着疑惑，墨九往墨家九号小院走去。

还没有回到院子，就看到曹元领着一群墨家弟子匆匆过来了。

她停下脚步，站在院门口，等着。

曹元看到她，三步并两步地小跑过来："巨子。"

墨九嗯一声，抬了抬眉："人抓到了吗？"

曹元摇了摇头，看墨九目光沉下，突然一笑："人没有抓住，不过已被弟子射杀！"

"我去！"墨九紧绷的心弦狠狠一松，带笑瞥了玫儿一眼，嘴角上扬，戏谑曹元，"你跟谁学得这么坏？什么时候变油滑的？"

曹元不好意思地挠了挠头，又正色道："那人沿着后山的涧道逃跑，却对兴隆山的地形不熟，一直在山中绕来绕去，弟子一箭过去，正中胸口，那人中箭倒地，滚入山涧了。那后山的山涧足有几十丈，怕活不得命了。不过事关重大，弟子已派人下去寻尸……"

"做得好！"

人的成长大多都是被逼的。

有墨妄在的时候，她从来没有发现曹元这么能干。

这墨妄突然昏迷不醒，尚雅又奶着孩子，好多事情分不开身，作为墨家大弟子的曹元，居然也可以接下墨妄的职务，把事情安排得井井有条。

想到墨妄，墨九深深叹一口气，随即又赞许地看着曹元，莞尔一笑。

"这些日子辛苦你了，我在想，要不要给你一个什么奖赏呢？"

曹元吃惊地呆了一下，面颊有些红："弟子能为墨家和巨子效劳，荣幸之至，哪里敢要什么奖赏？"

"真的不要？"墨九看玫儿羞得都垂下了头，心知这丫头听懂了她的意思，不由得抿了抿唇，正经了脸色，"左执事一直昏迷不醒，你肩膀上的责任很大。这个奖赏啊，我暂时还真的不能给你。这样吧，我先帮你养一阵，等你忙完手头的活儿，我再赏给你，怎么样？"

"弟子谢过巨子。"

话说到这个份儿上了，曹元又岂有不明之理？

这些日子以来，他和玫儿频繁接触，这小丫头对他的心思，他亦看得明白。只不过他生性腼腆，觉得玫儿年纪小，又是巨子的贴身丫头，他长她那么多岁，所以不敢表态罢了。如今有了巨子亲口应承，能娶到玫儿这样机灵的漂亮姑娘，他自然喜出望外。

郎有情，妾有意，皆大欢喜。

这样简单的姻缘，让墨九眉宇间的郁气淡了一些。

又向曹元交代了一些事情，她的心，慢慢安定下来。

“你回头整理一下，把有用的消息，连同左执事的医案，一并送往江北大营。”

“弟子领命！”曹元欠身抱拳。

“还有——”墨九望了望乌沉沉的天空，把那封密信又递还给曹元，目光略略幽沉，“以探子的名义给蒙合发密信，就说：情况属实，墨九已拿到千字引的武器图谱，正在兴隆山秘密制造大量的精良火器，即将装备于萧乾大军——那火器，锐不可当，一发便足以捣毁半座城池。若不阻止，这个天下，很快就将成为萧乾的天下了。”

在她吩咐时，曹元双目熠熠，满带佩服。

等听完，他更是精神抖擞地冲她抱拳揖礼。

“弟子明白了。如此一来，蒙合铁定要出兵亲征了。”

墨九嗯一声，嘴角噙了一丝冷笑。

蒙合的野心大到通天，人也极端自负。在未登汗位之前，他常年征战在外，战争于他如同家常便饭。所以，亲征一事，并非大事。只不过这一次嘛，兴隆山在南荣境内，毗邻金州，紧靠汉水，前方又有萧乾大军，蒙合要想得到武器图谱，要把兴隆山的火器和她墨九一并收归己有，除非踩着萧乾与宋熹的脊背，问鼎天下了。

对方姬然心下略有怀疑，但墨九除了派人偷偷盯着她，并加大兴隆山上的防御之外，没有另行过多地处理。

一来时候不对。为了织娘的病，她不想大动干戈，引她旧疾复发。

二来她如今要做的正事和私事都太多太多。除了要为萧乾的事操心，她一面要好好养胎，一面还有庞大的墨家盘根错节的人与事需要她关注。对于这种小女人的忌妒心引发的糟烂事儿，她不乐意花太多的心思，影响自己的身心健康。

胎儿在母体里的滋养，短短十个月，却会影响一生。

她不愿意得不偿失。

不过，家事国事天下事，纷纷扰扰，哪怕她心胸再豁达，偶尔她也会有烦躁的时候。

一个人就怕烦躁，一旦烦躁，思想就会走极端，难免做出一些不理智的事情。为了避免这样的事情发生，墨九但凡心情不悦，就开吃。她始终相信一句话，美的事情，可以抵消负面情绪。

所以，她想尽办法弄各种美食来吃，自己也研究了不少食谱。闲暇之时，她也会带着山上那些个做了娘的妇人，如彭欣、尚雅等人，一边唠家常，一边做美食。

这样的日子，实在太美。

除了满足她们自己的口腹之欲外，还可以为小孩做一些辅食。同时，也可以变着花样为墨妄做一些口味不同的流质食物，保证他的营养与供给，不让他在昏迷之中渐渐虚脱下去。

每次做这些事情的时候，墨九都会慢慢平静下来。

天大地大，万物归一，命中注定，努力就够了，何必焦虑太多？

昏迷的墨妄、战场上的萧乾、肚子里的孩儿，这一切的一切都让她感觉到自己的幸运。一个已经得到太多幸福的女人，不可以不知足，不可以什么都想要。

她当珍惜已有的，创造未有的，珍惜身边的——

定下了目标，她就大刀阔斧地做起来。

她一面暗地里大量囤积粮食与武器于兴隆山的千连洞，一面让曹元利用墨家发达的商业网络，为萧乾大军偷偷囤积军衣。

粮、兵、衣，都得要钱，需要大批大批的钱。

幸亏，墨九啥都缺，就不缺钱。

她明白，萧乾屯兵于汴京那个地方，虽前有阴山、后有淮水做屏障，但所谓“屏障”，既可借助它保护自己，也无形中把自己装在了屏障中间，像入瓮中之鳖。

一场长久的战争，消耗巨大，也需要足够的后勤保障。

萧乾从来不向她伸手。她明白这是他身为男人的骄傲，他不愿意让她觉得他要她是为了利用她，需要她的钱或者她的武器。

墨九对此很欣慰，她就喜欢这样的男人。

可她不能置若罔闻，什么都不做。

她从来没有忘记他北伐出征时说过的话。

“我上阵杀敌，你后方结网，是为夫妻。”

既然是夫妻，既然他是她孩儿的爹，她就不会眼睁睁看他有一天陷入绝境，求助无门。

虽然墨九不太懂得战争，可来自现代的经验让她知道——口粮、武器与衣物就是战争中最为重要的东西。

她默默做着这些事儿，除了尚雅、曹元几个心腹之人，其他人基本都不知情。哪怕有墨家弟子感觉到最后的风向不对，墨家的经营有了改变，也大多认为墨九的想法变了，不会去想太多。毕竟她做事从来如此，不足为奇。

除了做萧乾的后勤之外，墨九还把她亲手做的吃食，分给自己觉得应当珍惜的人。兴隆山上的织娘、姐妹、兄弟，每个人都能享受到她的关爱。

另外，她还千里迢迢送到了后珒国都阿勒锦。

当然，她派人送去食物的原因，至少有一半是借口。

主要也为践行当初与宋妍的约定——派人去照看她。

如今她重回兴隆山，觉得山上日子尚好，隐蔽、安全，如果宋妍偷偷上山的话，完全可以掩人耳目，不会引起旁人的注意。既然她可以做完颜修的丫头，为什么不可以来兴隆山做丫头？

于是，送食物的人，还特地带去了一封墨九给宋妍的信。

“吾地甚好，汝若想回，派人接你。盼安！”

这样的日子，对于怀孕的墨九而言，是充实的。

她的兴隆山，她遍布天下的商业帝国，她以相思令为噱头的情报网络，一切的一切都照常运转着，并没有因为左执事墨妄的撒手而受到太多的影响。虽然在曹元接手的过程中，也有一些磕磕绊绊，但只要墨家巨子还在，墨家的定海神针就在。风雨过去，彩虹依旧高挂在墨家的天空——

日子一天一天过去。

除了忧心萧乾，墨九最为挂心的人，就是病中的墨妄。

他依旧是那样的神态，依旧一动不动地卧躺床上。不会吃喝，不会有情绪，除了有呼吸和日渐消瘦之外，就像一个沉睡的植物人——墨九并没有见过真正的植物人，感官都来源于网络和电视，可她就是觉得这样子的墨妄，像一棵植物。

“师兄，你要什么时候才会醒来呀？”

她重复着每天的工作，在玫儿和大力士沈心悦的帮衬下，大着肚子给墨妄喂药。

看那黑色的药汁顺着他的嘴角流到下颌，而他连基本的吞咽都不会，每次都要沈心悦扳住他的下颌来灌，墨九心里酸楚一片，揪着心又低下头，拿了帕子替他轻轻擦拭。

可嘴里，一直带着笑，轻轻对他说着话，试图唤醒他僵硬的神志。

“师兄，你都不知道，在你昏睡的这些日子，发生了好多好多的事。你想不想知道？我说给你听，好不好？

“听说蒙合要亲征了，你知道为什么吗？是我让他来的。嘿嘿，这个人太自负了，我稍稍给他布个局，他就钻了。师兄，你说我聪明吗？我告诉他，我拿到千字引了，武器图谱也到手了，正在兴隆山制造大规模的杀伤性武器……呃，这个词儿你好像听不懂。没关系，他应该也不懂。可越是不懂，他才越稀罕呢！瞧着吧，他肯定忍不住了。

“可能你会觉得我傻，对不对？引火烧身。不，我不傻。这个人一直缩在哈拉和林的皇宫里，他的帝国越来越大，他的兵马越来越多，前阵子我得到消息，他的军队已经打到了东、西亚，似乎地球人都阻止不了他称霸的脚步了……难道，我们要等到他老死吗？

“我得引他出来。可怎么引诱他呢？人，总是死在贪婪上，蒙合也一样是欲壑难填哪！他得到的已经够多了，可他还想要更多。得到得越多，他的恐惧就会越多，害怕失去这一切。所以，武器图谱一事，他未必完全相信，可他不再信任苏赫了。他又极其自负，宋熹都敢亲征，他怎会不敢？”

屋子里静静的，连风声都没有。

自然，也无人回应自言自语的墨九。

她似乎也不要人回应，就像以往那般，笑着和墨妄说话。

“不过，贪婪也是人之常情。这世上又有哪个人不贪婪呢？我也贪婪，萧六郎也贪婪，要不然又哪会有这么多的事端？只有师兄你……”说到这里，她把药勺子收回来，轻轻放在碗里。

在叮的碰撞声中，她俯身为墨妄轻轻理了理衣领，看到里面有药汁，皱了皱眉头，吩咐玫儿去打水来。

她又轻笑一声：“只有在师兄的身上，我从来没有见到过贪婪两个字。你堪称墨家精髓了，所做的一切，都为了墨家，为了你珍惜的那些人。在我的印象里，你从来没有为了自己提过任何要求，从来没有想要得到什么。墨家有那样多的钱，那些钱也都从你的手上过，你如果想要，就可以成为一个富可敌国的当世富豪。可你没有。

“墨家有那么多弟子，你贵为左执事，执掌大权，可以挟天子以令诸侯，甚至在我没有成为墨家巨子之前，就可以与尚雅分庭抗礼，得墨家一半天下了，如果你想要，你可以独霸一方为王。可你没有。

“你曾经有喜欢的姑娘，你与她从小一起长大，照顾她、关心她、心悦她，如果你想要，你可以用很多手段得到她，在她痛失爱郎的时候，你也有大把的机会，可以把她占为己有。可你没有。

“以前我总想，这世上哪有那么无私的人呢？我不信。我认为人都是会为自己着想的，哪怕再有度量的人，也会在委屈的时候生气，在受了伤害之后，想要报复——可师兄，你没有，你通通没有。”

她眸底染上一层水雾，低着头，看着墨妄瘦削的脸，沉默了许久。

“可是，你这样好，为何却要受这样的罪？”

这个问题是她这段时间以来，一直在思考的生命与玄学。

都说“善有善报，恶有恶报”，可在她并不长的人生经历中，见过了不少生死离愁，似乎很少遵循这样的规律。一些好人，因为太过善良，总把自己的弱点暴露在人前，不仅得不到应有的尊重，反而由于短板太清晰可见，城府不深，往往让别人随意捏拿。反观那些并不那么善良的人，始终奉行利己主义，却冥冥中如有神助，无人敢去招惹他们，无人敢得罪他们，因为，他们狠，他们恶。

于是，恶者可以招摇，继续为恶。

虽善恶终有一死，可经历过的人生，又何其不公？

“姑娘……”她正为墨妄清洗脖颈上的药汁，玫儿却突地唤了一声。

“什么？”墨九没有回头，继续手上的事。

玫儿嘟了嘟嘴巴：“我有一句非讲不可的大实话，不知当讲不当讲？”

墨九狠狠朝她飞一个白眼。

“学坏了！说吧。”

玫儿嘿嘿一笑，帮着她把墨妄擦干净，换上干净的衣服，扶下去躺好，又盯着她那一只掖被角的白皙的手，叹了一口气。

“玫儿以为，左执事若有神志，应当会很开心。如果换了我，也一样，我宁愿永远沉睡，才不要醒呢。”

“怎么讲？”墨九奇怪地侧眸扫她。

“你想啊，左执事没有昏迷之前，你有太多的事要做，有太多的人要管，好像什么时候都轮不到他。而这一段他受了重伤昏迷的日子，是不是你对他最为上心的时候？在这里，没有王爷，没有任何人，只有他。你满心满眼都只有他，也只专注地照顾他一个人。他岂不是很开心，岂不是不愿意醒过来？”

“我呸！你个小丫头，胡说八道。”

墨九狠狠地冲她瞪眼：“你以为左执事像你一样啊？傻兮兮的！”

“唔。”玫儿扯着嘴巴笑了笑，“反正我觉得吧，左执事最开心的，就是这段光阴了。你说，如果左执事真的有知觉该有多好！他知道姑娘你原来这么关心他，每天都会来看他，还亲自伺候他，也许他就可以多得一些安慰了，也算没有白疼你一场。”

这一次，墨九没有反驳。

静静地看着床上的墨妄，有那么一瞬，她和玫儿的想法一致。

若他有意识该多好，可以看到她为他做的一切，会不会心绪舒畅一点儿？那样他就可以早些醒过来，不要让她这么挂心，不要让她每天除了操心他，还要操心那么大一个墨家的事了。

墨妄那晚有一点说得很对。

对曹元，对尚雅，对乔占平，对任何人，她再也不能像对墨妄那样信任了。

墨家的事情，不论大小，她还得亲自过问。

说到底，都是心病啊。

墨九又在墨妄的屋子里坐了大半个时辰，和他说了很多很多的话。

她告诉他，小虫儿昨儿第一次唤了她一声“姨娘”，还吵着要来看睡大觉不肯醒的墨叔叔，彭欣好说歹说才拦住那小家伙。对他的昏迷，彭欣也想尽了法子，甚至把不知道哪儿学来的“回魂大法”都使出来了，那装神弄鬼的怪异模样儿吓得小虫儿哭了好久，好多天都不敢离开她，生怕娘也“飞”了，或者像墨叔叔一样，睡着了就不肯醒了。

她还告诉他：宋骜一直没有消息，宋彻倒是想做一个便宜爹，为彭欣和小虫儿做一些事情，可彭欣与他的关系，一直没有什么进展。宋骜一日找不到，彭欣对宋彻也就一日敞不开心扉。两个人的关系，就那样古怪地持续着，看得山上的人，慢慢都有些心软了。织娘前些日子还在劝彭欣：若宋骜一生一世都没有消息，你怎么办？就要一直等下去，让小虫儿永远没有爹吗？让宋彻永远这样无休止地等待下去吗？

“彭欣太倔了！你猜她怎么告诉织娘的？她说：一生一世没有消息，那就一生一世等下去，直到他回来给她一个说法。小虫儿也不会没有爹，宋骜一生一世没有消息，那他也一生一世都是小虫儿的亲爹，谁也取代不了。至于宋彻……她不愿意他无休止地等待，可人的心都长在自己身上，若他非要等，她也阻止不了。”

这都是命啊！

生不恋，死不恸。

这些纠纠缠缠的人儿，哪一个又斩得断万丈情丝？

彭欣是，宋彻和宋骜是，他们又何尝不是？

墨九絮絮叨叨着，把墨妄与她共同认识的人，都仔细说了一遍。一会儿笑，一会儿叹，一会儿又闷闷地沉默。可不论她是什么样的情绪，床上的墨妄都没有动静。

“师兄，我该回去了，坐了太久，肚子里的小家伙在抗议了。我要出去活动活动，明儿早上我再来看你。”

撑着床沿，她由着玫儿扶着，沉声唤了两个照看墨妄的弟子进来。

“你们好生看着左执事，听到了吗？”

“弟子领命！”两个弟子齐齐施礼。

墨九嗯一声，捧着隆起的大肚子，慢慢出了桃花盛开的小院，站在院门口的桃花树下，看向高远的万里晴空，不由得愣怔——

人间四月芳菲尽，山寺桃花始盛开。

天气渐渐热了，她的肚子也越来越大了。

“不知六郎那里，可有桃花看？”

怀孕的女人，思维总会莫名地有些复杂，想很多平常不会想的事情，担心很多平常不会担心的人。看着院门口那一棵高高的桃花树，她脑袋仰望着，发呆了好久，突然转眸吩咐玫儿。

“一会儿去把曹元叫来。”

“好的！”玫儿随口答完，又奇怪地问，“姑娘，发生什么事了吗？”

因为曹元太忙碌了，一般没有紧要的事，墨九不会专程派人去找他过来。她这个巨子，可以说是墨家史上最为体恤弟子的巨子了，墨家上上下下的人对她都很敬重，反之，她对墨家上上下下的人，也都有平等的尊重。

“是呀！今儿什么日子呢？”

听她问起，玫儿抿着唇仔细算了算，稍稍吃惊。

“呀！今儿四月十八了呢，日子过得好快。”

“对呀，四月十八了。已经整整八天，没有收到六郎的来信了。”

墨九与萧乾之间，一直互通有无。他们虽然分隔两地，但三天一次的通信从来没有间断过，哪怕有不可抗拒的特殊原因，最久的一次间隙，也只有五日。可这次，整整八天过去了，那边都没有任何消息传来，甚至连上次传信给萧乾的击西都没有回来，这就很奇怪了。

而且，墨九上一次给萧乾去的信里，特地对他说了自己的预产期，并问他一些战事上的安排，而后委婉地告诉他，若那时他正好有闲，希望可以回一趟兴隆山。她真的好希望，他能与她一起，迎接他们的宝宝出生——

把这个愿望写出来，让人带给萧乾，墨九其实觉得自己有一点儿矫情。

自古成大事者不拘小节，何况在这样紧张的时刻？

历史的经验告诉她：小儿女情怀太重，最容易影响大事，影响男人的判断。

所以这封信发出去后，她一直忐忑着，对回信的期盼就更甚。

然而，一直没有回信传来。

从第三天开始，一直等到第八天，她开始焦灼了。

玫儿察觉到她一双纤眉紧紧蹙着，眉宇间流露出来的忧虑，也不太正常，于是搀扶着墨九的胳膊道："好的，姑娘，玫儿把你送回去，就去寻他。若是他疏忽大意，忘了拿信来向姑娘禀报，看我不扒了他的皮——"

这关系突飞猛进啊，从说话都害羞，进展到扒他的皮了？

换往常，墨九听了，肯定得逗她几句。

可今儿她没什么心情，只随口笑笑，掐一朵桃花，放在掌心中，看着那粉粉嫩嫩的一团，思绪慢慢飘向天际，好远好远，几个月来的思念，都化在了那一双烟雾氤氲的眸子中。

时间过得真快！

一辗转，两个月就过去了。

在这期间，兴隆山上花开静好，看似平静一片。然而，这个风起云涌的天下，却发生了太多太多的事情——

景昌二年三月中旬，受北勐大汗命令，前往大理的苏赫王爷拿下大理城，其后全面接管了大理国，前后不过一个来月的时间。大理国国王在大理城内呜咽一阵就接受了苏赫的"招降"。其后，三月底，大理国国王前往哈拉和林觐见北勐大汗，并接受了蒙合的敕封，成为首任大理总务。

大理正式被划归到北勐的版图之中。

蒙合对于攻克大理的苏赫，再次给了一个大大的封赏，将紧邻汴京的孟州等地赏给了这位一战成名的亲王，两个人的关系似乎从冰冻期再次进入了"热恋"期。

不过，有心之人也有诸多猜忌，孟州位于汴京与北勐之间，是从阴山下南荣、入汴京的第一要塞。蒙合故意把孟州赏给苏赫，用来掣肘萧乾与南荣的意思，也就不言自明了。

这一年的三月，草长莺飞，是一个热闹的季节，发生的事儿，一茬一茬的，瞅得人应接不暇。就在苏赫打大理的战争进行得如火如荼的时候，一直在淮水以北休整的萧乾大军突然对淮水以南的南荣大军发动了几次试探性的小范围攻击，有两次还是水战——

有人说，这是萧乾在组建水军，拉南荣出来陪练。也有人说，其实让两军突然产生摩擦攻击的原因，并非萧乾想要一口吞了南荣，也不是南荣出来惹事儿，而是为了争夺一条位于汉水地下的神秘甬道。

当初这条甬道一直掌控在萧乾的手上。

在萧乾退至淮水以北后，宋熹虽然没有对萧乾用兵，却一直在觊觎这一条可通南北的甬道，时不时会派人去探查一番，终于引发了萧乾旧部的不满，冲突便多了起来。可小范围的摩擦并没有上升到大面积的厮杀，双方都奇怪地克制着，就像两个关系暧昧的邻居，时不时小打小闹一番，偶尔却会给对方一个笑脸。

世人都看不懂这到底为了哪般！

景昌二年三月底，一起打破僵局的事件再次由蒙合挑起。

蒙合在哈拉和林对大理国国王进行了一番敕封与安抚之后，终于传旨通令天下，发动了准备许久的亲征南荣之战。而令人没有想到的是，趁着蒙合南征之际，沉默许久的宋熹也对汉水甬道，发动了第一次大规模抢夺战。

宋熹和萧乾打起来了！

鹬蚌相争，在蒙合看来，简直大快人心。

有了天时、地利、人和，岂非老天都在助他，让他成为这一场逐鹿之战里的王者？

在从哈拉和林发兵之前，蒙合大汗特地向远在大理的苏赫传达了一道旨意。

他让苏赫、合合台整肃兵队，各领一支队伍，从大理出发，与他三路进攻、合围，全面逼向南荣。而且，不知是否出于和萧乾已经有了“结拜”的意向，为了避免与萧乾所在的汴京属地发生正面冲撞，蒙合从出兵伊始，就选择了西向——苏赫之前已经攻克的陇州和乾州方向，直逼西蜀，以便入川与苏赫、合合台会合，不给南荣半点儿翻身的余地。

蒙合西进，苏赫南来，北边还有萧乾。

这样的消息对于南荣来说，可谓晴天霹雳。

宋熹得闻这些消息时，正在金州为了和萧乾抢甬道的事头痛。

大臣张皇失措地会聚金州，一双双眼睛都盯着他，为国为民，忧虑着。

然而，南荣不比北勐，文官比武官对朝政和军政的掣肘更多。即便宋熹身为皇帝，也有很多事情，并非已想为就可为的。文人思想，使得文官执政中很容易出一些沽名钓誉之徒，所以在内政的博弈上，其实比武将当政更为复杂。

对于汉水甬道的争夺，之前南荣的官吏一直颇有微词。

在他们看来，有萧乾在汴京坐镇，可以挡住北勐进攻的步伐，对南荣来讲是好事一桩，这个威胁远不如蒙合来得大。既然如今萧乾不来犯南荣，南荣也犯不着为了一条破甬道，在兵祸大乱之中与萧乾正面为敌。

毕竟萧乾是南荣人哪，他们相斗就是内战。

大敌当前，他们应当互相团结才对，所以南荣应当笼络萧乾，出让汉水甬道甚至金州都不为过。甚至有些人认为，当初皇帝就不该夺回金州——

这样的侥幸心理，其实很可悲。

他们曾经享用过萧乾带给南荣的胜利果实，也理所当然地认为，即便萧乾现下已自立为王，但萧乾身为南荣人，在北勐来犯的时候，也应当忠于朝廷，与他们同心协力力克外敌。

淮水以北的汴京、临兆等地的百姓都心甘情愿地称呼他一声“萧王”。

萧乾与南荣各自为政的消息已经表现得这么明确，这些臣子还在做他们的白日美梦，希望萧乾可以不计前嫌与他们共抗北勐。

人人都在幻想，宋熹心里却明镜儿似的。

萧乾已经不再是以前的萧乾了，他再也不可能是南荣的萧乾了。

更何况，蒙合此番南下，进取西蜀要塞，却故意绕过汴京，给萧乾留足了脸面……

这样就很尴尬了。

蒙合的敌人很明显是南荣，而非萧乾。

这完全符合蒙合“先弱后强”的征伐策略。也就是说，在蒙合的心里，哪怕萧乾只占据一隅，也属于强敌，哪怕南荣瘦死的骆驼比马大，相比萧乾也是弱旅，随时可以一口并吞。

同一天，宋熹在金州召见了文武官员，共同议事。

然而，与上次北勐来犯时不同，这些官员的风向变化更明显了。其中竟有一大部分人认为皇帝应当下旨萧乾，意图联合，共同抵制北勐。当然，所谓风向有变，不是指他们的战略主张，而是他们话间流露出来的意识。

哪怕联合萧乾会引狼入室，他们也不怕。

对他们而言，南荣无非他们的家国、他们的栖身之地，哪怕宋氏江山灭亡，萧乾称帝，也不过换一个人来当皇帝，南荣还是南荣，对他们的冲击力，远远不如被蒙合征服来得恐惧。

一个是自家兄弟，一个是敌人。

这就是他们共同的认知。

坐在大殿中间，宋熹浅眯着眸子，久久无语。

大难来临之际，人人都会首先考虑自己的得失，然后才会想到国家。

利己主义，又有谁没有呢?

而皇帝为何叫孤家寡人？就在于此呀!

宋熹沉吟一瞬，望向殿中众人，嘴角慢慢勾出一丝笑。

“众位爱卿的意见，朕都听了，说得很好。”

“陛下！英明啊——”

众臣惊喜，马屁声不绝于耳，可宋熹话锋一转，猛地沉下了脸：“不过，北勐要打，汉水甬道，也必须要拿！”

“可陛下，咱们如今三面受敌，已无力应付，不宜再与萧乾……”

“爱卿不必多说。”宋熹冷冷打断他，眉头一挑，“朕自有主张！”

他语气有些沉，也有些冷。实际上，宋熹从来都不是那种没有主见的皇帝，登基时间虽短，但在朝中也很少受人掣肘，如今大敌当前，在最需要他独断专行的时候，他当然不会任由臣子拿捏。

事乱时，尤其需要冷静。

更需要，懂得轻重缓急。

他双手摩挲着椅子扶手，皱眉思考了一会儿，目光沉沉地凝视着下首的众位官员，一字一顿，慢慢地沉着嗓子吩咐：“传令下去，今夜子时，大军开往汉水甬道，务必给朕夺回来！”

大军开拔，就是全面开战的意思了?

也就是说三面受敌，变成四面受敌了?

好些臣子脸都白了。

大殿内安静了一瞬，突然传来一个铿锵有力的声音。

“末将领命！”

宋熹半眯着眸子看过去，正是管宗光。

这个管将军，在这几次战役里的表现，其实让宋熹很满意。

他微微抬眉，给了管宗光一个赞许的笑，随即又沉下眸子。

“来人，笔墨伺候！”

当着众人的面，宋熹挽袖写圣旨。

圣旨上的内容，很简单——

传旨临安，令左相苏逸整肃京畿大军十五万，前往西蜀，力克蒙合。

景昌二年，四月二十。

烈日落入地平线，月华初升，烽火再次被点燃。

一边，萧乾与宋熹为了汉水那一条甬道的控制权，在汉水打得如火如荼。另一边，苏赫与合合台从大理到达南荣乌蒙部，辗转入川，准备接应蒙合。同时，蒙合亲自披挂上阵，御驾亲征，领北勐骑兵从陕入川，一路未尝败绩，几乎拿下了大半个川地。

此举，令天下哗然。

南荣越来越多的土地，划入了北勐的版图。

可雄心勃勃的蒙合，并没有停下他征战的脚步，而是领兵逼近了合川钓鱼城，准备东进打涪江下游，将整个南荣吃入腹中……

而在此时，在临安接到旨意的南荣左相苏逸，并没有一开始就与蒙合当头碰上，更没有仓促应战。他属实精明，领旨接管了殿前司以及京畿之地的十五万精兵，一路过来，沿途不停收纳从京四南路、利川路等地溃逃的兵马，又同时接管了各地节度使手上的增援军，并从各地招揽青壮年无数，一并充入军中。这般行军过来，竟让他集结了二十五万之众，并在蒙合之前三日率先抵达钓鱼城，开始筑建防御。

为帝之人，往往并非自己能打能战，而是会用人。

宋熹在此时起用苏逸，让他来阻击蒙合，其实有一半是出于无奈之举。

南荣朝中无可用之将，一般人也抵挡不住蒙合的精锐骑兵，更何况，其中还有一部分北勐最精锐的怯薛军。苏逸在南荣人心里虽然一直是文臣，可宋熹下旨令他领兵，这次真算押对了宝。

少年宰相，南荣鬼才，苏逸身上那些极富传奇色彩的称谓，并非徒有其名。

宋熹知晓苏逸有本事，此时不用，又待何时？

这一道圣旨，在事后看来，是宋熹做得最出色的决定了。

可冥冥中，又似另有天意。

当初在哈拉和林，苏逸被蒙合摆了一道，落了一个与公主淫乱、害得公主自杀的污名，哪怕这件事情让很多人存疑，到底也为不明真相的人添了一则笑料，为苏逸清白的人生抹上了污秽漆黑的一笔。

他这一口气，本来就咽不下。

这时令他打蒙合，他手上有兵，定然会使全力。

这一点，宋熹看得准。

而苏逸也不负重托，向天下人证明了他自己。

虽然他从来没有打过一次大仗，可率领殿前司等京畿精兵以及四处招来的二十五万人抵达钓鱼城，他立马就做出了几个重点防御规划，将蒙合死死挡在了钓鱼城外。

实际上，钓鱼城并非一座城，而是一座山，谓之中水，往上趋近蜀都锦城，在三江交汇处，是从川出山向东的关键要塞。蒙合想要领兵继续东进，其后援物资以及军队，都须依靠水运。故而，蒙合对钓鱼城势在必得。

苏逸就算准了他这一点。

于是，他占据着钓鱼城，却不急着出战，而是建了一面墙，将墙一直延伸到山脚水边，再将自己的人马沿着水面尽量摆开一字形，旌旗满山插遍，如云似瀑，声势极为壮大。且不论兵马的战斗力，就论那气势，就给南荣人长了脸。

蒙合越是急着拿下钓鱼城，苏逸就越是不急。

他就牵制着蒙合，扎根在那里，像一颗钉子似的，怎么都拔不出来。蒙合不来，他们就去捣乱；蒙合一来，他们就死守。在这期间，他还写一些歪诗酸词，发传单似的传入蒙合的大军之中，侮辱蒙合，极尽嘲讽北勐骑兵之能事……

就这般，他竟生生拖了蒙合半月之久。

蒙合为人暴躁，被苏逸这么一激，自是气得暴跳如雷。有官员劝他不如放弃钓鱼城，不在此处走船，绕过去打南荣，先甩开苏逸这个拧巴再说。但打到现在，且不论钓鱼城拿下的必要，就说北勐的国运威仪，还有蒙合大汗的脸，都丢不起了。

蒙合被苏逸这么搞，此时又怎会愿意灰溜溜绕过去？

从哈拉和林南来，他第一次遭到如此重创。

景昌二年四月底，在苏赫与合合台部抵达钓鱼城城下时，蒙合再一次集全力发动了一次对钓鱼城的攻袭。

到了这个时候，全天下人的目光都凝聚在南北两处。

一曰汉水，一曰涪水。

蒙合性急，苏逸却是个慢性之人。他背靠着南荣源源不断的物资以及增援，对远道而来的老朋友却越打越顺手。如此这般被攻击，他还有闲情雅兴给宋熹发去了一封捷报。

“钓鱼城在我手，陛下可不必增兵，蒙合小儿，就是微臣碗中之菜也！”

这口气比天大，真是羞煞了蒙合。

偏生这封捷报的内容，还真就落入了蒙合的耳朵。

蒙合征战多年，在战场上本来就如虎，人也极其自负。如此一来，他更加怒不可遏，完全不听合合台等将领的建议，非得拿下钓鱼城，非得砍下苏逸的人头血祭不可。

因而——

蒙合在钓鱼城加快了进攻，汉水那边宋熹的压力也就相对小了。

南荣的兵员数量，相对而言，算当世之最。

当初宋熹北上，加上各州县调派的人，足有八十万之众。

这样多的人，就算他们用人海战术，用人头来堵汉水的甬道，其势亦不可小觑。更何况，这一回还是真刀真枪地拼杀。

钓鱼城的战事，给了南荣兵极大的信心。

一批开始不太赞同宋熹决定的官员，这个时候也有了打胜仗的勇气。

想苏逸一个没打过仗的文臣，都可以挡住蒙合的脚步，何况他们有八十万人？

金州大营，指挥战事的管宗光热血激昂，顶着一张红扑扑的脸，大步进入中军帐中：“禀陛下！”

宋熹着一身盔甲，威风凛凛地坐在御案后面。

宋熹慢慢抬眼看他，眉梢一挑：“管将军请讲。”

管宗光抹了一把脸上的灰，单膝跪地，抱拳大声道：“萧乾叛军把汉水甬道堵得风雨不透，即便我们人马众多，可甬道实在狭窄，可谓一夫当关，万夫莫开，即便集结兵马强攻，也实难攻破。末将以为，可趁此东风，派兵从江面杀过去，攻打叛军所在的江北大营，先乱其阵脚，再行夺取甬道之事！”

宋熹眉头一动，皱起，打成了一个结。

好一会儿，他手抚御案，淡淡开口。

“水战，我们恐会不敌！萧乾叛军驻守汴京时，一直勤练水师……”

管宗光一听，大眼珠子仿佛瞪了出来：“那也得一试呀！陛下，末将以为，我们不可再拖了，须尽快拿下汉水甬道，呼应钓鱼城的左相。再者，我们可不夺江北大营，但拿下甬道才好死守，并增援左相！”

他的话有道理。

只有那般，他们才能抽出身来，不会被战事束缚！

也只有那样，南荣方有一丝生机。

看管宗光握着拳头跃跃欲试的样子，宋熹终于点了头。

“好，就依管将军之言！”

“谢陛下！”管宗光欣喜地站了起来。

宋熹看定他，眼眸浅浅一眯，也从座位上站起来。

“事不宜迟，传令下去！集结兵马，从水面攻打江北大营！”

“末将领命！”

蓝天白云，阳光明媚。

江面上波光粼粼，漂荡着一圈圈涟漪。

可这一方平静，不到卯时，就被尖锐的号角声打乱了。

南荣大军，分了三路人马进攻江北大营的萧乾部众。

一路人马继续打汉水甬道，另外两路人马从两个渡口码头强渡过江。

其中金州码头的领将，正是景昌皇帝宋熹。他亲自领兵，攻势最猛。而江北对面的人，却是受令驻守的古璃阳。

这是宋熹算计过的。

在萧乾麾下那些人中，古璃阳的思想最为古旧，也最有忠君思想。

古家世世代代皆为忠良，古璃阳的爷爷曾官至太傅，父亲生前也领军中要职，可谓满门忠烈，对朝廷、对皇权有一种血统里带着的忠诚。若让古璃阳面对管宗光或其他南荣将领，他不会手下留情，但皇帝亲自到了他面前，他的手段或许就不会那么狠了。

“杀！”

“冲啊！”

“陛下有令，杀！”

宋熹大军，坐船而上，挟风云雷霆之势，进逼对岸。

江北大营。

这些天，南荣兵屡屡围攻汉水甬道，并堵截了他们与兴隆山互通有无的交通要道，萧乾早就撮了火。

击西送来的信，萧乾仔细看过了。

墨九生产的日子，已然临近了。

在那样的时候，他无论如何也得和她在一起的。

故而，便是南荣不来攻打，他也势必要杀出一条血路来。

要知道，兴隆山是南荣的辖地，虽墨九有点儿“占山做土匪”的意思，南荣一时拿她没有办法，墨家来去自由，但他们要前往兴隆山，却必须通过南荣兵的防御，也就是说，还得先打破宋熹的围堵。

当然，萧乾心中有疑——宋熹在这件事中，应有些许的故意。

之前他围而不攻，如今墨九产期近了，他却倾全力围住了所有要道。

这个男人……始终在觊觎墨九哇！

从头到尾，他一丝一毫都没有放松过。

抑或是，他也像蒙合一样，得了那个消息？

是否宋熹也以为，墨九已经得到千字引和武器图谱，在兴隆山上大肆制造火器？

这样的消息，蒙合能得知，宋熹自然也能。

故而，看了击西的信，得了兴隆山那些消息，萧乾早就心急如焚。

墨九制军衣、囤粮食、做武器，这样的她，把自己活生生变成了一个香喷喷的肉馍馍，彻底把自己暴露在了一双双饥渴的狼眼里。宋熹也好，蒙合也好，别的什么人也好，谁又不眼红那些东西？

这个傻女人！

为了他，连命都不要了。

若宋熹这八十万人，不来打他，直奔兴隆山，她当如何？

想着她大腹便便的样子，怀着他的孩子，还在为了他奔波劳累，萧乾眼圈都泛了赤。

“杀！”

一个字的命令，发出来便是狂啸。

他的信送不出去，已经等不及了。

这边，北岸大营中，将士沿着斜坡往下俯冲，上了战船，与烟波浩渺的江面上来势汹汹的南荣兵杀在了一起。另外一边，甬道里的萧乾兵马，也在号角声中冲杀出去，以锐不可当的势头，与南荣兵当头撞上。

吼声震天！

横尸遍野！

伏在江边的弓箭手，万箭齐发。

不足半个时辰，江水似乎都染上了一片血红之色。

人在临死前的嘶吼声，震得人耳鼓发麻——

论水师的战斗力，以及对江水的熟悉程度，南荣兵确实不如常年驻扎在此的萧乾部。可哪怕南荣兵眼看水战失利，有皇帝在侧，又纯粹为了来挑逗的，这些人也被激发了热血，拼死抵抗着往前冲，竟然越发逼向北岸。

北岸的码头上，古璃阳一袭战甲，骑了白马立在江头，眉头紧蹙。

“船上何人？”他小声问副将鲁小山。

“回将军！是——”鲁小山瞥一眼他的脸，心知他知道是谁，不过需要一个确定的答案罢了，顿了一下，赶紧朗声回答，“南荣景昌皇帝是也！”

古璃阳眉头越蹙越紧。

船头上的旌旗，迎着江风在飘荡。

号角的呜咽声，响了一遍又一遍。

他突然抓紧马缰，策马走到传令兵的身侧，大声吼道。

“敲战鼓！告诉江上，萧王占地，外敌来犯，非死即亡！让他们退回金州！”

“是，大将军！”传令兵大声回着。

砰砰直响的战鼓声里，听得他们的呐喊。

“萧王占地，外敌来犯，非死即亡！你们还不退回金州？”

“外敌来犯，非死即亡！你们还不退回金州？”

退回？宋熹立在船头，听那战鼓声远远传来，手上长剑出鞘，直指南岸。

“杀！”

“末将得令！”

管宗光站在他的身边，大刀一挥，大声高呼。

“将士们，陛下有令，杀向北岸！杀叛臣，诛贼逆！”

血腥味从江面上传入了江北大营。

萧乾站在当年墨九站过的山坡上，看着那一片狼藉的战场，眉心紧皱。

这时，孙走南打马奔来，大声喊叫。

“主公，宋熹亲自领兵来战。古将军他——”

“闭嘴！”不待他说完，萧乾锐目一瞪，阻止了他接下来的话。

“不可胡说八道！”

孙走南愣了一下，自然懂得了他的意思。

哪怕古璃阳对宋熹有那么一点儿心慈手软，但绝对算不得背叛。

在战场上哪怕一点点的妇人之仁，都可能坏了大事，萧乾也绝不会随便定古璃阳的罪。

因为对古璃阳来说，面对宋熹的战争，才是真正的考验。

他只有过了自己那一关，今后才能真正随他们杀入南荣。

孙走南怔怔半晌：“可如今，怎么办？”

萧乾面目肃冷，猛地转头，按住腰刀，直接翻身上马。

“随我出战！夺回江上控制权，活捉南荣皇帝！”

兴隆山上。

天早已大亮了，浓雾却未散尽。

这样的天气里，早上雾气很重，十丈开外几不见人。

一转眼，已经五月初了。

还有半个月就到预产期的墨九，越发狂躁。

女人生孩子，就是闯一道鬼门关。

尤其在这样的时代，没有能让她心安的医疗设施。

她能依靠的人，也全心信任的人，只有萧乾。可他不在此处，为了孩子，为了他，为了墨家，她又不得不每一天都强颜欢笑，面对着众人的关切，悬着心等待他的消息。

钓鱼城的战争、汉水的战争，她已经都知道了。

连续一个多月没有来信，她也清楚，定然是通信被中断了。

这样的滋味儿很难熬，她在山上有些坐不住了。

“玫儿！心悦！”扶着大肚子，墨九站了起来，撑着腰往外走，“陪我出去走一走。”

这些日子来，散完步再去看墨妄，她已经养成了这样的习惯。

玫儿和沈心悦轻应了一声，一个赶紧取外袍，一个伸手去扶住她。

“姑娘，仔细些，外面雾未散尽，路上湿滑着呢。”

墨九嗯一声，点头：“我知道了。”

这两个丫头跟在她的身边，自然明白她的心境，这些日子来，什么事儿都顺着她。而墨九也不想给她们增加心理上的负担，哪怕她们只是她的丫头。所以，她出门的时候，一脸从容，看那一缕缕细碎的阳光从树叶间隙中散落下来，一双雾茫茫的眸子中，挂满了笑容。她不停与她俩闲聊。

“这天气真好。人家都说，生孩子在五月最好了。”

“谁说的？我为何不曾听过？”

“你小小孩子，哪会听得这些？”

玫儿撇嘴，看着她胖了不少的侧脸，不服气地哼哼：“姑娘不过大我两岁，你都快要做娘了，玫儿怎么就是小小孩子了？”

“哦！”墨九轻笑，“这么说，玫儿也急着嫁人，想做娘了。”

玫儿脸一红：“才没有呢，姑娘不要胡说！”

听得这话，沈心悦在边上哧哧笑了起来：“怎么就没有了？昨天夜里我起夜，在墙根边上和曹元说话的人，是哪一个呀？”

玫儿愣了一下，突然羞不可止，猛地抬手去捶她。

“死丫头，休得胡言，我哪有——”

“你哪里没有了？”

“我哪里有？”

“你哪里都有！”

“我呸，看我不揍你。”

两个小丫头争着口头便宜，正你扬拳来我踢腿地玩笑着，林中突然嗖一声，传来一阵风动。

墨九激灵一下，突然停下脚步。

“谁？出来！”

第五章　血腥归途

兴隆山是墨九的老地盘，来来往往的都是熟面孔。自打她回来居住，在这里散步几个月了，从来没有遇到过什么意外。所以，出来时她通常也只带玫儿和沈心悦两个小丫头，如今听到林子里有异常声响，当即惊心。

可她冷厉的吼声出口，林中却寂静一片，无人回答。

兴隆山上，几乎没人不认识她。

听她吼了，还不出来，里面的人，肯定有问题了。

玫儿和沈心悦两个姑娘，警惕心悬起，端端护在墨九身前。

“姑娘小心！”

墨九冷目微凝，一只手护住隆起的小腹，另一只手默默握紧一颗防身用的火霹雳，望向林子，再一次厉声低喝。

“我数三声，再不出来，那就是自寻死路了！”

“一！”

“二！”

呜一声，从林中传来。

似人语，可仔细听，又有些不像。

难道林子里有野兽出没？

这心念一起，墨九脸色微微一变。

"我数三了呀！不出来就尝尝我火霹雳的厉害！"

如果林子里有野兽，自然听不懂她的话，不会出来。

可如果不是野兽，那么这样的威慑，肯定有用的。

然而，林子里又是呜一声，依旧没有动静，只一阵风来，吹乱了树叶，也让墨九的视线受阻，变得更加模糊。她心尖一缩，正要甩那火霹雳，就听见一声马儿压抑的嘶叫声，从林中传来。

有马？肯定有人了。

墨九微微眯眸，收回手，一字一顿低喝。

"阁下再不出现，就休怪姑奶奶下杀手了！"

天空灰蒙蒙的，雾一直未散，她视线也差，看不了多远。

而兴隆山，人来人往，她怕有所误伤。

"这就出来！姑，姑娘——手，手下留情！"

一个哆嗦着的声音，随着马儿的响鼻声从林子里传出。

墨九微微一怔，半眯着眼看了过去——

只见一个大胡子老头儿牵着一匹膘肥体壮的大黑马慢吞吞地从林子里踱了出来。老头儿着一身质地优良的衣裳，戴一顶风帽，背一把弓弩，腰上挂一把弯刀，牵着的马背上面，驮着一个包着大头巾的老妪。马屁股后头，紧紧跟随着几个家丁模样的壮男，都带着武器，罩着厚重的风帽，除了一双双略带精光的眼睛骗不了人，这些家伙看上去就像寻常大户人家出来的人。

只不过，他们的衣服都略显凌乱，像被山匪抢劫过似的。

"这位姑娘……不，大妹子。"看到墨九，那老头佝着身子，有些小心翼翼地解释，"我们是打北面来兴隆山的，那边在打仗，我们的房子被北勐人烧了，粮食被北勐人抢了，没有活路了，听说兴隆山有吃有住，墨家巨子待人极好，特地前来投靠。还请问一下大妹子，这里怎么上山？怎么拜见巨子？"

墨九目光阴了阴，盯着那老头，不答反问。

"既来投靠，为何我几次喊你，都不出来？"

老头儿紧张地双手合十，不停作揖致歉，还咳嗽了两声。

"不瞒大妹子，我等在来的路上，遇上山匪，随身带的东西都被抢了一个空，好不容易到了兴隆山，生怕又遇到山匪，故而不敢出声。为免马儿叫唤，把马的嘴都捂住了……"

原来刚才那呜声就是马儿发出的。

墨九挑了挑眉头，不悦地一眼扫过去。

“请问，你见过这么好看的山匪吗？”

“是是是！”那老头儿扫一眼墨九漂亮的脸蛋儿，嘴很利索，“正是看大妹子面善，我等这才不再躲藏，从林子里出来，就是为了向大妹子问个路的！”

呵！墨九笑了。

摊了摊手上的火霹雳，她这个“善良的大妹子”好像这个时候不得不善良了？

“想见墨家巨子，跟我走吧！”

她懒洋洋说罢，斜睨那几个人一眼，转身就往回去的路走。

玫儿和沈心悦对视一眼，偷偷拽她衣衫：“姑娘，不妥……”

她在提醒墨九，这几个人来路不明，不可以轻易让他们上山。

要知道，山脚下常年驻守着墨家弟子，这些若是寻常人，又怎么可能不声不响地摸入林子，还摸到了总舵外面来？玫儿担心有诈，可墨九似乎没有听出她的意思，反过来睨她一眼。

“给客人带路吧，不要怠慢了远道而来的贵客！”

玫儿哦一声，不敢再多话了。

她家姑娘向来有主意，不喜欢别人质疑她的决定。

一路上，她领着那几个“被打劫了”的狼狈家伙，和沈心悦紧张地护在墨九左右，生怕有变，脊背上都冒汗了。可墨九走得极为悠闲自在，在大门口遇到墨家弟子招呼，也不曾多说什么，一直领着人往她居住的墨家九号院而去。

九号的院子里，一狼一狗撒欢儿似的奔出来。

汪汪汪！

旺财虎着脸，扑上来就要咬。

嗷嗷嗷……

长大了很多的狼儿，也跟在旺财的身后往上扑，偶尔还抽冷子朝墨九摇一个尾巴，那模样儿，好像真把自己当成了一条狗——

这两个家伙动作矫健，这么扑上来，把老头儿、老妪和几个家丁都吓得不行。

“大，大妹子！快，快把你的狗喊住哇！”

那老头儿吓得声音都哆嗦了。

可墨九只斜剜他一眼，一声不吭地径直迈入堂屋。

旺财和狼儿都懂得察言观色，墨九没有下达指令，它们也就叫唤几声，唬一唬人，不会真的下口去咬。可“逗客人”这种技术活儿，一狼一狗玩得很溜儿，也喜欢这么玩。所以，从院门到客堂这一段路上，两个家伙一直围着那几个客人上蹿下跳，愣生生把人家的汗水都吓了出来，才让他们进了门。

墨九抚着肚皮，在客堂主位坐着，冷眼看着入屋的几个人。

静默一瞬，她突然冷声吩咐玫儿。

“去，让曹元准备两个禁闭室，把这几个家伙都丢进去！”

“啊？！”玫儿惊悚了！

她家姑娘莫非疯了不成？

说不要让她把人带回来吧，她偏要带。

可好不容易把人都带回来了，她却要关禁闭？

“姑娘，这……”

不等她说完，墨九就横了她一眼：“还不快去？”

“是。”玫儿应了，可哪里又敢走？

她若离开了，这里就沈心悦一个，怎么保护墨九？

故而，她考虑一瞬，黑着脸转头，就对那几个人说。

“你们几个，跟我来！不许捣乱哪，这样我们家巨子或许可饶了你们！”

“喀喀喀！大妹子，哪有把客人关禁闭的呀？”那老头儿与老妪交换了一个眼神，可怜巴巴地盯着冷脸的墨九，“我们……确实诚心投靠墨家巨子而来……大妹子给引荐引荐吧？”

“还装？”墨九面无表情，不像在开玩笑，“再多一句，就关禁闭了。”

那老头儿怔了怔，突然叹息一声，一双眸子里，闪过一抹熠熠的戏谑。

“好家伙，这样都骗不了你？看来你的眼睛恢复了呀？”

他换了语调的话一出口，玫儿和沈心悦就愣住了。

见鬼了！这人谁呀？

怎会用这样熟稔的语气和她们家姑娘说话？

墨九却不意外，半合着眼看他。

“早这么说话不就好了？装神弄鬼！非得逼我出狠招！”

“噫，看来你早就认出我来了。”那老头儿看客堂已无外人，抬手把下巴上的假胡子一扯，很快就露出一张干净的嘴来，那上扬的嘴角、棱角分明的五官、苍鹰般深邃的眸子、不太正经的似笑非笑神情，邪魅而俊俏，这世上，除了完颜修又会有谁？

“连旺财和我大侄女都认不出我，没想到，你这鼻子比狗还灵！”

“它舅，你真想试试兴隆山的禁闭？”墨九黑着脸，“还不老实说话，装成这模样儿躲在林中作甚？”

完颜修漫不经心地抹一下贴过假胡子的下巴，龇了一下牙：“它娘，你不能不讲理呀，如今这金州地界，打得乌烟瘴气一团糟乱，我堂堂后珒国主，哪敢光明正大地上兴隆山？一旦被人知晓，不就得惹事儿吗？我可都为了你好。”

“嚯，你也知道自己是后珒国主？”哼哼一声，看他又扯去头上的风帽，墨九一双清厉的眸子也带上了笑意，“整天东走西逛，我真奇怪后珒的臣子怎就受得了你，朝政不理，军队不管，这些你都不怕，还怕惹什么事儿！”

完颜修挑了挑眉，一双寒冽冽的眸子，在看墨九时，变得温暖了许多。

“别这么说嘛，我这一趟过来，可绕了不少路，受了不少累，你就不能对我好一点儿？”

墨九一笑：“我为什么要对你好？”

“你为什么不对我好？我是它舅！”

“……”好吧，她的娘家人。

墨九低头看一眼趴在脚下互相舔毛的旺财和狼儿，眉头稍稍松缓。

“它舅，有什么正事吗？”

“没正事我来干甚？”

“那说呀！”墨九大着肚子，对这货有些不耐烦了。

“太累、太饿，说不了。”

啧！这矫情劲儿啊！谁把他惯成这模样儿的？

“那你赶紧走吧，烫手山芋，恕不接待。”

嘿一声，完颜修眉峰一挑，锐利的眼神里突然添了几分严肃：“我若走出这个门，你可千万别来求我。我今儿就告诉你了，这一趟来的正事，与你有关，还与你的萧六郎有关。”说到这里，他卖个关子，突地转身，瞥一眼几个随从，漫不经心地笑，“既然人家不肯接待，那我们还等什么？走呗！”

看他真的要走，墨九狐疑心顿起。

与她有关，与萧乾有关？难道与战事有关？

“它三舅……留步！”

墨九不再和他玩笑了，换了一副带笑的表情，抬了抬手。

“一家人说什么两家话，坐下来说吧。”

“这还差不多！早这样不就得了？”完颜修拿她的话反呛过来，提了提袍角，不客气地寻了墨九下首的椅子坐下来，一个眼刀子就剜向玫儿，“小丫头，去，给三爷来壶茶，要好的。”

玫儿撇了撇嘴，拿询问的眼神去瞅墨九。

“去吧！”墨九好笑地看她一眼，却听完颜修又突然补充了一句：“对了，给她也来一点儿什么吃的——”

他在说“她”的时候，看向了那个静默的老妪。

而墨九也在这个时候，才拿眼神认真看她。

这一看，那眉眼、那面容，竟有几分熟悉的样子！

宋妍？

好像宋妍？

之前她只以为是完颜修的伺候丫头，怎么也没有往宋妍身上靠。

因为，她的变化太大了。

如今再仔细看那一双眼睛里流露出来的晶莹与雾气，还有那扁着嘴巴似哭非哭的样子，她才敢相信——那个被大头巾包着脸，身材臃肿发胖的老妪，居然真的是宋妍。

墨九心里咯噔一跳：“小妍，你怎么搞成这德行了？”

就算她乔个装吧，最多也弄下脸啊，换身衣服啊，怎会连身形都变了这样多？

宋妍微微低头，慢慢走过来，那目光里的神色，极为怪异。一直走到墨九的身边，她才咬了咬唇，似乎还有些难以启齿：“墨九，我……”

“你到底怎么了？哎哟，可急死我了。”

墨九心里涌上一万种酸楚的情绪，撑着大肚子站起来，就去拉宋妍的手。

这一摸，她更急眼了。

那一双曾经冰晶玉骨似的柔弱小手，变得粗糙了许多。

最关键的还有她的腰——怎么可以变得这么粗？

墨九几乎没有多想就去捏她的腰：“怎么搞的？”

可她手还没有触上去，宋妍就紧张地躲开了，那动作还有些笨拙。

“别捏！墨九，我……我怀上了。”

“啊！”这一声震天响，分贝高得墨九差一点儿把自己的耳膜震破。

怀上了？宋妍怀上了？

想了一瞬，她的火气就噌噌上来了。

宋妍的手变得这样粗，还怀上了孩子，很显然完颜修并没有好好照顾她，让她吃了苦受了累也就不说了，居然还让她受了男人的欺负，要不然，怎么会怀上了孩子？要不然，他怎么会在这样紧张的时候，急巴巴地把宋妍给她送到兴隆山来？

猛地转过头，她死死盯着完颜修，一字一顿。

“说！谁、的？”

宋妍咬着下唇，低垂着头不吭声，并没有发现墨九杀人似的目光。而完颜修正往嘴里灌水，被她冷冽的眼神一剜，一下子呛住，止不住咳嗽起来，还喷了一嘴的茶沫子。

“咯咯！几个月不见，它娘，你怎生变得这样横了？”

上上下下打量着她，完颜修拿帕子抹了抹下巴，嘴里继续啧啧有声。

“不仅长了一声横肉，人也变成了母老虎！怪不得，怪不得萧乾都不肯回来见你——”

“老娘在问你！少瞎扯淡！”

墨九气恨在胸，听他吊儿郎当不着调，猛拍桌子。

这一拍，桌上的茶壶嗡嗡作响，她肚子里的孩儿似乎也动了一下。

她咬牙切齿：“说！谁欺负了她？”

“不曾有人欺我。”回答她的人，是宋妍。

宋妍抬起头来，看墨九震怒，赶紧扶住她的胳膊，一脸慌乱的神色。

“墨九，你别急，先坐下，坐下再说。你这身子可急不得。坐下，快，坐下再说。”

“坐不下！”

墨九恶狠狠地说完，却扶着肚皮坐下了。感觉到胎动，她不停顺着气，嘴里嚯嚯有声：“气死我了，真气死我了。好你个完颜修，我把人交托给你，你就这样……”

“我怎么了我？”完颜修清俊的脸上也有郁气。

他低声吼完，瞥一眼脸颊发白的宋妍，眸底像有一片乌云压过，黑沉黑沉的，盖过了所有的情绪，连带对墨九说话，也有些压不住火：“我还亏大了呢。我找谁讲理去？”

他亏大了？

这话从何说起？

墨九一怔，看看他，再看看宋妍，突然发现有什么不对。

"难道，是你们……"

她说不下去了，整个人完全处于震惊状态。

完颜修冷哼一声，鼻孔里冒出来的呼吸都是火，声音也比先前大了数倍："我堂堂一国之主，有后宫美眷无数，我要什么样的妇人没有？我又何时被妇人骑到过头上？可我被一个妇人给，给……"

给什么？

给什么了？

墨九嘴角颤了颤，耳朵都竖了起来，却没有听见下文。

心念一动，她反应过来了，嘴角突地牵开，淡定地换了个坐姿。

"说呀！我听不懂。"

"我说不出口！"完颜修铁青着脸，掸了掸身上的袍子，眼睛别开，不看宋妍，也不看墨九，而是气咻咻地看向玫儿，"去！给三爷备水、备膳。三爷好几日不曾好好沐浴、好好吃喝了。赶紧的！"

这……

怎么说着就岔开话了？

墨九以为像完颜修这样的男人，肯定得吃很大的亏，才会气成这德行吧？

可如果他吃的这个亏，就是让宋妍怀上了孩儿，那……也不亏吧？

或许说，他俩到底谁比较亏？

抚一下额头，墨九突然有点儿头大。

"作的什么孽哦！"

吼也吼了，骂也骂了，不管怎的，看宋妍身姿丰腴，气色虽然差了点儿，但精神头不错，好像也没有受多大的委屈，至少从她的样子看，并没有心不甘情不愿，那么墨九也不想逼迫完颜修来说了。

墨九淡笑着吩咐玫儿去备水备饭，再把完颜修打发下去洗漱、吃喝，然后就把宋妍带回自己的房间里，让沈心悦把自己的营养饭菜端上桌来，单独与宋妍叙旧。

屏退了左右，房里就她二人对坐。

你看看我，我看看你，墨九静寂了片刻，终于一叹。

"说吧，怎么回事？"

跟随完颜修回到后珒国都阿勒锦之后，宋妍跟着他入了宫，却没有随侍在他的身边。

认真叙来，完颜修并不曾虐待她，更没有半点儿亏着她。甚至可以说，他对她相当不错，让人把她领入宫中，就分配了单独的宫殿居住，还有宫女伺候，一日三餐有人照顾，又怎会算亏待呢？

只不过，他事情太多，顾不上她，那么他待她的好，就成了她的灾难。

那一段时间，也成了宋妍噩梦一般的煎熬日子……

想她这样一个艳丽的女人，非奴非嫔亦非妃，住在国主的后宫之中，一开始的时候，大家还得思量一下她是不是国主的新宠，在国主心里到底什么地位，为什么会有这样的待遇。可时间久了，大家看完颜修不仅没有给她册封，一次也不曾去看过她，心下慢慢就明白了。

原来也只是一个弃妇哇。

在宫中，不得宠的弃妇，又没有背景人脉，她的结果会怎样？

墨九虽只看过寥寥一两部宫斗戏，却大概都懂得了。

宋妍在完颜修的后宫中，被排挤了。

一群女人要欺负一个女人，简直易如反掌。

她的膳食变了，由多到少。

她的衣裳变了，由精到粗。

她的身份变了，由主到仆。

她的一切……都变了。

慢慢地，连伺侯她的宫女都听从别的妃嫔来欺负她。

叫天天不应，叫地地不灵，宋妍像被活生生剥了一层皮——

那些日子，她疯了似的想见完颜修，可她见不到他，怎么努力都见不到。

完颜修是一个极端享乐主义者，他住的地方建筑华伟，红墙碧瓦，可以比拟曾经的珒国国都汴京。可对于宋妍来说，在那灰暗的日子里，那座宫殿却成了一个华丽的牢笼，囚禁着她的身体，也囚禁了她的灵魂。

宫中戒备森严，她见不到完颜修，连逃跑的机会都没有。

她身边没有一个自己人，身处异国他乡，传递消息难上加难。

在最苦最难的日子里，她曾经以为自己会死在阿勒锦。

或者说，她好几次希望自己真的死去算了。

可，天上的爹娘还看着她，她还没有亲眼看到大仇得报，又怎么能死呢？

宋妍小时候太过受宠，养尊处优的生活让她生性单纯，也养成了她不懂得猜度人心的缺点。这样的女人，在宫中不吃亏都对不住那些高墙和深院。不过，她单纯，却并不蠢笨。

那个时节，大雪封天，阿勒锦的气温低得可以冻死牛羊，当然也能冻死人。

她三餐无续，也无炭火取暖，生不如死。

可人若想活，总会想出法子来。

她的方法很俗，却也最为奏效。

那天夜里，她又饿又冻，浑身都快要失去知觉了，实在挨不过去，横下一条心偷偷摸到灶上，在备火的火膛里取了火种，又找了一些灯油，直接点了宫中的帐子——

就在墨九随着萧乾辗转三日夜袭陇州的那个晚上，宋妍在阿勒锦火烧皇宫，冲天的火光终于引起了完颜修的注意。

完颜修有一些妃嫔，却没有立后。

而且，他并非荒淫无度之人，回到阿勒锦就开始亲理朝政，故而那一个多月的时间，他都没有往后宫里去，连一个女人都没有宠幸，遑论宋妍了。

事实就是，他已经快把宋妍这么一个人给忘了。

这一次宋妍放火烧皇宫，把他的记忆拉回来了。那些告状的人，也都上来请奏，要求国主严厉处置那个恶毒的女人。

杀人、放火，确实恶毒。

这得犯下多大的罪孽呀？

在她们看来，宋妍做下这样的事儿，铁定逃不过完颜修的惩治了。

毕竟后珒国主不是一个纯粹意义上的好人。

完颜修确实不算好人，收拾人的时候，甚至可以说心狠手辣。可女人之间争风吃醋的小把戏，他这样的男人，又岂会识不破？

当他迎着大风雪赶过去的时候，宋妍正被人捆绑着跪在院子里，软绵绵地倒在雪地上，奄奄一息，呼吸微弱，人快要不行了。

这一下，他急眼了。

宋妍的生死他并不在意，可如果她死在这里，他怎么向墨九交代？墨九的为人他很清楚，向来恩怨分明，对她自己的人也极为护短，宋妍已经被她纳入了保护范围之内，如果宋妍死了，墨九还不扒他的皮吗？

“来人哪！快传太医！”

这一句怒吼，宋妍记得最为清楚。

那是她濒临死亡之时，听到的最美天籁。从来没有那么一刻，她觉得完颜修的声音那么好听，就像天神一样突然降临到她的身边，解救了她，也把她从绝望中拉了回来。

浇汤、沐浴、暖身、喝药……

换了宫女伺候，她又成了主子娘娘。

可她身子太虚了，受损严重，好吃好喝着，太医也用了大半个月的时间，才把她从鬼门关抢回来。

走了这么一遭生死路，她把好多事情都看得淡了，人也与以前有了很多不一样。

人只有经历了才会成长，宋妍也是如此。

她发现，不管萧乾也好，还是过往那些情感也好，其实都是她在优渥日子中苦寻出来的轻愁。真正的苦日子过下来，才知道风花雪月都是假，只有活下去才是真。也只有活下去才会有希望，只有好好活着报了仇，才不会白活这一生。

说其他，都是枉然。

一旦把这件事想通，她什么都想通了。

既然墨九都可以为了给萧乾报仇，选择委身于那么丑陋的苏赫王爷……

那么，她宋妍，一个身负父母血海深仇的女子，为何不能委身给一个英俊的国主？

国主比王爷的权势不是更大吗？兵马不是更多吗？报仇不就更有希望了吗？

宋妍终于燃起了希望，也想起了自己的护身羽翼——她唯一的武器就是自己。她得利用自己身为女人的唯一优势，俘虏完颜修。

哪怕，她明知道他心里有墨九，她亦无所谓。

因为墨九不爱他，她亦不爱他。

彼此都没有爱，彼此都没有灵魂，又有何惧？

接下来的日子，宋妍想方设法接近完颜修，就为与他发生点儿什么。她原以为，像完颜修这样轻浮的男人，在男女之事上应当极为随便。

不都说“女追男，隔层纱”？

她生得好看，上他的床也不会很难。

虽然上他的床不是最终目的，可上他的床是报仇的第一步。

只有上了他的床，她才能成为他的女人。

只有她成了他的女人，她才有资格要求别的。

宋妍心里燃起了熊熊的火焰，她给自己定下了“十日拿下他”的目标。

不得不说，宋妍是自信的。

她是个漂亮的姑娘，从来都相信自己的容色。

可自负太甚的结果，打击也变得赤裸裸的……

对！完颜修没有给她留下任何的遮羞布。

当她把自己可以想到的法子都用尽时，结果，换来的却是他的不屑一笑。

“你再这般轻贱自己，我便让人把你扒光了丢雪地里去！看你还贱不贱！”

宋妍记得，自己当时满脸羞红，恨不得把头埋到地里去。

“你要怎样才肯要我？”

这样弱势的话，她不知道自己是怎么问出来的。可她真的就问了，也许当一个人低到了尘埃里，脸面也都会归于尘土。她不再是公主，又何来的尊严？

完颜修回答了她。

只一句话，刀子似的剜在她的身上，深可见骨。

“无论怎样，我都不会要你！滚——”

这样决绝的完颜修，让宋妍很是颓废了几日。

在这个把贞操看得比命还重的时代，她想想自己的所作所为，也羞恼交加，不免有些瞧不上自己，再不敢有半分不轨的举动了。

人就怕自己为难自己，就怕走入自己的心魔之中，再也爬不出来。

可人又是这么奇怪，习惯了那个人，连他的影子也会慢慢渗入心里。

好像一日不见他，就少了些什么……

这样的感觉，让宋妍有些慌乱，她甚至觉得自己应当主动和他解释些什么。

那些轻浮、那些勾引、那些诱惑……她想告诉他，都情非得已。

不，实际上，她很想给他看，她是一个好姑娘。

在最想见他的日子，她左盼右盼，不见他来。

这个时候，她整个人都乱了——

哪怕当初她最迷恋萧乾的时候，也不似这般难受。

为何到了完颜修，她还未恋上他，他却已可以这般影响她？

宋妍想不明白，在宫中又等了数日，却没有再见到完颜修。

事情的转折发生在一个月之后——

景昌二年二月，墨九从兴隆山给她带来了美食、美酒，还有那一封信。

墨九说，她可以派人接她。

那一刻，宋妍内心涌动的全是感动与期盼。

她似乎突然间就卸下了心病，恨不能马上冲到兴隆山与她紧紧拥抱。

可她有了一个小小的牵挂，有了牵挂，就有些失魂落魄。

她不知道如果这次离开了阿勒锦，今生今世还能不能见到完颜修。于是，带着墨九送来的美酒与美食，带着对墨九的思念，她与完颜修一拍即合地坐在了一起，吃了那一餐不太寻常的晚膳。

月凉风轻的夜晚，对天思人，两个人都喝得有点儿多。

不，兴许完颜修对墨九的思念更甚，他喝得比宋妍还要多。

在宋妍扶他入房的时候，他已经有些不省人事了。

宋妍想要照顾他一次，细心地为他擦了身子，换了衣服，本欲退出房去，可酒醉后的他突然拖住她的手，往上一拽就将她捞到了榻上。久未近女子，他嗅着她发间的馨香，心神俱乱，呼吸渐重，伏在她的身上，狠狠地吻她，狠狠地要她，说了太多含糊其词的话。

听着他说那些，看着他做那些，宋妍挣扎不了，也没有挣扎的心思，只由着他啃，由着他在她身上发泄着人类最原始的欲望……

从头至尾，她并不舒坦，他似乎也在跋涉。她不知道他为什么要这样，他也并不清楚她到底是谁。他只是在思念一个人，一个在远方做了美食送过来的女人。

但完颜修并非完全酒醉。

欢好到中途，他已然醒了大半。

怀中女子是谁？他惊醒，一双黑眸满带难堪。可他是个男人，不会中途退场，更不会做了不认。他拂开她凌乱的头发，在她耳边幽幽一叹："你要什么，我都会给你。为妃为嫔，你选一个吧。"

为妃为嫔，都非宋妍所愿。

而世事的荒唐，也几乎让她落泪。

在她以美人计设计完颜修的时候，原本想为妃为嫔以达到自己的目的。

可真有这么一天了，她却突然地，突然地就改变了心境——

这个男人是她的第一个男人，也是她唯一的男人。一个女子的身子被男人占了，很容易就将灵魂也捧在手心，赤诚地奉献给他。

时下女子尤甚，宋妍这般更甚。

她做不到自己曾经想过的。

那样会让她觉得自己更加龌龊难堪。

在喜欢的人面前，她想要尊严。

而且，她是那么想在他心里留下一丝美好。

她是那么害怕，那么害怕他会看轻她，怕他以为她绞尽脑汁就为了那一个于她而言根本不屑一顾的妃嫔之位。

可她能说爱吗？

夜风徐徐。

烛火荧荧。

她半合着眼睛，在他最情难自禁的一刻，狠狠抱紧他，淡淡一笑。

“请国主派人送我去兴隆山。”

墨九的房间里，熏着香。

一面古铜色的菱花镜里倒映着香炉，还有宋妍一脸的落寞。

她把自己的经历讲到这里，停了许久都没有开口。

墨九审视着她，也陷入了沉思之中。

恍惚中，往事依稀——

那个桃腮芳唇、香粉绕人的紫妍小郡主，还青涩得如同一朵带着露水，令人不忍采摘的花骨朵，不过辗转两年，怎就变成了这般样子？很快就要做孩儿的娘了。

而且，她说爱。

还是陷得这样深的爱。

抚着额头揉了片刻，墨九半眯眼。

“小妍，你可懂得什么是爱？”

是的，她认为宋妍应当不懂。

爱之一字，糊涂千字。她和世人，也大多不懂。太多人心里的爱，无非爱上了爱字本身，让爱变成了一桩心事，如同爱一株花、一盒胭脂，并无太大的不同。爱上之初，以为生生死死都不会再变，其实时间一过，也都化为烟尘。

便是她与萧六郎，情分亦说不清到底是不是“爱”。

她以为他们更多的是情，是天长日久共患难慢慢磨合出来的情分。相比起来，宋妍对完颜修的这份情感，还是太薄弱了。更何况，宋妍从小就单恋萧乾，恋了那么多年，不说刻骨铭心，也不能说换一个男人来爱就换一个吧？

太儿戏的情感，终究太年轻。

念及此，墨九挑了挑眉头，有点儿恨其不争。

“怎么不吭声？上了他的勇气都有，没有勇气说爱他？”

宋妍咬唇，有些羞愧地摇了摇头。

“墨九，你就别再损我了。”

“损你是轻的。我要不是身子不方便，我得揍你，信不信？”墨九哼声连连，几欲咬牙，“你说你好端端的姑娘，为何就想不明白呢？强扭的瓜，它甜不了。以前对萧六郎是这样，现在对完颜修也这样。你就像一根筋的牛犊子！现在好了吧，被人吃得渣儿都不剩，还揣个娃，看你往后怎么办！”

这番话说得有些重。

可也因为亲密，墨九才会说她。

她真的为这个姑娘不值，她原本值得拥有更好的，却非得让自己陷入单恋的苦境。

“墨九，我不知道。”宋妍微微低头，菱花镜中映出来的脸，苍白得似乎没有半分血色，那一双纤细的眉，分明描画得精致，却因为蹙得太紧，显得憔悴而沧桑。

“将来如何，我不知。何去何从，我亦不知。兴许，这就是命吧！我不得不认了。”

命？

这么小，就认命了？

墨九挑一下眉头，寻思一下反应过来了。

唉！说来这个小表妹也才十几岁的年纪呀。

想想她自己，十几岁的时候是什么样儿？

盯着宋妍迷茫的面色，墨九表情变了又变，终于一叹。

“你想留在他身边吗？”

这个他，指的是完颜修了。

既然宋妍爱他，她肯定愿意跟着他的吧？

宋妍却摇了头：“我喜欢他，却不愿意就这般跟着他。哪怕有了他的孩儿，也是不愿。墨九，你兴许会觉得我傻。在我心里，可以过日子的男人，应当像我父王那样，对我像对我母妃一样好，以我为重，且只以为我重，身边再无旁的妇人，那才可以。”

她顿住，倏地一笑。

“他可以吗？他不可以的。”

是的，完颜修不可以。堂堂国主，哪能只有一个妇人？

更何况，他从来没有说过喜欢她，又怎肯为了她牺牲掉这些？

墨九凝视着宋妍，久久没有说话。

从某种意义上说，宋妍从小见到的父母恩爱，对她而言并非好事。

因为诚王只有一个，当今之世肯从一而终的男人凤毛麟角，遑论位高权重者了。

“你这么想也好。不愿接受，索性放弃。”

宋妍轻嗯一声，微微牵唇，带出一丝苦涩的笑。

“得不到，便不强求吧。”说到这里，她抚了抚自己的小腹，半真半假地问墨九，“我孩儿没有了爹，我也没有本事养活他，只能靠你养了。”

“好哇！一言为定。”墨九答应得爽快，笑容也极爽朗，“我墨九别的本事没有，帮人家养孩儿的事，却很有经验。你看彭欣家的小虫儿，养得多壮实，那可全是我的功劳！”

宋妍笑了：“那是，有什么事是墨九爷不行的吗？”

“这就对了，算你懂事！这天下就没有我墨九做不了的事，不管是生孩子还是赚银子，统统都行！哈哈。”

墨九脸上闪着灿烂的光华，这样的笑，如同暗夜里为迷路者点亮的一盏灯、一束光，突然就让宋妍充满了信心。她慢吞吞从桌面上伸过手臂，紧紧握住墨九的手。

“好。我们一起养。”

墨九一愣，低头看一眼，觉得画风不对，忍不住失笑。

“你不要爱上我呀。爱上了，我可不负责。”

宋妍嘴角缓缓拉开，眉梢一扬，笑意更加明朗了几分。

“若你是男子，我肯定早就爱上了。”

“嗯。我信你。”墨九认真地点头，“毕竟我比很多男人值得爱。”

“噗——你呀，还是老样子，半点儿都没有变。”宋妍扯了扯嘴角，一个笑容被分解成了两半，一半在笑，另一半还在淡淡忧郁，“有时候，我都不明白，你的身上怎会有这样大的力量……”

“力量？”墨九抽回手，拿筷子为她夹菜，“这话从何说起？”

“我也说不太明白。反正你与旁人都不大相同。在你的身上，仿佛有一种神秘的力量，可以让人信服你，可以让人变得坚强、无惧，也可以让人打心眼儿里想与你靠近，就像寒冬里看见火——对，你就像一团火，每时每刻都有温暖散发。我想，我明白六表哥为何独独恋你一人了。”

宋妍微笑着，那表情较之以往端庄了许多。

墨九瞧着这样的她，心里不免暗叹。说到底，宋妍在潜移默化中受到的女性教育还是诚王妃带来的。刁蛮的小郡主一旦离了家，入了世，慢慢也就寻了她娘的模板在构建自己的生活。

想罢，她又是一笑："你说你，以往要这么嘴甜，咱俩哪会打架呀？"

"我们有打架吗？"宋妍不解地反问。

"有哇！驿站，你那时候多凶悍哪！还有那个什么嬷嬷，啧，就一仗势欺人的狗奴才模样儿。想想我都恨得牙根子痒痒，恨不得扒了你的皮呢。"

过往的一切，让宋妍脸上恢复了些笑意。

"那时我不晓事，墨九你莫要再往心里去了。"

"傻吧你？我若和你计较，你今日哪能做我的座上宾？哼！"

"是是是，九爷，你最宽宏大量了。"

"看你今儿这么卖力表扬我，不如我唱首歌儿给你听？"墨九不知想到了什么，抿了抿嘴唇，突然一个人偷偷乐了起来，不待宋妍回答，紧跟着就唱了起来。

"黑黑的天空低垂，亮亮的繁星相随，虫儿飞，虫儿飞，你在思念谁？天上的星星流泪，地上的玫瑰枯萎……"

这样的曲调在宋妍听来是陌生的，也是奇怪的。

听了半晌，她狐疑地问："这曲子有什么来头吗？"

"有哇，我家乡的歌。"

"家乡？"宋妍似懂非懂地点点头，"为何你要唱给我听？"

"因为……"墨九清了清嗓子，忍不住发笑，"因为兴隆山又要添一只虫儿了呀！你想啊，彭欣生了一只没有爹的小虫儿，我这孩儿出生了，想来他爹也不在的，又是一只。如今你这再来一只，那可不就是虫儿飞，虫儿飞，虫儿满天飞了吗？哈哈！"

这么揪心的事，亏她说得这么欢快。

宋妍摇了摇头，目光有些热烫。

这些日子，她一直生活在后肆宫中，少与外人接触，直到现在仍然不知萧乾尚在人世的消息，看墨九笑得欢，心里的酸楚却一波一波地袭来，刺激得胃酸泛滥，忍不住捂住嘴就开始发呕。

"哎呀，这反应还挺大，会不会是个小子？"

墨九赶紧唤玫儿进来拿痰盂伺候，看宋妍孕吐反应厉害，又是心疼又是无奈："小妍，要不我让孩儿他爹来瞅瞅你？有他在身边，你会不会就舒服一点儿？"

这些日子她怀着身子在兴隆山，太理解那种感受了。

可宋妍呕得都喘不过气来了，闻言还拼命地摆手拒绝。

“不，不要叫他——”

玫儿正拿痰盂进来，闻言嘟了嘟嘴唇，对墨九道：“姑娘不找三爷，三爷却要找姑娘呢。”

“找我？”墨九抬头，哦了一声。

本来极正常的事，却见宋妍肩膀突地一僵，墨九突然想到宋妍以为完颜修对自己有情的事，怕她在意，冷冷哼一声，不高兴地对玫儿道：“那就让他等着呗。谁要见我就见，那还了得？”

玫儿双手扶住宋妍，轻轻拍她的后背，回墨九道：“三爷说有急事。”

“他能有什么急事？他的急事都在阿勒锦呢。”墨九盯着宋妍发白的脸，冲玫儿挤了挤眼睛，“你让人好好招待他，要吃什么，要喝什么，要玩什么，都尽量满足。”

“可三爷说，一定要见姑娘……”

玫儿不明白个中的关键，还在为完颜修做说客。墨九一听，顿时拉下了脸。

“去！告诉他，有事晚些时候再说，没看妍姑娘不舒服吗？我这会儿正忙着呢。”

“哦。”玫儿知晓她的脾气，得了命令也不敢再多话，应着就下去复命了。

完颜修负着手，在外间的庭院内走来走去。他着一身普通的青水色衫子，绾了一个简单的发髻，寻常穿着竟也贵气逼人，面色俊美得让玫儿目眩了一瞬，才迈过门槛。

“三爷！”

看她出来，完颜修停下脚步，侧眸往她背后看了看，神色有些着恼。

“墨九她人呢？怎么没来？”

玫儿不敢把墨九的原话据实相告，低垂着头，绞着手指道：“我们家姑娘说了，这会儿忙着，三爷有事得晚点儿再说。”

“哼！小娘们儿长本事了。当初求老子的时候，怎么没这么横啊？”完颜修气咻咻地往里望了一眼，突地咬牙，“小心眼儿的东西，不就气恨我先前扮客商捉弄了她吗？可那是我成心的吗？我若非不便，又怎会扮成那样惹一身晦气？！”

玫儿听他骂人，头皮都在发麻。

可除了垂手乖乖站着听，她什么也做不了。

“算了！老子不和妇人计较！”

对着她这么一个小丫头，完颜修也没处发火。冷冷一哼，他甩袖子就走人。可步子还没有迈出庭院，像是突然想起什么，回过头来盯着站在原地的玫儿，不太自在地挑了一下眉头。

“小丫头，那个……那个女人，她怎样了？”

那个女人？哪个女人？

玫儿愕然半晌，才明白他指的人是宋妍。

轻轻一笑，玫儿眉眼弯弯地看他：“没什么大事，就是吐得厉害。三爷若是关心，玫儿倒可以再进去传个话，看妍姑娘肯不肯出来见你？”

“说什么呢？小丫头会不会说话？！”完颜修忍不住啐一口，又爆了粗，“她要不要见我？娘的，三爷我是哪个都能见的人？想见就见，她谁呀她？你个小丫头，没眼色！”

“唔！”

看着他扬长而去的凛然样子，玫儿一头雾水地搔了搔头。

“这都……什么呀？”

世外烽火连营，山上春色正好。

山林掩映间，碧树青瓦，庭院矮墙，篱笆娇花，好一幅悠闲的桃源画卷。

完颜修第一次到兴隆山来，对这陌生的一切既好奇又惊叹，四处逛了逛，对墨家和墨九也便有了私人感情之外的不同观感。将墨家治理得这般出色，不是谁都可以做到的。男子尚且不足，何况女子？对墨九，他除了心里那点儿见不得人的情绪，又有了几分敬佩。在听说了墨妄的事情后，这位完颜国主很是唏嘘了一番，本欲前往探病，打发时间，看看情敌到底变成了什么样儿，却被曹元等弟子给严肃拒绝了。

他们说，巨子有令，左执事养病期间，不允许探访。

如此，完颜修只得作罢。

欣赏完了山上风景，他便等着墨九来见。

然而，这一等，居然等到了晚膳之后。

而且不是墨九主动来见他，而是他不得已把墨九堵在了墨妄的院子门外。

这几个月来，墨九一直有这样的习惯，早晚都会亲自前往伺候墨妄的汤药，完颜修久久寻不见她，在山上转悠半天，很快就摸清她的生活规律，自己找上门来。

墨九瞥向杀气腾腾的完颜三，有些哭笑不得。

“它舅果然名不虚传——这本事，做什么国主哇？偷鸡摸狗岂不快哉？”

“呵。墨九我告诉你，你今儿可千万别得罪我。”顿一下，他眉头微拧，正色了几分，“我说过，我此次前来找你，是有正事。”

之前完颜修说有事，墨九也没有太当真，甚至以为这是他寻不到送宋妍的借口随意编的。如今看他敛紧的神色、冷凝的双眼，墨九终是不再玩笑了，嗯一声，就势推开了墨妄小院的门。

“进来说吧。”

宋妍如今居住在她的院子里，别的地方说事又怕不谨慎，所以墨九选择了就近的墨妄小院。

跟着她入得堂屋，完颜修四处看看，皱着眉头瞥一眼几个值守的墨家弟子。

“让他们回避。”

墨九迟疑一瞬，偏了偏头。

几个弟子应了一声，便鱼贯而出，等堂屋里就剩他们两个人了，完颜修才慢吞吞坐在墨九的对面，抬头看她，一双黑眸熠熠如有火光，又似蕴了灼烧过的千言万语不吐不快。

可墨九等了又等，最后也只听得他一句。

“你过得还行？”

“我耳朵都掏干净了，你就给我听这废话？”墨九抚着隆起的肚皮，被他热烫得惊人的视线烙得鼻头突然有点儿烫，她定了定神，认真盯着他的眼，“行了，你委屈了我家小妍，我就不跟你计较了。你有什么正事要说，就直接说吧。不必问我好不好，我这样的人，丢到粪坑里也能活得挺滋润！”

“……”

完颜修愣了一下，忍不住笑了出来。

“粪坑里再滋润，也是个死——”

他这一笑，带了一点儿凉意，肃杀的凉意。

故而，这“死”和“屎”的语态差别，就让墨九敏感地捕捉到了。

她愣怔一下，含笑看他：“有什么不好的事吗？说吧，我受得住。”

这样直白的墨九，让完颜修再次错愕。他面前的女人，有着稚嫩的面孔、清澈的目光、晶莹剔透的脸蛋儿，仿若一个未沾半点儿人间烟火的小姑娘，可也就是这么一个小女子，却成了他终身的魔——主宰着一个他自己也拎不出来的灵魂，让他有时候控制不住自己的行为。

比方说，千里迢迢从阿勒锦来到兴隆山。

这时，他似乎想到了什么，突然压低了声音："我在阿勒锦时，得到一个让人极为震惊的消息。此事干系重大，我不敢托付别人，这才不得不亲自过来。"

墨九一怔："我以为你特地送小妍过来。"

听她这样说，完颜修稍稍有些尴尬，握拳到唇边掩饰地咳嗽了两声，就把这件事略了过去。他再次抬眉时，一双眸子变得冷冽了不少。

"墨九，你对苏赫此人，了解多少？"

苏赫？这个问题把墨九难住了。

他问的是"苏赫"，而非萧乾，这两者间，到底问的是谁？

她那一瞬的错愕表情落入完颜修的眼里，他似乎明白了她的疑惑，眉心微微一拧，眸底掠过一抹阴霾："我指的苏赫，是那个远赴大理、一战成名天下知的苏赫王爷。当然不是指你的萧乾。"

这么说来，完颜修的信报也很详细了。他清楚在淮水的是萧乾，去大理的却是别人。

那么，他指的苏赫，就是辜二了。

可问及辜二，墨九照样给不出来答案。辜二的一切，向来神秘，她从萧乾嘴里所知的零星信息也极为有限，寥寥几句，并不详尽。她只知他是萧运长早年间栽培好的棋子，与苏逸一样，都是与谢家有血海深仇的人家遗留在世的孤子，除此之外，再无其他。

"它舅，你到底知道了什么？"

完颜修并非莽撞之人，若无确切的东西，不会胡言乱语。

所以，值得他千里迢迢跑一趟兴隆山的消息，一定惊人。想到萧乾对辜二的信任，想到萧乾的全盘计划，莫名地，墨九心里有些忐忑，甚至她这样坐着都能感觉到自己的紧张，以及肚子里孩儿的骚动。

她吁一口气，一只手轻搭在小腹上，定了定神，尽量平息着自己的情绪，微笑着看向完颜修："别卖关子了，卖了我也不会给你钱。快说！"

这样的催促有些急，可向来心直口快的完颜国主，这次却沉默了许久。

"你还有多久才生？"

"……"墨九奇怪了，"问这个做什么？"

“我怕你受不了刺激！”

“呃！你还真体贴呀！”墨九此话带了一点儿奚落，但大事当前，她也没心情和完颜修扯淡，抬了抬眉眼，又示意他接着说，“放心吧，我什么都受得了。放胆说！”

“好，我告诉你。”完颜修猛地将手搭在桌几上，沉了声音，“那个苏赫肯定有问题。他在远征大理并得蒙合命令返回攻打南荣钓鱼城的途中，曾在一个苗寨休整了五日。而那个苗寨有一个很美丽的传说，寨中有一口胭脂井。”

“这两者之间，有何相干？”

“这五日里，北勐士兵包围了苗寨，不许任何人进出。”

什么跟什么呀？墨九听得一愣一愣的：“你到底想说什么？”

完颜修双目微微一沉，声音也低了不少：“据我的探子所报，胭脂井下有古墓，我怀疑正是八卦墓之一……”

烛光微微一闪，墨九眼皮也跟着一跳。

她心底悚悚的，好像某一根神经被牵扯，下意识就绷紧了心弦。

等了这么久，终于又有八卦墓的消息了吗？

迟疑一瞬，她看着完颜修一脸笃定的样子，似笑非笑地抬了抬眉头。

“不对呀，你又不是探墓行家，怎么晓得那个就是八卦墓？”

“我不是行家怎么了？墨九，你这个人不对呀！怎么就这般看不上我？”完颜修拔高音量，冷哼一声，对墨九的质疑相当不满，“我虽非行家，却也随你下过八卦墓吧？而且，我虽不会开墓，对八卦墓的事情，所知并不算少。”

看他这么在意别人的评价，墨九挑了挑眉，嘴角的笑容扩得更大。

“那麻烦你告诉我，你从何判定那一座就是八卦墓的。”

“这个简单。”完颜修倏地敛住神色，盯着她，一双深邃的眼睛在幽暗的灯火下添了一抹灵异色彩，紧张得墨九心尖一窒。

“快说呀！”

完颜修半合双眸，徐徐开口，像极了给小时候的墨九讲鬼故事的奶奶的样子：“就在苏赫大军入驻苗寨的那天半夜，苗寨上方出现了一个金黄色的八卦图案，光圈悬浮在半空中，似乎是从地面映射而成形，而图案正对的位置，正是位于苗寨中间的胭脂井。八卦图持续了一刻钟左右，才渐渐消失，引得苗寨的村民奔走相告，慌乱外逃，直呼国之将亡，有妖魔现世——”

八卦图案？胭脂井？

听着完颜修的描述，墨九陷入了深思。

八个八卦墓，如今只剩其三。

除去尚未发现的乾墓和坤墓之外，就是兑墓了。

兑为泽，兑为口。若说它藏于胭脂井，可能性还真的挺大。

可如果辜二发现了八卦墓，事后定然会与萧乾通气，而萧乾知晓她对八卦墓的“牵挂”，也一定会托人转告于她。现在她一无所知，那情况是怎样的？到底是他们都还没有来得及说，还是事情真有什么不可预期的变化？还有，这一座疑似兑墓的八卦墓，辜二究竟打开了没有？兑墓的仕女玉雕，他又拿到手上了没有？

越想，墨九越心惊。

突地，她抱了抱双臂，斜视完颜修。

“我怎么觉得冷飕飕的？它舅，你没编故事哄我吧？”

“哄你？”完颜修冷哼，“老子是那么闲的人？”

撇了一下嘴唇，墨九没敢说他确实看上去太闲了，只反问。

“难道他真的有什么问题？”

完颜修坐态优雅，面色淡淡，语气却极为肯定。

“他没有问题，那就是你有问题了。”

“……”被他一噎，墨九静默了好一会儿才找到属于自己的声音，“不，还是不对！就算那个真的是兑墓，也不能证明他就有问题吧？也许只是他在机缘巧合之下发现的，而当时钓鱼城开战，他也来不及托信告知。你想过没有，八卦墓的任何一座，若单独论，其实都没有太大的意义，连值钱的陪葬之物都没有几件，开它何用？”

她分析着，试图让自己摆脱猜忌心，相信辜二。

可完颜修一句话就把她的信心击得粉碎。

“没想到你竟然这么天真！墨九，我告诉你，那座苗寨已然不复再现了……”

“不复再现，何意？”

“苗寨的人，一个都没有活着走出来。那座苗寨，也已然消失——”

墨九激灵灵打了一个战，心尖拔凉拔凉的。

她看着完颜修，想着那惨烈的一幕，耳朵有一些怪异的嗡嗡声。

“那些人怎么死的？苗寨又是怎样消失的？”

“那些人死于苏赫之手，一个没留。若非心虚，他何必杀人灭口？而苗寨消失，应是受了八卦墓的机关牵引，整体陷入了地下，只剩下一片荒凉……”说到这里，完颜修看她面色有些苍白，视线凛冽，又放软了声音，反过来安慰她。

“不过你也无须紧张，即便他找到了八卦墓，想来也没有本事开启。就算苗寨沉底了，旧址也还在那里，等你得了机会再去，拿回仕女玉雕便是了。”

阴山的九死一生，历历在目。

故而，完颜修对八卦墓的威力极有信心。

可墨九显然没有他那么乐观。

愣了一下，她便失笑摇头：“那可不一定。”

不管多么厉害、多么精巧的墓，也终究敌不过人的力量，尤其敌不过大规模的军队挖掘。只要人心齐，泰山都可移，何况挖开一条墓道？

至于墓棺，辜二有没有本事开八卦墓，谁又说得清？

毕竟这个世上不只她墨九懂得机关之术。

毕竟还有那么一个人，不仅懂机关，还懂得阿拉伯数字，可能与她一样来自后世。

八卦墓。

千字引。

阿拉伯数字。

神秘人。

一帧帧画面像放电影似的在她的脑子里盘旋。

千头万绪间，她觉得有什么谜底要破茧而出……

分明就要抓住，可张开手，却什么都抓不住。

猛一把揪紧椅子扶手，她心绪突然紊乱起来。对辜二的猜测合情合理，可她就是不愿意去相信。人在理性和感性之间做选择时，哪怕明知道应该理性分析，却更愿意遵从自己内心的感性思维……

不肯相信，可她更害怕！

怕猜测属实，那后果将不堪设想。

她记得很清楚，萧乾曾经说过，在他孩儿出生的时候，将会赠她一个大礼。

凭她对萧乾的了解，结合当时的语境，她知道这个大礼会很大——甚至大到北勐的皇帝之位。

萧乾为人，向来说话算数。

而如今，离她生产之期不过短短十八天……

只剩十八天了，他在做什么？他在淮水为了汉水甬道和宋熹斗得你死我活。

不过，他虽然在淮水，甚至还拖着宋熹，让蒙合占足了便宜，辜二却在钓鱼城，正与蒙合一起抗击苏逸。这样的情况下，最容易让蒙合对他掉以轻心。但接下来，不管萧乾要做什么来践行这个诺言，都离不开一个人的协助——

辜二。

他不仅是萧乾的暗棋，也会是扼住蒙合咽喉的一把尖刀。

萧乾那般信任辜二，若辜二有问题，事情就将不在他的算计之中。

她终于明白完颜修之前那些话的意思了……

此事于她、于萧乾，实在太过重要。

牵一发，动全身。牵一发，也可毁灭所有。

“不行！我得将消息传给他……”墨九沉吟了一会儿，决定不再胡思乱想了。事情来了，就得想法子去解决，坐在这里担惊受怕，还不如想办法通知萧乾，让他有个心理准备。不管真假，不至于等出了事情而措手不及。

“你要怎么传给他？”完颜修稳稳坐着，双眸沉静如水，一字一顿道，“宋熹隔断了兴隆山与淮水北岸的所有通道，你的人根本就过不去。”

是呀，她和萧乾这么久联系不上，不就因为这个吗？

墨九扶着额头，双眼有些红。

完颜修眉心也有些打结：“还有一个事情，我得告诉你。”

“何事？”

完颜修双眸深沉，像在拆开一个包装好的谎言，语气轻松，却字字诛心：“你是不是以为兴隆山一直平静，是宋熹怕了你，或者纵容着你、怜惜着你，而你们也会一直这样相安无事下去？”

被完颜修这么一说，墨九心情有些复杂。

她不认为如今的宋熹与自己之间还能有点儿什么。

可完颜修列举的几点，也并非完全没有可能。

沉吟着，她问：“难道他还有什么别的企图？”

“你以为呢？情情爱爱的东西，也就你们小女人才相信。”完颜修笑了，笑得有些奇怪，也不知在笑她，还是在笑别人，抑或笑他自己，笑完摸一下鼻梁，斜着眼上下打量她片刻，倏地一乐。

“有你这么一个大活人攥在手里，可以轻易掣肘萧乾，宋熹会不利用吗？到底是他傻，还是你傻？”

被他损来损去，墨九不由得着恼。

“你到底要告诉我什么事？”

看她生气了，完颜修嘴角一勾，漫不经心地端起茶盏，揭开，轻拂水面的茶末：“你以为我乔装上山，只为逗你好玩吗？墨九，我来的路上发现，兴隆山周围有大量南荣兵马集结，只等契机一到，兴隆山就会被揉成一个肉包子……”

大量南荣兵马？

墨九轻抿一下唇：“契机是什么？”

完颜修轻笑不答，等墨九不耐烦地催促，他才给她一个意味深长的笑：“契机就是你的生产之期。到时候，以你为饵，诱萧乾来，做一个擒王之局，岂不易如反掌？只要擒住萧乾，宋熹不就反败为胜了吗？”

生产之期？

墨九恍惚记得，她给萧乾的最后一封信，就是说的预产期。

而且她还在信中表达了想他陪在身边的强烈愿望……

如果这封信，也曾从宋熹手上过过呢？

完颜修的分析不无道理，可墨九并不全然相信，她思忖一下，笑了笑：“它舅可能不知，当初萧六郎在临安受难，命悬一线，正是宋熹放了他一马，救了他一命。既然他敢放虎归山，又何必再设计擒虎，多此一举？”

“傻子，此一时，彼一时呀！”完颜修摇了摇头，终于找到了存在感，用一种大男人看世局的眼光睥睨她，又道，“男人的心思你不了解。那时的萧乾在宋熹眼里，已是强弩之末，翻不出天了。一个顺水推舟的人情罢了，可以讨你喜欢，换我也乐意去做。而且，他虽没让萧乾死，可萧乾到底能不能活命，不还得看他自己的造化吗？那诸多凶险，你以为怎么来的？你不要告诉我，萧乾不是经过九死一生才活着来见你的。”

“……”

这一次，墨九许久没有说话。

因为她找不到半分理由来反驳。

想到萧乾毁去的面容，想到他说的那个面具上的毒，墨九内心已有波浪，再也无法淡然下来。种种事情联系到一起，似乎完颜修的答案更接近真相。

墨九沉默了，一时间，心绪难安。

那感觉如同拆开一颗珍藏许久的糖果，却发现里面已经长满了霉。

完颜修瞥她一眼，抚袖喝了一口茶，又清了清嗓子："你也别闷着，若不肯信，就当我全在放屁好了。我只问你，宋熹与萧乾打得难分难解，两军交战之际，你要怎么过去？除非你会飞！"

"对！我就飞！实在不行，我用滑翔机传信——"

墨九烦躁地抬了抬手，说得激动了，扶着椅子突然就站了起来。

没有想到，这一个用力过猛，肚子狠狠一抽，痛得她龇牙。

嘶！她整个人软在椅子上，捧住小腹，痛得脊背直冒冷汗。

"墨九——"完颜修吓得倾身过去扶住她，沉声大喝，"你怎么了？快，快叫大夫！"

"不！它舅……"墨九虚睁着眼，狠狠抓住他的胳膊，双唇颤抖不已，"叫稳婆，稳婆……我，我好像要生了……"

"啊？！"

"活捉南荣皇帝！萧王重赏！"

"活捉南荣皇帝！萧王重赏！"

"活捉南荣皇帝！萧王重赏！"

景昌二年五月初二，汉水大雾。

随着萧乾亲自领兵出战，喊出一句"夺回江面控制权，活捉南荣皇帝"开始，这一场属于两王相争的水战就进入到了一个高潮。一时间，船楫摇晃，杀声震天，血腥味弥漫在水汽蒸腾的汉江之上，如同令人惊悚的肃杀之气，刺入两军将士的心头。

战争的残酷就在于，不是他死，就是我亡，并无情面可讲。

故而，本欲让宋熹掉头离去的古璃阳，眼看萧乾亲自领兵杀来，心里一乱，顿觉头皮发麻，赶紧迎了上去，跳将下马，单膝跪地行礼。

"主公，末将有罪——"

"古将军不必自责！事不宜迟，你且驰援汉水甬道——这里有我。"

萧乾高居战马之上，在震天的呐喊声中，他不冷不热的视线掠过古璃阳的头顶，慢慢举高手上的剑，狠狠一挥："杀！"声音坚毅有力、低沉凝重。

大批的军队如同奔腾的江水，涌了上去。

流星似的箭矢传来嗡嗡的破空声，不绝于耳。

高仰着头跪在地上，古璃阳想要解释的话，终是堵在了嘴里。

"末将领命！"

萧乾不问他，便是相信他的忠诚。

用人不疑，疑人不用，从来都是萧乾对人的准则。

古璃阳再次上马，正待离去，却见就在这当儿，南荣兵马已然快要杀到江岸了。在一波波声势浩大的呐喊声中，他们情绪极度亢奋，似乎没有料到可以这般顺利地渡江，而萧乾的军队也并没有传说中神勇。

斗志被激发，热血被点燃，前面几艘船只上的南荣兵，甚至已经开始登岸！而江北岸埋伏的大批弓箭手，先前只零星地射杀一下，这次见他们已然入瓮，哪里还会由着他们再返回？

“杀！”

“活捉南荣皇帝！萧王重赏！”

“杀呀！”

“活捉宋熹！”

“……”

震耳欲聋的嘈杂声像垂死的丧钟，而南荣兵这时尚不知中计，前仆后继地往前冲来……

古璃阳手执马缰，仰天长叹一声。

“南荣亡矣！”

他之前念了一些旧主之情，想逼宋熹回去，放他一条生路。结果宋熹还是一意孤行杀了上来，那么生死也就怪不得他了——自作孽，不可活呀！萧乾虚虚实实地引诱着他亲自杀出来，不就为了这样的结果吗？

这一仗，不需要再看下去，结果已经显而易见。

驾——

掉转马头，古璃阳往汉水甬道方向而去。

而就在他驻足的这短短的时间里，汉江北岸，已尸横一片。

冲上岸来的那一部分南荣兵马，有的被萧军骑兵队伍冲乱，割成了一小股一小股在奋力厮杀。这些人，算是幸运的，他们至少可以为自己的生命搏杀一番再去见阎王，而更多的人，是被围拢在一起无法突围，由着四面八方的弓箭手射杀——

“皇帝在哪儿？”

杀声里，有人大声吼叫。

“船上！”

汉江码头停着大大小小的战船，而正中的一艘体形巨大，高高的旗幡正在冷风中瑟瑟飘飞……

“冲啊！”

“杀呀！”

“活捉南荣皇帝！萧王重赏！”

双方人马与战船搅和在一起，密集得如同蝗虫一般，杀得难解难分。此刻宋熹被围在乱军之中，由几个心腹侍卫保护着，手上拎着带血的长剑，一双俊眼赤红而幽冷，脸上却寻不到半点儿不甘、落寞，或者被萧乾羞辱的痛恨。

成王败寇。

当日他杀萧乾，萧乾不曾低头。

他如今居于劣势，气度也尚在。

原本他们渡江就是为了拖住萧乾，一方面探一探他的虚实，另一方面也配合汉水甬道的围攻，以便另外的两支军队顺利拿下汉水甬道。可他与萧乾虚虚实实地交锋了这么久，一直以为对他的行动布置了如指掌，这才敢放胆强行渡江，故意捋他虎须。没有想到，却中了他的埋伏。

汉水甬道是双方的主战场，布置着萧乾的主力兵马。

而宋熹手上的兵马数量是萧乾的三倍之多，哪怕他其实也将主力都放在了汉水甬道，这一部分渡江的兵马也应当力克萧乾才对。可照目前的形势来看，萧乾的主力根本就不在甬道，而在汉水之上。

这让原本以为可以完全掌握局势的宋熹有点儿措手不及。

事情的发展，完全出乎他意料——

萧乾统共就三十万人，他把大部队带到了这里，甬道那边何人去守？

如果萧乾没有充足的兵马留守甬道，那为何甬道又迟迟没有被他们拿下来？

静观情况不妙，宋熹此刻已无心恋战。

“管宗光，传令下去，大军往后撤——”

“末将得令！”管宗光应着，就开始挥舞着双手指挥后撤。

此时，烈日高照，浓雾慢慢转薄。

兵戈声中，一艘艘战船开始准备往南岸退，但大战之时，行船太密，移动极是不便，萧军的战船却在这时渐渐围拢上来，卷起汉江之水如大海波浪，一层层浪涌翻飞。

好不容易行了数丈，突然传来管宗光诧异的惊呼声。

“不好！陛下——”

宋熹目光一怔，稳住心绪：“怎么了？”

管宗光声音都变了调，带了一丝难以置信的嘶哑。

“陛下，你听号角声——卑鄙！”

他骂的是人萧乾，可战场之上，又哪里来的卑劣与正义呢？

战争从来不论对错，只论胜负。

而对的人，一般都是胜利者！

这时，宋熹也听见了对岸传来的号角声，脸色猛地一变。

号角可以用来传递军情信号，管宗光说的“卑鄙”是萧乾利用他们攻打汉江北岸的这个时间点，已然突破了甬道那边的包围与进攻。不仅如此，萧军甚至直接从甬道到达了汉江南岸，堵在了他们的大后方，给了他们一个实打实的反包围。

良久，宋熹无言。

管宗光以及另外的将军，也都怔怔而立，无话可说。

若非萧军确实悍勇，可以以一敌十，以一敌百，那就是有鬼了。

南荣渡江的兵马，不过金州总兵马的三成。而甬道那边占了金州兵马的七成……这样多的人，是怎么被萧军突围并一马平川地打到大后方的？就算他们全都是豆腐做的，也不至于败得这么彻底、这么丢人哪？

“陛下！我们败了！我们败了！”

南荣将士都听到了那声声呜咽的号角。

他们不仅败了，如今还腹背受敌，甚至对敌情都不明……

突然像进入了一个死胡同，宋熹双目浅眯着，思忖一瞬，突地厉喝。

“杀出去！”

此时他们人在江面上，可谓叫天不应，叫地不灵，除了杀出一条血路，根本就没有别的办法可想。宋熹当机立断，下达了命令，管宗光赶紧上前，命令船只右转弯，其余船只纷纷跟上。可再怎么挣扎，他们折损的船只与兵马，早已过半了。

“陛下，这样我们抵不住的！得想办法突围。”

萧军的战船越围越近，一些士兵已用吊绳冲上了甲板。

人群之中呐喊声、嘈杂声不断。

宋熹冷目一凝：“撞上去！”

他这一艘战船比普通船只更重，两船相撞，谁大谁强悍。

战船疯了一样撞了上去，砰砰声里，鲜血四溅——

冲撞了几艘小型战船，宋熹的御船终于突围出去，管宗光骂了一句，抹了一把脸上溅的血迹，看着疯狂冲杀上来的萧军，听着撕心裂肺的惨叫声，脊背狠狠一麻。

“陛下，咱们换小船逃！”

管宗光也算有点儿想法的人，他明白这样招摇地驶着大船肯定跑不了，只能当机立断趁着萧军还没有跟上来，护着宋熹换乘小船，在江上大雾中神不知鬼不觉地离开。

“快！”

“快护住陛下！”

一群人仓皇逃离，神色都极为紧张。

宋熹眉心紧蹙着，回头一看，大船上面已经拥上了不少萧军，双方不断有士兵从船上滚落下来，扑入江水之中，冒几个泡就没了踪影，只留下一圈血水的污秽。那些刀、枪、剑、矢在甲板上撞击的铿铿声，仿佛某种催命的符咒，让他的脚步越发沉重，如同灌了铅。

残阳如血，透过薄雾射入眼里。

他站在舟上，突然叹息一声。

“停下吧！不打了。”

闻言，管宗光微微一愣，喊了一声“陛下”，才发现他脸色有些凝重，目光中仿佛带着一种灼人的火焰，直视着前方。管宗光慢慢转头，只看一眼，脑子顿时一片空白。

噩梦般的画面，映入了他的眼帘——

前方几十丈开外，驶来一艘船，载满了萧乾的精锐将士，庞大的船身像将江水推开了一个豁口，白浪滔滔，把他们立身的小船逼入了一个漩涡中，小船不停翻腾，也让他们的样子如同丧家之犬，狼狈至极。

萧乾站在高高的甲板上，夕阳下，一身甲胄闪闪发亮。

很快，伴着风声，传来他冷冷的命令。

“拿下南荣皇帝！”

“陛下，咱们……南荣完了！”

管宗光撕心裂肺地喊着，侧头看去，却见宋熹刚刚抬起手举剑，一支利箭就飞射而至，铛一声击在剑上，让他手上的长剑脱落，恰好砸在管宗光的脚上，痛得他呜了一声，跳将起来。

“啊！”

举着弓箭的萧乾，站在甲板上，冷冷看着宋熹。

“好死不如赖活着，你急什么？”

宋熹一怔，揉了揉被震得发麻的虎口，迎着逆射的阳光微微眯眼，却是笑了。

“你误会了。我只是想还剑入鞘，向你致敬而已。”

景昌二年五月初二，汉江水战，历时两个时辰，以南荣败北、宋熹被俘结束。而僵持许久的汉水甬道之争也终于落下大幕，汉水甬道与金州地界一样，被萧军接管，再一次成为萧乾的占地。

消息传得很慢，但此事还是轰动了金州——

皇帝被俘，江山如何？

有人暗自庆幸，小皇子已经出生，如此一来，即便景昌皇帝有个什么三长两短，南荣也不至于后继无人。也有人胆战心惊，这皇帝被俘了，本就岌岌可危的南荣江山，又何来安稳之日？

金州风雨飘摇。

位于金州地界的兴隆山，气氛更是阴云密布。

这一日，大雾散尽，烈日高照，兴隆山镇的老百姓如常操持着自己的营生，可很快，就有人发现了不对劲。

镇外集结了大批南荣兵马，他们将兴隆山完全包围，四处吆喝着安营扎寨，虽然没有侵犯他们，却让已然过惯了闲适日子的兴隆山镇老百姓不得安稳。他们的到来，仿若在百姓心头插上了一根刺。有胆小的，来不及收拾家什，拖儿带女地就上山去了；有胆大的，也无非多收拾几件细软，多赶几头牛羊再行上山。

于是乎，不到晌午，上山的路已人满为患，人群挤在一起，推车赶羊，拖家带口，如同游走的长蛇，蜿蜒着上山而去。大家边走边议论，这朝廷派兵来兴隆山所为哪般。有消息灵通的人，也知道墨九快要生产了，朝廷寻了这个时候来，肯定有什么大的变故了。可无论如何，这些人都一致认为，九爷待他们不薄，生死都得和兴隆山共存亡……

天上白云舒卷。

地上风雨飘摇。

兴隆山众人悬着心，金州的萧军正在清理战场。

在萧军俘获了宋熹之后，有皇帝在手，剩余的残兵基本都选择了投降。故而，除了发生几处小规模的交锋之外，萧军接管金州的整个过程都没有遇到太大的反抗，而金州城的老百姓对萧乾和萧军也都极为熟悉。他和宋熹不管哪个胜，哪个败，百姓并无个人好恶，只要不影响他们的生活便好，甚至有相当大一部分金州百姓对萧军入城接管，存了喜闻乐见的态度。

萧乾拿下金州，并没有马上去兴隆山，而是在金州大营召见了各军几个高级将校秘密议事。

议事内容，外人不得而知。

约莫一个时辰后，将校都散去了，萧乾才吩咐薛昉。

"把宋熹带来。"

生擒宋熹，是萧乾领兵出战之前就下达的命令。可真的抓了一个皇帝回来，他也没把宋熹当俘虏，好吃好喝地待着，一应事宜皆按皇帝的礼制执行，没有半分为难，也算很讲究了。

"主公，宋熹带到。"

薛昉站在门口，精神奕奕地拱手。

这个小伙子黑了、瘦了，但打了胜仗之后，他亢奋的神经还没有恢复，他说的每一个字都带着跳跃的火光，尤其说到宋熹的时候，更有一点点骄傲的情绪。

"请！"萧乾抬手，面无表情的样子，并不像薛昉那么沉不住气。

大营的帘子很厚，抬起、落下，都会带出一股子闷响。

等它再响起第二次时，宋熹慢悠悠进来了。

身着白衣，未携武器，负着双手，长发绾髻，他那闲适的样子，像一个饱学的儒雅之士，没有了半分战场上的凛冽。如此一来，黑衣黑甲，腰系长剑，面色肃穆的萧乾，就添了几分武夫的冷峻与酷烈，与他形成了鲜明的对比。

"萧王好风采！"

宋熹一进来就轻声夸赞，语调里带了一点儿戏谑。

"陛下也可。"

萧乾也不示弱，示意薛昉为宋熹备上椅子、茶水，然后慢慢坐在了他的上首。

这一位置摆放上的"不经意"，让宋熹目光微微一沉，可只有一瞬，他又轻轻笑了笑，没有介意，掸了掸衣袖，端茶而饮，神色极为轻松。

"做皇帝的时候，整日感受不到乐子，这轻松了大半日，竟发现金州的水更好，茶也更好了。若萧王有闲，再与我博弈一局，想必就更是人间美事了。”

萧乾淡淡看他，面无表情：“陛下可知，我唤你前来所为何事？”

宋熹放下茶盏，轻轻一笑，那神态动作像放下的不是一盏茶，而是一座沉重的江山：“我若为皇帝宋熹时，会很在意萧王唤我来所为何事。如今我已为阶下之囚，囚人宋熹，又何须在意所为何事？不论萧王有何事，皆非我能掌控，何不淡而忘之，且行且看？”

这番话他说得云淡风轻。

不曾是位高权重者，很难了悟其中的真诚。

皇帝宋熹与囚人宋熹，是一个人，可真说来也并非一个人。在其位，必谋其政，一言一行都得符合其位上的规矩，由不得他，这是道德，也是天道。当他已无能为力时，做不得主，又哪管那许多？

静默一瞬，萧乾抬了抬嘴角，露出一个若有似无的笑。

“似乎陛下更乐意做囚人宋熹，而非皇帝宋熹？”

“不！”宋熹噙着笑，像在和老朋友聊自己的闲事，言语间带了一丝无奈的叹，“我最愿意做闲人宋熹。萧王不曾听过吗？若无闲事挂心头，便是人间好时节。我盼的，也是那样的日子。”

那样的日子——

萧乾眯眸，思考一瞬，缓缓开口。

“既如此，陛下想必只有失望了。”

“恰恰相反，我以为我的愿望就快实现了。”宋熹笑着，“你俘我前来，不杀不逼，不问不难，自然是为了好好养着我。这样的闲适日子，正是我之所愿。囚人宋熹，想必要否极泰来了。”

“陛下好生风趣！”萧乾目光微微一凛，“可惜，你猜错了。”

“哦？”宋熹眸色亦是一沉，“此话怎讲？”

“我抓了陛下来，不杀不逼，不问不难，不是为了养着陛下，而是有别的用途。”

“唉，你这个人果然无趣！非得把话说死作甚？”

叹了一口气，宋熹笑着摇了摇头，又补问：“那萧王且说，何事用得着我？”

相对于他的轻松，萧乾眉宇间满带凝重，似乎还有比打金州更大的事儿藏在心头。听罢宋熹的询问，他也不回，只轻咳了一声。

“薛昉！”

站在帐门口的薛昉得了令，沉喝了一声。

“把人带上来！”

突然的变故，让宋熹眉头跳了一下。

静静地等待着，他望向萧乾冷肃的面孔，没有再问。

不一会儿，两名萧军士兵就押着一个人进来了。

那人一身南荣大将军打扮，衣衫不整，头发凌乱，胡子拉碴儿，带着一身酒味儿，样子极其狼狈。

入得营帐来，他也不等人家叫他跪下，只看一眼宋熹，扑通一声跪下，就声泪俱下地痛陈起来。

“陛下，刘明盛擅作主张，调离汉水甬道的人马，末将……末将也犯有不察之责。可末将，末将也冤，末将哪料他狼子野心，被他哄骗着灌醉了，歇在营中……竟不知萧军袭来，酿成大错，望陛下恕罪！”

恕罪?

宋熹笑了笑。

“我如今可恕不了你的罪了，还得感谢你，为我解惑。”

之前在汉水之上他就心存疑惑，汉水甬道布着南荣大军的主力兵马，怎会被萧军攻陷得那么利索?

如今一听这个解释，一切都明白了。

此次与萧乾对阵，南荣军共分为三路。刘明盛、管宗光，还有这个趴在地上悲愤交加的邓良，分别为三路大军的最高统帅。管宗光随了宋熹渡江，刘明盛与邓良各负责领一支军队，各有任务，分工明确。不过刘明盛所领的军队，是来自临安的京畿禁军精锐，担负着攻打汉水甬道的任务。邓良麾下兵马，则是来自淮南路的地方整合军，主要职责是为刘明盛所率主力部队做后援并提供保障……结果主力抽离，邓良醉醺醺不省人事，被萧军打了个措手不及，好多人都没有反应过来，营地就被攻陷了。

不过，宋熹也有一点不明白。

就凭刘明盛这一介武夫，想学萧乾自立为王，也太嫩了点儿。

那既没有谋逆的条件，他带兵去了哪里?

他的问题，也正是邓良想知道的，所以他回答不了宋熹，只悲愤交加地骂着刘明盛忘恩负义，恨不得把他祖宗十八代都拖出来骂上一通才能解心头之气。

宋熹听得眉头都皱起了，瞥一眼萧乾，把问题抛给了他。

“想必萧王有答案了。”

他君臣二人说话时，萧乾始终旁观不言。

听到宋熹问及，萧乾慢条斯理地瞥一眼邓良，摆摆手，让兵士把他拉了下去，然后才对宋熹道：“这也正是我请陛下来的用意。”

“哦？”宋熹笑笑，“萧王果然深谋远虑！”

设计擒获宋熹，萧乾确实有他的用意。

不过，这个用意到底是什么，他并没有当场告诉宋熹，而是让他带着疑惑去拾掇一下，准备出发。

入夜时，金州营寨已基本肃清。

萧军将士经了短暂的休憩，再一次接到了紧急军令——

出征兴隆山!

萧乾要打兴隆山?

军中顿时炸开了锅。

兴隆山是墨九的地盘，哪怕墨九“背弃萧乾”嫁给了北勐的苏赫王爷，可那个时候，他已经“死去”，说来也并非墨九完全无理，不至于这个时候去攻打人家吧？好多人根本就不明白为何要出征兴隆山，有人猜测是抢亲，有人猜测是报复，但不论怎么猜测，令行禁止是军人天职，他们说笑着，吃罢晚饭，整顿好行囊，便齐集校场，准备出发。

萧乾将金州军务交给古璃阳，亲自点了十五万精锐将士随同前往。

大军浩浩荡荡，往兴隆山方向行去。

随行的人，还有景昌帝宋熹。

萧乾没有为宋熹上囚具，骑在马上的宋熹就像一个随军的军师，一身白衣行走在大军之中，极为显眼，引得道路两侧围观的百姓惊讶莫名，窃窃言语。

“现在感觉如何？”萧乾侧目，淡淡问。

“不错！”宋熹与他互视着，莞尔一笑，“能上兴隆山，我之所欲也——”

觊觎人家的妻室还说得大言不惭，这皇帝也是没谁了。

边侧的将士都暗自揣测，这一战有点儿兴味了。

他们心底疑惑呀——那墨九，到底会跟了苏赫，还是再跟回萧乾，或者……在萧乾毁了容颜之后，会看上这个俊美的景昌皇帝宋熹?

即将到来的大战，在军中变成了风花雪月的猜想，让行进的萧军气氛有一些微妙。一直到离兴隆山镇十余里时，萧乾令大军停下，大家才感觉到了一丝战争的低气压。

大军前方，飞奔过来一匹快马，人还没到，声音就吼了过来。

“主公！探子传来消息，九爷快要生了……好像情况不妙。两个时辰前，有墨家弟子把镇上的张婆子叫上山帮忙去了。”

兴隆山备有大夫，也有稳婆，如今却把一个跳大神的张婆子叫上山?

不好!

萧乾心尖一缩，拽着马缰绳的手微微一紧。

“敌军情况如何？”

那斥候气喘吁吁，显然也有些着急：“回禀主公，刘明盛率数十万兵马围住了兴隆山，尚无其他动静，南荣兵大营就在兴隆山镇外三里——”

也就是说，两军相距不过五六里了——

将士惊诧，不得不佩服萧乾的未雨绸缪。

若没有俘虏宋熹，那难免又是一场大战了。如今有宋熹在手，不管什么刘明盛，不照样得束手就擒，为他们让路吗？除非他刘明盛想反!

可萧乾明显没有那么乐观。

都这个时辰了，宋熹被俘的消息，想必早已传到了刘明盛的大营，他没有对此做出任何的反应，照样围着兴隆山不让，那就只能证明一件事——他根本就不听宋熹的命令。

“可惜了！”宋熹倏地一笑，望着萧乾的目光中，有一丝淡淡的自嘲，“萧王怕要失望了，因人宋熹其实是个无用之人。即便有我在，你也免不了要动武才能去看心爱之人。”

萧乾不反驳，只一字一顿，冷冷道。

“请陛下下旨，让刘明盛让出兴隆山，退至房州！”

“我下旨若有用，萧王又如何拿得下金州？”

“请、陛、下、下旨！”

萧乾加重了语气，声音戾气逼人。

很显然他不仅失去了耐心，还有些狂躁了。

宋熹知道是墨九的消息刺激了他，抿了抿嘴唇也不多说，只由着萧军士兵奉上笔墨，就在马背上草就了一封圣谕，令刘明盛率部撤离兴隆山，退至房州方向。

圣旨很快被萧军使者带着去见刘明盛了。

几里路，来去速度很快。

可对这一群按兵不动、原地等待的人来说，时间久得却宛如一个世纪。

“报——”

长声吆呼，传入军中。

萧乾眉心一蹙：“讲！”

“禀主公，刘明盛说，让主公先放南荣皇帝，他们才肯撤离！”

“荒唐！”萧乾狠狠冷斥，可有心人或可发现，经了这短暂的等待时间，他神色反倒不如先前那么急躁了，就连说话的语速也放慢了很多，“继续传话。告诉他，半个时辰后，若不撤离，我便杀了景昌帝祭旗！然后——血溅兴隆山！”

这句话肯定是有威慑力的。

正如萧乾猜测的那样，刘明盛哪怕有数十万大军在手，对兴隆山却围而不攻，并不是给墨九面子，肯定有别的原因，除了尚未得到命令之外，肯定是心有惧怕。

关于兴隆山上的机关火器、关于墨九，有太多令人惊悚的诡异传说。

想那时宋骜带了那么多兵马，依旧陷入阴山死亡山谷，全军覆没，而墨九破得了阴山的死亡山谷，只能证明兴隆山上的机关之巧，比死亡山谷更为精密。对于那种玄之又玄的东西，人们往往都有敬畏，刘明盛在没有十足把握的情况下，肯定不敢随便胡闯。

而这，也是萧乾认为墨九在兴隆山养胎最安全，不让她跟着他身处战场的重要原因。

这天下真正敢带兵随便乱闯兴隆山的人只有一个。

那就是他自己。

天渐渐黑了，去传信的人这次回来得很慢。

带回来的，也不是一个好消息。

他跪在地上，战战兢兢地奉上一方纸笺。

萧乾接过来一看，神色微微一变，望向宋熹。

“是给陛下的。”

看着他眸底闪烁的光芒，宋熹却没有意外，就像早就料想到了这个人会在这个时候给他送上这样一封信似的，慢悠悠接过来，轻声笑道：“所以萧王这一次要失算了。”

“哦？”

"世上最毒妇人心，并非每一个妇人都若墨九那般待你情深义重，遑论你毁容还是殒命，不离不弃，不念旧恶，不疑真心。这世上最靠不住的便是妇人的情爱呀，当你还有用的时候，她就会有真心；你若失势，她便迫不及待地倒戈。如今临安有小皇子，南荣后继有人，没了一个皇帝，还可以有另一个皇帝。我的性命，又何足重哉？"

"……"

萧乾静静看他片刻，好一会儿才慢悠悠地回应。

"陛下，你错了。"

"我错？"宋熹轻笑一声，"是，我错了。我低估了妇人的贪婪。"

"不！"萧乾徐徐转头，目光里有一丝笃定，或者说自信可掌控局势的光华，"这一仗我已然做好了准备。刘明盛什么东西？我萧乾还不看在眼里。"

既然不看在眼里，又为何这般作为？

宋熹紧紧抿唇，满脸疑惑。

萧乾冷哼一声，也不吊他胃口，淡淡道："我抓你来，其实并非要用你要挟刘明盛，而是为了——还你人情。只不过事情有变，墨九危在旦夕，我才想试一试，你这个皇帝到底能卖几个钱。"

"结果你失望了。"

"不！我很满意。"

"……"满意什么？

"我的墨九世间仅有，非任何妇人可比。得一墨九，萧乾此生足矣！"

说罢这句，他半合的眸中射出一抹危险的光芒，猛地拔出腰间长剑，高举过头，冷声命令。

"传令下去，大军全速开拔，撕开敌人防守——"

第六章　酒入喉，终成伤

天刚擦黑，太阳落入地平线还没有多久，暮色四合之际，旷野上的绿意在慢慢变成更深的颜色。

得了命令的萧军以猛虎之势冲向了兴隆山镇的方向，途中旌旗翻飞，风吹散了白日骄阳带来的酷热，刮在人的脸上，甚是凉爽。千军万马，喊杀声声，蝗虫似的涌向南荣禁军，铁甲上的金属闪着幽寒的光芒，锐利、刺目。骑兵一马当先，步兵与战车在后，弓兵在盾兵之后，一排排密集有序，不显半分杂乱。

这声势如同大浪卷来，让远处哨上的斥候慌不迭去报信。

“报——”

斥候急速入营，大声禀报。

“大帅，萧军攻上来了！”

这斥候年岁不大，从京戍之地过来，还没有真刀真枪地上战场拼杀过，本就有些紧张，而面对的敌人又是赫赫有名的萧乾，他的恐惧就更甚了，说话时，脊背泛着冷汗，声音也有些颤抖，听得刘明盛铁青着脸，啐了一口。

“没出息！攻上来又如何？咱们还怕他不成？”

嘴上说不怕，可这位大爷狠狠瞪了斥候一眼，又飞快地走到帐门口，撩帘往外面看了一眼，回头时，眉心都打了结：“萧逆离我们有多远？”

“报，禀报大帅，不足三里——”

三里地，也不过转眼间了。刘明盛看着斥候苍白着脸紧咬嘴唇的样子，冷哼一声，猛地拔了腰刀。

“来得好。既然敢来送死，老子就杀他们一个屁滚尿流！”

刘明盛这人生得虎背猿腰，打从入得行伍，就在禁军供职，其间打过不少仗，在南荣武将凋零的年代，也算得上一员不可多得的猛将了。若不然，宋熹也不会用他去攻打汉水甬道。故而，这一仗他也并非仓促应对，当萧乾带兵从金州出发的时候，他的人便已经摸清了底细，对萧乾的兵员数量一清二楚。

所以仗着人数多，他认为这一仗还是有希望的。

更何况，萧乾急着上山见墨九，那更有可能处于劣势——

急就躁，躁就乱，一乱就容易失去理智，导致败北，古今战场多少人吃了这个亏？

这么寻思着，刘明盛心里的紧张就变成了兴奋。

只要这一仗干过了萧乾，他刘明盛就飞黄腾达了。

他热血沸腾地飞马到达阵前时，萧乾的人马也正好赶到，两军相距不过数十丈。

兴隆山镇原本是一个有了墨家之后才新建的小城镇，不像一般的固有城池大多依托要塞，建有防御筑基。这里一马平川，只有百姓种植的果蔬田地，一大群萧乾部骑兵策马过来，根本没有半点儿阻碍，就冲向了南荣禁军摆开的阵形。

“杀呀！”

“冲啊！”

萧军得到的命令不是怎么赢得这一仗的胜利，而是“撕开一道口子”。也就是说，不管刘明盛拉了多么长的战线，摆了多大的阵形，他们只有一个目标，就集中在一处往前冲。这种凝聚所有人的力量在某一点的攻击力是极为可怕的。

成千上万的人，变成了一个人。

或者说，变成了一把刀，一把锋利的尖刀，捅向了敌人的要害。

先头兵都不畏生死，只管执着刀枪长矛往前冲。

前面的人死了，后面的人扑上去。

一排又一排，一排接一排，他们前仆后继，密密麻麻……

这样的战术有一点儿像妇人打架，上来就扯头发挠眼睛，让早早摆开了阵形的南荣禁军，有一些措手不及，应付起来稍稍有些吃力。刘明盛见状，不得不开始调集两侧的兵马往中间靠拢，与萧军形成对峙，不去和他们拼命。

可他们不拼，萧军却摆明了要鱼死网破，凭着一股子冲杀的狠劲儿，很快就在势头上占了上风。冷兵器战场，信息指令的传达，存在相当大的延迟与滞后，往往一个命令下去，需要很长时间才能传达给全军，还容易存有误差。因此，战场上的士气与进攻的势头很容易影响整体的战局。

互相拉扯着的战线上，南荣兵仗着人多，一部分留守，一部分从两侧往中心增援，一下子又拥上了大批的人马。可萧军见状，却不与他们在同一个地方互相拉扯，凝滞一瞬就又往左侧而去——

刘明盛站得有些远，死人的血腥味还没有传入他的鼻子，就见一群南荣禁军作鸟兽散，被萧军先头骑兵冲得到处奔跑，有些居然被挤入了田地，将百姓的庄稼踩得一片狼藉。

“格老子的！”刘明盛看不见前沿的厮杀，只看到后退的士兵，举刀冲过去就砍翻了一个退下来的士兵，然后破口大骂，“谁他娘的再后退，老子就宰了谁！上！给老子上！”

“大帅有令，不许后退，不许后退！”

两个传令兵挥舞着令旗传令去了，刘明盛原地站了一瞬，又大声命令他的亲卫近侍上去，堵在了大军的后方，像赶鸭子似的，不允许任何人再往后退。这样的震慑，还是有些作用的。先前萧军长驱直入，攻势猛烈，南荣禁军有点儿尿了胆，可如今刀架在脖子上，他们反倒无所畏惧了。

潜力被激发出来，先头的颓势一扫而空，居然生生挡住了萧军的进攻。

刘明盛稍稍松了一口气。

可不待他气儿落下，事情就有了变化。

这时，萧军的传令兵突然在对面大声嘶吼。

“南荣禁军的兄弟们，你们听着：刘明盛不遵皇令，意图谋逆，我们是护送景昌皇帝过来清讨叛将的。你们的皇帝如今就在我们大军后方，你们速速后退，不要再助纣为虐了。萧王有令，退者不杀！”

“啊！”

乱军中有人低声惊呼：“此事，是真是假？”

“不知呀！”

是真的，是假的，其实对普通士兵来说并不重要，谁做皇帝都离他们很远。他们此刻需要的是一个更加合理的理由来说服自己，不再继续这场残酷的战争，不让血淋淋的刀子有机会插入自己的胸膛——

"我们的陛下，真在他们军中吗？"

"若陛下真在，为何不见现身？"

"陛下是被俘虏了吧？身不由己。"

"杀上去！"刘明盛的亲兵在后方大声吆喝，"再有胡言乱语者，杀无赦！"

不管有多少人，只要没有人出来组织，就没有主心骨。而没有人组织的背叛，势头总会很弱很弱。士兵潜意识的忠诚不允许他们随便做出决定。于是乎，从众之心主宰着他们，他们只能投入这一场激烈的厮杀之中，却无人出来做那个"出头鸟"，拷问真相。

"杀呀！"南荣禁军大声嘶吼着。

"杀呀——"萧军也在死命地往前冲。

没有人再私下议论，战场上只剩下铿铿的刀枪撞击声，狰狞地带走一条又一条生命。刀光剑影中，萧军冲击的力量越来越猛，南荣禁军也不得不一步一步往兴隆山镇的方向后退。但他们人多，一边退，又一边组织堵住萧军，战况很激烈，同时，也陷入了胶着。

宋熹此时，确实就在萧军的后方。

萧乾在领兵冲阵之前，说无须他出手，但他观察着这般拉锯似的战局，想着山上待产的墨九，终于按捺不住，看一眼始终近身跟着自己的击西和闯北，轻声问。

"二位，可否信我一次？"

击西警觉心顿起："你想作甚？如果想借便尿遁，省省吧。"

"……"宋熹嘴唇抽搐一下，正色道，"你们的九爷大概快生了，正在山上等着你们的萧王。女人生子，多拖一刻便多一分凶险……"

"那又与你何干？"

击西对萧乾极为忠心，半点儿都不愿意他们主公的女人被别的男人觊觎，哪怕他是宋熹，哪怕宋熹是为了墨九好，这些话在她听来也不太中听。

可听完她的话，宋熹却笑了。

"你们放我过去，有我在，你们会打得更顺利。"

"我呸，我凭什么信你？"击西翻了一个白眼，正想损他，却听闯北道："听他的。"

击西一怔，转头懵懂地看着闯北："为何要听他的？主公说了，不许他四处走动的。"

闯北斜视着宋熹，道："那是主公重诺，要护他性命。可主公不用他，我们可以用啊！”

击西对这些话似懂非懂，可心底里，她对李闯北的信任是绝对的。

想了想，她嘟着嘴唇，嗯一声算是同意了。

于是，两个人一左一右护着宋熹往厮杀激烈的阵前挤。

人群密集得像蚂蚁一样，偶尔有冷箭的破空声掠过，让人心惊胆战。

乱军之中，什么事情都有可能发生，萧乾让自己的两个贴身护卫跟着宋熹，并不是为了防止他离开，确实是为保护他的安全。如今宋熹执意去到最前线，当然也是冒着风险的，乱箭不长眼。故而，正在拼杀中的萧乾看到他来，不由得怒气冲天，沉声大喝。

“谁让你们带他上来的？回去！”

不待击西回答，宋熹就笑了：“我自己要来的。”

说罢，他突地“驾”了一声，驭着胯下骏马从乱军之中突奔过去，很快站在了萧乾的身边，给了他一个意味深长的笑，而后清了清嗓子，对着南荣禁军大声呐喊。

“将士们！刘明盛擅自调兵，违背朕意，实为大逆不道。今日之事，朕自会治他之罪。而你们，受令于他，本是无辜，朕不会怪罪，现在听朕口令，拿下刘明盛，撤离兴隆山——”

“陛下？”

“是陛下？”

人群中传来一阵嗡嗡声。

宋熹身着一袭白衣，哪怕暮色近了，目标也很大，很容易被人看见。

禁军中有人认识皇帝，当即惊呼起来。

“真的是陛下呀！”

“怎么回事？陛下怎会和叛军站在一起？”

大部分的南荣士兵都一头雾水，看到皇帝在敌军之中，根本无所适从，一时间，议论声甚至盖过了厮杀声，人群刹那间沸腾起来。刘明盛见势不妙，急吼吼地策马冲入军中，和自己的亲卫站在一起，望向宋熹的方向，膝盖有些发软，差一点儿就条件反射地跪了下去。

但他知道，这个时候跪不得。

已经走了五十步，一百步就必须走下去。

此时回头，已来不及了。

“弟兄们！”他举刀高喊，“大家不要受萧逆蛊惑，此人并非景昌皇帝——真正的景昌皇帝，已在几个时辰前的汉水之上，阵亡了！”

皇帝已经死了？

这一句话在南荣禁军中引起了轩然大波。

将士哗然：“大帅……此事当真？”

又有人质疑：“可那人很像陛下呀。”

夜色之下，识人不清，给了刘明盛的谎言以极大的便利。可禁军中的高级将领并非全都是他的亲信，有一部分人甚至对宋熹较为熟悉。他们一旦有了怀疑，自然想要求证。

“大帅！此事马虎不得，末将以为应当核实为妙——”

真的假不了，假的真不了。做贼的人自然会心虚，眼看那人的话得到了一群人的附和，刘明盛心底顿时慌乱，说话也有些结巴了：“依柳将军之言，当，当如何核实得了？”

那姓柳的将军考虑一瞬，突然掉了个方向，拔高声音对着萧军大喊。

“不知萧王可否让柳某过去，亲自觐见陛下？”

他话音刚落，萧乾还不曾回应，禁军后方就传来一阵骚动。

紧跟着，一个女人柔柔弱弱的声音就盖过嘈杂声，徐徐落入众人的耳中。

“大敌当前，柳将军不必冒险。陛下是真是假，本宫一观便知。”

禁军从中间分开，一行黑影徐徐从中走过来。

顺着他们行走的方向，火光越集越多，似乎所有人都想一睹皇后娘娘的风采，也都自然而然地集中在了那个女人的两侧。光线渐渐明亮起来，众人簇拥着，那中间纸片一样单薄而柔弱的女人，就进入了众人的视线中。

这一番变故，让正在厮杀的人都停了下来。

四周冷不丁地安静下来，气氛便显得诡谲莫名。

无名的夜鸟从天空掠过，转瞬投入丛林，那刺耳的叫声，便添了几分夜的萧瑟。

宋熹平静地骑在马上，白衣的袍角被风一掀，徐徐荡开，整个人似沐浴在月光中，皎如月华，偏生一张脸却隐在不太明亮的阴影里，看不清表情，更无法捉摸他此刻的情绪。反倒是他身侧站立的萧乾，那冷漠得如同阎王似的黑脸，让人瞅着有一些心生压抑。

怪异的气氛中，南荣禁军连呼吸都显得小心翼翼。

皇后娘娘来了！

他们在紧张、忐忑地等待着她做出最后的判断。

也只有她有权宣布这个真相。

因为她是宋熹的妻子，是南荣的皇后，他们夫妻恩爱不疑，这是众所周知的事。若传闻已经驾崩的皇帝突然生还，皇后不得大喜着与他相认吗？想她产后不过数月，不顾本就虚弱的身子，匆匆从临安过来，本欲前往金州探视皇帝，不料突逢变故，得知宋熹在汉水被围，她只得暂住刘明盛的军中，直到前方传来宋熹阵亡的消息，才受不得刺激晕了过去。

这不，刚刚醒来，她听到皇帝来了，就急急赶过来了——

忽悲忽喜，大起大落，他们都担心，这身子虚弱的皇后娘娘，是否承受得住这样的刺激？

谢青嬗从南荣军中穿过，两侧的禁军想了很多，但不管作何想，他们眼中的谢青嬗都是一个弱不禁风的女子，身形单薄得似乎风稍稍大一点儿，她都会被卷跑。可这样的女子，令人心生怜惜，却又自有她的威仪。

多看她一眼，呼吸都不畅快，几乎快要透不过气来。

因为她的神色，太过哀伤。

那神色像希望突然破灭，又像受了天大的打击。

盯着宋熹，她紧咬的下唇，有着深深的齿痕，一双眸子蕴满了痛苦的水雾。

众人都关切地看着她，想从她嘴里听到答案。

可夜风徐徐，她许久都不曾出口。

直到刘明盛都忍不住催促了，谢青嬗才幽幽一叹。

“他很像陛下……可他，并非陛下。”

几个字从她的嘴里说出来，像用尽了她的力气，又像把她的身体都抽干了一般，说完话的她，摇摇欲坠，甚至需要扶住宫女的手臂方能站稳。

“不是陛下？”

“真的好像陛下呀！”

“怎会不是呢？”

“娘娘说不是当然就不是了。”

众人哗然，谢青嬗却在这时站直了身子，掐紧宫女的胳膊，眯了眯眼睛，吸足一口气：“刘大将军，此处就交给你了！”

说罢，她掉头就往后走。

“站住！”

宋熹的声音从夜风中传来，低沉而有力。

几乎下意识地，谢青嬗双脚一颤，就停下了脚步。

可她死死掐住宫女的胳膊，愣是没有回头。

四周什么声音都没有。

无数人的视线都落在宋熹和谢青嬗的身上。

有细心的，离谢青嬗近的，甚至可以看到她颤抖的双唇。

而宋熹的身边，也有一个拿火把的兵士挪了挪位置。于是，一团光线突然大炽，众人终于可以看清他眸底的情绪了——那就是，没有情绪。

一双眼仿若深潭之水，无波无澜，就连他的语气也极为松缓。

“皇后，你太天真了！你莫非以为，这般就可以挟太子以令诸侯，掌控南荣江山了？”

谢青嬗身子僵硬一下，徐徐回头，看着宋熹的方向，语气是和他一模一样的平静，就像他们曾经共同相处过的那些“恩爱”日子一样，有礼有节，一言一行就像从书上抄下来的模子，没有起伏，一潭死水，看上去没有什么不好，仔细琢磨却也没有什么好。

“本宫不识得你为何人，亦不知你是萧逆从何处找来冒充陛下的。但你既是南荣人，就应做南荣人该做的事，不要与逆者为伍，助纣为虐，毁我南荣天下，欺我南荣子民，骗我南荣将士！好自为之吧！”

这……

她义愤填膺的样子，让清楚的人很尴尬，而不清楚的人，估计都快要被感动哭了。

不得不说，能颠倒黑白得如此彻底，不曾有一丝一毫的慌乱，谢青嬗挺有本事。至少，这一种处变不惊的无耻，就非普通女子可以做到。

“呵！”宋熹微一低头，思考一瞬，再抬头直视她时，突然笑了，“果然是谢家培养出来的女儿，怪我小瞧了你。”

谢青嬗沉默一瞬。

“你想挑拨暗示什么？好，本宫给你一个机会。”

她身子慢慢转过来，又往前走了两步，款款而行的身姿曼妙婀娜，一双眸子久久盯着宋熹不动：“你只需告诉本宫以及一众南荣将士，你若是南荣的皇帝，为何会与逆兵在一起？嗯？”

她和谢忱一样，是一个懂得说话抓重点的人，很清楚怎么煽动人的情绪，往利己一方引导众人的思维。因为这一点，正是宋熹最难解释清楚，也最容易让人产生怀疑的地方。即便刘明盛不遵皇令，也不应该是萧乾带着宋熹来声讨。

叛军就是叛军，二者泾渭分明。

众将士纷纷点头，可宋熹勾唇微微一笑，似乎没有想要解释的意思。

到了这一步，他又岂会不明白这个女人的打算？

盯着谢青嬻的眼睛，他道："事到如今，我只有一个问题要问你。你让我死个明白也好，你到底从什么时候开始计划这些的？从冯丁山到刘明盛，你在我的禁军里安插了多少人？你又是用的什么手段，让他们都甘愿冒着掉脑袋的风险，听从你的调令？"

这些事若不弄明白，恐怕宋熹到死都不会瞑目吧？

可谢青嬻又怎会在这个时候告诉他？

看着他脸上被火光带过的一道粼粼光影，她微微眨了一下眼，目光纯粹得仿佛没有半分杂质，略带轻笑地看向他，就像以往在宫中，她无数次盯着他看的样子，崇拜、爱慕、着迷一样燃烧着情意。也正是这样的目光，让宋熹曾经以为她真的只是一个没有心机的姑娘，哪怕其实察觉到某些端倪，只要不超出他的底线，他都出于对她不爱的内疚而选择了沉默。

女人"作"一点，有什么呢？

她怀着他的孩子，他却不爱她，还有比这更悲哀的吗？

他容她贪心，把除了爱之外可以给予的一切都给了她，只为弥补她的深情。

可人的贪心，到底惯不得呀！

要了五十就想要一百，得寸进尺，永不会停止！

这一次对于他的问题，谢青嬻连回答都没有了。

"本宫不屑与你这逆贼叙话！"

望着他，她倏尔一笑，返身快步离开，只留下一句话。

"刘大将军！为陛下报仇——"

"谨遵娘娘懿旨！"

刘明盛大声应了"喏"，而后跨步上马，声色俱厉地举刀大吼。

"众将士听令，杀萧乾，诛叛军，为陛下报仇！"

"报仇！"

"报仇！"

他喊声一落，他在军中的所有亲信就跟着大吼，顿时带动了一片人潮。几位将士互视一眼，有的人相信了，有的人心里却存了疑惑。然而，看着已经被煽动得蠢蠢欲动的禁军，他们终究选择了沉默——因为连皇帝都没有坚持自己的身份，他们又怎敢出这个头？到时候被人一刀结果在乱军之中，怎么死的都不知道。

"杀呀！"

"报仇！"

"为陛下报仇！"

"诛逆贼！杀叛军！"

消停了片刻，熄灭的战火再一次被点燃了。

冲天的呐喊声，甚至比先前更为猛烈。因为带了"复仇"二字，每一刀、每一枪，似乎都更为血腥了。披着重重铁甲的两军将士，军服上泛着金属的冷光，一句句从胸膛间迸发出来的嘶吼，带着歇斯底里的暴力与野蛮。

"杀呀——"

泼墨似的天空下，火光点点，喊杀声阵阵。

山上的墨九牵动着萧乾的心，看着蝗虫一般涌上来并将上山道路堵得水泄不通的南荣禁军，他眉心皱得紧紧的。他一边指挥着精锐将士寻找禁军的薄弱点，一边观察着这个严密的包围圈，目光中火光熠熠，不知在酝酿什么情绪。

噗！刀子入肉的声音。

啊！濒临死亡的惨叫声。

萧乾一刀结果了一个禁军校尉，回头看着一动不动的宋熹，突然又策马返回几步，停到他的面前，沉声道："我说过，抓你来只为还你一个人情。今日一战之后，你便自由了。"

当日在临安，宋熹放他离开，许他自由，他得以生还。如今他抓了宋熹再放他，一擒一纵间，自然也算偿还了当日之恩。可宋熹听完他的话，眉目间却慢慢浮起了一丝自嘲的笑。

"你的人情已经还了。剩下来的家务事，就由我自己处理吧。"

萧乾面色微微一沉，双目灼灼，显得格外深邃。

"当真不用我帮？我只怕你下不得手。"

"不必了！"宋熹道，"你不仅还了人情，还给了利息，我又岂会不知足？"

“那好！”萧乾突然大喊了一声赵声东，然后等他过来，冷着嗓子吩咐，“传令下去，谢青嬗、刘明盛，留活口！战事一旦平息，尔等马上返回金州！此次俘军，全数交由景昌帝处理！”

“是！”赵声东拱手答应。

萧乾迟疑一瞬，看着乱成一团的战场，再次下达命令。

“闯北带人保护景昌帝，声东带人拖住两翼。击西，随我冲上山见九爷！”

一听这话，击西眼睛都亮了，嗓子又尖又细。

“是，属下遵命！”

这次出征兴隆山镇的将士，都是萧乾从军中精挑细选的，虽然在人数上不如刘明盛，但一定要撕开他布下的防御口子，当然也不会有很大的问题。而他命令刚刚出口，后方就传来了斥候的大声喊叫。

“报——”

萧乾回头：“讲。”

那人抹一把脸，声音都带着笑。

“回禀主公，薛将军和孙将军的援兵到了。”

“知道了。”这里离金州并不太远，消息来去很快，薛昉这个时候带人前来，刚好赶上。

萧乾一脸凝重，对赵声东几个人点点头，冷声道：“下去传达指令，咱们依计行事！速度要快！”

“是！”

几个人齐刷刷应声。

宋熹静了片刻，看着萧乾赤红的双眼，欲言又止地笑问。

“我都到山脚下了，可否容我上山一探？”

兴隆山，世人心中的世外桃源，又何尝不是宋熹心中的世外桃源？多少次他都梦见自己上了山，走在桃花林中，身侧跟着盈盈而笑的墨九，脸比花娇，人比树俏……那一片盛世美景，让他多少个夜里醒来，看着冰冷的鎏金寝殿，恍惚间竟似在地狱，寻不到活着的喜气。

“我原想带你一道的，可你——不是尚有家事急需解决？”萧乾毫不留情地将他的话拿来堵住了他。说罢，见宋熹微微一愣，萧乾嘴角一勾，不再与他言语，高举佩剑，振臂一呼。

“众位将士，随我杀上去！”

“杀呀——”

山下的腥风血雨并没有污染到山上的月华。

皎皎的月亮升起，银辉铺满了这一片土地。柔柔的光线中，墨家九号小院人影憧憧。

院子里面和院子外面，无数人在翘首以待，却安静得没有半丝声音，他们都在紧张地等消息，却不敢多言多语而触怒神灵。院子里，生着一堆熊熊燃烧的篝火，跳大神的婆子正在竭尽所能地与“鬼神”对着话，试图让他放过九爷和她肚子里的胎儿。

小院的堂屋坐满了人。

完颜修、曹元、乔占平、尚雅、彭欣、宋妍等人以及几位长老和两位大夫，都忐忑不安地等待着。

里屋的房间里，墨九身着白色的中衣躺在床上，一身湿透，如雨的汗水把她的头发也浸润了，使她整个人像刚被从水里捞出来的一样……

一左一右两个稳婆，双颊急得通红，嘴里不停喊着“用力”，一个按她肚皮，一个在下面不停地张望。玫儿和沈心悦两个丫头进进出出，换着热水、毛巾等一应生产用的物什，也急出了一脑门的冷汗。织娘坐在墨九身边的圆杌上，紧张得双手都在颤抖。

“九儿，莫要怕呀，娘在呢，娘一直在呢……会没事的，你加把劲儿啊！”

见墨九声音含糊，连神志都不清了，根本没法回答，织娘又回过头看两个稳婆。

“婆婆，我儿太累了，可否让她先歇一下？”

“歇不得呀夫人，歇下去，人可就回不来了……”

“六郎——六郎——”床上的墨九半合着眼，紧紧抓住被子，“六郎……快到了……娘……六郎……快回来了……你……你让乔，乔工……派人下，下山接，接应他……快……快……”

“九儿啊！我的儿啊……”织娘看她自己都顾不上了，还念着萧六郎，悲痛欲绝地叹息着，紧紧抓住她的手，“傻子，你不要管他了……你要振作精神，听见了吗？振作精神，娘不许你有事，你不要睡！不要歇……”

“玫儿……”

墨九呼哧着气喊着，手抬了抬，有气无力。

“快……传令下去……接应六郎……”

“姑娘！我知道了。”玫儿的泪都快掉下来了，抹了一把脸，轻轻笑着，没有把曹元刚才告诉她的情形告诉墨九。山下围满了南荣禁军，把唯一上山的路挤得水泄不通，就算萧六郎插了翅膀，恐怕也飞不进山了。

她不能说，怕墨九有意外。

她只能努力微笑着，不停地安慰她。

“你就专心生孩子吧，外面的事曹师兄都已经安排好了，你放心吧！”

一双睫毛猛烈地眨了几下，墨九不知是清醒还是有些糊涂了，转瞬又抓住织娘的手，低声喃喃：“娘，若只能保住一个……记得……要保孩子……我孩子在动……孩子不想死……我做娘的，一定要保住我的孩子……”

烛火点点，如同泪滴。

女人生孩子，确实太过遭罪，用“鬼门关走一遭”来形容，似乎都不够描述那凶险。这一次，墨九发作得有些突然，却也不算完全意外。毕竟离产期很近了，孩子随时都有可能来报到。可完颜修自己，却后悔不已，在屋外走了一遍又一遍，听到屋子里传来的声声痛呼，他终于听不下去了。

“我出去转转——”

他起身出门，没带任何侍从，一个人在山间骑马狂奔。

兴隆山镇上的战事他知道。

这些事与他无关，他不便参与，但他就是听不得那种声音，也受不得那样的等待。

更可怕的是，听到墨九的痛苦叫喊，他的眼睛总是忍不住去看宋妍的肚子。她还没有很显怀，但腰已经很粗了，穿着宽袍也掩藏不了——那里面是他的孩儿。

等她生产的时候，会不会也像墨九一样？

死去活来！

哦，天！不是会不会，是根本就会。

女人哪！真麻烦。

完颜修如今还没有一个孩子，宋妍肚子里是头一个，他若说不想要，是假的。男人也有延续后代的本能想法，更何况他是一个国主，江山要后继有人。可宋妍不同于别人，她是南荣皇室公主，她产下的孩儿，若是皇子，将来——

越想越头痛，完颜修驾一声，马匹奔跑更快！

……

三更天了！

墨家九号的两个大夫都是男人，他们不便进入墨九的房间，只能在外面问情况，开方熬汤药，帮不上太大的忙。房里的两个稳婆倒都很有经验，可墨九的胎位不正，孩子倒立着，任她怎生使劲儿都出不来，她们也着急上火，嘴巴都起泡了，却只能几次看到孩子的小屁屁，很快又缩了回去。

这样下去，可不行啊！

床上的墨九，呻吟声越来越小……

若再这般下去，怕大人孩子都不行了。

一个瘦瘦的稳婆当机立断，一横心，望向另一个胖胖的稳婆。

“刘婆子，不行了……上钩子吧？”

钩子是铁做的，时下助产的一种工具。和后世的产钳虽然不大相同，却又有异曲同工的作用，都是把孩子从母体里钩出来的一种办法。一般情况下稳婆不会使用，因为铁钩子不仅对母体伤害极大，也会伤到孩子。可这种时候不用，只怕想用都没有机会了。

刘婆子闻言，身子僵了僵，下巴上的肥肉似乎都在颤抖。

她迟疑一瞬，看向织娘：“夫人，咱保大人，还是保孩儿？”

面对这样的选择，任何一个当娘的都两难。

织娘心如刀割，泪珠子串串往下落，可看着奄奄一息的墨九，还是缓缓松开了紧咬的下唇。

“保大人！”

“那我俩用钩子试一试，若不行，怕就只有动刀了……”

动刀的意思是，把孩子的身体用刀切割，从母体里一块一块取出来，以牺牲孩子的办法保全母亲的性命。这也是大多数人选择保大人惯用的法子。可一听这话，原本神志不清的墨九突然昂起头来，那倔强的脑袋僵硬成了一个狼狈至极的姿势，眼珠子暴瞪着她们。

“不……保……保小孩……”

“九儿……”织娘试图劝她。

“谁敢伤我孩儿，我要她的命！”

这句话墨九倒说得利索，可似乎用尽了力气。她说完，脖子就支撑不住了，瘫倒在枕头上，大口大口地喘着气。很快，她又重新凝聚了力气，使劲儿往外挤压孩子——但这样的胎位，她再怎么使力，也困难重重。

两个稳婆皆面露不忍之色。

两人交换一下眼神，姓王的婆子再一咬牙："九爷，老婆子先用钩子帮你，你忍着点儿痛啊……实在忍不住，就咬那布条。"

"嗯。"墨九深深呼吸，额头上的头发湿得一缕缕打着结，两只眼睛却格外明亮，"只要不伤我孩儿……怎么……都行……我受得住……"

稳婆不再多话，回头吩咐沈心悦，脸上的横肉似乎都在抖。

"快，准备热水！"

"哦。"沈心悦早就吓得白了脸，听见吩咐就去开门。

她心急火燎地拉开房门，可不等人出去，一只狗就刺溜一下溜了进来。

"旺财？！"沈心悦尖叫。

看到有狗进来，稳婆大叫着快赶出去，说有狗在房间不吉利。时人对有些东西特别迷信，可狗在产房并不仅仅是吉不吉利的问题，确实是不利于卫生。墨九听见了，半睁着眼看了一眼旺财，手指勉强地抬了抬。

"财哥……快……出去……乖……"

在外面听见她的痛呼声时，旺财一直守在门口，趁着沈心悦开门，它就溜了进来。这会儿被稳婆赶着，听到墨九在说话，它又回过头，疯狂地朝墨九摇尾巴，嘴里汪汪叫个不停。

"出去，快出去！"

稳婆着急得快疯了。

旺财终于被赶了出去，一只小狼从坐椅底下钻过来，嗷呜一声挤到它的身边，直往它身上蹭，像是在与它交流着什么。可旺财不理会它，冲房门看了一眼，突然撒开脚丫子往院子外面跑。狼儿愣了一下，嗷呜一声，也撒丫子追了上去。

一狼一狗的行为，并没有引起任何人的注意。

人们都紧张地等待着墨九生产的消息。

今夜山上不平静，防守极为严密。

兴隆山的墨家弟子，统共不到两万人，他们与南荣朝廷一直没有正面开杀，在这样的情况下，也不敢随便下山支援萧乾，就怕南荣禁军趁机反扑。一旦他们离开山上的机关掣肘，两万人相较于数十万大军，无异于杯水车薪，还不如在山上守好墨九和他们的基地。

深山里的月光，特别皎洁。

一狼一狗狂奔在山道上，旺财在前，狼儿在后，一直往山脚下奔跑而去。路上遇上墨家弟子大唤它们回来，也不予理睬，奔命似的一路下山。不一会儿，前方突然光线大炽，喊声震天。两军人马还在厮杀，那时不时传来的惨叫声、歇斯底里的尖叫声，极为惊悚——

兴隆山的路，确实不好走。

上山的要道就一条，一夫当关，万夫莫开。就像知道萧乾急于上山一样，南荣禁军采用了典型的人海战术，他们就用人头来堆，就不让萧军突围上山。有了谢青嬗的那些话后，禁军似乎战斗得更为勇猛了，一个个不怕死地填补空位。如此一来，萧乾不得不与他们在山下厮杀，可杀完一批，还有一批，杀完一批，还有一批。此刻的他，浑身浴血，已然杀得手软。可计算着时间，他却不敢让自己停下来。

山路遥遥，他恨不能长一双翅膀飞上去——

突然，一阵犬吠传来。

“汪汪汪——”

在南荣禁军的后方，旺财急得团团转。

它叫着，狼儿也跟着叫，萧乾听见旺财的声音，心里一动，双目突然染上了不一样的色彩，挥舞着长剑就往边上人少的地方杀去。可大晚上的，在这样的战斗中，一条狗的出现，并没有让南荣禁军太过上心。

就在这时，旺财乘势钻入人群，几个奔闪跳跃，就带着狼儿从南荣禁军的身侧和胯下，飞快地钻了过来，奔命似的跑到了萧乾的身边。

吐着舌头，它喘着大气，看着萧乾，着急地猛摇尾巴，嘴里汪汪直叫。

旺财是萧乾的狗，对于它的行为，他比谁都了解。

眼眸微微一眯，他侧目望向击西。

“这里你顶着！”

击西重重点头：“主公放心去！”

这一回击西总算智商在线，猜出萧乾要跟着旺财走，拍马就顶了上去，带着大批的萧军继续撕开南荣禁军的路口。而萧乾神不知鬼不觉地退出了战斗，被旺财带着摸入了丛林——

人有人道，狗有狗道。

那一条小道连兴隆山的墨家弟子都从来没有注意过。

当然，那或者根本不能称为“道”。

太险、太陡、太奇——

寻常人根本无法通行，看一眼也能吓掉半条命。

但对于此时的萧乾来说，不要说路险，就是路上插着刀，他也得踩过去。

望一眼那一条只有单脚宽窄的小道和道下的万丈深渊，他蹲身摸了一下旺财的头。

“好狗！”

旺财舔着他的手，狼儿在边上不满地叫。

他皱眉，又摸一下狼儿：“你也是好狗！”

狼儿：“汪！”

萧乾吸一口气，飞快脱掉身上的重甲，丢在地上。

试探着，他踩出了最危险的第一步——

……

叮一声，铁钩落地上了。

王婆子太紧张了，手不停地颤抖，铁钩落在地上，她捡起来，却听刘婆子低声骂。

“你个老不死的货，这都做不好，亏你接生十几年了……”

“你有本事，那你来呀！”

“我来就我来！”

给墨九用钩子不同于其他人，两个稳婆都紧张又害怕。兴隆山上多少人哪，若有一步差池，让墨九有个好歹，莫说别人饶不过她们，她们自己也饶不过自己。

往往，越是在意的事情，却是容易出岔子。

接过铁钩子，刘婆子再一次用酒仔细消过毒，让王婆子撩开墨九身下染血的布。

“九爷……”她声音颤抖着，手也并不比王婆子稳，捏铁钩子的手心里，汗水不停往外渗，滑不留手的钩子，像随时会掉下去，“你忍忍哪，婆子都看见小家伙的屁屁了，很快就出来了……很快呀！”

她试图转移墨九的注意力，钩子的头慢慢伸过去。正在这时，院子外面传来一阵喧哗，稳婆怔一下，不待再继续手上的活儿，房门就开了，紧接着就传来玫儿惊喜的叫声。

“萧王来了！姑娘！萧王来了！”

一语即出，那个拿着钩子的刘婆子手就软了。

就像突然间失去了力气似的，她一屁股跌坐在地上。

床上的墨九并未完全失去意识，“萧王”两个字像带着某种魔力似的，灌入她的耳朵，顿时振奋了她的神经，她下意识地睁开眼，看向了从氤氲一团的光线中走过来的男人。

她的视线是模糊的。

一团光晕里的他，像被笼罩了一层光芒。

没有风，他的头发却在飞扬。没有雨，他浑身却已湿透。没有火，他的眼睛却赤红若焰。没有人哭泣，她的眼角却滚出了两行清泪……

“六郎……”

他总算来了！

剩下这一句，她没有说，也没有来得及说，就见萧乾奔至床边，紧紧握住她的手，再查看了一下她身子的情形，突然皱着眉头又扫了回来，那一双眼睛里传递过来的情绪里，有着难言的悲伤。

“阿九，你可还好？”

“嗯？”墨九登时一怔。

“我……可能要动刀了。”

“不——”墨九吓得反射性地握紧了他的手。

之前对“动刀”已经有些了解了，她哪里肯？

“我们的孩子在里面，他会动……他在动的，我要保住他……六郎……”

“我知道，我知道，你听我说，阿九，来不及了……”

“不，这次，我不听你的……”墨九拼命摇着头，汗水汩汩而下，“六郎，若只可保其一，我要你，要你一定保孩子……”

“阿九！”萧乾双目如染赤色，一字一字艰难出口，“在我心里，无人比你更重——没了你，我和孩子……怎么办？”

墨九一怔。

她曾经说过，最讨厌别人为自己做决定，哪怕是为了自己好。

可此刻，她似乎也在用同样的行为支配萧乾的意识，并没有想过他的感受。

然而……是来不及了！

一波一波的疼痛，几乎快要主宰她的思维了。

她很痛，很痛，密密麻麻的吃痛感，像刀剜似的传入四肢百骸。

再犹豫下去，她会不会痛死？

打个战栗，她微微眯着眼，觉得房里的光太亮了，亮得她把萧乾眼睛里的痛苦，都看了个真真切切……

一个大胆的想法，突然进入她的脑子里。

“六郎……我有一个办法……”

她拖着无力的嗓子，呻吟着唤他，然后握紧他的手。

“动刀……可以……剖腹……剖腹取子……”

剖腹取子？萧乾和她相处日久，对她许多突如其来的怪异想法，从一开始的惊讶到慢慢地平静接受，直到如今，已经不会产生半分奇怪了。他眉心紧拧着，认真地倾听她断断续续的解释，思考着“剖腹取子”的可行性。

墨九不是医生，但现代人有一个好处，可以大量接触各种各样的资讯，哪怕她不能详细地说清楚剖腹手术的过程，但基本的原理也能说个七七八八。

说罢，看萧乾眸中有疑，她目光坚定地看着萧乾。

“相信我……可以的……我……我也信你……可以。”

“好。”半晌，萧乾站起身来，冷声吩咐边上已经吓呆的几个人。

“按九爷说的，去准备！”

剖腹取子这样的事儿，在时下的人听来，无异于天方夜谭。可墨九是幸运的，她遇到的男人是萧乾，他不仅是举世无双的神医，对于一些不曾接触过的科学技术和医疗技术，接收能力非常强，从墨九嘴里大致了解到剖腹取子这件事，他就着手干了。

在战场上，他缝合过士兵的刀伤、箭伤，也相信哪怕把墨九的肚子剖开取出胎儿，照样可以治好她——

这一次，房间里的烛火，通通移到了床边。炽亮的光线中，萧乾亲手执刀，一张冷脸在灯火下时明时暗，沉重非常，却瞧不清他脸上到底是个什么表情。

“阿九……”

墨九这时已然昏昏沉沉，似乎嗯了一声，又似乎没有应他。

萧乾目光灼灼，轻抚一下她的脸，声音沉沉。

“你一定要忍着，不论如何，要坚持住！”

墨九嗯一声，咬紧下唇，又低低呻吟一下，目光迷离又坚韧。

“你放手做……我受……嘶……受得住……”

受不受得住，其实她并不十分肯定。这个时候的麻沸散作用，当然比不得后世的麻醉剂，她其实不敢想象比这撕裂之痛更可怕的剖腹之痛，到底会痛成什么样子。但作为一个母亲，这是她目前能想出来的，可以救自己，又可以救孩子的唯一办法。若对方不是萧乾，剖腹取子之事她根本就不敢尝试，正因为他是萧乾，她才敢这样拿生命豪赌一把。

钻心的疼痛，一波一波袭来。

她的感官神经，已经有些麻痹了。

萧乾又说了些什么，她并没有听得很清楚。

她细微地呻吟着，抓紧他的手。

“不要犹豫……不要怕，六郎，我是墨九……死不了的墨九……”

了解萧乾如她，察觉到了他强装的平静下那一丝细微却令人心碎的恐惧和犹豫，她不得不出声安慰。这些时间以来，他们一直在盼望着孩子出生的一刻，可真到了这一天，却是这般情形。若她不是墨九，萧乾也只是一个普通的大夫，不是孩子的父亲，不是她的丈夫，这种剖腹取子的行为，他肯定会半分不手软地尝试。

然而——

干系着她和孩子的性命，他要亲自下刀，这种灾难似的紧张，都一一压在他的心上。

他有些喘不过气，可女人的指甲剜在手背的疼痛，还有她不停颤抖着有些发白的嘴唇，看入他的眼里，让他不得不横下心——犹豫不得了。

“阿九，闭上眼。我要开始了！”

“……”

他修长的手握紧刀柄，将薄薄的刀身切上她的小腹，提气凝视，轻柔的动作里，语调却坚毅如刃：“我不会让我的今后没有你，也不会让你的未来没有我。更不会让我们的孩子，没有父母。”

农历五月的兴隆山，到了夜晚，天气依旧有凉意。

山上凉风里，众人紧张万分。山下烽火急，众人衣衫湿透。夜色渺渺间，不知从何处而来的一管笙笛，吹着不知名的曲子，悠悠扬扬地飘荡在山间，像早起的猎人，又似归隐的雅士，一直吹奏着，吹奏着，为这一片本就不太平静的天地，为这个无人成眠的夜晚，平添了一丝莫名的焦灼……

大量的墨家弟子凑在墨家九号小院。

院子里三层外三层，无数人在焦急地等着消息。

他们并不喧哗，也不吵闹，半点儿声音都无，只整齐地盘腿而坐，向天祈福。

兴隆山广场上，那一座墨子雕像的下方，成千上万的兴隆山百姓也学着墨家弟子的样子，端坐于墨子的雕像之前，共同为墨九求着福泽——

天空一片浓黑之色，夜来风冷。

墨九房里的几个人，全神贯注，紧张得一颗心始终悬在喉咙口。

麻沸散有多大的药力，到底能减轻多少痛楚，其实这几个人都没有尝试过。她们只知道墨九没有挣扎，也没有叫喊，就那样死死咬着事先准备好的布条，任由汗水大滴大滴地往下淌，湿了衣衫，湿了枕头，也只有间隙地皱眉和难忍疼痛时颤抖地闭眼。

玫儿、沈心悦以及两个稳婆，一左一右地半躬着身子扶着墨九。

萧乾吩咐过她们，一定要按紧墨九的手脚。

他怕她疼痛难忍的时候，会挣扎，伤到身子……

然而，她并没有。

这样坚韧，这样勇敢，让所有人都惊呆了。

“剖腹产子”，对于别人来说，仅仅是四个冰冷的字眼，对墨九来说，却是一个煎熬得仿佛比一个轮回还要长久的过程。

那薄薄的刀口对肉体的每一下切割，都是她从来没有体验过的痛苦——

她痛得恨不得去死，恨不得大喊一声，让萧乾直接一刀结果了她的性命，免她受这疼痛。

可她终究没有叫。

他说：他的今后，不能没有她。

他还说：他们的孩儿也不能没有娘。

万般皆苦，有何不苦？

万般皆痛，有何不痛？

妇人虽弱，为母则强。

师兄说：她不仅是萧乾的墨九，还是墨家的墨九。

可如今，师兄未醒，她已经不仅仅是墨家的墨九，还是一个母亲。

她在心里不停地念着各种“鸡汤”似的精神言语，试图逼自己爆发出最大的潜力，抗拒疼痛的折磨。

也许是她的意志力起了作用，也许是麻沸散效果迸发了，又或者，痛也是有底线的，痛到不能再痛时，就会变得麻木。

她觉得那痛楚，居然慢慢有了一点儿缓解……

萧乾的神色越来越凝重，手却越来越稳。

凉唇紧抿着，他额上的汗水，汩汩落下，爬满了双颊。

织娘见状，在边上拿了干净的帕子，轻轻为他擦拭了一下。

整个屋子里，鸦雀无声。

除了萧乾的刀子，似乎没有半点儿动静。

时间一点一点过去，说来话长，其实也不过转瞬而已。

但就是这一个转瞬，于墨九，却是一个漫长的煎熬过程。

她的意识分明渐渐弱了，可疼痛总会适时地唤醒她，让她不得不感受这巨大的痛楚。

呼！长吐一口气，她突然放开了紧咬的布条。

她想要忽略疼痛，唤醒理智与感官。

“六郎……我若这时与你说话，可会影响到你？”

“不会。”萧乾回答很迅速，却没有抬头，眼睫上似乎都染上了一滴汗水，“你若觉得说话会好受一些，我陪你——”

墨九并不知道做手术的时候说话，会不会影响医生。

但她太需要说点儿什么来转移注意力了。

太需要了！再不和他说说话，她觉得自己一定会疼死。

“那你先告诉我还需要多久。”

“很快。”其实从消毒开刀到现在，只是很短暂的时间而已，可墨九自己感受不到，觉得好久，好久。而他需要做的，就是给她信心与力量，“阿九若难受，要不让玫儿给你唱支曲吧？不等她唱完，孩子就出来了。”

“好哇！”玫儿兴奋起来，“姑娘想听什么……”

“……”墨九没回答，在想一首歌需要多久，还要疼痛多久。

“就唱那个《虫儿飞》，好不好？”

那些天，墨九总唱《虫儿飞》，那曲子简单，玫儿听几遍就学会了。

墨九怔了一下，却摇了摇头，抿着嘴唇：“我来唱吧。”

事实证明，人的耐受力，真是逼出来的。很多想都不敢想，以为根本不可能做到的事情，在母爱的驱使下，都可以坚持下来。经过萧乾一双巧手施术，墨九一首《虫儿飞》还没有唱完，一个崭新的生命就降临了人间。

哇一声。

那哭泣，宛若天籁，止住了墨九的歌声，也让墨家九号小院里里外外的人都瞬间活了过来。

有人当即磕头，谢天谢地谢祖宗，有人欢快得原地跳了起来，互相拥抱……

屋子里，奄奄一息的墨九看着几个围在一起欢天喜地看孩子的人，吸着气问。

“是姑娘，还是小子？”

“姑娘！”玫儿嘴快，声音里有听得见的喜色，“是个小小姐，好可爱的小小姐呀！”

墨九胸腔压着的一口气，没有泄下去，反而悬了起来。

传闻墨氏女只生女，不产男。她努力了这么久，也没有打破这个魔咒吗？那么，她生的女儿，会不会也像她的母亲和姥姥一样，带着遗传的失颜症？而且她这一胎是女儿，那么萧乾也就没有儿子，在这个重男轻女，需要儿子来传宗接代的时代，那是不是意味着她还得生？如果再生又是女儿，可怎么办？

这电光石火的一刹那，她想了很多，那思想如同脱缰的野马，不知道跑了多远，一时间，脑子糟乱着，像有一幅幅栩栩如生的画面交错出现，呈现了她的今后。她怀孕生女，再怀孕生女——萧乾越来越难看的神色，世人唾弃的言语与阴损的闲话，还有她那一张渐渐老去、布满皱纹的脸……

“阿九，莫怕！”一只大手紧紧握住了她的。

萧乾正准备为她缝合，见她神色有异，生了闺女不仅不见半分喜色，整个人还呆呆怔怔的，脸上半丝红润都没有了，苍白得如纸片一样，不得不安慰她。

“你一定会没事的，相信我。”

会没事的吗？没生儿子也没事的吗？

墨九与他视线相对，不知为何突然对自己没有了信心，难道这就是传说中的产后抑郁症？

不！说到底，在她乐观的外表下，一直掩藏着一颗悲观主义的心。她不敢承认，又不得不承认，她其实很害怕，害怕在流俗的世欲染指之后，她与萧乾不能亘古相守承诺，终究会遁入世间无数人探索过、试图挣扎过，却终究不得不接受的轮回……从相爱到无言，再到相厌相弃。

“六郎，你喜欢女儿吗？”

墨九润了润嘴唇，笑得有些勉强。

“喜欢。”萧乾迟疑一瞬，似乎明白了她的忧思，嘴角微微一勾，“阿九不怕，就算我们没有儿子，只得这一个闺女，我亦会宠得她如珠如宝。我萧乾的女儿，绝不会比这世间任何男子低贱。”

“六郎——”墨九哽咽。

“不许哭！”萧乾严肃着脸，然后展眉带笑看她，“生孩子哭对身子不好。人家也会笑话你，堂堂九爷，生孩子没哭，剖腹没哭，却被两句话说哭了。丢人！”

墨九看着他，嘴角扯了扯，忍俊不禁。

“你还有工夫逗我笑，还不给我缝合？”

“是，夫人！”萧乾弯下腰，顿了片刻，又神色凝重地抬头看她，“你忍着，会有一些痛。”

“如今好多了！”墨九又抿了抿唇，“比先前好，想是痛得麻木了。”

萧乾满目心疼，看她一眼，终是不再多言，加快了手上的速度，嘴里也没忘了褒赞于她：“阿九此法也不知从何而来，属实有些神奇。假以时日，这剖腹与缝合之术，必会成为世间神术，可造福无数妇人哪！阿九于世，有盖人之功。”

“……”

墨九痛得抽气，回答不上来了。

隔了一瞬，她才嘶嘶地喘着气说：“我只是在家里的一本书上翻到过而已，亦不太懂，这一切都是萧神医自己摸索出来的，与我有什么关系呀？”

听她这样说，萧乾轻轻一笑。

静默了一会儿，等最后一针缝上，他松了一口气，直起腰来。

“阿九家的藏书如此之多，何时也容我拜读一下？”他的视线是望着织娘的，带了一点儿怀疑，而织娘的表情一直比他还要奇怪。当墨九说在家里的书上看到的时候，她就已经那样了。这冷不丁被萧乾的目光一刺，她尴尬地抽一下嘴角，低头捋发，不得不附和着墨九回答。

“有机会的。”

墨九半清醒半迷糊，随口那么一说，也没有意识到这些话会被这里的两个人对质戳穿。见到这般情况，她心里抽搐一下，扫一眼萧乾眸底的探究之色，再不舍地看一眼女儿，适时地“晕”了过去。

“生了，生了，九爷生了个小小姐——”

“生了！生了呀！母女平安！”

“生了——九爷生了呀——”

“母女平安！”

整个兴隆山都沉浸在一片欢悦的气氛里。

完颜修牵着马，披着夜露，将一支短笛轻轻揣入怀里，步入广场，从一群热情得奔走相告的人中间穿过，忧心了一晚上的俊脸上，终于荡上了一抹潋滟的柔光。

“谢天谢地！谢真神保佑！”

墨九是在半个时辰之后醒来的。

身上太痛了，她想一直装睡却装不下去。

等她无力地揉着眼东张西望时，屋子里已经都收拾干净了。

孩子安静地躺在一边的婴儿床上睡着了，床上的被褥也换过，她的身子刚才也都擦洗过。一切都清清爽爽的，似乎让她的疼痛也减轻了不少。

“六……”

她唤了一声，闭上了嘴。萧乾正靠坐在她床侧的一张椅子上，双眸紧合着，两条眉蹙在一起。他似乎很缺睡眠，就这般倚着，居然有细细的酣声传来。

他太累了！

想来这些日子，他也不曾好睡吧？

墨九本来想唤他，见状，只静静看着，沉默了。

一个是女儿，一个是丈夫，两个人都在她的身侧熟睡。

这样安宁温馨的时刻，哪怕很短暂，也让她觉得一切的付出都值得。

再痛又如何？痛过了，就好了。

而他们——她的亲人，将会永远留在她的身边，共同度过他们的“今后”。

吱呀一声，门开了。

很快，玫儿撩了帘子进来，手上端了一个托盘，热腾腾的汤药就放在上面。

“姑娘——”她笑吟吟地盯着墨九，眸子晶亮。

“嘘！”墨九强忍着小腹穿刺般的疼痛，抬手冲她摆了摆，指了指萧乾，压着嗓子小声说，“放在那里吧，不要吵醒了他——”

“可是姑娘，击西很着急地来找萧王呢！”

击西？墨九并不清楚外面的情况，皱了下眉头，正寻思该不该叫醒萧乾，就听他肩膀动了动，很快抬起头来，与她对视一眼，双眸迷糊了那么一秒，很快就恢复了清明，坐直身子问玫儿。

“击西在哪儿？”

“就在外面候着——”

萧乾嗯一声，站起身，走到床侧抚了抚墨九的脸，然后也不顾玫儿在边上，低头在她额间印下一吻，便轻捋她的长发：“喝点儿粥再歇一会儿，我很快回来。”

墨九瘪了瘪嘴，笑着。

“我没有事的。”

看着他要走，她伸手抓住他的袖子。

“六郎，是不是发生什么事了？”

萧乾回头，抚上她的手，轻轻牵着放回被子里。

“不管发生什么事，你现在要做的，就是养好身子。”

“你说过的，什么事儿都不会再瞒我的。”

看她嘟着嘴巴在撒娇，小模样儿也有些柔弱无力，可一双黑亮的眼睛却满带坚毅，萧乾不由得喟叹一声：“阿九忘了吗？我给孩儿准备的大礼，还没有给她呢。我做父亲的，初见女儿，可不能食言！我先去见击西，回头再细说。”

“可是——”

墨九想要说什么，他却拍了拍她，打断了她。

“乖，一切有我。”

他大步出去了。墨九抿紧嘴角，低低一叹。

“可是我怕你离开了，又不知何时才能得见！”

月高风凉的夜晚过去了。

天亮时，大雾笼罩着四野。

房州，南荣兵大营，安静得有些诡异。

从兴隆山败退，掌兵的大帅刘明盛突然成了阶下囚，原本以为已经死去的景昌皇帝原来好端端地活着，原本以为是死对头的萧军，居然帮着皇帝肃清了军中叛逆，还放了他们一马……

每件事情都变得好快，冷不丁眨个眼，似乎就是天翻地覆。

这些事都太过离奇了，哪怕就发生在眼前，也让人难以置信，即便有一天被写入野史，也会令人怀疑真假，更何况正史了。对于一些高级将校来说，这一些风吹草动很可能事关生死与命运，可对普通士兵来说，也不过多了几件闲磕牙时的笑料，该怎么活，他们还怎么活。

营房上空，炊烟袅袅，为这一片被战争摧残过的土地添了几分婉约的烟火之气。伙头兵从大战中捡回来一命，正在虔诚地准备早膳。大营的木栅门冷不丁洞开了，宋熹一个人策马从外面回来，披着一身的雾气与凉风，一双冷幽幽的眸子里，似乎跳跃着阴阴的光芒。

今日天不见亮，兴隆山就有消息传来——

墨九生了一个女儿，母女平安。

得到消息的宋熹，什么也没有说，面无表情地出去牵了马，然后一个人狂奔出营而去。

没有人知道他为什么出去，又去了哪里，正如没有人知道他为什么一言不发地黑着脸回来，命人抱来两壶酒，仰着脖子就往喉咙里灌一样。

没有人敢问，里里外外伺候的人都安静着。

大雾里，天色暗，房间里支着油灯。

李福蹑手蹑脚地进来，小心翼翼地添灯油。

“李福——”宋熹举着酒壶，突然侧过脸看向他。

与他冷冷的目光碰撞一下，李福冷不丁打了一个冷战，赶紧撩袍子跪在他面前，低头垂眸道：“陛下，老奴在。”

宋熹撩一下袍角，慢慢坐下来，对着壶嘴又喝了一大口，待壶中不出酒了，他猛烈地摇了摇，发现里面没有酒了，又意犹未尽地抹了一下嘴，那动作不像个帝王，倒有几分江湖豪杰的样子。

“陛下——”

看他又要去开另一壶酒，李福不敢劝，又忍不住劝。

“喝急酒伤身子，您慢悠着点儿。”

宋熹迟疑着，把酒壶放回了案几上，突然没头没脑地说了一句。

“去，让他们把人带上来。”

李福愣了一下，突然反应过来他说的“人”是谁了。

“老奴领命！”

幽叹一声，李福鞠着身子下去了。

他原本以为皇帝从兴隆山镇把谢青嫿带回来，怎么也要等回到了临安再秋后算账的，没有想到，他一壶酒下肚，就迫不及待地要提审她了。认真说来，皇帝和皇后两口子“恩爱”背后的“相敬如宾”，李福是知情人。他明白皇帝并不喜欢皇后。可这件事，到底不仅仅是他们的家务事，说得重一点儿，足可诛九族了——

可皇帝自己也在皇后九族之列，这笔糊涂账怎么算？

作孽哦！

李福不懂得那么多的道理，可久居宫中，也算看透了皇室亲眷间的炎凉淡薄，并没有太多的同情心。缓缓出门，他叫了刚刚提拔上来的禁军统领施德顺过来，就附耳对他交代了皇帝的命令。

皇帝并没有特地叫他保密。

可出于多年的习惯以及他对圣意的揣测，李福主动把这件事当成了需要保密的任务。

所以，当谢青嬗被两名禁军带着，徐徐走向皇帝的房间时，并没有人察觉到什么异常。毕竟兴隆山的战事结束，宋熹也只让人抓了刘明盛，要带回临安刑审。至于皇后娘娘，她只是在月黑风高的时候，没有认清楚真龙天子的容颜，皇帝好像并没有苛责她，甚至连为难的意思都没有，退兵房州的路上，他甚至还令人专门给谢青嬗备了一辆马车，可谓暖心至极。

而且，单凭这一点小事，其实也无法定谢青嬗的大罪。

夫妻床头打架床尾和。很多人都以为，刘明盛完蛋是肯定的了，但谢青嬗“千里寻夫，认错了人”，不会有什么事，大不了皇帝和她置几天气而已。

故而，看谢青嬗往宋熹的房间里去，甚至有人觉得，在短暂的冷落之后，皇后的春天又来了，这分明就是帝后和好的征兆。

可谢青嬗不那么认为。

望一眼那扇紧闭的门，她静默了许久，苦笑一声，才一步步踏上了台阶。

台阶不过几步，却似乎用尽了她全身的力气。

禁军站在门口朝李福看了一眼，表示人带到了。

李福朝谢青嬗施了个礼，高声吆喝：“报——皇后娘娘驾到。”

里面静悄悄的，就像没有人在。

等了好一会儿，才听见宋熹的声音。

“进来吧！”

不带情绪的声音，无怒、无恼，却像一块冰冷的铁块，沉甸甸地压在了谢青嬗的心里，让她迈过那门槛时，步子极是艰难。

门再次合上了。

李福伸手拉好房门，挥手让门外值守的禁军都退远一点儿。

然后，他回头看一眼，也摇了摇头，走开了。

房间里，熏烟淡淡的，带着撩人的香味儿。

可房间里的两个人，却让气氛变得凉涔涔的。

谢青嬗一动不动地站在屋子中央，枯等着宋熹的问话。可面前那个颀长的背影，负着手背对着她，一直望着墙上的画出神。不知道在想些什么，不曾转头，也没有声音，就像已经忘记了屋子里有一个她似的。

“陛下！”

轻咳一声，她不得不出声提醒。

宋熹慢慢地回过头，眼神很古怪。

冷漠，却又似带了一点儿怜惜，让谢青嬗一时捉摸不透他。

终于，他摆了摆衣袖：“皇后坐吧。”

一声皇后，让谢青嬗的眼眶热了热，当即湿润了。

他还认她是皇后，他们还是夫妻，可他们……又怎能再回到过去？

“谢陛下！”谢青嬗拢了拢衣裳，捋顺一下头发，慢慢在他身前不远的一张椅子上坐下，静默一瞬，见他依旧不语，不得不苦笑一声，“陛下叫臣妾来，不会就为了与我这般端坐，打哑谜吧？臣妾以为，事到如今，你我之间不必再遮掩，陛下想说什么，就说，陛下想问什么，就问。”

宋熹慢慢点头，眸中溢着凉气。

“我想说的，想必你都知道了。我想问的，你却未必愿意回答。”

谢青嬗自嘲一笑，神色极为淡然：“我敢做这样的事，早就已经不惧生死了。”她抬了一下眉头，眸子里流露出来的，全是凄恻和哀怨，“不过，我走到这一步，不都是陛下逼迫的吗？”

“逼迫？”宋熹倏地笑了，手指若有似无地敲了敲桌案的边沿，声音慢慢悠悠，“你贪心不足，欲壑难填，竟有胆反过来指责朕？”他目光熠熠，微微一抬，凝重地盯在谢青嬗苍白的脸上，“皇后可否告诉我，你是何时开始与朕离心，策划这些事情的？”

“离心？”谢青嬗反问，“臣妾与陛下，何曾同过心？”

宋熹眉梢一挑：“我竟不知，皇后野心这么大！若无皇子，你是否准备把江山改姓谢？”

谢青嬗也笑了，却没有回答他尖锐的话，而把目光扫向了他面前的酒壶。

“陛下喝过酒了？酒很香，可否也给臣妾来一杯酒？”

宋熹看着她，久久才低垂眸子，唤李福拿酒杯进来。

等胆战心惊的李福拿了酒杯进来又出去关上门，谢青嬗端起一杯酒，喝去了大半，脸上终于有了一丝红润，而她的话也比先头更顺畅了。

“陛下问我，我其实也不知。大抵从陛下在菊花台与墨九把酒言欢开始，也可能是陛下为了她数次忤逆父皇开始，抑或是，陛下赠她玉扳指信物开始？”

太多了，点点滴滴，都是伤心。

他让她说，她怎么说得尽这些年受的伤害？

“可我那时最恨的，是陛下竟为了她，偷偷放掉萧乾！”

听她说到这件事，宋熹微微一惊，冷笑：“你的消息倒也灵通。”

“呵！”谢青嬗自嘲地轻笑，“陛下何必讽刺我？我为什么消息灵通？这些事情，你不说，我不说，可我们不都心知肚明吗？非得挑明白，就没有意思了。”

是的，宋熹是明白的。

不仅他，整个南荣朝堂可能都明白。

在至化朝时，南荣朝堂分为两派，一派姓萧，一派姓谢，萧、谢两家的党羽遍布朝堂，谁也不肯服谁，你争我夺，暗地里厮杀得十分激烈。而至化帝利用他们的鹬蚌相争，一直坐收渔翁之利以平衡朝政。这一碗水端得艰难了些，偶有洒漏，却也一直相安无事。

可到了宋熹上位就不一样了。

不管是他也好，还是当初的安王宋骜也好，都是两个派系力保上位的皇子，两个皇子都有一个庞大的外戚团队。然而，若皇子是船，那么，外戚就是水。水能载舟，也能覆舟。他们享受这个派系为他们带来的胜利成果，也不得不付出相应的代价——受此派系掣肘。

宋熹上位时，萧氏党羽已基本被剪除，谢氏党羽却像得了春风的野草，越长越旺盛，风生水起，举朝皆倒戈投靠，几乎到了宋熹无力抑止的地步。不能说宋熹无能，他上位仅仅一年，百废待兴，朝廷内忧外患，各种错综复杂的事情，都得他来理顺，哪怕他是超人，也掰不了那么多只手来干活。

最令他头痛的一点，是当初扶他上位的人，基本也都是谢氏的人。

他们要保谢氏在南荣的地位，就必须让谢氏的儿子做皇帝。

这中间的利害关系是极为微妙的，互相利用，互相倚仗，又互相防备。

“冯丁山也好，刘明盛也好，都是我父亲的忠实旧部。陛下还未登上帝位就一清二楚，却从未避讳，甚至对他们极为重用，这其中确实有外夷入侵，陛下却无人可用的不得已。臣妾也一直这样认为。可兴隆山一战之后，臣妾却突然看明白了好些事情。”

宋熹淡淡看她一眼：“明白了什么？”

呵呵一声，谢青�的语气，全是嘲弄。

“想明白了陛下为什么要知人善用，给他们机会做下叛逆的事，偏又在关键时候转危为安。甚至臣妾也想明白了陛下为什么会故意放掉萧乾。”

“哦？”宋熹饶有兴趣地端起酒杯，浅抿一口，“你说说看？”

谢青嫿冷笑：“那时在临安刑场，臣妾以为陛下是为了墨九，为博佳人一笑，不惜放虎归山，为南荣引来后患。臣妾还为此彻夜难眠，恨不得除之而后快。可惜，臣妾终究错看了陛下，这才传信给冯丁山——以致引来今日之祸。”

宋熹略微一笑：“依皇后之言，我是为哪般？”

谢青嫿双眼如有钉子一般，直勾勾钉在他的脸上。

“是陛下让臣妾看清了，这天下男子皆薄幸，岂会为一妇人做到如此？你若真爱她，不是应当让萧乾彻底死去，再无翻身之地才对吗？人死，时易，你若要她，她总归会是你的。只要他活着，你就没有希望，不是吗？”

她说得斩钉截铁，却把宋熹逗笑了。

“皇后以己度人，你当真以为，你眼黑，全天下就黑了？”

“陛下心机深远，臣妾自愧不如，可你也别赖臣妾眼黑。宋熹，你原本就是这样的人。”

唇一勾，宋熹继续温和地笑：“那你说说看，我放走萧乾是为何？”

“当然为了你自己！”谢青嫿双手放在膝盖上，说到这里，似有些激动，紧紧拽了一下裙纱，盯着他道，“你忌惮外戚坐大，生怕有一天不能驾驭，让谢氏一党干涉朝政。可若强势除之，你又怕落下一个过河拆桥的恶名，像历史上那些皇帝一样，坐稳江山就弑杀功臣，最后难免受千古唾弃。

“你比他们都聪明。因为你就算动手肃清，也不会有十足的把握。故而，你索性迂回了一下，不用自己动手，只需借萧乾的刀，就可以为你做这些事，还能保一个清白美名。你放掉萧乾，卖他一个人情，为自己留了一条后路，若有朝一日，你因外戚之势无法制衡朝堂，可借萧乾之力，杀你想杀之人。”

最后几个字，谢青嫿说得很慢，几乎是一字一顿咬牙出口的。

"你一日一日冷落我，对墨九却一日比一日思念，你知道我总有一日会熬受不住。你知道你虽是谢氏栽培起来的皇帝，我父亲也早已故去，但若因为你的儿女情长有可能导致南荣易主，他们会毫不犹豫地选择抛弃你，扶持幼主上位——"

谢青嬗越说越激动，到后面，她的声音已经有些沙哑了。

"我有时候便不明白你，那个女人到底哪里好，值得你如此？"

宋熹一直耐心地倾听着，闻言，嘴角一扬，抬袖又为她斟了一杯酒。

"再喝一点儿吧。慢慢说，不急。"

谢青嬗端起酒杯，一饮而尽，接着又轻声冷笑。

"你怎么不回嘴？那些事都被我说中了，对也不对？"

宋熹目光微微一凝："果然，佛偈诚不欺我。一个人心中想什么，看这世界就是什么。谢青嬗，你说了那么多，有没有想过，谢氏是虎没错，可萧乾也是狼。我岂会引他南来，动摇南荣国之根本？你又有没有想过，若你安于做一个好皇后，我又何致如此待你？"

谢青嬗脸色一变，怔怔看他。

宋熹摇了摇头，喟叹一声："你的话，并不全对，也不全错。我是有算计，但归根到底，是你的贪婪之念、妒恨之心，让你走上歧路，也误了南荣啊。"

停顿片刻，他又喝一口酒润了润嗓子，接着道："若非你与我娘报仇心切，一意要将萧家斩草除根，哪怕萧乾志在天下，他与南荣翻脸也不会那么快，有他在，蒙合短时间也不敢南下。如此，容南荣再休养生息数年，容朕喘过气来，理顺了朝政军务，何愁南荣没有再创盛世的那一日？"

"若无你的命令，冯丁山岂会称病不去龛谷，却跟着我去半路劫杀墨九，甚至当场挟持君王？这样一个硕果累累的好将领，若非你的妒心，何至于殒命，龛谷何至于败给苏赫？若非你心生妄念，令刘明盛私自调走汉水甬道的几十万精兵，萧乾南下岂会那么便利？丢了汉水甬道，金州、均州一带，再无防线，对他来说，一马平川，淮水也几乎成了一个摆设……"

"你住嘴！"听他娓娓道来，谢青嬗突然急了。

她这一生都没有用这样的语气吼过宋熹，那一双眸子像是要瞪出火来，声音恨恨的，带着咬牙切齿的恼意："你真当我是傻子吗？宋熹，你太可恨了！你实在可恨啊！分明都是你逼我走到这一步的，是你让我忍无可忍的，对不对？你知道我当年害过墨九，一直想为她报仇的，对不对？这一切都是你，都是你害的！"

宋熹挑了一下眉梢，不言语，只端过面前的酒杯，慢慢地饮。

却听谢青嬗继续恼羞成怒地道：“你是耍猴的人，把我当猴子，把我们都当猴子了。你明面上装作对我好极，让所有人都知帝后恩爱，如此一来，不管我们之间发生何事，所有人都会认为是我负了你。实际上，负我的人，分明就是你！我为你生了儿子，在京城盼你赐名，你却随便给他一个五斤的名字，你让我情何以堪？

“宋熹，你知道吗？正是你那个不经意的‘五斤’让我明白，不论我做什么，都得不到你的心。这一生，你都会流连在那个女人为你设下的情障中无法自拔。于是，我不想再等了。既然我得不到，何不毁之？既然我得不到，何苦要饱受折腾？没了你，我还有儿子。没了你，我不会再苦苦等待一个永远等不到的人。没了你，就没了希望。没了希望，我也再不会失望！”

她像是急于发泄心里久藏的怒火，一件一件地数落着宋熹的不是，一声比一声更尖锐，就像是豁出去了，再不管其他，每一个字眼里，都饱含着爱与恨。

谁说爱和恨不可同为一体呢？

此时的谢青嬗便是了。

她是爱的，也是恨的，更是痛的。

“你知道吗？从小父亲就告诉我，要我好好待你，因为我长大了是要嫁给你做妻子的，从那个时候开始，青嬗心里就从未装过除你之外的任何一个男子。一颗心满满的，都为了你，绣荷包想着你，看桃花想着你，赏雨荷也想着你……可这么多年，这么多年了，你何曾真正待我好过，哪怕一次？一次都没有。”

宋熹眉头紧紧蹙着，面无表情，也不言不语，似乎在由着她发泄不满，又似乎在认真考虑她说的那些话，究竟是也不是。

他的麻木在谢青嬗看来，全是讽刺。

又是一声冷笑，她咬牙道：“你想必已经忘了，你那一次负气出宫，受萧家所害，从马上摔落滚到坡下，脚断了，肋骨断了，腰也折了，连呼吸都没了……”像是触景生情，谢青嬗双眸有些潮湿，吸了吸鼻子，声音更哑了。

“是我，是我谢青嬗入山寻你时救了你。大半夜的，我看到你的鞋子落在那里，从坡上生生地滚下去，这才找到了你。然后我一个妇道人家，来回几十里山路找人救你……你知道吗？宋熹，那天晚上，我出来为你寻医的那天晚上，碰到了害了你离去的萧家人，他们……他们侵犯了我。”

一语既出，屋子里似乎更凉。

宋熹没有说话，半合的眸子落在她脸上，更深邃了几分。

见他如此，谢青嬗抬了抬眼，忽而又失笑。

“那件事，我从来没有对任何人说起，包括我的父亲。我那时太害怕了，不是害怕被人侵犯的事泄露出去我没脸见人，而是害怕你从此再也醒不过来。那一次受伤，你昏睡了七天七夜，太医瞧过了，都说你再也醒不过来了，是我不肯放弃你，是我找到了萧乾，我跪在他的面前，我甚至脱掉了衣衫，让他看我身上被萧家侵犯的痕迹，我把身为女子的脸都丢尽了，才换得了他救命的药！”

谢青嬗歇斯底里地吼着，一层一层地揭开自己的伤疤。

不为得到宋熹的怜惜，只为给自己的情感找一个释放的出口。

走到这一日，她也知道，她与宋熹再无将来。

她凉凉地笑着，扶着额头，揉一下发晕的头，胸口突然有些闷，可说到这里，她情绪难止，已经顾不得身体不适了：“然而，你伤好之后，不仅不感激我，对我比以前更加冷淡了。冷言冷语，冷面冷心，对我说话，从来不带半分颜色——甚至你疯狂地恋上了那个墨氏寡女，完全将我视若无物——宋熹，你何其狠心？”

“说完了？”宋熹声音淡淡的，神色间似乎也没有多大的触动，“你说的，我都知情。若不然，你以为我为什么要对你那般好？任由你将萧家赶尽杀绝，任由你兴风作浪而不闻不问？我又凭什么让你宠冠后宫，再生下我的儿子？”

“你——”谢青嬗脸色一白，“你都知情？”

“对！包括你被侵犯的事，我都知情。”

瞳孔猛烈一缩，仿若身上最后一丝遮羞布被人扯下来了似的，谢青嬗脸面苍白，像被霜打的茄子，胸口越来越闷，声音也颤抖了起来。

“可你为何从来不说？”

“我何苦说来惹你伤心？”宋熹双眸微微一眯，看着她白如纸片的脸，似有不忍，“青嬗，我不是心善之人，却也未必有你说的那么狠，算计有那么深。若你当真安守本分……断断不会有今日。你我二人，斗个鱼死网破，不、死、不、休。”

不死不休？

听他突然低沉的声音，谢青嬗面色一白，似乎突然明白了什么。

她拔高声音：“你要怎么对付我？”

“我不会让你回到临安了。”宋熹沉默片刻，严肃地盯着她的眼睛，终于又道，“我不想让我们的事情闹得满城风雨，也不想让儿子长大后知道，他的母亲是一个心如蛇蝎的女子，为了一己私心，为了他的帝位，曾经谋杀他的父皇，篡夺江山。”

谢青嫿嘴唇颤抖着，嗓子眼里突然一堵，说不上话来。

宋熹目光微低，看着手上紧握的酒杯：“青嫿，这些难堪、肮脏的东西，你都带到棺材里去吧。我会为你风光大葬，行皇后葬事，我待你会一如往昔，让天下人都知道，帝后恩爱，从无异心。”

他说得很慢，一字一字徐徐出口，伴着那不知何处来的轻风，利箭一般灌入谢青嫿的耳朵里，如同催魂夺命一般，让她的脸上，顿时没有了半分生气。

“宋熹，你竟这般待我，你竟这般待我……”

她喃喃着，语不成言，句不成句。

人都怕死，哪怕到了最后的一步，也会试图挣扎。

“呵呵呵，可你想得太天真了！宋熹，你也太小看我了。我既然敢前往金州，就不会没有后手——”手指颤抖着抬起，她指着宋熹，“若我死在你的手上，你信不信，你的母亲，还有你的儿子，被你起名为五斤的儿子……他们都会为我陪葬！”

宋熹静静地看着她，满目都是悲哀。

“我确实低估你了，你还真是丧心病狂。普天之下会拿亲生儿子要挟他父亲的女人，你谢青嫿可能独一无二！”

谢青嫿双眸如同染血，恨恨地瞪着他。

“妇人不毒，就活该被你们男子欺辱吗？宋熹，话说到这里，我最好没事，否则……”

说到这里，她突然闭上嘴，捂住了胸口，一脸难以置信地望着他。

“你……”

“是的。来不及了。”宋熹云淡风轻，“剧毒。”

谢青嫿白着一张满带恨意的脸，挣扎着抓紧椅子，试图站起来。然而，这样简单的动作，她也没法完成了，身子骨就像不是她自己的，软得没有半丝力气。

“你……好狠！”

她低低吼着，一低头，发现地上有一滴血。

不是别人的，正是她自己的，那血正从她的嘴角溢出，染上了衣襟，滴落在地上，像在嘲笑她的傻、她的癫，嘲笑她算计了这么久，竟被一杯酒夺去了性命，嘲笑她儿子都没有抱几次，就此生不复再见了……更在嘲笑她，竟死在最爱的男人手上。

她徐徐抬头，用袖子抹了一下嘴，死死盯着宋熹。

“夫妻一场，你怎生下得了手？”

“那日在兴隆山镇，你说不认识我时是什么心境，我便是什么心境。”宋熹低低一叹，目光凉凉的，似有几分痛心，又似有数不清的悲凉。

“青嬗，下辈子投胎，莫为权臣之女，莫再执念情爱，挑选良人，也莫从己心，当寻待你好者嫁之。夫妻恩爱，从无异心。”

“宋熹……”

谢青嬗难忍汹涌而起的药效，身子已经彻底瘫软在了椅子上，看着那一壶酒，她眼神有些涣散，似乎想哭，可嘴一掀开，却笑了出来。凄恻的笑，像一朵开败了的玫瑰。凋零在即的美，令人心悸。

“你竟恨我至此，到底是不爱！”

若是爱的人，又怎舍得她死？

墨九那般待他，他可曾舍得动她一个手指头？

是，到底是不爱，到底是不爱的人……不爱方可夺其性命。

可她爱宋熹，若为了自己，不也曾想过要夺他性命吗？

这人世之事，她参不透了。

忽而又是一笑，她想到了自己这一生，被家族逼着走的一生，不曾被人爱过的一生，满目苍凉，只有悲哀：“她是一个幸福的女人，可我发誓，变了鬼也不会让她好过，我恨她，恨她夺去了我穷尽一生也不曾得到的……只可惜，那么多次机会，居然都没能结果了她的性命。临安、金州，次次失手……罢了罢了，许是命该如此……咯……”

一口鲜血溢出来，她抬头看着宋熹复杂的脸色。

“宋熹，你若肯抱一抱我，我就告诉你一个秘密……好不好？”

临死，竟得如此才能要来一个拥抱。

谢青嬗是可怜的，也是可悲的。

宋熹缓缓站起，慢慢走向她，缓缓伸出手将她抱在怀里，低低道：“好好地去吧。我们都不是坏人，我们只是走错了人间。”

“我们都不是坏人，我们只是走错了人间……呵呵呵。说得好，说得真好。”谢青嬗笑着，双臂抱紧他的腰，大滴大滴的泪水顺着脸颊流下来，混合着血水，抹在宋熹雪白的衣袍上，与她的笑声一样触目惊心。

“可好人如何，坏人又如何？都是要死的。宋熹，我快要不行了，你低下头，我悄悄告诉你……这是一个大秘密，很大很大的秘密……”

宋熹眉头皱了一下。

“我抱你，是为送别，不为换取秘密。”

这句话说得很慢，却很真诚。

谢青嬗怔了一下，猛地昂起头来看他。

久久，她嘴角扯开，给了他一个绝美的笑。

“谢谢你，但我还是要告诉你。萧乾那里，其实有我的人……”

小声地，她喃喃着一些事，把那些藏在肚子里的话，都费力地说了出来，宋熹一动也不动，站在她的面前，任由她软绵绵的身子扑倒在他的怀里，诉说着那些不堪的、不为人知的大事、小事，直到她再也没有了声音，头猛地垂下，他才慢慢低下头，看着她散乱的发顶，幽幽一叹。

“其实我也有一个秘密想要告诉你——可我猜，你未必愿意知道。那就不说也罢，望你来世，再无执念，做一个简简单单的女子，没有纠缠，不再荒唐，也无忧伤。”

皇后殁了！

家国不安，还伴大丧。

南荣这一阵，真是祸不单行，衰运连连哪！

一时间，消息传开，满营不安。

皇后娘娘是自杀的。

随军而来的李太医切脉后写下脉案：皇后娘娘死于剧毒鹤顶红。

另外，据皇后的婢女说，昨儿从兴隆山镇回来的马车上，娘娘就因为“错信刘明盛，错认陛下”之事忧思郁烦。一连两错，娘娘晚膳未用，今儿的早膳也未用，一直忧心忡忡。在前往陛下房里时，娘娘还往随身的荷包里塞了两粒药丸子。婢女也不知娘娘是要做什么用，还特地关切地问了娘娘一嘴。

娘娘当时没有回答，只幽声一叹。

“出京时带着它，原是为不测之时，用以避难，不至于污了皇室尊严。没有想到，竟要……唉！一错再错，差点儿误国误民，酿成大祸，也罢也罢！”

太医的话、婢女的话，再结合当时的事件，皇后娘娘死于愧疚自杀一事，大抵就板上钉钉了，无人质疑，也无人敢来质疑。

皇后殁，国丧至。景昌帝伤心欲绝，整整一日未出房门，滴水未进，想是对皇后之死太过悲痛。为此，满营将士也都唉声叹气，沉浸在这突如其来的祸行之中。

有心思的人，了解这是天家斗法，早就心惊胆战了，生怕烧到自己的身上来，自然选择了静默不语。没有心思的人，则人云亦云，把这场国丧之事炒得热热闹闹。

又过一日，晌午时，阳光大炽。

景昌帝终于从房里出来，扶着门框，虚眯着眼，神态极是沉郁。

他静默了许久，才沉声吩咐了一句。

“传令！送皇后棺椁回京！”

北上的南荣大军继续在管宗光等人的带领下，驻守在房州、荆州以及一水之隔的襄阳路，淮水以南的随州、光州等地，与萧军呈对峙之势，宋熹却一身疲惫地带着一支精锐禁军，亲自为谢青嬗扶灵回京，从而结束了他的御驾亲征之旅。

同一时间，由于墨九生了一个女儿，乃墨家大事，几乎普天之下的墨家弟子都在庆贺。但凡挂着墨家旗帜的店铺、客驿，纷纷大行折扣，以此回馈百姓。这是一喜，而另有一忧，也在持续发酵——墨九生女，依旧没有打破墨家代代生女的魔咒，引来了无数的议论之声。

另外，萧乾和苏赫关系暧昧，他俩与墨九的关系也暧昧，这三个人之间到底要如何相处，如何进退？是萧乾“喜当爹”，还是苏赫“喜得麟儿”？到底谁要退出这一场没有烽烟的角逐？这些都是引人瞩目的话题。

所以，南荣皇后之死，墨九生女，几个大人物之间的多角关系，一时间像春风一般，吹拂过九州大地，掀起了一个短暂的高潮，也淡化了这一场血腥味浓烈的战争。

一夜之间，事情突变，恍若隔世。

好多人都在津津乐道于这些事情，以至于都忘记了——南边、西边都正打着仗呢。

宋熹带着浩浩荡荡的扶灵队伍，还没有回到临安，半道上就接到了消息。

这不是一个好消息，简直就是雪上加霜。

钓鱼城的战争在僵滞数日之后，终于有了变化。就在几天前，久攻不下的蒙合采用了苏赫的“围点打援”战术，开始了对钓鱼城周遭城镇以及增援部队的大面积袭击。

这一招是相当狠的。

钓鱼城驻扎着几十万南荣兵，要吃、要喝、要后备物资的增援。蒙合这样的打法，不符合他一贯主张的强攻猛打、靠武力取胜的战策，真真奸猾了许多。

或许是宋熹在汉水的失利，影响了苏逸的信心以及判断。本来以钓鱼城的储备，不需要后援，粮草物资也能撑上大半个月。他却耐不住性子了，改变了只守不攻、重点骚扰的战术，居然主动开城出击，大军压上去，将南荣兵不擅攻击战的软肋暴露在了蒙合的面前。

这位北勐大汗，惯于抓住时机。

蒙合大喜，当即迎了上去。

这一仗，简直就是对苏逸的当头一棒。

战争持续了约莫三个时辰，以苏逸的失败告终。

虽然在最后时刻，苏逸带着残兵退守到钓鱼城里，没有让蒙合因此破城，但经此一役，南荣将士死亡人数将近五万。钓鱼城外尸横遍野，血流成河，苏逸损兵折将不说，还导致南荣士气靡靡。

僵滞了这么久，对蒙合而言，可谓终见曙光。

他将献计有功并且在战场上勇猛过人的苏赫大肆封赏了一番，赐到再无可赐了，似乎还不尽兴，让人摆酒在中军大帐里与他痛饮，又商谈接下来的对敌战术，一直到半夜。席间，苏赫侃侃而谈，蒙合认真倾听，可谓君主共欢，之前两人间的嫌隙似乎都烟消云散了。

“贤弟以为，苏逸此番又要龟缩多久？”蒙合举着酒杯，有了一些醉态，“这一次战败，想必这厮又要死守城池了。若他们粮草充足，就这般耗着，他们背靠南荣，而我们远道而来，就算断其后路，我们自己也很吃力，经久必亏。”

苏赫听着他的话，久思，点点头。

“大汗所言极是。”

“唉！”蒙合重重一叹，对于这座久攻不破，极损他威风的钓鱼城早就有了厌倦之心，“若早知这般，我便不从蜀地行军了，从乾州直走兴元路多好。”

苏赫闻言，瘪了一下嘴：“可那样，就难免与萧乾遇上了。”

蒙合沉吟，眯了眯眼，双目紧紧盯着苏赫特地戴了一张面具的脸，突然问：“这次再见贤弟，似乎比以往有些不同。”

假扮苏赫的辜二，心里一惊。

他对苏赫的模仿可以说登峰造极了，连极为亲近的人都发现不了，这个蒙合居然察觉出了不同?

姜是老的辣，这人的眼光果然厉害。

极力坦然地与蒙合互视着，辜二克制着内心的情绪翻滚，却没有掩饰自己的小小吃惊。

“大汗为何有此一说？”摸了摸自己的脸，他又道，“莫非臣弟容颜越发丑陋，惊着了大汗的眼？”

“不不不！”蒙合豪爽地饮了一口酒，认真地盯着他道，“我也说不上来哪里不一样，只觉得……好像换了一个人似的。”

停顿一下，就在辜二心跳如擂鼓的时候，他突然大笑。

“今日多吃了几口酒，我也不妨和你说句掏心窝子的话。这感悟大抵来自强者的天性。以前的你，坐在我的面前，恭顺、少言，可野心满满的，那种敌对感，骗不了我，我一眼就能感觉到杀气。如今的你——全然没有。来，喝了这一杯，我信你。咱兄弟二人同心协力，我说过的话，不会轻易改变。等拿下南荣，我统一了天下，这汉地就归你来管！”

苏赫面色微变，当即跪下来。

“多谢大汗！臣弟愧不敢当。”

“你不敢当，谁人敢当？再者，一个小小汉地算什么？”蒙合是一个枭雄，平常说话都豪气冲天，在酒精的作用下，就更是没有半分顾忌，大声爽朗地笑着，“这天下迟早是我的，南荣……呵呵，一隅之地而已。还有更远更远的地方，草原的那头，大洋的彼岸，偌大的江山，等着咱们去征服呢。”

感慨于蒙合的野心之大，辜二垂目不语，做倾听状。

这时，头顶上却传来蒙合的低叹声。

“唉！只可惜，一座小小的钓鱼城，却困我如斯，真是气煞我也！”

听他又说到了钓鱼城，辜二突然抬起头来，目光中闪过一抹晶亮的光芒。

“大汗，臣弟倒有一计，可再次引那苏逸出来，一击杀之——”

“哦？”蒙合当即有了兴趣，摊手抬了抬，“贤弟还不快讲？”

“这个……”苏赫迟疑着，目光不时瞄着蒙合，欲言又止，“此计恐会影响大汗威名，还是不用也罢。”

蒙合不禁哑然：“何计会影响我威名？此地就你我兄弟二人，贤弟但讲无妨。想如今，我久攻钓鱼城不下，那些威名，恐怕早就消弭殆尽了，只要能拿下钓鱼城，将那苏逸血祭我旗，便是有损威名又如何？成王败寇，天下都是我的，哪个还敢说三道四？”

经了上一役，蒙合对苏赫的信任确实多了不少。

或者说，他信的只是自己的感受。正如他所说——他在苏赫的身上没有察觉到野心和杀气，所以也就少了防心。

苏赫眼皮往下一垂，握住酒杯的手微微一紧。

“下半夜时，咱们趁着酒劲儿，再打他一回。然后，大汗假装重伤，并将消息传出去……”

假装重伤？

若他重伤，对钓鱼城里的苏逸来说，岂非大喜过望？

蒙合似乎领悟了他的意思，眯了眯眼，语气已有笑意。

“征战沙场之人，受伤乃是家常便饭，何来损及威名一说？贤弟思虑过重了。哈哈，妙妙妙，此计甚妙哇！贤弟是个将帅之才！”

听他笑起，苏赫却板着脸，语气极为慎重：“大汗，军中鱼龙混杂，难免会有各方探子，为了保险起见，大汗假伤之事，除了大汗与臣弟之外，最好不要有第三个人知晓才好。”

考虑一瞬，蒙合点点头。

“正该如此！”

月华高悬天空，兴隆山一派宁静。

深夜里，墨九在榻上昏睡着，小丫头被抱到了奶娘的房里。这一次的“剖腹取子”手术，对她的身子损害极大，伤口一时难愈，这几日她都不得好睡，常常被疼痛惊醒。故而，她睡觉的时候，没有人敢来吵她。

这时，门外传来轻轻的叩门声。

暗夜中，四下里太静了，萧乾正盘膝坐在她榻前的一张美人椅上，闻声皱了一下眉头，瞥一眼安睡的墨九，就蹑手蹑脚地开了门，然后对门外的薛昉嘘一声，望向窗子外面的灯火。

“几更天了？”

“回主公，三更了。”

萧乾嗯一声，回房披了件衣服，走出房门，顺便把门带上，对薛昉指了指外面。等两个人一起走到客堂坐下，他才冷肃着脸：“这么晚来，肯定有要事了。说吧！”

喜得千金的萧乾在兴隆山已滞留好几日了。顺利为墨九取出孩儿并缝合了伤口之后，他没有马上离开，而是每日里陪床照顾，一应汤药饮食，都亲自照料，除了不能喂奶之外，他几乎承担了照顾丫头的全部职责，可谓面面俱到，细心至极。这让墨九的近身之人都很欣慰，萧军中却有很多人在干着急。

从古至今，哪有为了妇人生产，在大仗当前久居床头，不肯离开的？

要知道，现在形势对他们太有利了。

南荣国丧，景昌帝回了临安便大肆为皇后举丧，满城百姓皆恸哭，军中上下全缟素，再加上钓鱼城苏逸吃了败仗，想来用不了几日就将被蒙合全线攻下。南荣防线崩溃，这种情况下的南荣，丧失了大半的战斗力。此时不攻他，更待何时？

但萧乾很固执。

不管古璃阳来函陈述，不顾军中将士的翘首以盼，坚持己见。

旁人问及，他只回："此时墨九比任何人都需要我。"

墨九问及，他却回："打了几个月的仗，我疲乏了，正好趁此机会让大军休整。"

如此一来，墨九也就放下心了。

几日来，两个人像寻常夫妻，逗着名字尚在考虑中的丫头，乐不可支。

女儿没有名字，萧乾只一句一句唤着人家"小丫头"，唤墨九时便改称"大丫头"，那眼中满满的都是幸福的光芒，似乎这一大一小两个丫头，已占据了他生命的全部。

两个人相处，情绪是可以相互传染的。

他的幸福，也是墨九的幸福。

山中岁月有情人，哪里还有比这更美好的日子？

两个人都不去谈及那些尚未完成的大事，哪怕明知未来荆棘遍布，也只选择了徜徉在眼前的幸福中，相知相守。

然而——

该来的事，始终要来。

门外巡视的墨家弟子手举的火把，照亮了薛昉的眼。

他看着萧乾，有些畏惧说出来，却又不得不说。

"主公，我们不能再干等下去了——当想办法呀。"

他的话，有些没头没脑，萧乾却听懂了。懒洋洋地为自己倒了一杯壶中的冷茶，高举过头，他端详一阵，像一个运筹帷幄的智者，神色淡淡，目光淡淡，身影也笼罩在淡淡的灯火中，像一个淡淡的剪影。

"急什么？"

"主公啊！"薛昉着急得心肝上都是火了，"属下来之前，刚得到消息，蒙合再攻钓鱼城，受了重伤，当即昏迷不醒，恐怕很难救治了——"

完颜修告诉墨九的那些事情，她术后清醒的第一时间就告诉了萧乾，而萧乾这边，其实在她之前就已经得到了消息，关于苗寨发生的玄事，关于那一个极有可能与八卦墓有关的消息。

当然，这个消息并非来自辜二。

至今，他们都没有得到辜二关于此墓的半点儿言语。

薛昉年岁虽小，人却老练。可以说除了萧乾之外，他很难对任何一个人有绝对的信任。不仅是他，连同声东、走南、闯北和击西等人在内，都对辜二产生了怀疑。

宋熹围堵汉水时，可以说他有消息无法传达。

那么现在呢？

他已经利用萧乾传达的指令，成功得到了蒙合的信任，对蒙合三献其计了，那么八卦墓的事，他就无法告知吗？显然，他有意隐瞒。

八卦墓关乎千字引，关乎武器图谱。

所以，它几乎成了一个象征“野心”的代名词。

辜二的行为，确实很难令人信任了。

然而，萧乾听完，却久久不答，似乎并没有在意。

薛昉润了一下唇，观察着他的脸色，接着又道：“蒙合重伤昏迷之事，在北勐军中，只有辜二一人知情。想必接下来——蒙合大限将至了。只可怜他征战一生，恐怕怎么也想不明白，为何会死得这般不明不白吧？”

“这不是很好吗？”

萧乾反问他一句，目光凝重而幽远：“一切不都按照我的计划在行进吗？你还担心什么？”

“担心主公流连于儿女情长、家庭琐事，受了那辜二的蒙骗！”

薛昉对辜二的怀疑与日俱增，说话已相当不客气。

“恕属下无礼，烦请主公试想一下。蒙合一死，虽说他已有小王子，但北勐朝中有阿依古撑腰，一贯实行的又是忽里台大会的大汗推举，那么，苏赫登顶北勐大汗之位，指日可待。可如今主公人在兴隆山，苏赫手上有兵，外表与你一般无二，他成了苏赫王爷，也就顺利接管了主公你应得的一切。若他执意不肯归还给你，你要如何扳转这一局？”

大概真为萧乾操碎了心，薛昉的语气一句比一句重。

他确实有些急躁了。

看萧乾一日一日围着墨九转，就像一个寻常的居家男子，薛昉生怕他吃了用人不察之亏，让他数年的谋划，一朝就付诸流水，急得眼圈都是红的。

可萧乾沉默一瞬，却安抚地看向他，淡淡一笑。

“我萧乾这一生，自恃视人有术。我信他。”

“主公！”薛昉真急了，“属下并非让你不信他，但防人之心不可无哇，难不成，你就由着他杀掉蒙合，再做那北勐大汗？而你，就只守着这兴隆山，做个山大王不成？”

山大王？

其实萧乾手上的筹码到如今已经足够多了。

守着汴京与金州大地，他完全可力压南荣，再与北勐分庭抗礼。

但萧乾似乎被薛昉的“山大王”形容逗乐了。

想着他的大小丫头，嘴角慢慢便噙上了一丝笑。

“做个山大王也不错呀！”

看薛昉一副恨不得去死的表情，他顿了片刻，又略微敛目。

“事缓则圆，不必急躁。你且看他除掉蒙合，拿下钓鱼城，甚至坐稳了北勐大汗之位再说。”

薛昉：“……”

窗外月已圆，他内心的崩溃汹涌而来。

主公啊！人家坐稳了大汗之位，还有你什么事儿啊？

哪一个有本事的英雄豪杰不向往江山在握、纵横天下的快意？

到那个时候，才是真正的养虎为患哪！

第七章　同心不同眠

门无声地开了，披着月夜入屋的萧乾，满身疲惫。

墨九伤口疼痛，原就没有睡得太熟，听到动静，眼睛倏地睁开，借着微弱的油灯光芒，她撑了撑身子，似乎想要坐起，却被萧乾眼明手快地冲过去按住了。

“不要用力，小心伤口绷裂。”

他是个大夫，不仅把墨九照顾得很好，每天都会有千万遍的医嘱，叫她务必多加小心。

剖腹这样的大手术，他是第一次尝试，满心都有不确定。换别人还好，换到墨九身上，哪怕一点点意外，他都承受不起，所以处处小心。而墨九对此，也心知肚明。换到后世那样的医疗条件下，剖宫产也会有伤口久不愈合甚至感染绷裂等问题，何况现在?

在这方面，墨九从不与他争执，也不犯倔。

被他按住肩膀，她乖乖地重新躺好，眨着眼问。

“大半夜的出去干吗？约会情人去了？”

萧乾嘴角一勾：“是呀，约会我的小情人去了。”

墨九抿一下唇，知道他去看过小丫头了，声音不由得充满了温情。

“小丫头睡得好吗？有没有乖乖的？”

“睡得好，也乖得很。”

和薛昉谈完事回来之前，萧乾确实辗转去了一趟奶娘那边，看了看小丫头。如今见墨九问及，他脑子里便是那个粉嘟嘟的小孩儿在襁褓中的俏模样，面孔情不自禁地柔和起来。

“那小脸儿也比刚抱出来时好看多了。皮撑起来，不再皱巴巴的，不再像个小老头儿了。”

啐了一口，墨九娇嗔着，又板了脸。

“哪有说自己闺女是小老头儿的？小心闺女长大，我告你状。”

“是是是，不说了。”萧乾宠爱地看着她，那眼光和看小丫头时没有区别，都像宠溺着自己的孩子，仿佛这一大一小两个丫头，就是他的全世界了。

默了一瞬，他复问：“伤口还痛吗？”

“当然啦！”墨九趁机撒娇，“你把肚子剖开试试就知道了。”

“躺好！我再看看。”萧乾心疼不已，慢吞吞蹲在床边，轻轻掀开被子，褪下她的小衣，观察片刻，皱起了眉头，“阿九可困了吗？”

“不困。”刚睡了一觉醒来，墨九精神头很好，“怎么了？”

“你若不困，我再给你换一次敷料。”

“行。你是大夫，你看着办就好，我但凭吩咐。”墨九调皮地吐个舌头，心情看上去很不错，见他转身过去拿药箱，又盯着他的背影咕哝，“不过萧大夫，咱俩可说好的呀，不许留下丑陋的伤疤，你可不要忘了！”

萧乾以前常年征战，身上留下了大大小小数不清的伤疤，从来都不以为意，对墨九将肚皮这样隐私地方的伤疤看得这样重，一直不太理解。不过，妇人嘛，自有妇人的想法，他如今越发尊重她，所以，当她提出这个不太合理的要求时，他想也不想就同意了。

然而……

那么大的切口，想要半点儿伤疤都不留，怎么可能？

对此，大神医真真有些费神而苦恼。

他放慢了调和药膏的手速，想了一会儿，又回头慎重地告诉墨九。

“嗯，我尽量吧！”

“什么叫尽量啊？你说话不算数。”

一看墨九急眼了，想着她伤势未愈，萧乾赶紧放柔声音。

“你别激动，我是说尽量不留下难看的伤疤……”

“不留难看的伤疤？难道可以留不难看的伤疤？伤疤有不难看的吗？”

这就是不讲理了呀！

可萧乾确实藏了一点儿潜台词，以便日后为自己洗白，不算食言。

一下子被墨九识破，他挑了一下眉，也不慌乱，只徐徐笑开，继续哄她开心。

“娘子的吩咐，为夫敢不遵从？可不敢相瞒阿九，这想要完全除疤实属不易，短期内，更不可能。但阿九信我，总会有办法的。你年纪小，长几年，慢慢就淡了……”

听他委婉相劝的语气，墨九有些泄气了。

那么大一个疤呀，看着就硌硬啊。

没有后世的美容刀，她这个剖腹产完全横切的，留下的伤疤可比后世剖腹产大多了。

想想她这么美的身子，就这样毁了，她不由得扁起了嘴！

而且，等几年是什么概念？

也许用不着等几年，她又怀上了呢？

想着自己有可能步入生育机器的不归路，她蔫蔫地拿脑袋蹭了蹭枕头，就差抹眼泪了。

“我不管！反正我的美貌，由你负责。”

“我负责！我自然要负责的。”萧乾对她言听计从，哪里舍得反驳半句？

一句一句哄着，把敷料配好，为墨九重新上过药，又赶紧吩咐玫儿打了温水，替她仔细擦过身子，换上干爽的衣服，他这才叹着气，小心翼翼地上床，挨在她的身边，还不敢挤得太近。

“我会不会挤着你？”

“还好。”墨九勉强地扯着嘴角一笑，“你睡觉很老实。好吧，事实上，我就没有见过睡觉像你这么老实的人了，动都不动，整夜不翻身的……”

她当然不知道萧乾“动都不动”需要多大的意志力。

萧乾却从她的话里捕捉到了一丝不对劲。

“你难道还看过旁人睡觉？”

墨九一愣，差点儿被他逗乐了。

“当然啦！而且是男人……”

“谁？”刹那，他严肃起来。

“我爹！”墨九瞪他，有些哭笑不得，“怎么，不可以？”

一听是她爹，萧乾面色稍稍缓和了一下，可转瞬，他就又警觉起来。

“你还未出生，你爹就死了。你何时看过你爹睡觉了？”

墨九其实想说的是她前世的爹，也就是她飞机失事那个老爸。可随口那么一说，却没有想到萧乾的思维发散得这么快，马上就抓住了重点漏洞，让她都无从解释。

没法子，解释不了，她只有一招撒手锏——耍无赖了。

"谁说我不能看到？我梦里看过行不行？我还和男人在梦里做过那事呢，行不行？"

萧乾："……"

能像墨九这般"坦诚相待"的妇人举世仅有，萧乾听她娇憨不讲理的辩解，完全无言以对。一双厉眸深深地看着她，他不吭声了。那模样儿倒让墨九有些后悔。

她明知道他和后世那些男人不同。

有些玩笑，她说得随意，他未必接受得了。

毕竟他们有着截然不同的人生观与价值观哪。

"哎！"她想了想，又拿手肘蹭他，试图转移话题，以便将这个尴尬的事顺过去，"辜二那事有眉目了吗？怎么没有听你说起？"

萧乾嗯一声，显然还游离在状态之外。

"说呀！嗯什么嗯？"墨九又加了些力气碰他，顺便还嘶了一声，疑似扯到伤口的疼痛呻吟，"哎哟，用力过猛，疼死我了。"

看她抚着肚子，眼泪都快痛出来了，萧乾心疼了，也心软了。

他伸手轻轻拍她，哄心肝宝贝似的，哪里还敢生气？

"没什么事。你放心，我自有分寸。"

"这话我就不爱听，你的分寸，我又量不着。你不说明白，我哪会知道？"

"……"墨九向来有些强势，偶尔像个男子一样，这叫萧乾既无奈，又欣慰。

无奈在于他总是拿她没办法，欣慰在于不管什么时候，她都可以把自己的生活安排得很好，不会吃太大的亏。这样的她，能让他放心不少，也少有后顾之忧。

考虑一瞬，他略微一笑："八卦墓确有其事，不过辜二至今不曾向我知会此事。而我待他……从一开始，都并非以下属之谊，而是兄弟之情。他说或不说，我暂时等待，也暂且相信吧。"

既然说到了这里，剩下的就更没有什么隐瞒的了。

接下来，他将辜二、蒙合、苏逸在钓鱼城的事，以及由于谢青嬗的死，南荣大办国丧，军心不稳，皇都临安一片悲恸等事，都一一告知墨九。

墨九是知道谢青嬗薨殁之事的。

只不过对于那个女人的死，她并不知当用什么情绪去想。

都说人死如灯灭，过往种种，悉数成空。

可哪怕这一刻，她仍然很难同情谢青嬗。

悲也好，喜也罢，其实每个人的路，大抵是自己走出来的。谢青嬗死得不冤。她短暂的一生，比起大多数女人来说，也已经够幸运。她从小生活优渥，不曾饿过肚子，不曾吃过苦。长大嫁给太子，顺理成章做了太子妃、皇后，即便最后反水宋熹，差点儿害死他，宋熹还念及旧情，为她风光大葬。若南荣不灭，她的儿子将来还会成为皇帝，她生前享尽荣华富贵，死后亦可受尊贵的香火，她与皇帝的恩爱也将录入史书，也算得偿所愿了，她有什么可冤呢？

至于辜二……

这一点，她与萧乾的想法倒有些一致。

或许辜二给她的印象一直不太坏，她很难把他想成居心叵测的人。

到了这时候，也留有一丝希望。

不过，她也有小女人的一面，不妄加猜忌，也不敢全然相信。

思忖片刻，她微微一笑，侧过脸看向萧乾的脸。

“我信六郎你的决断。可我与薛昉一样，委实也有些担心。要知道，不怕强悍的对手，就怕背叛的队友。他太了解你，若真像薛昉猜测的那般，背后插刀，后果将不堪设想。所以六郎也不可不防。早做准备，并非坏事。”

萧乾嗯一声，目光如炬，温情脉脉地抚上她的脸。

“你呀，也是个操心的命。让你好好休息，你却胡思乱想作甚？外间的事，自有你男人去理会，你就安心把身子养好……”

“你不要转移话题，先答应我！”墨九不高兴地拍他的手，“还有，不要总这样摸我，我又不是小丫头！怎么你像在摸小丫头、旺财和狼儿似的？”

“你当然不是小丫头、旺财和狼儿，你是我的大丫头哇！”萧乾说得认真，说罢，笑了笑，复又把手盖上她滑腻得有一些肉感的脸，灯火下，他一双眼睛熠熠生辉，“大丫头你且放心吧，此事我自有打算。”

说到这里，他突然拉下脸：“难不成，你不想我在身边多陪你些时日，就想着撵我走？”

这人的玩笑，一点儿也不好笑。

可墨九心情太美好，忍不住就笑出了声来，扯得伤口痛。

她赶紧抚向肚子，瞅着他道：“我倒巴不得你一直住在兴隆山呢，有你在，我便什么都不怕，而且……”不知想到什么，她目光稍稍暗淡，又伸手过去，盖在萧乾的手背上，慎重地说：“我想你趁着这工夫，多去瞅瞅师兄。他这伤，始终没有起色，人也瘦得不成样子了，我很担心。还有我娘，她最近忧心过重，也是为我操心的，你也给她瞅瞅，还有……”

“行了，唉！”萧乾喟叹一声，“我竟不知阿九是一个如此聒噪的妇人。”

“怎么，不想听我叨叨了？”

“想。可已经夜深了，你该歇了！”萧乾将她的小手包裹在掌中，细细地摩挲着，轻声说，“你不要烦心这些事。但凡你关心的人，我都一样关心。爱屋及乌，我对他们，亦会尽心的。”

“六郎。”

缄默片刻，墨九盯着他的眼，眼睛一眨不眨。

“嗯？”他轻声应了。

“谢谢你！”墨九弯了弯嘴角，“这些日子，你太辛苦。瞧，你也瘦了！”

“傻瓜！”萧乾轻轻拥住她，又怕碰着她的伤口，那手臂支撑的姿势极为别扭，可他不以为意，与她四目相视，目光里跳跃的，全是幸福的光芒，“能为阿九分忧，是我萧乾之乐，何来辛苦？”

墨九抿着嘴笑：“不过瘦了好，更精神了呢，人好看了！”

“原来你以前一直嫌我？”

“不敢不敢！反正看顺眼了，也没美丑可言，长什么样不重要，只要你是萧六郎便好。”

“真乖！”

“没办法，还得求着您哪，当然得说些好的。”

“唉，就你这嘴呀……”

“我嘴怎么了？”

“甜！”

“这还差不多。”

“嗬！”萧乾笑了笑，静默许久，在墨九以为他睡着了的时候，突然又悠悠一叹，“不知小丫头何时能唤一声爹？但愿我能等到她会唤爹时，再离开兴隆山。”

会唤爹了？那得多久？

墨九心里稍稍吃惊。

她原是没有想到萧乾会在兴隆山待这样久的。

寻思着，她心里没底，小声试探：“你不离开兴隆山，这天下，也不准备要了？”

那可是他毕生所愿哪！

一路辛苦走来，受了多少风霜雨雪，到了这时，怎舍得放手？

萧乾掌心轻轻拍着她，没有睁开眼，只徐徐道："不急在这一时半刻的。格局越是混乱，越要跳出来，静观其变！"

"那辜二那边，你究竟要怎么处理呢？难道就由着他，夺去你应得的一切？"

墨九还是关心这件事，因为此事还牵涉八卦墓，是她墨家祖宗的东西，她心里始终放不下。

萧乾淡声道："该是我的，就会是我的。他夺不走。"

墨九终于忍不住问："那八卦墓呢？要怎么办？"

萧乾知晓她担心这个，不由得抚着她的胳膊，轻声哄："让你不要操心了，此事我自会放在心头。几日前，我已秘派声东前往苗寨，相信他会不负所托，很快就会有消息传来。"

赵声东数次深入苗疆之地，对那些地方相当了解。

这也是萧乾派他前往的原因。

墨九一听，绷着的弦就稍稍松开了。

"那也好。"慢慢地，她合上了眼睛，"除了等，好像真做不了什么。"

萧乾下床，吹灭了灯火，复又上床拥着她。

"睡吧！天一亮，带小丫头来看你。"

"好！"

暗夜里，他温暖的体温传了过来，透过单薄的衣衫，如此亲近，让墨九嘴角不由得挂上了一抹笑。

她想，萧乾是对的，有些事真的急不来，与其卷入旋涡里做一个不理智的械斗者，不如跳出来静观别人斗法，待时机成熟，再一举捣之……

蒙合身受重伤的消息传遍天下，四乡八野都在议论。

他若一死，北勐必将又有一场大乱，刚刚稳固的朝政，指不定又起风波。

不等哈拉和林接到消息，北勐大营里，便有些蠢蠢欲动了，而钓鱼城，连续几个夜晚都安静得出奇。

相比苏逸的不动声色，北勐大营里的气氛，是紧张万分的。

蒙合受伤之后，除了太医与苏赫，无人可靠近他。原本他"重伤"的消息是应当严格保密的，可不知怎的还是传了出去。为免南荣借机来犯，苏赫把大营防务安排得滴水不漏，几乎三五步就有一岗，就防着南荣的袭击。

在连续几个日夜的平静之后，第七个夜晚，钓鱼城终于有动静了。

夏季的天亮得早，丑时刚刚过，天空沾了点儿鲤鱼斑白，钓鱼城突然响起了嘹亮的号角声。

紧接着，战鼓如雷，重重敲响。

看来，在确定了蒙合重伤，北勐军心浮躁的消息后，苏逸终于主动出击了。

“杀呀！”

“剿灭北勐……”

“冲！”

“他们的大汗已经不行了，不如让他们都去陪葬吧！”

“杀！”

潮水一般的南荣兵，从大开的城门杀了出来，直奔北勐大营。

这一夜，整个北勐大营里的人，其实都没有入睡。

他们早按照苏赫的吩咐，准备好了迎头痛击南荣兵。

一场大战，即将拉开。

北勐营中的战鼓也擂了起来——

苏赫得到消息时，正一个人坐在蒙合的床前守着他。

这些天来，他寸步不离地照顾着“受伤”的蒙合，让营中的所有人都对这个苏赫王爷佩服不已。众所周知，蒙合大汗当初对他百般猜忌，他却以德报怨，不计前嫌，也难怪终于与大汗冰释前嫌，处出了兄弟一般的真情实义。

当然，这都是外人的看法。

对此时的辜二来说，情和义都将化为乌有。

号角响了，战鼓擂了。

他等待的时机，也终于成熟了。

看着榻上的蒙合猛地睁开眼睛，一脸络腮胡却满脸兴奋的样子，辜二对远在千里之外的萧乾，不禁由衷地佩服。这里的每一步，他都料得分毫不差呀！蒙合的反应，苏逸的反应，他没有亲自看见，却像长了一双千里眼似的，步步皆算计，满盘皆胜利。

“哈哈，小兔崽子！终于他娘的忍不住了吗？”

蒙合从床上坐起，低头找鞋，由于亢奋，带着粗话的每一个字眼，都是对战争和鲜血的渴望。

“贤弟，快！取本汗的盔甲和大刀来，躺了几日，人都躺软了，没力气——”

“是，大汗！”辜二背对着他取下墙上的大刀，左臂膀揽着他的盔甲，慢吞吞走到他的榻前，恭顺地说，“为了这久违的一战，让臣弟为你更衣吧。”

“好好好！”

蒙合丝毫不察，将背对着他，满脸闪烁着兴奋的光芒。

“贤弟真是好算计！料中了他。这一次，咱们不可再让那小兔崽子给溜了。哼！算他倒霉，今晚他的死期到了！明日，本汗将血祭钓鱼城，再趁着南荣大丧，一举拿下……呃！”

“噗！”

“你……”

三道声音几乎同时响起。

吃痛之下，蒙合吃惊的视线，微微低下。

他看着从背后插入他胸膛的一把刀。

刀尖上血淋淋的，黏了他的血肉，锋利、冷酷。

那是他自己的刀。

他曾经用它砍下不少的人头，杀了数都数不清的人，却从来没有想过，这把刀会从自己的身上破身而过，结果他的性命。

“为何……你为何如此？”他没有回头，疼痛让他很想蜷曲身子，不与刀身硬抗，可他没有这么做。他挺直地站立着，哪怕身体瑟瑟发抖，也像个王者那般站立着，一只手扶着床柱，慢慢地红着眼问，“我诚心待你，你却暗算于我，你果然想要北勐江山，想要这大汗之位吗？”

“不为什么！”

辜二淡淡开口，脸上没有表情。

“只因你的死期到了。该死的人，就必须死！”

蒙合双目瞪大，在疼痛中吸了一口气。

慢慢地，他转过头，颤抖着嘴唇，看向他的眼：“你……到底是不是苏赫？”

“不是！”辜二没有再隐瞒他，“我不是苏赫。”

“我早猜到了。”蒙合额头上有大滴大滴的汗水落下来，声音也越发无力，“我念你有才，不念你是谁，一心提拔你、栽培你，不承想，你野心……这么大，还藏得这样深。你说……你到底是谁？”

辜二盯着他不甘心的眼睛，却没有为他解释更多。因为他猜蒙合一定不想知道更多。那些真相若他都一一知晓，会更加无法接受这一切，更加不甘心自己英明一世，到头来竟这般愚蠢。

怔怔站立着，他手握刀柄，声音依旧没有情绪：“蒙合大汗，你安心去吧！你的北勐一定会顺着你的老路走下去——不仅会成为草原上的王者，还有天之涯，海之角，大洋的那一端，都将烙下北勐铁骑的足迹。而你，蒙合大汗，威名亦将享誉后世。”

哈哈哈哈……哈……

蒙合大笑了起来，笑到最后，终于无力地瘫倒在床头。

他艰难地侧过身，一双眼睛大睁着，就那样看着辜二面无表情的脸。

“你……赢了。成王、败寇！如此也罢……”

辜二眉头一皱，突然问：“你为何不喊人？”

蒙合冷笑：“我喊，有用吗？”

既然他把一切都计划好了，那么肯定会利用自己“重伤”这几天，做好一切安排与准备。

辜二嗯一声，依旧是那个表情，没有爱恨，没有情仇，就像一个杀手，毫不近人情。

“是没有什么用。不如节省点儿力气，好好想一想，有什么临终遗言要交代吧。”

刀子穿胸而入，这时的蒙合还有力气说这么多话，已经不容易。可弥留之际，身为一代枭雄的他，挂念的还是自己远在哈拉和林的亲人。听了辜二的话，他睁着一双目光开始涣散的眼，直勾勾地看着某个未知的方向。

“男子汉，大丈夫，各凭本事……你赢了……狠劲儿……我服。但，但祸不及妻儿……我，我请求你……留我几个妻妾和孩儿一……一命……哪怕将我鞭尸，碎尸万段……一切皆可……只求留他们……一条命。”

他是从权力争斗旋涡中走出来的人，太了解皇权争斗中的残酷。

他清楚地知道，他的死，不是终点，而是另一个开始。

接下来的哈拉和林，又将有一场血腥之祸要上演。

而他无法在死后再护着亲人，那些人也都将因为他的失败而陷入万劫不复之地。他的孩儿还那么小，他走之前都没有来得及多看一眼……

哪怕万般不愿，他终于低下高昂的头，对辜二说出了这样的话。

“我……请求你……答应……”

这是一个猜到了开头，没有猜到结局的故事。

蒙合居然在求他？这样的结果，是辜二万万没有想到的。

辜二听着，神色略有触动，却没有回答。久久地，他站立在蒙合的面前，看着这个世人惧怕的枭雄鼓胀着一双哀伤的眼睛，似乎舍不得这一世的生命就此走到尽头，又似乎不等到他的答案就无法落气一样，终究喟叹一声，慢慢点头。

“我将尽我所能。”

蒙合去了！

眼睛依旧瞪大着，却再也没有发出一点儿声音。

外面的喊杀声越来越近，带着冷酷的寒气钻入辜二的耳朵里。

他慢慢抽出那一把杀掉蒙合的刀子，仔细擦干净血迹，又抬起沾了鲜血的手，慢慢将蒙合的眼睛合上，直到把现场完全处理好，他才镇定地走出去，那一袭黑袍飘飞的样子，像极了一个地狱来使。而他的声音，有着以血洗血的酷寒。

“大汗伤治不愈，驾崩了——”

景昌二年五月十五，蒙合驾崩的消息传到了兴隆山。

随这个消息同时传过来的，还有钓鱼城那一场别开生面的战事。

蒙合在大战前突然驾崩，导致北勐军心不稳，阵脚大乱，以致原本胜券在握的一场战役，以战败结束。不过，从另一个层面看，其实南荣与北勐各有伤亡，也算打了个半斤八两，毕竟苏逸也没有讨着什么好。

战斗在天明时结束，钓鱼城又回到之前的对峙僵局。

苏逸不再主动出城进攻，苏赫一时也攻不破钓鱼城。

有人认为，苏赫不该在战时让全军都知晓大汗驾崩的消息，甚至此战失利的主要责任，都应该由他一人来承担——不过，他们也就私底下说说而已。

蒙合一死，北勐就得变天了。

一朝天子一朝臣，谁都知道这位苏赫王爷，是最有可能成为下一任大汗的人。识时务者为俊杰，哪个会在这时站出来，说他半个不字？

不仅他们，就连怯薛军之首森敦，也睁一只眼闭一只眼，其余人当然乖觉地闭上了嘴。

大汗驾崩了，这仗当然打不下去了。

蒙合的丧事置办，当为首要之务。

就在蒙合驾崩的第二日，苏赫便下令从钓鱼城收兵，准备为大汗扶灵回哈拉和林。

南荣与北勐两军僵持了这么久，可谓双方皆疲。苏赫借由蒙合之死，带着蒙合的棺椁退兵钓鱼城，结束这场远征，不仅合情合理，也是明智之举。

当日，钓鱼城艳阳高照，苏逸率钓鱼城全体将校登临城头，望着长蛇般蜿蜒离去的北勐骑兵，当即洒酒祭天，燃放鞭炮并犒赏全军，大肆庆祝胜利。

当然，苏逸挡住了北勐进攻的铁骑，还杀死了蒙合，他可以算得上完胜。

这丰碑一般的战争经历，也将被永久写入史书，让他的功绩为百世传颂。

兴隆山上，墨九抱着襁褓中的小丫头，听着这些消息，嘴角挂着笑意，斜眼看向萧乾："我看你呀，坐在这里指挥天下，也蛮累的。而且，人家也未必就会领你的人情。"

"领不领情没关系。"萧乾站在墨九房间的窗前，背对着墨九，观山上风光。

墨家九号院地势较高，站在这里，可鸟瞰山下。遥遥一望，山野披绿，空气清新，他整个人都神清气爽，就连声音也带着笑："当日在临安，苏逸虽是奉命行事，到底也曾尽心帮过我，故而这一仗，给他一个彪炳青史的机会，也算报答，而且……"

他徐徐回头，嘴角弯着，笑看墨九。

"你知道的，他与辜二一样，都是萧家早年就栽培的人，万一有一天用得着呢？我亦希望他好。"

"是，你说什么都是对的。"墨九手指轻轻刮着女儿的小脸蛋儿，脸上也是笑，"可事到如今，你准备怎么做呢？你送给苏逸一个天大的功劳，让他名垂千古，这个我可以理解，但辜二这边呢？他此次班师回朝，一身战功，又有阿依古长公主扶持，在忽里台大会上，可不就成全了他？莫非，你真要把北勐天下拱手相让？"

萧乾不答。

久久地，他目光看向窗外，抿紧了嘴角。

林间鸟儿在嬉戏，花儿在竞相开放。

兴隆山的夏季，太美了！

他微微一叹，慢慢走回到墨九的床边，抚摸她的头。

"阿九，事情远不会这么简单。"

"嗯？"墨九不解地抬头，"莫非北勐还会有别的变故？"

她稍稍一思忖，觉得不应该呀。

就算有人不服苏赫，又能如何？

想苏赫手握兵马，在军中有威仪，宗亲这边又有阿依古撑腰。放眼北勐，哪个敢与他争雄？

眉头一拧，她正待要问，怀里的小丫头突然啼哭起来。

“呀！是饿了还是尿了？”

孩子一打岔，她就把这事儿抛九霄云外了。

做娘的人就这样，天大的事，都没有孩子大。

再说，一孕傻三年，忙乎起来的墨九，与普通的娘没有什么区别，就顾着孩子了。看小丫头哭着，萧乾眉头也皱得厉害，不过照顾孩子这么久，他也积累了不少经验，赶紧上前给墨九搭了一把手，在小丫头哇哇的哭喊声里，看着女儿哭得涨红的脸，再看看墨九哄她时越发有母性的娇美侧颜，萧乾嘴角微微一勾，没有再继续那个话题。

然而——

不提，不代表什么事都不会发生。

苏赫从钓鱼城撤兵，直接从乾州、陇州经过，绕道扶灵回哈拉和林。也正因为蒙合的死，他没有到兴隆山看望他和墨九的“女儿”，也没有引起任何人的怀疑。当然，两军交战，三军混乱，这样的时候，他也不方便到兴隆山。

六月初，骄阳似火，炙烤着大地。

墨九的“月子”终于快要结束了。

午睡起来，望着窗外的阳光，她有一种不知今夕何夕的错觉。

小床上的小丫头，还在嘟着小嘴巴熟睡。墨九看着女儿越发白皙的小脸，突然觉得这孩子是一个天降的小福星。

从她出生起，战争就平息了。

他们能有这么久的安静，似乎都是闺女带来的。

若无她，萧六郎又怎会一直在兴隆山？

寻思着这事儿，她这才突然发现，女儿还没有大名呢。

自个儿琢磨了一会儿，等萧乾从外面回来，她倚在床头责问。

“萧六郎，你什么意思呀？”

“嗯？”萧乾被她问得莫名其妙，上上下下打量着她，生怕她哪里出了问题，赶紧过来摸她的脉，却被墨九一把打掉了，“别碰我！”

“呵！”萧乾笑着，又拍她的脑袋，“我家大丫头怎么了？这发的什么脾气？也不怕小丫头笑话你。”

“谁小丫头，谁小丫头？”

听到这话，墨九就来气了，黑亮的双眼瞪得老圆。

“女儿都快要满月了，你怎么也不给她起个名字，嗯？不知道的，还以为她捡来的呢，爹不疼，娘不爱！”

“……”萧乾这才知道这小妇人在置什么气。

唉一声，他轻轻坐在床沿，拉着她的手，一脸严肃地说：“从我把小丫头从你肚子里抱出来那一天，就开始琢磨她的名字了。可一直没有想到合适的，总觉那些名字都配不上我们的闺女。”

墨九哼了哼，似乎不太满意。

“借口！”

“绝非借口。”萧乾赶紧保证，随即又笑，“不过今儿我却突然有了一个好名。”

“哦？”墨九也来了兴趣，“说来听听。”

“姓萧，单名一个直！小名就叫直直。”萧乾笑道，“直者，智也。也可谓刚直不阿，正直不屈。像她父亲一样有智慧，像她母亲一样，倔强不弯曲。”

萧直？

墨九丢他一个白眼。

“会不会少了一点儿女儿家的样子？像个男孩儿似的。”

萧乾轻声一笑：“我说过，我的女儿不输男儿，当然不能起太过女气的名字。”

听他说得斩钉截铁，墨九也懒怠争辩了。对于名字她很随意，毕竟小丫头还有一个正儿八经的大名呢，哪像她，墨九，一听就不是什么正经名字，就好像父母随口起的一样。

“那好吧，萧直，小直，小直直，嗯，念着也顺口。”

看她语气轻松了，萧乾悬着的心也落下了。

失笑着摇了摇头，他又掐她的脸逗她：“这样就开心了？”

“我呸！”墨九瞪他，“我是那么好哄的人吗？”

“不好哄吗？”

“当然。”墨九很严肃，然后偏着头，指了指自己的脸，一本正经地瞄他，“至少也需要一个亲亲吧。”

萧乾低头吻她一下：“一个够不？不够两个也是可以的。”

“……”

“或者你要更多？”

"喂，你别乱来，我这身子还没好呢。"

"嗬，谁让你又来招惹我。"

两个人笑笑闹闹着，就这么把姑娘的名儿给定了。

又十来日，兴隆山大摆萧直的满月酒宴席，就连山下的小镇也摆了流水席。墨家财大气粗，但凡兴隆山地界上的人，只要愿意，都可以讨得一口水酒来喝。这庆贺，不可谓不隆重，可对于萧直的亲生爹娘来说，总觉得不够，还不够……像普天下所有的父母一样，他们恨不得把最好的东西都捧到女儿的面前。

时下庆贺满月都是按四十天计算，这一天，墨九也正式"出壳"了。

她早早起来打扮自己，也打扮闺女，抱着白白净净的女儿走出房门，有一种再次重生为人的感觉。

"舒服哇！"

空间是自由的，空气是清新的，来来去去的墨家弟子，脸上都带着喜气。

这一切都太美好了。

心里宁安，岁月静好，好多忧心的事也都刻意压了下去。

女儿满月，是新的开始，她必须得笑，一直笑。

墨家的庆贺活动从上午一直持续到晚上，鞭炮声声，烟火冲天。

兴隆山上的美景，映亮了这一方土地。萧乾带着墨九及墨家众人，登临兴隆山主峰最高处，亲自燃放了第一个孔明灯，上书："二十四载功与过，有女萧直足慰我。"

站在他的身后，墨九目光幽幽，似有点点晶莹。

天上月牙弯弯，地上人儿成仨。

从今往后，他们一家三口就得共同担当了。

这些天，在萧乾刻意为她营造的平和气氛里，外面的事情却并不平静。

就在今儿晌午，小丫头的满月酒宴正热闹时，赵声东从千里之外的苗寨回来了。

他披星戴月地赶路，似乎有些着急，胡子拉碴儿，都没有来得及修理，风尘仆仆到了兴隆山，看到这般热闹干净的场面，竟有些尴尬。他先回房沐浴，换了一身衣服，刮了胡子，才出来就席。也没吃几口，他就忍耐不住了，悄悄找了萧六郎去了别屋密谈。

他们两个关起门来聊了什么，墨九还没有来得及问。

因为今儿是女儿满月酒，她不想为自己添上那些莫名的担心。

所以，她一直忍着，等着……

然而，孔明灯还悬在头顶，他们还没有回屋，坡下就传来一声重重的吆喝。

“报——”

墨九心里一紧，侧眸看向萧乾。

他似乎也不愿意女儿的喜庆之日被打扰，眉头皱了皱，给了墨九一个歉意的眼神，然后看向坡下那名身着军服的斥候：“何事？”

“有紧急密函，烦请主公过目！”

当着这么多人的面，他当然不会多讲。

萧乾摆了摆手：“客堂等我。”

那人得令退下去了，坡上孔明灯照耀下的众人，面孔都严肃了不少，原本欢悦的气氛，似乎也受了些影响。

墨九静默一瞬，对萧乾微微一笑：“你先去吧。”

萧乾抚一下她的肩膀，从她的怀里把小丫头接了过来。

“不急，我先送你们母女回房。”

“你的正事要紧。”墨九体贴地笑笑，“你陪了我们母女俩四十天了，我很知足。”

在这种天下大乱的关键时候，萧六郎像个居家男人似的，天天陪在他们母女身边，甚至亲自给女儿洗尿布，对墨九的衣食更是亲力亲为，这样的他，让盈娘看了都不由得感叹，直说墨九是一个有福气的人。

那么，她怎能拖他后腿呢？

他还有更宽阔的世界要去征服，还有好多事情要办，她不能让他错失良机。

大概白日里太过吵闹，小丫头被墨九抱回房里后，有些吵嚷，一直哭个不停。

怀里抱着女儿，心里装着事儿，墨九在房里走来走去，哄着孩子，身上却刺挠刺挠的，总觉得有些不舒坦，就连呼吸似乎也不顺畅起来。

做她这个行当的人，都信风水。从这个角度来说，一旦某些不顺心的事接踵而至的时候，人体周围的气场与风水格局就会发生变化，从而影响人的整个行运。

墨九这时便这般。这样一想，她更加坐立不安。

好不容易把小丫头哄睡着，放到小床上安顿好，她自己却因为久不出门，今儿张罗女儿的满月酒受了些风，咳嗽了起来。念着萧乾，她找了点儿药吃下，躺在床头看了半宿的书，还不见他回来，好不容易平静的心，便被搅成了一团乱麻。

迷迷糊糊中，就到了下半夜。

她听到打更的声音惊醒，睁开眼睛不见萧乾，终于披衣起床。

嘱咐值夜的玫儿和奶娘看好小丫头，她慢腾腾往书房那边去。

这些日子，她的书房基本被萧乾挪来办公了。睡下之前，她就听说萧乾找了赵声东、薛昉几个在书房里议事，为了避免麻烦，她没有去打扰他。眼看这会儿天都要亮了，她不得不出去寻人。

可她刚走到廊下，就见赵声东急急忙忙出了院子，往马厩的方向去。

乍然碰上，赵声东一惊："九爷，这样晚了还没歇？"

墨九上下打量他一眼，见他还是昨日见到时的衣着，不由得皱眉。

"看你行色匆匆的样子，这又要出远门？"

赵声东拱手："是，有事情要办。"

墨九狐疑："这不刚回来吗？人还没有落屋吃顿热乎饭呢，你家主公用人也太狠了！怎么总挑着你这么一个能干的来用？"

赵声东呵一声，被她逗乐："九爷说笑，能为主公效力，声东求之不得。"说到这里，他瞄了瞄天色，似乎有些着急，又朝墨九深深揖上一礼，"九爷，声东还有要事待办，不敢多耽误，就此告辞了！"

不待墨九回应，他就已经走远。

夜色下，墨九看着他的背影，眉心紧拧。

看他这样子，得多紧急的事儿？

默默思忖一瞬，她掉过头，继续往书房去。

书房里的油灯将屋子映得通明，萧乾坐在案几后面，拧眉沉思，手拿一支狼毫在勾勾画画，似乎还没有回房睡觉的打算。薛昉则在一旁"绿袖添香"，为他续水、熏香，静默着不敢言语。

听到墨九叩门的声音，薛昉似是松了一口气。

"九爷来了？"

他拉开门，墨九就迈了进去。

朝他点头一笑，她的话却是对萧乾说的。

"怎的不回屋歇着？天都快亮了！"

萧乾抬目看她一眼，眼神柔和下来，对薛昉摆了摆手，示意他先下去，然后过来执了墨九的手，扶着她的肩膀，将她摁坐在椅子上，低头柔声问："大丫头怎的过来了？又被小丫头吵得不好睡吗？"

这几天，她非得自己带孩子睡。小丫头每天晚上都要吃夜奶，结果就是弄得她也睡不好。可今天晚上……她睡不好，却是因为他。

墨九看着他有些发青的脸孔，心疼地伸出双手，抚上去捧住他的脸。

“六郎，发生什么事了吗？”

“都让你不要操心——”

“不要说没事！”墨九打断他，突然凶了起来，“我来时都碰到声东大哥了。他不是刚回来吗？如果不是紧要的事，你怎会又派他出去？”

被她这样逼视着，萧乾无奈一叹，拉椅子坐在她的身边，不再隐瞒。

“不瞒阿九，是出了一些事情。”

一听这话，墨九心下略略一窒。

对萧乾这样的人来说，大事情算小事情，小事情根本不算事情。能让他凝重着脸说出了些事情，那就肯定是天大的事情。

这样细思着，墨九心弦绷得更紧，下意识就抓紧了萧乾的手。

“你快说说。到底何事？”

萧乾双眸沉下些许。

好久，他都没有出声。

在墨九切切的目光中，他迟疑片刻，慢慢走到书案边上，将一道用火漆封缄的书函拿过来，递到她的面前：“阿九自看。”

这样的书函，他往常不会直接给她看的。

墨九一愣，紧张地接过来，未及拆开，先抬眉眼察看萧乾的脸色。

油灯氤氲的光线下，他面色冷峻，似有一层寒光笼罩，让房里的气氛都低压起来。

她抿紧嘴唇，拆开书函，细看——

竖排的行文，墨九已经习惯，看得也很快。

然而，越往下看，她越是心惊。

“六郎，这——怎会这样？”

她相信，这书函的内容，也一定是让萧乾意外的。要不然，他之前也不会有那句“等到小丫头喊爹时离开”的话了。按他的计划，辜二返回哈拉和林，为蒙合治丧，再在阿依古的主持下，召开忽里台大会，等他顺利登上大汗之位，怎么也要大半年的工夫。那个时候，小丫头大抵真会喊爹了。

可这书函里的内容，却让墨九惊悚。

就在哈拉和林得到蒙合重伤不治的消息之后，阿依古长公主——这位据说最疼爱儿子苏赫的母亲，已经召约宗亲，并且在私下里活动，准备推荐她的小儿子乌日根为新北勐汗。并且，她召开忽里台大会的时间，就在后天。

而此时，辜二扶灵的队伍尚未到达哈拉和林。

也就是说，阿依古要抢在苏赫王爷到达哈拉和林之前，让乌日根登基，造成“已成事实”的局面。

再有，从书函上的措辞来看，哈拉和林还有一个“局”在等着苏赫。

书函的内容触目惊心，却也让墨九大惑不解。

凭着母亲的本能，她可以断定，阿依古长公主在哈拉和林见到苏赫时，对这个儿子的感情作不得假，对他的爱也作不得假。但如今，她要算计的人，为何恰恰是他的儿子？

到底是皇权之巅的诱惑，扭曲了人性，让阿依古迷失了自己，想要放弃大儿子，转而拥立更傻、更单纯的次子乌日根，以便于掌控北勐，还是别的突发原因，导致她做出这样一个颠覆性的决定？

不得不说，阿依古对事情的影响是极大的。

一旦乌日根登上汗位，也就是说，苏赫之前的努力都将付诸东流——就算苏赫手上有兵，已不是当初任人宰割的苏赫，但在短时间内，他想再拿下北勐，坐稳北勐江山，都需要付出更多的代价。

阿依古这一次，简直就是釜底抽薪的绝杀呀！

“阿九想到了什么？”

萧乾幽淡的声音，把墨九从沉思中拉离出来。

“我很纳闷！”她直言不讳，把自己的疑惑都说给了萧乾知道，末了又偏着头问他，“莫非你让声东大哥深夜离开兴隆山，就是前往通知辜二？”

萧乾嘴角一勾，似乎对她的猜测很满意。

“知我者，墨九。”

被他夸赞了，墨九笑了笑，神色也略略放松了一些。

“可即便他日夜兼程，也未必来得及吧？后日便是忽里台大会，辜二也快要到达哈拉和林了，声东大哥从兴隆山出发，快马加鞭也未必阻止得了！”

对于古代通信不发达，墨九一直很头痛。

甲地得到消息，再传到乙地之时，说不定黄花菜都凉了。

萧乾显然也有这样的担忧：“姑且尽力挽回吧。不过，即便知道哈拉和林有套，也不得不往里钻哪！”

确实如此，为蒙合扶灵，苏赫能不回皇都吗？

他们目前能做的，就是提前做好准备，应对有可能发生的变化。

可令墨九不解的是……目前为止，萧乾对辜二，还是信任的吗？

八卦墓的事怎么样了？声东到底怎么和他说的？

墨九怔怔地看向他。

火光下，萧乾蹙着的眉头久久未展，隐隐间，似透着一丝焦灼。这让她的担心到达了前所未有的峰值，也不好贸然提及八卦墓的事，惹他烦心。

“六郎……”墨九抚上他的手，带了一点儿安慰地紧握，转而为他分析，“你想过没有，阿依古为什么突然变了？到底是哪一个环节出了问题？”

萧乾面色凝重，看着她。

“还记得额尔小镇那场大火吗？”

“记得！”想到那场火，墨九就有些惊悚。

在那场大火中，她差一点儿被阿依古推入火中烧死。

“可……与这件事有什么关系？”

她问了，可萧乾眉头不展，冷峻的面容极是严肃，似乎也不能给她准确的答案，只半带犹豫半带猜地说：“如今回想，那一日，她的行为似乎就有不妥。可到底哪里不妥，我又说不出。”

那便是直觉了。

一个人对你好不好，是不是真心好，有时候确实不需要任何道理就可以肯定。人与人交流时的感情流露，是从来不会骗人的。

墨九相信萧乾的直觉，心头不由得大惊。

“那就是说，让阿依古改变的节点，就是那场火灾？或者说，是那一次的狩猎？难道是纳木罕的死？也不对呀，纳木罕再重要，也重不过她的儿子呀？！”

手抚着太阳穴轻轻一揉，萧乾没有回答，那如临寒潭般的冷酷，那在心底掩埋了这么久的杀气，仿佛瞬间迸发了出来，遍布眉眼之间，让墨九心底一凉，复又抓紧他的手。

“六郎，你别着急呀！其实事情的好坏，从无绝对，往更深远处想想，她这样做也好。她主动翻脸，咱们还不必日后再背上感情的包袱。”

看她为自己忧心，萧乾不忍地拥了拥她，神色放缓。

“没事。阿九，不管发生何事，我都能应付得来。”

“这件事会很麻烦吗？”

墨九从来都相信萧乾有运筹帷幄的本事，可天下这么大，格局这么复杂，他只有一个人，再高的智商，再精密的计划，也有可能遭遇到瓶颈。智者千虑，尚有一失，更何况，这一次阿依古的母爱突然出走，确实也太令人始料未及了。

“不会有大麻烦的。阿九无须想得太多，最坏的结果，也无非多花上一些时间而已！”萧乾并不愿意她为他担心，轻轻抚着她的后背，黑眸带着熠熠的光芒落在她的脸上，冷不丁地，换了一个话题。

“倒有一件事，须得让阿九知晓。”

“这么严肃？”墨九心里隐隐有了猜测，忍不住试探着问他，“可是八卦墓之事？”

又一次被她猜中。萧乾不由得笑着轻轻掐了一下她的脸：“你呀，鬼灵精怪的，次次猜中我心。那不如你再猜猜，那个苗寨出现的古墓，到底是不是八卦墓？”

“我猜是。”

墨九回答得斩钉截铁，让萧乾微微吃惊。

“阿九怎生如此肯定？”

“若非八卦墓，六郎不会这般慎重地告诉我。”

“呵！”

这个解释合情合理，让萧乾不由得失笑摇头。

“阿九聪慧！”

“不是我聪慧，是你想的事情太多，疏忽了我的智商。”

“……”

沉吟一瞬，萧乾细细打量墨九的眉眼，语气突然凝重了不少：“正如阿九所料，那座苗寨的胭脂井下，确实是八卦墓之一兑墓。不过，仕女玉雕到底有没有落到辜二手上，目前无从知晓。”

胭脂井下，就是八卦墓……

墨九抿了抿嘴唇，心里的感觉很微妙。

就像早就预料到的事情，突然被证实了一样。

既信，又不信。所以，她也需要证据。

凝视着萧乾泛凉的面孔，她轻声问：“声东大哥怎样确定的？”

萧乾淡淡回视她。墨九这才发现，他眉目间似乎越发清俊，人瘦了一些，脸色却好看了不少，目光迷离间，竟有些恍惚，像以前的萧六郎又回来了。直到他转过身，拿了一幅草图递到她的面前，她才回神。

“阿九，你再看看这个。”

“好。”墨九低头，仔细看图。

图上是一口古井，从图上墨汁的颜色来辨别，应当画下没有多久，说不定正是出自赵声东的手笔。古井在他的笔下不太精致，也没有什么特别，但古井里面的图案是墨九极为熟悉的——八卦图。

而八卦的兑位，正好对着井口。

萧乾看她沉思，遂又解释：“这是声东从废墟上找到古井的位置，刨开之后描摹回来的图案。另外，他还在古井底下的废墟中，翻到了一个东西——”

说到这里，萧乾的声音略略低沉，似乎他接下来要说的事，比发现兑墓更为紧要。

他话语顿住，令墨九心里一紧：“什么东西？”

萧乾不答，严肃地从怀里掏出一个用青布紧紧包裹的东西，放在桌面上，慢慢将青布层层揭开，把里面的东西展现在墨九的面前。

“阿九可识得？”

那是一块玉佩，墨九并没有见过。

古人多有佩玉，什么样的玉饰其实不奇怪。

这块玉也一样。除了玉质好，做工更为精细之外，并无特别之处。

非要为它找出不一样的地方，那就是玉上有一个篆刻的“谢”字。

谢？谢家？古井？辜二？

看着萧乾凝重的神色，墨九的脑子突然激灵灵一转。

“难道……玉是辜二掉落的？辜二是谢家的人？”

萧乾没有反驳，凝神思考着，似乎还有疑惑，可比起他来，墨九的疑惑似乎更多，话匣子打开就说个没完：“不对呀，六郎。想当年，谢家和萧家斗法，谢家惨败之后，除了宫里头的那几个女人，但凡谢氏近亲基本都被除之殆尽……辜二是谁呢？莫非是谢家哪一房的远亲？”

“不！”萧乾的神色间，带了一丝莫名的酷冷，“这块并非普通的玉，乃谢氏传承之宝。”

传家宝？那肯定不会随便丢掉的了。

是八卦墓启动之时，不小心遗失的？

可到底是辜二遗失，还是别的什么人遗失的？

当时进入苗寨的人，基本都是北勐兵……他们是谢家人的可能性很小。

那么辜二的嫌疑就最大。

可墨九撑着脑袋，怎么都想不明白，他到底可能是谢家的哪一个？

“这太玄幻了，你们萧家栽培的棋子，怎么会变成谢家的人呢？”墨九敲着脑袋，突然有了一个大胆的想法，神色惊悚地望向萧乾，“六郎有没有想过，也许他是一个永远也不会被人怀疑的人？”

“谁？”

看着萧乾越发深邃的眸子，墨九冷不丁打了一个战：“谢丙生？！”

这么一想，她像突然间打通了任督二脉的武林高手，好多已经丢在记忆里的事情都回忆了起来。

她记得，谢丙生死的时候，面部全部被人用刀片划花，死亡时的样子极为吓人，几乎不成人样，她至今不明白杀他的人为什么要这么干，那尸体究竟是不是本尊，就可另说了。

那么，既然萧家都可以栽培棋子以便日后为己所用，谢家有没有可能将计就计？当时，谢丙生利用转运使之便，贪墨朝廷大批军用物资，与珒国勾勾搭搭，已然罪责难逃，萧乾带着小王爷宋骜亲自上门拿人了，谢家怎么办？

借死遁活是高招。

从明入暗，杀了辜二，借辜二的身份潜伏到萧家人身边，就是高招中的高招。

她还记得，在他们发现巽墓的时候，巽墓已经被人破坏了，巽墓的仕女玉雕还曾流入黑市，招来一桩命案。而巽墓当初也曾经是谢丙生用于储存那一批军用物资的地方。

谢氏有人可以开巽墓，自然可以开兑墓。

至于位于楚州的坎墓，在萧家的院子下，辜二家与萧家临近，不也在他家院墙根下吗？

“不敢细想啊，这么一想，我觉得好惊恐！”墨九把这些怀疑一条一条说完，不由得又把自己惊到了，瞪圆双眸看向萧乾，“六郎，我又想到一件事，当初阿息保将我掳至金州完颜修的大营。那天晚上，有三个珒国士兵试图趁我中毒……玷污我！”

这件事，她从来没有正面和萧乾说过。

可彼此心里，对此事都知情。

如今遥想当日，墨九心脏还有些抽搐。

当时的情形，太可怕了。

就差那么一点点，他们就毁了她的清白呀。

“我那时就想，谁会和珒人勾结陷害我？谁又有那么大的本事，可以与阿息保互通往来呢？”

说到这里，她双眸凉凉，一眨也不眨地盯着萧乾。

“六郎，我认为当初至化帝定谢家一个私通珒人之罪，不算冤枉了他们，就算没有萧家从中作梗，谢家从谢丙生起，就清白不了。他们一定与珒人有秘密往来……不过，我觉得，会设计一场让人玷污我清白的下流勾当，却非男人行径，倒像妇人之嫉。若我所料非虚，肯定是谢青嬗所为。当然，那药既然是你师父亲手制成的，温静姝也免不了参与！”

当天晚上，萧乾并没有随墨九回房。

不管他们心里对辜二、对阿依古有多少猜测，目前这些事情都无法得到考证。眼看时间不早了，萧乾亲自把墨九送回屋子，等她躺下进入睡眠，才默默离开了房间。他没有歇着，召了薛昉过来，又对他交代了一些事情，等天边霞光初现时，才回去。

墨九没有睡醒，打了一个哈欠，斜眼睨去。

“你这样不爱惜身体，是要挨收拾的。懂不？”

对她的抻掇，萧乾愣一下：“我吵醒你了？”

“倒也没事！”墨九慢悠悠坐起来，找了一件外袍披上，“我晓得你为了北勐的事儿挂着心。可不管有天大的事，正常作息都不能变。生命只有一次，结果不重要，重要的是经历的过程，我们如果尽力了，结果还是人算不如天算，那也只能坦然接受了，你说对不对？”

从来都是萧乾讲大道理，墨九整天嘻嘻哈哈，在他面前也特别没心没肺。

这么被她一本正经地教育，萧乾愣了愣，却是笑了。

“阿九说得对极。”

这一笑，令沉郁的气氛缓和了下来。他坐到床边，拉住墨九的手，笑痕还在脸上，语气却又严肃了不少：“阿九，有件事，我得告诉你……”

听他欲言又止，墨九眉梢稍稍抬了抬：“在我面前，你没什么不能说的。你跟我在一起，若什么事都遮遮掩掩，这也不方便，那也不方便，那咱俩活着得多心累呀？”

“呵！”萧乾摇了摇头，情不自禁捏她的脸，“是，我的阿九最通情达理了。”

“哎哎哎，停下。”墨九偏开头，大眼珠子瞪着他，“我可没有答应你什么呀，